Foligno
Norcia
Spoleto
Cascia
N

Pendo

ZDRAL

TARTUFO MORTALE

Leonardos zweiter Fall

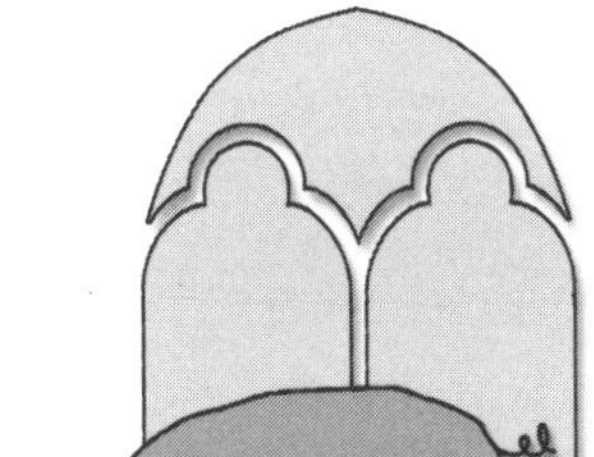

ROMAN

Pendo München und Zürich

1. Auflage 2008

Ein Projekt der Montasser Medienagentur
Umschlaggestaltung: Hauptmann & Kompanie
Werbeagentur, München–Zürich
Kartenillustration: Lee Barlage
Gesetzt aus der Minion
Satz: BuchHaus Robert Gigler, München
Druck und Bindung: Druckerei Pustet, Regensburg
Printed in Germany
ISBN 978-3-86612-179-9

www.pendo.de · www.pendo.ch

1

Es war von Trüffeln die Rede gewesen, von Rotwein, von Ausflügen in den Wald, von viel frischer Luft und ausgiebigen Mittagspausen. Von Urlaub eben. Zwar hatte ich im Laufe meines Lebens kaum Ferien gehabt, zumindest keine richtigen. Aber ich war guter Dinge, meine kulinarischen Fähigkeiten ausweiten zu können auf hemmungsloses Genießen, eigentlich die ideale Freizeitbeschäftigung. Sich von Lust und Laune durch den Tag treiben zu lassen, nur auf den Magen zu hören, war doch der Inbegriff von Urlaub, oder nicht?

Ich hatte Eleonoras Versprechen geglaubt, ohne groß darüber nachzudenken, denn in diesen Dingen vertraute ich ihr blind. Meistens jedenfalls. Nach Abwechslung hatte es geklungen, raus aus dem Alltag, eine neue Gegend kennen lernen. Auch gegen ein wenig Kultur im Urlaub ist nichts einzuwenden, alte Kirchen besichtigen, Historisches schnuppern, etwas in der Art. Soll die Gehirnzellen anregen. Heißt es.

Und nun das. Ich stand neben Eleonora und blickte hinab in das schwarze Loch hinter der Tür. Eine Steintreppe führte nach unten, verlor sich in der Dunkelheit. Von unten zog ein feuchter Luftzug herauf, als hätte jemand gerade einen Kühlschrank geöffnet. Da sollte ich hinuntersteigen. Wo ich doch Finsternis ungefähr genauso liebe wie Spinat zum Frühstück.

»Mach schon, keine Angst. Ich gehe voran.« Meine Begleiterin schaltete ihre Taschenlampe ein. »Wir sehen uns nur ein wenig um. Vielleicht finden wir da unten etwas zur Geschichte dieses Gemäuers.«

Vielleicht. Vielleicht auch nicht. So genau wollte ich das im Moment gar nicht wissen. Mir war die Sonne hier im Klostergarten viel lieber, die Verlockung der duftenden Rosen, die Würze von Thymian und Rosmarin. Aber Eleonora war vom Forscherehrgeiz gepackt. Ohne sich nach mir umzusehen, ging sie die Treppe hinunter. Unerhört. Mir blieb nichts anderes übrig, als ihr hinterherzumarschieren und darauf zu achten, den Lichtkegel nicht aus den Augen zu verlieren. Denn solch ein Urlaubsfreund war ich nun auch wieder nicht, dass ich der Erholung wegen in Kauf nahm, als Feigling dazustehen. Einen Angsthasen konnte man mich nun wirklich nicht nennen.

Die Kanten der Stufen waren stellenweise abgeschlagen, weißer Schimmelpelz kleidete die Wände, Staub und Schutt ließen das Treppenhaus wie den Zugang zu einer vergessenen Baustelle wirken. Dem Fäulnisgeruch nach zu urteilen waren diese Gemäuer seit langer Zeit von niemandem mehr betreten worden. Die Treppe lief in einen rechteckigen Raum aus, der von Säulen und Kreuzgewölben seine Struktur erhielt. Der Strahl der Taschenlampe erfasste die Reste einer Truhe, deren Einzelteile schon längst den Kampf gegen die Feuchtigkeit verloren hatten und nun am Boden dem Ende entgegenmoderten. Die Wände waren einst mit Bildern bemalt gewesen, die Farbreste bildeten nun ein Sprengsel von Flächen, das, unregelmäßig gezackt, mal blass, mal intensiv leuchtend, Formen und Gestalten geisterhaft schimmern ließ. Das Gesicht eines Engels leuchtete auf, überwölbt von blauen Flecken des Himmels, Figuren – wahrscheinlich Heilige – gruppierten sich um etwas, das die Jahrhunderte längst weggewaschen hatten. Fantasiewesen mit Schwanz – wohl Symbole für den Teufel – bleckten ihre Zähne, krallten sich an einem Körper fest, den sie offenbar nach unten in die ewige Verdammnis zerren wollten.

»Renaissancezeit würde ich sagen, 15. Jahrhundert.« Eleonora strich über die Gemäldereste. »Sieht ganz danach aus, als stünden wir in der Krypta einer ehemaligen Kirche. Der Keller ist geblieben, das Gebäude über der Erde wurde dagegen abgerissen und später neu gebaut.«

Ich grunzte zustimmend, in der Hoffnung, einem von Eleonoras gelehrten Vorträgen entgehen zu können. Denn danach war mir im Augenblick überhaupt nicht. Mich beschlich nämlich langsam das Gefühl, dass wir beide hier unten nicht allein waren. Ich glaubte, ein Geräusch aus der Ecke zu hören, ein Kratzen, doch Eleonora schien es nicht zu bemerken. Vielleicht bildete ich es mir auch nur ein. Der Mief, das trübe Licht, der Hall unserer Schritte – all das zerrte ein wenig an meinen Nerven. Nur jetzt nichts anmerken lassen! Doch da war es wieder, das Geräusch. Jetzt viel näher. Selbst meine Freundin horchte auf und hielt den Atem an. Eine Art Quieken, ein Wimmern, kaum hörbar, wie von einem Kind. Sie riss die Taschenlampe herum und leuchtete in die Richtung des Geräusches. Das Licht traf nur eine Säule. Oder bewegte sich etwas dort hinten im Schatten?

»Hallo, ist da jemand?« Eleonoras Stimme zitterte leicht. »Wenn hier jemand ist, dann treten Sie hervor und verstecken sich nicht länger!«

Einige Sekunden blieb es totenstill. Dann wieder das Krabbeln. Kakerlaken? Auf einmal roch ich es: das scharfe Odeur von Ratten. Hier wimmelte es von diesen Viechern. Einer dieser Nager erschien im Lichtkreis der Taschenlampe, sah uns frech an und gab einen hohen Ton von sich, als wollte er uns begrüßen.

»Gott sei Dank, nur Ratten.« Eleonora beruhigte sich. »Du hättest sie verscheuchen sollen, mein Porcellino.«

Jetzt erntete ich auch noch Vorwürfe. Das war die Höhe. Schließlich bin ich, Leonardo, kein Kammerjäger. Sondern ein Schwein. Und zwar mitnichten ein gewöhnliches. Nicht nur weil ein weißer Ring meine Brust schmückt – der Stolz einer Kreuzung aus Wildschwein und Cinta Cinese –, sondern auch, weil mir eine besondere Verantwortung übertragen ist: Ich blicke zurück auf eine nicht gerade unrühmliche Laufbahn als Trüffelschwein im Piemont, dem Mekka der Trüffelsammler, wie sich mittlerweile herumgesprochen haben dürfte. Mit meinem ausgeprägten Geruchssinn und meinem Spürsinn stehe ich ganz in der Tradition unserer Familie, deren Ahnentafel bis in die Steinzeit zurückreicht – ja, ganz richtig, die Steinzeit. Ich bin stolz auf meinen Stammbaum, zu Recht, wie ich finde. Vor allem, wenn ich sehe, wie wenig eigene Historie die Menschen voraussetzen, um mit stolzgeschwellter Brust ein Wappen ans Haus zu nageln und ihre Familie »traditionsreich« zu nennen. Meine Vorfahren haben die Geschichte der Schweinerasse entscheidend mitgeprägt und – mit Verlaub gesagt – auch die der menschlichen Spezies. Es ist mehr als betrüblich, dass den Menschen dieses Bewusstsein um die Verdienste meiner Familie im Laufe der Geschichte verloren gegangen ist. Wer – so frage ich erzürnt – erinnert sich beispielsweise noch an meinen Urgroßvater Basilius, der Luther bei einem Gewitter in einem Stall Obdach bot und ihm dort die Augen öffnete für die Reform des Christentums?

Nun, Gott sei Dank gab es noch einige wenige Menschenexemplare, die um den Wert eines guten Trüffelschweins wussten. Und Eleonora Gobetti gehörte dazu. Sie war meine Padrona, sie war meine Freundin, meine Partnerin. Aufmunternd strich sie mir über den Rücken. »Komm, sehen wir uns weiter um!«

Ich nickte zustimmend, schließlich sollte sie nicht merken, dass mir der Sinn nicht nach düsteren Kellergewölben stand, meine Abenteurerehre stand immerhin auf dem Spiel. Die Verständigung mit der Padrona funktionierte eigentlich ganz gut, wenn man bedachte, dass Menschen die Schweinesprache nicht verstehen. Ein Jammer eigentlich, denn was könnten wir ihnen nicht alles beibringen! Ich mochte gar nicht daran denken, wo die Welt heute stehen würde, befände sie sich in Schweinehand. Immerhin schien Eleonora mein Grunzen und Scharren sowie meine Stupser und Hinweise mit dem Rüssel meist richtig zu deuten und ließ sich von mir führen, verstand die Zusammenhänge, auf die ich sie aufmerksam machen wollte. Zumindest in den überwiegenden Fällen, und das war mehr, als man von den meisten Menschen erwarten konnte.

Ich folgte ihr in einen zweiten Raum und streifte im Gehen ihre Jeans. Sofort reizte ihr Duft meinen Rüssel. Sie roch so gut wie sonst kein menschliches Wesen, eine Offenbarung wunderbarster Aromen. An eine Sau kam sie natürlich nicht heran, jedenfalls nicht an eine von Cleopatras Klasse. Unter Eleonoras Pullover zeichnete sich der schlanke Körper ab, das schwarze Haar fiel glatt auf ihre Schultern. Ihre Haut schimmerte, die schmale Nase und die Lachgrübchen ließen ihr Gesicht frisch und jung erscheinen.

Der Raum, den wir betreten hatten, war kleiner als der erste und quadratisch angelegt. An der Wand lehnten Gartengeräte, mehrere Spaten und Harken, Blecheimer und ein durchfeuchteter Karton mit Kerzenresten.

»Das passt gut«, sagte Eleonora. »Machen wir uns mehr Licht.« Sie verteilte einige Wachsstummel im Raum, holte Streichhölzer aus ihrer Tasche und zündete die Dochte an. Das Flackern der Flammen beleuchtete die Umgebung und warf unsere Schatten gespenstisch verzerrt an die Wand, was gemildert wurde durch den Duft der brennenden Kerzen, der einen Hauch von Weihnachten herbeizauberte. Ein Kreuzgewölbe ruhte auf zwei Pfeilern, der Boden lag unter Staub und Schmutz begraben; unter Jutesäcken, deren Fäule meine Geschmackspapillen beizte, lugte eine zerbrochene Steinfigur hervor. Arme und Kopf fehlten. Die Padrona kniete nieder und untersuchte die Stücke. »Die Figur einer Dame. Mindestens zwei Meter hoch. Der Tracht nach zu urteilen eine Ordensfrau, vielleicht eine Äbtissin.« Sie hob den Teil eines Fußes auf und drehte ihn hin und her. »Scheint in einer Kirche gestanden zu haben. Warum man sie wohl in den Keller gebracht hat, anstatt sie zu restaurieren? Schade drum.« Eleonora versuchte noch ein ganzes Weilchen, die Einzelteile zu rekonstruieren und in die richtige Reihe zu bringen, bis eine Marmortafel an der Wand ihre Aufmerksamkeit erregte.

»Was haben wir denn da?« Sie stand auf und betastete den Stein, als wollte sie allein mit ihren Fingerkuppen die Wörter entziffern.

Ich hatte Verständnis für ihren Eifer und ihre Hartnäckigkeit. Ich selbst war nicht anders, hatte mich erst einmal der schnüfflerische Ehrgeiz gepackt. Doch mir war leider mehr nach Sonne und frischer Luft zumute. Kellerräume lösten Beklemmungen in mir aus, sie drückten mir die Kehle zu und trieben mir Schweiß auf die Stirn. Was gab's hier schon zu riechen? Verfall, Feuchtigkeit und Tod. Und außerdem war die Krypta eindeutig Eleonoras Baustelle, ich hatte hier nichts verloren, sondern hätte besser daran getan, meinen Bauch von der Sonne wärmen zu lassen.

»Der Inschrift nach zu urteilen das Grab eines Abts.« Eleonora hielt die Taschenlampe hoch. »Gestorben im Alter von 49 Jahren. Anno domini 1312.« Sie fuhr die Kanten des Marmors entlang. »Sieht mehr aus wie eine letzte Ruhestätte als eine Gedenktafel. Was meinst du, Porcellino, ob man dahinter noch einen Sarkophag finden würde?«

Ich legte meinen geballten Widerspruch in mein Grunzen, doch ohne Erfolg – Eleonora kam zu mir herüber und tätschelte meinen Rücken. »Spannend, nicht? Nur noch die andere Seite inspizieren, dann haben wir es geschafft.«

Wir fanden das Gestell eines Sackkarrens, vom Rost zernagt, mehrere Rollen Hanfseil und Bretter, achtlos auf einen Haufen geworfen. Die Wand schmutzig weiß, keine Spur von Malereien oder Marmorplatten. Eleonora schob mit dem Schuh einige Bretter beiseite. »Schau mal an, hier sieht der Boden ganz anders aus.« Sie leuchtete auf die Stelle. Tatsächlich lugte unter dem Holz eine Steinplatte hervor, viel größer als die anderen Pflastersteine im Raum, eher in der Größe eines Tisches. Auch konnte man noch Buchstaben erahnen, die in die Oberfläche geritzt waren. Gemeinsam schoben wir die Bretter zur Seite, bis der blanke Stein vor uns dalag. An einer Seite schmiegte sich ein Bronzering in eine Aussparung am Boden.

»Wahrscheinlich eine Grabplatte.« Eleonora zog an dem Ring. Nichts tat sich. Der Mörtel um die Platte war an mehreren Stellen herausgebrochen, als hätte sich bereits früher jemand daran versucht. Ich merkte, wie das Jagdfieber meiner Partnerin zu einem lodernden Feuer heranwuchs. »Das sieht aus wie ein Grabdeckel. Alt. Sehr alt.« Sie zerrte nochmals an dem Ring. Vergeblich. »Ich will wissen, was da zu finden ist. Sehen wir doch einfach nach.« Sie holte eine Gartenharke und begann, den Mörtel rund um die Steinplatte herauszukratzen. Der Klang der Metallspitze auf dem Stein hallte in den Raum wider. Immer wieder rüttelte Eleonora an dem Ring. Ohne Ergebnis. Auch als die Fugen vollkommen von dem Dichtmaterial befreit waren, ließ sich die Platte nicht einen Zentimeter bewegen.

»Wir brauchen einen Hebel.« Die Padrona sah mich an. »Und du musst mithelfen.« Sie nahm das Seil vom Boden, fädelte das Ende durch den Ring, verknotete es und warf mir den Rest zu. »Das ist deine Aufgabe.« Mit einem Spaten versuchte sie, unter der Platte anzusetzen. Endlich fand sie eine Stelle. »Wir versuchen es gleichzeitig.«

Diensteifrig nahm ich das Seil ins Maul, obwohl der Mörtelstaub meinen Rüssel empfindlich reizte, und stemmte mich mit meinem gesamten Körpergewicht dagegen, das beträchtlich ist.

Eleonora war nicht mehr zu bremsen, und je schneller wir einen Blick unter die Grabplatte werfen konnten, desto schneller würde ich das Sonnenlicht wiedersehen.

»Und los!« Eleonora drückte den Schaft des Spatens nach unten, ich zog mit aller Kraft an dem Seil. Doch es war wie verhext, die Steinplatte tat uns nicht den Gefallen, sich zu bewegen.

»Nicht aufgeben, noch mal.« Die Padrona setzte ihr Werkzeug tiefer an. Ich tat einen Atemzug und hängte mich nochmals rein, ein Ochse unterm Joch.

»Der Deckel hebt sich!« Eleonoras Stimme vibrierte vor Begeisterung und Anstrengung. Tatsächlich gelang es uns, den Stein hochzuhebeln und zur Seite zu schieben. Darunter erwartete uns eine noch schwärzere Finsternis, und mir liefen Schauer den Rücken hinunter. Glücklicherweise war Eleonora beschäftigt genug, um nicht zu merken, wie sich meine Borsten aufstellten. Erst der Strahl der Taschenlampe zeigte uns das Ergebnis: Es war eine in Stein gehauene Grube, etwa einen Meter tief und zwei Meter fünfzig lang. Darin stand ein Sarg. Ein Bleisarg, ungewöhnlich breit, die Oberfläche glatt, lediglich verziert mit einem Kreuz und einer Blumengravur, einer Rose vielleicht.

»Madonna mia!« Eleonora schlug unwillkürlich ein Kreuz. »Tatsächlich ein Grab. Vergessen über die Jahrhunderte. Komm, wir werfen einen Blick hinein, und dann lassen wir dem Toten wieder seine Ruhe, wer immer darin liegen mag. Historisch aufschlussreich ist dieser Fund auf jeden Fall.«

Den Sarg öffnen? Unwillkürlich kamen mir Vampirfilme in den Sinn. Gleich würde sich der Deckel von selbst auftun, und ein Mann im schwarzen Anzug mit Zähnen ganz ähnlich unseren Hauern würde sich aus den Seidenkissen erheben, um uns das Blut auszusaugen. Eine Schweinelegende besagt, dass der aus einem alten Tapir-Geschlecht stammende Vead Taper, von den Menschen fälschlich mit Tepes übersetzt, auf seinen riesigen Ländereien einen verzweifelten Krieg gegen die Menschen geführt habe, indem er sie auf Pfählen habe aufspießen lassen – wie die Menschen es im Übrigen mit Schweinen seit Jahrhunderten tun, um sie barbarischerweise zu braten und aufzufressen. Es ist eine Ironie der Geschichte, dass ihm ausgerechnet die türkischen Eroberer in die Klauen gefallen sind, die doch kein Schweinefleisch essen. Wer weiß, welch glückliche Wendung die Geschichte des Abendlandes genommen hätte …

Eleonora war bereits in die Grube gestiegen und versuchte, den Sargdeckel hochzuheben. Ein Knirschen. Er bewegte sich. Zentimeter für Zentimeter schob die Padrona den oberen Sargteil zur Seite, bis er mit einem Krachen zu Boden fiel. Eine Staubwolke stieg auf, und wir mussten warten, bis die Sicht wieder frei war. Meine Borsten ragten noch immer in die Luft, als müssten sie strammstehen – diesmal allerdings weniger aus Furcht, sondern vielmehr wegen des bizarren Anblicks, der sich uns bot: In dem Sarg lagen zwei Skelette. Der Anordnung der Knochen nach zu urteilen, waren die Köpfe einst einander zugewandt gewesen, die Körper wie in inniger Umarmung gedreht. Der Kleinere der Schädel sah für mich aus wie der einer Frau oder eines Kindes. Die Augenhöhlen starrten aus dem Sarg empor, als wollte uns die Tote wegen unseres Eindringens Vorwürfe machen. Der Eindruck mochte aber auch meiner Fantasie zuzuschreiben sein. Eleonora leuchtete die Gestalt ab. Zwischen den Rippenknochen steckte ein metallenes Kreuz. Eine Grabbeigabe zur Beerdigung? Oder hatte jemand den Schaft gewaltsam in den Körper gerammt? Wie lange mochte das alles her sein?

Als das Licht das zweite Skelett streifte, fuhr ich zusammen. Das Gerippe, der Schädel, die Knochen – ich konnte nicht glauben, was ich sah, und doch war es vollkommen unmissverständlich, was hier vor mir lag. Meine Gedanken überschlugen sich. Ich blickte zu Eleonora hinüber, die zwischen Überraschung und Furcht zu schwanken schien. Auch sie war von dem Fund überrascht, konnte sich jedoch offensichtlich keinerlei Reim darauf machen. Wie denn auch. Nur Schweine kannten solche Skelette, und dieses Skelett rührte an einem wunden Punkt in meiner Ahnengeschichte. Lucrezia. Kein Zweifel, hier stimmte etwas nicht. Hier stimmte etwas ganz und gar nicht. Und mir schwante, dass ich meinen Urlaub nicht mit Sonnenbaden verbringen würde.

2

Angefangen hatte alles mit einem Anruf vor zwei Wochen. Ich erinnere mich noch genau daran, weil ich gerade in meinem Zimmer zum ersten Mal Cipolle al forno gegessen hatte, gebackene Zwiebeln mit einer ungewöhnlichen Soße aus Sahne und Aalstücken, und mich zu einem Nickerchen aufs Sofa zurückgezogen hatte. Das Klingeln des Telefons und Eleonoras Stimme rissen mich aus meinen Träumen. Wie ich dem Gespräch entnahm, war ihre Freundin aus Perugia dran. Eine alte Kollegin aus gemeinsamen Studienzeiten in Mailand. Die Fächer Geschichte und Kunstgeschichte hatten beide wohl eher als Nebensache betrachtet, wenn ich Eleonoras Erzählungen von früher Glauben schenken sollte. Stattdessen feiern, ausgehen und mit Studenten flirten. Die Freundin arbeitete mittlerweile in der Touristeninformation der umbrischen Provinzhauptstadt und hatte eine seltsame Anfrage erhalten: Der Vorsteher eines Klosters rief an, ob sie jemanden kenne, der vorübergehend eine historische Forschungsarbeit übernehmen könnte. Das Kloster betreute die Studienkollegin erst seit wenigen Tagen, »wir haben es ganz neu in unser Retreatprogramm ›Klösterliche Stille‹ aufgenommen, ein kleines, abgelegenes Kloster, noch nicht vom Tourismus verdorben – ein Geheimtipp!«, schallte es aus dem Telefon.

»Da habe ich natürlich sofort an dich gedacht, Eleonora«, sagte die Anruferin. »Wo du doch auf deinem Bauernhof einsam in der Provinz hockst und den ganzen Tag nur Misthaufen siehst.« Gelächter, verzerrt durch den Lautsprecher. »Vielleicht hast du Lust, wieder deinem alten Beruf nachzugehen und dir mal andere Luft um die Nase wehen zu lassen. Hier bei uns ist es viel schöner als im Piemont.«

Ich konnte mir ein empörtes Schnaufen nicht verkneifen, denn was konnte schöner sein als die vertraute Umgebung des Piemont, meine Freundin Cleopatra in der Nähe und eine Padrona, die immer für gutes Essen und Barolo-Wein sorgte? Wir hatten in jüngster Vergangenheit einiges durchgemacht: Eleonoras Schwiegervater war auf unserem Bauernhof südlich von Alba ermordet worden. Die Haushälterin ebenso. Auch der Ehemann war ums Leben gekommen. Immerhin konnten wir die Verbrechen aufklären. Nicht zuletzt dank meiner Freundin Cleopatra, einer Sau von Format und adeliger Abstammung obendrein, und meines Trüffellehrlings Caruso. Eleonora hatte daraufhin das Anwesen und die Ländereien geerbt. Dort hätten wir uns eigentlich vergnügen sollen, Tartufi aufspüren, Essen kochen, Barolo trinken. Ich selbst bin leider noch nie über die Grenzen unserer Region hinausgekommen. Meine Vorfahren dagegen hatten in den östlichen Gegenden Italiens gelebt, meine verehrte Ururoma Lucrezia ebenso wie meine Tante in Verona. Ein wenig von dem östlichen Erbe floss sicher auch durch meine Adern. Jedenfalls setzte sich Eleonora am nächsten Tag ins Auto und fuhr nach Umbrien. Sie übernachtete in Perugia und traf sich dort mit dem Abt des Klosters. Nach ihrer Rückkehr setzte sie sich mit ihrem neuen Freund Enrico Fabris auf die Bank vor unserem Haus und ließ sich von der Abendsonne bescheinen.

»Wie war's?«, fragte Fabris, der erst kürzlich bei uns eingezogen war. Ein Commissario der Mordkommission aus Turin, hatte er Eleonora bei seiner Ermittlungsarbeit auf dem Hof kennen gelernt. Nachdem die Mordfälle aufgeklärt waren, kam der junge Mann zu Besuch. Erst einmal, dann regelmäßig. Und nun war eingetroffen, was ich bereits seit Längerem befürchtet hatte: Seit einem Monat wohnte er ganz auf dem Anwesen der Gobettis, hatte seinen Dienst »bis auf Weiteres« quittiert und konzentrierte sich nun ausschließlich auf die Verwaltung der Ländereien. Eigentlich mochte ich keine Kommissare, denn sie waren alle gleich – eingebildet und in Schubladen denkend, ohne die Kombinationsgabe und dem Esprit der Schweine. Fabris jedoch hatte sich bisher noch keine Schnitzer erlaubt. Nun ja, vielleicht war er ja im Herzen Bauer und nicht Polizist. Den Stall jedenfalls mistete er schon wie ein echter Landwirt aus.

Eleonora verschränkte die Arme hinter dem Kopf. »Ich könnte wieder als Historikerin arbeiten. Wenn auch nur für ein paar Wochen. Und ohne Bezahlung.«

»Kein Honorar? Das ist aber ein seltsames Angebot«, erwiderte Fabris.

»Der Auftraggeber ist ein Kloster. Wie mir Abt Aviano geschildert hat, leidet die Abtei unter, nun ja, Geldmangel. Sie ist klamm, um nicht zu sagen pleite. Die haben ihr letztes Geld in den Umbau des Anwesens gesteckt, um daraus eine Edelherberge für Gäste zu machen. Für Leute, die eine Zeit lang exklusive Abgeschiedenheit und Ruhe suchen. Und so hat schließlich meine Freundin in der Touristeninformation von dem Kloster erfahren.«

»Was hat das mit dir und dem Job zu tun?«

»Der Abt will das Kloster herausputzen. Bislang ist es für Touristen nicht zugänglich, man kann es nicht besichtigen. Das soll sich nun alles ändern. Um besser Reklame machen zu können, will er die Geschichte der Anlage erforschen lassen. Meine Aufgabe wäre es, irgendetwas Aufregendes in der Vergangenheit zu entdecken, was sich gut vermarkten ließe, eine Art historisches Aushängeschild für die Abtei.«

»Und all das für Gottes Lohn?« Fabris kam mit einer Flasche Rotwein und zwei Gläsern aus dem Haus zurück. Er grinste. »Habe gar nicht gewusst, dass du deine Sünden mit einem Ablasshandel wegwaschen willst.«

»Unterkunft, Verpflegung und andere Ausgaben wären natürlich frei.« Eleonora schwenkte den Wein in ihrem Glas. »Die Aufgabe ist nicht ohne. Das erste Mal die Geschichte des Klosters erforschen. Ich habe mich in Perugia schlau gemacht, es finden sich nur wenige dürre Fakten, sonst nichts. Kein Buch, keine längere Abhandlung. Ich würde absolutes Neuland betreten. Vielleicht springt ja sogar eine Publikation in einer wissenschaftlichen Zeitschrift dabei heraus. Und ich könnte endlich einmal auf dem Gebiet arbeiten, das ich studiert habe.«

Fabris nahm die Padrona in den Arm. »Geht dir wohl ab, das frühere Leben. Immer nur Landwirtschaft und Trüffel suchen. Andere wären froh, wenn sie mit dir tauschen könnten.«

»Das ist es nicht. Ich liebe den Hof hier. Aber auch ich habe das

Bedürfnis nach Abwechslung. Mal was anderes sehen. Das Angebot klingt nach Urlaub – und als Gegenleistung darf ich Bücher und Urkunden wälzen.«

»Wenn du dich mal nicht täuschst.«

»So schlimm wird's schon nicht werden. Ich bin zu nichts verpflichtet.« Eleonora nahm einen Schluck aus dem Glas. »Außerdem gibt es noch einen anderen Aspekt, der mir die Sache schmackhaft macht.«

»Ich habe doch gewusst, dass irgendwo ein Haken steckt«, sagte Fabris. »Lass mich raten: Du musst dich als Nonne verkleiden.«

»Viel besser. Ich darf meine beiden Trüffelschweine mitnehmen.«

»Unsere Trifolai? Was sollen die in einem Kloster? Soll das heißen, du willst mich hier allein zurücklassen?«

Eleonora knuffte den Arm ihres Freundes. »Du bist nicht allein. Du hast doch die Nachbarn. Und unsere Viecher im Stall.«

»Soll ich mich zu denen ins Heu legen, während du fort bist? Schöne Aussichten.«

»Ich brauche mein Porcellino dort. Beruflich sozusagen.«

»Du verbringst eh schon viel zu viel Zeit mit dem Eber und seinem jungen Begleiter. Es reicht schon, dass die Schweine mit uns im Haus wohnen.«

»Es sind besondere Schweine, das weißt du doch. Sie sorgen dafür, dass wir von der Trüffelsuche gut leben können. Außerdem brauchst du nicht auf ein Schwein eifersüchtig zu sein.«

Fabris tat zerknirscht. »Ich habe den Eindruck, du bringst dem Tier mehr Zuneigung entgegen als mir, nimmst sogar lieber ein Schwein in den Urlaub mit als mich.«

Eleonora lachte. »Den Urlaub holen wir nach, nur wir beide. Versprochen. Aber Abt Aviano hat angedeutet, dass die Geschichte des Klosters mit einer Legende verwoben ist.«

»Welche Geheimnisse plagen denn den Geistlichen?«

»Er will, dass ich den Goldenen Trüffel finde.«

Fabris blieb der Mund offen stehen. »Willst du mich auf den Arm nehmen? Das klingt verdammt nach Märchenstunde.«

»Das dachte ich zuerst auch. Aber bei dem Goldenen Trüffel handelt es sich tatsächlich um eine Legende, die sich seit Jahrhunderten um das Kloster rankt. Der Abt weiß nicht, ob diese Geschichte wahr ist, ob es überhaupt einen Goldenen Trüffel gibt und was er darstellen könnte. Es kann ein Schmuckstück sein, eine Pflanze, ein Gemälde, ein verschollenes Buch. Oder etwas Geistiges, ein Symbol wie der Heilige Gral, eine Idee, ein alchemistisches Rezept, ein religiöses Ritual. Ich weiß es nicht, der Abt weiß es nicht. Er aber will herausfinden, was dahintersteckt und was es mit der spezifischen Klosterhistorie zu tun hat. Und wenn das sagenhafte Ding noch etwas wert sein sollte, umso besser. Bei den leeren Kassen ...« Eleonora gluckste.

»Der arme Abt steckt sicher in der Zwickmühle. Ein Kloster ist ein Ort der Besinnung und keine Herberge. Als zusätzliches Marketingargument klingt Goldener Trüffel, wie soll ich sagen, betörend. Wer Kunden anlocken will, muss eben die Trommel rühren und darf nicht nur auf Gottes Wort vertrauen.«

»Jedenfalls hat ihn mein Hinweis überzeugt, es könne nicht schaden, meine beiden Trüffelschweine mitzunehmen. Wer weiß, vielleicht finden sie die entscheidende Spur. Wäre ja nicht das erste Mal.«

Bislang hatte ich dem Gespräch nur mit halbem Ohr zugehört. Aber der Begriff »Goldener Trüffel« elektrisierte mich. Nicht nur wegen meiner Leidenschaft für die Pilze, dem fürwahr göttlichsten Lebensmittel auf Erden. Bilder aus meiner Kindheit stiegen hoch, längst vergessene, und mit ihnen die Erinnerung an die Sage von meiner Ururgroßmutter Lucrezia und dem Goldenen Trüffel. Meine Mutter Penelope hatte sie mir oft als Gutenachtgeschichte erzählt. Es handelte sich um eine uralte Schweinesage, von Generation zu Generation weitergereicht. Danach sollte Lucrezia, die Weise, einst den legendären Trüffel entdeckt und damit den Grundstock für den Ruhm unserer Familie als Tartufo-Dynastie gelegt haben. Ein Ruhm, von dem ich heute noch zehrte, denn das Blut Lucrezias pochte auch in meinen Adern, und kein Mitglied unserer Familie ist je über die Jahrhunderte hinweg in solchen Ehren gehalten worden wie diese wunderbar weise Sau. Ich verdankte ihr unendlich viel, meine Fähigkeiten, meine Existenz, meine Bildung – ihre Anlagen, gepflanzt vor Jahrhunderten, machten einen Teil meines Wesens aus, auch wenn ich keinerlei Vorstellung hatte, wer meine Ururoma tatsächlich gewesen war, wie sie ausgesehen hatte. Eleonoras und Fabris' Unterhaltung reduzierte sich auf ein säuselndes Hintergrundgeräusch, denn meine Aufmerksamkeit konzentrierte sich auf ein mir bislang vollkommen unbekanntes Gefühl, eine bittere Trauer darüber, meine Ururoma nicht gekannt zu haben. Vermessen und undankbar kam ich mir vor, mit meiner tagtäglichen Arbeit Lorbeeren einzuheimsen, die eigentlich ihr gebührten. War ich ein schlechtes Schwein, dass mir in all den Jahren, die ich bereits auf dieser Erde lebte, nicht einmal der Gedanke gekommen war, der Gründerin unserer Familientradition Dankbarkeit zu erweisen? Geschweige denn mich zu fragen, wie sie gelebt hatte, wie sie gestorben war? Denn ihr Tod musste hohe Wellen geschlagen haben und war bis heute ein großes Rätsel.

Lucrezias Entdeckung habe den Menschen über Jahrhunderte hinweg Glück und Wohlstand beschert, hieß es. Doch es ist nicht überliefert, was genau sie entdeckt hatte. Ruhm erntete sie bei den Menschen nicht – im Gegenteil. Gerüchte besagten, auf dem Goldenen Trüffel habe ein Fluch gelegen, der Tartufo habe letztlich ihren gewaltsamen Tod herbeigeführt – dort in Umbrien, wo sich ihre Spur verlor. Ihr Geheimnis hat sie mit ins Grab genommen, ihre letzte Ruhestätte ist bis heute unbekannt. Die Geschichte des Goldenen Trüffels geriet schließlich mit den Jahrhunderten immer mehr in Vergessenheit. Was blieb, war die Erinnerung in meiner Familie an Lucrezia, mehr ein Gedanke, ein abstraktes Wortgemälde in Form einer Sage, das die wahre Gestalt verbarg. Sollte Eleonoras Vorhaben tatsächlich Gestalt annehmen und ich einen Urlaub in Umbrien verbringen – ich schrieb mir fest hinter die Ohren, für meine geschätzte Ahnin vor Ort zumindest eine Gedenkminute einzulegen.

Die nächsten Tage nahm Eleonora ihr Projekt zielstrebig in Angriff. Sie fuhr nach Mailand, um Bücher zu besorgen, erstellte Listen mit Dingen, die sie mitnehmen wollte, packte mehrere Koffer und ging dabei mit einer Energie zur Sache, die ich schon lange nicht mehr an ihr bemerkt hatte. Schließlich kam der Tag der Abreise, auch dieser viel früher als ich gedacht hätte. Ich fand gerade noch genug Zeit, mich von meiner Freundin Cleopatra zu verabschieden, einer blaublütigen Gascon-Sau aus der Nachbarschaft, eine Contessa de la Rosa, ursprünglich französischer Adel. Ich rieb meinen Rüssel zärtlich an ihrer Backe, sog den Duft von Klee und Minze ein, labte mich an ihren Wohlgerüchen. Sie guckte mich an, als habe sie gerade ein Pfund Limonen zerkaut.

»Jetzt bist du so lieb zu mir und gleich haust du ab, mon cher«, sagte sie. »Schöner Freund! Mich sitzen lassen. Pah!« Sie drehte sich demonstrativ weg.

»Ich werde jede Minute an dich denken«, flüsterte ich ihr ins Ohr, getrieben von einer Prise Schuldbewusstsein. »Was soll ich machen? Job ist Job. Ich kann Eleonora nicht im Stich lassen. Und ich muss sagen, meine liebe Ururoma Lucrezia schafft es mittlerweile schon in meine Träume, und ich freue mich darauf, mit Umbrien den Flecken Erde kennenzulernen, den ich aus den Sagen meiner Kindheit kenne. Du kennst mich doch, weißt, wie viel ich mir auf meine Familie einbilde, und solch eine Gelegenheit bekomme ich nie wieder in meinem Leben. Und wer weiß, nachdem Eleonora nun eh auf den Goldenen Trüffel angesetzt ist, vielleicht kann ich da mit meiner Spürnase auch meinen Teil dazu beitragen und einen Funken mehr Wahrheit in meine Ahnengeschichte bringen. Denn es soll mich der Teufel holen, wenn die mysteriöse Saga um Lucrezia nur erfunden ist. Schweine flunkern nicht.«

»Das verstehe ich ja. Doch wo bleibe ich?«

»Es dauert nicht lange. Höchstens ein paar Wochen. Wenn du Fabris regelmäßig besuchst, kannst du Neuigkeiten von uns aus Umbrien aufschnappen.«

»Très bien. Ein toller Ersatz.«

»Wenn ich zurück bin, feiern wir. Und zwar richtig. Versprochen.« Es verging noch eine halbe Stunde, bis Cleopatra ihren Groll überwunden hatte. Ich bedauerte, dass ich sie nicht mitnehmen konnte. Meine Freundin. Mein Schoko-Bacio.

Die Reise erinnerte mich an eine Kanzone der berühmten Sängerin Albavella Buffa, der vielleicht beliebtesten Sau unter den Mezzosopranistinnen, deren Lieder bildreich und sinnenfroh waren – und wunderbar melodisch! Caruso, mein Trüffellehrling, ein Mangaliza-Schwein, summte Opernarien, während wir auf der Ladefläche des Lieferwagens dahinschaukelten, dem ersten richtigen Urlaub unseres Lebens. Ein erhabenes Gefühl.

Von Alba aus nahmen wir die Autobahn, fuhren weiter bis Modena, bogen ab nach Süden auf die Autostrada del Sole, nahmen die Superstrada nördlich des Lago Trasimeno bis Perugia und legten den Rest der Strecke auf Landstraßen zurück. Ebenen lösten sich mit Tälern ab, Hügel mit Bergen, kahle Gipfel erinnerten an die kreisrund geschorenen Glatzen von Mönchen, getaucht in die Wärme der Sonne. Auf den Kuppen der Hügel drängten sich die Häuser zusammen als suchten sie in der Gemeinschaft Schutz vor dem Nachbardorf. Die Landschaft wechselte in kurzen Intervallen ihr Kleid und schien doch nur eine Farbe zu kennen: Grün. Das kräftige Grün der Maisbeete entlang der Wege, das Grünbraun des Getreidefelds, das bei einem Bauernhof auslief, der Silberschleier auf dem Grün der Olivenbäume, der Hänge von Ferne als gleichmäßige Stickerei der Natur glänzen ließ. Die samtgrünen Reihen der Weinstöcke, die sich den Berg hinaufzogen, den Senken und Plateaus folgten, und das Schwarzgrün des Bergwalds, das sich in ein Grünblau wandelte je weiter die Berge in die Ferne rückten, um am Horizont zu einer mit Wasserfarben gemalten Linie von zartem Blau zu verschmelzen.

Das Tal verengte sich. Eleonora bog ab, eine Serpentinenstraße führte bergauf, der Asphalt schlängelte sich vorbei an Geröllhängen und Buschwerk. Längst hatten wir das letzte Dorf hinter uns gelassen. Die Straße mündete in einen Feldweg, Schlaglöcher schüttelten das Auto wie ein Boot bei rauer See. Plötzlich bremste Eleonora und wir schlitterten auf der Ladefläche nach vorn.

»Finito.« Die Padrona stieg aus. Nun sahen wir den Grund für unseren Stopp: Vor uns versperrte ein Schlagbaum die Weiterfahrt. Darauf war ein Holzschild genagelt, dessen Schrift nur schwer zu entziffern war: »Proprietà privata.«

»Hoffentlich sind wir überhaupt richtig. Einen Wegweiser gibt's hier offenbar nicht.« Eleonora holte eine Landkarte aus dem Handschuhfach und breitete sie auf der Motorhaube aus. Ihre Finger fuhren auf dem Papier entlang. »Kein Kloster zu entdecken. Hier – ein Punkt. Ohne Beschriftung. Das muss es sein. Wir fahren weiter.« Die Padrona ging zum Schlagbaum und hob ihn hoch, das Gegengewicht knarzte im Gelenk. »Avanti!«

Etwa fünf Minuten blieben wir auf der Rüttelstrecke, als der Weg sich plötzlich verbreiterte und auf einer Hochebene weiterlief. Kirschlorbeer und Zypressen säumten den Rand. Nach einer weiteren Kurve sahen wir schließlich das Kloster vor uns, die Abbazia di Benedetto. Es war ein Bau aus dem frühen Mittelalter, das Gemäuer bestand aus unverputztem Naturstein, abweisend und uneinnehmbar wie eine Trutzburg. Die Anlage bildete ein Rechteck, die Außenmauern umschlossen zwei Innenhöfe, nur vereinzelte Fenster und Schlitze in der Größe von Schießscharten durchbrachen das Bollwerk. Zusätzlich verlief in einigem Abstand um das Kloster eine zweite mannshohe Mauer aus aufgeschichteten Felsbrocken. Ein Campanile mit quadratischem Grundriss überragte die Zypressen, das Flachdach war mit Ziegeln gedeckt und mit einem Bronzekreuz gekrönt. Rundbogen, paarweise angeordnet, strukturierten die Fassade. Gleich hinter dem Anwesen erhob sich der Bergwald, auf dessen gegenüberliegender Seite der Hang steil abfiel und den Blick freigab auf die Berge jenseits des Tals. Keine einzige weitere menschliche Siedlung war zu sehen, kein Ton zu hören außer dem Rauschen der Blätter. Das Panorama vermittelte die Illusion, als wäre das Kloster vom Himmel gefallen und hätte durch die Jahrhunderte hindurch in der Bergeinsamkeit überlebt. Eine Illusion, die durch die gänzlich abgelegene Lage noch verstärkt wurde, denn unten vom Tal aus war das Anwesen nicht auszumachen. Die frühen Baumeister hatten den Ort geschickt gewählt: Die Mauern wirkten abschreckend auf Fremde und flößten sicher auch den Bewohnern selbst Respekt ein, was beides wohl der tiefere Sinn der Architektur war. Denn im Mittelalter war die Klosteranlage die einzige Heimat der Mönche, hier lebten sie, hier starben sie. Ausflüge zu Verwandten oder Freunden waren nicht vorgesehen, die Mönche gingen einen Pakt ein bis zu ihrem Tod, begaben sich freiwillig in diese abgeschlossene Welt mit ihren eigenen Regeln, in der sich alles nur um den Orden drehte – und um Gott. Einflüsse von außen störten nur. Erst nachdem die weltlichen Herrscher den Abteien das Vermögen genommen und ihre Macht gebrochen hatten, mussten sich die Klöster notgedrungen öffnen.

Eleonora ließ den Wagen vor dem Eingangstor neben einigen anderen Autos mit ausländischen Nummernschildern ausrollen und wandte sich an uns. »Ihr müsst euch noch ein wenig gedulden.« Ich inhalierte die Luft. Die Aromen, die meine Sensoren umspülten, signalisierten eine Frische und Erdverbundenheit, wie ich sie vom Piemont nicht kannte. Das Harz der Fichtennadeln, der Saft der Gräser, die Kühle der Steine – alles schien zu atmen, und ich wusste überhaupt nicht, in welche Himmelsrichtung ich meinen Rüssel als Erstes recken sollte. Eine kleine Pause für die Nase war also sehr in meinem Sinn.

Das Eisentor war verschlossen, ein Klingelknopf fehlte. Es dauerte eine Weile, bis Schritte zu hören waren. Und ein Husten. Ein Mönch in Kutte, vielleicht 50 Jahre alt, schlurfte leicht gebeugt auf Eleonora zu und öffnete das Tor.

»Salve, Signora. Sie …« Der Rest ging in einem Hustenanfall unter. »Verzeihung. Verzeihung. Mein Name ist Fra Stephanus. Sie sind …?« Durch das Autofenster roch ich kalten Rauch und Nikotin.

»Ich heiße Eleonora Gobetti. Ich bin Historikerin. Abt Aviano hat uns hergebeten.«

»Uns?« Auf der Stirn des Klosterbruders bildete sich eine Falte. Seine Haut war fahl. »Ich sehe keine Begleitung.« Beim Sprechen entblößte er eine Reihe gelber Zähne.

»Hat Ihnen der Abt nicht Bescheid gegeben? Ich habe meine beiden Trüffelschweine mit dabei. Hinten im Auto. Sie werden mich bei meiner Arbeit unterstützen.«

»Trüffelschweine? Benissimo! Hier oben im Wald sollen Tartufi wachsen. Ich hätte nichts gegen ein Trüffelmenü einzuwenden.« Dieser Mönch, dessen Gewand mit Nikotingeruch vollgesogen war, verstand wohl gar nichts von Tartufi. Als ob das Champignons wären, im Treibhaus gezüchtet, fahle Geisterpflanzen. Trüffel waren die Elbenkönige unter den Gewächsen, im Verborgenen lebend und nur durch die Magie von Trüffelschweinen bereit, an die Oberfläche zu kommen. Also durchaus eine künstlerische Tätigkeit, die ich ausübte. Meiner Padrona brachte sie ein Vermögen ein, auch wenn sie sich nichts aus Geld machte. Für die Erdknollen zahlten Feinschmecker rund um den Globus Unsummen. Und dieser Mönch redete, als wollte er eine Tomate im Supermercato erstehen.

»Nun ja, wir werden sehen. Ich würde gerne auspacken.«

»Natürlich, natürlich. Verzeihung. Wie unhöflich.« Sein Atem rasselte. »Sie müssen wissen, wir haben hier oben kaum weibliche Gesellschaft. Bislang jedenfalls. Aber das soll sich jetzt ja ändern.« Stephanus spuckte aus. »Hier soll sich so manches ändern.«

Eleonora öffnete die Hecktür und ließ uns aussteigen. Der Mönch zuckte bei meinem Anblick zurück. »Herrgott im Himmel. Das ist ja ein mächtiges Vieh.« Vorsichtig umkreiste er mich. »Nun, ähh, ich, ich denke, wir alle sind Geschöpfe des Herrn, wie der Heilige Francesco richtig bemerkte. Er predigte sogar zu den Vögeln.« Stephanus versuchte, die beiden Koffer Eleonoras zu tragen, doch fing er dabei so stark zu schnaufen an, dass die Padrona ihr Gepäck lieber selbst nahm. »Scusi, meine Dame. Das Herz.«

Wohl eher die Lunge, dachte ich. Wir folgten den beiden in den Innenhof. Stephanus wollte uns hinausscheuchen. »Für die Tiere richten wir im Stall etwas her. Wir haben auch ein Schwein. Da können sich die drei gleich kennen lernen.«

Eleonora berührte den Mönch am Arm. Er zog seinen Arm weg, als habe ihn eine Wespe gestochen. »Sehen Sie, Fra Stephanus, das sind keine gewöhnlichen Schweine, sondern äußerst schlaue und sensible Wesen. Sie sind es nicht gewohnt, in Ställen zu schlafen. Wir benötigen eine andere Unterkunft für sie. Und Matratzen. Und Schüsseln fürs Essen und Trinken.«

Stephanus starrte die Padrona mit offenem Mund an. »Ma... Ma... Matratzen? Und Schüsseln? Ich ... ich glaube, das sollten wir zuerst mit dem Abt bereden.«

Verstand dieser Mensch nichts von Kultur? Zu glauben, ich würde mich wie eine gewöhnliche Kuh auf kratzigem Stroh räkeln und Wasser saufen? Der sollte mal mein Zimmer im Piemont mit dem Samtsofa und dem Perserteppich in Augenschein nehmen ...

Stephanus rief zu einem ergrauten Mönch hinüber, der weit über 60 sein musste und gerade den Innenhof betreten hatte. »Abt Aviano! Signora Gobetti ist soeben angekommen.«

Der Abt kam zu uns herüber und begrüßte Eleonora mit einer Herzlichkeit, die ernst gemeint zu sein schien. Er trug das Habit, die traditionelle schwarze Ordenstracht der Benediktinermönche, eine Tunika und ein Skapulier, einen weiten Überwurf. Ein Gürtel hielt den Stoff zusammen. Die Füße steckten in Sandalen, das Haar war silbern und kurz geschnitten, Geheimratsecken ließen die Stirn höher erscheinen. Trotz seines Alters wirkte er vital und energiegeladen. Wie Eleonora wusste, hatte er fast sein ganzes Leben hier im Kloster verbracht.

Als er Jungschwein Caruso und mich sah, zog er seine Augenbrauen nach oben, betrachtete uns mit einer irritierenden Ruhe und sagte: »Bei Gott, das sind zwei ungewöhnliche Geschöpfe des Herrn.« Avianos respektvoller Abstand zu Caruso und mir zeugte von großer Achtung. Seinen Hypnoseblick beantwortete ich mit einem freundlichen Grunzen, was ihn dazu brachte weiterzusprechen. »Aber wir haben großes Verständnis für die Tiere. Wir beherbergen selbst eine Sau. Und einer unserer Schutzheiligen ist Antonius der Große, der Patron und Beschützer aller Schweine. Ein Seitenaltar in unserer Kirche ist dem Heiligen gewidmet. Nicht zu verwechseln mit dem heiligen Antonius von Padua, dem Helfer bei verlorenen Gegenständen.«

Ich war beeindruckt, denn mit solch einer Schweinebegeisterung des Klosters hatte ich nicht gerechnet. Ich fühlte mich willkommen. Gerne hätte ich mich mit dem Abt über die Rolle der Schweine in der Geschichte der christlichen Kirche ausgetauscht, denn da hätte ich ihm das eine oder andere Interessante berichten können. Und ich wäre in seinem Ansehen sicher noch weiter gestiegen, hätte er erfahren, dass meine Vorfahrin Lucrezia am Hofe von Cosimo de' Medici in Florenz gearbeitet hatte. Sie bewohnte ein eigenes Zimmer im Palazzo Medici und galt als Vertraute von Nannina de' Medici. Lucrezia diente zugleich als Zimmermädchen, Beschützerin und Ratgeberin, auch wenn es Nanninas Bruder Lorenzo de' Medici nicht mochte, seine Schwester ständig in Gesellschaft einer Sau zu sehen. Aus diesem Grund ist Lucrezia auch in vielen Chroniken unerwähnt geblieben, kein seltenes Schicksal für ein Schwein.

Aviano plauderte noch eine Weile mit Eleonora, hörte sich ihren Wunsch nach angemessener Behausung für Caruso und mich an und versprach, sich umgehend um die Angelegenheit zu kümmern.

Das war vor drei Tagen gewesen. Drei Tage voller Klostergartendüfte, seligem Nichtstun und einer Stille, Ruhe und Bedachtsamkeit, wie ich sie noch nicht erlebt hatte. Keiner der Mönche schien auch nur zu wissen, was eine schnelle Bewegung ist, sie verrichteten ihr Tagesgeschäft, langsam aber stetig, jede Hektik vermeidend. Allein durchs Zuschauen wurde man ruhiger und fand es auf einmal vollkommen in Ordnung, ohne schlechtes Gewissen Löcher in den Himmel zu starren. Ich vermute, es kam daher, weil die Mönche mit einem anderen Begriff von Zeit lebten. Weltliche Sorgen wie »Zeit verschwenden« oder »Zeit ist Geld« drückten sie nicht. Das machte wohl einen Großteil der modernen Faszination aus, die das mönchische Leben auf gestresste Menschen ausübte.

Wir Schweine kannten solche Probleme nicht. Wir lebten nach dem Motto unseres Schweinephilosophen Vestalus: *Jede Minute ist ein Trüffel deines Lebens.* Speisen oder Schlafen, alles war für uns gleich wichtig, auch wenn ein Happen eine Stunde dauerte. Für normale Menschen war die Zeit eine Peitsche, die sie antrieb, jede freie Stunde kostbar und selten wie ein Barolo von 1972. Das Kloster dagegen bot einen radikalen Gegenentwurf: Zeit ist unendlich, sie geht sogar über den Tod hinaus durch Auferstehung und Einkehr ins Paradies. Die Padres kannten einen Begriff wie Feierabend nicht, sie verwoben Beruf und Freizeit perfekt. Ihr Leben war die Zeit mit sich selbst, eine Selbsterfahrung des Hier und Jetzt und zugleich die Gewissheit für die Zukunft. Immaterielles, das Ich, der Geist bekamen einen neuen Stellenwert, rückten in den Mittelpunkt der eigenen Existenz. Ja, daran konnte ich mich gewöhnen – Meditationen über Tartufi und Rotwein und sich dabei die Sonne auf den Bauch scheinen lassen.

Doch dann riss mich Eleonora abrupt aus der neu entdeckten Welt der Ruhe und nötigte mich im Zuge ihrer historischen Forschungen hinab in die beklemmende Dunkelheit der Krypta. Nun standen wir wieder im Tageslicht, über und über mit Spinnweben bedeckt, wie ich jetzt erst bemerkte, und sortierten unsere Gedanken nach dem rätselhaften Skelettfund in der vergessenen Grabstätte. »Buon giorno«, ertönte es überraschend hinter uns. Es war der Abt, der mit strahlendem Gesicht die Arme ausbreitete, als wollte ein

Großvater seine Enkelkinder nach langer Zeit wieder in die Arme schließen. Dabei war es fast unmöglich, dem Oberhaupt des Klosters nicht ständig über den Weg zu laufen, im Garten, in der Küche, im Stall, nach den Andachten, beim Essen. Er schien immer und überall präsent zu sein, tauchte überraschend dann auf, wenn man nicht mit ihm gerechnet hatte. Seine Augen blickten einen an wie ein Suchender, der in die Tiefe der Seele taucht und alle Geheimnisse ans Licht holen will. Ihm schien es von Anfang an selbstverständlich zu sein, dass ich Eleonora auf dem Anwesen begleitete, allein durch die Gänge streifte oder es mir wie ein Schoßhund in den Räumen bequem machte, egal ob Menschen anwesend waren oder nicht.

»Abt Aviano, gut, dass ich Sie sehe, wir müssen reden.« Eleonora klopfte sich den Staub von der Jacke. »Wir haben eine Entdeckung gemacht. Im Gerätekeller. Da ist …«

Der Klostervorsteher hob beschwichtigend die Hände. »Liebe Signora Gobetti, ihr Eifer ist ehrenwert, sogar im Untergrund sind Sie tätig. Obwohl ich mir Ihre Recherchearbeit anders vorgestellt habe. Doch was Sie mir erzählen wollen, muss warten. Hier oben gehen die Uhren anders. Uns läuft nichts davon.«

»Aber wir …«

»Schon gut, schon gut, wir werden darüber sprechen. Später. Ich erwarte einen Neuankömmling, den ich begrüßen muss. Einen Künstler. Opernsänger von Beruf. Wie ich gehört habe, von einiger Berühmtheit.« Das Klosteroberhaupt nickte zum Abschied und ging weiter. Unerhört. Ich konnte gerade noch einsehen, dass er, der keine Ahnung hatte, wer Lucrezia war, nicht verstand, was der Skelettfund unter Umständen bedeutete. Dem würde ich selbst nachgehen müssen, wie immer, und das würde ich auch tun. Aber dass dieser Mönchs-Capo, der die historische Untersuchung des Klosters angeordnet hatte, sich nun einfach so abwendete, nur weil der Fund im Keller entdeckt worden war und nicht in der Klosterbibliothek über eine staubbedeckte Chronik gebeugt, wie er es gerne gesehen hätte?

Eleonora starrte ihm nach. »Wenn er nicht will, dann eben nicht. Dann müssen die Toten eben warten.«

3

Vom Tor her war Lärm zu hören. Eine kräftige Männerstimme gab Anweisungen. Ich ging um die Ecke und sah eine Limousine, vor der ein beleibter Herr mit Filzhut stand. Er mochte 55 Jahre alt sein, das Gesicht von Falten durchzogen, mit Tränensäcken unter den Augen. Sein Haar war in Wellen nach hinten gekämmt und reichte bis zum Kragen, Gel zähmte die Strähnen. Der Mann fächelte sich mit seinem Panamahut Luft zu und öffnete die Knöpfe seiner Anzugjacke. Darunter kam eine Samtweste zum Vorschein, farblich zu den Schnürschuhen passend, die in der Sonne wie Lackleder glänzten. Als ich mich näher schlich, kitzelte ein Bukett von Maiglöckchen und Lavendel meine Nase. Es gehörte zu einer Frau mit glattem, schulterlangem Haar. Sie stieg gerade aus dem Auto, ging einen Schritt, blieb mit dem Absatz ihrer Pumps im Kies stecken, stolperte.

»Diese verdammten Schuhe, ich habe mir gleich gedacht, Rinaldo, dass ich für unseren Urlaub falsch angezogen bin.« Sie konnte allenfalls knapp über 30 Jahre alt sein, Typ Aerobictrainerin, durchtrainiert und schlank. Ihr Kleid reichte kaum übers Knie und gab ein Paar wohlgeformte Beine frei. Die Anatomie ihrer Brüste zeichnete sich deutlich unter ihrer Bluse ab.

»Dolores, bella mia, du wirst in einem deiner vier Koffer schon was Passendes finden«, sagte Rinaldo. »Sieh dir das Anwesen an, fantastico! Und die Natur!« Er sog die Luft ein und ließ sie mit einem Zischen wieder entweichen. »Ich spüre schon, wie sich meine Lunge erholt. Das ist Balsam für meine Stimmbänder.«

»Du hast recht. Wir sollten diesen Ort genießen.«

»Ma pralina, sieh nur!« Rinaldo drehte sich theatralisch um seine Achse. »Das ist es! Wir haben es gefunden. Endlich. Was wir schon immer gesucht haben. Ein Retreat. Eine Klause. Eine Meditationsstätte. Echt und unverfälscht. Keiner dieser Fünfsternehotelschuppen mit ihrem aufgesetzten Charme, kein Touristenvolk, keine lästigen Gaffer. Ich danke meinem Agenten für diesen Geheimtipp.«

Abt Aviano kam ihnen entgegen, im Gefolge ein junger Mönch in Ordenstracht. »Signor Battistini, herzlich willkommen.« Der Hausherr schüttelte ihm die Hände. »Welche Ehre, einen so berühmten Tenor in unserer bescheidenen Hütte empfangen zu dürfen. Und ihre reizende Tochter. Benvenuto!«

Rinaldo Battistini sah den Abt an, als wollte er ihn mit seinem Blick durchbohren. »Darf ich vorstellen, Dolores, meine Ehefrau.«

»Signora, segne Sie Gott. Wie bezaubernd. Ich hätte Sie natürlich zuerst begrüßen müssen. Verzeihen Sie einem alten Zausel.« Erstaunlich, wie gut sich Aviano im Griff hatte und seine Überraschung verbarg. Er zog seinen Begleiter neben sich. »Das ist Fra Lavello, unser Novize. Er kümmert sich um unsere Kräuter und unsere Rosen und wird Ihnen mit dem Gepäck zur Hand gehen.«

Dolores Battistini stieß ihren Mann in die Rippen. »Schau hin. Ich kann's kaum glauben. Echte Mönche! In unserer Zeit.« Sie ging auf Lavello zu und zupfte an seiner Tracht. »Wie süß. Ein richtiger Klosterbruder. Und ein junger noch dazu. Ich freue mich darauf, Ihre Bekanntschaft zu machen. Sie müssen mir alles von Ihrem Leben hier oben erzählen. Vom Beten und so.« Sie lachte. Lavellos Gesicht färbte sich dunkelrot.

»Buon giorno.« Es klang mehr wie ein Krächzen. Der junge Mann senkte den Blick und verschränkte die Arme hinter dem Rücken.

Aviano verbeugte sich. »Verzeihen Sie, Signora, in aller Demut. In unserem Konvent waren wir bislang unter uns. Ora et labora – bete und arbeite, der Leitspruch des Benediktinerordens, die oberste Regel für unsere Männergemeinschaft. Unsere Mitbrüder müssen sich erst noch an Fremde gewöhnen. Und an Frauen.«

»Ich kann immer noch nicht glauben, dass es ein solches Kleinod wie Ihr Kloster gibt. Che bello. Hier scheint die Zeit stehen geblieben zu sein. Auf eine positive Art.« Battistini strahlte. »Der ideale Ort zum Entspannen. Ja, ja, die Mönche wussten schon immer, wie sich's gut leben lässt.«

Dolores zog ein Mobiltelefon aus der Tasche. »Ich muss sofort Angelica erzählen, was wir hier entdeckt haben. Sie wird vor Neid platzen.« Sie tippte eine Nummer ein, wartete. »Komisch, da rührt sich nichts.«

»Ich fürchte, in den Bergen haben Sie keinen Empfang«.

»Dann schicke ich eben eine E-Mail.«

»E-Mail?« Die Augenbrauen des Abtes wanderten nach oben. »Sie meinen, per Computer? Solch technischen Schnickschnack haben wir nicht. Wir sind ein Kloster. Wenn Sie telefonieren möchten, können Sie das selbstverständlich in meinem Büro tun. Dort steht ein Apparat.«

»Hast du das gehört, Rinaldo?« Die Frau drehte sich zu ihrem Mann. »Ein einziges Telefon in der gesamten Anlage! Wie … wie apart.«

»Wenn Sie mit Gott telefonieren wollen, brauchen Sie kein Gerät«, konterte der Abt. »Das ist ja das Schöne. Er hört Sie immer und überall. Sie müssen es nur probieren.« Aviano hatte mich an der Mauer entdeckt. »Ich möchte Sie darauf hinweisen, bei uns laufen einige Schweine frei auf dem Gelände herum.« Er deutete mit dem Finger auf mich. »Erschrecken Sie nicht. Die gehören gewissermaßen zum Inventar.«

Dolores Battistini stieß einen Schrei aus. »Ein wildes Tier! Guck, Rinaldo, wie unheimlich es aussieht. Der böse Blick.« Sie wandte sich an den Abt. »Beißt der?«

»Völlig harmlos. Wie im Streichelzoo. Abgerichtet zur Trüffelsuche.«

»Tartufi. Sie servieren frische Tartufi zum Essen?« Der Opernsänger schnalzte mit der Zunge. »Wie exquisit. Und alles im Preis inbegriffen. Ich danke Gott, dass er uns diesen Flecken Erde gezeigt hat.« Er stimmte ein Lied an: *Strahlt mir ein Himmelreich, bin ich verwandelt im Herzen.* Vermutlich Puccini.

Streichelzoo. Es war doch immer wieder vernichtend zu hören, für was mich die Menschen hielten. Offensichtlich für ein Dressurpferdchen. Wenn ich auf Trüffelsuche ging, dann freiwillig. Und nicht, weil jemand mit den Fingern schnippte. Tartufi waren meine Profession. Meine Leidenschaft. Meine Liebe. Den Menschen musste ich erst noch kennen lernen, der meinte, mich abrichten zu können.

»Lavello hilft Ihnen mit dem Gepäck und zeigt Ihnen Ihr Zimmer.« Der Abt gab seinem Helfer einen Wink. »Ich wünsche einen schönen Aufenthalt.«

Ich machte mich auf die Suche nach Caruso, meinem Juniorpartner. Nach dem Haupttor stieß ich auf den Kreuzgang, eine Art Loggia, die sich um alle vier Seiten des ersten Innenhofs zog. Eine Balustrade grenzte den Gang von der Hoffläche ab, Rundbogen und Säulen gaben den Blick auf Rosenrabatten frei, durch die zwei kreuzförmige Kieswege führten. Die Stauden waren wie mit dem Lineal gepflanzt, die Triebe sorgfältig gestutzt, das Unkraut entfernt, die Erde wies ebenmäßige Muster eines Rechens auf. Im seltsamen Kontrast dazu stand der Rest der Außenanlage. Putz bröckelte von den Wänden, an einigen Stellen schaute das Ziegelwerk hervor. Der Boden, durch die Jahrhunderte blank geschliffen, wies Lücken auf, und wo die Pflastersteine fehlten, hatte man Sand aufgeschüttet. Die Kapitelle der Säulen waren mit Blumen, Heiligen und Fabelwesen verziert, an vielen Stellen fehlten die Figuren, die entweder gewaltsam herausgebrochen oder einfach irgendwann heruntergefallen waren. Von den Türen blätterte die Farbe.

Ich fand Caruso hinter einer Hecke liegend. Sein Atem ging ruhig und gleichmäßig.

»Aufwachen, Junior!«

Nichts rührte sich. Ebenso gut hätte ich Selbstgespräche führen können. Ich schüttelte ihn. Er ließ ein Grunzen hören und drehte sich auf die andere Seite. Ich schüttelte ihn erneut.

»Was ist?« Er blinzelte mich an, ein gescheiterter Versuch, die Augen zu öffnen.

»Du verpennst hier die Zeit, während sich draußen der Lauf der Welt ändert!«

»Hab ich das Mittagessen verschlafen?«

»Nein, aber du wirst nie erraten, was wir im Keller entdeckt haben. Und außerdem ist soeben ein Opernsänger angekommen.«

»Ein Opernsänger?« Caruso war sofort hellwach. »Der richtig singen kann?«

»Ich denke schon. So gut es Menschen eben beherrschen.«

»Ist er besser als ich?«

»Nun, ähhm, anders. Viel habe ich von ihm noch nicht gehört.«

»Pah! Menschen können nicht singen.« Wie zum Beweis stimmte er ein Lied aus Verdis »Aida« an. Wundervolle Klänge erfüllten die Luft. Man merkte eben, dass Sängerblut in Carusos Adern floss. Er stammte aus einer musisch begabten Familie.

»Wir haben im Keller eine Entdeckung gemacht ...«, sagte ich.

»Erst will ich diesen Opernmenschen sehen«, unterbrach mich Caruso und sprang auf. »Mit eigenen Ohren hören.« Er trabte auf den Hof, ich ihm hinterher, vorbei an dem Gewächshaus. Kaum waren wir einige Meter gegangen, als eine Stimme rief: »Hallo, ihr beiden! Wartet auf mich.« Es war Tiffany, das Hausschwein des Klosters, besser gesagt das Maskottchen der Bewohner, denn niemand dachte wirklich daran, Tiffany einmal in den Kochtopf zu befördern. Sie bewohnte ein Strohlager im Stall neben dem Verschlag für die Hühner. Sie hatte weiche Borsten, ihre Ohren liefen spitz zu, ein anmutig geformter Rüssel schmückte das Gesicht. Unsere Ankunft hatte ihre Einsamkeit beendet – ich stellte mir das Leben nicht leicht vor, allein als Sau unter Mönchen und Hühnern. Ihre Eltern kannte sie nicht, die Mönche hatten die Waise aufgezogen und ihr ein Zuhause geboten. Tiffany begrüßte uns mit Nasewetzen, wir rieben die Rüssel aneinander, und ich roch das Parfum von Löwenzahn und Lindenblüten. Caruso konnte gar nicht genug kriegen von dem Begrüßungszeremoniell, ich musste ihm diskret einen Stups in die Flanke geben.

»Caruso gedenkt, die neuen Gäste kennen zu lernen«, sagte ich. »Ein Tenor. Singt an der Oper.«

»So schön wie Caruso?«

»Anders.«

Dutzende von Petroleumlampen flackerten in der ehemaligen Krypta im Keller, zwei Handscheinwerfer tauchten die Gruft in Licht. In der Grube arbeitete Fra Lavello gemeinsam mit Eleonora und Fra Tettamonti. Der Abt stand mit mir am Rande des Geschehens. Er hatte sich endlich die Schilderungen der Padrona angehört und alles Nötige für eine genauere Untersuchung der beiden Skelette veranlasst. Lavello hatte er ausgewählt, weil der Novize in seinem früheren Leben etwas mit Medizin zu tun gehabt haben soll und im Kloster die Krankenpflege betreute. Er war der jüngste –

und einzige – Neuzugang in der Abtei. Vor zwei Jahren hatte er plötzlich vor der Pforte gestanden und um eine Unterkunft gebeten. Die Mönche hatten ihm ein Zimmer im Gästehaus zugewiesen und ihm zu essen gegeben. Er beteiligte sich rege am Leben der Klostergemeinschaft, betete in der Kirche, half im Garten aus, legte den Verband an, als sich ein Bruder in der Küche beim Gemüseschneiden verletzt hatte. Nie drängte er sich auf, nie forderte er etwas. Über seine Vergangenheit schwieg er, allerdings fragte ihn auch niemand danach. Ein Monat verging, und Lavello bat um die offizielle Aufnahme in den Konvent. Aviano verordnete ihm eine Probezeit von einem Jahr, das Noviziat, die er bestand. Seitdem wartete der Novize darauf, ganz in den Konvent aufgenommen zu werden. Das alles hatte der Abt Eleonora nach unserer Ankunft erzählt.

»Vorsicht mit den Knochen«, warnte sein Mitbruder Tettamonti. Er trug wie alle anderen Gummihandschuhe. »Möglichst nichts berühren, damit wir die Ursprungslage der Skelette studieren können.«

Eleonora nahm einen Fetzen aus dem Sarkophag. »Sieht aus wie die Überreste eines Brokatstoffs.« Sie deutete ins Innere. »Dort liegen ähnliche Teile. Die eine Leiche hatte wohl ein Kleid an. Ein Festkleid. Brokat galt als sehr wertvoll.«

»Definitiv eine Frau, aber das Alter kann ich bei dem Zustand des Skeletts leider nicht mehr schätzen«, stellte Lavello über den ersten Schädel fest.

»Kümmert euch lieber um das andere Skelett«, sagte Tettamonti. »Das sieht äußerst seltsam aus. Wie ein Monstrum. Schwer vorstellbar, dass in diesem Knochenmachwerk eine menschliche Seele gehaust haben soll, das Bild könnte aus der Johannes-Apokalypse stammen.« Er schlug ein Kreuz. Tettamonti war ein groß gewachsener Mönch mit flinken Händen und Kraft beim Zupacken, 36 Jahre alt. Er hatte offenbar die Bibel über Jahre hinweg nicht nur gelesen, sondern geradezu inhaliert, und pflegte seine Gespräche mit Zitaten aus dem Buch Gottes zu würzen. Seine Gesichtszüge wirkten asketisch, die dunklen Augen verrieten Leidenschaft, sein Lächeln hatte etwas Einnehmendes und zugleich Schüchternes. Die Nähe zu einer Frau schien ihn zu irritieren, ständig rückte er von Eleonora ab, als würde er durch die Berührung an Ausschlag erkranken. Seit seinem 24. Jahr lebte er in der Abtei, er betreute die Bibliothek. Ursprünglich stammte er aus Rom. Sein Vater arbeitete als Lehrer, die Mutter erfüllte die Rolle der Hausfrau. Eleonora hatte er erzählt, dass er zunächst auf Wunsch seiner Eltern ebenfalls Lehramt zu studieren begonnen hatte. Aber schon bald störte ihn das Oberflächliche an der Universität, er wechselte in ein Priesterseminar. Dort hielt es der junge Mann ein Jahr aus, bevor es ihn in die Berge zog und er in der Abbazia di Benedetto landete. Seine Erfüllung fand er beim Meditieren und beim Lesen religiöser Texte, die er bald besser kannte als jeder andere im Kloster – einschließlich des Abtes.

»Was bedeutet das Kreuz zwischen den Rippen?« Aviano deutete auf das Frauenskelett. »Wu… wurde die Frau ermordet?« Er zögerte. »Mit … einem sakralen Gegenstand?«

Eleonora zog das Kreuz heraus und hielt es in das Scheinwerferlicht. Ein dünner Schaft, der zum Ende spitz zulief. »Eisen, würde ich sagen. Die Handarbeit wirkt schlicht.« Sie drehte das Kreuz, hielt es schräg gegen das Licht. »Es sieht aus, als wäre da früher etwas eingraviert gewesen. Aber der Rost hat es unkenntlich gemacht.«

Lavello betastete die Rippenknochen. »Ich bin mir nicht sicher, ob das Kreuz im Körper der Frau steckte, ob da etwas Schreckliches passiert ist. Genauso gut könnte sein, dass es einst auf der Brust der Toten gelegen hat und im Laufe der Jahrhunderte durch die Verwesung verrutscht ist.«

»Glaubt ihr, die arme Seele – Gott hab sie gnädig – ruht hier wirklich schon sehr lange?« Die Stimme des Abtes senkte sich zu einem Flüstern. »Oder ist …«

»Ihr meint, Padre, ob dieses Geschöpf Gottes erst kürzlich in den Sarg gepackt wurde? Welcher Beelzebub würde so etwas tun?« Tettamonti bekreuzigte sich wieder. »Ich werde gleich in der Kirche einen Rosenkranz für die … die … ähm … Frau beten.«

»Wir alle sollten für die Verblichene beten«, sagte Lavello. »Es ist schwer festzustellen, wie lange sie bereits im Sarg liegt. Nach meiner Meinung jedoch nicht erst seit ein paar Jahren. Sondern wirklich schon Jahrhunderte. Aber ich kann mich irren. Ich hoffe, der Herr hat sie ins ewige Himmelreich aufgenommen.«

»Was bei dem anderen Skelett unwahrscheinlich ist.« Abscheu färbte Tettamontis Worte. »Ein Geschöpf Luzifers. Wie heißt es in der Heiligen Schrift: *Und er ergriff den Drachen, die alte Schlange, das ist der Teufel und der Satan, und fesselte ihn für tausend Jahre, und warf ihn in den Abgrund und verschloss ihn und setzte ein Siegel oben darauf, damit er die Völker nicht mehr verführen sollte, bis vollendet würden die tausend Jahre.*«

»Nun, das Lebewesen kam nicht gerade aus der Hölle«, sagte Lavello, »der große Kopf, der Rippenbogen, das ist eindeutig ein Tier. Der Teufel sieht anders aus.« Der Brustkorb wirkte deformiert, die Füße wie von einem Krüppel. Zwei Kohlestücke schienen die Augenhöhlen des Schädels zu markieren, das Gebiss war überdimensioniert, es wirkte, als würde das Gerippe über seine Betrachter lachen.

»Wie willst du das wissen, Bruder?« Tettamonti schauderte. »Bist du ihm bereits begegnet? Das Böse kann viele Gestalten annehmen.«

Ich wollte schon mit einem Raunzen protestieren, beherrschte mich aber. Für mich war seit dem Moment, da ich mit Eleonora das Skelett zum ersten Mal gesehen hatte, klar, was dort in dem Sarg lag, zu oft hatte ich solche Skelette schon gesehen. Aber hier, an diesem Ort …

»Die Sache ist ganz einfach. Ich komme von einem Bauernhof, da kann ich die Überreste des zweiten Lebewesens eindeutig identifizieren.«

Eleonora sah die Mönche an. »Es besteht kein Zweifel: In der Gruft liegt ein Schwein.«

Danke. Wenigstens auf Eleonora war Verlass. Sie hatte zwar etwas länger gebraucht als ich, aber schließlich doch verstanden, dass sich hier vor uns die Überreste eines meiner Artgenossen ausbreiteten. Oder einer Artgenossin. Denn ich konnte nicht anders als an Lucrezia denken. Aber so richtig Sinn ergab auch diese Theorie nicht. Wer war diese Sau?

4

Der Abt ging zum Schrank und holte eine Flasche mit dunkler Flüssigkeit heraus. »Sie verzeihen, Signora Gobetti, aber nach der Aufregung brauche ich jetzt was für die Nerven.« Er schenkte sich ein Glas ein und trank es in einem Zug aus. Ich roch Wermut, Thymian, eine Reihe unbekannter Kräuter – und Alkohol.

»Für besondere Notfälle.« Aviano ging um seinen Schreibtisch herum, setzte sich und stellte Flasche und Glas neben sich ab. »Nehmen Sie Platz, Signora, bitte.« Er sah zu mir hinüber. »Und du wirst meinen Teppich nicht verdrecken, wenn du schon hier im Zimmer sein darfst.«

Ich funkelte ihn an. Hielt er sich für den Papst, der eine Audienz gab? Jetzt hielt man mich auch noch für einen lebenden Schmutzgenerator. Demnach zu urteilen, was ich bislang so gerochen hatte, konnten einige seiner Mitbrüder von meiner Reinlichkeit noch etwas lernen. Ich jedenfalls wusch mich jeden Tag von Kopf bis Fuß mit frischem Wasser, eine Selbstverständlichkeit für jedes Schwein. Den Hals gurgeln, Dehngymnastik für die Muskeln, den Rüssel mit einer ausgefeilten Atemtechnik durchpusten, Riechübungen – meine Morgentoilette beanspruchte ihre Zeit.

»Bei meinem Porcellino brauchen Sie sich keine Gedanken machen, Padre. Das ist ein kluges Tier.«

»Ich hoffe es. Dafür habe ich es auch von Ihnen mitbringen lassen. Für Ihre Mission.« Der Abt zog seinen Ärmel glatt. »Womit wir beim Thema sind. Als ich Sie um Unterstützung bat, dachte ich mehr an historische Studien in den Folianten unserer Bibliothek. Dafür sind Sie mir empfohlen worden. Ich hätte aber nie erwartet, dass Sie Gräber öffnen und die Totenruhe eines Menschen stören.«

»Aber Sie selbst …«

Der Abt hob die Hand. »Gemach, gemach, Signora. Ich mache Ihnen keine Vorwürfe. Ich hätte Sie besser instruieren müssen. Mein Fehler, Gott möge mir verzeihen. Sie sind jung, Ihr Forschereifer … Ich kann es bis zu einem gewissen Grade ja verstehen. Wir sind Ihnen dankbar, dass Sie unentgeltlich Ihre Arbeit tun, eine noble Geste. Dennoch … ich bitte Sie, die Interessen künftig auf weniger makabre Dinge zu konzentrieren.«

»Abt Aviano, wie soll ich meine Aufgabe erfüllen, wenn ich die Recherchen auf Bücher beschränke? Glauben Sie mir, um handfeste Resultate zu erzielen, braucht es mehr als bloßes Aktenstudium. Lassen Sie meine Schweine und mich nur machen. Sie werden am Ende von den Ergebnissen überzeugt sein.«

»Ich will Ihnen keine Schranken auferlegen. Sie wissen, wie sehr mir daran gelegen ist, die Historie des Gemäuers zu beleuchten. Das ist übrigens ganz im Interesse unserer Ordensleitung. Wir haben es jetzt mit Gottes Hilfe geschafft – und darauf bin ich ein wenig stolz – erstmals Gäste, zahlende Gäste, in unserem Kloster aufnehmen zu können. Ich wünschte, es wäre anders und wir könnten uns ganz unserer geistlichen Arbeit widmen – aber wir brauchen das Geld. Das geht kurzfristig nur mit Tourismus. Und für die Fremden brauchen wir etwas zum Vorzeigen. Eine Attraktion. Dazu ist eine faszinierende Geschichte ideal, die Menschen lieben Geschichten. Schließlich sind wir hier nicht in Assisi, haben kein Grab eines Heiligen. Nur ein Grab mit den Gebeinen einer Frau und einem Schweineskelett. Welch Blasphemie.«

»So schlimm ist es nun auch wieder nicht. Eher extrem ungewöhnlich«, antwortete Eleonora. »Bisher habe ich keine Erklärung, warum es zu der gemeinsamen Beerdigung kam. Oder ob das Schwein nachträglich in den Sarg gelegt wurde. Was wiederum die Frage aufwirft: Warum? Und von wem? Und wann?«

Aviano ließ sich in die Stuhllehne fallen. »Bene! Sie haben erste Entdeckungen gemacht. Ein Schwein in einer Gruft. Ich habe angeordnet, den Sarkophag wieder schließen zu lassen. Denn bei der Klostergeschichte habe ich an etwas anderes gedacht. Mit einem Schweineskelett locken wir keine zahlenden Gäste hinter dem Ofen hervor, im Gegenteil! Meine Fratelli habe ich zum Schweigen verpflichtet, auf die ist Verlass. Ich zähle darauf, dass auch Ihre Lippen versiegelt sind. Nicht auszudenken, wenn unsere Besucher von diesem Vorfall erführen. Eine Sau und ein Mensch aneinandergeschmiegt. Ich kann mir nur vorstellen, welche Gespenstergeschichten dann die Runde machen würden. Das kann ich im Kloster nicht gebrauchen, nicht an einem Ort der Stille und des Friedens. Die Menschen kommen zu uns, weil sie Ruhe und spirituelle Erbauung suchen. Jede Aufregung ist Gift. Reines Gift. Wir wollen nicht mehr auf uns aufmerksam machen, als fürs Geschäft notwendig ist.«

»Für die Seele oder fürs Geschäft?« Ich hoffte, dass dem Abt der sarkastische Unterton Eleonoras entgangen war.

»Für beides. Ich würde es nicht Geschäft nennen.« Aviano schenkte sich ein zweites Glas ein, setzte es an die Lippen und trank es aus, diesmal langsamer. Nachdenklich betrachtete er das Glas, als könnte er darin die Antwort auf all seine Fragen finden. »Ich bin seit über 40 Jahren in der Abtei, schon als junger Mann kam ich hierher auf den Berg. Meine Eltern habe ich im Krieg verloren. Ein Bombenangriff. Das Kloster gab mir wieder eine Heimat. Alle Höhen und Tiefen habe ich miterlebt, gesehen, wie das einst so stolze Kloster Jahr für Jahr mehr dahinsiechte, trotz unserer Gebete. Als ich zum Abt gewählt wurde, stemmte ich mich gegen diese Entwicklung, begrüßte neue Mitglieder in unserem Konvent. Aber jetzt, in einem Alter, in dem andere Menschen längst im Ruhestand sind, muss ich mir eingestehen, dass meine Mühen nicht von nachhaltiger Wirkung gewesen sind. Wir brauchen einen radikalen Schritt, wenn diese Abtei weiterbestehen soll. Die Antwort heißt sanfter Tourismus für Menschen mit Bildung, die so etwas zu schätzen wissen. Ein einzigartiges Refugium für Gäste, die bereit sind, für das Besondere zu zahlen. Wir bieten eine Atmosphäre der Beschaulichkeit und tun zugleich etwas für das Seelenheil unser Besucher. Das Geld fließt ausschließlich in die Kassen des Klosters. Wir Mönche haben uns zur Armut verpflichtet, privat gehört uns nichts. Was Sie hier sehen …«, Aviano machte eine ausholende Bewegung, die alles in seinem Büro einschloss: das Ölgemälde mit der Jungfrau Maria, die Aktenstapel, die auf dem Schreibtisch verstreut waren, das Telefon mit Wählscheibe, Radio, Teppich, Schrank und die Couch mit Stickereien, »… gehört dem heiligen Benedikt.

Wir sind nichts als seine Diener. Wir verwalten die Dinge lediglich.«

»Ich kann nicht garantieren, dass wir etwas finden werden. Aber der Fund in der Gruft ist ein erster Anhaltspunkt. Wir müssen unorthodoxe Wege beschreiten. Erzählungen, Folklore, Hörensagen. Goldener Trüffel – klingt ungewöhnlich für ein Kloster, gelinde gesagt.«

»Seien Sie optimistischer. Die Legende existiert seit Hunderten von Jahren, sie ist ein Teil der Vita dieses Gemäuers. Da muss etwas in den Dokumenten zu finden sein. Sie kann Teil einer wunderbaren Geschichte unseres Klosters sein, aufgeschrieben von einer wunderbaren Historikerin. Die überdies über archäologische Fähigkeiten verfügt.«

»Warum überhaupt der Aufwand für die Geschichtsrecherchen?«

Aviano seufzte. »Wenn's nur nach mir ginge, könnte ich darauf verzichten. Obwohl mich die Vergangenheit des Klosters interessiert, sie ist zugleich ein Teil meines Lebens. Aber sehen Sie sich um. Schauen Sie sich die Welt da draußen an. Überall hässlicher Wettbewerb, Unternehmen, die ihre Marktmacht ausreizen, die ihre Vermarktungsstrategien gnadenlos nach rationalen Kriterien exekutieren. Der Einzelne spielt da keine Rolle mehr. Ganz anders bei uns: Da steht der Einzelne im Mittelpunkt. Uns kümmern kommerzielle Kriterien nicht. Wir sind eine Oase in der Wüste der Geldgier. Bisher jedenfalls. Selbst wenn wir mit dem Mammon einen Pakt eingehen, so tun wir das aus anderen Motiven als Firmen. Und wir wissen den lieben Gott auf unserer Seite. Zugleich sind wir unerfahren in der Geschäftswelt, treiben wie der Korken auf einer Welle. Die Wellen erzeugen die anderen, und wir haben uns anzupassen, um nicht unterzugehen. Das heißt, wir müssen uns um so etwas wie …«, der Abt zögerte einen Moment, bevor er das Wort aussprach, »… wie Marketing Gedanken machen. Mein Gott, wie ich dieses Wort verabscheue, das dürfen Sie mir glauben. Aber was soll's – die Regeln stellen nicht wir auf. Wir müssen uns ihnen fügen. Deshalb brauchen wir etwas Einzigartiges, eine spannende Historie, prominente Vorfahren, einen Goldenen Trüffel, um aus der Menge der Konkurrenzangebote herauszuragen. Sie finden uns in keinem Reiseführer, keinem Urlaubskatalog. Das wollten wir ganz bewusst so. Die oberste Ordensleitung hat uns das Plazet erteilt. Seit Jahrzehnten leben wir hier ganz unter uns. Beten und arbeiten.«

»Ihre Gästeklause stellt nun allerdings einen radikalen Wandel dar«, entgegnete Eleonora.

»Die Not zwingt uns dazu. Unser Vorteil verwandelt sich nun in einen Nachteil – niemand kennt uns. Wir brauchen mehr Gäste. Keine Massen, bei Gott nicht. Sondern eine Handvoll spirituell Suchender, die unser Angebot zu schätzen weiß. Mehr könnten wir auch gar nicht bewältigen, denn außer unserem Hausmeister-Ehepaar wollen wir keine weiteren Angestellten.«

»Mönche sind allerdings keine gelernten Kellner und Zimmermädchen.«

»Ich weiß, ich weiß. Aber einen anderen Weg sehe ich nicht. Wenn meinen Fratelli an dieser Abtei liegt, werden sie Opfer bringen müssen. Ich sehe den ganzen Prozess als eine Prüfung, die der Herr uns auferlegt hat. Vielleicht kommt die Abtei ja auch draußen ins Gespräch, und wir finden neue Mitbrüder. Lavello war der Letzte – seit Jahren endlich wieder ein junger Mann, der dem Orden beitreten will. Zuwachs in unserer Gemeinschaft, das ist es, was ich mir am meisten wünsche.«

»Was sagen Ihre Mitbrüder dazu?«

»Ganz im Vertrauen – das ist der schwierigste Teil der Operation. Es gibt Vorbehalte. Unmut. Widerstand.«

»Wem passt denn die Linie nicht?«

»Darüber will ich nicht reden, eine innere Angelegenheit des Konvents. Wenn meine Gebete erhört werden, wird sich schon bald die gewohnte Einigkeit wieder herstellen.« Aviano räumte die Flasche in den Schrank.

»Wenden wir uns lieber einem angenehmeren Thema zu. Ich weiß, es ist ein vermessenes Anliegen, aber es wäre die erste Attraktion für unsere Gäste, und ich will gestehen, auch für mich: ein Trüffelessen. Die Wälder rund ums Kloster sollen eine Schatztruhe für diese Pilze sein. Sie haben einen Experten bei sich, dem es ein Leichtes sein würde.« Er zeigte auf mich. »Aber ich verstehe, wenn Sie sich auf Ihre historischen Studien konzentrieren wollen.«

Von draußen hörten wir eilige Schritte. Ein Klopfen, und ohne das »Herein« abzuwarten, trat ein Mönch mit zerzaustem Haar ein. Sein Brustkorb pumpte Luft.

»Padre, schnell! Es ist etwas passiert. Schnell! Wo ist Fra Lavello?«

»Langsam, Fra Gabriel. Warum störst du uns?« Das Gesicht des Abts spiegelte Verdruss.

»Schnell, bevor es zu spät ist. Er blutet. Das Blut … überall.« Der Mönch hatte sich bereits wieder umgedreht und war aus der Tür gelaufen. Aviano eilte ihm nach. Wir hinterher. Gabriel nahm den Weg quer durch die Rosenrabatte des Kreuzgangs und verschwand in der Tür neben dem Versammlungsraum des Konvents. Nur mit Mühe hielten der Abt und wir Schritt. Eine Treppe führte hinauf in den ersten Stock, den ich noch nicht betreten hatte. Ein langer Gang mit Terrakottafliesen und in gleichem Abstand gereihten Türen. An den Wänden nichts außer Kreuze und Heiligenbilder. Unwillkürlich musste ich an ein Gefängnis denken, aber wir befanden uns im Wohntrakt der Mönche. Die zweite Tür auf der linken Seite stand offen. Ein Zimmer, vielleicht drei Meter breit und vier Meter lang. Vor dem Fenster ein Tisch mit einem Madonnenbild, einem Kerzenhalter und einigen Büchern. Links ein Kleiderschrank, ein Betschemel und ein Stuhl. An der rechten Wand stand ein Bett mit weißen Decken. Zumindest waren sie bis vor Kurzem weiß gewesen. Jetzt zeichneten rote Spritzer ein abstraktes Muster auf die Fläche. Auf dem Bett lag – in vollem Habit – Stephanus. Die Augen waren starr auf die Decke gerichtet, sein Atem rasselte. Auf seinem Kissen hatte sich eine Blutlache gebildet, selbst am Boden waren Blutspuren zu sehen. Der Abt setzte sich auf die Bettkante und berührte den Arm des Mönches.

»Fra Stephanus, kannst du mich hören?« Und zu Gabriel gewandt: »Lauf und hol Lavello!«

Stephanus drehte den Kopf, als hätte er gerade erst bemerkt, dass jemand in seinem Zimmer war. Seine Augen streiften Eleonora, blieben bei mir haften, suchten das Gesicht Avianos. »Ich … ich.« Ein Hauch, kaum zu verstehen.

»Bleib ruhig, beweg dich nicht. Du musst untersucht werden. Wo bist du verletzt?«

»Ich … muss … Ihnen … etwas …« Stephanus' Atem ging schneller. Einen Moment glaubte ich, es würde mit ihm zu Ende gehen. Er versuchte sich aufzurichten, schaffte aber nur wenige Zentimeter. Der Abt beugte sich zu ihm hinunter.

»Ich muss … Ihnen etwas … sagen, Padre.« Der Mönch presste jedes Wort unter Schmerzen heraus. »Ich … habe … etwas gesehen. Etwas … entdeckt. Etwas Wichtiges. Es betrifft …«

Aviano legte den Zeigefinger auf seine Lippen. »Nicht jetzt, Fra Stephanus, nicht jetzt. Das hat Zeit. Du kannst später beichten. Jetzt müssen wir dich verarzten. Wo bleibt Lavello?«

Gerade kann der Novize durch die Tür, in der Hand einen Lederbeutel. Er kniete neben dem Bett nieder und untersuchte seinen Mitbruder. Vorsichtig tastete er den Kopf des Verletzten ab und drehte ihn zur Seite. Stephanus' Haare waren blutverschmiert.

»Eine riesige Platzwunde«, diagnostizierte Lavello. »Als hätte er sich irgendwo gestoßen – oder eins auf den Schädel …« Er unterbrach sich. »Die Verletzung geht nicht tief. Ich glaube nicht, dass genäht werden muss. Stephanus hat Blut verloren, es sieht schlimmer aus, als es ist. Ich werde ihm einen Verband anlegen. Das müsste eigentlich reichen. Wenn Sie es wünschen, Padre, holen wir noch einen Arzt hinzu.«

»Kommt er wieder auf die Beine?«

»Ich denke schon. Er braucht jetzt nur Ruhe und Erholung. Sein Herz ist schwach, ich werde ihm ein Schmerzmittel geben.«

»Es wird eine Ewigkeit dauern, bis der Doktor bei uns ist.« Aviano nahm Stephanus' Hand. »Fühlst du dich stark genug, das durchzustehen, oder willst du ärztliche Hilfe?«

Stephanus schüttelte den Kopf und setzte wieder an zu sprechen. »Ich … will … Ihnen … sagen …«

»Genug jetzt.« Der Abt stand auf. »Der Patient braucht Ruhe. Wir sollten für seine Genesung beten. Ich werde eine Kerze in der Kirche anzünden.« Er gab uns einen Wink. »Lassen wir ihn schlafen, Lavello wird sich weiter um ihn kümmern. Gott sei Dank ist nichts Ernsteres passiert. Wobei mir ein Rätsel ist, wie er sich die Verletzung zugezogen hat. Aber das können wir alles später klären.«

Mir fiel auf, dass die Blutstropfen am Boden eine Linie bildeten und nach draußen führten. Am Gang entdeckte ich ebenfalls feine Tropfen, bereits eingetrocknet und kaum sichtbar. Sie führten zur Treppe. Mit einem Grunzen machte ich Eleonora darauf aufmerksam.

»Abt Aviano, sehen Sie, die Blutspuren am Boden.« Die Padrona wies auf die Flecken.

Aviano blickte kurz auf die Stelle. »Ja, tatsächlich. Könnte Blut sein. Oder etwas anderes. Jemand soll es wegwischen. Ich lasse Sie jetzt allein, Signora. Meine anderen Pflichten, Sie verstehen.«

Wir blieben zurück. Lavello hatte die Tür zu Stephanus' Zimmer geschlossen. Ich schnüffelte an den Blutstropfen. Roch frisch. Eindeutig von Stephanus. Der Geruch führte die Treppe hinunter, wo wir die Blutspritzer jetzt in größeren Abständen fanden. An einer Seitentür, die in den äußeren Garten führte, endete die Spur. Ich drückte gegen das Holz, und die Tür schwang auf. Zwei Stufen führten ins Freie, wo Wildgräser und vereinzelte Blumenstängel bis an die Mauer reichten. Die Fährte hatte sich verloren. Kein Blut mehr zu sehen oder zu riechen.

»Was jetzt?« Eleonora klang ratlos.

Ich tapste ins Gras, behutsam Huf vor Huf setzend, und erforschte den Bereich um die Treppen. Die Erde roch sauer, überlagert von der Schärfe der Kräuter. Plötzlich blieben meine Füße an einem Stein hängen. Mit dem Rüssel drückte ich die Pflanzen nieder, der Saft der Stängel drang in meine Nase. Der Stein entpuppte sich als Teil einer Figur, deren andere Stücke verstreut in der Nähe lagen. Eleonora hob die Fragmente auf und legte sie auf die Stufen.

»Die Figur des Apostel Petrus. Zu erkennen an dem Schlüsselsymbol. Einer der ersten Jünger Jesu und derjenige, der seinen Heiland später verleugnete. Die Gesichtszüge sind kaum mehr zu erkennen. Muss im Freien gestanden haben.«

Ein Fragment war verfärbt. Ich schnupperte daran – frisches Blut. Die Steinfigur war also die Ursache für Stephanus' Kopfwunde. An dieser Stelle war er offenbar von dem Stein getroffen worden. Automatisch ging mein Blick nach oben. Auf Höhe des ersten Stocks, neben einem Fenster, sah ich eine Nische in der Außenmauer. Eleonora bemerkte sie auch.

»Dort oben wird die Figur gestanden haben. Als Schmuck. Wie

an anderen Stellen des Klosters. Der Zement hat sich im Laufe der Zeit gelockert, der Sockel wird brüchig – und schon ist es passiert. Die Steinskulptur fällt hinunter und streift unglücklicherweise den armen Stephanus, der gerade vorbeigeht. Dabei hatte er noch Glück, dass er nicht voll von der Figur getroffen wurde. Sonst, bei dem Gewicht …« Sie führte ihren Gedanken nicht zu Ende. Mir blieben Zweifel, denn es war schon ein enorm großer Zufall, von einem herunterfallenden Stein getroffen zu werden …

»Lassen wir die Figur vorläufig liegen«, sagte Eleonora. »Wir können jetzt sowieso nichts unternehmen. Nutzen wir lieber die Zeit und gehen auf Trüffelsuche, um des allgemeinen Klosterfriedens willen. Wo steckt eigentlich Caruso?«

Wir waren bereits eine halbe Stunde bergauf marschiert, und ich hatte mittlerweile sogar meinen Groll überwunden, nun doch wie ein Dressurpferdchen Tartufi für die Klostergäste heranschaffen zu dürfen. In den Bann geschlagen von den faszinierend fremden Waldaromen Umbriens, wurde ich wie aus einer fernen Welt geholt, als sich ein vertrauter Geruch in meinen Rüssel schlich, der Duft der Düfte: Tartufi. Ganz in der Nähe musste ein Nest verborgen sein. Caruso hatte es ebenfalls bemerkt und drehte seinen Kopf, um die genaue Richtung des Dufts auszumachen. Ich war stolz, dass der Junior meine Unterrichtslektionen verinnerlicht hatte. Eleonora drehte sich zu mir. »Hast du was entdeckt, Porcellino?«

Ich grunzte zur Bestätigung. Zu Caruso sagte ich: »Jetzt zeig mal der Padrona, was du gelernt hast.«

»Darf ich?« Die Aufregung war nicht zu überhören. »Mein erster richtiger Trüffelfund. Ich probier's allein, oder? Nur ich. Du hilfst mir nicht? Ich will es ganz allein schaffen!«

»Selbstverständlich. Nun hol dir schon die Beute.«

Caruso drängte sich nach vorn und schlug einen Weg bergaufwärts ein. Wir folgten. Nach etwa hundert Metern steuerte er links auf eine Eiche zu. Er musste sich beherrschen, nicht loszulaufen. Immer wieder drehte er sich um und kontrollierte, ob wir ihm noch folgten.

»Mal langsam, Kleiner.« Eleonora schnaufte. »Die Pilzchen warten auch noch ein paar Minuten länger auf uns.«

Zwei Meter vor dem Eichenstamm stoppte Caruso. Wir hatten unser Ziel erreicht, das Aroma stach aus der Erde, aufdringlich und herrlich. Tartufi. Meine Lieblinge. Das schönste Geschenk der Natur an die Schweine. Nur verdienen mussten wir uns das Geschenk, mussten unsere Gaben zur Trüffelsuche einsetzen. Der Lohn war mehr als Geld und Gold. Mehr als Ruhm und Anerkennung. Eine tiefe Befriedigung, die jede Faser des Körpers erfasste, das Gehirn überschwemmte wie eine Droge. Ein erotisches Erlebnis. In gewisser Weise zumindest. Mein Ururonkel Pastuno aus Venedig jedenfalls naschte einst vor seinen amourösen Abenteuern einen Pilz zur Stärkung. Was ihm einen unsterblichen Ruf einbrachte und eine Flut von Angeboten alleinstehender Sauen. Als er seine große Liebe Dulcinea zum ersten Rendezvous traf – nach einem Jahr vergeblichen Werbens und einer Leidensphase voller Depression –, schluckte er gleich fünf Trüffel. Es wurde für beide eine unvergessliche Liebesnacht. Leider erwachte Pastuno nicht mehr aus ihr. Das Herz. Sein Leichnam wurde in einer mit schwarzem Stoff verhängten Gondel aufs offene Meer hinausgerudert und dort versenkt. Später nutzte ein aufdringlicher Venezianer, Giacomo Casanova, Pastunos Tartufi-Rezept zur Stärkung. Was ihm einen gewissen Ruf einbrachte, ungerechtfertigterweise, denn meinen Uronkel erwähnte dieser undankbare Mensch niemals.

Der Genuss eines Trüffels braucht keine Verstärkung. Ein Rembrandt-Bild übermalt immerhin auch niemand mit Farbe. Wer einmal den Pilz auf der Zunge gespürt – die Aromen, fein und zart wie eine Zeichnung von Michelangelo, kräftig und betörend wie ein Gemälde von Van Gogh –, wer die Säfte in sich hat wirken lassen – eine Melange von Freuden –, der versteht die Welt, der begreift das Elixier des Lebens. Hätten sich die Alchemisten im Mittelalter auf der Suche nach dem Stein der Weisen mehr von den Schweinen leiten lassen, die Antwort auf all ihr vergebliches Tun wäre nur ein Wort gewesen: Tartufo.

Mit den Hufen scharrte Caruso eine Mulde in den Boden. Uns schien er vergessen zu haben, sein Rüssel prüfte das Erdreich.

»Du hast was gefunden, mein Guter?« Eleonora stellte ihre Tasche ab und holte ein Messer heraus, ein Erbstück ihres Schwiegervaters. »Mal sehen, was sich da verbirgt.« Sie schabte die Erde in einer leichten, schwingenden Bewegung weg, grub mit den Händen weiter. »Ha, da ist was!« Die Aufregung erfasste sie. Dieser Moment des Entdeckens ließ niemanden gleichgültig, weder Mensch noch Schwein. Es war ein Gefühl der Erhabenheit – Esus, der oberste Schweinegott, meinte es gut mit uns. Ein Zeichen, dass er, der Große Beschützer, Schweine als die auserwählte Spezies anerkannte. Eleonora führte das Messer nun wie ein Skalpell. Sie stach schräg in den Boden und vollführte aus dem Handgelenk einen Halbkreis. »Da ist er!«

Für einen Moment war ich abgelenkt. Hatte ich nicht soeben das Knacken eines Zweiges gehört? Ich drehte mich um. Nichts zu sehen, nichts zu hören außer dem Wind und dem Atem meiner Begleiter. Und doch … meine Sensoren registrierten einen fremden Geruch. Sehr weit weg und kaum zu entdecken. In der Ferne machte ich eine Gruppe Fichtenschösslinge aus. Dort schien die Quelle des Geruchs zu stecken. Aufgrund der Entfernung konnte ich nicht unterscheiden, ob sich ein Mensch oder ein Tier dort verbarg. Oder spielte mir meine Nase einen Streich? Ich überlegte, ob ich nachschauen sollte. Aber ich konnte meine Kameraden nicht allein lassen. Außerdem wollte ich mich nicht lächerlich machen, weil ich einen Fuchs aus seinem Bau vertrieben hatte. Andererseits wurde ich das Gefühl nicht los, beobachtet zu werden. Wenn ich darüber nachdachte, hatte ich dieses Gefühl schon länger, schon seit wir im Wald marschierten. Vermutlich nur ein Hirngespinst, wer sollte uns nachschleichen? Dazu gab es keinen Anlass, harmlose Klostergäste, die wir waren. Und doch …

Ein Begeisterungsruf Carusos riss mich aus meinen Gedanken. »Ein Nest! Ich habe ein ganzes Nest entdeckt! Gleich beim ersten Mal! Leonardo, sieh dir das an.«

Eleonora hatte den Fund auf dem Boden ausgebreitet. Die acht Kugeln, runzelig und schwarz, manche in der Größe von Weintrauben, manche wie Mirabellen, befreite sie mit einer Bürste von den Erdklumpen. Der Duft war durchdringend und hüllte uns ein. Seliges Aroma, unschuldig tief im Boden schlummernd, unvergleichlich auf der Welt. Es weckte Erinnerungen an das Piemont, an meine Kindheit, die Spaziergänge mit meiner Mutter Penelope durch die Wälder, an den Nachtisch zu Weihnachten, Zimt, Kardamom, gereifter Käse. Der Duft war weniger intensiv als die weißen Exemplare aus meiner Heimat, die Königstrüffel aus Alba. Die waren unerreicht wie eine Verdi-Oper. Doch galten die Tartufi aus Umbrien als vorzüglich, als beste Ware – Händler exportierten die *Tuber Melanosporum* und andere Sorten in alle Welt und verdienten ein Vermögen damit. Ich sage dazu: Kein Vergleich mit den Exemplaren aus dem Piemont. Meine Heimat-Tartufi explodierten in tausend Nuancen auf der Zunge, die Aromen tanzten auf dem Gaumen, der Widerhall nach dem Schlucken war reines Gefühl – besser als Amore. Oder nicht? Umbrische Exemplare wirkten dagegen fast wie der zweite Aufguss.

Immerhin – im Gegensatz zu ihren Brüdern aus Alba blieben die schwarzen Trüffel länger haltbar. Sogar in Öl eingelegt behielten sie einen Teil ihres Aromas. Aber der Genuss dieser Öl-Bonbons blieb ein Kompromiss, lediglich der Schatten eines frischen Pilzes.

»Bravissimo, Schweinchen!« Eleonora strich Caruso über den Rücken. »Ein perfekter Einstand. Vielleicht finden wir noch mehr. Wenn wir schon mal da sind.«

In der Tat erwies sich die Gegend als Fundgrube für Tartufi – als hätten sie nur darauf gewartet, von uns an die Oberfläche geholt zu werden. Wir brauchten eine Stunde, bis die Tasche der Padrona mit den Leckereien gefüllt war. Unseren Anteil hatten Caruso und ich bereits an Ort und Stelle verspeist.

Zurück im Kloster, empfing uns Fra Habiatus in der Küche, mit von der Hitze des Herds rot gefärbten Backen. Oder war die Flasche Kochwein schuld, die neben ihm stand? Die hochgekrempelten Ärmel gaben den Blick frei auf zwei mächtige Unterarme, die nicht so recht zum untersetzten Körperbau und dem Kugelbauch des Mönchs passen wollten. Fra Habiatus übte das Amt des Cellerars aus. Wenn es ein Amt im Kloster gab, das wichtig war und einem Macht verlieh – Demut hin oder her –, dann war es die Aufgabe des Cellerars. Er herrschte wie ein Fürst in seinem Küchenreich, absolut und unantastbar, nicht einmal der Abt wagte, ihm dreinzureden. Diese Position unterstrich die Tatsache, dass der Cellerar zugleich über den Weinkeller regierte. Mochte Beten und Arbeiten der Weg in den Himmel sein, Essen und Trinken war der

Weg zum irdischen Glück, ein festes Ritual, genauso wichtig wie die Kirchgänge im Laufe eines Tages. Und Habiatus sorgte dafür, dass dieses Ritual den würdigen Rahmen erhielt: eine Lobpreisung des Magens und des Gaumens. Eigentlich hatte der Mönch ursprünglich in einem Kloster in Orvieto gedient, doch die kargen Mahlzeiten dort trieben ihn in die Arme der Benediktinerabtei. Seit zwölf Jahren erfüllte er seine Mission bei den Schüsseln, Töpfen und Pfannen der Klosterküche. Ich war erstaunt, wie gut er sein Handwerk beherrschte, galt für mich bislang die Kochkunst meines früheren Padrone als einziger Maßstab, der zu oft unerreicht blieb. Habiatus' Gerichte waren eine Spur einfacher als das, was ich aus meiner Heimat gewöhnt war, aber nicht ohne Raffinesse. Schlichte, frische Zutaten, geschickt kombiniert, die sich auf dem Gaumen wunderbar entfalteten.

»Ah, unsere Familie aus dem Piemont, Gott zur Ehre, Signora.« Er verbeugte sich in einer übertriebenen Geste. »Was führt Sie und Ihre Adoptivkinder, Ihre lebenden Schinken, in meine Hütte?« Er lachte uns an, sein Körper schüttelte sich und der Bauch tanzte auf und ab. Ich traute seinen Witzchen nicht, nachdem ich gesehen hatte, wie virtuos er mit Schlachtbeil und Küchenmessern umging. Und erst der Blick, mit dem er mich jedes Mal taxierte, als wollte er mich im Geiste zu Bratenstücken zerteilen und das Fleischgewicht berechnen.

Eleonora schüttete unseren Fund auf den Küchentisch. »Ich hoffe, das reicht für heute Abend.«

Ehrfürchtig nahm der Mönch die Tartufi in die Hand, drehte sie wie Diamanten im Licht, roch daran. »Dio sia lodato! Wie lange habe ich schon keine Trüffel mehr gesehen! Signora, mein Kompliment. Und natürlich Dank an die Hauptpersonen.« Er machte uns gegenüber eine spöttische Verbeugung. »Nie werde ich diese beiden Künstlerschweine zu Würsten verarbeiten, ich schwöre es!« Er lachte erneut und klatschte in die Hände. »Ein Festmahl, ein Galadiner, wie unsere feinen Gäste sagen würden. Dieser Abend ist schon jetzt unvergesslich.«

5

Es hatte sich schnell herumgesprochen, dass heute Trüffel auf der Speisekarte standen. Bereits eine Viertelstunde vor acht drängten sich die Gäste im Speisesaal. Um diese Zeit begann das traditionelle Nachtessen der Benediktiner, das Komplet. Normalerweise aßen die Mönche schweigend. Aber seitdem die heiligen Mauern Besucher beherbergten, hatte Aviano extra *Consuetudines* aufgestellt. Die von den Ordensvorschriften abweichenden Regeln erlaubten den Klosterbrüdern, sich mit den Fremden zu unterhalten, und mit Genehmigung des Abtes durften sie sich sogar zu ihnen setzen.

Die Tische im Refektorium waren u-förmig angeordnet. Quer an der Stirnseite stand der Tisch für die Mönche, grob gezimmert, aus blankem Holz. Die Längsseiten des Saals wurden von zwei gleich großen Tischen eingenommen, die parallel zueinander standen. Die Ausstattung war durchweg schlicht: ungepolsterte Stühle für die Gäste, Bänke für die Mönche, Kreuze und ein Bild von Jesus mit seinen Jüngern beim letzten Abendmahl als einziger Schmuck für die Wände.

Die Gäste standen in kleinen Gruppen zusammen und hielten Gläser in der Hand – die meisten hatten sich bereits vom Tischwein einen Aperitif genehmigt, dem Geruch nach war es ein Trebbiano. Die Stimme Battistinis übertönte die anderen Gespräche. »Als ich letztes Jahr im ›Eden Roc‹ am Cap d'Antibes abgestiegen bin, gab's nicht mal frische Blumen aufs Zimmer«, dröhnte es durch den Raum. »Ich musste mich auf ein Engagement in Paris vorbereiten, und dann so was. Nie wieder. Nie wieder, sage ich. Du erinnerst dich doch noch an den Schuppen, Dolores?«

Seine Frau, eingezwängt in ein Kleid aus roter Seide, nickte geistesabwesend. Neben ihr blickte eine zierliche Frau über den Rand ihrer Brille den Tenor an. Ihre Figur steckte in Jeans und Sweatshirt, das glatte braune Haar war zu einem Zopf nach hinten gebunden. Sie hatte sich bereits vor einer Woche einquartiert. Alleinstehend sei sie, munkelten die anderen, ihr Freund habe sie vor zwei Wochen verlassen. Eine Buchhändlerin aus Triest mit Namen Melissa Fini. »Signor Battistini, welche Komponisten sind denn Ihre Spezialität?«, fragte sie.

Der Sänger legte eine Hand auf ihre Schulter. »Signora, ich beherrsche viele Partien. Aber …«, er klopfte sich auf seine Brust, »… hier drin lodert ein großes Feuer.« Er machte eine Pause. »Meine Liebe gehört Giacomo Puccini. Ein begnadeter Komponist des 19. und 20. Jahrhunderts – der Letzte der ganz Großen! Mozart wird überschätzt. Verdi sowieso. Puccini gehört die Krone. Schon sein Vater und Großvater schrieben Stücke. Puccini hatte es im Blut, denken Sie nur an ›Madama Butterfly‹, ›Turandot‹, ›Manon Lescaut‹, ›La Bohème‹ oder ›Tosca‹.« Er stimmte eine Arie an, die ersten Takte des berühmten Liedes »Nessun dorma« aus »Turandot«:

Niemand schlafe! Niemand schlafe!
Auch du, Prinzessin, in deinem kalten Zimmer
Siehst die Sterne, die beben vor Liebe und Hoffnung!

Die Anwesenden verstummten und lauschten. Nur Dolores Battistini studierte demonstrativ das Bild an der Wand.

»Bravo, Maestro, da capo!« Melissa klatschte, die anderen fielen ein. »Bitte noch ein Lied, Maestro, bitte!«

Battistini lächelte, holte ein Taschentuch aus der Tasche und tupfte sich damit die Stirn ab. »Wenn die Anwesenden es wünschen und mich eine schöne Frau darum bittet, will ich diesen Wunsch gern erfüllen.«

Er sang eine Arie aus »Madama Butterfly«. Caruso schüttelte den Kopf. »Verdi soll nichts taugen? Paah! Hör dir nur an, wie gepresst seine Stimme in den hohen Tonlagen klingt. Wie gekneteter Brotteig. Und die schlampige Modulation. Hörst du es? Genuschel. Jawohl Genuschel! Mich wundert, was die Menschen an dem finden.«

Ich gab ein unbestimmtes Grunzen von mir. Wir hatten uns in einer Ecke des Saals niedergelassen, nahe des Seiteneingangs. »Dein Gesang gefällt mir viel besser«, brummte ich.

»Wirklich? Sagst du das auch nicht nur so?« Caruso klang versöhnlicher. »Menschen haben einen furchtbaren Geschmack. Soll ich ihnen was vorgrunzen, damit sie klassische Lieder schätzen lernen?«

»Ähh, im Moment ist das keine gute Idee, glaube ich.«

»Na dann später.«

Die Mönche kamen von ihrem Kirchgang zurück, lächelten den Gästen zu und nahmen an der Tafel Platz. Aviano räusperte sich, und das Reden verstummte. Der Abt sprach ein Tischgebet, segnete das Essen. Der Mönch Gabriel trug Glaskrüge mit Wasser und noch mehr Wein herein, unterstützt von einer schwarzhaarigen Frau mit Kopftuch und Schürze. Orchidea Lucca, die Frau des Hausmeisters Salvatore. Das Ehepaar stammte aus Sizilien und hatte sich vor einigen Monaten auf eine Anzeige hin bei den Mönchen beworben. Zuvor hatten sie eine Osteria in Palermo betrieben, wegen finanzieller Schwierigkeiten aber aufgegeben. Orchidea half beim Reinigen und Bettenmachen in den Gästezimmern und ging Habiatus in der Küche zur Hand. Salvatore erledigte Einkäufe und Botenfahrten, reparierte Wasserhähne und quietschende Fensterscharniere.

Eleonora, die dem Koch bei den Vorbereitungen assistiert hatte, brachte Körbe mit frisch gebackenem Ciabatta-Brot und Schalen voller Oliven. »Wie geht es Stephanus?« Sie stellte einen Korb auf den Tisch der Mönche. Der Abt sah hoch. »Lavello hat ihm den Verband gewechselt und meint, dass sich der Mitbruder schon bald erholen wird. Stephanus hat den ganzen Nachmittag geschlafen. Ich werde mich morgen mit ihm unterhalten.« Aviano schob sich eine Olive in den Mund, hielt inne. »Wie kann ich nur so nachlässig sein! Stephanus muss ja einen Mordshunger haben. Ich werde ihm eine Portion Ihres Trüffelgerichts bringen lassen. Wenn er schon nicht an diesem Gaumenschmaus teilnehmen kann.« Aviano erhob sich und verschwand in der Küche.

Gemurmel setzte ein, aus dem Murmeln wurde Reden, und schon bald erfüllten Stimmen und Gelächter den Raum. Orchidea kam kaum mit dem Abräumen und dem Nachfüllen der Weinkrüge nach.

Nach den Regeln des heiligen Benedikt war Wein zum Essen erlaubt, hatte ich nachgelesen, wenn auch nur eine Hemina, eine Ration, die einem Viertel Liter entsprach. Der Ordensgründer kannte die Schwächen seiner Mitbrüder: *Wir sollten uns wenigstens darauf einigen, nicht im Übermaß zu trinken, sondern weniger,* hieß es in den Vorschriften. *Denn der Wein bringt sogar die Weisen zum Teufel.* Aviano hatte jedoch von seinem Recht als Abt Gebrauch gemacht und Sonderrationen genehmigt, die ganz in der Tradition der Mönche *Caritas* und *Justizia* hießen.

Überhaupt schienen einst heilige Benediktinerrituale außer Kraft gesetzt. Die Mönche durften sich jederzeit mit ihresgleichen oder den Gästen unterhalten – nicht nur beim Essen. *Man soll der Schweigsamkeit zuliebe bisweilen sogar auf gute Gespräche verzichten. Umso mehr müssen wir wegen der Bestrafung der Sünde von bösen Worten lassen*, so steht es geschrieben. *Mag es sich also um noch so gute, heilige und aufbauende Gespräche handeln, vollkommenen Jüngern werde nur selten das Reden erlaubt wegen der Bedeutung der Schweigsamkeit.* Auch die schöne Sitte des Vorlesers, der während des Essens Erbauliches aus der Bibel rezitierte, hatte der Abt offenbar ebenso gestrichen wie die Gepflogenheiten früherer Zeit, beim Essen nur sparsam aufzutragen. So bekamen Mönche einst zwischen Ostern und Pfingsten zwei Mahlzeiten täglich, vom September bis zur Fastenzeit gar nur eine, bestehend meist aus Brot, Brei, etwas Obst und Gemüse.

Eleonora setzte sich neben Dominik Hellenbart, den Geschäftsführer einer Werbemittelfirma aus München. Er war allein angereist. Jeder im Kloster war im Bilde, welchem Gewerbe Hellenbart nachging, hatte er doch bei seiner Ankunft jedem seine Visitenkarte in die Hand gedrückt. Sogar im Opferstock fanden Mönche seine Karte. Er beriet Unternehmen bei Werbefragen, entwarf Reklamekonzepte, lieferte Kalender, Kugelschreiber und Aktentaschen, die sich Firmen individuell bedrucken lassen konnten. Er plante, Armbanduhren auf den Markt zu werfen, erzählte er, in fünf Sprachen programmierbar, auf Wunsch wurde der Name des Unternehmens zu jeder vollen Stunde ausgerufen. Aber anscheinend stieß er damit auf Widerstand bei seinen Mitarbeitern, »den undankbaren Angestellten, die meine Ideen und Entwürfe nicht verstehen«. Seine Frau sei momentan unpässlich, berichtete er Eleonora, sie musste zur Kur, deshalb habe er sich eine Auszeit von zu Hause genommen, hier könne er nachdenken, die Konkurrenz schlafe nicht, und er wolle den Kopf frei bekommen für neue Ideen. Eleonora war froh, als der erste Gang serviert wurde und Hellenbart – »nennen Sie mich Dominik« – mit anderem beschäftigt war. Es gab Rucolasalat mit gehobeltem Pecorinokäse, dazu am Kohlenfeuer geröstete Pinienkerne und Tomaten, eingelegt in einer Balsamico-Sauce. Ich fand die Kombination geradezu klassisch, die Kerne bildeten mit dem Essig ein süßsaures Duett, das der Zunge schmeichelte.

Teller klapperten, Gläser klirrten, Messer kratzten übers Porzellan, und vorübergehend erstarben sogar die Gespräche. Die Mönche wagten ab und zu einen Blick auf die Gäste, senkten die Köpfe aber wie ertappte Schüler, sobald einer der Gäste es bemerkte. Der zweite Gang bestand aus einer Tomatensuppe mit Mascarponecreme, bestreut mit frischem Kerbel und Basilikumblättern. Habiatus stellte uns je zwei Töpfe vor die Tür – für uns hatte er zusätzlich noch Karotten und Zwiebeln hineingeschnitten. Das fand ich entschieden zu viel des Guten, die Zwiebeln dominierten die Suppe und raubten den anderen Zutaten die Entfaltungskraft. Schade drum. Den Wein hatte er mit Wasser verdünnt, ein Frevel, so konnte sich der Geschmack der Trauben einfach nicht entwickeln. Wenn schon Wasser, dann in einem extra Gefäß. Man hörte, wie es Caruso schmeckte. Ich ermahnte ihn, nicht zu schmatzen, das gehörte sich nicht für ein Schwein. Doch zu spät. Melissa Fini sah von ihrem Teller auf, deutete auf uns und sagte: »Muss das sein?«

Die Padrona lächelte zurück, ihre Stimme kühl: »Keine Sorge, meine Tiere kommen ohne Lätzchen aus.«

Das Hauptgericht inszenierte der Koch mithilfe von Eleonora. Zuerst ging die Padrona mit einer Platte voller Tartufi von Tisch zu Tisch, von Stuhl zu Stuhl, und ließ jeden staunen und riechen. Einige nahmen einen Pilz in die Hand und hoben ihn prüfend an die Nase – ich erwartete fast, dass jemand eine Lupe hervorholte und den Edelstein untersuchte. Aber es blieb bei vielen Ahhs, Ohhs und Zungenschnalzen, und am Ende applaudierten die Gäste. Orchidea und zwei Mönche trugen Schüsseln mit dampfenden Spaghetti herein, übergossen mit einer Butter-Salbei-Soße. Als jeder eine Portion auf seinem Teller hatte, traten Eleonora und Habiatus wieder in Aktion und hobelten ordentliche Häuflein Trüffelscheiben auf jeden Teller. Nochmals Bewunderungsrufe. Der Abt wünschte eine gesegnete Mahlzeit, und die nächste halbe Stunde gehörte jedem allein. Nur Melissa Fini stocherte in den Nudeln, schob schließlich den Teller von sich. »Nichts für mich. Zu extremer Geruch. Mir hätte Parmesan gereicht.« Mich schauderte. Die Arme – sie wusste gar nicht, was ihr gerade entging.

»Darf ich?« Ohne eine Antwort abzuwarten, schaufelte sich Dominik Hellenbart ihre Trüffelscheiben auf seinen Teller. »Wäre doch schade, wenn das im Schweinekübel landen würde.« Für einen Moment war ich versucht, ihn mit einem Rempler zurechtzuweisen, beherrschte mich aber und verbuchte das unter Ignoranz – als würden Schweine aus Mülleimern essen! Schließlich war es der Eber Valerian, der am Hofe Karls des Großen die Sitte durchsetzte, das Menü in verschiedenen Gängen zu servieren und dazu Stofftücher als Unterlage zu verwenden. Später entwickelten die Menschen aus seiner Idee die Servietten. »Bedienen Sie sich ruhig«, sagte Melissa im Nachhinein. Ironie hüllte ihre Worte in Watte. »Dafür gebe ich Ihnen was von meinem Nachtisch ab«, erwiderte Dominik und versuchte, einnehmend zu lächeln.

An uns dachte offenbar niemand. Wer hatte denn für die Leckerei gesorgt? Es war immerhin Carusos erster Trüffelfund. Typisch – kaum bekamen die Menschen Wertvolles vorgesetzt, vergaßen sie alle Solidarität und mutierten zu Egoisten. Aber schließlich brachte Eleonora zwei Teller und stellte sie uns vor die Nase. »Lasst es euch schmecken, ihr habt es euch verdient!«

Den lauwarmen Mohnstrudel begleitete ein Likörwein, den Habiatus zur Feier des Tages aus den Vorräten im Keller geopfert hatte. Für meinen Geschmack war der Wein zu unausgewogen, er schmeckte zu zuckrig, die Balance mit der Säure fehlte. Teller mit Ziegenkäse kreisten, kräftig und würzig, ganz wie er sein sollte. Dolores Battistini fragte nach Schlagsahne, begnügte sich dann aber mit einem Espresso. Gabriel kam herein, blass, ohne uns zu beachten, trat schnellen Schrittes an den Tisch seiner Mitbrüder. Er beugte sich zu Aviano hinunter und flüsterte ihm etwas ins Ohr. »Was?«, rief der Abt unbeherrscht, fing sich aber wieder, sprang auf und winkte Lavello zu sich. Mit ernster Miene rauschten die beiden aus dem Refektorium.

Da stimmte etwas nicht. Ich stieß Caruso an. Mit Gesten versuchte ich Eleonora auf uns aufmerksam zu machen, was mir allerdings erst beim vierten Anlauf gelang. »Was ist los?«, fragte sie, als sie auf uns zukam.

Statt zu antworten folgte ich dem Abt. Wir sahen, wie er mit Lavello den Kreuzgang umrundete und in der Tür verschwand, die wir heute bereits einmal passiert hatten – den Eingang zu den Räumen der Mönche. Die Tür war nur angelehnt, von oben hörten wir erregte Stimmen. Als wir den Gang im ersten Stock erreichten, sahen wir Licht im Zimmer von Stephanus.

Der Abt, Lavello und Gabriel standen vor dem Bett. Das Blut am Boden war weggewaschen, Zudecke und Kissen ausgetauscht, der Raum gelüftet. Auf einem Schemel neben dem Bett ein Tablett mit einem Glas und einem halb gegessenen Teller Tartufi-Spaghetti. Stephanus lag auf dem Rücken. Sein Kopfverband strahlte weiß, der Blick war zur Decke gerichtet – das Bild eines zufriedenen Patienten. Wären da nicht der verzerrte Mund und die fahle Hautfarbe gewesen.

Der Geruch verriet es mir sofort: Stephanus war tot.

Die drei Mönche hatten die Hände gefaltet. »Come Dio vuole«, murmelten sie. Der Abt bemerkte Eleonora und sagte: »Bitte warten Sie draußen. Ein Mitbruder ist von uns gegangen. Wir wollen für ihn beten.« Einige Minuten war das Zimmer erfüllt von der Litanei der Mönche, uralte Worte, ein Fürbitten für die arme Seele. An was mochte Stephanus gestorben sein? War die Kopfverletzung schwerer gewesen als gedacht?

Genau dieselben Fragen schienen Aviano zu beschäftigen. »Lavello, deine Diagnose. Warum hat es Gott gefallen, den Bruder aus unserer Mitte zu reißen?«

Lavello untersuchte den Leichnam. »Herzstillstand. Ein Infarkt, würde ich sagen. Stephanus hat nicht leiden müssen. Er war durch den Unfall geschwächt und hatte viel Blut verloren. Jedem war bekannt, dass sein Herz angegriffen war. Dazu noch sein Alter, da ist mit einem Herzinfarkt beinahe schon zu rechnen. Trotz meiner wiederholten Warnungen wollte er mit dem Rauchen einfach nicht aufhören. Armer Stephanus.«

»Hat er das Essen nicht vertragen? Vielleicht war ein Pilz schlecht? Die Tartufi ungenießbar? War das der Auslöser?«

Ich konnte kaum glauben, was ich da hörte. Ein Trüffel soll schlecht gewesen sein? Impossibile. Natürlich konnten Trüffel verderben, so wie jedes rohe Lebensmittel. Aber das passierte nur Amateuren, die nicht wussten, dass alle Tartufi frisch am besten schmeckten. Aber selbst verdorbene Exemplare waren für Mensch und Tier harmlos. Wollte der Abt etwa behaupten, ich, Leonardo, grub giftige Pilze aus? Oder Caruso? Oder Eleonora passte nicht auf? Undenkbar. Un-denk-bar. Was immer das Ableben des Mönches verursacht hatte, unsere Tartufi waren es nicht. So einen Vorwurf, wenn auch nur so dahingesagt, konnte ich nicht auf uns sitzen lassen. Das ging gegen meine Trüffel-Ehre. Diesen Verdacht galt es aus der Welt zu räumen, und mir war klar, dass wir das selber würden machen müssen.

»Ich glaube nicht. Wie gesagt, das Herz. Aber das sollte nochmals ein Arzt genau feststellen.«

»Ich werde sofort telefonieren. Wahrscheinlich erreiche ich erst morgen einen Doktor, es ist ja schon spät. So traurig der Abschied von unserem Bruder auch ist, wir brauchen die Gäste nicht damit zu beunruhigen. So etwas kommt nun mal vor. Menschen sterben. Wir wollen die anderen zu einem kurzen Gottesdienst zusammenrufen.« Sie verließen das Zimmer, schlossen die Tür. »Signora, Sie sind natürlich herzlich zu unserer Andacht eingeladen. Ihre … Ihre Tiere können sich anders beschäftigen.«

Normalerweise pflegten Mönche ihre Andachten, die nach genau festgelegten Stunden als *Liturga horarum* über den Tag verteilt waren und sogar nachts und frühmorgens abgehalten wurden, nur unter sich zu zelebrieren. Das Beten bildete den Kern der klösterlichen Gemeinschaft. Die Benediktiner kannten Vigilien oder Laudes – je nach Jahreszeit und Uhrzeit galten unterschiedliche Abläufe für das Beten und Vortragen von Psalmen oder Bibelzitaten –, ein Vorschriftenwerk, komplizierter als eine italienische Steuererklärung. Aviano hatte die strenge Regel wegen der Gäste gelockert, auf Einladung oder bei den Gottesdiensten unter Tags durften sie im hinteren Teil der Kirche der Andacht lauschen.

Gemeinsam stiegen wir die Treppe hinunter. Im Kreuzgang verabschiedeten sich der Abt und seine Begleiter von Eleonora. Nachdem die Menschen verschwunden waren, wies ich zurück zur Tür. »Was, du willst da noch mal rein? Zu Stephanus?« Ich ließ einen Bestätigungslaut hören. Eleonora hatte ihre nachdenkliche Miene aufgesetzt. »Eigentlich hat uns der Abt nicht erlaubt, das Zimmer zu betreten. Schaden kann es andererseits nicht, sich den Toten nochmals anzusehen. Denn seltsam ist das plötzliche Ableben schon. Und unser Essen war sicher nicht schuld!« Das hörte ich gern.

»Untersuchen wir nun den Tatort?« Carusos Stimme überschlug sich vor Aufregung. »Jagen wir den Mörder? Wie wir es bei unserem letzten Fall zu Hause im Piemont getan haben? Ich würde gerne wieder ermitteln. Könnte mir sogar vorstellen, den Beruf eines Privatdetektivs zu ergreifen. Das ist viel aufregender, als nur im Boden nach Trüffeln zu wühlen.«

»Nicht so voreilig, mein Kleiner«, antwortete ich. »Bei dem Job würdest du schnell verhungern. Das Sterben ist an sich ein normaler Vorgang in der Natur. Bei uns genauso wie bei Menschen. Wie du weißt, holt uns Esus, der Schweinegott, nach unserem Ableben heim in den Ewigen Bauch. Die Menschen nennen es das Paradies Gottes. Ein Lebewesen verlässt die irdische Welt, das geschieht tausendfach, jeden Tag, jede Stunde. Deswegen ist das noch lange kein Mord.«

»Und wenn Gewalt im Spiel ist?«

»Auch dann ist es nicht automatisch ein Mord. Es kann ein Unfall sein. Oder Notwehr.«

»Und warum wollen die Menschen nicht in den Ewigen Bauch sondern ins Paradies?«

Seufzend hielt ich inne und erklärte dem Junior die Zusammenhänge – schließlich oblag es mir, für seine Bildung zu sorgen. Der eigentliche Ur-Gott der Menschen war der Schweine-Gott Esus, das Christentum allenfalls eine schlechte Kopie. Esus, dessen Name »der Respektierte«, »der Herr« bedeutet, ist bereits in den frühesten Darstellungen der Spezies als Eber zu sehen. Die Kelten beteten ihn an, nordische Stämme verehrten in als Gullinbursti, als Eber mit den goldenen Borsten, samt seinem Helfer Freyr. Später übernahmen die Römer den Kult leicht abgewandelt unter dem Namen Merkur, die Israeliten verehrten ihn als Propheten Joshua. Und jeder konnte sich selbst einen Reim darauf machen, woher der Jesus des Neuen Testaments seinen Namen bekommen hat …

Eleonora unterbrach unsere gelehrte Stunde und zeigte in Richtung Tür. »Willst du da nun hineingehen oder nicht, Leonardo? Aber bitte mit Respekt vor dem Toten.«

Caruso preschte nach vorne, aber ich erwischte ihn gerade noch an seinem Schwänzchen.

»Du nicht«, sagte ich. »Drei sind zu viel, jemand könnte uns hören. Kümmere dich lieber um Tiffany.«

Der Junior wollte zum Protest ansetzen, sah jedoch meine Miene und zottelte wortlos davon.

Der Gang im ersten Stock war menschenleer. Eleonora drückte die Klinke zu Stephanus' Zimmer hinunter, überlegte kurz und klopfte. Niemand antwortete, wir traten ein. Alles war noch so wie vor wenigen Minuten. Oder doch nicht? Mir schien, der Stuhl mit dem Tablett hatte vorher etwas näher am Bett gestanden. Aber meine Augen konnten mich täuschen. Vielleicht hatten die Mönche beim Hinausgehen den Stuhl verrutscht. Stephanus lag zugedeckt auf dem Bett. Eleonora schlug die Decke zurück. Der Leichnam war mit einem Nachthemd bekleidet, das bis zu den Knien reichte. Offenbar hatte Lavello seinem Patienten das Habit ausgezogen.

»Die genaue Untersuchung überlassen wir dem Arzt«, sagte die Padrona. »Oberflächlich betrachtet sind keine äußeren Verletzungen zu sehen, außer am Kopf.« Sie musterte die Füße des Toten. »Was ist das?«

Auf der Oberseite beider Füße, genau in der Mitte, befand sich ein Fleck. Ich sah mir die Haut genauer an. Es waren Miniaturzeichnungen, kaum zu erkennen. Tätowierungen. Die Bilder stellten links und rechts das Gleiche dar: eine stilisierte Rose. Die Anordnung erinnerte mich an die Wundmale Christi, wie ich es von alten Gemälden der Kreuzigung kannte. Was hatten die Tätowierungen zu bedeuten? An den Händen des Verstorbenen fehlten sie.

Nach der christlichen Überlieferung müssten auch dort solche Symbole zu finden sein. Wollte Stephanus seine Tätowierung vor den Mitbrüdern verbergen und wählte deshalb diese ungewöhnliche Stelle? Warum sollte er das tun? Oder war es bloß eine Laune der Jugend gewesen?

»Schauen wir uns im Zimmer um.« Eleonora öffnete den Kleiderschrank. Teile einer Ordenstracht, mehrere Hemden. Zwei Paar Schuhe. In den Fächern Unterwäsche und Strümpfe, ein Beutel mit Handcreme, Seife und Zahnbürste. Handtücher, penibel gefaltet. Eleonora tastete sie mit der Hand ab. »Hallo! Was haben wir denn da?« Sie zog ein Büchlein hervor, in Leder gebunden, blätterte es durch. »Religiöse Erbauungsliteratur, vermutlich aus dem Mittelalter. Von der Sorte gab es früher viel.« Bei einer Seite blieb sie hängen. »Da steckt ein Zettel drin. Handgeschrieben.« Eleonora versuchte, die Schrift zu entziffern. »*Ich muss …* unleserlich … *danach fragen. Wie ist das in Einklang zu bringen mit …* wieder unleserlich. Damit können wir nichts anfangen.« Sie steckte das Buch zurück. »Vielleicht ist der Tisch ergiebiger.« Dort lagen ebenfalls Bücher. Eine Bibel. Die Ordensregeln des heiligen Benedetto. Einzelne Seiten hatte Stephanus markiert und mit Bleistift Bemerkungen an den Rand geschrieben, etwa ein »genau« oder ein »verdrängt«, verschiedene Wörter hatte er doppelt unterstrichen und ein Ausrufezeichen dahintergesetzt. Zwischen den Büchern lagen mehrere Briefe, offenbar von der Mutter des Mönchs, die im Altersheim lebte, wie Eleonora nach dem Studium des Absenders feststellte. Sie las aus einem Schreiben vor:

Mein Lieber,
danke für Dein letztes Schreiben. Wie immer sind mir Deine Briefe eine Freude meines Herzens. Besonders, da ich weiß, wie beschäftigt Du mit Briefeschreiben bist. Ich hoffe, der Erfolg stellt sich für Dich bald ein. Bedenke aber, Dein Weg kann andere vor den Kopf stoßen. Suche Rat und Kontakt zu aufrichtigen Menschen und lass Dich nicht irreleiten.

Eleonora öffnete einen anderen Brief. »Der hier hat eine andere Handschrift.« Sie glättete das Papier.

Sehr geehrter Bruder Stephanus!
Nach Ihrem letzten Schreiben bin ich gespannt, Näheres zu erfahren. Sie gestatten meine Neugierde, aber woher haben Sie die Informationen? Es klingt nach einer gewaltigen Aufgabe. Ich wünsche Ihnen dabei viel Glück und Erfolg. Wenn es meine Zeit zulässt, können wir unsere Diskussionen vertiefen.

»Die Unterschrift kann ich nicht entziffern.«

Plötzlich hörten wir, wie draußen jemand den Gang entlangkam. Eleonora bedeutete mir, still zu sein. Als ob ich das nicht auch allein gewusst hätte! Die Schritte verharrten vor der Tür. Gemeinsam hielten wir den Atem an, und eine Weile geschah nichts. Dann entfernten sich die Schritte wieder. Erst nach zehn Minuten regungslosem Warten wagten wir es wieder, uns zu bewegen. »Gehen wir«, entschied die Padrona und wandte sich zum Ausgang. Ich blieb beim Stuhl mit dem Tablett und dem Teller stehen und warf einen Blick auf die leckeren Tartufi. Warum hatte Stephanus diese Köstlichkeit nicht aufgegessen? Hatte ihn der Infarkt genau in dem Moment erwischt? Ich ließ meine Nase über den Teller kreisen, wollte noch einmal den einzigartigen Duft genießen. Seltsam. Ein Fremdkörper reizte meinen Rüssel. Ich inhalierte die Luft. So rochen keine Tartufi. Ein anderer Geruch überdeckte das Aroma, fein und für Menschen sicherlich nicht auszumachen, doch unangenehm, stechend. Es war wie der Geruch aus einem Aschenbecher. Nur war keine Zigarettenasche in dem Essen zu entdecken. Stephanus war ein starker Raucher gewesen, offenbar paffte er Selbstgedrehte mit ungewöhnlichem Tabak. Dennoch irritierte mich das beizende Aroma, es passte nicht zu den Aromen, die ich in meinem Duftgedächtnis bei Tabak abgespeichert hatte.

»Hast du was entdeckt?«

Ich grunzte bejahend. Eleonora sah sich den Teller an. »Kann vielleicht nicht schaden, eine Probe mitzunehmen.« Wunderbar, es war fast, als würden wir uns ein Gehirn teilen. Ihre Beziehung mit einem Commissario wirkte sich offensichtlich sehr positiv auf ihr kriminalistisches Denken aus. Sie griff in ihre Tasche und holte ein Taschentuch hervor, legte mit Stephanus' Gabel einige Trüffelscheiben und ein paar Spaghetti hinein, faltete es sorgfältig zusammen und steckte es wieder in ihre Tasche. »Verschwinden wir.«

Hatte etwa jemand die Pilze präpariert? Ich konnte mir nicht anders erklären, wie dieses fremde Aroma sonst an meine Tartufi gekommen sein sollte. Zumal es sich bei dem stechenden Geruch definitiv nicht um ein Gewürz handelte, das Habiatus eventuell den Spaghetti noch beigefügt haben konnte – was auch einen Frevel sondergleichen dargestellt hätte, denn Tartufi brauchten keine extra Würze. Mein Jagdinstinkt war zumindest geweckt, und an Sonnenbaden im Klostergarten war nicht mehr zu denken. Wir waren ausgezogen, den Goldenen Trüffel zu suchen, und hatten vielleicht einen tödlichen gefunden. Kein guter Start.

6

Dottore Plisano war ein Arzt, der seinen Ruhestand genoss und nur noch gelegentlich frühere Patienten betreute. Dazu gehörte der Abt, den er einst von einem Magengeschwür geheilt hatte. Früh am nächsten Morgen kam er im Kloster an und wurde von Aviano umgehend in Stephanus' Zimmer geführt, gefolgt von seinen Mönchen und von uns. Wir nutzten einfach die allgemeine Prozession in den ersten Stock und überließen es dem Abt, sich für unsere Anwesenheit beim verduzten Dottore zu entschuldigen. Die Fenster standen offen, es roch nach Scheuermilch. Der Stuhl neben dem Bett war an den Tisch gestellt worden. Die Schranktür war nur angelehnt, ich war mir sicher, wir hatten sie geschlossen. Das Tablett mit dem Teller und dem Glas fehlte. Plisano setzte seine Brille auf. Er untersuchte die Kopfverletzung, die Augen des Toten, schaute in den Mund, schob das Hemd nach oben und besah sich die Haut. »Irgendwelche chronischen Krankheiten?«

»Unser Bruder hatte es am Herzen. Sein Kreislauf machte ihm Beschwerden und er konnte nicht vom Laster des Rauchens lassen«, sagte der Abt.

»Die Wunde am Schädel ist nicht so tief, als dass sie hätte mortal sein können. Ansonsten passen die Symptome«, sagte der Arzt. »Atemstillstand. Herzversagen. Ich stelle Ihnen einen Totenschein aus. Den Zeitpunkt des Ablebens schätze ich auf 22 Uhr. Euer Mitbruder machte körperlich noch einen ganz rüstigen Eindruck. Mein Beileid.«

»Danke, Dottore. Wir laden Sie gerne zu unserer Andacht ein.« Aviano führte Plisano zur Tür.

»Ich muss wieder nach Hause. Der Garten, wissen Sie.« Der Dottore wandte sich an die Mönche. »Nochmals mein Beileid für den schmerzlichen Verlust.« Er ging die Treppe hinunter. »Haben Sie übrigens gehört, in der Gegend sollen sich Landstreicher herumtreiben. Die Frau eines Bauern im Tal hat es mir erzählt.«

»Landstreicher? Was sollten die hier oben in den Bergen?« Aviano schüttelte den Kopf. »Die einzigen Fremden sind unsere Gäste.«

Im Kreuzgang hatten sich die Mönche versammelt, sie unterhielten sich mit gedämpften Stimmen.

»Was ist, liebe Fratelli? *Zu viel Reden ist des Verdrusses Anfang*, predigte der heilige Benedikt.« Aviano sah jeden Einzelnen an. »Die Arbeit wartet. Ans Werk.«

»Wir haben einen der Unseren verloren. Einen lieben Menschen«, sagte Gabriel. »Sollen wir da einfach zur Tagesordnung übergehen?«

»Genau, einen Mitbruder«, echote Lavello. Die Mönche nickten.

»Das weiß ich. Er lag mir genauso am Herzen wie euch«, sagte Aviano. »Selbstverständlich werden wir gebührend von Stephanus Abschied nehmen. Ich spüre Unruhe bei euch, deshalb wollen wir uns im Konvent treffen und reden.«

Der Abt ließ eine Glocke läuten, und zehn Minuten später drängten sich die Mönche in den Versammlungsraum, der sich im Kreuzgang an die Kirche anschloss. Ich wollte gerade durch die Tür schlüpfen, als Gabriel mir in den Weg trat. »Stopp. Zugang nur für Mitglieder des Konvents. Schweine haben hier drin nichts zu suchen.«

Tettamonti trat hinzu, beugte sich zu mir hinunter und tätschelte meinen Rücken. »Die Regel gilt nur für Menschen, Tiere sind davon ausgenommen. Ihr seid nicht minder Gottes Geschöpfe. Wir Menschen sollten uns nicht so überlegen fühlen, schließlich will der Allmächtige, dass alle Lebewesen gleich behandelt werden.«

»Deswegen isst unser Mitbruder auch kein Fleisch«, sagte Habiatus zu Gabriel. »Er meint es ernst. Wie die Einsiedler in der Wüste.«

»Lass das Schwein herein. Es kann eh nicht verraten, was wir besprechen. Wir haben immerhin den heiligen Antonius als einen unserer Schutzheiligen. Antonius ist zugleich der Beschützer der

Schweine. Deshalb stehen wir in der Pflicht, diese Tiere ebenso zuvorkommend zu behandeln.« Tettamonti gab mir den Weg frei, und ich grunzte ihm anerkennend zu. Dieser Mönch war mir sympathisch, endlich einer, der uns den nötigen Respekt entgegenbrachte.

Ich verdrückte mich in eine Ecke. Die Fratelli nahmen auf den Bänken an den beiden gegenüberliegenden Wänden Platz, Aviano saß auf einer Art Thron in der Mitte. Ich dachte über Tettamontis Worte nach. Wieso nur verbreiteten die Menschen immer noch das Märchen von Antonius dem Großen, dem Heiligen, der den Dämonen trotzte, die Klöster erfand und die Schweine beschützte? In Wirklichkeit haben die Schweine das Mönchstum erfunden. Präzise gesagt, die Sau Helena, die im 3. Jahrhundert nach Christus in Mittelägypten am Nil lebte. Jedes Tier, jeder Frischling kennt diese Geschichte von Helena, der tugendhaften Sau, die die Menschheit auf den Weg der Meditation und der Askese brachte und doch bei dieser Spezies namenlos blieb, obwohl sie Denkmäler, ja Wallfahrtskirchen verdient hätte.

Um das Jahr 270 war es, als Helena bei ihren Streifzügen durch die Gegend auf Antonius stieß, den 20-jährigen Sohn eines reichen, christlichen Landwirts. Da sah der Jüngling Helena, mit nichts als einem ausrangierten Sackleinen zum Schutz gegen Sonnenbrand bekleidet und genügsam Gräser kauend.

»Sieh dieses Tier«, sagte Antonius zu sich. »Es braucht nur Gräser, Luft und Wasser zum Leben und ist doch glücklich. Ich will es diesem Schwein nachmachen.« Sprach's und verkaufte all sein Hab und Gut und folgte Helena in die Wüste. Beide aßen dieselben Früchte, tranken aus denselben Brunnen. Helena machte aber zur Bedingung, dass Antonius ähnliche Kleider tragen solle wie sie und sich nach dem Vorbild der Schweine nicht die Haare schneiden durfte. Deshalb sah er bald so aus, wie ihn die Menschen von den Bildern her kennen: mit Bart und langen Haaren, das Gesicht gealtert und gegerbt durch Wind und Wetter.

Doch Antonius vertrug die Kaktusfrüchte und die Gräser nicht, obwohl ihm Helena regelmäßig den Bauch massierte und Heilkräuter aufbrühte. Er bekam Fieber, sprach im Delirium zu Helena:

»Verschwinde, Dämonin, du Fratze der Unterwelt, du schwarzes Wesen der Hölle!«, und wälzte sich auf seiner Bastmatte. Am nächsten Tag rief er, das Gesicht gerötet, Helena zu sich: »Komm zu mir, holde Maid, schönste Frau Ägyptens, Stern des Himmels, komm, süße Frucht und lass dich pflücken!« Helena wusste nicht mehr, wie sie dem Kranken helfen sollte, und legte sich zu ihm. An dieser Stelle werden die historischen Berichte etwas unscharf. Jedenfalls stand Antonius am nächsten Morgen auf, gestärkt und wieder vollkommen gesund. Er marschierte mit Helena zu einer Festungsruine, wo beide einen gemeinsamen Hausstand gründeten.

Schon bald sprach sich die Kunde von dem Eremiten herum, Menschen aus der Gegend strömten zu Antonius und verlangten Rat und Hilfe. Helena hielt sich im Hintergrund, reichte nur manchmal ihren Kräutersud, der Kranke schnell wieder heilte. Die Wunder von Helenas Kräutermedizin sprachen sich herum, Antonius bekam Zulauf von anderen Eremiten, die bei ihm wohnen wollten. Da verließ Helena ihren Antonius und dachte sich: »Er kann jetzt allein auf sich aufpassen.« Antonius aber versenkte sich aus Verzweiflung in Gebete, er bat seine Glaubensbrüder, bei ihm zu leben, wohl auch, weil er jetzt niemanden mehr hatte, der ihm den Haushalt führte. So entstand der erste Orden. Spätere Generationen von Menschen konnten den Gedanken nicht ertragen, dass eine Sau die Gründerin der Männerklöster war, und schrieben die Geschichte um. Aber diese freche Fälschung gelang nicht vollständig – noch immer zeigen die Bilder und Statuen des heiligen Antonius zugleich Helena, die gute Seele und treibende Kraft.

Abt Aviano plagten in diesem Moment andere Sorgen. »Liebe Fratelli«, begann er. »Lasst uns im Stillen gedenken unseres Stephanus.« Er senkte seinen Kopf. Einige Minuten verharrten die Mönche regungslos. Der Abt hob die Hand. »Morgen wollen wir einen Gedenkgottesdienst für den Verstorbenen abhalten. Die Beerdigung wird im Anschluss daran stattfinden. Selbstverständlich arbeiten wir bis dahin normal weiter – wir haben Gäste.«

»Aber wir sind fast nur noch für die Besucher da«, wandte Tettamonti ein. »Wir treten die heiligen Vorschriften mit den Füßen.«

»Genau, die Fremden nehmen uns in Beschlag«, stimmte Gabriel ein, »die machen sich bei uns breit. Selbst unser Schlaftrakt ist nicht mehr vor ihnen sicher. Von Klausur und stiller Einkehr kann keine Rede sein.«

Habiatus hob die Stimme. »Wacht auf, liebe Mitbrüder. Wir leben nicht mehr im Mittelalter. Die Zeiten haben sich geändert. Andere Klöster beherbergen schon längst zahlende Besucher. Wir müssen unseren Glauben durch ein paar Gäste nicht erschüttern lassen.«

»Bei mir standen schon zweimal diese … diese Gäste im Zimmer«, hob sich Gabriels Stimme über die anderen. »Ohne anzuklopfen. Ich war gerade dabei, mich anzuziehen. Wie ein Tier im Zoo kommt man sich da vor.«

»Denkt an die Regel des heiligen Benedikt, Kapitel 53«, sagte Aviano. »Da heißt es: *Alle Fremden, die kommen, sollen aufgenommen werden wie Christus; denn er wird sagen: Ich war fremd, und ihr habt mich aufgenommen.*« Der Abt stand auf. »Ihr seht also, liebe Fratelli, unser Ordensstifter hat bereits die Wurzeln für den herzlichen Empfang von Gästen gelegt.«

»In aller Demut – in den Regeln steht aber auch, der Abt müsse allen Gästen die Füße waschen«, sagte Tettamonti.

Für einen Augenblick rang Aviano mit der Fassung. »Das, ähh, ist mehr symbolisch gemeint. Im 6. Jahrhundert herrschten andere Bedingungen als heute.«

»Einen Hotelbetrieb kannten die ersten Gemeinschaften aber sicher auch nicht«, sagte Gabriel. »Oder Frauen im Refektorium und bei den Andachten. Frauen!«

Aviano sah ihn an. »Eines hat sich jedenfalls über die Jahrhunderte niemals geändert. Der Abt ist für die Gemeinschaft verantwortlich. Sein Wort gilt. Oder sieht jemand das anders?«

Schweigen. »Liebe Fratelli.« Aviano tauchte seine Worte in Honig. »Ich verstehe euren Unmut. Wie oft habe ich zu Gott gebetet, er möge mir ein Zeichen senden, was ich tun soll, wie ich unsere Gemeinschaft zusammenhalten kann. Eines Nachts kam die Eingebung: Nimm Gäste auf! Ich danke dem Herrn für seinen Wink. Das ist für mich Auftrag und Bürde. Ich zähle auf euch. Nur gemeinsam, mithilfe des Allmächtigen, meistern wir unsere Schwierigkeiten und führen das Kloster zu neuem Glanz. Dem heiligen

Benedikt würde es gefallen. Und was die Besucher angeht«, Aviano machte eine Pause. »Das sind verirrte Schäflein. Habt Nachsicht. Wir wollen sie auf den Pfad der Tugend und der Ehrfurcht führen, zur Herde des Herrn.«

»Amen«, tönte es aus den Reihen der Mönche.

Der Abt fuhr herum, unsicher, ob sich jemand einen Scherz erlaubt hatte. »Ich bitte euch, helft mit. Für uns alle ist die Lage ungewohnt. Aber ich verspreche euch, sobald wir die Arbeit im Griff haben, wird alles besser werden.«

Nach einem Abschlussgebet zerstreuten sich die Mönche. Ich nahm einen Seiteneingang zum Hof, der sich nach Kirche und Refektorium anschloss. Dort, zwischen Gemüse- und Kräuterbeeten, standen die Gästehäuser. Eines davon bewohnten Caruso und ich, Eleonora sei Dank, die sich mit ihren Wünschen beim Abt durchgesetzt hatte. Ich betrat meine Wohnung, ein improvisiertes Zuhause, nicht zu vergleichen mit meinem Domizil im Piemont, aber immerhin. Ich goss mir aus dem Krug einen Schluck Rotwein aus den Colli del Trasimeno in meinen Porzellanteller, Traubensorten Sangiovese und Gamay, fruchtig, jedoch ohne die Intensität des Abgangs, wie ich es vom Barolo kannte. Es bedurfte einer hitzigen Diskussion meiner Padrona mit dem Cellerar, bis er mir eine Tagesration von zwei Krügen zugestand, wenn auch bislang nur schlichte Qualitäten. Dabei roch ich es ganz genau: Habiatus hortete edlere Tropfen, sein Atem verriet es, wenn er aus dem Vorratskeller kam.

Dazu nahm ich vom anderen Porzellanteller einen Happen von den Artischocken in Thymianöl, ein wunderbarer Zweiklang aus würzig und herb. Das Ciabatta-Brot kaute ich ausgiebig, es reinigte meine Zunge und machte sie bereit für den nächsten Gang – ein Stück Ziegenkäse aus Rohmilch. Zum Abschluss knabberte ich einige Cantuccini und dankte im Stillen dem Cellerar, hatte er doch das Mandelgebäck selbst hergestellt – ich schmeckte Ei und Orangenschale heraus – und sich nicht mit Massenware aus dem Supermarkt begnügt, die mit Cantuccini genauso viel zu tun hatte wie Nikoläuse mit Ostern. Ich spürte, wie die Müdigkeit in mir hochkroch, ließ mich auf die Kissen fallen, drehte mich zweimal hin und her und beschloss, doch mein Bett im Schlafzimmer aufzusuchen. Mit Schwung sprang ich auf mein Lager, eine offene Pferdekutsche mit Lederpolstern, die Holzräder fehlten. Weiß der Himmel, wo die Mönche dieses Gefährt aufgetrieben hatten. Eine Decke aus Schafswolle verbreitete Kuschelwärme. Ich dachte an Cleopatra, meine Freundin zu Hause, an unser letztes Rendezvous auf meinem Sofa. Ihr Duft von Löwenzahn und Gänseblumen, ein Reiz, lang und intensiv. Wie sie sich an mich schmiegte, ich ihr Ohr liebkoste und Dinge hineinflüsterte, die mir später unsinnig vorkamen. Nun ja, wozu einen Frauen so bringen können. Wie wir unsere Nasen aneinanderwetzten und tastend und fühlend die Aromen des anderen einsogen, als wäre es das letzte Mal. Wie sie mir über die Flanke strich, und jede ihrer Berührungen einen Schauer in mir auslöste wie Sonnenstrahlen nach einem Bad im Fluss. Wie wir unsere Füße ineinander verhakten und den Verstand treiben ließen. Nur wir beide, alles vergessen, das Sofa und die Zeit und die Welt um uns herum. Wie unser Atem im Gleichklang ging, wir das Blut in den Adern des anderen spürten – oder war es unser eigenes? Und wie wir dann die Augen schlossen und unseren Sinnen nachgaben, zögernd erst, dann ungeduldig. Nur wir beide …

»Hallo.« Eine Stimme. Meine Cleopatra. War ich eingeschlafen? Ich weigerte mich, die Augen zu öffnen, wollte die süße Erinnerung noch ein wenig auskosten, den Augenblick hinauszögern, in dem mich die Realität wieder einfing. Wie ein Karamellbonbon, das man im Mund behält in der Hoffnung, der Geschmack möge sich für immer festsetzen.

»Bist du wach?«

Der Duft von Lindenblüten. Nein, es war nicht Cleopatra. Es blieb mir nichts anderes übrig, ich streckte mich und gähnte. Tiffany sah mir direkt in die Augen. Hinter ihr Caruso.

»Hast du geträumt? Kein Wunder bei diesem Bett.« Sie betrachtete die Kutsche. »So eines hätte ich auch gerne. Ich muss im Stall schlafen. Auf Heu. Soll ich mal zum Probeliegen kommen?« Mit den Hufen testete sie die Decke. »Sieht kuschelig aus.«

War das ein Flirt? Ein Angebot? Ein Späßchen? Bei Frauen wusste ich nie so genau, wie sie es eigentlich meinten. Oder was sie eigentlich meinten. Oder warum sie etwas sagten. Ich will nicht leugnen, dass Tiffany ihre Reize hatte: dralle Schenkel, weiche Borsten, einen festen Rüssel. So manch ein Eber würde da schwach werden. Aber ich … ich hatte meine Cleopatra. Der Junior erlöste mich schließlich von der Peinlichkeit, antworten zu müssen.

»Wir haben dich gesucht«, sagte er. »Erzähl uns die Neuigkeiten.«

Ich berichtete vom Arztbesuch und dem Treffen der Mönche. »Keiner außer Eleonora und mir glaubt an einen gewaltsamen Tod des Mönchs«, sagte ich. »Seine Kopfverletzung war wohl nicht so gravierend, dass sie zum Ableben führte. Aber der Geruch seines Trüffelessens hat mich nachdenklich gemacht, der war so sonderbar, so etwas habt ihr noch nicht gerochen. Meine spontane Vermutung war, dass da vielleicht jemand mit einer Substanz nachgeholfen hat. Könnte doch sein. Ein Mittelchen, das für das schwache Herz zu viel war.«

»Aber warum …?« Caruso vollendete seinen Satz nicht.

»Genau das müssen wir herausfinden«, sagte ich.

»Ich glaube ja an Mord«, entgegnete der Junior im Brustton der Überzeugung.

»Was, was … meinst du damit: Mord?« Tiffanys Stimme schnellte in die Höhe. »Soll … soll das heißen, jemand aus dem Kloster könnte Stephanus umgebracht haben?«

Wir nickten.

»Und die Beweise? So nennt man das doch für gewöhnlich – Beweise.«

Damit hatte Tiffany genau die Schwachstelle getroffen. Bislang war meine Theorie nichts als ein wackeliges Gebäude aus Spekulationen.

»Mach dir keine Gedanken, Tiffany, die Beweise werden wir schon noch finden«, sagte Caruso, und ich musste über seinen schulmeisterlichen Ton schmunzeln. »Dafür haben wir unsere Spürnasen.«

»Spürnasen. Oho!« Tiffany war nicht zu beruhigen. »Und wie wollt ihr das anstellen, ihr zwei Spürnasen? Die Polizei anrufen und grunzen: Hallo, wir sind zwei Schweine im Kloster, zwei schlaue Detektive, wir glauben, ein Mönch wurde umgebracht. Kommen Sie bitte schnell und verhaften den Mörder. Wer das ist? Wissen wir nicht. So in die Richtung etwa?«

»Reg dich nicht auf«, sagte ich. »Wir stehen zwar erst ganz am Anfang unserer Ermittlungen, wissen aber immerhin bereits jetzt bedeutend mehr als die Mönche. Vergiss nicht, wir haben bereits im Piemont erfolgreich einen Täter überführt. Und zwei Morde aufgeklärt, an meinem Padrone und dessen Mutter.«

»Ich soll mich nicht aufregen, wenn du daherredest wie ein Commissario? Ermittlungen. Du solltest dich selber hören!«

»Sollten wir falschliegen und keine Beweise für unsere Indizien finden, hören wir gleich wieder auf. Versprochen«, sagte ich. »Sollten wir allerdings richtigliegen, ist es unsere Verantwortung, den Täter nicht frei herumlaufen lassen. Du musst nur einen Blick in die Geschichte werfen, um den moralischen Auftrag der Schweine zu verstehen. Wie oft ist es nicht ein Schwein gewesen, das den Kurs der Menschheit begradigte. Darüber hinaus stört es mich einfach, dass Trüffel in Verdacht geraten, ein Leben ausgelöscht zu haben. Tartufi verlängern das Leben.«

Das schien Tiffany einzuleuchten. »Macht nur schnell, damit eure Hirngespinste ein Ende haben. Lasst euch vor allem nicht erwischen. Sonst könnte eurem Sonderstatus im Kloster ein baldiges Ende drohen.«

7

Bevor die Sonne unterging, wollte Caruso unbedingt selber noch einen Blick auf den Toten werfen, »um sich ein Bild zu machen«, wie er sagte. »Nutzen wir den Tag, solange es hell ist.« Meinem Hinweis, da gäbe es nichts zu sehen, hielt er entgegen, jeder gute Ermittler fange mit der Untersuchung der Leiche an. Ich erklärte ihm, dass wir Stephanus bereits untersucht hatten.

»Das ist nicht das Gleiche.« In Carusos Tonfall schwang die Widerspenstigkeit eines Halbstarken mit. »Es bleibt unsere letzte Chance. Morgen ist die Beerdigung.«

Schließlich willigte ich ein, auch wegen des Gefühls, vielleicht doch etwas übersehen zu haben. Wir schlenderten zum Eingang der Sakristei, warteten, bis zwei Mönche an uns vorbei waren. Ich drängte mich durch die Tür, Caruso folgte. Im Innern des Raums roch es nach Weihrauch, Kerzenwachs und Mottenpulver. An der Wand eine Kommode und ein Schrank, an einer Kleiderstange hingen Messgewänder. Eine zweite Tür führte in die Kirche. Vorsichtig öffnete ich einen Spalt und schob meinen Rüssel hindurch. Die Luft war rein, kein Mensch zu riechen. Das Licht der Fenster tauchte das Kirchenschiff in ein Halbdunkel, aus dem sich erst allmählich die Konturen der Gegenstände schälten. Vor uns lag der Altar, die Marmorplatte war mit Samt abgedeckt. Darauf standen eine Ablage für Bücher und zwei Kerzenständer aus Messing. Hinter dem Altar, in der Apsis der Kirche, erhob sich ein Kreuz mit einer überlebensgroßen Jesusfigur. Der Künstler hatte die Wundmale und das Blut des Leidenden naturalistisch aufgemalt, selbst die Nägel durch Füße und Arme waren nicht wie die Figur aus Holz, sondern aus Eisen. Die Dornenkrone schien aus richtigen Zweigen geflochten, der Lendenschurz, ein Stück Leinenstoff, wirkte zerschlissen. Der Seitenaltar zeigte ein Ölgemälde des heiligen Antonius, gerahmt von vergoldeten Säulen. Vor ihm kniete eine junge Frau und betete. Ein Schwein, unsere Vorfahrin Helena, stand daneben. In einer anderen Nische befand sich eine Figur, wohl die Jungfrau Maria, um deren Sockel ein Geflecht aus Trockenrosen gewunden war.

»Irgendwie unheimlich.« Caruso stand vor dem Hauptaltar.

»Das liegt daran, dass du noch nie in einer Kirche gewesen bist. Hierher kommen die Menschen, manche zumindest, um zu beten und gemeinsam einen Gottesdienst zu feiern.«

»So was wie 'ne Party?«

»Nun ja, zu Essen und Trinken gibt es schon etwas. Wenn auch nur Miniportionen. Und die Musik ist gewöhnungsbedürftig.«

Wir wandten uns dem Objekt unseres Interesses zu. Vor den Stufen des Altars standen zwei Schemel, darauf lag ein Fichtensarg. Der Deckel fehlte. Stephanus ruhte auf einem Seidenkissen, seine Hände waren gefaltet und hielten ein Kreuz. Jemand hatte die Lippen zu einem Lächeln modelliert, den Kopfverband abgenommen, Wunde und Haare gereinigt. Puder überdeckte den Wachston der Haut. Der Mönch strahlte eine Frische aus, wie ich sie vorher nie bei ihm bemerkt hatte. Erstaunlich, welche Mühe sich die Menschen gaben, ihresgleichen nach dem Tod schöner erscheinen zu lassen. Plagte das schlechte Gewissen? Zu Lebzeiten war es vielen egal. Obwohl es die Spezies eigentlich schätzen müsste, keinen Pickelgesichtern und fettigen Haaren zu begegnen. Wir Schweine pflegen unseren Körper und unser Gesicht ständig, jeden Tag, komme was wolle. Das steckt in unseren Genen. Deshalb sehen wir auch besser aus als die Menschen. Und das ganz ohne Hautcremes und Lippenstifte.

»Sieht aus wie eine der Heiligenfiguren.« Caruso beugte sich über den Toten. »Ist dir das Gelbe an den Innenseiten seiner Finger aufgefallen?«

»Kommt vom Rauchen. Vom Nikotin. Stephanus hat selbstgedrehte Zigaretten geraucht.« Mir fiel der penetrante Nikotingeruch in Stephanus' Essen ein, den ich mir immer noch nicht erklären konnte. »Wobei ich nicht weiß, welchen Tabak er verwendet hat. Muss eine kräftige Mischung gewesen sein. Wahrscheinlich haben seine Zähne ebenfalls gelblich-braune Ablagerungen.«

»Meinst du?« Noch ehe ich etwas sagen konnte, hatte der Junior die Lippe des Mönches nach oben gezogen. »Stimmt genau. Gelbe Zähne.«

»Bist du noch bei Trost? Du kannst doch den Toten nicht einfach so anfassen!«

Aber das Malheur war schon geschehen. Die Lippen hingen nun nach unten und verliehen Stephanus einen Gesichtsausdruck, als sei er beleidigt.

»Sieh, was du angerichtet hast! Dich kann man auch keine Minute aus den Augen lassen.« Meine Stimme hallte von den Wänden wider. Der Christus am Kreuz sah unserem Treiben mitleidig zu.

»Tut mir leid, Leonardo, wirklich. Ich mach's sofort wieder gut.« Caruso wartete meinen Protest gar nicht erst ab, sondern versuchte, wieder ein Lächeln auf den Mund des Toten zu zaubern. Doch seine Hufe rutschten ab und verschoben den Kopf des Leichnams zur Seite.

Ich unterdrückte einen Fluch. Bei Esus, unserem Schweinegott! Was hatte ich mir nur gedacht, der Idee des Juniors zuzustimmen. »Keiner darf merken, dass wir uns an dem Leichnam zu schaffen gemacht haben. Wir bringen die Sache in Ordnung und verschwinden wieder.«

»Schon gut, schon gut.« Caruso wirkte zerknirscht. »Wie wird der Kopf jetzt wieder gerade? Ich könnte versuchen, die …«

»Nichts tust du! Du rührst dich nicht von der Stelle. Lass mich mal sehen.« Das Gesicht war nun wie bei einem Schlafenden zur Seite gedreht. Die Bitternis der Lippen war geblieben. Was, wenn Stephanus jetzt plötzlich die Augen öffnete und zu reden anfinge? Sich über unsere Behandlung beschwerte? Ich schüttelte mich, sah schon Gespenster. »Wir heben den Kopf an und drehen ihn. Besser gesagt, ich probiere es alleine.« Vorsichtig versuchte ich, meinen Huf unter das Kopfkissen zu schieben. Aber so ging es nicht, ich musste näher ran. Neuer Versuch. Der Schädel hob sich.

»Jawohl! Nur noch wenige Zentimeter. Dann hast du's!« Der Junior klang, als wollte er einen Gewichtheber im Sportstadion anfeuern.

Ich drückte fester. Zu spät bemerkte ich, dass ich mich mit dem Körper gegen das Holz lehnte. Dann passierte alles gleichzeitig: Der Sarg geriet in Bewegung, ich stieß einen Schrei aus, Caruso sprang zur Seite, ich versuchte, die sterblichen Überreste des Mönches festzuhalten. Vergebens. Mit einem Rums kippte der Sarg zur Seite, die Schemel fielen um, der Leichnam rollte heraus und blieb auf der Seite liegen, den Kopf zu mir gedreht. Bildete ich es mir nur ein, oder sah Stephanus noch ärgerlicher aus als vorher? Verdenken konnte ich es ihm nicht.

»Schöne Bescherung.« Caruso trat neben mich.

»Allerdings.« Ich betrachtete, was ich angerichtet hatte. »Es hilft nichts, wir müssen …« Da fiel mein Blick auf den Rücken des Toten. »Was ist denn das?«

In dem Leichenhemd hatte sich etwas verhakt. Eine Rose, die Blätter zerdrückt, die Stacheln drückten in den Stoff.

»Die Menschen legen doch Blumenschmuck normalerweise gut sichtbar auf den Sarg und verstecken ihn nicht«, sagte Caruso.

Ich nickte. Jemand hatte eine Rose in den Sarg gelegt. Entweder bevor Stephanus eingebettet worden war, oder danach. Was wiederum bedeutete, dass sich jemand wie wir an dem Toten zu schaffen gemacht, ihn zur Seite gedreht und die Rose unter seinem Rücken platziert hatte. Wie auch immer, dieser Jemand wollte nicht, dass die Rose entdeckt würde. Aber welchen Sinn ergab ein heimlicher Abschiedsgruß? Oder hatte die Blume eine ganz andere Bedeutung?

Für weitere Überlegungen blieb keine Zeit, denn es wartete viel Arbeit auf uns. Nach einer Stunde war es uns gelungen, den Toten wieder in den Sarg zu rollen und den Sarg zurück auf die Schemel zu wuchten. Nur mit der Optik taten wir uns schwer. Die gefalteten Hände wollten uns nicht so recht gelingen, und die Kopfhaltung und die Lippen brachten wir auch nicht hin. Wir beide hatten die Lust verloren. Nichts wie raus hier!

Am nächsten Morgen läuteten die Glocken zur Beerdigungsfeier. Schon von Ferne merkten wir, dass etwas nicht stimmte. Die Mönche standen in kleinen Gruppen vor der Kirche und redeten wild durcheinander.

»Ein Wunder, es ist ein Wunder«, sagte Gabriel gerade.

»Der Herr hat uns ein Zeichen gesandt.« Tettamonti faltete die Hände vor seinem Bauch.

»In der Tat ein Wunder«, riefen andere Mönche.

Nach einer Weile konnten wir die Ereignisse aus den Unterhaltungen herausfiltern: Gabriel hatte die Messe in der Kirche vorbereiten wollen. Beim Anzünden der Kerzen waren ihm an dem Toten Veränderungen aufgefallen, er glaubte es zumindest. Er rief seine Fratelli zusammen, und die gemeinsame Inspektion ließ keinen Zweifel zu: Stephanus musste sich in der Nacht bewegt haben. Seine Hände wiesen nach oben, die Mimik, der leicht geöffnete Mund drückten Strenge aus, als hätte der Verblichene gerade eine Mahnung ausgesprochen.

»Wir müssen einen Brief nach Rom schreiben, ein Wunder ist geschehen, und wir alle sind Zeugen«, sagte Gabriel.

»Stephanus wollte uns bestimmt noch etwas mitteilen, uns warnen, uns zur Abkehr vom Weg der Verdammnis bewegen«, sagte Tettamonti.

»Ich habe immer gewusst, dass mehr in Stephanus steckt. Ein Heiliger, wahrhaftig ein Heiliger«, sagte Habiatus.

»Nur die Ruhe, liebe Fratelli.« Aviano hob die Hände. »Keine voreiligen Schlüsse. Vielleicht gibt es ja doch eine ganz natürliche Erklärung für den Vorgang.«

»Ich glaube nicht an ein Wunder.« Lavellos Stimme brachte seine Fratelli zum Verstummen. »Denkt daran, wir haben Gäste. Neugierige Gäste. Laufen überall herum und mit Vorliebe an Orten, wo sie eigentlich nicht sein dürften. Wahrscheinlich hat jemand die Casa del Signore betreten und sich an unserem lieben Mitbruder zu schaffen gemacht. Gott wird den Sünder strafen.«

»Glaubst du? Also doch kein Wunder?« Die Enttäuschung in den Stimmen war nicht zu überhören.

»Nein, kein Wunder«, sagte Lavello mit fester Stimme.

»Ihr habt es gehört. Schluss jetzt mit der ungehörigen Diskussion.« Der Abt wies zum Eingang der Kirche. »Wir wollen nun von unserem lieben Bruder Abschied nehmen und zu Gott beten.«

Außer den Mönchen besuchten auch die Gäste den Gedenkgottesdienst. Caruso und ich huschten zwischen Orchidea Lucca und ihrem Mann Salvatore in die Kirche. Die Gestalt des Hausmeisters wirkte neben seiner Frau noch gedrungener. Beim Gehen ruderte er seltsam mit den Armen, als müsste er gegen einen Sturm ankämpfen. Das schwarze Haar war knapp gestutzt, die Anzugjacke spannte über dem Bauch. Feine Äderchen durchzogen sein Gesicht, die Haut war wie Schmirgelpapier. Zu allem Überfluss benutzte er ein Rasierwasser aus Zedernöl, eine Beleidigung für jeden zivilisierten Rüssel. Ob er sich den Sud selbst ansetzte? War es ein sizilianisches Geheimrezept, von Mafiosi erfunden, die sich damit auch in der Dunkelheit wiedererkannten und sich ein heimlich geflüstertes Kennwort sparten?

Bis zum Ende der Zeremonie blieben wir am Seiteneingang der Kirche sitzen. Mit uns wartete ein Mann mit einem Pferdefuhrwerk, die Ladefläche ausgefegt, das Holz poliert. Er musterte uns, dann spuckte er aus und drehte sich weg. Vermutlich hatte der Abt einen Bauern samt Gespann für das letzte Geleit engagiert. Der Friedhof lag außerhalb der Klostermauern auf einer Anhöhe im Wald und war nur über einen Feldweg zu erreichen.

Die Tür ging auf, und zum hellen und klaren Geläut der Totenglocke erschien Aviano mit einem Kreuz in der Hand. Die Mönche hievten den Sarg aus der Kirche, dessen Deckel ein Nelkenbukett schmückte. Sie schoben ihre Last auf das Gespann, der Trauerzug setzte sich in Bewegung, und die Mönche folgten in Zweierreihen, ein Lied singend. Eleonora schloss sich der Prozession an, ebenso Melissa Fini, die Buchhändlerin.

»Wird eine Weile dauern, bis die wieder zurück sind«, sagte Caruso.

»Eine Stunde mindestens«, antwortete ich.

»Gute Gelegenheit.«

»Für was?« Mein Misstrauen war erwacht.

»Ähh, ich denke, wir sollten die Chance nutzen.«

»Chance?«

»Nun tu nicht so.« Der Junior sah mich an. »Wir sind längst nicht fertig mit unserer Arbeit.«

»Arbeit? Welche Arbeit?« Ich ahnte, worauf der Kleine hinaus wollte.

»Ermittlungen eben. Wir wollen doch einen Todesfall aufklären. Da braucht es noch einige Untersuchungen. Jetzt, wo die Mönche alle außer Haus sind, haben wir Ruhe, um …«

»Du hast recht. Nur Herumstehen hilft uns nicht weiter.« Eigentlich hatte ich die Nase voll nach unserem gestrigen Missgeschick und wäre wenn, dann lieber ohne Caruso losgezogen. Doch ihn würde ich bei seinem Eifer nicht so schnell loswerden können. Andererseits – ich erinnerte mich an meine eigenen Worte Tiffany gegenüber – wer, außer uns Schweinen, sollte sonst den Menschen auf die Sprünge helfen, wenn diese Spezies überfordert war? Wir erinnern uns doch alle an den Eber Mathesian, der im 17. Jahrhundert im britischen Ort Woolsthorpe lebte und seinem Nachbarn Isaac Newton anhand herunterfallender Äpfel demonstrierte, wie das Gravitationsgesetz funktionierte? Was den Gelehrten nicht daran hinderte, spätere Warnungen Mathesians zu ignorieren und ein Vermögen mit Börsenspekulationen zu verlieren.

Zugegebenermaßen war die Gelegenheit wirklich günstig und meine Neugierde kitzelte mich. »In Ordnung, ich begleite dich. Aber du musst meinen Anweisungen gehorchen. Damit du nicht noch mehr Unfug anstellst.«

»Wer von uns beiden hat denn den Sarg …«

Mein Blick brachte Caruso zum Schweigen. Manchmal half bei Widerborstigkeit nur Autorität. Wir beschlossen, den Mönchstrakt noch einmal genauer unter die Lupe zu nehmen.

Der erste Stock roch nach Scheuermittel. Jemand hatte Stephanus' Zimmer gereinigt, den Boden gewischt, die Bettwäsche gewechselt, sogar die Fenster geputzt. Der Schrank war leer, die Bücher fehlten. Nichts wies mehr darauf hin, dass hier noch vor Kurzem ein Mensch gewohnt hatte. In der Ecke beim Bett bemerkte ich einen feinen Geruch. Einige Tabakkrümel, wohl beim Drehen der Zigaretten heruntergefallen. Eine seltene Tabaksorte. Ich nahm den Geruch mit meinen Sensoren auf und prägte ihn mir ein.

»Von wo ist die Steinfigur eigentlich hinuntergefallen?« Caruso wandte sich zur Tür. »Ob da jemand von oben nachgeholfen hat? Wäre das möglich gewesen?«

»Gute Frage.« Und eine Frage, die mich ebenfalls beschäftigte. So unwahrscheinlich wie es war, dass sich der Heilige von selbst von seinem Sockel gelöst hatte, wäre es schlechte Detektivarbeit gewesen, von vorneherein auszuschließen, dass jemand die Figur gelockert und mit einem Schubs nach unten befördert hatte, als Stephanus vorbeiging. Soweit ich mich erinnerte, lag ein Fenster in der Nähe des Simses. Wir gingen auf den Gang – ich versuchte mich zu orientieren, wie weit das Fenster von der Seitentür entfernt war. Ich deutete auf die erste Tür rechts, genau gegenüber von Stephanus' Zimmer. Caruso klopfte an die Tür.

»Bist du verrückt? Was soll das? Glaubst du, jetzt ruft jemand ›Herein‹? Du machst alle auf uns aufmerksam«, zischte ich.

»Zum einen gehört sich das so. Das habe ich bei den Menschen gesehen. Zum andern wissen wir gleich, ob jemand drin ist oder nicht.«

»Das hätten wir mit Lauschen viel einfacher rausgekriegt.«

»Nicht unbedingt. Wenn der Bewohner geschlafen hätte …«

»… und wenn er nicht geschlafen, sondern die Tür aufgemacht hätte? Welchen Spruch hättest du dann vom Stapel gelassen? Ich geb's auf. Mit Logik ist dir anscheinend nicht beizukommen. Sieh lieber nach, ob abgesperrt ist.«

Wie die anderen Räume war auch dieses Zimmer nicht abgeschlossen. Schon beim Betreten wusste ich durch den Geruch von Desinfektionsalkohol und Ringelblumencreme hindurch, wem das Zimmer gehörte: Lavello. Die Aufteilung war die gleiche wie bei Stephanus: ein Bett, ein Schrank, ein Tisch, zwei Stühle und ein Betschemel. Und doch strahlte der Raum mehr Gemütlichkeit aus. Vielleicht lag es an den Blumen in der Vase. Vielleicht an dem Bild, das eine Gebirgslandschaft im Sommer zeigte. Oder an dem Obstkorb – ein Farbtupfer aus Orangen, Feigen und Bananen. Wir schauten aus dem Fenster. Der Sims, auf dem die Steinfigur gestanden hatte, war deutlich zu erkennen. Die Wand der Nische entlang zogen sich einige Striche, wie Kratzer im Mauerwerk.

»Ein wenig zu weit entfernt, um die Figur mit den Händen zu erreichen«, sagte ich.

Caruso nickte. »Lavello müsste sich schon mit dem Oberkörper hinausgebeugt haben. Oder er ist auf das Fensterbrett geklettert.«

»Langsam, langsam.« Ich überlegte. »Wir haben noch überhaupt nicht an die Variante gedacht, dass die Figur von alleine heruntergefallen und am Boden zerbrochen sein und sich dann jemand unten einen der Brocken genommen und als Schlagwaffe benutzt haben könnte.«

»Warum sollte der Täter auf solche Zufallsfunde vertrauen? Er konnte kaum wissen, dass gerade die passenden Steine herumlagen.«

»Na ja, vielleicht haben die Brocken dort ja schon eine Weile gelegen, die Figur muss ja nicht erst gestern runtergefallen sein. Allerdings gebe ich dir mit deinem Zweifel recht: Der Hintereingang bietet kein Versteck für einen Überraschungsangriff. Stephanus hätte sich sicher gewehrt, wenn jemand mit einem Stein in der Hand auf ihn zugegangen wäre und zum Schlag ausgeholt hätte.«

»Also deutet alles auf Lavello«, sagte Caruso.

»Nein, mein Kleiner, ganz so einfach geht das nicht mit der Detektivarbeit. Noch wissen wir nicht, ob es Lavello war. Die Mönche scheinen ja keine Türen abzuschließen, sodass theoretisch jeder in sein Zimmer gekonnt hätte.« Möglicherweise hat derjenige sich Hilfe genommen, um die Figur hinunterwerfen zu können. Eine andere Person beispielsweise. Oder ein Werkzeug.

Ich sah mich im Zimmer um. Einen Stuhl als Hebel zu benutzen, erschien mir zu unhandlich und zu auffällig. Ich schätzte die Höhe des Stuhls ab. Er reichte nie im Leben bis zu der Figur. Ein Kleiderbügel war ebenfalls zu kurz. Hinterm Schrank entdeckte ich einen Besen. Wir besahen uns den Schaft. Am Ende des Stocks, auf einer Länge von 15 Zentimetern, helle Kratzer.

»Wo kommen die her?«, fragte Caruso.

Wir sahen uns den Kratzer genauer an. Mir kam eine Idee. Ich packte den Besen mit dem Maul und stellte ihn ans Fenster. Es war kein Zweifel möglich: Die Farbe war die gleiche wie die Farbe der Außenmauer.

»Die Spuren stammen eindeutig von der Mauer. Jemand hat mit dem Besen hantiert, dabei ist Farbe hängen geblieben. Es scheint, als hätten wir das Werkzeug gefunden«, sagte ich. »Denn warum sonst sollte sich jemand mit einem Besen an der Außenwand zu schaffen machen?« Ein simples, aber wirkungsvolles Instrument. Vermutlich hatte derjenige den Schaft als Hebel am Rücken des Heiligen angesetzt. Das sparte Kraft und erklärte die Kratzer am Stock und auf der Mauer.

Wir stellten den Besen wieder an seinen Platz. Zwar waren wir bei unseren Ermittlungen ein Stück weitergekommen, doch es fühlte sich nicht so an. Der Besen lieferte leider keinerlei Hinweis auf einen möglichen Mörder, wir waren nicht schlauer als vorher. Ob Lavello den Besen geschwungen hatte oder ein anderer Mönch, und aus welchen Motiven – wir wussten es nicht.

Gerade wollten wir den Rückzug antreten, als sich die Tür öffnete. Bei unserer Diskussion hatten wir alle Vorsicht fahren lassen und nicht mehr auf unsere Umgebung geachtet. Ein dummer Fehler! Die Tür schwang vollends auf, und Dominik Hellenbart stand vor uns. Er blickte verdutzt, als er uns sah, zauberte jedoch gleich ein Lächeln auf sein Gesicht.

»Huuh, was habt ihr mich erschreckt! Ich war gerade auf der Suche nach Stephanus' Zimmer, wisst ihr?« Er hielt inne. »Ihr könnt mich nicht verraten, hahaha. Das ist gut. Denn Stephanus hatte etwas für mich aufbewahrt. Etwas Wichtiges. Wäre zu peinlich gewesen, wenn mich ein Mönch gesehen hätte.« Er ging zu Caruso und strich ihm über den Rücken. »Andererseits, was soll ich ein unnötiges Risiko eingehen? Eure Chefin sagt, ihr seid extrem kluge Tiere. Wisst ihr, was man mit lästigen Zeugen macht?« Sein Lächeln geriet schief. »Man beseitigt sie. Er zeigte auf mich. »Am besten, ich sperre euch hier ein, dann bekommt ihr den Ärger und landet bestenfalls auf Habiatus' Schlachtbank. Was habt ihr überhaupt hier drin zu suchen? Ich könnte Aktentaschen aus eurem Leder produzieren lassen und mit weißen Streifen einfärben. Das sieht aus wie echtes Zebra. Ideal für die gehobene Kundschaft, die das Ungewöhnliche sucht, hahaha.«

Statt einer Antwort ließ ich meine Hauer aufblitzen, gekrönt von einem Brummen. Noch ein Wort, und ich …

Hellenbart wich einen Schritt zurück. »Nicht gleich so hitzig. Ihr versteht wohl keinen Spaß, was? Obwohl ich die Idee mit dem Zebra gar nicht so schlecht finde.« Damit verschwand er.

Was zum Teufel hatte Hellenbart in Stephanus' Zimmer zu suchen? Hatte er sich wirklich in Lavellos Zimmer verirrt oder war es Absicht? Woher kannte er die Mönche überhaupt so gut, er, der sich doch erst kurz vor uns im Kloster einquartiert hatte? Und was fürchtete er so sehr, dass er meinte, zwei Trüffelschweine dafür aus dem Weg räumen zu müssen? Auf einmal hatten wir das, wonach wir eben noch gesucht hatten: einen Verdächtigen.

8

Die Sonne war aufgegangen. Ein Habicht flog über unsere Köpfe, der Wind zerzauste die Baumwipfel. Unter unseren Schritten federte das Moos, feucht und schwer. Ich liebte die Frische des Morgens im Wald, die Spuren der Hasen, den Geruch von Harz und Erde. Die Natur schien in einem Schwebezustand, noch nicht richtig wach, das Licht begann gerade erst, die Umrisse zu schärfen. Tiffany führte den Trupp, Caruso folgte im Gänsemarsch, er schien sich gar nicht von ihr lösen zu wollen, und ich bildete die Nachhut.

Hinter dem Kloster erhob sich ein weiteres Hochplateau, etwa in der Größe eines Fußballfeldes. Ginstersträucher und Unkraut bildeten eine natürliche Mauer und verbargen es vor Blicken. Zwei Steinhütten, ohne Fenster und Türen, die Seiten teilweise eingestürzt, das Dach von Flechten bewachsen, duckten sich in eine Ecke. Im Innern einer Hütte waren Steine zu einer Feuerstelle aufgeschichtet, die Aschereste waren noch warm. Plastiktüten standen an der Wand, vollgestopft mit Kleidung. Schaumplatten, wie sie zum Einpacken von Fernsehgeräten verwendet wurden, waren offensichtlich als Matratze benutzt worden. Wer nutzte diesen Ort? Und warum? Er gab sicher ein gutes Versteck ab.

Hinter den Häusern öffnete sich eine Lücke, ein Pfad wurde sichtbar, der uns weiter hinauf führte. Eichen wechselten sich mit Linden und Buchen ab, dazwischen standen vereinzelt Tannen. Das Unterholz lichtete sich. Ein Teppich aus Flechten, Erde und Blättern breitete sich vor uns aus. Der Geruch von verfaultem Laub mischte sich mit dem von Baumrinden und dem Duft der Knospen, eine Mixtur, wie sie in dieser Intensität im Piemont nicht vorkam, dort, wo Rebstöcke, Haselnusssträucher und Eichen die Luft mit ihren Aromen füllten.

»Sind wir bald da?« Carusos Marschierlust hatte offenbar schon nachgelassen. »Du hast doch gesagt, das sei eine Abkürzung.«

»Eine Weile dauert's noch«, antwortete Tiffany, ohne ihre Schritte zu zügeln. »Ich dachte, Leonardo wollte etwas über seine Ururoma erfahren. Er war es doch, der uns zu diesem Marsch gedrängt hat.«

Das stimmte. Ich hatte Tiffany gebeten, mir als Ortskundige alle Stellen zu zeigen, an denen die Vergangenheit womöglich Hinweise auf Lucrezia hinterlassen haben könnte. Denn trotz Stephanus' Tod ging mir das Schweineskelett in der Krypta nicht aus dem Kopf. Soviel ich wusste – und ich wusste viel –, war dies der erste Fund von Mensch und Schwein in einem Sarg. Die historische Bedeutsamkeit dieser Entdeckung schloss für mich bereits aus, dass es sich bei dem Tier um irgendein Bauernschwein gehandelt haben könnte. Nein, in dem Sarg musste ein Schwein ersten Ranges begraben worden sein. Also konnte ich auch gleich konkret nach Lucrezia suchen, wenn ich schon im Heuhaufen stocherte.

Wir querten einen Hang. Die Bäume wuchsen dichter und zwangen uns, mehr Abstand zu halten. Stille umfing uns. Ein altes Schweinegedicht kam mir in den Sinn, das jeder Frischling in Italien lernte:

Kennst du das Land, wo die Kirschen blühn,
In dunkler Erde die Trüffel glühn,
Ein sanfter Wind vom blauen Himmel weht,
Der Rüssel still und hoch der Weinberg steht,
Kennst du es wohl?
Dahin! Dahin
Möcht ich mit dir, o mein Schweinchen, ziehn!

Der Text wurde später von einem mäßig begabten deutschen Dichter auf seiner Italienreise verballhornt.

Wir mussten aufpassen, nicht abzurutschen und den Hang hinunterzukullern. Die Luft wurde dünner, zugleich verdichteten sich die Gerüche. Ein Zweig knackte. Ich drehte mich um. Folgte uns jemand? Wie beim Trüffelsuchen hatte ich das Gefühl, nicht allein zu sein. Doch es war niemand zu sehen.

»Da vorne muss es sein.« Tiffany wies auf einen Waldpfad, der zu einer hellen Fläche führte. Die Fläche stellte sich beim Näherkommen als ein Friedhof heraus. Der Klosterfriedhof.

»Wir sind da«, sagte Tiffany. »Ich dachte, vielleicht findest du hier einen Hinweis auf Lucrezia.«

Ein Grab, frisch aufgeschüttet, war mit einem Kranz und einem Holzkreuz geschmückt, auf der Plakette stand *In Memoriam Stephanus.*

Wir blieben eine Weile vor dem Grab stehen, jeder in Gedanken versunken.

»So endet also ein Mönch«, sagte Caruso.

»Nicht ganz. Die Menschen glauben, nach dem Tod in den Himmel aufzusteigen«, antwortete Tiffany.

»Wie ein Luftballon?«

»Wie das genau funktioniert, weiß keiner«, sagte ich. »Der Leichnam bleibt auf der Erde. Nur die Seele wandert.«

»Ganz schön gruselig.« Caruso schüttelte sich. »Ich hab mal einen Film gesehen, da waren lauter Nebelgestalten, die durch ein Schloss schwebten. Ich glaube, sie hießen Gespenster. Erhalten die Seelen alle den gleichen Namen? Und wo hat sich Stephanus' Gespenst jetzt versteckt?«

»Das ist eine Irrlehre, mein Kleiner. Wie jedes Schwein weiß und auch du mittlerweile wissen solltest, holt Esus, der Übervater, uns nach dem Tod in den Ewigen Bauch. Zumindest die Guten. Dort gibt es Essen und Trinken im Überfluss. Wein, Säfte, Kirschen in Marsala gedünstet, alles, was du dir vorstellen kannst.«

»Auch Schokolade?«

»Selbstverständlich. Und Vanillepudding. Und für die Erwachsenen Barolo.«

»Warum nur für die Erwachsenen?«

»Weil Alkohol nichts für die Kleinen ist.«

»So klein bin ich nun auch nicht mehr.« Caruso stemmte sich auf die Vorderfüße. »Ich bin schon mehr ein Erwachsener. Bald jedenfalls.«

»Nun, du …«

Plötzlich ein Krachen. Wir zuckten zusammen.

Caruso suchte hinter mir Deckung. »Stephanus' Gespenst. Sie

haben ihn nicht in den Ewigen Bauch gelassen. Jetzt kehrt er zurück, weil er kein Zuhause hat.«

»Das klang mehr nach einem zerbrochenen Ast. Dort hinten muss jemand sein.« Ich deutete auf eine Reihe Büsche. »Hallo! Wer immer dort hinten steckt, möge hervorkommen«, rief ich.

Ein Rascheln. Ein Husten.

»Raus jetzt! Zeige dich!«

Die Zweige teilten sich und heraus trat – ein Wildschwein. Ein Eber. Er schüttelte sich, die Muskeln spannten sich unter der Haut. Sein mächtiger Körper war mit silbergrauen Borsten bedeckt, vom rechten Ohr fehlte ein Stück, es sah aus wie herausgebissen. Lässig trottete er auf uns zu.

Tiffany ging ihm entgegen. »Maximus!«

»Hallo Süße.« Sie rieben ihre Rüssel aneinander, das Zeichen von Vertrautheit und Zuneigung bei Schweinen.

»Ihr kennt euch?« Ich musterte den Eber. Er schien nicht im Geringsten verlegen.

»Darf ich vorstellen – das ist Maximus«, sagte Tiffany. »Er lebt im Wald und handelt mit diesem und jenem. Wir sind befreundet, aber nicht so, wie du vielleicht denkst, Leonardo. Wenn ihr was braucht – Maximus kann es besorgen.« Sie wandte sich an den Eber. »Das hier sind meine Freunde Leonardo, der große Detektiv, der nach seiner Ururgroßmutter sucht, und Caruso. Beide sind zurzeit Gäste im Kloster.«

»Das habe ich mir schon gedacht«, sagte Maximus.

Mir kam ein Gedanke. »Du bist uns gefolgt. Schon bei der Trüffelsuche.«

»Ich kann es nicht leugnen. War neugierig, wer sich in meinem Revier herumtreibt. Eure Leistungen mit den Tartufi – nicht von schlechten Eltern. Wenn ihr mal Trüffel abgeben wollt, ich bin durchaus bereit, welche zu erwerben.«

»Und was könntest du uns dafür bieten?«

»Was ihr wollt: Informationen, Dienstleistungen, Weine, anregende Stoffe …«

»Anregende Stoffe?«

»Nun, du verstehst schon, Dinge, die einen träumen lassen und den Tag versüßen.«

Tiffany trat dazwischen. »Stopp, Maximus! Das sind nicht deine Kunden. Das sind Besucher.«

»Und was macht ihr auf einem Friedhof?«

»Wir wollten die Gräber inspizieren«, sagte ich. »Einer Spur in die Vergangenheit nachgehen, die, wenn ich richtigliege, die Geschichte der Schweine korrigieren könnte. Einen aktuellen Todesfall gibt es außerdem.« Ich deutete auf das frische Grab und berichtete über die Vorfälle im Kloster.

»Der Mönch – war das einer, der immer hustete und nach Tabak roch?«

Ich nickte.

»Den kenne ich, der ist öfter mit einem anderen Mönch im Wald spazieren gegangen. Dieser Stephanus nannte ihn Tittomanto oder so ähnlich.«

»Tettamonti vielleicht?« Mein Interesse war geweckt.

»Ja, kann sein. Die beiden nahmen immer den Weg, der hier heraufführt.«

»Hast du gehört, über was die beiden so geredet haben?«

»Nur über religiöses Zeug. Vom wahren Gott und so. Ich glaube, dieser Tettamonti hielt dem anderen einen Vortrag. Klang recht hitzig. Aber Geschwafel. Hab die beiden immer bald wieder allein gelassen.«

»Kannst du dich erinnern, wann es das letzte Mal war?«

»Hmm. Muss nachdenken. Vor ungefähr vier Wochen, glaube ich. Wozu wollt ihr das alles wissen?«

»Wir sind eben auch neugierig«, sagte Caruso.

Tiffany ging zu den Gräbern hinüber. »Sehen wir uns doch einfach um, was es zu entdecken gibt. Vielleicht finden wir ja ein Schweinegrab. Ich habe zwar von dem Friedhof gehört, war aber selbst noch nicht hier. Der Gemeindefriedhof muss unten im Tal sein.«

»Ein Haufen alter Steine, sonst nichts«, sagte Maximus. »Stehen hier schon ewig rum. Nur das Kloster benutzt diesen Flecken Erde noch.«

Die Grabmale zogen sich in mehreren Reihen durch die Lichtung. Nur mehr die Steine ragten aus dem Boden – wo einst das eigentliche Grab gewesen war, wuchs nun Gras. Die Steine waren von unterschiedlicher Form und Größe, die Flächen glatt oder rau, behauene Felsen standen neben Marmorplatten, Tuffstein-Häuser mit Baldachin neben schlichten Gedenktafeln. Einige Grabsteine wirkten gepflegter als andere, vereinzelt war die Farbe der Schriften aufgefrischt und das Moos entfernt.

»*Unserem verehrten Bruder Libarus. Du wirst uns fehlen. 17. Oktober 1824*«, las Tiffany eine Inschrift vor. »Oder hier: *Der Gnade Gottes empfohlen. Pater Rigone. 1730 bis 1986.*«

»Hier sogar ein Grab aus dem 15. Jahrhundert«, rief Caruso. »Und hier noch eins.«

»Seht mal her, was ich gefunden habe!« Tiffanys Stimme überschlug sich. »Das Grab müsst ihr euch anschauen.«

»Ja und?« Maximus betrachtete den Grabstein. »Genauso langweilig wie die anderen auch.«

»Lest die Inschrift.« Tiffany deutete auf die Gravur mit altertümlichen Buchstaben, auf beiden Seiten eingefasst von Rosenranken.

»*Humilitate eterna – ewige Demut.*« Ich entzifferte das Latein des nächsten Satzes: *Deine Seele durfte in der irdischen Welt keinen Frieden finden.* Darunter stand ein Name. *Laetitia Serena.* Ein Datum fehlte.

»Hier liegt eine Frau begraben«, sagte Tiffany. »Auf einem Männerfriedhof.«

»Einem Klosterfriedhof«, ergänzte ich. »Äußerst ungewöhnlich. Es könnte sich um eine Angestellte der Abtei handeln. Oder eine Besucherin, die überraschend verstarb. Dagegen spricht, dass sonst nur Mönche an diesem Ort bestattet sind. Außerdem war es früher nicht üblich, normale Helfer oder Fronarbeiter zusammen mit den Herren zu beerdigen. Diese geweihte Erde war nur für privilegierte Personen gedacht.«

Wir sahen uns auch die restlichen Gräber an, doch Laetitia war die einzige weibliche Tote, die hier ihre letzte Ruhestätte gefunden hatte.

»Auf jeden Fall wirkt das Grabmal uralt«, sagte Tiffany. »Muss eine ungewöhnliche Frau gewesen sein, wenn man sie an einem solchen Platz beerdigte.«

Ich nickte und wandte mich zu Maximus. »Du musst wissen, dass es bei meinen Vorfahren auch einige bemerkenswerte Frauen gab. Ich suche nach Hinweisen auf meine Ururgroßmutter Lucrezia, die für Cosimo de' Medici in Florenz gearbeitet hat und später hier in die Gegend gezogen ist.«

»Meinst du eine Sau Lucretia, mit einem t geschrieben?« Maximus klang auf einmal interessiert.

»Früher schrieb man die Namen oft unterschiedlich, das hat nichts zu sagen. Zumindest der Name ist ungewöhnlich.«

»Ich kenne nämlich eine Lucretia«, sagte Maximus.

Mein Puls beschleunigte sich. Der erste Einheimische, der mit dem Namen etwas anfangen konnte.

»Du hast eine Lucrezia getroffen?« In Carusos Stimme schwangen Zweifel mit. »Im Traum oder in echt?«

»Weder noch.«

»Willst du uns aufziehen mit deinen Schweinebekanntschaften?« Tiffany warf Maximus einen seltsamen Blick zu. »Ehrlich gesagt, keiner von uns möchte schlüpfrige Anekdoten aus deinem Privatleben hören. Leonardo, glaub mir, ich habe nichts damit zu tun.«

»Ich will die Geschichten aber gerne hören«, insistierte Caruso.

»Erzähl bitte, was weißt du von Lucrezia?« Ungeduld ließ meine Stimme vibrieren.

Maximus genoss sichtlich unsere Aufmerksamkeit. »Den Namen habe ich gelesen. Auf einem Stein. Einer Art Denkmal. Übrigens gar nicht so weit von hier.«

»Willst du damit sagen, es gibt in der Nähe einen Schweinefriedhof?« Das wäre eine Seltenheit, denn unsere Spezies ließ ihre irdische Hülle in der Erde zurück, wenn sie in den Ewigen Bauch aufbrach. Grabsteine waren bei uns unüblich, und ich fand auch, dass die Menschen mit ihren Friedhöfen nicht unbedingt absoluten Gottesglauben an den Tag legten. Redeten groß vom Leben nach dem Tod und von der Abkehr von irdischen Gütern, nur um dann für die Toten kostspielige irdische Denkmäler in die Erde zu rammen – als bräuchte es diese Rückversicherung gegen religiöse Obdachlosigkeit, sollte eine Menschenseele sich auf dem Weg ins Paradies verlaufen.

Maximus zwinkerte mit den Augen. »Lasst euch überraschen. Sehen wir uns den Ort doch an. Ein kleiner Fußmarsch schadet nicht. Übrigens Leonardo, wie wäre es mit einem Tauschgeschäft? Ich hätte Abnehmer für Trüffel. Da bist du ja Meister. Nur schnell ein paar Stück ausgraben. Dafür biete ich einen Sack getrocknete Steinpilze. Oder drei Packungen Amarettinikekse.«

»Alles, was du willst. Aber führ uns erst zu der Stelle.«

Tiffanys Sauermiene bremste unseren Verhandlungseifer. Es waren nur fünf Minuten Weg, obwohl es auch einmal steil bergauf ging. Unser Anführer hielt vor einem Dickicht aus Sträuchern.

»Wo ist denn nun deine Lucrezia?« Tiffany holte Luft. »Die Gegend ist ganz nett, aber zur Bergsteigerin bin ich nicht ausgebildet. Das alles, nur um das Grab einer Sau anzuschauen.« Ich spürte, dass dies der falsche Moment war, um Tiffany fehlenden Respekt unseren Vorfahren gegenüber vorzuwerfen, und ärgerte mich im Stillen über ihre Ignoranz.

»Da müssen wir durch.« Maximus wies auf das Dickicht, drehte sich um und schob sich hindurch. Wir folgten, Tiffany nur unter Protest, etwas von »Abenteuerspielplatz für Kinder« murrend. Wir standen auf einem Plateau von etwa vier mal vier Metern. Die Bäume und das Buschwerk dämpften das Licht, was dem Platz etwas Sakrales verlieh – eine Kapelle, gebildet aus Bäumen, Ästen und einer Blätterwand. In der Mitte stand ein von Moos und Kletterpflanzen bewachsener Obelisk.

»Hier sind wir. Habe ich euch zu viel versprochen?« Maximus schien ein Lob zu erwarten.

Ich tat ihm den Gefallen. »Brillantes Versteck. Wie hast du es entdeckt?«

»Nun, ich, ähh, suchte eine Lagerstätte für gewisse … Dinge. Nicht zu tief im Wald und doch geschützt. Dabei bin ich auf diesen Platz gestoßen. Sieht aus, als wäre schon seit Jahrzehnten kein menschliches Wesen mehr hier gewesen, nicht wahr?«

»Was hast du denn gelagert?«, fragte Caruso.

»Ich … ich brauchte ein Warenlager für meine Geschäfte. Jetzt hab ich was Besseres gefunden, etwas Regensicheres.«

Der Obelisk ragte etwa zwei Meter in die Höhe, die vier Kanten liefen am oberen Ende zu einer Spitze zu. Auf halber Höhe ließ sich mit einiger Mühe der Name »Lucretia« entziffern, die eingemeißelten Buchstaben waren über die Jahrhunderte verwittert.

Darunter ein Kreuz und sechs Kugeln, die mir mehr als vertraut waren: Die sechs Palle oder Pillen standen für das Wappen der Medici.

»Liebe Schweine, ich glaube fast behaupten zu dürfen, dass wir tatsächlich vor dem Grab meiner berühmten Vorfahrin Lucrezia stehen.« Ehrfurcht schlich sich in meine Stimme. »Ohne dich hätte ich die Stelle nie gefunden, Maximus. Du weißt gar nicht, wie viel mir das bedeutet. Endlich die erste konkrete Spur. Die Medici-Symbole sind ein eindeutiger Beweis – schließlich stand meine Ururoma in Diensten der Florentiner.«

»Aber warum wurde sie dann nicht in Florenz beerdigt?« Caruso runzelte die Stirn. »Und warum hat man ihr ein Grab errichtet? In dieser Einsamkeit? Und könnte es nicht sein, dass hier eine Frau namens Lucretia begraben liegt, und kein Schwein?«

Darauf wusste ich keine Antwort, und ich musste leider zugegeben, dass Caruso die Schwächen meiner Theorie auf den Punkt gebracht hatte. Er machte große Fortschritte, was sein detektivisches Denken anbelangte, aber das würde ich ihm nicht sagen. Es würde ihm nur zu Kopf steigen und ihn noch ungestümer machen.

Eine Weile betrachtete ich stumm das Grabmal. »Steht da noch was?« Caruso unterbrach meine Gedanken. »Unter dem Pflanzengestrüpp?«

»Stimmt, da könnte eine weitere Inschrift verborgen sein«, sagte Tiffany. »Wir müssen den Stein freilegen.«

Gemeinsam rupften wir das Grünzeug weg. Weitere Buchstaben kamen zum Vorschein. *Salvator Vitae* war zu lesen – Retter des Lebens. Darunter eine Reihe einzelner Ziffern, die keinen Sinn ergaben. Ich versuchte mir die Zahlen einzuprägen. Die nächste Zeile genauso rätselhaft: *Ein Schwein, geboren, um zu helfen, gestorben, um zu lieben*, so meine Übersetzung aus dem Lateinischen.

»Du hattest doch recht, hier liegt wirklich deine Ururoma begraben«, gab Caruso zerknirscht zu.

»Wenn das kein Erfolg war.« Aus Maximus Worten schimmerte Ironie. »Kein Geschäft. Dafür ein Ausflug in die Vergangenheit. Ich hab jetzt die Nase voll – gehen wir.«

»Ja, gehen wir«, quengelte Tiffany. »Mir ist kalt und ich habe Hunger. Außerdem finde ich Gräber gruselig.«

Ich war ganz froh drum, dass ich auf dem Rückmarsch wieder die Nachhut bilden durfte. So konnte ich in Ruhe meine Gedanken ordnen, die mir aus den unterschiedlichsten Richtungen durch den Kopf schossen. Schauer liefen mir den Rücken hinunter. Lucrezia. Ich versuchte mir vorzustellen, wie sie ausgesehen hatte, überlegte, wie ihre sterblichen Überreste an diese Stelle gelangt waren. Hier war ich, mitten in einem Wald in Umbrien, ein Name löste sich vom Nebel der Vergangenheit und manifestierte sich an diesem Ort. Ich hoffte, ich wünschte, ich betete, dass Esus meine Ururoma zu sich in den Ewigen Bauch genommen hatte. Mit einem Ernst, der mich fast selbst erschreckte, gab ich Lucrezia im Stillen das Versprechen, aufzudecken, warum sie ausgerechnet an diesem Ort begraben lag und was es mit ihrem Tod auf sich hatte, dessen Umstände bis heute im Dunkel der Geschichte verborgen waren. Gleichzeitig war ich aber auch hochgradig verwirrt. Zwar gab es keinerlei Beweise dafür, dass das Schweineskelett in der Krypta Lucrezias sterbliche Überreste waren, aber insgeheim hatte ich das vermutet. Welches Schwein lag dann dort unten? Und was war dies für ein merkwürdiges Kloster, in dem Menschen sich mit Schweinen begraben ließen und ihnen auch noch Denkmäler errichteten?

Auch als ich schon längst in Eleonoras Auto saß, grübelte ich über den Fund und die vielen Fragen, die er aufwarf. Eleonora wollte etwas erledigen, und ich hatte darauf bestanden mitzukommen. Ich musste einfach meine Ruhe haben, und die hatte ich nicht, wenn Caruso und Tiffany um mich herumsprangen.

Wir fuhren hinunter ins Tal. Die Padrona nahm den Weg zur nächstgelegenen Stadt und gab am Postamt ein Päckchen auf. Sie parkte in einer Seitenstraße und holte ihr Mobiltelefon heraus. »Jetzt rufen wir zu Hause an. Ich wollte nicht vom Büro des Abts aus telefonieren.« Sie wählte die Nummer, aus dem Lautsprecher tönte das Freizeichen.

»Pronto?« Fabris' Stimme.

»Hallo, ich bin's. Eleonora. Die Klosterschülerin.« Sie lachte.

»Eleonora, bella mia. Endlich höre ich wieder was von dir. Ich vermisse dich. Wie geht's da oben in den Bergen?«

»Ich vermisse dich auch. Ich hätte mich schon früher gemeldet. Aber im Kloster funktionieren die Mobiltelefone nicht. Über Langeweile kann ich wirklich nicht klagen, dank meines Porcellino ist immer was los. Mein Schweinchen sitzt übrigens neben mir.« Die Padrona hielt mir den Hörer hin. Ich sandte ein unbestimmtes Begrüßungsgrunzen in Richtung Sprechmuschel. Auch wenn sich Eleonora gut mit ihrem neuen Partner verstand, wollte ich erst noch beobachten, wie sich das Verhältnis entwickelte. Plumpe Vertrautheit mit Menschen schadete nur. Obwohl ich zugeben muss, dass Enrico sich bislang korrekt verhalten hatte. Was Eleonora anging, so hegte ich den Verdacht, dass sie sich aus dem Kloster nicht so oft bei Enrico meldete, wie sie es gekonnt hätte. Vielleicht brauchte sie ein wenig Abstand. Vielleicht, und das schien mir wahrscheinlicher, wollte sie sich bei ihrer Arbeit in der Abtei auch nur von niemanden dreinreden lassen – selbst von Fabris nicht.

»Hallo Trüffeljäger«, tönte es aus dem Telefon. »Pass nur auf meine Eleonora auf. Damit sie keine Dummheiten macht. Ich verlass mich auf dich. Deine Freundin hat mich übrigens auch schon besucht. Ihr scheint's langweilig zu sein.«

Meine Cleopatra. Was gäbe ich darum, jetzt mir ihr reden zu können. Mit ihr spazieren zu gehen. Nur wir beide …

»Hast du mit deinen Forschungen schon etwas erreicht, meine Liebe?«, fuhr Enrico fort. »Den Goldenen Trüffel gefunden?«

»Noch konnte ich meine Nase nicht ausgiebig in die Bücher stecken. Leider hat ein Trauerfall im Kloster die Arbeit gebremst. Dafür habe ich die Keller erforscht. Praktische Studien, gewissermaßen.«

»Ein Trauerfall?« In Enricos Stimme schlich sich Skepsis.

»Ein Mönch ist verstorben. Herzversagen.«

»Ach so. Mein Beileid an die Mönche.«

»Ich werde es ausrichten. An dich habe ich gerade etwas abgeschickt.«

»Einen Liebesbrief?«

»Viel größer. Ein Brief von mir liegt auch dabei. Es ist ein Päckchen.«

»Ich hab' aber gar nicht Geburtstag.«

»Ähhm, ich möchte dich eigentlich auch nur um einen Gefallen bitten. Für meine Forschungen. Könntest du liebenswürdigerweise den Inhalt von einem Labor untersuchen lassen? Du hast doch noch deine Beziehungen zur Questura in Turin?«

Fabris klang hellwach. »Eleonora, was genau treibst du dort oben? Laboruntersuchungen? Was hat das mit deiner historischen Arbeit zu tun?«

»Jetzt verhör mich nicht gleich. Es geht um Trüffel. Ob die Tartufi schlecht sind, die ich gefunden habe. Oder verdorben. Ich weiß auch nicht genau. Vielleicht hat es was mit dem Goldenen Trüffel zu tun.«

»Hast du goldene Trüffel verspeist? Ich beginne, mir Sorgen zu machen.«

»Du siehst überall gleich Gespenster. Ist wohl berufsbedingt.« Eleonora senkte die Stimme. »Aber ich verzeihe dir, mein Lieber. Vorausgesetzt, du tust mir den Gefallen. Dafür schicke ich dir einige baci durchs Telefon.« Sie küsste den Hörer.

Wie albern sich Menschen doch benahmen, wenn sie turtelten. Verwandelten sich in Kinder. Stammelten vor sich hin, vergnügten sich mit kindischen Spielen. Irgendwo hatte ich gelesen, Liebe sei bei dieser Spezies ein biochemischer Prozess, der im Kopf einen elektrischen Kurzschluss auslöst und im schlimmsten Fall ein Leben lang anhält, wenn er nicht vorher repariert wird. Eleonora gurrte also, Enrico schmeichelte – ich spare mir die Details – und am Ende kam es, wie es kommen musste: Enrico versprach, die Wünsche der Padrona zu erfüllen und Recherchen anzustellen.

9

Die Glocke läutete zur Morgenandacht. Ein Grauschimmer schlich über den Himmel – das Versprechen von Licht und Sonne. Allmählich zeichneten sich Formen und Gestalten ab, die Tierwelt erwachte und verabschiedete mit ihren Stimmen die Nacht. Die Stunde bis zum Anbruch des Tages hatte ihre eigenen Gesetze, ihren eigenen Rhythmus – alles schien verlangsamt und in Dunst gehüllt und doch auf den neuen Beginn zusteuernd, zögernd und zielstrebig. Ich streckte mich, hüpfte von meiner Kutsche und vertrat mir die Beine. Diese Klosterabläufe waren gewöhnungsbedürftig, mit leerem Magen in die Kirche, dann erst folgte das Frühstück. Zu Hause im Piemont hätte ich noch auf meiner Couch geschlummert, bis der Geruch von frisch gebrühtem Kaffee, geröstetem Brot und Quittengelee mich geweckt hätte. Im Nebenzimmer hörte ich Caruso rüsseln. Ich ließ ihn schlafen, Heranwachsende brauchen Kraft.

Ein Mönch ging durch den Gästetrakt, klopfte mit einem »Guten Morgen, Zeit zum Aufstehen« an jede Tür, was mit trunkenem Gemurmel erwidert wurde.

Die Gäste schlichen über den Hof, einige gähnten, ihre Maulwurfsaugen versuchten, den Weg zu finden. Dominik Hellenbart hatte die Jogginghose verkehrt herum angezogen, ein Zipfel seines Hemdes hing heraus. Rinaldo Battistini trug trotz der frühen Stunde einen Anzug, das Haar korrekt geordnet, ebenso der Krawattenknoten. »Warum um alles in der Welt müssen wir zu dieser unchristlichen Stunde aufstehen«, flüsterte seine Frau Dolores in einer Lautstärke, sodass es jeder hören konnte. »Ich bin im Urlaub und nicht im Mädcheninternat.«

»Müssen wir auch nicht«, sagte Melissa Fini. »Es ist ein großzügiges Angebot des Klosters.«

Hausmeister Salvatore Lucca konnte ich nicht sehen, doch sein Zedernöl-Rasierwasser markierte unüberriechbar seine Route. Neben Melissa Fini ging Eleonora, die sich ein Tuch um die Schulter gelegt hatte.

Kerzen erleuchteten das Kircheninnere. Die Mönche hatten im Chorgestühl Platz genommen, der Abt saß in der Nähe des Altars und des Christuskreuzes.

Er hatte die obligatorischen Kirchgänge für seine Fratelli auf täglich vier reduziert, der Gäste wegen. Eigentlich war der Tagesablauf der Mönche seit Jahrhunderten durch die Stundengebete – die *Horen* – strukturiert, ein ständiges Unterbrechen des Tages, ein Rhythmus von Essen, Beten und Arbeiten. Es begann in der Nacht, um ein oder zwei Uhr, mit dem *Vigilium*. Danach folgten sieben Gebete am Tag: zum Sonnenaufgang *Laudes*, das Morgenlob, danach *Prim* gegen sechs oder sieben Uhr, *Terz* um neun Uhr vormittags, *Sext* zur Mittagszeit, *Non* um 15 Uhr, die *Vesper* gegen sechs Uhr abends und das *Komplet*, das Nachtgebet, je nach Jahreszeit zwischen acht Uhr und neun Uhr. Aviano bestimmte, dass die Gäste zweimal am Tag teilnehmen durften, solange sie das Bedürfnis der Mönche nach innerer Einkehr respektierten.

Die Mönche hatten ihre Kapuzen übergezogen, einige hielten den Kopf nach vorne gebeugt, und ich glaubte, während des Gesangs ein leises Schnarchen zu hören. Ein Mitbruder stieß Fra Gabriel an, der fuhr hoch, sah sich verstohlen um und stimmte in den Choral ein. Die Litanei folgte den uralten Vorschriften der Benediktiner: Die Mönche sangen den Vers *O Gott, komm mir zu Hilfe, Herr eile, mir zu helfen, Ehre sei dem Vater*, gefolgt von einem Hymnus und drei Psalmen. Danach gab es eine Lesung, diesmal aus den Paulus-Briefen. Der Abt stimmte einen Versikel, ein kurzes Versstück an, was die Mönche mit einem weiteren Vers beantworteten. Ein *Kyrie eleison* und ein Gebet bildeten den Abschluss.

Hellenbart holte eine Fotokamera aus der Tasche, fixierte sie auf der Lehne seines Vormanns und versuchte, einige Aufnahmen ohne Blitzlicht zu machen, bis ein Kopfschütteln von Orchidea Lucca ihn die Aktion beenden ließ. »Unmöglicher Kerl«, wisperte Battistini seiner Frau ins Ohr. »Keinen Respekt vor den Klosterritualen.« Dolores zuckte nur mit den Schultern. Sie war mehr damit beschäftigt, die anderen Gäste zu mustern, und als Lavello zu ihr herüberblickte, verzog sich ihr Mund zu einem Lächeln. Sofort senkte der Mönch wieder den Kopf. Mir fiel auf, dass Fra Habiatus fehlte. War er krank? Normalerweise versäumten die Mönche nie ein Stundengebet. Auch Aviano schien es bemerkt zu haben, denn sein Blick glitt vom leeren Stuhl über die Gesichter der Geistlichen und die Sitzplätze der Gäste. Kaum war das Vaterunser gesprochen und der Segen erteilt, verschwand der Abt in der Sakristei.

Wir folgten den Gästen aus der Kirche. Eleonora schlug den Weg ins Refektorium ein. »Ich glaube, wir sollten uns mal umhören, was zum Ableben des Mönches geführt hat«, sagte sie. »Irgendjemand muss doch etwas gesehen oder gehört haben.« Leider konnte ich ihr nicht von Carusos und meiner höchst dubiosen Begegnung mit Dominik Hellenbart berichten. Aber es konnte andererseits nicht schaden, die Mönche ein wenig zu befragen. Und dafür brauchte ich Eleonora, denn eher hörte der Wein im Ewigen Bauch auf zu fließen, als dass Menschen sich dazu herabließen, Schweinesprache zu erlernen.

In der Klosterküche roch es nach Kaffee und frisch gebackenem Brot, auf dem Ofen köchelte eine Suppe. Niemand war zu sehen. »Hallo«, rief Eleonora. »Fra Habiatus?« Sie setzte sich an den Tisch. Nach einigen Minuten ging die Türe auf und Habiatus stürmte herein, atemlos.

»Signora Gobetti.« Der Cellerar schien überrascht, jemanden in der Küche anzutreffen.

»Guten Morgen, Fra Habiatus, warum so eilig?«

»Ich … äh … muss das Frühstück vorbereiten. Bin spät dran. Wollen Sie eine Tasse Kaffee?« Er stellte der Padrona einen Becher hin und goss den Kaffee ein.

»Wir haben Sie in der Kirche vermisst.« Eleonora nahm einen Löffel Zucker.

»Hatte zu tun. Das Olivenöl überprüfen. Im Keller. Der Abt hat mir Dispens erteilt.«

»Das Kloster hortet seine Schätze im Keller?«

»Nur die Nahrungsmittel, Wein, Kartoffeln, Äpfel, Mehl und so was. Und einige unbedeutende Sachen. Alles gut verschlossen. Aber die Mäuse scheren sich wenig darum. Eine Plage.«

»Sind Sie eigentlich der Einzige, der einen Schlüssel zum Vorratskeller besitzt?«

»Der Abt hat natürlich auch einen. Warum interessiert Sie das? Wollen Sie weitere Leichen ausgraben?« Habiatus' Mundwinkel verzog sich zu einem Grinsen. »Da unten gibt's nur tote Rinderhälften.«

»Ich mache mir Gedanken um Ihren verstorbenen Glaubensbruder. Ob ihm das Essen nicht bekommen ist? Am Ende waren gar unsere Trüffel schuld, nicht wahr, Porcellino?« Eleonora warf mir einen verschwörerischen Blick zu.

»Sie meinen, ob die Tartufi Stephanus' Herzversagen ausgelöst haben? Das kann ich mir nicht vorstellen. Alle haben die köstlichen Pilze genossen. Keiner hat sich hernach beschwert. Und von einer Trüffelallergie habe ich noch nichts gehört, solange ich als Koch am Herd stehe.«

»Wie lange bekleiden Sie schon das Amt?«

Habiatus setzte sich an den Tisch. »Anfangs, als ich in dieses Kloster wechselte, arbeitete ich noch als Schreiner. Aber diesen Beruf habe ich nicht erlernt. Dem Abt fielen meine handwerklichen Fähigkeiten auf, so übertrug er mir die Reparaturen. Da war immer was zu tun, Stühle neu verleimen, Schranktüren abschleifen, Balken im Dachstuhl ersetzen. Mir machte das Hantieren mit Werkzeugen Freude, und bald, mit Gottes Hilfe, entwickelte ich einiges Geschick. Als der damalige Koch starb, bewarb ich mich für diese Aufgabe. Aviatus schenkte mir sein Vertrauen.«

Ich war beeindruckt. Bei seinen Kochkünsten hätte ich wahrlich nicht gedacht, dass Habiatus sich alles autodidaktisch angeeignet hatte. Ich grunzte anerkennend, was Habiatus aber leider missverstand und mir einen irritierten Blick zuwarf.

»Wie ich gehört habe, lebten Sie früher in einem Kloster in Orvieto.«

»Das stimmt. Doch bald schon stellte ich fest, dass es dort nicht das Richtige für mich war. Außerdem war die Harmonie mit einigen Fratelli gestört. Da hielt ich es für richtig, meinen Seelenfrieden an einem anderen Ort zu suchen.«

»Waren Sie dort auch als Schreiner tätig?«

»Nun, wie soll ich sagen, mir wurden Reinigungsdienste übertragen. Alles, was Sie sich vorstellen können: Boden schrubben, Toiletten säubern und Ähnliches. Ich betrachtete es als Prüfung des Herrn.«

»Sind Sie schon früh Gottes Ruf ins Kloster gefolgt?«

»Eigentlich war ich früher nicht besonders religiös. Ich stamme von einem Bauernhof, bin das zweite von sechs Kindern. Meine Eltern hatten alle Mühe, unsere hungrigen Mäuler zu stopfen, das kleine Anwesen warf nicht genug ab, die Schulden nahmen zu. Deshalb mussten die ältesten Kinder so bald wie möglich aus dem Haus. Mein großer Bruder wuchs bei einem Onkel in Kalabrien auf. Mich steckte man als Arbeiter ins Kloster.«

»Es war sicher nicht schön, als Heranwachsender weggeschickt zu werden.«

»Was blieb meinen Eltern anderes übrig? Ich habe ihnen verziehen.« Habiatus presste seine Finger auf die Tischplatte. »Andererseits – ich wäre gerne weiter in die Schule gegangen. Geschichte, Naturwissenschaften, Bücher – das faszinierte mich. Aber es war kein Geld da. Vater und Mutter hofften, ich würde bei den Mönchen eine anständige Ausbildung bekommen. Daraus wurde nichts. Stattdessen durfte ich arbeiten. Und arbeiten. Für Unterkunft und Verpflegung. Zum Geburtstag erhielt ich von den gnädigen Herren zwei Paar Wollstrümpfe und eine Hose, die aus den Resten ihrer Gewänder genäht worden war. Nie Spielsachen. Nie Kameraden, außer einem Freund, den seine Eltern wie mich ins Kloster verfrachtet hatten. Glauben Sie mir, Mönche sind nicht immer voller Güte – auch nicht gegen Kinder. Ich bekam häufig den Ledergürtel zu spüren, bis das Blut lief. Erzieherische Maßnahme, hieß es.«

Eleonora nahm einen Schluck aus ihrer Tasse. »Warum sind Sie nicht einfach gegangen?«

»Wo sollte ich hin? Ohne Ausbildung? Ohne Geld? Meine Eltern haben mich selten besucht, vielleicht war es ihnen peinlich, was sie mit mir getan hatten. Als ich ihnen einmal von meiner Lage im Kloster erzählte, meinten sie nur: ›Halt durch, mein Sohn.‹ So habe ich durchgehalten. Mich durchgebissen. Wusste mich allmählich durchzusetzen. Keine falschen Rücksichten zu nehmen.

Dinge, die man nicht in der Schule lernt. Das härtet ab. Mein Glück war, dass ein neuer Bruder des Klosters sich um mich kümmerte. Ich trat in den Laienstand ein und weihte später mein Leben der Arbeit hinter Klostermauern. Und hier …«, Habiatus wies auf die Küche, »… hier habe ich mir nun mein Reich aufgebaut. Ich hätte es schlimmer treffen können.«

Sie schwiegen eine Weile. »Ihr verstorbener Mitbruder«, sagte Eleonora schließlich. »Kannten Sie ihn schon länger?«

»Schon lange. Gott sei seiner Seele gnädig.« Der Cellerar bekreuzigte sich. »In letzter Zeit verhielt er sich etwas seltsam. Redete wenig mit mir und blieb oft in seinem Zimmer. Er interessierte sich plötzlich für alte Bücher und korrespondierte mit allen möglichen Leuten.«

»Was für Leuten?«

»Ich weiß nicht, wer das alles war. Die Briefe kamen aus verschiedenen Gegenden Italiens, wie die Poststempel zeigten. Sogar aus Frankreich und Deutschland. Sie müssen wissen, so viel Post erhalten wir hier oben nicht. Deshalb verbreiten sich Neuigkeiten schnell. Entschuldigung, ich muss nach der Suppe sehen.« Habiatus stand auf und rührte die Flüssigkeit auf dem Herd um. Der Duft von Lauchcremesuppe umwehte meine Nase. Aber etwas ging ab, Gewürze vermutlich. Manchmal wurde auch ein Habiatus nachlässig. »Vorbereitung fürs Mittagessen«, sagte der Cellerar und wuchtete den Topf auf den Boden.

»War Stephanus beliebt?«

»Ich denke schon. Gerade mit Fra Gabriel verstand er sich blendend. Aber jeder Mensch entwickelt seine Eigenheiten und eckt bei anderen an. Das mag bei mir so sein, das war auch bei Stephanus so. Wir Mönche haben gelernt, damit umzugehen und zu verzeihen. Das müssen wir auch können, angesichts des engen Raums, auf dem wir zusammenleben. Auch wenn wir uns bisweilen zanken, am Ende herrscht Frieden.«

Eleonora stellte die Tasse ab. »Gab es denn in den vergangenen Wochen Streit zwischen Stephanus und anderen Mönchen?«

»Nichts Ernstes. Aviano rief ihn mehrmals zur Ordnung, weil er ohne Respekt im Konvent über die Pläne des Abts redete. Stephanus war nicht gerade ein Freund des Hotelgedankens, kann man sagen. Auch Tettamonti empfindet den Touristenplan unserer heiligen Aufgabe unwürdig. Und mit Salvatore Lucca gab es Krach. Der Hausmeister beschuldigte Stephanus, zu häufig mit Orchidea zu reden. Da versteht Salvatore keinen Spaß. Wie es in der Bibel heißt: *Ein gelassenes Herz ist des Leibes Leben, aber Eifersucht ist Eiter in den Gebeinen.*«

»Ist an Luccas Verdacht etwas dran?«

»Gott bewahre. Wir Mönche haben uns ganz dem Herrn und der Keuschheit verschrieben. Aber die Geißel der Versuchung macht auch vor uns nicht halt. Die Gattin des Hausmeisters hat eine aufreizende Art, ihre Weiblichkeit zur Schau zu stellen und sich das vom männlichen Geschlecht bestätigen zu lassen, wenn Sie wissen, was ich meine. Sie arbeitet regelmäßig im Mönchstrakt, da lassen sich zufällige Treffen nicht vermeiden.«

»Sind solche Reibereien in Klöstern normal?«

»Sie müssen sich vorstellen: die Einsamkeit, das Gefühl der Eingeschlossenheit auf kleinstem Raum, immer dieselben Gesichter. Da explodiert einer schon mal. Das ist wie ein reinigendes Gewitter. Mit Tettamonti geriet sich Stephanus wegen religiöser Fragen in die Haare. Die beiden steckten oft ihre Köpfe zusammen und diskutierten Themen der Kirchengeschichte und der Bibel. Da ging es ordentlich zur Sache. Ein etwas abgehobenes Hobby, wenn sie mich fragen. Als hätten wir nichts Besseres zu tun, als den Wortlaut heiliger Schriften auszulegen und nach verborgenen Bedeutungen zu suchen. Ich kümmere mich lieber um das leibliche Wohl der Bewohner.«

Ich schlenderte in die Nähe des Topfs, der auf dem Boden stand. Der Dampf trug die Aromen in meinen Rüssel, den Duft von Lauch, Mehlschwitze und Sahne, von ausgekochten Fleischknochen und Zwiebeln. Irgendwie empfand ich die Komposition als nicht ausgewogen. Die Sahne dominierte, ein geschmackliches Gegengewicht fehlte. Tartufi wären die ideale Lösung gewesen, aber nach den jüngsten Vorfällen war daran nicht zu denken.

»Immer noch treibt mich die Frage um, ob das Trüffelessen schuld am Herzversagen war«, sagte Eleonora. »Wer hat eigentlich den Teller für Stephanus zubereitet?«

»Der Abt hat angeordnet, dem Bruder einen Happen zu bringen. Ich habe einen Teller vorgewärmt und das Essen darauf angerichtet«, antwortete Habiatus.

»Wer hat das Essen zu Stephanus ins Zimmer gebracht?«

Der Cellerar überlegte. »Ich kann mich nicht erinnern. Es ging in der Küche sehr hektisch zu, der nächste Gang des Menüs musste serviert werden. Jeder wusste, dass man Stephanus etwas zum Essen bringen sollte, und daher habe ich das Tablett mit dem Teller einfach nur auf den Schemel im Gang gestellt. Wenn ich jetzt im Nachhinein daran denke, weiß ich nur noch, dass der Teller nach kurzer Zeit verschwunden war. Deshalb habe ich mir keine weiteren Gedanken gemacht – ein Mitbruder wird das Essen nach oben getragen haben.«

»Gesehen haben Sie niemanden?«

»Ich habe sehr wohl viele gesehen, einschließlich der Gäste. Wie Sie wissen, liegen die Toiletten am Gang. Jeder muss an der Küche vorbei durch den Flur gehen, wenn er austreten will.«

»Also sah jeder, der aufs Klo ging, den Teller auf dem Schemel stehen?«

»Worauf wollen Sie hinaus? Natürlich hätte sich jede Person das Tablett schnappen und Fra Stephanus bringen können. Das ist eine Sache von Minuten. Aber warum hätte einer unserer Gäste das tun sollen? Und wenn ja, was wäre so schlimm daran gewesen? Irgendeiner meiner Mitbrüder wird den Auftrag des Abts schon ausgeführt und Stephanus an dem Festmenü teilhaben lassen. Ich verstehe nicht, warum Sie darauf so herumreiten.«

»Für Stephanus war es kein Festmenü.«

»Noch einmal, ich glaube nicht, dass Ihre Trüffel die Todesursache waren. Wenn es Gott gefällt, ruft er seine Schafe zu sich. So einfach ist das. Wir Menschen sind da machtlos.«

Eleonora stand auf. »Halten Sie mich bitte nicht für zu neugierig, aber können Sie mir die Stelle zeigen, wo das Tablett stand?«

Habiatus seufzte. »Also gut, Sie Quälgeist. Ihr Wissensdurst ist wohl berufsbedingt. Hier entlang.«

Die beiden verschwanden durch die Tür. Ich wollte ihnen folgen, machte aber noch mal kehrt. Die Lauchcremesuppe ließ mir keine Ruhe. Vom Gang her hörte ich Eleonora und den Cellerar reden. Schnell tauchte ich meinen Rüssel in die Suppe, nahm einen Schluck und rollte die Flüssigkeit im Maul hin und her. Jetzt war mir klar, was fehlte. Ich sah mich um und entdeckte die passenden Zutaten. Die angebrochene Flasche Weißwein schüttete ich bis auf einen kleinen Rest in die Suppe, ebenso geriebenen Majoran und eine Portion Paprikapulver. Schon roch das Gebräu viel besser. Das musste reichen. Ich kostete noch einmal. Zufrieden verließ ich die Küche.

»Unser lieber Cellerar hat uns zwar viele Hinweise gegeben, aber etwas Konkretes war leider nicht dabei«, sagte Eleonora, als wir beide uns nach dem Frühstück zur Bibliothek aufmachten. »So ziemlich jeder hätte die Möglichkeit gehabt, Stephanus die Spaghetti zu bringen. Und so richtig ernsthaft Ärger scheint es zwischen den Mönchen nicht gegeben zu haben, wenn ich Habiatus richtig interpretiere. Allerdings würden die Mönche ihre internen Auseinandersetzung einer Fremden wie mir wohl auch nicht unbedingt gleich aufs Brot schmieren, da werden wir wohl noch ein bisschen nachhaken müssen.«

Ich gab Eleonora recht, erinnerte mich aber auch daran, dass wir noch nicht mit Sicherheit sagen konnten, dass die Tartufi vergiftet waren. Fabris hatte sich nämlich mit den Laborergebnissen noch nicht zurückgemeldet. Bis wir diese Information hatten, würden all unsere Gedanken bloße Spekulation bleiben.

Sonnenlicht durchflutete die Bibliothek, die Holzdielen knarrten unter unseren Schritten. Eleonora ging die Schränke entlang und versuchte, durch die Glastüren die Schrift auf den Buchrücken zu entziffern. »Mal sehen, was wir uns heute vornehmen.« Das einzige Mobiliar neben den Bücherschränken waren zwei mächtige Tische in der Mitte des Raumes und einige Stühle. »Ein Register der Bücher existiert nicht. Die Mönche scheinen die Werke nur grob nach religiösen und allgemeinen Themen aufgeteilt zu haben.« Die Padrona öffnete einen Schrank, zog ein Werk heraus. »Eine Systematik kann ich in den Schränken bislang nicht erkennen. Das ist schade, denn das Kloster verfügt über viele alte Bände und Dokumente, offenbar über die Jahrhunderte angehäuft und allmählich vergessen.«

Ich betrachtete die Einbände. Einige waren aus Samt, andere

aus Holz oder gar Metall. Viele jedoch waren aus Schweinsleder geschnitten. Meine Vorfahren hatten buchstäblich ihre Haut dafür opfern müssen. Wenigstens tröstete mich der Gedanke, dass die Menschheit früher auf uns Schweine angewiesen war, um Kultur und Wissen für die Nachwelt aufzubewahren. Hätte diese Spezies doch nur mehr von uns übernommen als nur Einbände, unsere Bildung beispielsweise – was wäre ihr erspart geblieben!

Nach und nach nahm Eleonora stichprobenweise Bücher aus den Regalen, blätterte Seiten durch und las Titel: Die Ordensregeln des heiligen Benedetto in einer lateinischen Ausgabe des 13. Jahrhunderts. Eine Prachtbibel, gestiftet von den Medici aus Florenz. Die bebilderte Ausgabe des Sonnengebets von Franz von Assisi auf Altitalienisch, »*Laudato si, mi signore*«, las Eleonora vor, »*Gelobt seist Du Herr, mit allen Wesen, die Du geschaffen, der edlen Herrin vor allem, Bruder Sonne, die uns den Tag heraufführt und Licht mit ihren Strahlen spendet, die Schöne; gar prächtig in mächtigem Glanze. Dein Gleichnis ist sie, Erhabener.*« Ein Buch über die Lehren des griechischen Philosophen Aristoteles, verlegt vom venezianischen Drucker Aldus Manutius. Von Isaac Newton der Band *Philosophiae Naturalis Principia Mathematica* aus dem 18. Jahrhundert.

»Was haben wir denn da?« Eleonora legte ein Buch auf den Tisch, aus dem ein Papierschnipsel ragte. »Das Werk hat zumindest einen Leser gefunden, das Blatt diente wohl als Lesezeichen, es stammt aus einer Tageszeitung.« Sie überflog den Inhalt. »Sieh an, sieh an. Da hat sich jemand für Geheimwissenschaften interessiert.«

Autor der *Chymischen Schriften* war ein Fratris Basilii Valentini vom Ordinis Benedictini. Die Teile umfassten *Libri quattuor de particularibus septem planetarum* – Über die Besonderheiten der sieben Planeten, *Duodecim Claves* – Die Zwölf Schlüssel des Basilius Valentinus, die Unterzeile versprach, dass *die Türen zu dem uralten Stein unserer Vorfahren eröffnet und der unerforschliche Brunnen aller Gesundheit erfunden wird.* Das andere Kapitel handelte »Von der großen Heimlichkeit der Welt und ihrer Arznei«. Kupferstiche und Holzschnitte entführten die Leser in Fabelwelten. Die Bilder zeigten Drachenwesen in einer Berglandschaft, eine Papstfigur mit einer Destillierblase, zwei Damen, auf Löwen reitend mit einem Herz in den Händen, oder eine leicht bekleidete Frau, eine Blume tragend, hinter ihr ein Mann mit Flammenhaar und Blasebalg.

»Solche obskuren Alchemie-Schriften hier im Kloster zu finden, ist schon erstaunlich. Bei einigen Stellen hat jemand mit Bleistift den Text unterstrichen.« Eleonora blätterte die Seiten durch. »Dieser Benediktinermönch Basilius Valentinus soll angeblich im 15. Jahrhundert gelebt haben. Historiker glauben jedoch, ein gewisser Johann Thölde habe die Bücher unter dem Tarnnamen herausgegeben. Nun hör dir das an.« Sie zitierte eine Stelle:

Wenn dein Erdreich in seinem eigenen Wasser aufgelöset ist
so trockne das Wasser durch das gebührliche Feuer
ganz und gar aus
so wird die Luft ein neues Leben anblasen
und wenn das Leben wieder leibhaft gemacht
so hast du eine Materia
so rechts wegen keinen andern Namen haben kann
denn der große Stein der Welt
welcher menschliche und metallische Leiber durchgeht
wie ein Geist
ist eine Universal-Medizin ohne Mangel
denn sie treibt das Böse aus
und erhält das Gute
ist auch eine Verbesserung
dass das Böse zugleich mit dem Guten gut werden muss.

Eleonora las die Stelle noch einmal. »Klingt wie eine Anleitung für den legendären Stein der Weisen. Ob die Legende vom Goldenen Trüffel lediglich ein anderer Begriff für den Stein der Weisen ist? In früheren Jahrhunderten verfolgten viele die naive Idee, es gäbe ein Mittel für Erleuchtung und Reichtum.«

Der Traum von einem Weltelixier hatte Wissenschaftler und Laien schon seit der Antike befeuert. Wer diese Essenz brauen konnte, der hielt den Schlüssel zur Macht in der Hand. Sagenhafte Dinge trauten die Menschen dem Stein zu, den sie auch Lapis philosophorum nannten, Rote Tinktur oder Magisterium: In Wein aufgelöst, sollte das Mittel die Manneskraft stärken, Frauen fruchtbar machen, Krankheiten heilen und den Körper verjüngen. Noch wichtiger jedoch war eine weitere Fähigkeit des Mittels. Durch Zusatz von Substanzen wie Schwefel, Salz oder Äther sollten sich unedle Metalle wie Blei oder Quecksilber in Gold verwandeln lassen. Die Rezepturen für die Herstellung waren ein wohlbehütetes Geheimnis und hochgehandelt. Denn wäre tatsächlich jemandem die Magie gelungen und Gold hätte sich aus dem Nichts materialisiert – Neid, Gier und Hass wären die natürlichen Folgen gewesen. Als Goldener Trüffel konnte andererseits auch einfach ein besonders großer Goldklumpen gemeint sein, der bei nämlichen Experimenten angeblich entstanden war.

Dabei beruhte die Jagd nach Gold durch chemische Umwandlung eigentlich auf einem fundamentalen Missverständnis. Die Sau Mezareph arbeitete anfangs des 15. Jahrhunderts in Paris als Kammerzofe der Dame Perenelle, die in dritter Ehe mit dem Schreiber Nicholas Flamel verheiratet war. Der Gatte versuchte seit Jahren, unter Zuhilfenahme seines aus arabischen Büchern angelesenen Wissens, aus Eisen, Salpeter und Holzkohle reines Gold zu schmelzen – doch außer zwei Explosionen, bei denen der Hausherr sein Haar verlor, blieben die Ergebnisse mager. Eines Tages vermisste Perenelle beim Essen ihren goldenen Ohrring. Mezareph fand ihn in ihrem Fressnapf, doch zu spät – sie hatte das Schmuckstück bereits verschluckt. Getrieben von Pflichtbewusstsein, schied sie das Kleinod auf natürlichem Weg in einen Nachttopf aus, nicht ahnend, dass sie Nicholas' Schmelztiegel erwischt hatte. Der Rest ist Geschichte.

»Hier haben wir noch eine interessante Stelle.« Eleonora tippte auf eine Seite des Buches. Darin stand:

Sein Name heißet Hüttenrauch
Und bin ein giftiger böser Schmauch
Hab mir gar nichts mehr anzumaßen
Weil ich mein Corpus hab verlassen
Drum kann mich niemand wieder zwingen
Dass er mich zu einem Leib wollt bringen.
Da aber ich verlier die Gift

Durch Kunst und rechte Handgriff
So kann ich Menschen und Vieh kurieren
Doch bereit mich recht / und hab gut acht
Dass du hältst mir gute Wach
Sonst bin ich Gift und bleibe Gift
Das manches Herz im Leib absticht.

An der Seite stand ein Ausrufezeichen, mit Bleistift geschrieben. Hüttenrauch, ein Staubabfall bei Schmelzöfen – enthielt Arsen. Das Gift verwendeten Alchemisten bei ihren Experimenten als Zutat, um Gold zu gewinnen, Bauern setzten es als Pflanzenschutzmittel ein, seit der Antike nutzten Mediziner stark verdünnte Mengen, um Migräne, Rheuma oder Fieber zu heilen.

»Ob die merkwürdige Lektüre uns einen Fingerzeig gibt? Vielleicht wurden Stephanus' Spaghetti mit Arsen versetzt«, überlegte meine Padrona. Ich schüttelte verneinend den Kopf. Wir waren doch nicht bei Miss Marple. Der Bleistiftkommentar in dem Buch, das Eleonora mehr als willkürlich aus dem Regal gezogen hatte, konnte darüber hinaus weiß Esus wie alt sein.

Wir studierten andere Bücher, etwa die *Historia Naturalis* des römischen Gelehrten Plinius und eine mittelalterliche Abschrift der *Vox in Rama – Stimme von oben* des Papstes Gregor IX. In dem Schreiben warnte das Kirchenoberhaupt vor Ketzern, die bei ihren Treffen das Hinterteil einer schwarzen Katze küssten, danach das Licht löschten und sich der Unzucht hingäben. Und wir lasen in Thomas von Aquins Büchlein *Über die Vollkommenheit des geistlichen Lebens.*

Fra Tettamonti stieß zu uns. Eleonora begrüßte ihn mit einem »Buon giorno«, er errötete und antwortete mit einem »Dio sia lodato«.

»Sie betreuen doch die Bibliothek«, sagte die Padrona. »Können Sie uns beim Sortieren helfen?«

»Dafür bin ich gekommen, Signora.« Seine Stimme klang wie Waffelbruch. Er kniete sich zu mir herunter und strich mir über den Rücken. »Hallo, mein Guter. Ein stolzes Tier haben Sie da, Signora. Kluge Augen.« Als er mich streifte, spürte ich Stacheln, die sich durch seine Kleidung drückten. Trug der Mönch etwa einen dieser dornenbesetzten Bußgürtel um den Oberschenkel? Wollte er sich selbst für etwas bestrafen? Vermutlich eher ein religiöses Ritual, wie es auch in anderen Orden üblich war.

»Manchmal glaube ich, mein Porcellino gehört niemandem«, antwortete Eleonora. »Er hat seinen ganz eigenen Kopf.«

Ich grunzte zustimmend. Tettamonti richtete sich wieder auf. »Nun, die letzten Jahre habe ich mich um die Bücher gekümmert. Vorher war die Sammlung etwas vernachlässigt, wenn Sie mir die Bemerkung erlauben. Dank unseres Abts durfte ich die ehrenvolle Aufgabe übernehmen und das schriftliche Erbe des Klosters pflegen. Wie es in der Bibel heißt: *Des vielen Büchermachens ist kein Ende und viel Studieren macht den Leib müde.*«

»Wie ich gehört habe, leben Sie schon lange in der Abbazia.«

»Ich bin schon als junger Mann hier heraufgegangen. Zu Fuß, von Rom aus. Ein Pilgerweg für die Seele und ein Abstreifen der Vergangenheit. Der Tag der Aufnahme in die Klostergemeinschaft der Mönche, meine Profess, war der schönste Tag meines Lebens.« Tettamonti deutete auf das Buch, das auf dem Tisch lag. »Wie Thomas von Aquin richtig bemerkte: Die Profess gleicht einer zweiten Taufe, sie tilgt alle Sündenstrafen. Endlich konnte ich mich ganz Gott zuwenden und in Demut erwarten, welche Aufgaben er mir aufbürdet. Zuerst arbeitete ich als Küchengehilfe und als Gärtner. Jetzt genieße ich das Privileg, mich religiösen Fragen widmen zu dürfen. Ein Privileg, das mir als einfaches Mitglied des Ordens eigentlich nicht zusteht und mir dank einer Fügung des Herrn zuteilwurde. Diese Bibliothek ist der ideale Ort, um Studien zu betreiben.«

»Wollten Sie nicht einmal Priester werden?«

»Auf der Universität fühlte ich die Berufung zu einer geistlichen Aufgabe. Mein Lehrerstudium hatte mir klargemacht, dass mein ursprünglicher Impuls, Kinder zu unterrichten, in die Irre führte. Ich wollte Schüler erziehen zu einem Bewusstsein für ein besseres, von Tugenden geleitetes Dasein. Die Realität zeigte mir nur Desinteresse bei Professoren und Studenten, langweiliges Geplapper über Sport und Kneipen und Frauen. Ohne Tiefgang. Enttäuschend. Geistige Fragen beschränkten sich darauf, in welchem Geschäft man am billigsten Hosen und Jacken kaufen konnte.«

»Deshalb wechselten Sie auf ein Priesterseminar.«

»Ja, das schien mir anfangs die Erfüllung meiner Träume. Mit Gleichgesinnten existenzielle Fragen des Menschseins diskutieren: Woher kommen wir? Wohin gehen wir? Gibt es eine höhere Macht, die uns leitet? Ich wollte Werte und Moral also nicht nur predigen, sondern auch leben. Leider wurde mir bald klar, dass der Priesterberuf viel mit irdischen Dingen zu tun hat: Krankenbesuche, Einweihung des neuen Gemeindehauses, Sammeln von Geldern. Meine Kollegen im Seminar bewegten mehr Fragen der Art, in welche Gemeinde sie später delegiert würden oder ob sie im Vatikan Karriere machen könnten. Das war es nicht, was ich wollte. Deshalb beschloss ich, mich Gott und den Lehren der Bibel absolut zu verschreiben und in ein Kloster einzutreten.«

»Was sagten Ihre Eltern dazu?«

»Sie haben es, glaube ich, bis heute nicht ganz überwunden. Unser Kontakt ist seitdem spärlich. Mein Vater hoffte, dass ich wie er Lehrer würde. Meine Mutter hätte sich ein geordnetes, sorgenfreies Leben für mich gewünscht. Das habe ich jetzt erhalten, aber anders, als sie sich es vorgestellt hat. Ich weiß, dass ich die richtige Entscheidung getroffen habe. Wie Jesus sagt, Matthäus 19, Vers 29: *Wer immer Häuser, Brüder, Schwestern, Vater, Mutter oder Kinder und Äcker um meines Namens willen verlässt, der wird Hundertfaches empfangen und das ewige Leben erben.*«

Eleonora rückte ein Buch zur Seite und lehnte sich zurück.

»Da Sie offensichtlich der Fachmann für diese Bibliothek sind, können Sie uns erklären, wo wir bestimmte Themenbereiche finden?«

»Das System ist zugegebenermaßen ziemlich chaotisch. Da wir bisher keine fremden Benutzer hatten, habe ich es noch nicht für notwendig erachtet, alle Bände neu zu sortieren. Das wäre auch eine Arbeit für Monate, wenn nicht Jahre. Hier haben wir religiöse Standardwerke«, der Mönch deutete auf einen Schrank, »dort stecken Bände über den Orden und seine Repräsentanten. Ansonsten haben meine Vorgänger die Bücher meist nach dem Zeitpunkt des Erwerbs eingeordnet, oder simpel gesagt: Jedes Mal, wenn das Kloster ein Werk kaufte oder geschenkt bekam, wurde es in ein freies Regal gesteckt, egal, ob es zum Buch daneben passte oder nicht.

Deshalb finden Sie Ketzerliteratur neben naturwissenschaftlichen Werken, Heiligenbiografien neben Kochrezeptsammlungen. Selbst ich habe nur einen Bruchteil der Bücher gesichtet. Kaum ziehe ich einen Band heraus, schon bleibe ich am Inhalt hängen und fange an zu lesen.«

»Also hilft nur die Methode Versuch und Irrtum?«

»Ich werde Ihnen behilflich sein, wo ich kann, Signora, wenn Sie Fragen haben. Bei vielen Büchern weiß ich in etwa, wo sie stehen. Schwieriger wird's bei Spezialwünschen. Wie gesagt, ein schriftliches Verzeichnis aller Bände fehlt. Manchmal scheinen sich einzelne Bände in Luft aufzulösen und sind für immer unauffindbar.«

Die Padrona seufzte. »Wie soll ich da etwas über den Goldenen Trüffel finden? Dazu gibt es sicher keine Sonderausgabe, die mir die Arbeit erleichtert.«

»Ich kann es Ihnen nicht sagen. Seit der Abt die Idee mit den Tartufi d'Oro verfolgt, habe ich selbst versucht, in Folianten Brauchbares zu entdecken, bislang vergebens. Deshalb hat Aviano Sie ja auch engagiert. Vielleicht beginnen Sie mit den Chroniken des Klosters. Oder den Wirtschaftsbüchern, soweit vorhanden. Wir haben Werke im Bestand, die fast tausend Jahre alt sind.«

»Wer benutzt eigentlich die Bibliothek?«

»Im Prinzip kann jeder Mitbruder sich Bände ausleihen. Das ist auch der Sinn der Einrichtung. Meistens jedoch kommen der Abt, Fra Gabriel und ...«, Tettamontis Stimme brach ab, er atmete hörbar aus, »... und unser verstorbener Fra Stephanus.«

Eleonora wartete einen Moment, bevor sie die nächste Frage stellte. »Sie kannten ihn gut?«

»Wie jeden anderen Mitbruder auch. Wir hatten jedoch eine gewisse Seelenverwandtschaft, redeten uns die Köpfe heiß, wenn es um die Bedeutung einer Bibelstelle ging oder um die Interpretation eines philosophischen Werks. Armer Stephanus ... ich kann immer noch nicht glauben, dass er nicht mehr unter uns weilt. Nie hätte ich gedacht, dass sein Herz plötzlich nicht mehr mitmacht.«

»Offenbar ist sein Zimmer bereits leer geräumt. Hat er Verwandte, die seine Hinterlassenschaft erben?«

»Wir Benediktiner haben uns mit dem Eintritt ins Kloster zu Demut, Keuschheit und Armut verpflichtet. Persönliche Habe, bis auf ein paar Kleinigkeiten, besitzen wir nicht. Unsere Kleidung, Schuhe, Möbel – alles gehört dem Orden. Nichts dem Einzelnen. Außerdem hatte Stephanus, soweit er erzählte, keine Angehörigen mehr. Seltsam ist allerdings …« Tettamonti zögerte.

»Was ist seltsam?«

»Nun, ich weiß nicht, ob ich das sagen darf, es sind quasi klosterinterne Dinge.«

Eleonora berührte seinen Arm. »Ich will Sie nicht in Gewissenskonflikte bringen. Wenn Sie nicht darüber reden wollen …«

Ich merkte, wie Tettamonti unter der Berührung zusammenzuckte und sich sein Körper anspannte. Seine Ausdünstungen verrieten Nervosität. Und etwas anderes, ich war mir aber nicht sicher, ob ich den Geruch richtig zuordnete: scharfe Ausdünstungen, wie sie normalerweise nur brünftige Exemplare der Spezies Mensch absonderten. Sollte der Mönch etwa unterschwellig auf die Reize der Padrona reagieren? Verständlich wäre es. Ihr Duft, eine Andeutung des Himmelreichs, war für mich immer noch das Faszinierendste, das ich je bei Frauen hatte inhalieren dürfen.

Tettamonti zog seinen Arm zurück. »Nun … mir … mir ist etwas aufgefallen. Nichts von Bedeutung wahrscheinlich. Jedoch fehlen Stephanus' persönliche Briefe. Das weiß ich deshalb, weil er mir ab und zu aus den Briefen vorgelesen hat und sie nicht bei seinen übrigen Sachen waren, die in der Kleiderkammer gelagert sind.«

»Wissen Sie, wer Stephanus' Nachlass geordnet hat? Jemand muss das Zimmer doch leer geräumt haben.«

»Vielleicht war es unser Hausmeister, vielleicht einer der Fratelli. Wir fragen nicht lange, sondern packen einfach an, wenn Arbeiten zu erledigen sind.«

»Vielleicht hat sie der Abt an sich genommen?«

»Das habe ich zuerst auch gedacht. Aber Aviano fragte mich heute, ob sich schon jemand um Stephanus' Sachen gekümmert hätte.«

»Das ist in der Tat merkwürdig, da sollte man vielleicht noch einmal genauer nachfragen«, antwortete die Padrona und warf mir einen vielsagenden Blick zu. »Ich habe auch etwas Merkwürdiges entdeckt. In einem Buch, und zwar handschriftliche Notizen«, sagte Eleonora. »Es erstaunt mich, dass jemand in alte Ausgaben schreibt, das tut mir als Historikerin in der Seele weh. Es ist doch schade um die wertvollen Bände.«

»Darf ich das Exemplar mal sehen?«

Eleonora reichte ihm das Werk. »Über Alchemie. Von Basilius Valentinus.«

»Aha, ein Mönch unseres Ordens, wenn auch vor langer Zeit. Ich habe die Ausgabe früher auch gelesen. Vieles ist ziemlich wirr.« Tettamonti blätterte in dem Buch, blieb bei einer Stelle hängen. »Tatsächlich, hier am Rand stehen Kommentare, etwas ist mit Bleistift markiert worden.« Er las die Stelle vor: »*Wann ein Baum keine gesunde wohlschmeckende Frucht bringt, so wird er abgeschnitten auf seinem Stamm, und eine andere Art mit besseren Früchten wird darauf geimpft. Denn keine fremde Wasser müssen sich in unserm Brunnen vermischen, auf dass keine Missgeburt entstehe und aus einem gesunden heilsamen Fisch eine Schlange hervorkrieche*«.

»Können Sie an der Schrift sehen, wer die Notizen verfasst hat?«

Der Mönch besah sich die Notizen, blätterte zu anderen Seiten, auf denen ebenfalls Handschriftliches zu finden war. »Hmm, ich bin mir nicht sicher. Könnte wie … nun, ich denke, die Schrift könnte von Fra Gabriel stammen. Ich glaube, ich werde mit ihm reden und ihn bitten, künftig ein wenig sorgfältiger mit unserem Bibliotheksbestand umzugehen.«

10

Tiffany zupfte an meinen Ohren. Ein Schauer durchrieselte mich. »Los, nicht so faul. Aufstehen.« Sie stand vor meinem Bett und hatte sich offenbar nicht bemüßigt gefühlt anzuklopfen.

Caruso ließ ein Grunzen aus seinem Zimmer hören. Mühsam rappelte ich mich auf. Ich spürte die Reste des Mittagessens in meinem Magen, Tortelli bastardi con olio e pecorino, der Teig zur Hälfte aus Kastanienmehl bereitet, mit einer Ricotta-Pecorino-Käsefüllung, dazu ein Stück Napfkuchen Berlingozzo mit Pinienkernen, hinuntergespült mit Apfelmost. Mein Bauch rumorte. Jetzt verstand ich das Volksmärchen der Gebrüder Grimm vom Wolf und den sieben Geißlein. Die tiefere Bedeutung der Geschichte lag nicht darin, dass ein Bösewicht unschuldige Kinder verspeist und am Ende dafür bezahlen muss. Nein, in Wirklichkeit war es ein Gleichnis über die Bedeutung des Mittagsschlafs in der menschlichen Gesellschaft. Ein verhungerndes Tier, ein Wolf, isst in seiner Verzweiflung zuerst Kreide, und darf später seinen darbenden Magen mit zartem Frischfleisch füllen. Er hält ein Mittagsnickerchen, der verdiente Lohn nach der Arbeit, Ausdruck seiner Zufriedenheit und willkommene Gelegenheit, sich vom Stress der Futterbeschaffung zu erholen. Doch die Gesellschaft gönnt ihm seinen unschuldigen Schlummer nicht, er wird überfallen und brutal zu Tode gebracht – die Strafe dafür, wofür Menschen mittlerweile ins Kloster gehen: Erholung.

Dabei ist für mich der Mittagsschlaf der Gipfel höchster Schweinekultur. Was gibt es Schöneres, als nach einem üppigem Mahl niederzusinken, den Geschmack des Essens noch am Gaumen tragend, und Träumen entgegenzudämmern in dem Bewusstsein, gerade etwas Besonderes genossen zu haben? Ein kurzer Abschied von der Welt in der Mitte des Tages, die Augen fallen zu, der Vorhang fällt, die Musik hört auf zu spielen. Die Stille des Nickerchens ist wie die Hülle eines Nests – geborgen kuschelt man sich in die Decke, die Gedanken wandern und verlieren sich im Nichts. Süße Dunkelheit. Und das Aufwachen: als würde man vom Grund des Sees aufsteigen – das Licht, die Stimmen, das Durchstoßen der Oberfläche, die Welt hat uns wieder. Wir sind erfrischt, wir sind stark. Wir sehen unsere Umgebung mit neuen Augen, sind für kurze Zeit bereit, wie ein Neugeborenes die Sonne und die Luft zu begrüßen, den Mund aufzureißen – und zu gähnen. Willkommen Tag, willkommen Leben!

Leider gab es gewisse Schweinefrauen, die der Poesie des Schläfchens wenig abgewinnen konnten. Tiffany zum Beispiel, die einen mit ihrer Energie traktierte. Meine Freundin Cleopatra zeigte zumindest Respekt vor meinen Schlafgewohnheiten, jedoch auch nicht immer. Was sie wohl in diesem Moment zu Hause machte? Ich wünschte, sie wäre hier. Gemeinsames Mittagskuscheln. Ihren Duft inhalieren, an ihrem Öhrchen knabbern …

Ich hob den Kopf. Wenn es denn sein musste – langsam wuchtete ich mich auf den Boden, dehnte meine Glieder und gähnte nochmals.

»Was gibt's?« Caruso kam aus dem Nebenraum, seine Schweinsäuglein waren nicht mehr als Schlitze. »Kaffeezeit?«

»Später.« Ich streckte mich. »Tiffany hat mich aufgeweckt. Da können wir das schöne Wetter auch gleich noch für ein paar Nachforschungen nutzen. Es muss doch irgendwo noch mehr Hinweise auf Lucrezia geben, wenn sie schon ein eigenes Denkmal bekommen hat. Lasst uns danach suchen.«

Mein Vorschlag wurde angenommen, und wir betraten den Wandelgang im Innenhof. Der Kies zwischen den Rosenrabatten leuchtete in der Sonne, aus dem Gästeflügel hörten wir Gelächter, aus der Küche das Klappern von Töpfen. Eine Tür schlug zu, aber es war keine Menschenseele zu sehen.

»Die Urlauber werden eine Pause eingelegt haben«, meinte ich. »Die laufen uns bestimmt früher oder später über den Weg. Fangen wir im Garten an.«

Der Garten war eine halb verwilderte Fläche rund um das Kloster, Büsche wuchsen hier und Brennnesseln, begrenzt von einer Mauer, die das Kloster wie ein zweiter Verteidigungswall schützte. Wir marschierten über längst aufgelassene Beete, gingen unter Apfelbäumen, querten kniehohes Gras. Bei einem Olivenstamm setzten wir uns nieder und wärmten uns in der Sonne. Die Fassade des Klosters wirkte aus unserer Perspektive verletzlich und brüchig. Risse zogen sich wie Falten durch die Mauer, Schattierungen von Schwarz, Braun und Grau sprenkelten Altersflecken in den Stein. An einigen Stellen waren die Ziegel herausgebrochen – Wunden der Vergangenheit, vom Wetter geschlagen und nie verheilt. So hatte das Kloster über die Jahrhunderte der Wildnis getrotzt, ein Symbol der Menschen gegen die Vorherrschaft der Natur. Und doch schlug die Natur zurück, unmerklich und unerbittlich, hinterließ ihre Zeichen in dem Gemäuer. Wenige Jahre nur ohne die ordnende Hand der Menschen und die Anlage würde wieder dem Berg gehören.

»Weiter geht's!« Ich stieß Caruso an und stand auf.

Ich lief zum hinteren Teil des Gartens, wo in der Mauer die Umrisse einer Tür zu erkennen waren, die offenbar schon seit Langem mit Steinen zugemauert war. An der Seite in Höhe des Türsturzes befand sich eine verwitterte Steintafel, auf der einige Buchstaben noch nicht von den Jahrhunderten weggewischt waren: Po . . i . e.

»Was steht da? Und was ist das für eine Tür?« Caruso kniff die Augen zusammen. Der Eingang war klein und schmal und passte gar nicht zu den übrigen Türen der Anlage.

»Vielleicht ein Schuppen«, sagte Tiffany. »Auf der anderen Seite der Mauer im Innenhof befinden sich die Gästehäuser und die Ställe.« Sie taxierte die Entfernung der Tür zur Kante. »Könnte hinkommen. Das ist ein alter Hintereingang zu den Klosterstallungen.«

»Ställe? Moment mal.« Ich dachte laut nach. »Welche Tiere passen zu den Buchstaben? Überlegt!« Gerade war mir die Lösung gekommen.

»Schweine!«, rief Tiffany. »Das Wort heißt ›Porcile‹ – Schweinestall.«

Caruso besah sich die zugemauerte Tür. »Das war also in früheren Jahrhunderten die Behausung für unsere Artgenossen. Wie es wohl innen ausgesehen hat?«

»Das werden wir gleich feststellen«, sagte ich. »Gehen wir einfach zurück ins Kloster und inspizieren den Stall.«

Wir brauchten nicht lange, um den Teil des Stalls zu finden, dessen Außenmauer die alte Tür markierte. Er war nur wenige Meter von Tiffanys Schlafstelle entfernt. Die Holzverschläge waren verfallen, Balken lagen quer am Boden, und durch die Dachziegel drängten sich Sonnenstrahlen. Kabel, Eimer, Leiterwagen und verrostete Gartengeräte lagen herum. Tiere wurden hier schon lange nicht mehr gehalten.

Ich stellte mir vor, wie unsere Vorfahren sich in engen Koben drängten und mit der ewigen Angst vor dem Schlachtermesser umzugehen lernten. Ob Lucrezia hier auch Unterkunft gefunden hatte? »Schauen wir uns den Stall doch mal genauer an«, schlug ich vor.

Wir teilten uns auf, jeder nahm sich eine Seite vor. Ich wusste nicht, was ich mir erwartet hatte, aber außer blankem Stein, Unrat und Dreck war nichts zu entdecken. Der Boden bestand aus gestampfter Erde, und ich glaubte, einen schwachen Geruch von Fäkalien wahrzunehmen.

»Wartet mal, da ist was.« Tiffany klang aufgeregt. Sie zeigte uns eine Stelle an der Wand, eine Art Baum, der direkt über dem Boden eingeritzt war.

»Ein Graffiti, na und?« Caruso sah enttäuscht aus. »Das ist nichts Besonderes.«

»Seht genauer hin.« Tiffany deutete auf den Baum. »Die Linien verschwinden im Boden.«

»Und ruhen in Frieden. Amen.« Caruso ahmte den Abt nach. »Das führt doch zu nichts.«

»Wartet mal, Tiffany hat etwas Wichtiges entdeckt.« Ich betrachtete mir die Stelle genauer. »Wir sehen nur den oberen Teil der Zeichnung, denn Graffiti würde ich es nicht gerade nennen. Der Boden ist über die Jahrhunderte mit Sicherheit immer höher geworden. Wenn es zu sehr stinkt, verteilen die Menschen doch einfach eine weitere Ladung Erde auf dem Stallboden und stampfen sie fest. Lasst uns ein wenig buddeln.«

Caruso murrte, setzte dann aber seinen Rüssel mit Eifer ein. Nach einer halben Stunde hatten wir fast einen halben Meter Erde weggeschaufelt. Ich wischte die Reste von der Mauer weg.

»Tatsächlich ein Baum mit einer Kirche oder so etwas Ähnlichem«, sagte Tiffany. »Darunter ist eine Schrift erkennbar.«

»Vielleicht eher ein Kirchlein«, meinte Caruso. »Die Erde hat die Zeichnung und die Schrift über die Zeit konserviert. Was steht denn da geschrieben?«

Ich versuchte, die Buchstaben zu entziffern:

Am Bach, an der Klause. Ein Mal ist Heilung,
drei Mal ist Glück, fünf Mal ist Tod.

Dahinter stand ein Buchstabe, ein C, und dann kamen mehrere kleine Löcher in der Wand.

»Ein Gedicht?«, fragte Tiffany.

»Klingt komisch«, antwortete Caruso. »Was bedeutet das C? Ein großer Künstler war da jedenfalls nicht am Werk.«

Ich wusste darauf keine Antwort. Die Inschrift war überaus merkwürdig. Carusos Bemerkung lenkte meine Aufmerksamkeit auf die Schrift. Die Wörter wirkten ungelenk, wie von einem Kind eingeritzt, die Buchstaben fielen unterschiedlich groß aus und standen in verschiedensten Winkeln zueinander, als habe ein Besoffener den Satz in die Mauer geritzt. Mir kam ein Gedanke: »Kann es sein, dass die Schrift gar nicht von einem Menschen stammt?«

»Von wem dann? Kühe zeichnen nicht«, meinte Tiffany.

Ich schüttelte den Kopf. »Welches Lebewesen auf unserem Planeten kann lesen und schreiben und besitzt mehr Intelligenz als die meisten Menschen?«

»Die Schweine!«, brach es aus Caruso heraus. »Das hat ein Schwein gemalt und geschrieben. Natürlich!«

Die grobe Schrift passte dazu. Wir Schweine konnten selbstverständlich schreiben, aber unsere Hufe waren nicht fürs Ziselieren geeignet. Ich stellte mir vor, wie ein Vorfahre hier etwas eingraviert hatte, vielleicht mit einem alten Nagel.

»Meinst du, die Inschrift hat was mit deiner Lucrezia zu tun?« Tiffany blickte skeptisch.

»Ich weiß nicht. Der Satz ergibt keinen Sinn. Jedes Schwein könnte hier etwas eingeritzt haben.«

»Du vergisst das Initial. Das gibt uns einen Hinweis.« Caruso fuhr mit dem Rüssel über die Stelle. »Also, ich bin mir nicht sicher, aber es könnte auch ein L sein.«

Der Hinweis ließ mich aufhorchen. L – für Lucrezia? Die Anhaltspunkte waren einfach zu vage. Andererseits war es überaus wahrscheinlich, dass ein Schwein, selbst wenn es Lucrezia war, früher im Schweinestall untergebracht wurde. Privilegien wie ein eigenes Zimmer waren damals wohl eher selten.

Tiffany tastete ebenfalls die Stelle ab. »Die Löcher, sind die zufällig in der Wand oder haben die etwas zu bedeuten?«

Eine Idee nistete sich in meinen Kopf ein. »Wie viele sind es denn?«

Tiffany zählte. »Fünf – nein sechs.«

Schon wieder die Zahl sechs. War es möglich, dass die Löcher für die sechs Kugeln der Medici standen? Das wäre ein schwer zu widerlegender Beweis, dass diese Botschaft tatsächlich von meiner Ururoma geschrieben worden war. Aber sicher war ich mir nicht. Es konnte auch ein banaler Zeitvertreib eines anderen Artgenossen gewesen sein. Und der Satz ergab einfach keinen Sinn.

»Brechen wir ab«, sagte ich. »Hier kommen wir nicht weiter.«

»Fragen wir Maximus«, entgegnete Tiffany. »Er kennt viele Geschichten über das Kloster. Vielleicht weiß er etwas. Mit etwas Glück treffen wir ihn jetzt im Wald an.«

Niemand erhob Einspruch gegen den Vorschlag. Wir kehrten zurück in den Garten, wo Tiffany zielstrebig einen Ginsterbusch ansteuerte und dahinter verschwand. Wir warteten. Und warteten.

»Musst du gerade austreten?«, rief Caruso.

»Kommt endlich, auf was wartet ihr noch?« Tiffanys Stimme erklang wie von Ferne.

Nachdem wir den Ginster umrundet hatten, entdeckten wir die Ursache: ein Loch in der Mauer, mehr ein Schlitz, aber groß genug, dass sich ein Schwein durchzwängen konnte – oder ein Mensch. Einige Zweige des Buschs waren vor Kurzem geknickt worden, ein Stofffaden schaukelte im Wind. Die Mönche schienen diesen Durchgang offensichtlich zu benutzen. Er lag im toten Winkel der Fenster, war vom Kloster aus also uneinsehbar. Doch warum die Mühe? Jeder konnte bequem den Haupteingang oder die Seiteneingänge nehmen.

Auf der anderen Seite der Mauer führte ein Pfad durch das Dickicht in den Wald.

»Ist das eine Abkürzung?«, fragte ich.

»Den Weg nehme ich manchmal, wenn ich mich mit Maximus treffe«, sagte Tiffany. »Oder er besucht mich und will verständlicherweise nicht von den Mönchen gesehen werden.«

»Er besucht dich?« Caruso setzte ein komisches Gesicht auf.

»Nur geschäftlich. Wir plaudern dann miteinander.«

»Ihr plaudert.«

»Ein kleines Schwätzchen schadet nie. Sonst habe ich ja keine Artgenossen hier. Das kann manchmal sehr einsam sein. Aber jetzt seit ja ihr da.«

Wir waren noch nicht lange unterwegs, als wir vor uns Stimmen hörten. Zwei Menschen, die spazieren gingen, ein Mann und eine Frau. Caruso schlug sich ins Gebüsch. »Mir nach«, raunte er. »Aber leise.« So machten wir einen Bogen, bis wir auf Höhe der beiden Personen waren. Die Stimmen waren jetzt deutlich zu hören. Wir spähten durch die Blätter eines Busches. Vor uns auf dem Waldpfad gingen Dominik Hellenbart und Orchidea, die Frau des Hausmeisters. Was hatten denn die beiden hier zu suchen?

»Es freut mich, Signora Lucca, dass Sie sich bereit erklärt haben, mir die Gegend zu zeigen«, sagte Hellenbart gerade. »Auch wenn es einiger Überredungskünste bedurfte.«

»Sie müssen wissen, mein Gatte, er hat ein heftiges Temperament und sieht es nicht gerne, wenn ich mit den männlichen Gästen rede. Aber unser Chef, Abt Aviano, hat uns aufgetragen, uns als Teil unserer Arbeit um die Besucher zu kümmern und für ihr Wohlergehen zu sorgen.«

»Das ist klug von dem alten Fuchs. Kurbelt das Geschäft an, verstehen Sie. Dienstleistung am Kunden gewissermaßen, persönlicher Service, das schätzen die Gäste. Wie auch ich es zu schätzen weiß, von einer so bezaubernden Frau durch den Wald begleitet zu werden. Ich könnte Sie mir glatt als Model für eine Plakatkampagne der umbrischen Tourismusbehörde vorstellen. Sie sind die beste Werbung für diese Region. Sie wären die Idealbesetzung für das Titelbild meines nächsten Verkaufsprospekts.«

»Ach, hören Sie auf.« Orchidea blieb stehen. In ihren Tonfall schlich sich Unsicherheit. »Sie verschaukeln mich doch nur. Wer sollte eine Frau wie mich für so was engagieren wollen?«

Hellenbart fasste sie am Arm. »Sie zweifeln an meiner Aufrichtigkeit? Machen wir noch heute einen Vertrag!«

»Was glauben Sie, was mein Mann dazu sagen würde? Der springt mir an die Gurgel. Und Ihnen auch.«

»Zeigen Sie mehr Selbstbewusstsein, Signora, egal, was Ihr Mann sagt.« Noch immer hielt Hellenbart ihren Arm. »In Ihnen schlummern so einige Talente. Glauben Sie an Ihre Fähigkeiten. Gehen Sie Ihren eigenen Weg. Oder wollen Sie Ihre besten Jahre im Kloster versauern?«

Orchidea löste sich und ging einige Schritte. »Wir waren froh, wieder einen Arbeitsplatz gefunden zu haben. Salvatore meinte, es mache ihm nichts aus, an diesem abgelegenen Ort zu leben. Im Gegenteil, er schwärmte vom angenehmen Klima und der Berglandschaft. So was sind wir aus Sizilien nicht gewöhnt.«

»Warum sind Sie überhaupt aus Ihrer Heimat weggezogen, wenn ich fragen darf?«

»Wir waren ohne Arbeit, wir brauchten Geld. Unser Lokal in Palermo hatte uns in Schulden gestürzt. Genaues weiß ich auch nicht, denn um finanzielle und geschäftliche Fragen kümmerte sich mein Mann. Er sagte jedenfalls, wir müssten woanders neu beginnen. Er wollte weg. Und hier sind wir nun.« Orchidea riss Blätter von einem Zweig, zerrupfte sie, den Blick in die Ferne gerichtet. »Ja, eigentlich hatte ich mir meine Zukunft anders vorgestellt. Mal essen gehen, in Geschäften bummeln, Nachbarn treffen. Jetzt hocke ich unter lauter Männern, die nichts als Beten im Kopf haben. Die Gäste sind die einzige Abwechslung, oder wenn ich Salvatore mal zum Einkaufen ins Tal begleiten darf. Aber meistens fährt er alleine und kommt immer spät zurück.«

Die beiden setzten ihren Spaziergang fort und unterhielten sich über Umbrien. »Avanti! Wir müssen dranbleiben«, flüsterte Caruso mir ins Ohr. »Sonst hören wir nicht, was sie erzählen.« Da gab es nur das kleine Problem, dass Hellenbart und seine Begleiterin gerade ein Waldstück querten, das wenig Deckung für uns bot. Wir mussten warten, bis sie um einen Hügel gebogen waren. »Los jetzt.« Caruso sprang vor, Tiffany verdrehte die Augen und folgte, ich stapfte hinterdrein. Der Junior erkundete die Lage. Wir nahmen eine Route den Hang aufwärts, das Moos federte, ein Eichelhäher schrie über unseren Köpfen, am Ende ließen wir uns zwischen Farnwedeln nieder. Unsere Zielobjekte standen etwa zehn Meter entfernt.

»… und dann brauchte ich Erholung«, wehten Hellenbarts Worte zu uns. »Lange habe ich gesucht, erst in Deutschland, dann in Österreich, aber hier in dieser Abtei finde ich Ruhe, um zu mir zu kommen, glaube ich. Überdies reizt mich die Historie des Ortes.«

»Es ist ein Kloster wie viele andere, nur abgelegener«, sagte Orchidea. »Wenn Sie geschichtlich interessiert sind, sollten Sie Assisi oder Gubbio besuchen.«

»Vieles ist so … so urtümlich. Als wäre die Zeit stehen geblieben. Allein die Tische im Speisesaal. Die sind ein Fall für den Antiquitätenhändler. Und die Heiligenfiguren, die in den Gängen und Räumen verteilt sind. Geschnitzt und vergoldet, ich habe mir die Stücke angesehen. Möchte nicht wissen, wie lange die da schon stehen. Ich bin ja kein Experte, aber Liebhaber würden einiges dafür hinblättern.«

»Vermutlich weniger, als Sie denken. Sonst hätte der Abt längst alles verkauft und in die Renovierung des Gemäuers gesteckt. Ich bin schon froh, dass wir regelmäßig unser Gehalt bekommen.«

»So arm kann das Kloster gar nicht sein. In der Bibliothek lagern jede Menge alter Schwarten. Dafür würden nicht nur Liebhaber Unsummen bezahlen.«

Orchidea schüttelte den Kopf. »Unser Chef bräuchte für solche Geschäfte sicher die Genehmigung der Ordensoberen. Die wird nie zu erhalten sein, geht es doch um ein Erbe der Benediktiner.«

»Außerdem soll der Abt auf einem Vermögen sitzen.«

»Ein Vermögen?«

»Etwas sehr Wertvolles.« Hellenbart senkte die Stimme. »Von unschätzbarem Wert.«

»Wo haben Sie das denn her?«

»Nun, ähh, jemand hat es mir erzählt. Ich kann mich nicht mehr erinnern, wer. Tut auch nichts zur Sache. Jedenfalls weiß Aviano, welches Geld dahintersteckt.«

»Von was reden Sie? Meinen Sie den Goldenen Trüffel? Dieses Märchen?« Orchidea lachte. »Daran glauben Sie? Dann glauben Sie bestimmt auch, dass Pinocchio der uneheliche Sohn des Papstes ist.«

Hellenbart blickte beleidigt. »Der Abt hat selbst davon gesprochen. Ich hab's gehört. Warum hat er sonst eine Expertin angeheuert?«

»Die Signora Gobetti soll die Geschichte des Klosters erforschen. E basta!«

»Alles Tarnung mit der Historikerin, den Abt interessiert allein der Goldene Trüffel, davon bin ich überzeugt. Ihr Chef, Signora Lucca, Ihr Chef weiß mehr, als er zugibt, der Fuchs. Er muss kurz vor der Entdeckung des Kleinods stehen. Womöglich ist es irgendwo auf dem Gelände versteckt. Möglichkeiten gibt es viele. Ich vermute, dass es sich dabei um ein einzigartiges Kunstwerk handelt, wahrscheinlich eine Goldschmiedearbeit in Form eines Trüffels, fein ziseliert, mit Edelsteinen besetzt, vielleicht das Geschenk eines Königs oder eine Gabe dankbarer Großgrundbesitzer, die sich mit der Spende einen Sitz im Himmel erkaufen wollten. Stellen Sie sich vor, was ein solches Kunstwerk auf dem Weltmarkt bringen würde. Die Amerikaner und die Russen sind ganz wild auf solche Dekosachen. Selbst Museen würden sich gern mit einem solchen Stück schmücken.«

Orchidea lachte und drohte mit dem Finger. »Sie nehmen mich schon wieder auf den Arm, Sie Schlimmer. Als Nächstes erfinden Sie noch einen Geist, der nachts im weißen Gewand durch das Kloster spukt und als rastlose Seele eines Ungläubigen die Gegend unsicher macht. Was Ihnen halt so einfällt.«

»Wie kann ich Sie nur überzeugen, Signora?« Hellenbart zog ihre Hand zu sich und deutete einen Handkuss an. »Ich bitte Sie um Verzeihung. Meine Fantasie ist mit mir durchgegangen. Zumindest habe ich Sie zum Lachen gebracht. Sie haben ein so süßes Lächeln. Ich kann mich gar nicht sattsehen. Gehen wir noch ein Stück, Sie wollten mir noch den Platz mit der Aussicht übers Tal zeigen.« Die beiden verschwanden hinter einer Biegung.

Tiffany atmete heftig aus. »Dieser Schleimer!«

»Sollen wir Ihnen folgen?«, fragte Caruso.

»Ich denke nicht«, sagte ich. »Versuchen wir Maximus aufzutreiben.«

Nach einer halben Stunde fanden wir den Keiler tatsächlich in einer Mulde liegend. Er gähnte und streckte sich, als er uns sah. »Wieder mal auf Tour?« Wir erzählten ihm von dem ehemaligen Schweinestall. »Ja, früher hielten die Mönche allerlei Tiere, um sich selbst mit Fleisch versorgen zu können – Hühner, Rinder, Ziegen und leider auch Schweine«, erzählte er. »Aber als es immer weniger Mönche wurden, fehlten die Arbeitskräfte. Deshalb muss die Abtei schon lange die meisten Lebensmittel zukaufen. Unsere Artgenossen in früheren Jahrhunderten durften sich zumindest frei im Garten bewegen, sie schliefen aber in dem Stall.«

Wir diskutierten eine Weile, was die Botschaft an der Wand des Stalls zu bedeuten hatte, die auch Maximus äußerst kryptisch vorkam. Dann gab ich Caruso und Tiffany das Signal zum Aufbruch. »Zurück nach Hause.« Wir nahmen einen Umweg und verließen den Wald beim Plateau oberhalb des Klosters. Aus dem verfallen Haus, das wir bei unserem letzten Besuch gesehen hatten, roch es seltsam. Jemand hatte eine Dose Ravioli mit Salsa di Pomodoro erwärmt, ein trauriges Industrieprodukt, das von dem ursprünglichen Geschmack ungefähr so weit entfernt war wie Venedig von Neapel. Es verwunderte mich immer wieder, dass Menschen selbst bei einfachsten Gerichten wie Pasta und Tomaten statt frischer Ware lieber Fertiggerichte wählten und dafür auch noch ihre Zunge folterten – als wollten sie sich unbewusst für ihren Frevel bestrafen. Als sei es ein Lustgewinn, die paar Minuten beim Zubereiten des Essens einzusparen und dafür länger vor dem Fernseher zu hocken. Vielleicht hing ja die Degeneration der Spezies mit ihrer Ernährung zusammen, das Hirn bildete sich bei dieser Art von Plastikkost zurück und erlaubte nur noch einfachste Denkfunktionen. Uns Schweine schüttelte es bereits bei dem Gedanken an Füllmaterial vom Fließband. Da aß ich doch noch lieber Eicheln im Wald – obwohl das nicht gerade meine Leibspeise war.

Von der Abtei her ertönte die Stimme Rinaldo Battistinis. Er übte eine Arie des Malers Cavaradossi aus Puccinis »Tosca«. In der

Oper geht es um die Liebe der Sängerin Tosca zu dem Maler. Sie ist eifersüchtig, und er will seinen Freund – einen politischen Gefangenen – schützen. Die Sache geht schief, am Ende sind alle tot. »Hör dir das an«, sagte Caruso. »Hat Schwierigkeiten mit den hohen Tönen, der Herr Opernsänger.« Wie zum Trotz sang der Junior parallel die Strophen mit. Welch ein Unterschied!

Wir kamen an dem Treibhaus des Klosters vorbei. Die Tür stand offen und von drinnen waren Geräusche zu hören. Der Junior stoppte und steckte seinen Kopf durch die Tür.

»Hoher Besuch. Welch Ehre.« Fra Lavello lächelte uns an. Er hielt ein Messer in der Hand und spitzte einen Stock. Neben ihm auf der Holzbank stand ein Blumentopf mit einer mir unbekannten Pflanze. Sie roch stechend. Der Novize drückte den Stab in die Erde und band die Pflanze daran fest. In mehreren Reihen standen Töpfe und Schalen, ein Hochbeet mit Heilkräutern zog sich über die gesamte Länge des Raums. Regale beherbergten Flaschen mit Flüssigkeiten, deren Etiketten ich nur zum Teil lesen konnte: Rosenwasser. Brennnesselsaft. Essigsäure.

Der Duft im Gewächshaus war betörend wie eine Backstube zu Weihnachten. Aromen von Kardamom und Kreuzkümmel, Anis im Wettstreit mit Ingwer, vermischt mit Orangeat und Zimt. Ein Hauch von Seegras, die Schwere von Patschuli, zwischen die sich Liebstöckel zu drängen versuchte und doch Beifuß weichen musste. Und über allem schien der Duft von Rosen zu schweben.

Doch wenn ich ehrlich war, so musste ich gestehen, dass sich meine Geschmackssensoren in die Irre führen ließen, denn was ich wahrnahm, war lediglich ein Echo der Gerüche, die ich in meinem Gedächtnis gespeichert hatte. In Wirklichkeit kannte ich die wenigsten dieser exotischen Kräuter und Stauden, dieser Gewächse mit fleischigen Stängeln und gezackten oder runden Blättern, behaart oder mit Flecken. Lediglich Johanniskraut konnte mein Rüssel eindeutig identifizieren, Mäusedorn, Tabak, Hirtentäschel und Kamille. Etwas Myrrhe und Liebstöckel. Arnika. Bibernelle. Ich roch Exotisches, das mich an Limette erinnerte, Aufdringliches wie aus einem Fass vergorenem Most, Liebliches, eine Kombination aus Vanille und Stachelbeeren. Ein Paradies der Gerüche, das mich faszinierte und hochgradig verwirrte.

»Ist da was zum Fressen dabei?«, fragte Caruso.

»Nein«, sagte ich. »Das meiste davon sind Heilkräuter. Für Tees oder Umschläge. Soll gesund sein.«

»Ein Parfum aus den Zutaten wäre nicht schlecht«, sagte Tiffany. »Wenn ich mal ausgehe.«

»Mit diesem Maximus?« Caruso verzog den Mund. »Da kannst du dich eher mit Schlamm einreiben.«

»Was brauche ich einen Eber, um mich zu vergnügen?« Tiffany schenkte mir einen schiefen Blick. »Ein wenig herausputzen, ein Schlückchen Wein mit auf den Weg, und nichts wie raus in die Natur.«

»Hier drin ist es zu eng. Ihr seid mir im Weg«, sagte Lavello und drängte sich an Caruso vorbei. »Rückt bitte etwas zur Seite.« Er schnitt einen Zweig ab. Nicht nur freute mich die Liebenswürdigkeit, mit der er uns behandelte, sondern mir fiel auch auf, wie geschickt der Mönch mit dem Messer hantierte, fast wie ein Chirurg. Lavello, der Messerkünstler. Wo er das wohl gelernt hatte? Ich machte Caruso ein Zeichen und wir beide taten, als schnupperten wir an den Pflanzen. Aus den Augenwinkeln beobachtete ich, in welche Richtung Lavello ging. Als er außer Sichtweite gelangt war, machte ich Caruso ein Zeichen und sprintete davon. Caruso, für einen Moment überrascht, trabte hinterher. »Nicht so hektisch, Leonardo«, keuchte er hinter mir. Diese jungen Schweine von heute haben einfach keine Kondition mehr. Nur Sauen, Trüffel und Wein im Kopf.

Aus einem Raum in Erdgeschoss hörten wir gedämpfte Stimmen. Wir pirschten uns näher heran, konnten aber niemanden sehen.

»Wir müssen endlich etwas unternehmen«, sagte die eine Stimme. Sie klang ganz nach Fra Gabriel. »So kann es nicht weitergehen. Das ist das Ende des Klosters, Dio mi è testimonio!«

»Die Wege des Herrn sind unergründlich, Bruder«, sagte die andere Stimme, die eindeutig zu Lavello gehörte. »Natürlich erscheint der Abt in letzter Zeit wie ausgewechselt, bei Gott. Manchmal erkenne ich ihn nicht wieder. Zweimal habe ich ihn in der vergangenen Woche nachts ziellos durch den Klosterhof geistern sehen, sein Gemüt ist wohl etwas strapaziert. Für ihn geht es um alles, Bruder, das weißt du. Deshalb sollten wir mehr Nachsicht walten lassen.«

»Du hast leicht reden«, zischte Gabriel. »Du hältst dich aus allem raus und betreibst deine sonderbaren Experimente im Labor. Aber es geht um mehr, wir müssen den Glauben im Kloster von Grund auf erneuern. Da hilft keine Kosmetik, da hilft nur radikaler Neubeginn. Am besten hören wir auf das Wort Gottes – und zwar wie es die Gläubigen in der Frühzeit des Christentums praktiziert haben, unverfälscht und frei von der Scheinheiligkeit, die sich heute allzu oft unter den Glauben mischt.«

»Ja, ja, solche Gedanken scheinen bei uns beliebt zu sein. Denk nur an den Hitzkopf Stephanus, der am liebsten alles mit Feuer und Schwert reformiert hätte. Alles Flausen. Das Klosterleben ist heute anders. Das sagt auch Fra Habiatus.«

»Der? Pah! Wenn der sich gerade mal nicht den Bauch vollschlägt, leckt er die Schuhe des Abts, Gott vergebe mir. Wahrscheinlich ist sein einziger echter Glaube der an die Weinvorräte in seinem ach so behüteten Keller. Ich hab' ihn schon oft beobachtet, wie er dort unten heimlich verschwunden ist.«

»Reg dich nicht auf. Jeder hat seine Schwächen. Komm, gehen wir, es ist Zeit fürs Gebet.«

Wir hörten das Geräusch einer Tür und Schritte, die sich entfernten. Mir klangen die Ohren von dem, was ich gehört hatte. Waren Mönche nicht das Vorbild für Demut? Hieß es nicht in den Benediktinerregeln: *Dann bin ich makellos vor dem Herrn, wenn ich mich vor meiner Boshaftigkeit in Acht nehme?* Offensichtlich schwelte unter den Klosterbewohnern mehr Zwietracht, als sie zu erkennen geben wollten.

Caruso ging zu dem Raum, den die beiden gerade verlassen hatten, und drückte die Tür auf. »Warte!«, rief ich. Er war bereits im Innern verschwunden. Der Raum beherbergte ein Labor. Ich wunderte mich, dass mir das bei meinen Rundgängen noch nicht aufgefallen war. An den Wänden reihten sich Regale mit Flaschen in allen Größen und Formen, Blechbüchsen, mehreren Granitmörsern, Kühlschlangen und einer kupfernen Destillierblase, wie sie zum Schnapsbrennen benutzt wurde. Wofür brauchte das Kloster ein Labor? Setzten die Geistlichen ihren Likör dort an? War es ein Relikt aus früheren Zeiten? Wurden hier etwa alchemistische Experimente durchgeführt? Oder vielleicht sogar auch Gift hergestellt? Meine Fantasie ging mit mir durch, und ich stellte mir Lavello vor, wie er hier heimlich Essenzen braute. In der Mitte des Zimmers brannte eine Feuerstelle, darüber war ein Glaskolben aufgehängt, in dem eine farblose Flüssigkeit blubberte. Es roch nach Alkohol und Anis.

Ich betrachtete die Glasflaschen, hob hie und da vorsichtig einen Stöpsel ab, roch daran. Salzsäure stach in meinen Rüssel, Waschbenzin oder Rizinusöl. Aufkleber auf den Gefäßen kündeten vom Inhalt: »getrockneter Knollenblätterpilz«, »Fingerhut-Extrakt«, »Brechnuss«, »Engelskraut-Essenz«, »Tollkirschensaft«. Kein Zweifel, wir befanden uns in einer Giftküche. Die Wässerchen hier reichten problemlos, um sämtliche Bewohner des Klosters auszulöschen.

11

Wo war Caruso? Nachdem wir das Labor verlassen hatten, war er ohne ein Wort verschwunden. Ich hatte mich aufs Ohr gelegt und ein Schläfchen gehalten – ich erinnerte mich mitunter daran, dass ich eigentlich im Urlaub war, Ermittlungen hin oder her. Aber ein unangenehmer Geruch hatte mich geweckt, der nichts Gutes verhieß. Feiner Rauch zog über die Dächer, Chemikalien beizten die Luft, eine Mischung verschiedenster Gerüche. Stimmen und Schreie. Ich sprang auf, rannte zum Innenhof, von dunklen Ahnungen durchdrungen. Menschen liefen durcheinander wie Ameisen. Im Innenhof stieß ich auf Gabriel und Eleonora, die ähnlich verwirrt schien wie ich.

»Vorsicht, Signora! Es brennt. In Lavellos Labor.« Der Mönch nahm seinen Wassereimer und rannte auf eine Tür im Erdgeschoss zu, aus der dicker schwarzer Rauch quoll. Dazwischen leuchteten Flammen als Farbtupfer auf.

Mir blieb das Herz stehen, denn ich hörte ein Quieken, direkt aus dem Labor. Caruso. Er musste im Raum stecken. Kurz streifte mich die Frage, wie der Junior um Esus willen da hineingeraten war. Dann rissen mich Carusos verzweifelte Hilfeschreie aus meinen Gedanken, die natürlich kein Mensch verstand.

Abt Aviano stand an der Seite und dirigierte seine Fratelli mit den Eimern. Er war kaum zu verstehen, da er sich ein Taschentuch vor den Mund gebunden hatte. Tettamonti kniete, einen Rosenkranz in den Händen, und betete. Habiatus stand an vorderster Front, nahm die Wassereimer in Empfang und leerte sie ins Innere des Raumes.

Salvatore Lucca versuchte, einen Gartenschlauch zum Ort des Geschehens zu ziehen, doch der Wasseranschluss war zu weit entfernt, es fehlten mehrere Meter bis zu dem Zimmer. Der Hausmeister drehte an dem Sprühkopf, ein Wasserstrahl schoss heraus, und ehe er richtig begriffen hatte, was passierte, hatte er die Mönche bereits abgespritzt. Sie schrien durcheinander – hörte ich da einige Flüche heraus? – und machten Salvatore ein Zeichen aufzuhören. Vor Schreck ließ er den Schlauch fallen, der sich nun durch den Druck des Wassers wie eine Schlange wand und das Nass in sämtliche Himmelsrichtungen beförderte.

Ich nutzte das Durcheinander und ließ mich von dem Wasser von oben bis unten benetzen. Mit einem Satz war ich vor der Labortür, hinter der ich nichts sehen konnte außer Rauch und Flammen. Ich schluckte. Das war noch schlimmer als alle dunklen Krypten dieser Welt.

»Weg da, Schwein! Bist du lebensmüde?« Gabriel versuchte mich zu verscheuchen. Ich beachtete ihn nicht. Ich holte dreimal tief Luft, hielt den Atem an, schloss die Augen – und rannte direkt in den Raum. Carusos Husten leitete mich. Erst als ich direkt mit ihm zusammenstieß, öffnete ich trotz des beißenden Qualms kurz die Augen und sah einen zitternden Caruso vor mir, der vollkommen bewegungsunfähig war vor lauter Angst. Ich biss ihm so stark ins Ohr, dass er laut aufschrie und einen kleinen Hüpfer in die Luft machte. Das löste ihn aus seiner Starre, und ich zog ihn, sein Ohr noch immer in meinem Maul, ihn Richtung Ausgang. »Augen zulassen, Luft anhalten und mir nach.« Mein Hals fühlte sich an wie geräuchert, meine Augen wässerten. Nur raus hier!

Ich hörte die Stimme des Abts, den Ruf Eleonoras. Die Augen wagte ich jedoch erst zu öffnen, als ich das Tätscheln der Padrona auf meinem Rücken spürte. »Gut gemacht, Porcellino. Das war knapp!«

Ich sah in ihr Gesicht, und sofort ging es mir besser. Eleonora holte den Schlauch, spritzte uns beide ab, sie spülte Carusos Augen aus und untersuchte ihn. »Eine Reihe Borsten sind versengt, aber ich sehe keine Brandwunden. Glück gehabt. Eine Minute länger, und … Er braucht jetzt Ruhe. Ich bringe ihn in sein Zimmer.« Die Padrona führte Caruso weg, der kein Wort herausbrachte und mit wackligen Beinen neben ihr herstolperte. Ich pumpte Frischluft in meine Lungen und musste mich selbst setzen. Was war geschehen? Und was fiel Caruso ein, mir solch einen Schrecken einzujagen? Dieser jugendliche Tunichtgut, den ich trotz allem so lieb hatte, dass mir erneut das Wasser in die Augen stieg – diesmal vor Erleichterung.

Das Wasser hatte seine Spuren auch bei den Gästen hinterlassen, die sich als Zuschauer eingefunden hatten. Melissa Fini zog ihre Jacke über den Kopf und lief ins Gebäude, Dolores Battistini ließ ein Piepsen hören und etwas, das wie »meine Frisur ist ruiniert« klang, und rannte ebenfalls weg. Nur ihr Mann Rinaldo stand unerschütterlich da, als sei er ein drachenbekämpfender Siegfried, und zeigte keine Wirkung von den Wasserspritzern, die ihm am Haar und Gesicht heruntertropften und seinen Anzug durchweichten.

Die Mönche setzten ihre Löschkette fort. Etwas abseits hockte Lavello, das Gesicht geschwärzt, sein Habit angekokelt, der Blick starr auf die Erde gerichtet. Nach einer Viertelstunde war der Brand erstickt, und die Mönche räumten hustend und schnäuzend die Eimer weg. Genau betrachtet war der Rauch bedrohlicher gewesen als das Feuer. Die Flammen hatten nicht auf die anderen Teile des Anwesens übergegriffen, der Schaden schien nicht weiter schlimm.

»Dem Himmel sei Dank, und Dank dem heiligen Benedetto und unseren anderen Schutzheiligen«, sagte Aviano in die Runde und stimmte ein Gebet an. Die anderen Mönche fielen ein. Nur Lavello hockte weiter apathisch an seinem Platz. Ich besah mir den Raum. Die Wände waren geschwärzt, eine Arbeitsbank und ein Stuhl waren zu Holzkohle verkokelt, Glasflaschen lagen zerborsten am Boden.

Als ich wieder ins Freie trat, sah ich, wie Aviano zu Lavello trat und ihn hochzog. »Lieber Mitbruder«, sagte der Abt, »bitte berichte, was vorgefallen ist.«

»Vater, es tut mir so leid.« Lavello wagte seinem Gegenüber nicht in die Augen zu schauen. »Ich schäme mich so. Verzeihung.«

»Berichte!«

»Ich … ich hatte gerade ein Gebräu aus Kräutern, Salmiak und Alkohol angesetzt. Ich wollte ein neues Mittel gegen Blattläuse und Rosenrost ausprobieren. Weil unsere Blumen doch immer …«

»Komm zur Sache.«

»Jedenfalls hatte ich gerade die Flüssigkeit in den Rundkolben gefüllt und den Bunsenbrenner angezündet. Ich wollte sie auf höhere Temperatur bringen und einkochen. Beim Nachfüllen muss es dann passiert sein … Ich habe den Alkohol in den Kolben gekippt, und dabei muss ich wohl etwas verschüttet haben. Und dann ... dann war es zu spät. Den Rest kennen Sie.« Lavello hielt den Kopf gesenkt.

»Wer hat dich beauftragt?«

»Wie beauftragt?«

»Nun, hatte dir jemand aufgetragen, ein Pflanzenschutzmittel herzustellen?«

»Sie wissen doch, Padre, welche Schwierigkeiten wir immer mit dem Ungeziefer haben, vor allem im Sommer. Da habe ich begonnen, nach etwas Effektiverem zu suchen. Für unsere Rosenbeete. Und unser Gemüse.«

»Und da hast du zu experimentieren angefangen?«

»Wie … wie sollte ich denn sonst einen anderen Wirkstoff finden? Geld für Pflanzenschutzmittel aus dem Geschäft ist nicht vorhanden. Da habe ich zur Selbsthilfe gegriffen.«

»Schöne Selbsthilfe. Ja, du warst uns wirklich eine große Hilfe.« In die Worte des Abtes schlich sich ein sarkastischer Unterton ein. »Jetzt können wir erst recht Hilfe gebrauchen. Von den Renovierungskosten ganz zu schweigen.«

»Ich weiß. Ich will es auch wiedergutmachen.« Lavellos Stimme war kaum zu hören. »Es tut mir leid.«

»Du hast nicht nur unsere Klosterordnung gestört, sondern deine Fratelli gefährdet.« Aviano verschränkte die Arme vor der Brust. »Was noch schwerer wiegt – du hast das Leben unserer Gäste in Gefahr gebracht. Ich danke Gott, dass der Brand sich nicht ausgebreitet hat. Aber eine Empfehlung für unser Kloster ist das wahrlich nicht.«

»Entschuldigt, Padre.«

»Eine Entschuldigung allein reicht nicht. Geh auf dein Zimmer und bleibe dort bis auf Weiteres. Ich werde mir eine angemessene Strafe für dich ausdenken. Verschwinde jetzt!«

Eleonora war zurückgekehrt. Sie wandte sich an den Abt. »Sie unterhalten eine eigene Experimentierstube auf dem Anwesen?«

»Sie scherzen, Signora.« Aviano beruhigte sich wieder. »Das war früher die Pharmazie. Die meisten Klöster setzten ihre eigenen Heilmittel an. Ein bisschen halten auch wir die Tradition hoch. Lavello hat Talent, Salben und Gewürztees zu fabrizieren. Das spart uns oft den Arzt. Nur manchmal geht seine Forscherfreude mit ihm durch. Aber wem sage ich das, Signora.«

»Hantiert Lavello mit gefährlichen oder mit giftigen Substanzen?«

»Ich glaube nicht. Woher sollte er die haben? Jedoch ist es bei vielen Heilmitteln der Natur nur eine Frage der Dosierung – zu wenig, und es wirkt nicht, zu viel, und … man muss die Toilette aufsuchen.«

»Unkrautvernichtungsmittel stellen Sie auch selbst her?«

»Wir benutzen keine chemischen Scharfmacher. Nur Hausmittel auf biologischer Basis. Zum Beispiel Brennnesselsaft für gesunde Blätter. Alles unbedenklich, das können Sie mir glauben.«

Die eigentliche Wahrheit sah anders aus, und ich erfuhr sie wenig später von Caruso. Er hatte das Labor noch einmal allein untersuchen wollen, »vielleicht hatten wir ja Indizien übersehen, und ich kann mich auch viel besser konzentrieren, wenn ich allein bin«. Seine geröteten Augen blinzelten mich an. Er stank noch immer nach Rauch und versengten Borsten, seine Stimme klang kratzig. »Leider ging eine Kleinigkeit schief.« Caruso hatte sich umdrehen wollen, dabei aber mit seinem Hinterteil den Kolben auf der Feuerstelle gestreift. Die Flüssigkeit hatte sich entzündet, das Feuer ihm den Rückzug abgeschnitten. »Kannst du mir vergeben, Leonardo?«

Ich ermahnte ihn, künftig besser aufzupassen und auf mich zu hören, aber im Innern war ich froh, dass nicht mehr passiert war. Esus sei Dank! Ich befahl dem Junior sich auszuruhen und machte mich auf den Weg zum Kreuzhof. Während ich noch darüber nachdachte, wie ungerecht es war, dass Lavello nun Carusos Missgeschick ausbaden musste, schallte hitziges Reden zu mir herüber. Eleonora.

»Das ist eine Sauerei!« Salvatore Lucca lief auf und ab wie ein Tiger im Käfig. »Sie bringen hier alles durcheinander!«

»Nun beruhigen Sie sich doch, Signore Lucca. Was ist denn?« Eleonora zwinkerte mir zu. »Warum sind Sie denn so aufgeregt?«

»Da fragen Sie noch? Ihre Tiere … Incredibile!« Er deutete mit dem Besenstiel auf mich, als wollte er mich gleich damit aufspießen. »… Ihre Tiere verursachen Ärger bei den Löscharbeiten – Gott sei Dank ist nicht mehr geschehen –, sie tragen Dreck in die Gänge und in den Speisesaal und stehen mir ständig im Weg, wenn ich arbeiten muss. Ich trage Verantwortung für das Anwesen und die Gäste. Ich muss die Spuren des Feuers beseitigen. Soll ich jetzt auch noch als Tierpfleger herumspringen? Das ist nicht meine Aufgabe. Die Viecher gehören in einen Stall. E basta!«

»Aber meine Trüffelexperten fallen doch gar nicht auf. Das sind wohlerzogene Wesen. Und sicher nicht dreckig.«

»Alle Schweine sind dreckig.« Salvatore spuckte aus. »Ich mag sie nur auf meinem Teller.« Er sah mich an. »Pass nur auf, wenn ich dich mal irgendwo erwische, wo du nicht hingehörst, du blödes Vieh!«

Das ging nun wirklich zu weit. Dieses sizilianische Zedernöl drohte mir! Auf den Boden spucken, wie unappetitlich. Und sich dann noch beschweren. Wir waren nicht auf dem Land. Aus meiner Gurgel ließ ich ein tiefes Brummen hören, senkte den Kopf und lief auf ihn zu. Salvatore blieb stehen und hielt den Besen abwehrbereit vor sich.

»Da sehen Sie, was ich gesagt habe. Ein aggressives Vieh. Von wegen gut erzogen. Im Stall ist es am besten aufgehoben.«

»So schlimm kann es gar nicht sein, Signore Lucca.« Eleonora probierte ihren sanftesten Tonfall. »Wo Sie als Manager des Anwesens doch alles im Griff haben. Ich bewundere Ihre Umsicht.«

Salvatore blickte verdutzt. »Nun ja, das stimmt. Ich, ähh, habe eine wichtige Aufgabe.«

»Sehen Sie, das habe ich auch – eine wichtige Aufgabe. Meine Schweinchen helfen mir dabei. Wie Sie wohl gehört haben, will der Abt, dass wir der Historie des Klosters nachspüren.«

»Zu den Ideen meines Chefs sage ich nichts. Das steht mir nicht zu. Mir sind richtige Tartufi lieber. Auf meinem Teller.«

»Leider verstarb Fra Stephanus nach dem letzten Trüffelessen. So schnell wird es wohl keine mehr geben.«

»Dieser rauchende Mönch hätte es eh nicht mehr lange gemacht. So wie der hustete. An dem Essen ist er sicher nicht gestorben.«

»Glauben Sie?« Eleonora schlug einen Plauderton an, als würde sie über das Wetter reden. »Ich vermute, Sie als Manager haben sich um die Logistik gekümmert und dem Mönch den Teller zukommen lassen.«

»Das fällt normalerweise nicht in meinen Zuständigkeitsbereich. Obwohl ich als ehemaliger Restaurantbesitzer schon größere Festlichkeiten ausgerichtet habe als die Menüs mit unseren jetzigen Urlaubern. Meine Gäste waren nie unzufrieden, nie! Salvatore Lucca war berühmt für seinen Baccalá con ceci. Wenn der Stockfisch auf meiner Speisekarte stand, war mein Lokal jedes Mal voll. Und erst mein Nachtisch, Hefeteigfladen Schiacciata con l'uva, direkt aus dem Himmel!« Salvatores Gesicht rötete sich. »Aber das waren andere Zeiten ..., hier schwingt Habiatus den Kochlöffel. Koch hat dieser Mönch nie gelernt. Geschweige denn eine Osteria geleitet. So ist das Leben. Das Essen für Stephanus hat übrigens ein Mönch hochgebracht.«

»Ein Mönch?«

»Klar, Fra Gabriel. Ich bin ihm begegnet, als ich zum Refektorium ging. Da trug er ein Tablett mit einer Portion Trüffel-Spaghetti und war auf dem Weg zum Mönchstrakt. Aber jetzt halten Sie mich nicht länger auf, Signora, ich muss meinen Pflichten nachkommen.« Er schwang seinen Besen und beachtete uns nicht länger.

»Signora Gobetti.« Abt Aviano winkte uns. »Haben Sie einen Moment Zeit für mich?« Er kam über den Innenhof herüber und grüßte Salvatore mit einem Nicken. »Danke Signora. Spazieren wir doch ein wenig.« Gemächlich rückte er sein Habit zurecht. »Sind Sie mit Ihrer Arbeit schon vorangekommen?«

»Ich habe mir in der Bibliothek einen ersten Überblick verschafft. Das fehlende Ordnungsschema verzögert die Arbeit.«

»Die lieben Fratelli. Die haben die Bücher einfach aufgeräumt. Konnten natürlich nicht wissen, dass einmal eine Historikerin kommen würde und alles mit einem ganz anderen Blick sieht.«

»Manchmal mögen meine Methoden für andere ungewöhnlich wirken, aber ich bin mir sicher, dass wir etwas finden werden.«

»Mit wir meinen Sie wohl Ihre beiden Begleiter.« Der Abt drehte sich zu mir. »Einige Gäste – ich will keine Namen nennen – murren schon, weil die Schweine anscheinend überall auftauchen. Zum Glück finden andere den Anblick, wie soll ich sagen, exotisch. Achten Sie bitte darauf, dass die Tiere niemanden erschrecken. Sonst müsste ich unser Arrangement aufkündigen.«

»Da brauchen Sie sich keine Sorgen machen.«

»Signora Gobetti, als ich Sie gebeten habe, uns zu helfen, hoffte ich insgeheim, dass Sie schnell auf etwas Brauchbares stoßen würden. Dem ist noch nicht so.«

»Aber Padre, ich …«

Aviano hob die Hand. »Signora, ich weiß, es braucht Zeit. Ich will auch nicht ungeduldig sein. Es irritiert mich nur, wenn ich das so formulieren darf, dass Sie mit derart großem Elan meine Fratelli über Dinge ausfragen, die mehr mit dem Ableben unseres geliebten Stephanus zu tun haben, Gott sei seiner Seele gnädig, als mit Ihrem Auftrag.«

»Ich habe mich mit einigen Mönchen unterhalten, das stimmt. Meine Arbeit wird davon jedoch nicht berührt, da seien Sie ohne Sorge.«

»Liebe Signora, ich schätze Sie und Ihren Eifer sehr. Lenken Sie bitte Ihre ganze Kraft auf das Studium der historischen Quellen. Ich glaube an Sie und bin mir sicher, dass wir bald zu Resultaten gelangen. Damit Sie unbeschwert ans Werk gehen können, habe ich mir erlaubt, Sie zu unterstützen.«

»Mich unterstützen?« Eleonora blieb abrupt stehen. »Wie stellen Sie sich das vor?«

»Kommen Sie, begleiten Sie mich in mein Büro. Sie werden erfreut sein. Ich will doch nur Ihr Bestes.«

Als wir das Büro betraten, bemerkte ich einen Geruch von Wäschestärke. Sekunden später zeigte sich auch die Quelle des Geruchs: Ein Mann stand an der Seite des Raumes und drehte sich zu uns. Ein fremder Mann. Er trug einen Anzug ohne Krawatte, der Kragen des Hemdes war aufgeknöpft. Das Alter etwa Anfang 40, die Haare kurz geschnitten, mit ausgeprägten Geheimratsecken. Seine Bewegungen strahlten Selbstsicherheit aus, seine Gesten waren kurz und abgehackt. Die Augen hinter seiner Brille wanderten flink von einem zum anderen und musterten uns, und als er mich erblickte, zuckte sein Mundwinkel.

»Darf ich vorstellen, das ist Signora Gobetti, eine Landwirtin und studierte Historikerin«, sagte der Abt. »Und von den Trüffelschweinen habe ich Ihnen ja bereits erzählt.« Er wandte sich an Eleonora. »Das ist Francesco Rizzone, genauer gesagt, Dottore Rizzone von der Universität Florenz. Er wird Ihnen von jetzt an zur Seite stehen, gewissermaßen als neuer Partner.«

Die Padrona schüttelte dem Neuankömmling die Hand. »Ich verstehe nicht ganz, Padre, mein Partner?«

»Ganz genau. Sehen Sie, Dottore Rizzone eilt ein exzellenter Ruf als Fachmann der italienischen Kirchengeschichte voraus. Ich hatte bereits früher versucht, ihn für unser Projekt zu gewinnen, aber wir fanden damals nicht zusammen. Nun hat es sich unser lieber Dottore anders überlegt, dem Herrn sei Dank, und ist auf meine nochmalige Bitte nun bereit, für uns tätig zu werden. Ohne Honorar, das schätzen wir außerordentlich. Signore Rizzone strebt eine Professur an, da passt ihm eine wissenschaftliche Studie über ein Kloster hervorragend ins Konzept. Nochmals herzlich willkommen, Dottore.«

Eleonora sah den Abt an. »Sind Sie mit meiner Arbeit nicht zufrieden?« Ihre Stimme bebte. »Wenn Sie mir nichts zutrauen, sagen Sie es ruhig, dann packe ich noch heute meine Sachen.«

»Tss. Tss. Warum so aufgebracht, Signora? Wir brauchen Sie, keine Frage. Nichts liegt mir ferner, als Ihre Leistungen zu schmälern. Verstehen Sie das Engagement von Dottore Rizzone nicht als Kritik, sondern als Verstärkung. Sie werden sicher ein gutes Paar abgeben. Nicht wahr, Dottore?« Rizzone nickte. »Es ist mir eben ein Herzensanliegen, in der Sache voranzuschreiten«, fuhr Aviano fort. »Sie wissen, wie viel davon abhängt, dass Sie beide fündig werden. Das Kloster zählt auf Sie.« Er deutete eine Verbeugung an. »Nun lasse ich Sie alleine. Sie wollen als Fachkollegen sicher einiges besprechen.«

»Padre, kann ich später Ihr Telefon benutzen?« Eleonora wies auf den Schreibtisch.

»Sicher, sicher. Bedienen Sie sich. Wann immer Sie wollen. Gott zum Gruße.«

Nachdem der Abt gegangen war, breitete sich Stille aus. Mir schien, dass die Luft schwerer geworden war und die Zeit sich verlangsamt hatte, obwohl das natürlich Unsinn war. Es war einer jener Momente, von denen man sich wünschte, dass sie schnell vorübergehen.

Rizzone räusperte sich. »Signora Gobetti, es tut mir leid, ich wusste nicht, dass Sie der Abt nicht informiert hat. Ich denke trotzdem, dass wir ein brauchbares Team abgeben werden.«

»Nun … ich bin nur etwas überrascht.«

»Das kann ich verstehen. Nichtsdestoweniger arbeiten wir beide an demselben Ziel.«

»Ich will nicht Professorin werden.«

»Erwischt, erwischt«, lachte Rizzone. »Sie wissen doch von Ihrer Studienzeit noch wie das ist – ohne viele Publikationen und wegweisende Forschungsergebnisse kommen Sie im Universitätsbetrieb nicht weit. Außer man hat Beziehungen. Ich lehre als Dozent, jetzt will ich den nächsten Schritt tun. Aber die Konkurrenz um die Stellen ist hart.«

»Und da haben Sie sich ausgerechnet diese Abbazia ausgesucht, um sich zu profilieren?«

»Aber seien Sie nicht so streng. Vielleicht können Sie sich von mir ein wenig abschauen, schließlich bin ich schon ein bisschen länger wissenschaftlich tätig als Sie. Haben Sie eigentlich nach dem Studium in Ihrem Beruf gearbeitet?«

Eleonora klappte der Mund auf. »Ich … mein Mann. Wir …«

»Wie mir der Abt berichtet hat, waren Sie bis vor Kurzem verheiratet und besitzen einen Bauernhof. Auch ein schönes Leben. Ich wünschte, ich könnte auch einmal alles hinter mir lassen und mir ein Haus am Meer leisten.« Rizzone lächelte. »Aber bis dahin muss ich wohl noch viele Abhandlungen schreiben. Lassen Sie es uns einfach miteinander probieren.«

»Ich gehe gerne auf meine eigene Weise vor«, sagte Eleonora. »Das stört Sie hoffentlich nicht.«

»Von ihren avantgardistischen Ideen habe ich bereits Notiz genommen.« Rizzone betrachtete mich von allen Seiten. »Ein Trüffelschwein. Wirklich ein innovativer Ansatz, um historische Daten zu erheben. Dieser Eber kann Ihnen sicher beim Übersetzen aus dem Lateinischen helfen.« Er kicherte. »Entschuldigung, ein kleiner Scherz. Das ist das Ungewöhnlichste, was mir bisher untergekommen ist. Meine Kollegen in Florenz werden mir das nicht glauben. Trüffelschweine!«

Es war tatsächlich Wäschestärke, was ich roch. Ob ihm seine Mama die Hemden wusch? Er war ein Junggeselle, das stand für mich außer Frage. Das präpotente Gehabe. Das Gockelhafte. Ein alternder Hirsch auf der Brunft. Ich stellte mir die Studentinnen vor, die er mit seiner Gelehrsamkeit zu beeindrucken versuchte. Paah! Außerdem konnte er so gebildet nicht sein. Sonst müsste er als Historiker wissen, dass es mein Urgroßonkel Demetrius war, der Gaius Julius Cäsars Manuskript »Über den Gallischen Krieg« in eine lesbare Form brachte und ins Griechische übersetzte. Was wäre der römische Feldherr ohne dieses Werk geworden? Zum Dank bekam Demetrius von Cäsar ein Haus in Pompeji geschenkt.

»Wir werden sehen, welche unserer Vorgehensweisen mehr Erfolg bringt«, sagte Eleonora. »Die Recherchen gestalten sich schwieriger als gedacht. Bisher habe ich kein brauchbares Material gefunden.«

»So schwer kann das nicht sein. Es sind doch nur Bücher! Man muss nur ein wenig tiefer suchen«, dozierte Rizzone. »Oft finden sich Querverweise, die einen auf die Spur bringen. Ich bin optimistisch, dem Abt bald erste Resultate vorlegen zu können. Außer die Legende vom Goldenen Trüffel ist nur eine Fantasie. Dafür scheint sie mir aber zu konkret. Wie dem auch sei, ich würde mir wünschen, dass wir uns abstimmen, was die Suche nach dem Goldenen Trüffel anbelangt.«

»Keine Angst, Sie erhalten alle Unterlagen, die Sie für Ihre Professur brauchen. Es freut mich, Ihrer Karriere nachhelfen zu dürfen.« Ironie überzuckerte Eleonoras Worte.

Rizzone schien es nicht bemerkt zu haben oder ging nicht darauf ein. »Ich freue mich auf unsere gemeinsame Arbeit. Wir sehen uns sicher bald in der Bibliothek. Bis dann. Ich muss noch mein Zimmer beziehen.«

Die Padrona kommentierte den Abschied des Neuen mit Gemurmel, dessen Inhalt ich nicht verstehen konnte, der aber, ihrer

Grimasse nach zu urteilen, nicht besonders freundlich ausfiel. »Der Mensch denkt, Gott lenkt«, sagte sie schließlich laut. »Das kann ja heiter werden. Und wir beide, mein Porcellino, werden jetzt zu Hause anrufen.«

Also machten wir uns auf den Weg zum Büro des Abts. Ich hatte mich schon längst gefragt, wann Eleonora gedachte, ihren Liebsten das nächste Mal anzurufen. Sie ging zielstrebig auf das Telefon zu – der Abt war nirgends zu sehen – und wählte. »Hallo, Enrico? Ich bin's, Eleonora. Ich rufe gerade vom einzigen Telefon der ganzen Anlage an. Mein Porcellino steht neben mir. Wie geht's, caro mio?«

Aus dem Lautsprecher Fabris' verzerrte Stimme. »Ciao, bella mia. Toll, wieder deine Stimme zu hören. Das hat mir gefehlt. Ich komme gerade aus dem Stall und mir klingt noch das Muhen der Kühe im Ohr. Welch eine Abwechslung!«

»Das will ich hoffen, dass du lieber mit mir als mit den Kühen redest.« Die Padrona lachte. »Du fehlst mir.«

»Du fehlst mir auch. Ich wünschte, ich könnte bei euch sein. Langsam habe ich das Gefühl, dass ich euch besuchen sollte. Vor allem, wenn ich mir den Auftrag anschaue, mit dem du mich versorgt hast.«

»Ich zähle darauf, dass du zu Hause die Stellung hältst und den Hof beaufsichtigst. Was würde ich bloß ohne dich tun?« Eleonora zwinkerte mir zu.

»Schmeichlerin. Du bist meistens ganz gut alleine zurechtgekommen. Aber im Ernst, brauchst du Hilfe?«

»Bis jetzt nicht. Meine Forschungen stecken fest, ich werde mich die nächsten Tage stärker reinhängen müssen. Heute habe ich übrigens unverhofft Verstärkung erhalten.« Die Padrona erzählte von Rizzone.

»Seltsam. Dein Abt ist entweder sehr durchtrieben oder sehr wild auf schnelle Resultate. Lass dich nicht einschüchtern von dem angehenden Professor.«

»Keine Sorge, du kennst mich doch. Nun sag schon, hast du mein Päckchen erhalten? Gibt es Ergebnisse?«

»Das ist es ja gerade, was mich beunruhigt. Deine Energie richtet sich auf gefährliche Dinge. Nun, ich habe die Essensprobe ins

Labor gebracht. Du kannst dir vorstellen, dass ich einige Gefallen einfordern musste, bis meine ehemaligen Kollegen sich dazu bequemten, die Spaghetti und die Trüffel zu untersuchen.«

»Und? Spann mich nicht auf die Folter.«

Enricos Stimme hörte sich gedehnt an. »Also, die Ergebnisse liegen vor.«

»Sag nichts. Lass mich erst raten. Die Trüffel waren mit Arsen vergiftet.«

»Arsen? Hat meine kleine Miss Marple das ermittelt? Wie kommst du denn darauf?«

Eleonora berichtete von dem alten Buch, das sie in der Bibliothek entdeckt hatte. »Deshalb vermute ich, dass Arsen benutzt wurde – falls überhaupt Gift in dem Essen war.«

»Nein, ich muss dich enttäuschen, so ungern ich das tue«, sagte Enrico. »Die Chemiker haben kein Arsen in der Probe gefunden.«

»Kein Arsen? Nicht mal eine winzige Spur?« Eleonora war die Überraschung anzumerken. »Dann wurde der Mönch gar nicht vergiftet?«

»Keine Arsenspuren«, bestätigte Enrico.

»Stephanus ist also eines natürlichen Todes gestorben, und der Arzt hatte recht mit seiner Diagnose – Atemstillstand und Herzversagen.«

»Hat der Mönch geraucht?«

»Er war Kettenraucher. Warum fragst du?«

»Die Diagnose Atemstillstand und Herzversagen stimmt durchaus«, sagte Enrico. »Der Mönch starb am Nikotin.«

»Rauchen schadet Ihrer Gesundheit, heißt es. Wieder ein Opfer der Zigaretten. Warum sollte es einem Mönch da anders ergehen als normalen Menschen?«

»Ein gewöhnlicher Tod war es trotzdem nicht«, fuhr Enrico fort. »Dein Instinkt hatte recht, du hast nur die falsche Theorie aufgestellt. Fra Stephanus ist an einer Überdosis Nikotin gestorben.«

»Wie? Was?« Eleonora klang verwirrt.

»Die Kollegen fanden auf den Trüffeln Spuren von Nikotin. In konzentrierter Form. Die Indizien sind eindeutig: Der Mönch wurde vergiftet. Mit Nikotin.«

»Du … du meinst, Stephanus hat zu viel Tabak …?«

»Nikotin ist eines der stärksten Gifte der Welt. Wirksamer als Arsen oder Zyankali. Absolut tödlich. Alles nur eine Frage der Konzentration.«

Enrico berichtete, was er erfahren hatte: Nikotin war in der reinen Form ein farbloses Öl. Schon 50 Milligramm reichten aus, einen Menschen zu töten. Kleinkinder konnten bereits an einer Zigarette sterben, wenn sie versehentlich eine schluckten. Der Wirkstoff entstand in der Wurzel der Tabakpflanze und lagerte sich in den Blättern ab, je nach Sorte enthielten die Blätter einen Nikotinanteil bis zu zehn Prozent. Beim Rauchen des Tabaks wurde das Nikotin rechtzeitig abgebaut, bevor es zu Vergiftungen kommen konnte. Anders bei einem Konzentrat, das ein Mensch über den Magen aufnahm.

Nikotin. Das war es! Ich ärgerte mich, dass ich nicht selbst auf den Gedanken gekommen war. So offensichtlich, wie es vor meinem Rüssel gelegen hatte. Ich hatte mich von dem Tabak und Stephanus' Zigarettenleidenschaft irritieren lassen. Was ich gerochen hatte, war natürlich kein Tabak, sondern Nikotin gewesen. Aber wer dachte bei Zigarettenduft schon an ein infames Gift? Immerhin hatten meine Geschmackssensoren angeschlagen. Ich nahm mir vor, in Zukunft noch genauer hinzuriechen.

»Es ist anzunehmen, dass jemand flüssiges Nikotin über die Trüffel gegossen hat. Da genügen wenige Tropfen«, sagte Enrico. »Jedenfalls fanden die Chemiker Reste des Giftes auf den Pilzen.«

»Dann wurde Stephanus vergiftet«, stellte Eleonora mit der Entschiedenheit einer Richterin fest. »Ermordet.«

»Endgültige Gewissheit haben wir nicht. Dazu müsste der Leichnam obduziert und untersucht werden. Zudem bleibt die Möglichkeit, dass der Mönch sich die tödliche Dosis selbst gegeben hat.«

»Selbstmord?«

»Genau. Es hätte doch einen besonderen Effekt, mit Tartufi aus dem Leben zu scheiden. Ein dramatischer Abgang, könnte man sagen. Hast du in dem Zimmer etwas gesehen, eine Flasche, eine Phiole, in der das Konzentrat hätte aufbewahrt sein können?«

»Wir hatten nicht viel Zeit. Und danach wurden die persönlichen Gegenstände des Verstorbenen gleich weggeräumt«, sagte die Padrona. »Wenn ich es mir recht überlege, sogar auffällig schnell.«

»Jedenfalls mache ich mir verdammte Sorgen, mia cara. Wenn deine Theorie nämlich stimmt, habt ihr einen Mörder im Kloster. Einen Mörder, der bisher unerkannt ist und dem du vielleicht jeden Tag begegnest. Bitte, Eleonora, halt dich mehr zurück. Dein Ermittlungseifer scheint mit dir durchzugehen.«

»Was haben wir denn als Beweis? Bisher sind das alles doch nur Theorien, die sich auf Indizien stützen. Wer weiß, ob sich eine tödliche Nikotinkonzentration überhaupt noch im Körper des Toten nachweisen lässt. Bei einem Kettenraucher. Vor allem aber ...«, Eleonora machte eine Pause, »... will ich den Mörder nicht durch unnötige Aktionen warnen. Dann stellen wir ihn nie. So haben wir wenigstens die Chance, ihn in Sicherheit zu wiegen und gleichzeitig im Stillen der Sache weiter nachzugehen.«

»Dein Jagdinstinkt macht mich nervös, überaus nervös. Das ist kein Spiel, Eleonora!«

»Ich weiß, ich weiß. Ich werde aufpassen. Bin ja nicht lebensmüde. Außerdem habe ich meinen Beschützer bei mir.« Sie strich mir über den Rücken. Ich grunzte zustimmend und dachte an meine Vorfahren, von denen einige als Leibwächter zu Ruhm und Ehren gekommen waren, beispielsweise Pigdin, der im Jahr 1586 ein Attentat auf die britische Königin Elisabeth I. vereitelte und dafür den Titel Lord Pigdin erhielt.

Enrico schien nicht beruhigt. »Versprich mir, beim geringsten Anzeichen von Verdacht die Polizei oder mich zu verständigen. Keine Alleingänge! Keine Abenteuer! Begib dich nicht unnötig in Gefahr.«

»Keine Sorge. Du kennst mich ja.«

12

Zum Mittagessen servierte Habiatus geschmorte Artischocken, mit Zitrone mariniert und mit Kräutern bestreut, und vorweg eine Kichererbsensuppe, Zuppa di ceci. Orchidea Lucca und Fra Gabriel trugen die Teller auf. Die Kichererbsen hinterließen einen feinen Geschmack auf meiner Zunge, nur die Artischocken waren etwas fasrig, aber das wollte ich dem Koch nicht anlasten. Es war einfach schwer, gute Qualität zu finden. Das Refektorium füllte sich mit den Stimmen der Gäste, die sich leise miteinander unterhielten, leiser als sonst, was an den vorangegangenen Exerzitien liegen mochte, zu denen Aviano am Vormittag eingeladen hatte. »Wie finden wir wieder zu uns selbst« war der Gegenstand der geistlichen Übung gewesen, eine Art Predigt mit Ausflügen in grundlegende Werke der Philosophie und bedeutender Kirchenlehrer wie Thomas von Aquin. Der Abt pries die vier Kardinaltugenden des Menschen – Mäßigung, Gerechtigkeit, Tapferkeit und Weisheit – und untermalte seinen Vortrag mit Gleichnissen aus der Bibel, ohne zu vergessen, auch die drei christlichen Tugenden anzumahnen – Glaube, Liebe, Hoffnung –, bei welchem Thema Dominik Hellenbart einen langen Blick mit Orchidea tauschte. Oder bildete ich mir das nur ein, weil meine Augenlider immer wieder von der einschläfernden Stimme des Abts herunterklappten? Rinaldo Battistini schien es ebenso zu ergehen, denn nach einiger Zeit entströmte seinem Mund ein Rasseln, das sich mehr wie ein Schnarchen anhörte. Erst nach einem Rippenstoß seiner Frau fing sich der Opernsänger wieder und hüstelte verlegen. Melissa Fini nickte immer wieder zustimmend, ihr Gesicht glühte, als hätten die Worte des Abts ein Feuer in ihr entzündet. Hellenbart machte sich Notizen – er schrieb vermutlich eine neue Idee für ein Produkt auf – und Eleonora lehnte an der Wand und beobachtete die Teilnehmer. Ich lag neben ihr und ließ die Worte auf mich niederprasseln wie Regen im Frühling.

Ich musste an die Worte des Schweinephilosophen Vestalus denken, der in seinen »Unzeitgemäßen Befrachtungen« einmal schrieb: *Religion ist, wenn Menschen mit dem Bauch denken.* Ein Schwein solle nach Vollkommenheit streben, so Vestalus, mit Essen und Trinken den Körper stärken und die Sinne verfeinern, den Geist mit Musik und Lektüre anregen und immer auf saubere Borsten achten. Das sei der erste Pfad zur Weisheit. Manche Menschen schienen ihre Inspiration dagegen aus dem Wiederholen von Bibelstellen zu saugen.

Worte sprudelten aus dem Abt hervor, ein Wasserfall von Sätzen, Sinnhaftes und Sinnloses vermengt zu einer hypnotischen Melange, die einem alle Kraft abforderte, wach zu bleiben. Daher die allgemeine Benommenheit beim Mittagstisch, die trägen Bewegungen, der Wunsch nach einem Nickerchen, der in den Augen vieler zu sehen war. Als Fra Gabriel den Nachtisch vor Eleonora auf den Tisch stellte, berührte die Padrona kurz seinen Arm.

»Verzeihung, Gabriel«, sagte sie. »Haben Sie nach dem Essen einige Minuten für mich? Ich bräuchte Ihre Unterstützung für meine historischen Studien.«

Der Mönch sah sie misstrauisch an, nickte jedoch und setzte wortlos seine Arbeit fort. Nachdem der Abt die Tafel aufgehoben hatte, warteten Eleonora und ich am Gang, doch wer nicht kam war Gabriel. Das kam mir seltsam vor, und so ging ich in den Innenhof, um zu sehen, wie der Mönch gerade aus einer Seitentür kam. Mit einem Grunzen rief ich die Padrona zu mir.

»Gabriel, so warten Sie doch«, rief Eleonora über den Hof.

Der Mönch blieb stehen. »Entschuldigen Sie, Signora Gobetti, ich habe Sie ganz vergessen. Ich war mit meinen Gedanken vollkommen woanders. Sie wollten mich sprechen?«

»Wie Sie wissen, suche ich im Auftrag des Abts nach Hinweisen auf die Geschichte des Klosters. In der Bibliothek ist mir jüngst ein alchemistisches Buch in die Hände gefallen, mit handschriftlichen Anmerkungen, von denen ich glaube, dass sie vom verstorbenen Fra Stephanus stammen.«

Mich verblüffte Eleonoras Unverfrorenheit. Die Handschrift dürfte eher die von Gabriel sein, wie Tettamonti uns berichtet hatte. Ob sich Gabriel so einfach aus der Reserve locken ließ?

»Und?« Gabriel runzelte die Stirn.

»Sie kannten doch Ihren Mitbruder. Wussten Sie von seinen Studien? War er ebenfalls an der Historie des Anwesens interessiert? Vielleicht hat Stephanus Ihnen gegenüber etwas in die Richtung erwähnt.«

»Alchemie? Experimente und Geheimrezepte zur Herstellung von Gold?«

»Ganz genau.«

»Stephanus und Tettamonti haben mal darüber geredet. In der Bibliothek muss es eine Reihe solcher Werke geben. Der Verstorbene war ein Bücherwurm, brauchte immer was zum Lesen und war mit großem Eifer dabei.«

»Bei was?«

»Er befasste sich in seiner Freizeit viel mit Fragen der Kirchengeschichte und religiösen Orden. Verschlang alles über die Biografien von Heiligen. Besonders die Frauen hatten es ihm angetan. Die Heiligen, meine ich.«

»Waren Ihre Fratelli vom Hobby des Verblichenen angetan?«

»Wissen Sie, unsere Freizeit ist knapp bemessen. Jetzt erst recht, nachdem wir neuerdings Gäste beherbergen. Jeder nutzt das bisschen Private, das der Tagesablauf einem lässt. Die einen beten, die anderen gehen spazieren oder lesen. Wie es Gott gefällt. Auch wenn Stephanus etwas … etwas Verbissenes bei seiner Lektüre an den Tag legte.«

Eleonora sah Gabriel an. »Was meinen Sie damit?«

»Er war richtiggehend fanatisch. Berief sich auf alte Glaubensbewegungen und beschwor die Denkschriften der Heiligen. Genau hab ich das nicht kapiert, und der Abt wollte auch nichts hören davon. Der Einzige, der sich mit Stephanus auf Diskussionen einließ, war Fra Tettamonti.« Gabriel deutete ein Lächeln an. »Unser Denker vergrub sich selbst gerne in den alten Büchern und wälzte Theorien.«

»Hat Fra Stephanus an seinem letzten Abend eigentlich noch etwas gegessen?«

»Wie soll ich das wissen?«

»Sie haben ihm doch den Teller nach oben gebracht.« Eleonora wählte einen neutralen Tonfall. Wieder ein Bluff. Meine Padrona ließ sich nichts anmerken. Ich bewunderte ihre Schauspielkunst.

»Woher wissen … Was soll diese Frage?«

»Ich fühle mich nur in meiner Ehre als Trüffelsucherin gekränkt, wenn es heißt, die Tartufi könnten schuld sein am Tod eines Mönchs.« Sie deutete auf mich. »Meine Spürnase hat noch nie etwas Schlechtes aufgetan.«

»Das behauptet auch niemand ernstlich. Mir haben die Spaghetti herrlich gemundet. Ja, es ist wahr, ich habe Stephanus das Essen gebracht. Ich sah das Tablett am Gang stehen und dachte mir, bevor alles kalt wird, trage ich es hoch. Stephanus lag im Bett und richtete sich mühsam auf, als ich das Zimmer betrat. Ich sprach kurz mit ihm, legte ihm das Tablett aufs Bett und wünschte ihm eine gesegnete Mahlzeit. Dann ging ich wieder.«

»Haben Sie gesehen, ob er tatsächlich etwas gegessen hat?«

»Als ich die Tür schloss, hielt er bereits die Gabel in der Hand und stocherte in den Nudeln.«

»Dann waren Sie der Letzte, der ihn lebend gesehen hat.«

Gabriel machte das Kreuzzeichen. »Bei Gott, das weiß ich nicht. Kann sein. Oder ein anderer Bruder hat Stephanus nach mir besucht. Jeder wusste, dass er krank im Bett lag.«

»Als Laie hat es mich ein wenig verwundert, dass das Zimmer nach dem Tod so schnell ausgeräumt wurde«, sagte Eleonora.

»Finden Sie? Wenn man einen geliebten Menschen zu Grabe trägt, nimmt man gleichzeitig Abschied von ihm. Danach beginnt ein neuer Abschnitt. Man wendet sich wieder dem Leben zu, säubert die Räume. Ein Zimmer ist kein Heiligenschrein. Die Erinnerung an den Verstorbenen trägt man im Herzen.«

»Ich hatte gehofft, in den Unterlagen von Fra Stephanus etwas Brauchbares für meine Forschungen zu finden. Wissen Sie, wohin seine Sachen gebracht wurden?«

»Das meiste ist Eigentum des Klosters. Der Habit und das Bettzeug wandert in die Vorratskammer, persönliche Wäsche kommt in die Altkleidersammlung. Das war auch bei Stephanus so. Fra Lavello und ich haben die Hinterlassenschaften geordnet und verteilt.«

»Und Stephanus' Briefe?«

Für einen Moment blieb Gabriel still. Er schien zu überlegen. »Welche Briefe?«

»Die Briefe, die ich auf dem Schreibtisch gesehen habe, als wir in Stephanus Zimmer standen.«

»Komisch, mir ist nichts aufgefallen. Nur Bücher standen auf dem Schreibtisch. Die habe ich in die Bibliothek gebracht. Falls Briefe darunter waren, wurden sie vermutlich weggeworfen. Das war Stephanus' Privatangelegenheit und ging niemanden etwas an.«

Irgendetwas an Gabriels Haltung, an seinem Tonfall gefiel mir nicht. Dieser Mönch log, darauf wettete ich ein Kilo Tartufi! Ich nahm es ihm nicht ab, dass er nichts von den Briefen bemerkt haben wollte. Eleonora dachte vermutlich dasselbe, immerhin hatte sie die Schreiben selbst in der Hand gehalten. Im Nachhinein bereute ich, nicht mehr der Briefe gelesen zu haben. Hatte jemand die Privatkorrespondenz vernichtet? Oder heimlich an sich genommen? Wenn ja, was mochte darin stehen, dass jemand unbedingt die Briefe entfernen wollte? Das musste geklärt werden.

Caruso fand ich in unserem Gästehaus. Er war auch gar nicht zu verfehlen, denn er sang aus vollem Halse eine Arie aus der Verdi-Oper »Aida«. Offensichtlich schien ihn immer noch keinerlei schlechtes Gewissen zu plagen, dass der Mönch wegen seines ungehörigen Verhaltens im Labor Buße hatte tun müssen. Manchmal verzweifelte ich ein wenig an der Aufgabe, Caruso Manieren beibringen zu wollen. Was mich stutzig machte: Die Stimme kam aus meinem Zimmer. Was hatte er bei mir verloren? Hatte ich ihm nicht mehrmals eingehämmert, dass ich ungern andere ohne Einladung bei mir sah? Schließlich galt es, hier in der Fremde mein kleines Reich zu verteidigen, meine Anordnung der Speiseschüsseln, die Lage meines Bettes, ganz zu schweigen von den Weinvorräten und der Sauberkeit. Denn Dreck in meinem Zimmer konnte ich nicht ausstehen. Da war es egal, wer den Dreck hineintrug. Selbst wenn dieser jemand Caruso hieß – dem ich sonst viel verzieh.

Beim Eintreten bot sich mir ein seltsamer Anblick. Caruso stand auf der Kutsche, meinem Bett, und sang. Ihm zu Füßen saß Tiffany auf dem Boden und lauschte der Darbietung. Sie schreckten auf, als sie mich sahen. Der Junior verstummte, Tiffany blinzelte und hauchte ein »Hallo«.

»Ähmm, wie geht's?« Caruso stieg von meinem Bett, zog den Kopf ein und machte einen Bogen um mich herum. »Wir üben gerade.«

»Das sehe ich«, sagte ich und probierte einen strengen Ton. »Das höre ich. Ist wohl offensichtlich, was ihr hier tut.«

»Nicht was du denkst, Leonardo«, antwortete Caruso, eine Spur zu hastig. »Tiffany hat mich gebeten …«

»Warum seid ihr nicht in dein Zimmer gegangen?«

»Bei dir ist die Akustik viel besser«, sagte mein Trüffellehrling. »Du weißt doch, dass Sänger auf einer Bühne stehen müssen. Damit die Stimme besser zur Geltung kommt. Und da war deine Kutsche gerade richtig.«

»Bühne, so, so. Mit genau einer Zuschauerin.« Ich musste schmunzeln. War nie um eine Ausrede verlegen, der Junior. »Warum wolltet ihr denn üben? Plant ihr eine Aufführung?«

»Ich habe nur erzählt, wie ich Battistini beim Üben zugehört habe«, sagte Tiffany. »Caruso wollte mir demonstrieren, wie es wirklich klingen muss.«

»Genau, dieser Rinaldo verdirbt einem den Hörgenuss. Er hat mit seiner Stimme wirklich Probleme. Große Probleme.«

»Meinst du?« Zweifel säuerten meine Worte. »Ich fand ihn eigentlich ganz okay.«

Caruso streckte den Rüssel vor. »Jetzt fällst du mir auch noch in den Rücken. Das ist gemein! Hundsgemein! Bisher hat es dir immer gepasst, wenn ich gesungen habe.«

»Behauptet doch auch keiner, dass du kein Talent hast«, versuchte ich ihn zu beruhigen. »Ich liebe deine Gesangsdarbietungen.«

»Das sagst du jetzt nur so.« Caruso drehte beleidigt den Kopf. »Nie wieder werde ich singen. Nie mehr! Geh doch zu diesem röhrenden Hirschen und hör ihm zu.«

»Das wäre überaus schade, wenn ich auf deine Künste verzichten müsste«, sagte ich. »Gerade jetzt, wo ich einen wichtigen Auftrag für euch habe. Einen Auftrag, der detektivische Fähigkeiten verlangt.«

»Ermittlungen?« Carusos Sauermiene war wie weggeblasen. Auch Tiffany stellte die Ohren auf.

»Eine Beschattung. Schwierig, schwierig. Nur was für Profis.«

»Nun sag schon, sag schon, was sollen wir tun? Hast du einen Verdächtigen? Den Mörder?« Der Junior lief aufgeregt herum.

»Nur eine Beschattung.« Ich erzählte den beiden von dem Gespräch Eleonoras mit Gabriel, erklärte ihnen die Aufgabe und konnte es mir nicht verkneifen, den Junior darauf hinzuweisen, dass ich gegen ein etwas professionelleres Auftreten als im Labor nichts einzuwenden hätte.

Ich stand nun schon seit einer Stunde im Innenhof und behielt den Gang zum Mönchstrakt im Auge. Was, wenn ich mich geirrt hatte? Meine Anhaltspunkte waren vage, mein Misstrauen ein Bauchgefühl. Bisher schien nur klar, dass Stephanus ermordet wurde. Vergiftet mit Nikotin und Trüffeln. Wie infam. Dazu passte der Vorfall mit der Steinfigur, den ich mir in Anbetracht der Sachlage nun folgendermaßen rekonstruierte: Der Täter hatte versucht, es wie einen Unfall aussehen zu lassen. Der Plan war gut. Niemand wäre auf die Idee verfallen, Verdacht zu schöpfen, wenn sich bei einem renovierungsbedürftigen Kloster Teile von der Mauer lösten. Das passierte immer wieder. Doch die Figur traf den Mönch nicht voll, er überlebte. Der Mörder musste nun zweierlei fürchten: Stephanus könnte ihn gesehen haben oder vorgehabt haben, dem Abt etwas Wichtiges zu erzählen – was der Täter schnellstens verhindern musste. Deshalb der zweite Mordversuch am Abend. Leider erfolgreich. Und leider kam immer noch so ziemlich jeder als Mörder infrage. Ein Mönch genauso wie ein Gast. Ein Mann genauso wie eine Frau. Oder waren mehrere Personen daran beteiligt? Jedenfalls hatten an diesem Abend alle Anwesenden die Chance gehabt, auf den Gang vor der Küche zu gehen, wo das Tablett mit den Spaghetti auf Abholung wartete, und im Vorbeigehen das Gift über die Trüffel zu träufeln. Eine Sache von Sekunden.

Doch einer hatte sich in meinen Augen besonders verdächtig gemacht. Und diesen einen wollten wir nun beobachten.

Francesco Rizzone kam aus dem Refektorium, eine Mappe unter dem Arm, und verschwand im Gästetrakt. Habiatus schaute aus seiner Küche heraus, sah mich und fragte »Schon wieder Hunger, mein Kleiner? Da musst du bis zum Abendbrot warten.« Als ob sich ein Schwein nicht beherrschen könnte. Wir verspürten keinen Impuls, uns zwischendurch einen Schokoriegel in den Mund zu schieben wie manche Menschen. Wir hielten unsere Essenszeiten ein. Ich sah, wie der Abt sein Büro verließ und in den Garten ging. Caruso hatte sich vor dem Eingang zur Kirche versteckt, Tiffany kontrollierte die Gartentüren. Sie hatte sogar Maximus eingespannt, im Wald zu patrouillieren.

Endlich kam er aus dem Treppenhaus. Gabriel. Er blickte sich mehrmals um, die Hände vor den Körper gepresst, als hielte er etwas unter seinem Habit versteckt, und ging im Schnellschritt Richtung Kirche. Ich duckte mich unter die Balustrade. Als ich wieder hochsah, war er verschwunden. Ich lief zu Caruso. »Wo ist er hin? Hast du ihn gesehen?«

Der Junior nickte eifrig. »Er ist in die Kirche gegangen. Ich wollte ihm nicht folgen, solange du nicht da warst. Komm jetzt!«

»Nicht so hastig, mein Kleiner. In der Kirche entkommt er uns nicht. Wir müssen vorsichtig vorgehen, damit er uns nicht entdeckt.«

Ich sah mich nochmals um, ob uns jemand beobachtete, dann schlüpften wir in die Sakristei. Dämmerlicht umfing uns. Ich brauchte eine Sekunde, bis ich mich orientiert hatte. Der Durchgang zur Kirche. Zentimeterweise schob ich die Tür auf, sah den Altar, sah das Kreuz, das Chorgestühl. Aber keinen Gabriel. Nur ein Geräusch aus der Tiefe des Raums, kratzend und schabend, wie wenn Metall über Stein schleifte. Wir bewegten uns entlang des Chorgestühls, die Hufe vorsichtig aufsetzend, hielten ein, lauschten. Noch immer das Geräusch. Wir arbeiteten uns bis zum Altar vor, pausierten. Die Samtdecke nahm uns die Sicht auf den Kirchenraum. Plötzlich Schritte. Gabriel war offenbar mit seiner Tätigkeit fertig, was immer es gewesen war. Die Schritte kamen näher. Ich hörte das Schnaufen des Mönchs, roch seine Kleider. Er kniete nieder und murmelte ein Gebet. Erstarrt blieben wir in unserem Versteck. Wenn Gabriel jetzt zum Chorgestühl ging, würde er uns entdecken. Die denkbar peinlichste Situation: zwei Schweine hinter dem Altar, dort, wo nicht einmal normale Mönche, sondern nur Priester stehen durften. Der

Mönch Gabriel stand auf, und die Schritte entfernten sich wieder. Das Portal quietschte, als er die Kirche verließ.

Caruso atmete hörbar aus. »Das war knapp.«

Ich nickte. »Was Gabriel hier wohl gemacht hat? Es ist doch noch gar nicht Gebetszeit.«

»Was für eine Frage!« Hochmütig reckte der Junior seinen Rüssel in die Luft. »Dafür sind wir da. Wir sind doch Detektive!«

»Immer mal langsam, wir müssen methodisch vorgehen, dein Ungestüm hat uns schon genug Probleme bereitet, wie du nicht vergessen haben wirst. Das Geräusch kam eher aus dem Eingangsbereich. Fangen wir dort an zu suchen.«

»Was suchen wir denn?«

»Weiß ich auch nicht. Werden wir schon merken, wenn es so weit ist.« Im Stillen musste ich mir eingestehen, dass unsere Mission bisher wenig erfolgreich war – wir waren zu spät gekommen und hatten nicht gesehen, was Gabriel in der Kirche wollte. »Fangen wir mit den Wänden an.«

Wir gingen durch die Sitzbänke, überprüften die Nischen an den Mauern, sahen uns die Heiligenfigur der Maria mit dem Rosenkranz an. Nichts. Auf dem Altar des heiligen Antonius standen ein schlichtes Holzkreuz und eine Vase mit Blumen. Das Altarbild zeigte neben dem Eremiten samt Klause und betender Frau eine Landschaft wie in Umbrien, mit Wäldern und Hügeln im Hintergrund. Wahrscheinlich ein italienischer Künstler, die Szene war überraschend kunstfertig gemalt für ein derartig abgelegenes Kloster. Dazu harmonierten die gedrechselten Säulen, die das Gemälde einfassten. Aber wir waren nicht wegen der Kunstschätze hier. Als Nächstes nahmen wir uns die Schnitzereien des Beichtstuhls und die Bleieinfassung der Fenster vor. Wieder Fehlanzeige. »Hier ist was«, rief Caruso. Vor ihm war ein Metallgitter am Boden eingelassen, unter dem eine Art Schacht verlief. Ich rüttelte an dem Gitter. Es rührte sich nicht. »Vielleicht ein Belüftungsschacht. Aber das Gitter hat offenbar seit Jahrzehnten niemand mehr bewegt. Schon gar nicht Gabriel.«

Wir begutachteten die Bronzehaube des Taufbeckens, den Treppenaufgang zur Kanzel, die Verzierungen der Eingangstür. Wieder nichts. Was hatte der Mönch hier nur getrieben? Was hatte das

Knirschen verursacht? Warum die Geheimniskrämerei? Oder lag ich etwa schon wieder falsch?

»Ob das Kloster noch Babys tauft? Die Menschen vom Tal fahren wohl kaum den Berg hoch, um ihre Kleinen mit Wasser bespritzen zu lassen«, fragte Caruso.

»Vieles wird schon ewig nicht mehr benutzt«, antwortete ich. »Das stammt aus besseren Zeiten. Das …« Ich hielt inne. Das war es. Das musste es sein! »Du musst mir helfen.«

Das Taufbecken. Das Geräusch, das ich gehört hatte. Metall auf Stein. Gabriel hatte den Deckel beiseitegeschoben. Ich erklärte es Caruso. Gemeinsam drückten wir gegen die Haube, auf der Szenen mit Maria und dem Christuskind abgebildet waren. Ein hässliches Kratzen, die Bronze bewegte sich ein Stück zur Seite. Ich versuchte hineinzusehen, aber wir mussten den Deckel noch mehr verrücken. In dem Becken lag ein Stoffbündel. Ich holte es heraus und legte es auf den Boden.

»Was ist das?« Caruso schnupperte an dem Stoff.

»Das werden wir gleich sehen«, sagte ich. »Uns wird nichts übrig bleiben, als die Verpackung aufzubeißen.«

»Aber dann merkt jeder, dass sich jemand an dem Päckchen zu schaffen gemacht hat. Wenn Gabriel es wieder holen will … Hast du nicht gesagt, wir sollen keine Spuren hinterlassen?«

»Ja, das habe ich, aber wir müssen es leider riskieren. Eine bessere Chance erhalten wir nicht.« Ich zerrte an der Schnur, mit der das Bündel umwickelt war. Sie löste sich ohne Probleme. Der Stoff umhüllte Briefe. Stephanus' Briefe. Das Schreiben seiner Mutter hatte ich in seinem Zimmer gesehen. Damals war Eleonora und mir nichts Besonderes aufgefallen. Was enthielten diese Briefe, dass ein Mönch dafür zum Dieb wurde? Oder wollte Gabriel die Hinterlassenschaft seines Mitbruders nur vor anderen in Sicherheit bringen? Wenn ja, vor wem? Und warum? »Wir müssen die Briefe lesen«, sagte ich. »Jeden einzelnen.«

»Mamma mia, dann sitzen wir morgen noch da.« Caruso sah ungeduldig aus. »Lass uns das Päckchen lieber mitnehmen und bei uns lesen. Hier in der Kirche fühle ich mich irgendwie unwohl.«

»Du hast selbst eingesehen, dass die Briefe an ihrem Platz bleiben müssen. Keine Widerrede. Jeder nimmt sich einen Teil vor.«

Der erste Umschlag enthielt einen weiteren Brief von Stephanus' Mutter, in dem sie ihren Sohn bat, er möge sie doch besuchen, sie sei so einsam und würde ihn gerne einmal wiedersehen. Sie ermahnte ihn, nicht so viel zu arbeiten und immer genug zu essen. Das zweite Schreiben kam von einem Professor aus Mailand, der höflich, aber unmissverständlich mitteilte, er könne dem »hochverehrten Mönch« bei seiner Anfrage nicht weiterhelfen.

»Ich habe zwei Briefe von anderen Klöstern«, sagte Caruso. »Einen aus Orvieto, im dem ein Mönch über den neuen Abt berichtet, der sein Amt angetreten hat. Der Ton ist vertraulich. Scheint ein Freund von Stephanus zu sein. Der andere ist aus Florenz von der Abbazia Ognissanti. Ein Daniele schreibt über die Geschichte des Anwesens. Dessen Klaue kann man kaum lesen. Da schreibe selbst ich noch schöner.«

Ein Brief enthielt den Stempel des Vatikans. Das Schreiben stammte von einem Monsignore Catabrevina, der auf eine Bitte um Auskunft antwortete. »Hör dir das an.« Ich las vor:

Die Rose gilt als ein Symbol mit einer Vielzahl von Bedeutungen. Laien setzen damit Liebe gleich, verschenken die Blumen an Frauen als Zeichen der Zuneigung. Schon die heidnische Liebesgöttin Aphrodite oder Venus brachte man mit der Rose in Verbindung, die Sage berichtet, Aphrodite sei mit einem weißen Rosenstrauch aus dem Schaum des Meeres geboren. Die Göttin betrog ihren Ehemann mit Adonis, woraufhin ihr Gatte den Liebhaber tötete. Aphrodite trat auf die Dornen, ihr Blut färbte die Blätter rot. Seitdem gilt weiß als die Farbe der Reinheit und rot als die der Leidenschaft. Die Rose war deshalb auch ein Synonym für Jungfrauen. Die Redensart »eine Rose pflücken« oder eine Frau »erblüht« ist in diesen Zusammenhang einzuordnen. Die Germanen verehrten die Blume der Göttin Freya als heilig, man durfte sie nur an bestimmten Tagen mit einer goldenen Sichel ernten. Soldaten führten die Blume in ihrem Wappen, und auch das Christentum nahm die Symbolik auf. Kreuzritter schmückten sich damit – das Rot wird mit dem Blut Jesu am Kreuz gleichgesetzt. Die Rose ist außerdem das Sinnbild von Märtyrerinnen, Heiligen und der Mutter Gottes. Und mancher Sekten.

Bedauerlicherweise ist im Volk der Aberglaube nicht auszurotten, die Rose sei ein Potenzmittel, eine Liebesmedizin. Die Römer waren süchtig nach dem Wohlgeruch des Rosenöls und streuten Rosenblätter auf ihr Lotterbett. Persische Frauen glaubten, ihren Freund zurückerobern zu können, wenn sie seine Hose in Rosenwasser auskochten. Casanova soll seine Auserwählten mit Rosenöl besprenkelt haben, bevor er sich der Lust hingab. In Süditalien setzen die Menschen bis heute einen Rosenlikör an, der Frauen berauschen und anregen soll, der Name ist Sangue di Rose, Rosenblut.
Mit den Beispielen ließe sich endlos weitermachen, für heute soll es gut sein, und ich hoffe, Ihr Wissensdurst ist gestillt. Bleiben Sie mit Gott auf dem Pfade der Tugend.

»Was wollte Stephanus mit Rosen?« Caruso sah ratlos aus. »War er Hobbygärtner? Das fällt doch in Lavellos Revier, glaube ich.«

Es war in der Tat seltsam. Wollte sich Stephanus Gewissheit verschaffen über ein Thema, das ihm begegnet war? Vielleicht suchte er in dem Rosensymbol eine tiefere religiöse Erklärung.

»Jedenfalls kein Grund, einen deswegen umzubringen«, sagte ich. »Was haben wir noch?«

Caruso blätterte. »Hier sind zwei Blatt Papier von Tettamonti. Er gibt Auskunft, in welchen Büchern etwas über Ketzer zu finden ist. Eine Passage handelt von den Geschichten der Wüstenväter und der ersten Christengemeinden im Gelobten Land. Aber das ist interessant.« Der Junior schob die Karte zu mir hin. Darauf waren nur zwei Sätze vermerkt: *Taugen Frauen für einen Mönchsorden? Braucht wahrer Glauben die Tatkraft von Männern?* Keine Unterschrift.

»Klingt wie der Beginn einer Grundsatzdebatte«, sagte ich. »Es war schon immer strittig, inwieweit das weibliche Geschlecht für Askese und christliche Arbeit taugte, trotz der Frauenorden. Manche Kirchenoberen und Glaubensfanatiker fanden, dass es wider die Natur Gottes ging. Gibt es einen Umschlag dazu?«

Caruso schüttelte den Kopf. »Das ist alles. Kann aber auch nur ein Spinner sein.« Der Junior griff in seinen Haufen. »Hier ist ein anderer Umschlag mit einer ausländischer Briefmarke. Ich …«

Glockengeläut unterbrach unser Gespräch. Ich fuhr zusammen.

Wir hatten die Gebetsstunde vergessen! Gleich würden die Mönche auftauchen. »Nichts wie weg! Und zwar schnell!«

»Aber … aber was ist mit den Briefen?«

»Zu spät. Wieder rein in das Taufbecken.« Ich schnappte mein Bündel und legte es in die Mulde, samt Stoff und Schnur. Gabriel würde sowieso merken, dass jemand sein Versteck enttarnt hatte. Ich half Caruso beim Zusammenklauben. Da fiel mir der Brief mit der seltsamen Briefmarke auf. Der Poststempel verriet, dass er aus Deutschland kam. Während ich den Briefumschlag schon wieder ins Taufbecken werfen wollte, flogen meine Augen über den Absender, und ich hielt inne. Der Absender lautete auf – Dominik Hellenbart! Der Werbemensch hatte offensichtlich Stephanus gekannt und ihm Briefe geschrieben, durchzuckte es mein Hirn, und ich erinnerte mich an die überraschende Begegnung mit Hellenbart vor Lavellos Zimmer. Hatte Hellenbart da, bevor er erklärte, wie er uns Schweine aus der Welt zu schaffen gedachte, nicht gesagt, dass Stephanus etwas für ihn aufbewahrt habe? Ich wurde aus meinen Gedanken gerissen, denn von draußen hörte ich bereits die ersten Stimmen. Zum Lesen des Briefs blieb keine Zeit mehr, ich warf ihn zu den anderen ins Becken.

»Los, Deckel drauf.« Wir schoben, das Metall schrammte über den Rand. Etwa zehn Zentimeter fehlten noch. Wir warfen uns dagegen. Die Haube schloss sich über das Becken, lag aber nicht ganz symmetrisch. Das Eingangsportal knarrte, ein Lichtspalt schoss über den Boden.

»Lauf«, zischte ich und rannte in Richtung Nebenausgang. Hinter mir ging das Portal auf, und ich stürmte in die Sakristei, von wo ich hörte, wie die Mönche die Kirche betraten. Ich verschnaufte einen Moment. Wo war Caruso? Erst jetzt fiel mir auf, dass mein Partner fehlte. Kein Caruso zu sehen. Ich lauschte. Kein Caruso zu hören. Aber auch kein Entsetzensschrei der Mönche. Zurück konnte ich nicht mehr, auch vorwärts nicht: Von draußen näherte sich Schritte in meine Richtung. Wohin? Ich saß wie eine Ratte in der Falle. Es blieb nur noch der Kleiderschrank. Ich sprang hinein, zog die Tür zu, gerade noch rechtzeitig, bevor Aviano mit Gabriel hereinkam.

»Mein Sohn, du willst beichten? Ich werde nächste Woche für

dich da sein«, sagte der Abt. »Vorher ist es schlecht, die Gäste, du weißt. Sie rauben mir meine Energie, meine Zeit. Oder brennt dir etwas auf der Seele? Dann sollten wir gleich reden.«

»Nun, ja, nein …«, druckste Gabriel herum. »Es sind nicht die großen Sünden, die mich drücken. Ich will nur …«

»Lässliche Sünden musst du nicht beichten, das weißt du, mein Sohn. Ich werde mir die Zeit nehmen für ein ausführliches Gespräch. Versprochen. Ansonsten kannst du jederzeit zu mir kommen. Unser Gottesdienst fängt gleich an. Wo ist mein Messgewand?«

Das musste wohl das Laken sein, das neben mir im Kleiderschrank hing, wie ich mit Schrecken feststellte. Bilder tauchten vor mir auf von Filmen, in denen sich der Liebhaber im Schrank verbarg, um schließlich vom Ehemann entdeckt zu werden. Die Geschichten endeten meist tragisch. Ich dachte an Eleonora, an die Vorwürfe, die der Abt ihr machen würde, weil er ihr Schwein im Schrank entdeckt hatte, in der heiligen Kirche. Sie würde sicher ihren Job verlieren, ich angekettet im Stall landen, schlimmer noch, auf Habiatus' Schlachtbank. Diese Erde als Schweinebraten zu verlassen, vielleicht – als ironische Pointe – sogar mit einer Dekoration aus Trüffeln in der Schnauze, das war wahrlich nicht meine Vorstellung vom Hinübergleiten in den Ewigen Bauch. Stattdessen würde ich im Bauch der Gäste und Mönche landen. Esus erbarme sich meiner!

Die Schritte näherten sich. Ich konnte beide durch die Ritzen der Tür riechen, den seltsamen Weihrauchduft in den Kleidern des Abts, den Schweiß von Gabriel. »Hier hängt das Gewand. Darf ich beim Ankleiden helfen?« Ich hörte Rascheln. Sollte Esus tatsächlich seinen schützenden Huf über mich halten?

»Machen wir uns bereit«, sagte Aviano. Eine Tür ging. Stille. Ich atmete auf. Etwas zittrig wackelte ich ins Freie.

13

Schon beim Betreten der Bibliothek spürte ich die Spannung, die die Luft elektrisch auflud. Auf der einen Seite des Tisches saß die Padrona, den Kopf in ein Buch versenkt. Auf der anderen Seite blätterte Francesco Rizzone in einem Folianten und machte sich Notizen. Keiner sprach ein Wort, keiner würdigte den anderen auch nur eines Blickes. Ich grunzte zur Begrüßung, Eleonora lächelte mir zu, der angehende Professore runzelte die Stirn, zog die Nase hoch und vertiefte sich wieder in seine Studien.

»Da bist du ja, mein Porcellino. Wo sind die anderen?« Meine Hoffnung zerbröselte, Caruso hier zu finden.

»Können Sie Ihr seltsames Haustier nicht draußen begrüßen? Andere Menschen versuchen hier zu arbeiten«, sagte Rizzone. »Das gibt es nirgends auf der Welt, ein Schwein in einer Bibliothek. Der Abt ist wirklich ein gütiger Mensch, wenn er Ihnen solche Eskapaden erlaubt.«

»Wer weiß, für was mein Porcellino noch gut ist«, sagte Eleonora. »Den Goldenen Trüffel haben wir immerhin bislang noch nicht gefunden.«

»Signora, glauben Sie mir, so schwer wird das nicht sein – auch ohne Hilfe eines Ebers. Wissenschaftliches Arbeiten bedeutet systematisch arbeiten. Wir durchforsten die Bibliothek, studieren die Bücher und Aufzeichnungen des Klosters. Rekonstruieren die Geschichte der Abtei. Das ist das Wichtigste. Wenn wir nebenbei auf den Goldenen Trüffel stoßen, umso besser. Aber wir sollten uns nicht in dieses Thema verbeißen.«

»Das ist lustig. Als ich Sie kennengelernt habe, schien Ihnen nichts wichtiger zu sein als der Goldene Trüffel. Ich wiederum bin der festen Überzeugung, dass der geheimnisvolle Tartufo fest mit der Historie des Anwesens verwoben ist«, sagte Eleonora. »Wir müssen nur die Zusammenhänge finden.«

»Für meine Abhandlung spielt das nur eine Nebenrolle. Und wenn Sie den Eindruck bekommen haben sollten, der Goldene Trüffel spiele für mich irgendeine größere Rolle, haben Sie sich offensichtlich verhört. Ich halte den Goldenen Trüffel für ein Hirngespinst eines verzweifelten Klostervorstehenden. Ich finde die Frage viel spannender, welche Wandlungen diese Abbazia im Laufe der Jahrhunderte durchgemacht hat. Sie ist ein Teil Umbriens, ein Teil der italienischen Geschichte. Ich habe den Ehrgeiz, die Abtei aus ihrem Dornröschenschlaf wach zu küssen und meine Erkenntnisse der Öffentlichkeit zugänglich zu machen. Hokuspokus ist mein Thema nicht.«

Eleonora schob ihr Buch beiseite. »Der Goldene Trüffel bleibt eine Hauptaufgabe. Zumindest für mich. Ein kleiner Tipp noch: Ihre angestrebte Professur könnte durchaus in Mitleidenschaft geraten, sollte der Abt hören, dass Sie sein Herzensprojekt als ›Hokuspokus‹ bezeichnen. Ich wäre an Ihrer Stelle etwas vorsichtiger in meiner Wortwahl.«

Es klopfte, und herein kam Melissa Fini. »Guten Tag. 'Tschuldigung die Störung«, sagte sie. »Ich wollte mir nur die Bibliothek ansehen. Professore Rizzone, wie ich gehört habe.« Sie schüttelte ihm die Hand.

»Das mit dem Professor dauert noch«, sagte er, sichtlich geschmeichelt und wohl auch erleichtert, auf Eleonoras Kommentar nicht antworten zu müssen. »Nennen Sie mich einfach Francesco.«

»Gut, Dottore, ähh, Francesco, wenn Sie Melissa zu mir sagen. Sie unterstützen unsere Eleonora, erzählt man sich.«

»Genau, genau. Wir beackern unterschiedliche Felder, wollen aber gemeinsam ernten. Das Kloster und seine verborgenen Schätze haben es uns angetan.«

»Die Bibliothek ist wirklich ein Schatz.« Melissa Fini ging zu den Schränken. »Mir als Buchhändlerin klopft das Herz, wenn ich die alten Ausgaben sehe. Das müssen Tausende sein.«

»Sicherlich. Sehen Sie sich nur um«, sagte Eleonora. »Da sind etliche seltene Stücke darunter.«

Melissa nahm ein Buch heraus, las den Einband »*De historia stirpium* von 1542, ein Kräutertext«, blätterte darin, schob es wieder zurück und griff sich wahllos einen anderen Band. »Oh, das ist ja *Jonour of Chivalry* von Géronimo in der Ausgabe von 1715. Bemerkenswert. Und hier ...«, sie zog ein anderes Werk heraus, »... die Schedel'sche Weltchronik auf Latein von 1493. Fantastischer Erhaltungszustand. So ein schönes Exemplar habe ich noch nicht gesehen: Alle Stadtansichten sind farbfrisch. Ein solches Stück würde bei Sotheby's ein kleines Vermögen bringen.«

»Sie scheinen sich mit bibliophilen Ausgabe gut auszukennen«, stellte Eleonora fest.

»Ist ein Hobby von mir, genauso wie Erstausgaben. Ich lebe für Bücher. Ich sterbe für Bücher – ich könnte für ein gutes Buch töten.« Melissa lachte. »Das war nur ein Scherz. Aber die Sammlung ist wirklich beeindruckend.«

»Ich würde mich freuen, wenn Sie uns gelegentlich zur Seite stünden, Melissa.« Rizzone lächelte ebenfalls. »Es wird eine Heidenarbeit, die Regale zu sichten. Eine kundige Hand ist da mehr als willkommen.«

»Was meinen Sie, Eleonora?« Zweifel krochen in Melissas Frage.

»Natürlich können wir Sie brauchen. Haben Sie keine Hemmungen vorbeizuschauen, wenn Ihnen danach ist.«

Die Miene der Buchhändlerin hellte sich auf. »Mille grazie. Dann fange ich gleich mal an. Was soll ich tun?«

Ich verließ die Bibliothek. Sollten die zwei doch alleine nach Bücherwürmern suchen und Staub schlucken. Ich brauchte Sonne, ich brauchte Frischluft und ich wollte endlich Caruso finden. Wer weiß, in was für Unfug er sich gerade wieder verstrickte. Draußen kreuzte Salvatore Lucca meinen Weg, er trug einen Rucksack und Stiefel und spuckte aus, als er mich sah. Wollte er einen Ausflug unternehmen? Er verschwand durch die Seitentür in den Garten. Gleichzeitig läutete am Haupteingang eine Glocke. Gabriel ging zum Tor, öffnete einen Spalt, sprach einige Worte, die ich nicht verstand, und schloss das Tor wieder. Der Mönch ging weg und kehrte nach einigen Minuten mit dem Abt zurück. Neugierig geworden, ließ ich Salvatore Lucca einen guten Mann sein und bewegte mich unauffällig zum Tor.

Vor dem Eingang stand ein Mann. Auf den ersten Blick sah er aus wie ein Vertreter, wie er ein salbungsvolles »Guten Tag, die edlen Herren« schmetterte, angetan mit Anzug und Aktentasche, ein Lächeln im Gesicht und die Hand zum Gruße ausgestreckt. Doch bei genauerem Hinsehen verflüchtigte sich der Eindruck. Das Alter war schwer zu schätzen, vielleicht 50 Jahre oder mehr. Im Gesicht des Mannes wucherte ein Bart, filzig und ungepflegt, die Haare reichten fast bis zur Schulter und waren in der Mitte gescheitelt, was ihn gleichermaßen wie Jesus und einen Hippie aussehen ließ. Der Anzug war knittrig und fleckig, das Hemd zerschlissen, die Krawatte saß schief und an den Schuhen klebte Lehm.

»Sie wünschen, mein Sohn?« Der Ton Avianos war geschäftsmäßig.

»Hochwürdigster Herr Abt, ich möchte Ihre kostbare Zeit nicht übermäßig beanspruchen. Ich bin nur ein hungriger Wandersmann, der zufällig des Weges kommt. Dürfte ich, in Gottes Namen, um einen Bissen Brot und ein Schluck Wasser bitten?«

»Ein Landstreicher«, zischte der Mönch.

Der Abt beachtete den Kommentar nicht, sondern konzentrierte sich auf den Besucher. »Guter Mann. Unten im Dorf finden Sie eine Trattoria. Sie haben sich sicherlich verlaufen. Darf ich Ihnen den Weg zeigen?«

»Euer Hochwürden, ich bin wie der heilige Franziskus in der Natur unterwegs und habe dem Mammon abgeschworen. Mein Etat lässt keine Restaurantbesuche zu. Ich will für Eure Freigiebigkeit gerne Holz hacken oder Teller waschen.«

»Das fehlte gerade noch, dass unsere Gäste Sie sehen.« Noch immer zeigte Aviano keinerlei Regung. »Wie schön, dass Sie unsere Heiligen kennen und Ihnen nacheifern wollen. Franz von Assisi konnte zwei Wochen fasten, ohne zu klagen. Im Gegenteil, es reinigte seine Gedanken und machte ihn frei fürs Gebet. Nehmen Sie sich ein Beispiel.«

»Hochwürden, ich appelliere an Sie als Mann der Kirche, als Mann der Barmherzigkeit. Helfen Sie dem armen Lazarus. Nur ein Stück Brot.«

Das Gespräch hatte auch andere Mönche angelockt. Tettamonti

und Habiatus gesellten sich zu der Gruppe und beäugten den ungewohnten Besucher.

»Sie können mit unserem Mitgefühl rechnen.« Der Abt kramte in seiner Tasche. »Hier ist etwas Geld.« Er drückte dem Mann einige Münzen in die Hand. »Gehen Sie mit Gott. Meinen Segen haben Sie.«

»Ich will keine Almosen, ich will etwas zum Essen.« Trotz mischte sich in seine Worte.

»Unsere Mittel sind begrenzt«, sagte Aviano.

»Der Teufel soll Sie holen, wenn Sie nicht einmal ein Stück Brot übrig haben.« Der Satz klang wie Donner.

»Bloß nicht frech werden«, rief Gabriel. »Sie undankbarer Mensch, Sie.«

»Undankbar?« Das Gesicht des Mannes färbte sich vor Zorn. »Sie … Sie Schwarzkutte nennen mich undankbar? Hier haben Sie Ihr Geld zurück. Grazie mille.« Er drückte Gabriel die Münzen in die Hand. »Stecken Sie es in den Opferstock oder sonst wohin.«

Tettamonti zog den Abt beiseite. »Padre, in aller Bescheidenheit, wie heißt es in der Bibel: *Wer gütigen Auges ist, der wird gesegnet werden, denn er gibt von seinem Brote dem Armen.* Zeigen wir uns der heiligen Worte würdig und tun unsere Christenpflicht.«

»Ich habe in der Küche ein Stück Käse übrig. Und etwas Salami«, sagte Habiatus. »Geben wir ihm etwas. Ein Schluck Früchtetee ist auch noch da.«

Der Abt überlegte. »Also gut. Es soll uns keiner nachsagen, die Abbazia di Benedetto würde ihre guten Taten vernachlässigen. Bringt ihn in die Küche. Bloß kein Aufsehen. Schließt die Tür und begleitet unseren Besucher danach durch einen Seiteneingang wieder hinaus.«

»Soll ich nachsehen, ob wir Unterwäsche übrig haben? Der Mann könnte frische Kleidung gebrauchen«, sagte Tettamonti. Tatsächlich roch das Hemd des Fremdlings nach saurem Schweiß und Moos.

Aviano richtete die Hände gen Himmel. »Meinetwegen. Macht schnell.« Er wandte sich an den Mann. »Folgen Sie den Fratelli. Und schließen Sie die Abtei heute in Ihr Nachtgebet ein.«

»Danke, Hochwürden, nochmals vielen Dank.« Der Mann versuchte, den Ring des Abts zu küssen. »Ein Vaterunser werde ich für Sie beten, nein, zehn Vaterunser, besser noch zehn Vaterunser und zehn Ave Maria. Danke.«

Tettamonti und Habiatus gingen mit dem Fremden in die Küche. Der Cellerar schnitt Brot auf, stellte Salami, eingelegte Auberginen und Pecorino-Käse auf den Tisch, dazu Butter und Oliven. Sogar ein Glas seines Kochweins servierte Habiatus, nicht ohne sich selbst vorher ein Glas zu genehmigen. Tettamonti wollte nichts. Schweigend sahen die beiden zu, wie sich der Fremdling bediente.

»Die Auberginen schmecken angenehm mild«, sagte der Mann. »Der Pecorino ist mindestens zwölf Monate gereift, genau wie er sein soll. Meine Hochachtung.«

»Sie scheinen sich mit Essen auszukennen«, sagte Tettamonti. »Wie ist Ihr Name?«

»Lieber Bruder, ich bin ein Wanderer. Lassen wir es dabei. Was ich früher war und wie ich früher hieß, das kommt aus einem anderen Leben. Dieses Leben liegt hinter mir und die Erinnerung ist verschlossen wie eine Tür, deren Schlüssel fehlt. Es gab Zeiten, da hat es Gott mit mir gut gemeint. Ich will mich nicht beschweren.«

»Können wir Ihnen sonst irgendwie helfen? Brauchen Sie eine Unterkunft? Sollen wir jemanden benachrichtigen?« Tettamonti reichte dem Gast den Brotkorb.

»Sie sind sehr freundlich«, antwortete der Mann. »Aber ich komme zurecht.«

Tettamonti stand auf. »Dann will ich in der Wäscherei nachfragen, ob wir Kleidung für Sie organisieren können.« Nach einigen Minuten kam der Mönch mit einem Stoffsack zurück. »Ein Mitbruder hat etwas zusammengetragen. Viel ist es nicht. Nehmen Sie es, bitte.«

»Und stecken Sie das Brot und die Salami ein.« Habiatus reichte ihm das Essen. »Wenn Sie Hunger haben, melden Sie sich bei mir. Aber passen Sie auf, dass Sie dem Abt nicht in die Arme laufen. Ich führe Sie jetzt zum Ausgang.«

Das Zuschauen hatte mich hungrig gemacht. Ich sehnte mich nach meiner Unterkunft, nach meiner Essschüssel, nach einem Schluck Wein. Als ich gerade an der Kirche vorbei ging, hörte ich ein Grunzen und den leisen Ruf »Leonardo«. Die Stimme kam mir bekannt vor. Caruso.

»Hier bin ich.«

Hinter einem Leiterwagen kroch der Junior hervor. Ein Bein zog er leicht nach, ein Bild des Elends, wie es auf den alten Märtyrerdarstellungen zu finden war.

Ich war froh und erleichtert, ihn zu sehen, was ich ihn aber nicht spüren lassen wollte. »Wo kommst du denn her? Wieder Extratouren veranstaltet?«

»Mir tut mein Bein weh.«

»Erst die Borsten versengt, jetzt das Bein. Zeig her.« Ich untersuchte es. »Nichts gebrochen. Keine Wunde. Nicht mal ein Kratzer. Was fehlt dir denn? Oder anders gefragt: Was hast du diesmal wieder angestellt?«

»Ich habe mehrere Stunden mein Bein nicht bewegen können. Es muss eingeschlafen sein. Ich glaube, ich habe eine Zerrung.«

»Eine Zerrung. So, so. Dottore Caruso und seine Selbstdiagnosen. Vermutlich bist du selbst daran schuld, oder?«

Der Junior erzählte, was vorgefallen war. Er hatte neben mir am Taufbecken in der Kirche gestanden und gerade einen Brief vom Boden aufgehoben, den er vergessen hatte, als ich zur Sakristei lief. Zuerst hatte er mir direkt hinterherrennen wollen, dann aber beschlossen, den Brief doch noch in das Becken zu werfen. Das hatte länger gedauert als geplant – die ersten Mönche kamen bereits durch das Portal. Der Rückweg war abgeschnitten. »Ich geriet in Panik, weil die Männer schon so nah waren«, berichtete Caruso. »Also habe ich mich nach einem Versteck umgesehen. Das Einzige, was ich sah, war der Beichtstuhl.«

Der Junior lief also in den Beichtstuhl und hielt die Luft an aus Angst, sich zu verraten. Niemand bemerkte ihn. Der Gottesdienst begann. »Ich hatte mich blöd in den Beichtstuhl gequetscht, saß halb auf meinem Fuß, aber ich wollte meine Lage nicht mehr verändern, um nicht durch ein Geräusch auf mich aufmerksam zu machen«, erklärte Caruso. »Du glaubst gar nicht, wie lang sich so eine Veranstaltung hinziehen kann und wie viele Kirchenlieder es gibt«, sagte Caruso. »Und wie viele Gebete. Und Psalmen. Ich glaube, ich kann mittlerweile die halbe Bibel auswendig aufsagen.«

Der Junior war regungslos in dem Beichtstuhl geblieben, bis die Andacht vorüber war und die Mönche die Kirche verlassen hatten. »Ich konnte in meinem Versteck nichts sehen, nur hören. Ich wollte nach draußen laufen, da hörte ich Stimmen.« Zwei Mönche unterhielten sich im Flüsterton. Offenbar waren sie nicht wie die anderen hinausgegangen, sondern waren zurückgeblieben. Der eine war Tettamonti, »bei dem anderen bin ich mir nicht sicher. Die beiden sprachen so leise, ich habe nicht alles verstanden.« Es ging um ein Buch, das angeblich aus der Bibliothek fehlte. Tettamonti fragte seinen Mitbruder, ob er es sich ausgeliehen habe. Der andere verneinte. Tettamonti fragte nach, diesmal etwas lauter, erklärte, das Werk sei wertvoll. Der andere Mönch meinte, theoretisch könne jeder das Buch genommen habe, schließlich stehe die Bibliothek jedem offen, man brauche nur zuzugreifen. »Es wird schon wieder auftauchen«, sagte der Mönch. Aber Tettamonti zeigte sich beunruhigt.

»Ich weiß nicht, wie lange die beiden noch palaverten, irgendwann habe ich nicht mehr zugehört. Dann war es plötzlich still.« Caruso versuchte sein Bein zu strecken. »Ich hatte nicht aufgepasst, ob die Mönche noch in der Kirche waren. Den Kopf rausstrecken und nachzusehen schien mir zu riskant. So bin ich halt noch ewig dagesessen, um sicherzugehen, dass die Luft rein war. Bis ich es mit meinem Bein nicht mehr ausgehalten habe. Ich weiß nicht, warum sich Menschen freiwillig in so eine Kammer setzen.«

»Das nennt man Beichte«, sagte ich. »Die Menschen erzählen ihre Sünden. Manchmal wenigstens.«

14

Wir standen vor dem Obelisken, vor Lucrezias Grab. Ich hatte Eleonora hierher geführt, hatte unauffällig einen Spaziergang genutzt und ihre Schritte zu meinem geplanten Ziel gelenkt. Manchmal verlangte es uns Schweinen einiges an Improvisationskunst ab, den Menschen unsere Gedanken nachvollziehen zu lassen.

»Das also willst du mir zeigen«, sagte sie. »Seltsamer Standort für ein Denkmal.« Sie umrundete den Obelisken und studierte die Inschriften. »Ein Schwein, geboren, um zu helfen, gestorben, um zu lieben – das klingt noch seltsamer. Hier ist eine Sau beerdigt. Sehr seltsam.«

Das Skelett in der Gruft fiel mir wieder ein, dessen Identität immer noch nicht geklärt war. War das Schwein eine Begleiterin Lucrezias gewesen? Eine Sau des Klosters, in Andenken an den heiligen Antonius beerdigt? Ich konnte mir immer noch keinen Reim drauf machen, warum Lucrezia an diesem abgelegenen Ort beigesetzt worden war. Und was das Denkmal sollte. Aber Eleonora hatte ja nicht umsonst Geschichte studiert, sollte doch sie sich ein paar Gedanken machen. Sie deutete auf die eingravierten Kugeln. »Ein Hinweis auf die Medici. Was das Ganze noch ungewöhnlicher macht. Die Medici hatten ihren Wirkungskreis in der Toskana und nicht in Umbrien. Mir ist kein Familienmitglied bekannt, das in dieser Gegend residiert hätte.«

Eine unwirkliche Stille schien diesen Teil des Waldes zu beherrschen. Der Wind, sonst ein Flüstern über den Wipfeln, hatte sich verabschiedet. Das Geschrei der Raubvögel, das Hämmern der Spechte – verstummt. Nur der Geruch von Tannennadeln und Baumharz meldete sich in der Nase, vorlaut und aufdringlich, vermischt mit der Fäulnis abgestorbener Äste, dem muffigen Aroma feuchter Erde. Dieser Platz wirkte wie eine Kammer der Natur, die ihren Schatz für sich haben wollte und nun ungehalten war über die Eindringlinge. Ich musste an den Ewigen Bauch denken, in den alle Schweine nach ihrem Tod kamen, die guten zumindest. Konnte so der Eingang in den Ewigen Bauch aussehen? Würde ich dort Lucrezia treffen? Was kam danach? Wohin führte es? Ich schüttelte meine Gedanken ab und sog tief die würzige Luft ein.

Eleonora betrachtete die Ziffern, holte einen Notizblock aus der Tasche und schrieb die Zahlen auf. »Könnte ein Hinweis auf ein Datum sein, aber die normale Abfolge von Tag, Monat und Jahr fehlt. Oder es ist eine symbolische, vielleicht sogar chiffrierte Inschrift.« Die Padrona trat einige Schritte zurück, kniff die Augen zu, taxierte den Stein, ging nochmals zurück, wiederholte die Prozedur. »Das passt nicht zusammen. Die Inschrift. Sie ist zu nahe am Boden. Wenn ich es mir genau überlege, steht der Obelisk auf einem kleinen Hügel.«

Sie hatte recht. Es sah aus, als stünde der Stein auf einem Ameisenhaufen. Warum war mir das nicht aufgefallen? Wir würden die Erde abtragen müssen, so wie im alten Schweinestall im Kloster. Mal sehen, was dann zum Vorschein kam. Ich fing an, mit Hufen und Rüssel zu buddeln, und grub, bis ich eine tiefe Mulde freigelegt hatte. Langsam kroch die Sorge in mir hoch, ich könnte direkt auf den Sarg von Lucrezia stoßen. Noch ein Skelett brauchte ich momentan wirklich nicht. Sollte sie in Frieden ruhen. Mir reichte die Erinnerung an den Sarkophag im Klosterkeller.

Die Padrona wischte Erdkrümel vom Stein. »Eine weitere Inschrift.« Es waren lateinische Wörter, vermischt mit Italienisch. Eleonora schrieb jeden einzelnen Buchstaben auf: »Dein heller Klang wärmt meine Seele zur richtigen Zeit.« Unter der Schrift kringelten sich Blumen als Schmuckband – Rosen. Eleonora zeichnete die Dekoration in ihr Notizbuch. »Rosen haben es dem Kloster offensichtlich angetan. Eine Blume, die man meistens Frauen zuordnet. Für einen Männerorden kein alltäglicher Schmuck. Obwohl ich noch nicht weiß, ob dieses Grab überhaupt mit der Abbazia zusammenhängt. Aber das werden wir schon noch rauskriegen, nicht wahr?«

Der Hinweis auf Frauen und die Rosen brachte mich auf eine Idee, und ich beschloss, Eleonora auf dem Rückweg zum Klosterfriedhof zu führen und ihr unsere frühere Entdeckung zu zeigen. Das bereute ich schnell wieder, denn mehr als zwei Stunden verbrachte die Padrona nun vor den Gräbern, schrieb sich jede Inschrift auf, untersuchte jeden Grabstein, jede Gravur. Sogar die Lage der Gräber zueinander schien sie zu interessieren. Und natürlich die Ruhestätte der Frau. »Der erste konkrete Anhaltspunkt.« Eleonora schien aufgeregt. »Der Name Laetitia Serena ... ich habe eine Vermutung, was dahinterstecken könnte. Komm, gehen wir heim, ich will in Ruhe darüber nachdenken!«

Zum Abendessen gab es Linguini mit Kirschtomaten, Saltimbocca in Weißweinsoße, dazu einen Orvieto, ein einfaches Tröpfchen. Aber die Pasta war frisch gemacht und würzig, offenbar hatte der Cellerar eine Prise Muskat in den Teig gerieben. Der Brand beherrschte immer noch die Gesprächsthemen an den Tischen, selbst die sonst so schweigsamen Mönche unterhielten sich leise über den Vorfall. Tettamonti stand mit Lavello vor dem Eingang des Refektoriums. Ich entschloss mich, das Essen in meiner Schüssel für einen Moment zu vergessen und drückte mich in eine Ecke, von der aus ich beide belauschen konnte.

»... alles zerstört?«, fragte Tettamonti gerade. »Und meine Spezialcreme, um die ich dich gebeten habe?«

»Zuerst muss ich mein Labor neu einrichten.« Die Stimme Lavellos klang gedämpft. »Mir fehlen wichtige Zutaten.«

»Vielleicht kann ich dir helfen. Du weißt, ich habe viel gelesen. Ich könnte dir zur Hand gehen oder ein anderes Rezept suchen.«

»Wir sollten warten, denke ich«, sagte Lavello. »Der Abt ist derzeit nicht gut auf mich zu sprechen wegen der jüngsten Vorfälle. Ich musste bereits Bußexerzitien in meinem Zimmer ableisten.«

»Nimm's gelassen, Bruder. Die ersten Christen haben sich gegeißelt oder einen Bußgürtel angelegt. Deine Buße ist harmlos dagegen. Du musst dem Abt deine Experimente doch nicht beichten.«

»Das sagst du. Aber das Labor und der Garten sind mein Ein und Alles. Wenn mir das der Abt wegnimmt, weil mich einer meiner Mitbrüder verrät, dann wüsste ich nicht, was ich täte. Ich liebe meine Arbeit.«

»Es gibt Wichtigeres im Leben, Lavello, glaub mir. Lies die alten Schriften und handle danach. Du wirst sehen, dann geht es dir viel besser.«

»Ach, lass mich mit deinen religiösen Fragen in Ruhe. Gehen wir zu Tisch.«

Die beiden setzten sich an ihre Plätze. Ich dachte darüber nach, wie Lavello das Gift für Stephanus hergestellt haben könnte. Mit seinen Fähigkeiten und den Apparaten konnte er alle möglichen ungenießbaren Wässerchen brauen. Wie ich im Labor gesehen hatte, waren die Vorräte an tödlichen Substanzen beachtlich. Ließ sich Nikotin bestellen? Das wäre wohl zu verdächtig gewesen, denn der Abt hätte sicher nach den Zweck der Geldausgabe gefragt und bei seiner Sparsamkeit die Anschaffung gestrichen. Vielleicht aus alten Zigaretten destillieren? Meine chemischen Kenntnisse waren dafür nicht ausreichend, funktionieren müsste es jedoch. Bloß schien es mir ein schwieriges Unterfangen, so lange heimlich Stephanus' Zigarettenstummel einzusammeln, bis man genug Basismaterial hatte. Die Ironie entging mir nicht: Die Zigaretten, mit denen sich Stephanus freiwillig selbst Schaden zugefügt hatte, sollten ihm schließlich auf unerwartete Weise zum Verhängnis werden.

Beim Gedanken an die Zigaretten durchfuhr es mich – ich hatte die Lösung. Ungeduldig sah ich zur Padrona. Wir mussten sofort nachsehen, solange es noch hell war.

Bei den Gästen fehlte Rinaldo Battistini. Seine Frau Dolores redete mit Eleonora. Ich lief zu ihr, versuchte ihre Aufmerksamkeit zu wecken. Vergeblich. Dolores erzählte und erzählte. Ihr Mann fühle sich nicht wohl, er habe sich erkältet. Die Wasserdusche. Hoffentlich leide seine Stimme nicht darunter. Rinaldos Stimmbänder seien überaus empfindlich. Dolores erzählte, wie sie ihren Mann kennengelernt hatte. Es war nach einer Aufführung an der Mailänder Scala gewesen, Rinaldo hatte den alternden Schiffer Michele in Puccinis »Il Tabarro« gesungen, der seinen Nebenbuhler Luigi erwürgt, den Liebhaber seiner Frau. Sie war wie berauscht gewesen von seinem Gesang und seiner Ausstrahlung und hatte nach der Vorstellung am Bühneneingang gewartet für ein Autogramm. »Statt eines Autogramms gab es eine Einladung zum Essen«, sagte Dolores. »Sie glauben nicht, wie amüsant und unterhaltsam Rinaldo sein kann. Es war Liebe auf den ersten Blick.« Dolores gab ihren Job als Verkäuferin in einem Musikladen auf und übernahm stattdessen die Aufgabe als Battistinis Betreuerin, »das Mädchen für alles«. Sie lachte. »Er kann ganz schön anstrengend sein mit seinen Launen. Aber Künstler sind so. Die darf man nicht mit normalen Maßstäben messen.« Nach einem Jahr fand die Hochzeit statt, »in Venedig, im Hotel Cipriani, es war ein Traum«. Seitdem reiste sie mit ihm von Ort zu Ort, von Engagement zu Engagement, ihr Haus in der Emilia Romagna sahen sie oft wochenlang nicht. Bis ihn eine Stimmbandentzündung zum Pausieren zwang. »Da war er wirklich unausstehlich, schlecht gelaunt, mit sich und der Welt unzufrieden, und gab den Ärzten die Schuld für seine Krankheit und für alles andere auch.« Neue Medikamente und eine Kur in Davos brachten schließlich die Heilung. »Jetzt ist Rinaldo besorgt, das Leiden könne wiederkehren. Dabei singt er wieder herausragend.«

Ich verdrehte die Augen. Caruso kam zu mir. »Mir wird gleich schlecht von dem Gesülze«, flüsterte er. »Dieser Battistini sollte lieber im Kirchenchor singen. Da passt er besser hin.«

Ich stupste Eleonora an die Füße. Endlich reagierte sie. »Was ist? Willst du mir was zeigen? Das muss aber dringend sein, mitten beim Essen. Na, meinetwegen. Aber wehe, es ist nicht wichtig.«

Die Padrona entschuldigte sich beim Aufstehen, und wir verließen den Saal. Ich führte sie zum Gewächshaus. »Ist jemand da?« Eleonora klopfte an die Tür. Das Gewächshaus stand leer. Der Geruch im Innern betäubte. Es war der Tabak, der mich auf die Idee gebracht hatte. Nikotinsaft, gewonnen aus Tabakblättern, das war die Lösung. So etwas setzten Gärtner als Gift gegen Blattläuse ein. Ich fing sofort an, mir alles anzusehen.

»Ich weiß zwar immer noch nicht, was du willst, aber wenn wir uns umschauen sollen, dann tun wir das eben«, seufzte Eleonora.

Ich durchsuchte die Büchsen und offenen Marmeladengläser am Boden, studierte die Beschriftungen. Eleonora schraubte Deckel ab, roch daran. Danach nahm sie sich die Regale vor. »Eine Flasche Rosenwasser, eine Flasche Essigsäure. Vermutlich alles aus Lavellos Labor. Oho, was haben wir denn hier?« Sie hielt eine Glasflasche mit einer farblosen Flüssigkeit hoch. »Laut Etikett *Nicotiana tabacum*. Sie zog den Glasstöpsel ab und fächerte sich Luft zu. »Konzentriertes Nikotin. Natürlich!« Die Padrona schlug sich auf die Stirn. »Das ist das Mittel, das Stephanus getötet hat. Da haben wir unser Gift – Kompliment, mein Porcellino.« Sie stellte die Flasche wieder zurück. »Darauf hätte ich auch selbst kommen können.«

Die Tabakpflanzen wuchsen ebenfalls in dem Gewächshaus. Für einen Hobbychemiker wie Lavello wäre es ein Leichtes gewesen, daraus ein Konzentrat herzustellen. Wer wusste noch davon? Vermutlich alle Mönche. Und jeder, der bewusst nach einem Gift suchte. Es war ein logischer Ort: Wenn es irgendwo im Kloster Gifte gab, dann bei den von Lavello selbst hergestellten Unkrautvernichtern und Substanzen zur Schädlingsabwehr.

Zufrieden und beschwingt kehrten wir ins Refektorium zurück. Eleonora tat, als sei nichts gewesen. Salvatore Lucca und Gabriel servierten gerade einen Friséesalat mit Pinienkernen als Zwischengang. Tettamonti stocherte auf seinem Teller, und Dominik Hellenbart klärte Melissa Fini über sein neues Buchprojekt auf, »ein Bildband über Wappentiere, gesponsert von Unternehmen«. Leider habe er noch keine Geldgeber gefunden, ob sie vielleicht jemanden wüsste? Melissa schüttelte den Kopf. »Ich glaube, am besten …«

In diesem Moment betrat Rinaldo Battistini das Refektorium und die Gespräche verstummten. Er blieb an der Tür stehen, blickte in die Runde und wartete, bis alle Blicke auf ihn gerichtet waren. Er trug einen Rollkragenpullover, darüber eine Weste, und um den Hals hatte er einen dicken Wollschal gewickelt. Jetzt fehlt nur noch das Fieberthermometer im Mund, dachte ich. Caruso fing an zu kichern, was ich mit einem Rempler quittierte. Rinaldo hustete zweimal, ließ ein »Buona sera« ertönen und gesellte sich an den Tisch von seiner Frau und Eleonora, nicht ohne den Padres und den anderen Gästen im Vorbeigehen zuzunicken. Er hielt Dolores seine Wange hin, sie deutete einen Kuss an. Gabriel brachte ihm eine Serviette und Besteck.

»Sie wünschen, Maestro? Was darf ich Ihnen bringen? Wir haben noch etwas von den Linguini und dem Saltimbocca.«

Rinaldo sah den Mönch an. »Nichts, danke, guter Mann. Mein Hals. Ich muss ihn schonen. Da darf ich nichts Scharfes zu mir nehmen.«

»Soll ich Ihnen etwas anderes aus der Küche holen? Brot und Kräuterquark? Eine Tomatensuppe?«

»Lassen Sie nur. Momentan nichts.« Der Sänger wandte sich an Eleonora. »Ich glaube, ich habe mich erkältet. Ich war den ganzen Nachmittag im Bett. Nur dank meiner stabilen Konstitution konnte ich mich wieder aufraffen. Ich wollte doch meine Gattin nicht gänzlich alleine lassen. Obwohl ich sie bei Ihnen in guten Händen weiß, Signora.«

»Ihre Frau kann sehr gut auf sich selbst aufpassen, glaube ich«, antwortete Eleonora. »Machen Sie sich keine Sorgen.«

»Man weiß nie, Signora.«

Die Padrona versuchte, das Thema zu wechseln. »Wollen Sie nicht doch einen Happen zu sich nehmen? Sie müssen hungrig sein. Oder wenigstens etwas trinken?«

»Ich glaube, ich bringe nichts runter. Vielleicht einen Tee.« Rinaldo wartete, bis Gabriel vorbeiging und zupfte ihn am Ärmel. »Verehrtester, könnten Sie mir vielleicht doch einen Kamillentee bringen? Mit frisch gepresstem Zitronensaft und einem Löffel Blütenhonig? Das wäre nett.«

»Ich werde in der Küche nachfragen«, sagte der Mönch. Nach einer Minute kam er wieder. »Tut mir leid, Maestro, der Kamillentee ist uns ausgegangen. Wie wäre es mit einem Fencheltee, direkt aus dem Klostergarten?«

»Danke, mein Lieber, aber ich brauche einen Kamillentee. Das einzig Richtige für meinen Hals.«

»Aber ich sagte doch, dass …«

»Fragen Sie nochmals in der Küche nach, bitte. Es wird sich schon noch etwas Kamille finden. Ich will schließlich keinen ganzen Sack.« Rinaldo lachte, sein Bauch hüpfte auf und ab, bis das Lachen in einen Hustanfall mündete. Eleonora senkte den Blick, Dolores trommelte gelangweilt mit den Fingern auf dem Tisch.

Kurze Zeit später kehrte Gabriel erneut zurück. »Maestro, Verzeihung, Habiatus ist untröstlich, doch wir haben nirgends mehr Kamillentee. Gleich morgen früh werden wir welchen besorgen.«

Rinaldos Gesicht überzog eine Schmerzensmiene wie Christus am Kreuz. »Morgen früh kann ich vielleicht schon an Lungenentzündung gestorben sein. Sie sehen doch, mein Hals, meine Stimme, total ruiniert. Wollen Sie schuld daran sein, wenn ich nie mehr auftreten kann? Ich …« Battistini ließ die restlichen Worte in einem neuen Hustenanfall untergehen. Seine Brust bebte, sein Gesicht lief rot an. Ich bewunderte seine Kunst, sich in die Szene hineinzusteigern, unbewusst, die Situation auskostend.

Dolores legte die Hand auf den Arm ihres Mannes. »Lass gut sein, Liebling. Trink einen Schluck Wein. Der beruhigt.«

»Ich will mich nicht beruhigen!« Der Satz kam wie ein Fanfarenstoß und ließ die Gespräche im Refektorium verstummen. »Ich will einen Kamillentee! Ist das denn wirklich zu viel verlangt? Schließlich habe ich mich nur wegen dieses verunglückten Feuerwehreinsatzes so erkältet. Das Kloster sollte ich dafür haftbar machen.«

»Aber wenn der Mönch doch gesagt hat …« Dolores tätschelte den Arm.

Rinaldo wischte die Hand seiner Frau beiseite. »Verlange ich Unmögliches? Ist mein Wunsch unverschämt? Kamillentee! Einfach nur einen Tee!«

»Leider kann ich es nicht ändern, Signore«, sagte Gabriel. »Es steht nicht in meiner Macht, Kamillentee vom Himmel regnen zu lassen.«

Für einen Moment sah Rinaldo verblüfft aus. Dann explodierte er. »Was haben Sie gesagt? Jetzt auch noch frech werden. Eine solche Beleidigung lasse ich mir nicht bieten!«

Gabriel richtete sich auf. »In aller Demut, das können nur Heilige, einen Busch zum Blühen bringen, Blinde wieder sehend machen oder Kräutertees aus Luft erzeugen. Ihre Gattin hat recht: Beruhigen Sie sich doch bitte.«

»Lassen Sie meine Frau aus dem Spiel, Sie unmöglicher Mensch! Schauen Sie sie nicht so an!« Rinaldo pumpte Luft in seine Lungen. »Was hat Dolores damit zu tun, dass Sie nicht mal einen einfachen Tee organisieren können? Und was sollte die Andeutung mit der Blindheit? Glauben Sie, ich weiß nicht, dass Sie sich über mich lustig machen? Aber ein Rinaldo Battistini lässt sich nicht verspotten. Wir Battistinis wissen unseren Stolz und unsere Ehre zu verteidigen!«

Gabriel verbeugte sich. »Bitte zeigen Sie Verständnis für unsere Unzulänglichkeiten. Ich bin ein fehlbarer Diener Gottes.«

»Jetzt sind Sie zuallererst einmal mein Diener. Bringen Sie mir diesen verdammten Tee! Pronto! Weswegen zahle ich eigentlich ein Vermögen für diese Unterkunft? Wegen der Bergluft und ein paar verfallener Mauern? Ich verlange erstklassigen Service für mein Geld. Laufen Sie, und bringen Sie mir Kamillentee, egal woher. Dafür kriegen Sie dann auch einen schönen Obulus.«

»Ich will Ihr Geld nicht«, presste Gabriel zwischen den Zähnen hervor. »Das können Sie sich sonst wo… Ich verlange nur ein klein wenig Respekt. Und ein bisschen Demut hier in unserem Kloster. Sie sind nicht der liebe Gott.«

»Was erlauben Sie sich?« Rinaldos Gesicht leuchtete wie eine Glühlampe. »Wenn ich in einem Hotel etwas bestelle, will ich das auch erhalten. Wer zahlt, schafft an! So einfach ist das.«

»Es stimmt schon, was in der Bibel steht: *Eher geht ein Kamel durch ein Nadelöhr, als dass ein Reicher in den Himmel kommt.*« Gabriels Stimme klang wie frisch aus dem Gefrierfach. »Gott möge Ihrem Hochmut vergeben!«

Rinaldo sprang auf, packte Gabriel an der Kutte und zog ihn zu sich hinüber. »Bürschchen, mich nennt niemand ein Kamel. Niemand! Das geht nun wirklich zu weit.« Der Sänger schüttelte den Mönch. »Verschwinde aus meinem Blickfeld. Sofort.«

Die anderen Gäste hatten aufgehört zu essen und verfolgten gespannt das Geschehen. Es roch nach Skandal, es roch nach Abwechslung. In diesem Moment kam der Abt herein und fuhr zwischen die Streithähne. »Maestro Battistini, bitte, entschuldigen Sie den ungehörigen Einwurf meines Mitbruders. Es ist in der Tat ein Versäumnis, keinen Kamillentee vorrätig zu haben. Das ist allein unserer Unerfahrenheit geschuldet.« Aviano wandte sich an Gabriel. »Dein Benehmen ist unentschuldbar. Was denkst du dir eigentlich? Zählt die Gastfreundschaft unseres Klosters denn gar nicht mehr? Wir haben vereinbart, es unseren Besuchern so angenehm wie möglich zu machen. Dazu gehört die Bereitschaft zu dienen. Und Bescheidenheit. Beides hast du vermissen lassen!«

»Ich habe mich nur gegen …« Gabriel stand da, als habe er das Fegefeuer erblickt.

»Schweig!« Der Abt zitterte. »Ich will nichts mehr hören. Geh sofort in die Kirche und tu Buße! So lange, bis ich dich wieder holen lasse. Da hast du Zeit, dir im Zwiegespräch mit Gott über deine Verfehlungen klar zu werden. Kehre in dich und lerne Reue! Und jetzt weg.«

Gabriel trottete davon, ohne nach links und nach rechts zu schauen. Der Abt hob die Stimme. »Der Vorfall tut mir leid, verehrte Damen und Herren. Der Allmächtige hat den Menschen nun einmal mit Leidenschaften ausgestattet. Versuchungen, Anreize zur Sünde lauern überall. Aber nur das stete Bekämpfen der Versuchung mithilfe Gottes führt ins Paradies, denn wie der heilige Augustinus lehrt, *wer auf eigene Kräfte baut, liegt bereits am Boden, bevor noch der Kampf beginnt.*« Der Abt sah Rinaldo an. »Maestro, ich weiß, ich kann das nicht mehr gutmachen. Aber darf ich Ihnen wenigstens eine Flasche Vino Nobile anbieten, umsonst natürlich, vom vorzüglichen 92er Jahrgang? Der Abend soll besinnlich ausklingen.«

Battistini zog seine Frau hoch. »Danke, mir ist der Durst vergangen. Wir ziehen uns zurück. Ich muss mich ins Bett legen, bevor meine Grippe stärker wird.«

Mit seinem Abgang hob die Unterhaltung im Refektorium wieder an. Der Zwischenfall regte die Fantasie der Gäste an, die die Geschichte ausmalten, über Motive und Seelenzustände spekulierten, über die Heilwirkung von Kräutertees diskutierten und die willkommene Gratisaufführung mit dem Hauch von Drama sichtlich genossen, denn es war eine jener Szenen, die einem mit wohligem Schauer das Gefühl gab, für einen Moment Teil eines fremden Lebens zu sein. Nur der Abt saß in sich gesunken am Tisch, reagierte nicht auf das Getuschel der Mönche und die Bemerkungen seiner Nachbarn. Habiatus brachte ihm ein Glas Wasser, zumindest sah es so aus, weil Aviano es wie Wasser trank, doch ich roch Grappa aus Merlot-Trauben.

Eleonora verließ als Erste das Refektorium, und nach und nach folgten die anderen Gäste, manche mit einer Flasche Wein unter dem Arm, bereit für die Nachtruhe. Caruso und ich genossen die

Luft im Freien, als wir durch das Rosenbeet und den Kräutergarten zu unserer Unterkunft trabten. »Sollen wir Tiffany gute Nacht sagen?«, fragte er.

Ich schüttelte den Kopf. »Zu spät für heute. Ich bin müde. Der Wein. Lass uns ins Bett gehen.« Ohne mich weiter um ihn zu kümmern, stieg ich in meine Kutsche und mümmelte mich in die Decke. Bilder vom Rosenbeet, vom Lucrezia-Denkmal, von meiner Freundin Cleopatra erschienen wie im Nebel vor mir, ohne mein Hinübergleiten in den Schlaf zu bremsen. Süßer Schlummer. Herrliches Nichts. Geschenk der Götter. Schlaf mein Schweinchen, schlaf ein …

Ein Schrei weckte mich auf.

15

Ein Meer aus Kerzen verlieh der Kirche einen unwirklichen Schimmer, das Gold der Engelsfiguren glühte, das Silber der Heiligenmäntel warf den Schein zurück und zauberte rote und gelbe Flecken an die Wände, die im Rhythmus der flackernden Dochte changierten. Das Licht kleidete den Innenraum in Samt, pinselte Schatten auf die Gesichter und ließ die Profile scharf hervortreten. Die Luft war wie feiner Nebel, von einer Himmelsmacht gesandt, um die Menschen einzuhüllen und die Wirklichkeit wie unter Mattglas zu verwischen. Der Duft des Bienenwachses nistete sich aromenschwer in der Nase ein und würzte jeden Atemzug.

Eine Gruppe von Menschen drängte sich um eine Stelle beim Altar. Ich hörte geflüsterte oder von Gähnen unterbrochene Satzfragmente wie »Siehst du was?« und »Drück nicht so«. Die Wand von Leibern versperrte mir die Sicht vollkommen. Eleonora stand abseits, sie trug Jeans und einen Pullover, ihr Haar war zerzaust. Auch Melissa Fini und Francesco Rizzone waren anwesend. Dominik Hellenbart hatte einen Morgenmantel angezogen mit einem Schriftzug einer deutschen Elektrofirma, darunter lugte seine Schlafanzughose vor. Rizzone rieb sich ständig die Augen, als sei das der einzige Weg, sich wach zu halten. Die Mönche standen in der vorderen Reihe, ich konnte Tettamonti und Habiatus erkennen.

Der Schrei hatte nicht nur mich mitten in der Nacht geweckt, auch Tiffany und Caruso versuchten, einen Blick auf den Altar zu ergattern. Wir waren ins Freie gelaufen, schlaftrunken, überrascht. Das Tor zur Kirche stand offen, ein Mönch kam herausgelaufen und rief lautstark um Hilfe und nach dem Abt. Das brachte die

Gäste auf die Beine, ermüdete Gestalten tauchten auf dem Hof auf und folgten den Padres, die wie aufgescheuchte Hühner in die Kirche liefen. Aviano erteilte die Anweisung, so viel Kerzen wie möglich anzuzünden, um mehr Licht zu haben. Die Menge sammelte sich in der Kirche.

»Sind das alle Kerzen?«, fragte Aviano gerade. Tettamonti nickte. »Mehr haben wir nicht.«

Der Abt kniete nieder. Es gelang Caruso und mir, durch die Beine der Menschen hindurch einen Weg zum Chorgestühl zu finden, auch wenn wir uns dabei eine Menge unfreundlicher Kommentare einhandelten. Vor dem Altar hatte sich ein Halbkreis gebildet. Auf dem Boden lag, das Gesicht zur Erde, die Arme zum Kreuz ausgestreckt, Fra Gabriel in der typischen Bußhaltung. Er schien zu beten. Aviano berührte ihn. Erst jetzt bemerkte ich, dass der Abt betete und nicht Gabriel. Aviano griff ihn an der Schulter und drehte ihn auf den Rücken. Ein Raunen ging durch die Gruppe. Es brauchte nur einen Blick auf Gabriels Gesicht, die starren Augen, den verzerrten Mund, um zu begreifen, dass er tot war.

Die Leiche lag in einer Blutlache, die sich unter dem Körper gebildet hatte. Mitten im Herzen steckte ein Gegenstand, der aussah wie ein Messer. Ich veränderte meine Position, um besser sehen zu können. Es war kein Messer, es war ein Nagel. Diesen Nagel kannte ich, es war der Eisennagel aus dem Fuß von Jesus. Ein Blick bestätigte meine Vermutung: Wo am Fuß der Holzfigur am Kreuz das Eisen herausragen sollte, tat sich jetzt ein Loch auf.

»Er ist tot.« Die Feststellung des Abtes wirkte ein wenig überflüssig angesichts des Unübersehbaren. »Unser Bruder ist von uns gegangen. Come Dio vuole. Lasst uns beten.« Gemurmel hob an. Mir fiel auf, dass Salvatore Lucca fehlte. Und Rinaldo Battistini. Nur seine Frau Dolores hatte sich auf eine Bank niedergesetzt, die Augen schreckensgeweitet, die Hand auf den Mund gepresst.

»Berichte, Bruder, was ist passiert?« Der Abt sah Habiatus an.

Der Cellerar schluchzte, die Tränen liefen ihm übers Gesicht, und er brauchte einige Zeit, bis er einen Ton herausbekam. »Ich hatte heute Dienst und wollte meine Kontrollrunde machen«, begann er. »Ich ging durch den Haupteingang in die Kirche. Alles wirkte ruhig und wie immer. Eigentlich wollte ich wieder denselben Weg hinaus nehmen, aber dann entschloss ich mich, durch die Sakristei zu gehen. Da … da habe ich ihn dort liegen sehen.« Der Mönch stockte. »Ich … ich dachte zuerst, Gabriel vollziehe seine Gebete, die Ihr ihm beim Abendessen verordnet habt, Padre. Ich sagte etwas wie ›Genug jetzt, du erkältest dich auf dem Boden oder so was Ähnliches … ich … kann mich nicht mehr genau erinnern.‹ Habiatus schniefte.

»Und dann?«

»Ich berührte Gabriel an der Schulter. Als er sich nicht rührte, schüttelte ich ihn. Einen Moment lang dachte ich, er will sich einen Witz mit mir erlauben … doch dann … ich drehte ihn leicht zur Seite und da sah ich sein Gesicht. Sein Gesicht … wie es mich anblickte ... Mein Gott!« Die Worte des Mönches verebbten.

»Schon gut«, sagte Aviano. »Wir alle müssen jetzt stark sein. Der Herr wird uns Kraft geben.«

»Was ist das für ein Ding in seiner Brust?« Neugier klang aus Hellenbarts Stimme. »Woran ist der Mann gestorben?«

»Nun, ähh, Genaueres wird uns erst morgen der Arzt sagen können. Aber es sieht so aus, als habe sich Fra Gabriel die Auseinandersetzung am Abend zu Herzen genommen …«, der Abt schien über seine unbewusste Wortwahl zu erschrecken, »… ich meine, er ging nach dem Essen voller Kummer weg. Wahrscheinlich geschah danach etwas, was ihm das Leben nahm. Dennoch will ich zu diesem Zeitpunkt nicht spekulieren. Gott stehe uns bei!« Er gab den anderen Mönchen ein Zeichen. »Lasst uns unseren Bruder hier wegbringen und in der Krankenstation aufbahren. Gabriel hat einen würdigen Abschied von dieser Erde verdient.«

Tettamonti, Habiatus und Lavello hoben den Körper auf und trugen ihn hinaus. Orchidea Lucca machte ein Kreuzzeichen, und die Padres stimmten ein Gebet an. Aviano wandte sich an die Gäste. »Verehrte Damen und Herren, ich bin untröstlich. Fra Gabriel ist aus unserer Mitte gegangen, auf eine Weise, die Ihnen tragisch und erschreckend vorkommen muss. Aber die Wege des Herrn sind oft unergründlich. Der Tod hat nun zum zweiten Mal einen der Unsrigen geholt. Sie sehen mich fassungslos, Sie sehen meine Trauer. Es tut mir leid, dass Sie die Vorkommnisse so direkt miterleben. Sie sind hierher gereist, um Ruhe zu finden. Und nicht Aufregung.

Sie suchen Erholung, innere Muße und nicht den Schock einer Tragödie. Ich entschuldige mich für die Zumutungen, die wir Ihnen aufbürden, und kann nur hoffen, Sie lassen sich Ihren Aufenthalt deswegen nicht verleiden. Ich wünsche Ihnen, trotz allem, eine geruhsame Nacht.«

Die Menge löste sich auf. Eleonora blieb zurück. »Da haben wir den Salat«, sagte sie zu uns. »Ein zweiter Mord.«

Ich stimmte ihr zu. Mord schien die einzig vernünftige Erklärung zu sein, denn die Position des Leichnams mit den ausgebreiteten Armen deutete darauf hin, dass jemand die Gliedmaßen so arrangiert hatte. Auch hätte es einen ziemlichen Kraftakt bedeutet, sich selbst einen derart groben und stumpfen Eisennagel so tief ins eigene Herz zu rammen. Ich seufzte leise auf. Da hatten wir noch nicht einmal beim ersten Mord konkrete Hinweise, und jetzt das. Unwillkürlich stellte ich mir die Frage, inwiefern Gabriels Tod mit Stephanus' gewaltsamem Dahinscheiden in Zusammenhang stand. Hatten wir es mit einem Mörder zu tun oder mit zweien? Rinaldo Battistini, der Gabriels Beleidigung während der Kamillenteeszene nicht verwinden konnte, war der Einzige, der ein erkennbares Motiv gehabt hätte, Gabriel aus dem Weg zu räumen. Aber Rinaldo war ein Bühnenmensch. Seine Theatralik würde er doch nicht im Geheimen austragen und ohne klatschendes Publikum einen Mord begehen? Obwohl der Opernsänger impulsiv und unberechenbar reagierte, traute ich ihm einen Mord beim besten Willen nicht zu. Und Stephanus hatte er schon gar nicht ermordet, zwischen den beiden gab es meines Wissens keinerlei Berührungspunkte.

Hellenbart erschien mir auch immer noch leicht dubios, denn ich wusste noch immer nicht, was er damals in Stephanus' Zimmer zu schaffen gehabt hatte, und was für eine Nachricht Stephanus ihm hinterlegt haben sollte, wie er uns Schweinen gegenüber ausposaunte. Aber Hellenbart und Gabriel? Auch das machte keinen Sinn.

Ein Mönch als Täter kam da schon viel eher in Frage. Aber wofür wollte der Mörder Rache nehmen? Unter den Mönchen herrschten Spannungen, die rasch in Spontanhandlung münden konnten – die Gebetsbrüder waren schließlich auch nur Menschen. Und Menschen waren allgemein schwach, impulsiv und fehlbar.

Gabriel selbst hatte sich durch den Diebstahl der Briefe verdächtig gemacht. Hatte er Beweismaterial beiseiteschaffen wollen, das ihm hätte gefährlich werden können? Jedoch – auch wenn Gabriel tatsächlich die Schuld am Ableben seines Mitbruders trug, musste es zwangsläufig noch einen zweiten Mörder geben. Was die Sache nicht gerade vereinfachte. Oder es existierte tatsächlich nur ein Täter. Den wir bisher nicht kannten. Ich gestand es mir nur ungern ein, aber wir konnten uns mit den Ergebnissen unserer bisherigen Untersuchungen nicht gerade rühmen.

Frustriert blickte ich mich um. Die Gäste und die Mönche hatten die Kirche verlassen: die perfekte Gelegenheit, um einer entscheidenden Sache auf den Grund zu gehen.

»Sehen wir nach, ob die Briefe noch in dem Versteck sind«, sagte ich zu Caruso und Tiffany und marschierte zielstrebig zum Taufbecken hinüber. Der Bronzedeckel schloss mittlerweile wieder akkurat mit dem Rand des Beckens ab, es war also nach uns noch jemand am Versteck im Taufbecken gewesen. Gemeinsam rückten wir den Deckel beiseite.

»Was ist, was sucht ihr?« Eleonora war zu uns gestoßen und half uns. Sie holte eine Kerze und leuchtete ins Innere. Das Taufbecken war leer. Jemand hatte die Briefe entdeckt und weggeschafft. War es Gabriel noch selbst gewesen? Wo steckte das Papierbündel jetzt? Hatte jemand anderes die Schreiben an sich genommen? Der Mörder vielleicht? Das Motiv für die Tat? Es machte wirklich schlechte Laune, derart wenig zu wissen.

»Nix zu machen«, sagte Caruso. »Jemand ist uns zuvorgekommen. Was ist bloß an diesen Briefen so Besonderes?«

Ich wusste es nicht, denn wir hatten sie ja nicht alle lesen können. Aber ich war sicher, dass in den fehlenden Briefen der eine oder andere entscheidende Hinweis schlummerte. Ob uns jemand beobachtet hatte, als wir die Papiere in das Becken steckten? Der Mörder war uns immer mehrere Schritte voraus, wusste er von unseren Ermittlungen? Er hatte bestimmt mitbekommen, dass wir neugierig waren, und das brachte uns latent in Gefahr. Mir behagte die Vorstellung gar nicht, vergiftet oder mit einem Kreuzigungsnagel aus der Welt geschafft zu werden – oder was einem kranken Hirn sonst noch so einfiel.

»Was wolltet ihr mir zeigen? Da drin ist nichts.« Eleonora schob den Deckel zurück. »Besuchen wir lieber die Krankenstation. Wisst ihr, wo die ist?«

Ich vermutete sie in dem unscheinbaren Raum neben dem Labor. Dort brannte Licht, die Tür stand offen. Die sterblichen Überreste Gabriels lagen auf einem Tisch in der Mitte des Raumes. Zwei Krankenbetten und ein Medizinschrank komplettierten die Ausstattung.

»Kann ich Ihnen helfen?« Eleonora begrüßte die Mönche.

»Ah, buona sera, unsere Historikerin, noch nicht müde«, antwortete Aviano. »Und Ihre Begleiter. Treten Sie ein.«

Gabriels Körper war nach wie vor unberührt, der Nagel steckte noch in der Brustwunde, um die herum das getrocknete Blut einen Kranz bildete. Jemand hatte der Leiche allerdings die Augen geschlossen.

»Wir haben gerade für Gabriel gebetet«, sagte Tettamonti. »Möge seine Seele Frieden finden.«

»Er war ein guter Mensch«, Habiatus bekreuzigte sich. »Ein guter Christ.«

»Ich mache mir solche Vorwürfe«, sagte der Abt. »Wenn ich gewusst hätte, wie labil sein Seelenzustand ist, hätte ich ihn nicht so heftig gescholten. Jetzt ist es zu spät.«

»Sie glauben tatsächlich, dass Gabriel von eigener Hand aus dem Leben geschieden ist?« Eleonora betrachtete die Wunde.

»Zumindest denkbar«, sagte Aviano. »Diese Inszenierung. Als habe er uns mit seinem Tode zu strafen, uns ein Zeichen zu senden gewollt. Was mag in einem solchen Menschen vorgehen? Ich dachte immer, ich kenne meine Fratelli. Wo wir uns doch jeden Tag sehen, auf so engem Raum zusammenleben, uns unsere Sünden beichten. Und doch …«

»Hat jemand Depressionen bei Gabriel bemerkt? Zog er sich in letzter Zeit häufig zurück?« Eleonora sah die Mönche der Reihe nach an. »Nach Selbstmord sieht es für mich nicht aus.«

»Er war wie immer. In den vergangenen Wochen vielleicht ein wenig launisch«, sagte Lavello. »Aber wer ist das nicht? Deswegen nimmt man sich doch nicht gleich das Leben.«

Habiatus schüttelte den Kopf. »Er war ein nervöses Naturell.

Schien ständig unter Strom zu stehen. Aber Selbstmord? Das übersteigt mein Vorstellungsvermögen.«

»Padre Aviano, wollen wir dieses … dieses Ding in Gabriels Brust belassen?« Tettamonti deutete auf den Nagel.

Der Abt überlegte. »Du hast recht. Es sieht unwürdig aus. Bestiale. Aber sollten wir nicht erst die Polizei benachrichtigen? Das hier übersteigt bei Weitem unsere Kompetenzen.«

»Das sollten wir tun, in Gottes Namen. Und den Arzt«, sagte Lavello. »Aber schulden wir unserem Bruder nicht mehr Respekt? Hat sein Körper nicht ebenfalls eine gewisse Form der Hochachtung verdient?«

»Genau. Der Nagel ist eine Schande«, pflichtete ihm Tettamonti bei.

»Könntest du den Eisenstift herausziehen?«, fragte der Abt.

»Ich?« Tettamonti schreckte zurück. »Du lieber Himmel. Nein, so etwas kann ich nicht tun.«

»Dann mache ich es.« Habiatus nahm ein Tuch aus der Schublade, umwickelte das Ende des Nagels damit und zog ihn mit einem Ruck heraus. Während ich mir vor Wut fast auf die Zunge biss, wie man so weltfremd sein und wertvolles Beweismaterial unbrauchbar machen konnte, bewunderte ich gleichzeitig seine Routine. Fast schien es, als sei es ihm einerlei, ob er Rinderhälften bearbeitete oder Menschenkörper. Habiatus hielt den Nagel in die Höhe wie eine Hostie. »Was tun wir damit?«

»Wisch das Blut weg, das sieht schrecklich aus«, sagte Aviano. »Und leg den Nagel zur Seite. Morgen rufe ich Dottore Plisano an, wegen des Totenscheins, und er wird ein endgültiges Urteil fällen. Alles soll seine Ordnung haben. Wer kann, sollte jetzt versuchen, die letzten Stunden der Nacht zu nutzen und zu schlafen. Die anderen dürfen gerne als Totenwache bleiben. Gute Nacht.«

Dottore Plisano beugte sich über den Leichnam. Er war gleich nach dem Frühstück gekommen und von einem Mönch diskret ins Krankenzimmer geleitet worden. Doch Eleonora und ich hatten nur darauf gewartet und uns wie zufällig zu dem Dottore und dem Abt gesellt. Der Doktor schob die Augenlider nach oben und betrachtete die Pupillen. Er hob Arme und Beine des Toten einzeln hoch, schnitt seine Kleidung auf und legte die Brust frei.

»Todesursache ist eindeutig ein direkter Stich ins Herz mit dem Nagel.« Plisano betastete die Wunde. »Der Tod muss innerhalb kurzer Zeit eingetreten sein. Anhand der Leichenstarre würde ich den Zeitpunkt des Ablebens etwa auf Mitternacht datieren, plusminus eine Stunde.«

»Das könnte hinkommen«, sagte Eleonora. »Gabriel war noch nicht lange tot, als sein Mitbruder ihn fand.«

Aviano nickte, als habe er gerade ein neues Kapitel der Offenbarung gehört. »Unser armer Bruder. So aus dem Leben zu scheiden.«

»Es war ein Akt der Gewalt.«

»Ja, gewiss, Gewalt, und zwar nach Beelezbubs Art, die unseren lieben Gabriel auf Irrwege geführt hat«, sagte der Abt.

»Bei allem Respekt, Padre, das ist keineswegs sicher.« Plisano untersuchte Hals und Nacken. »Im Gegenteil, ich befürchte, ein Gewaltverbrechen ist nicht auszuschließen.«

»Wie, was … was meinen Sie?« Avianos Stimme erstarb.

»Ich sehe an der Hand des Toten keinerlei Spuren des Nagels. Es wären kleinere Abschürfungen oder Schnitte zu erwarten gewesen, wenn Gabriel versucht hätte, sich den Nagel in den Leib zu rammen – wozu es viel Kraft und Technik brauchte.«

»Er … er könnte doch …«

»Spekulieren hilft uns in dieser Situation nicht weiter. Ich bin nur ein einfacher Landarzt.«

Der Abt ließ sich auf einen Stuhl fallen. »Sind Sie sicher, Dottore?«

»Mit Bestimmtheit kann ich es nicht sagen. Aber es ist höchstwahrscheinlich.«

»Dann bedeutet es also, Gabriel ist …«

»… ermordet worden, exakt«, führte Eleonora den Satz zu Ende. »Ein schrecklicher Gedanke. Aber Sie sollten sich damit auseinandersetzen, Padre.«

In diesem Augenblick war ich froh, dass Aviano nicht ahnte, dass Gabriel bereits das zweite Mordopfer im Kloster war. Sämtliche Farbe entwich seinem Gesicht, und ich hätte ihm am liebsten einen Krückstock in die Hand gedrückt, so zusammengefallen sah er aus.

»Ein Mörder, hier, in unserer friedlichen Abtei …« Er schüttelte den Kopf. »Mein Verstand sträubt sich, das zu glauben. Höchstens jemand von außen. Selbst das ist unvorstellbar.« Sein Körper straffte sich. »Ein Fremder. Wenn überhaupt, dann muss ein Fremder bei uns eingedrungen sein. Die Abbazia ist ein Ort Gottes. Und kein Ort des Verbrechens.«

»Verehrter Aviano, Sie müssen begreifen, dass ich unter diesen Umständen keinen Totenschein ausstellen kann«, sagte der Doktor. »Dafür gibt es zu viele Unklarheiten. Ich muss die Polizei hinzuziehen.«

»Die Polizei?« Die Ankündigung des Arztes schien den Abt mehr zu treffen als alles andere. »Wir … wir haben Gäste. Was glauben Sie, was passiert, wenn es hier vor Polizei nur so wimmelt? Dottore, das können Sie nicht verlangen! Polizei. Bei uns!«

16

Die Gebete des Abts hatten nichts genutzt. Das Unglück kam in Form von drei Polizeiwagen. Mit quietschenden Reifen hielten sie direkt vor dem Haupteingang. Kies spritzte auf, Uniformierte stiegen aus. Für einen Moment glaubte ich, sie würden ihre Waffen ziehen, die Maschinenpistolen in Anschlag bringen und an der Mauer Deckung suchen. Doch sie warteten auf ihren Anführer, einen untersetzten Herrn in den Fünfzigern mit Halbglatze, die aufleuchtete, als er seinen Hut zur Begrüßung lüftete. »Buon giorno, Signori, welch ein schöner Tag.« Er rückte seine Brille gerade. »Wollen wir mal sehen, was uns dieser Flecken Erde an Arbeit bringt.« Gemächlich schritt er zum Tor, wo bereits der Abt und einige Mönche warteten. »Padre, Sie sind der Chef des Ganzen?«

Aviano nickte. »Buona giornata. Ich bin Abt Aviano und das sind meine Fratelli. Wie war noch mal Ihr Name?«

»Pardon, Padre, ich heiße Girolamo Napante. Von der Questura di Perugia. Commissario Napante.«

Fast hatte ich es gerochen. Ein Commissario. Irgendetwas stieß mir sauer auf und ich musste einen Rülpser unterdrücken. An Napantes Geruch lag es nicht, der war neutral, wie eine Jacke, die frisch aus der Reinigung kommt. Vielmehr mochte ich das Gehabe nicht, den selbstgefälligen Ton. Ich will wirklich nicht ungerecht sein fremden Menschen gegenüber, aber in meinen Genen muss eine Allergie gegen Polizeibeamte verankert sein. Selbst bei Enrico Fabris, der ja Commissario gewesen war, bevor er zu Eleonora aufs Land zog, konnte ich bisweilen ein Unwohlsein nicht ganz unterdrücken – obwohl Fabris mir eigentlich keinerlei Anlass gab und mich ausgesucht höflich behandelte. Was bekanntlich nicht jeder

Mensch tat. Auch war er meiner Padrona gegenüber zugegebenermaßen lieb und zuvorkommend – was ich ihm auch geraten haben wollte. Das Unbehagen blieb dennoch, vielleicht war es das allgemein Besserwisserische der Polizeibeamten, der bestimmende Ton, die unerbittliche Logik eines Gehirns, das Argumente vorzog und Gefühle erst an zweite Stelle setzte. Oder täuschte ich mich da bei Fabris?

Die menschliche Spezies machte ein Drama ihrer gesamten Existenz aus der Frage, was wichtiger sei – Gefühl oder Verstand. Sie verfassten lange Abhandlungen über die linke und rechte Gehirnhälfte, versuchten, der Sache mit asiatischen Meditationstechniken auf den Grund zu gehen, in der Hoffnung, den Geist von allem unnützen Gedankenballast zu befreien und das reine Glück zu entdecken wie ein Seeräuber auf Schatzsuche. Die Menschen beschäftigten Heerscharen von Psychologen, um die Seele auszuleuchten und sich selbst zu finden als sei ihr Ego ein Regenschirm, den sie beim Spaziergang liegengelassen hatten. Wir Schweine konnten nur den Kopf schütteln ob solch unnötiger Anstrengungen. Für uns waren Gefühl und Verstand untrennbar verwoben, denn wie der Philosoph Vestalus in seiner »Götzenhämmerung« richtig schrieb: *In der harten Rübe steckt ein süßer Saft. Zerschmettere die Rübe und du verlierst den Saft.*

Napante winkte seinen Kollegen. »Nun, Herr Abt, Dottore Plisano hat uns über den Todesfall informiert. Zeigen Sie uns bitte den Verstorbenen. Und machen Sie sich keine Gedanken, das ist Routine für uns. Wir müssen bei ungeklärten Todesursachen schlicht und ergreifend aktiv werden. Der Fall wird sich mit Sicherheit gleich aufklären.«

»Fall?« Aviano zog die Augenbrauen hoch.

»Nennen Sie es, wie Sie wollen. Fall. Untersuchung. Besuch.«

»Besuch.« Die Stimme des Abts klang gepresst. »Besuch nennen Sie das. Wir beherbergen derzeit Gäste. Ich bitte Sie inständig, Commissario Napante, nehmen Sie Rücksicht auf unsere Gäste.«

»Selbstverständlich, wir sind doch keine Unmenschen. Und jetzt zeigen Sie uns bitte den Toten.« Erst jetzt bemerkte der Commissario mich. »Hoppala, ist Ihnen ein Schwein aus dem Stall entwischt? Oder zählt der auch zu Ihren Gästen?« Napante schmunzelte.

»Sie werden es nicht glauben, aber der Eber ist tatsächlich ein Gast und gehört zu Signora Eleonora Gobetti. Sie arbeitet bei uns als Historikerin. Das ist eins ihrer Trüffelschweine.«

»Tartufi, fein, fein. Ihr Mönche wisst offenbar gut zu speisen«, sagte der Commissario. »Fehlt nur noch der Weinberg für einen süffigen Roten.«

Aviano blickte verdrießlich drein. »Unsere Berge sind leider nicht der Rede wert, die haben wir verpachtet, da sie zu wenig Ertrag abwarfen.«

Die Truppe folgte dem Abt ins Krankenzimmer, wo Gabriels Leiche aufgebahrt lag. Napante zog sich Gummihandschuhe über.

»Der Tote liegt seit heute Nacht da?«

»Von der Kirche haben wir ihn direkt hierher getragen«, sagte Aviano. »Wir fanden Fra Gabriel vor dem Altar.«

»Das schauen wir uns später an.« Geschäftsmäßig untersuchte der Commissario den Leichnam und die Wunde, besah sich Hände und Finger des Toten. »Mir wurde gesagt, in der Wunde würde etwas stecken. Wo ist die Waffe?«

»Welche … welche Waffe?« Aviano war irritiert.

»Nun, ich meine den Gegenstand, der sich im Herzen des Toten befunden hat.«

»Der Nagel liegt dort drüben. Warten Sie, ich hole ihn.«

Napante fuhr hoch. »Bloß nicht! Nichts anrühren! Lassen Sie mich das machen.« Er nahm den Nagel vorsichtig mit den Fingern auf und hielt ihn vor sich. »Das soll die Waffe, ähh, der Gegenstand sein, der im Körper steckte? Da klebt ja überhaupt kein Blut dran. Der wirkt unbenutzt. Vollkommen unbenutzt.«

Der Abt sah verlegen aus. »Wir haben den Nagel entfernt und dann gereinigt. Das Blut … es wirkte so … so schrecklich und dem Ableben eines Mönchs nicht würdig.«

»Wollen Sie damit sagen, dass Sie ein Beweismittel zerstört haben?« Die Stimme des Commissario donnerte durch den Raum. »Sind Sie noch bei Sinnen? Ein Beweismittel! Sehen Sie sich das an.« Napante wedelte mit dem Nagel vor dem Gesicht des Abts. »Sehen Sie genau hin. Wie soll ich da noch Fingerabdrücke oder Schweißspuren finden? Da hätten Sie den Nagel auch gleich in die Waschmaschine stecken können.«

»Wer denkt in einem solchen Moment denn schon an Beweismittel? Wir haben uns nichts dabei gedacht.«

»Das sollten Sie aber. Wäre besser gewesen. Jetzt ist es zu spät.« Napante wiegte enerviert seinen Kopf und winkte einem seiner Mitarbeiter. »Wir können hier nichts mehr tun. Ich werde den Toten in die Gerichtsmedizin bringen lassen.« Er zog sein Mobiltelefon heraus und wählte eine Nummer. »Kein Empfang. Das darf doch nicht wahr sein!«

»Sie können in meinem Büro telefonieren. Dort steht ein Apparat.« Der Abt wies mit einer unbestimmten Geste nach draußen. »Ein Mitbruder kann Ihnen den Weg zeigen. Müssen Sie Fra Gabriel denn wirklich mitnehmen, Signore Napante? Wir möchten ihn gerne hier oben beerdigen.«

»Sie erhalten die sterblichen Überreste selbstverständlich zurück. Zu gegebener Zeit. Vorher muss allerdings ein Arzt eine Obduktion durchführen, daran wird kein Weg vorbeiführen.«

Der Abt war alarmiert. »Sie wollen Fra Gabriel aufschlitzen? Das macht ihn auch nicht wieder lebendig. Selbst ein Toter besitzt Würde und ist kein Schlachtvieh. Ich protestiere entschieden gegen diese brutale und unchristliche Behandlung unseres lieben Mitbruders.«

»Da dürfen Sie sich bei demjenigen beschweren, der dafür verantwortlich ist. Auch ein Mönch steht nicht über dem Gesetz. Wir tun nur unsere Pflicht.«

»Wer soll dafür verantwortlich sein?«

»Wir halten es für mehr als wahrscheinlich, dass Ihr Mitbruder durch fremde Hand ums Leben gekommen ist. Um es unmissverständlich zu sagen: Es besteht der akute Verdacht auf Mord.«

Der Abt erblasste. Einige Mönche machten ein Kreuzzeichen. »Das hat der Dottore auch schon vermutet, doch ich hoffte noch, Sie würden uns diesen Schrecken nehmen können.«

Der Commissario zeigte sich unbeeindruckt. »Leider nein, gemordet wird nun einmal auch im Kloster. Was glauben Sie, wer schon alles einen Mord begangen hat? Sie glauben doch wohl nicht, dass Sie nur von Engeln umgeben sind?«

»Worauf stützen Sie Ihre ungeheuerlichen Behauptungen?«, fragte Aviano mit nicht zu überhörendem Unmut.

»Sehen Sie den Tatsachen ins Auge.« Napante hob den Nagel nochmals hoch. »Mit diesem Teil sich selbst das Leben zu nehmen, ist ein Kraftakt sondergleichen, und ich glaube nicht, dass Ihr Kollege heimlich Gewichte gestemmt hat. Man stolpert für gewöhnlich auch nicht einfach und fällt mit dem Herzen auf einen Eisennagel dieser Größenordnung. Hinzu kommt, dass das Opfer mit ausgebreiteten Armen auf dem Bauch lag, wie mir berichtet wurde. Ich halte es kaum für möglich, dass ein Sterbender die Kraft aufbringt, solch dramatische Posen einzunehmen.«

Zugegeben, der Commissario hatte erstaunlich schnell die richtigen Schlüsse gezogen. Vielleicht musste ich mein Urteil über ihn korrigieren. Sollte er der erste Commissario werden, den ich kennen lernte, der einen Fall tatsächlich mal aufklärte? Meine Skepsis gegenüber diesem Berufsstand im Allgemeinen würde so schnell allerdings nichts revidieren. Dazu brauchte es mehr, und auch der Commissario …

»Nachdem jemand Gabriel das Leben genommen hatte, hat also derjenige den Leichnam so hingelegt?«

»An Ihnen ist mal ein echter Commissario verloren gegangen, Padre.« Napante rieb sich die Nase. »In der Tat muss jemand den Toten in die Position gebracht haben, und wer sonst als der Mörder? Noch sehe ich kein Motiv, warum eine Person eine Leiche anfasst und wie ein sakrales Bühnenbild inszeniert, verzeihen Sie meine Ausdrucksweise, Signore Aviano. Dazu muss man schon abgebrüht sein.«

Oder eine wichtige Botschaft haben. Ich konnte mir nicht vorstellen, dass jemand eine Leiche derart in Szene setzte, ohne damit etwas ausdrücken zu wollen. Nur was? Ein religiöses Symbol lag zumindest nahe …

Napante gab einem Polizeibeamten ein Zeichen. »Um Genaueres zu wissen, braucht es weitere Ermittlungen. Jetzt bringen wir die sterbliche Hülle erst einmal in die Gerichtsmedizin. Wenn jemand meinem Kollegen zeigen könnte, wo das Telefon steht?« Der Polizist verschwand mit Tettamonti.

»Wir werden das Krankenzimmer versiegeln, bis der Leichenwagen da ist«, sagte Napante. »Reine Routinemaßnahme. In der Zwischenzeit sollten wir uns den Tatort ansehen.«

Bei dem Wort zuckte der Abt zusammen, als habe er gerade in Luzifers Hölle geblickt. »Sie … Sie meinen die Stelle, an der wir Gabriel gefunden haben? In der Kirche?«

Der Commissario nickte. »Genau, in der Kirche. Begleiten Sie uns bitte, Padre.«

»Aber der Gottesdienst fängt gleich an. Unser Stundengebet.«

»Das wird leider ausfallen müssen. Je schneller wir alles inspiziert haben, desto schneller sind wir allerdings auch wieder weg, und dann dürfen Sie beten, so viel Sie wollen.«

Auf dem Weg zur Kirche stieß Eleonora zu uns, und der Abt stellte sie dem Commissario vor.

»So, so, Sie sind also Historikerin. Und Schweinebesitzerin. Interessante Kombination. Wenn Sie Trüffel finden, lassen Sie es mich wissen. Ich kaufe Ihnen gerne ein paar Stück ab.«

»Ich werde an Sie denken, wenn wir wieder auf Suche gehen«, antwortete die Padrona. »Momentan bin ich leider mit anderem beschäftigt.«

Eine diplomatische Antwort. Ich sah überhaupt nicht ein, warum ich auch noch für diesen Napante arbeiten sollte. Tartufi waren nur etwas für richtige Genießer, und als solchen schätzte ich den Commissario nicht ein, der rangierte für mich eher in der Kategorie Dosenravioli aus der Mikrowelle. Außerdem – was hieß bei dem schon bezahlen? Er dachte wahrscheinlich an ein symbolisches Entgelt. War es wohl gewohnt, von seinen Kunden alles umsonst zu erhalten. Aber nicht mit mir. Sollte er doch nach Norcia fahren und dort einkaufen, der Ort galt als das Trüffelzentrum Umbriens. Das wusste ich von einer Tartufihändlerin aus Alba. Dort konnte jeder feststellen, was Tartufi kosteten, Tausende Euro für das Kilo waren keine Seltenheit. Die schwarzen Exemplare waren auch billiger zu haben, in Glaskonserven, als Paste, gestreckt mit Butter oder in Olivenöl aufgelöst. Die Käufer wussten wohl gar nicht, was ihnen mit der Konfektionsware entging. Frische Trüffel waren das einzig Wahre! Auch wer über weniger sensible Geschmacksorgane verfügte als wir Schweine musste das doch kapieren. Sinnigerweise war Norcia auch die Geburtsstadt des heiligen Benedikt, des Ordensgründers. Ob ihm die Trüffel die Kraft verliehen hatten für seinen Glauben und seine Askese? Vermutlich kannte er die geheime Wirkung der Tarfufi: Sie waren das ideale Diätprogramm. Mit diesen unscheinbaren Pilzchen konnte man besser abnehmen als mit jedem anderen Essen, ohne dabei Mangel leiden zu müssen. Am Morgen eine Kugel – und der Tag ist dein Freund. Du leidest keinen Hunger, du leidest keinen Durst, das Aroma schärft deine Sinne und bringt dich über die Runden. Deshalb wählten die Benediktiner wohl auch die Farbe Schwarz für ihre Ordenstracht: eine Reverenz an den schwarzen Trüffel, eine Hymne an die versteckten Freuden.

Im Kircheninnern roch es nach kaltem Rauch. Die Kerzenstummel waren erloschen, das Licht schimmerte fahl und grau durch die Fenster herein. »Wo genau hat die Leiche gelegen?« Napante ging um den Altar zu der Stelle, die der Abt ihm zeigte. Das Blut hatte schmutzige Flecken auf dem Boden hinterlassen. Der Commissario bückte sich und fuhr mit dem Finger über die Stelle. »Das ist was für die Spurensicherung.« Er nahm eine Taschenlampe aus seiner Jacke und beleuchtete den Boden, machte einen Schritt, leuchtete wieder und ließ das Licht seitlich auffallen. Diese Prozedur wiederholte er mehrmals. »Sehen Sie die dunklen Punkte auf dem Stein«, wandte sich Napante an die Umstehenden. »Sie bilden so etwas wie eine Linie bis hin zur Blutlache.« Er sah den Abt triumphierend an. »Das sind Blutstropfen. Damit steht mit noch größerer Wahrscheinlichkeit fest, dass Ihr Mitbruder ermordet wurde.« Das Echo seiner Stimme hallte in der Kirche wider. Niemand sprach ein Wort. »Der Mönch muss an einer anderen Stelle erstochen worden sein.« Der Polizist stellte sich neben dem Altar auf. »Etwa hier. Ja, genau hier, würde ich sagen. Denn hier beginnen die Blutspuren. Der Täter muss den Toten die Strecke bis vor den Altar getragen und dort platziert haben. Das besagen die Blutstropfen. Damit scheidet Selbstmord definitiv aus. Der Mönch kann sich unmöglich einen Nagel in die Brust gestoßen haben und mit diesem Nagel in der Brust den ganzen Weg bis vor den Altar gegangen sein, um sich dort auf dem Boden niederzulassen. Leider werden wir außer dem Blut kaum mehr verwertbare Spuren in der Kirche finden. Zu schade. Es sind mittlerweile zu viele Menschen hier herumgelaufen, keiner hat auf Beweismittel geachtet. Typisch Amateure.«

»Was geschieht nun?«, fragte Habiatus, der sich bislang im Hintergrund gehalten hatte.

Napante musterte ihn. »Wir überlegen, woher die Tatwaffe stammt. Hat jemand eine Idee? Gibt es im Kloster eine Werkstatt?«

Ich stupste Eleonora an und führte sie zum Kreuz. Sie sah mich fragend an und schaute sich dann das Kruzifix an. Ihr Blick blieb beim Loch in den Füßen hängen.

»Wir haben einen Schuppen für Handwerksarbeiten«, sagte Habiatus. »Draußen beim Gewächshaus. Aber solche Nägel habe ich dort nicht gesehen.«

»Ich glaube, die Lösung liegt hier.« Eleonora winkte die Gruppe zu der Jesusfigur. »Ein Kreuzigungsnagel fehlt.«

Neugierig umringten die Mönche das Kreuz. Der Commissario besah sich das Loch in der Schnitzerei. »Könnte passen. Gratulation, Signora Gobetti, Sie haben die Ermittlungen vorangebracht.«

Insgeheim steckte ich mir diese Medaille an, denn eigentlich hatten weder der Commissario noch Eleonora etwas herausgefunden, das ich nicht längst schon wusste.

Napante befeuchtete einen Finger und fuhr damit über den Boden, verrieb den Staub zwischen den Fingern. »Holzmehl. Frisch. Es stammt von der Holzfigur. Ist wohl herausgerieselt, als der Täter den Nagel aus dem Fuß gezogen hat. Viel Kraft wird es ihn nicht gekostet haben, das Holz sieht ziemlich morsch aus.«

»Der … der … Täter hat den Nagel unseres Heilands als Waffe benutzt?« Avianos Stimme brach, wobei nicht auszumachen war, ob die Blasphemie oder das Wort »Täter« ihm mehr zusetzte. »Jesus. Geschändet am Kreuz. Und jetzt von einem Unbekannten nochmals geschändet. In unserer Kirche. Unfassbar.«

»Ich denke, wir sind hier fertig, fürs Erste zumindest«, sagte Napante. »Unsere Experten werden sich um den Tatort kümmern. Die Kirche darf so lange keiner mehr betreten, ganz so schnell wird es also nichts werden mit Beten. Außerdem brauche ich eine Liste aller Personen, die sich momentan im Kloster aufhalten. Ich brauche wohl nicht extra zu betonen, dass vorerst niemand das Anwesen verlassen darf? Außer ich erteile die ausdrücklich Erlaubnis.«

»Aber unsere Gäs…« Der Einwand des Abts verebbte unter dem Blick des Commissario.

»Die werden sich gedulden müssen. Es lässt sich hier oben doch vortrefflich die Zeit verbringen. Ihnen wird schon was einfallen, Ihre Kundschaft aufzuheitern.« Napante lächelte.

»Wir müssen Besorgungen machen, zum Einkaufen ins Tal fahren«, sagte Habiatus. »Sie können uns nicht wie in einem Gefängnis einschließen.«

»Sehen Sie es als eine Maßnahme zu Ihrem eigenen Schutz. Solange wir den Täter nicht fassen, ist es besser, die Gruppe bleibt zusammen. Wenn Sie Vorräte brauchen, sagen Sie einfach Bescheid. Ein Polizeibeamter wird Sie begleiten.« Napante wollte gerade kehrtmachen, als er etwas zu bemerken schien. Er stellte sich direkt vor Habiatus auf. »Einen Augenblick, Padre.« Der Commissario deutete auf die Brust des Mönches. »Was ist das?«

Der Cellerar riss die Augen auf. »Was meinen Sie? Worauf wollen Sie hinaus?«

»Die Spritzer auf Ihrer Tracht.« Napante deutete mit dem Finger darauf. »Hier ist einer. Und hier. Und an dieser Stelle. Sie fallen auf Ihrem schwarzen Gewand kaum auf und sind nur im Schräglicht und durch ein geübtes Auge erkennbar. Oder durch Analysen.«

Im Stillen applaudierte ich dem Commissario wider Willen. Das war ein Punkt für ihn, mir wäre das Detail nicht aufgefallen.

»Das sind Flecken, in der Tat. Entschuldigen Sie, dass ich mein Habit für Ihren Besuch nicht extra gereinigt habe. Wer arbeitet, wird auch mal schmutzig.«

»Wo arbeiten Sie?«

»In der Küche. Ich bin der Koch des Klosters.«

»Der Koch, aha. Cellerar nennt man das bei euch für gewöhnlich.«

»Ich bewundere Ihre Allgemeinbildung, Dottore. Nebenbei kümmere ich mich auch um Vorräte und andere geistliche Dinge.«

Der Commissario tippte auf den Stoff. »Sieht aus wie Blut. Wie kommt das denn auf Ihre Kleidung?«

»Wie Sie nun ja bereits wissen, arbeite ich in der Küche. Da zerkleinere ich Fleisch, schneide Lammkoteletts, Bratenstücke aus Rinderhälften, nehme Hühner aus. Eine blutige Angelegenheit. Wie beim Metzger.«

»Ich glaube ja, dass das Menschenblut ist. Und unser Labor wird uns die Gewissheit liefern.«

Und ich glaubte, dass sich der Commissario gerade gewaltig verrannte. Es war immerhin eine sehr einleuchtende Erklärung, dass das Blut vom Küchenfleisch stammte.

»Blut von Menschen? Wie soll das auf mein Habit kommen?«

»Das frage ich mich auch. Vielleicht ist es das Blut Ihres Bruders Gabriel. Napante presste die Hände gegeneinander.

Könnte doch sein, oder?«

»Was sollen diese Anspielungen?« Habiatus' Worte waren wie Rasierklingen. »Wenn Sie etwas Bestimmtes mit Ihrem Gerede meinen, drücken Sie sich klarer aus.«

»Sie haben schon richtig gehört, lieber Bruder. Ich vermute, das Blut auf Ihrem Skapulier stammt von dem Toten. Es ist bislang zwar nichts als eine Vermutung, aber wir zwei beide wollen doch unser Möglichstes tun, diese Vermutung schnellstens zu widerlegen, nicht wahr?«

»Reden Sie nicht so geschwollen. Wollen Sie mich etwa verdächtigen? Ich soll meinen Mitbruder umgebracht haben, ist es das, was Sie meinen?«

»Nun mal sachte.« Napante blieb gelassen. »Am Anfang gibt es immer jede Menge Verdächtige. Theoretisch kommt jeder im Kloster als Täter infrage. Sie sind zufällig der Erste, den es trifft. Seien Sie doch ein bisschen kooperativer und lassen Sie uns die Fragen aus der Welt räumen. Ich tue doch auch nur meinen Job.«

Die Psyche unseres Commissarios war mir nicht ganz verständlich. War es Taktik, jetzt auf einmal auf gut Freund und Zusammenarbeit zu machen? Wo er doch vor weniger als eine Minute Habiatus wie einen Mörder angefahren hatte, der die Waffe noch in der Hand hielt? Entweder war Napante raffinierter als ich dachte, oder schlicht und ergreifend cholerisch.

»Sie kommen her und fangen an, Leute zu beschuldigen«, wetterte Habiatus gegen den Commissario an. »Bislang haben Sie keine Beweise. Keinen einzigen.«

»Darum fange ich gleich damit an. Hiermit beschlagnahme ich Ihren Überwurf. Ziehen Sie ihn aus.«

»Ausziehen?«

»Ausziehen!«

Habiatus ballte die Fäuste. »Sie wagen es ...«

Der Abt hielt den Cellerar fest und drückte seinen Arm. »Commissario, warten Sie. Warten Sie bitte, in Gottes Namen. Für die Blutspritzer gibt es eine einfache Erklärung. Unser Cellerar war einer derjenigen, die die sterblichen Überreste von Fra Gabriel hinausgetragen und in das Krankenzimmer gebracht haben. Daher stammt wahrscheinlich das Blut. Bei mir werden Sie vermutlich auch etwas finden.«

»Mag sein, mag sein. Aber ich habe Signore Habiatus um sein Gewand gebeten. Er erhält es später unversehrt zurück – falls sich das Blut als harmlos herausstellt. Wenn ich jetzt bitten darf ...«

»Nie und nimmer!« Habiatus spuckte die Worte heraus. »Ich ziehe mich nicht vor allen Leuten aus. Hier im Hause Gottes. Erst recht nicht vor Frauen!«

»Ich muss aber darauf bestehen.« Napantes Stimme war hart wie gebrannter Ton. »Uns stehen auch andere Mittel zur Verfügung. Sie wollen doch nicht mit Handschellen abgeführt werden.«

»Sie ... Sie ...« Der Cellerar machte den Anschein, als wolle er den Commissario gleich anspringen. Zwei Polizeibeamte postierten sich unauffällig hinter dem Mönch.

»Halt ein, Fra Habiatus, bei allen Heiligen.« Der Abt hob beschwörend die Arme. »Demut, das ist unsere Stärke. Auch wenn es manchmal schwerfällt. Wir lassen uns nicht von unseren Überzeugungen abbringen.«

»Hören Sie auf Ihren Vorsteher«, sagte Napante. »Keiner will, dass die Situation eskaliert.«

Eleonora stellte sich zwischen den Commissario und den Cellerar. »Meine Herren, darf ich einen Vorschlag machen? Signore Napante, was halten Sie davon, den Padre von Ihren beiden Beamten auf sein Zimmer begleiten zu lassen? Er wird schon nicht gleich flüchten. Dort kann er sich in Ruhe umziehen. Sie erhalten Ihre Kleider fürs Labor, und Fra Habiatus kann wieder zur Arbeit gehen.«

Napante dachte einen Augenblick nach. »Nun gut, das wäre eine Lösung. Wir sind schließlich zivilisierte Menschen.« Er machte seinen Kollegen ein Zeichen. »Begleiten Sie den Padre auf sein Zimmer. Und versiegeln Sie bei dieser Gelegenheit gleich das Zimmer des Toten.«

Ich dankte Eleonora für ihre Einmischung und revidierte meinen Eindruck vom Commissario. Mochte es sich bei ihm auch um ein weniger stark ausgeprägtes Exemplar eines ermittlerischen Volltrottels handeln, als ich es von Commissarios gewohnt war, so war dieser Mann stattdessen mit einem aufbrausenden Gemüt geschlagen, das Übles ahnen ließ.

17

Abt Aviano hatte das fünfte Gebot – *Du sollst nicht töten* – als Thema für die Exerzitienstunde gewählt. Er sprach von der Liebe und vom Hass, von Menschen und von Tieren, wobei ich mir einbildete, dass er mich dabei anblickte. Der Klostervorsteher blätterte in der Bibel und übersah gnädig das Gähnen von Dolores Battistini, die ihren Mann entschuldigte, der mit seiner Erkältung immer noch im Bett liege. Dominik Hellenbart hatte sich wie zufällig neben Orchidea Lucca gesetzt, deren Mann ebenfalls fehlte. Eleonora saß neben Melissa Fini, und ich bemerkte zum wiederholten Male, wie Tettamonti von Zeit zu Zeit den Blick durch den gesamten Raum wandern ließ, aber immer einen Wimpernschlag länger bei der Padrona verweilte.

Überhaupt hatte sich seit dem Besuch der Polizei die trübe Stimmung wie Mehltau über das Kloster gelegt, jeder schien schwermütig über das Anwesen zu schleichen, in Gedanken mit sich selbst beschäftigt. Habiatus hantierte mürrisch in seiner Küche, Lavello vergrub sich in das Gewächshaus. Selbst die Gespräche verliefen gedämpft, als befürchtete man, hinter dem Rücken könnte plötzlich der Commissario auftauchen. Die Neuigkeit von dem Mord hatte sich wie ein Buschfeuer quer durch die Zimmer gefressen, die Gäste horchten auf, tuschelten und spannen ihre eigenen Theorien über die Vorfälle weiter. Es war seltsamerweise keine Angst, die sich der Bewohner bemächtigte, zumindest zeigten sie es nicht – vielmehr betrachteten sie die Ereignisse eher als ein Theaterstück, als etwas, das man von außen beobachtete, worüber man sich amüsierte oder gruselte. Und sobald der Vorhang gefallen und das Licht wieder angegangen war, kehrte man unbeschadet in sein eigenes Leben zurück.

Einen ersten Eklat hatte Aviano am Morgen gerade noch abwenden können: Rinaldo Battistini bestand darauf, angesichts der Umstände sofort abzureisen, und verlangte sein Geld zurück, sogar das hässliche Wort »Schadensersatz« verunreinigte das Ohr des Abtes. Erst die Versicherung, alles sei in Ordnung, der Commissario wünsche jedoch als Routinemaßnahme die Anwesenheit aller Gäste im Kloster, glättete die Wogen ein wenig. Den Ausschlag gab jedoch Avianos Versprechen, er würde »mit der mir angeborenen Großzügigkeit« zwei Übernachtungen von der Rechnung streichen.

Der Abt wählte ein Gleichnis aus Matthäus 19 für seinen Vortrag: *Was zum Munde eingeht, das verunreinigt den Menschen nicht; sondern was vom Munde ausgeht, das verunreinigt den Menschen.* Aviano sah von der Bibel auf und kontrollierte, ob auch jeder seiner Rede lauschte. »*Jesus Jünger traten zu ihm und sprachen: Weißt du auch, dass sich die Pharisäer ärgerten, da sie das Wort hörten? Aber er antwortete und sprach: Alle Pflanzen, die mein himmlischer Vater nicht pflanzte, die werden ausgerottet. Lasset sie fahren! Sie sind blinde Blindenleiter. Wenn aber ein Blinder den andern leitet, so fallen sie beide in die Grube.*« Der Abt machte eine Pause, ließ die Sätze wirken und fuhr fort: »*Da antwortete Petrus und sprach zu ihm: Deute uns dieses Gleichnis. Und Jesus sprach zu ihnen: Seid ihr denn auch noch unverständig? Merkt ihr noch nicht, dass alles, was zum Munde eingeht, das geht in den Bauch und wird durch den natürlichen Gang ausgeworfen? Was aber vom Munde herausgeht, das kommt aus dem Herzen, und das verunreinigt den Menschen. Aus dem Herzen kommen arge Gedanken: Mord, Ehebruch, Hurerei, Dieberei, falsches Zeugnis, Lästerung. Das sind Stücke, die den Menschen verunreinigen. Aber mit ungewaschenen Händen essen verunreinigt den Menschen nicht.*«

Dolores hob den Finger wie ein Schulmädchen. »Eine Frage, Padre, heißt das, man sollte sich vor dem Essen die Hände nicht waschen?«

Der Abt atmete hörbar aus. »Das ist ein Gleichnis, Signora. Es zeigt, dass bereits böse Gedanken, ob über Mord oder eheliche Untreue, zu verdammen sind.«

»Gilt denn in der Bibel Fremdgehen und Mord gleich viel?«

»Natürlich nicht. Aber Sünde ist beides«, sagte Aviano. »Schlimm dran sind nur Menschen ohne Glauben, Signora. Denn wie es in den Psalmen heißt: *Der Herr lacht, denn er sieht, dass sein Tag kommt. Die Gottlosen ziehen das Schwert aus und spannen ihren Bogen, um die Elenden zu töten und zu schlachten die Frommen. Aber ihr Schwert wird in ihr eigenes Herz gehen, und ihr Bogen wird zerbrechen. Das wenige, das ein Gerechter hat, ist besser als das große Gut vieler Gottloser. Denn der Gottlosen Arm wird zerbrechen, aber der Herr erhält die Gerechten. Die Gottlosen werden umkommen, und die Feinde des Herrn, wenn sie gleich sind wie köstliche Auen, werden sie doch vergehen, wie der Rauch vergeht.*«

Aviano schien selbst von seiner Litanei beeindruckt. Ein Raunen ging durch die Reihen, Tettamonti nickte heftig. Mit einem Vaterunser endeten die Exerzitien schließlich, und der Abt ermahnte die Gäste beim Hinausgehen, sich nicht zu scheuen, bei ihm oder den anderen Brüdern das Sakrament der Beichte zu nutzen, das reinige die Seele und befreie von vielen Lasten des weltlichen Lebens. Aber die Geschichte vom Essen und Verdauen hatte den Besuchern Hunger gemacht, sie unterhielten sich untereinander, was es wohl zu Mittag geben und wie das Dessert diesmal schmecken werde, nachdem die gestrigen Ravioli dolci vorzüglich gewesen waren.

Ich folgte Eleonora in die Bibliothek. Rizzone hatte am Tisch eine Säule aus Büchern gebaut, neben ihm lag ein Notizbuch und vor ihm ein aufgeschlagenes Werk. Eleonora sah mich an und verzog das Gesicht zu einer Grimasse. Ihre Lippen schienen ein »der schon wieder« zu formen.

Schon beim Eintreten war mir ein ungewöhnlicher Geruch aufgefallen. Der Nachhall eines Dufts, winzige Spuren nur und doch in meiner Nase präsent. Zedernöl. Salvatore Luccas Zedernöl. Was hatte der Hausmeister in der Bibliothek gesucht? Ich konnte mir kaum vorstellen, dass dieser Banause sich ein historisches Buch zum Lesen holte. Vielleicht hatte er aber auch nur sauber gemacht.

»Buon giorno, Signora Gobetti«, sagte Francesco Rizzone. »Ich habe mir erlaubt, bereits mit der Arbeit zu beginnen. Ich hoffe, die Exerzitien haben Ihnen etwas gebracht.«

»Nur zu, Professore.« Eleonoras Tonfall war neutral. »Sie haben sich da ein schönes Häufchen für heute zurechtgelegt. Wollen Sie das alles an einem Tag lesen?«

»Ich lese quer, überfliege einzelne Seiten. Die Vielschichtigkeit der Bibliothek überrascht mich jeden Tag aufs Neue. Ich bin zuversichtlich, bald etwas Substanzielles zu finden.«

»Ich freue mich über Ihren Optimismus«, sagte Eleonora. »Hoffentlich behalten Sie recht.« Sie setzte sich ans Tischende. »Ich hingegen bleibe dabei, dass wir die ganze Wahrheit nicht nur in Büchern finden werden.«

»Ich möchte Ihnen kurz meine historische Vorgehensweise erläutern, das könnte recht aufschlussreich sein für Sie, immerhin haben Sie nie als Historikerin gearbeitet«, sagte Rizzone. »Sehen Sie, es ist im Prinzip ganz einfach, man geht von der einfachsten These aus, überprüft diese These und nimmt sich dann die nächste These vor. Verifizieren – Falsifizieren. Und so weiter und so weiter. Wie bei konzentrischen Ringen stößt man irgendwann auf die Mitte, und schwupps – das Rätsel ist gelöst.«

Wie gut, dass die Menschen unser Lachen nicht von Grunzen unterscheiden konnten, denn mir standen schon die Tränen in den Augen vor Amüsement. Die Theorie der Falsifizierbarkeit von Forschungsergebnissen als seine eigene Vorgehensweise anzupreisen, war eine so bodenlose Frechheit, dass sie ins Komische abglitt.

»Und wie lautet Ihre Anfangsthese?«, fragte Eleonora, nicht minder amüsiert über den angehenden Professore.

»Ich unterstelle einfach mal, dass die Legende um den Goldenen Trüffel Teil der Klostergeschichte ist. Bei dem Namen scheint mir das Gold weniger wichtig zu sein, es mag eine Bezeichnung, ein Sinnbild für etwas Wertvolles sein. Man denke an Marmor, das weiße Gold, an das schwarze Gold Erdöl oder an Katzengold bei Pyrit. Die einfachste Antwort jedoch ist für mich: Gold bezeichnet lediglich eine Farbe, also golden strahlend, wie das Gelb der Sonne. Auch beim Gold kennen wir Gelbgold und Rotgold oder Weißgold.« Rizzone klappte das Buch vor sich zu. »Damit bleibt der Trüffel übrig. Für ihn gilt dasselbe wie für Gold, er kann eine Metapher sein für einen kostbaren Gegenstand, das ist nicht auszuschließen. Wenn wir es jedoch praktisch betrachten, ist ein Tartufo ein Tartufo, ein wohlschmeckender, aber gewöhnlicher Pilz.«

Ich blies die Luft durch den Rüssel. Gewöhnlicher Pilz – ha! Sollte er ihn doch im Supermarkt kaufen wie andere Pilze, wenn er so gewöhnlich war. Menschen konnten ihn nicht ausbuddeln. Dafür brauchten sie Experten wie uns. Oder Hilfssklaven wie Hunde. Von deren indiskutabler Arbeitsleistung will ich gar nicht reden. Und von der Qualität erst recht nicht. Genauso gut könnte man Wein aus China trinken statt aus Italien. Wer tut so etwas? Niemand! Na also. In ihrer Verzweiflung versuchten die Menschen neuerdings, ganze Eichenwälder anzupflanzen mit der Idee, Trüffel würden sich an den Wurzeln bilden, die man später – die Rede ist von zehn Jahren – nur zu pflücken bräuchte wie Heidelbeeren. Arme Schlauberger, die Gesichter wollte ich in zehn Jahren sehen. Ging es denn nicht in das Gehirn dieser Spezies, dass Tartufi ursprünglich den Schweinen vorbehalten waren und wir die Menschen nur wegen unserer Großzügigkeit, durch unseren Willen, ihnen Esskultur beizubringen, an dem Genuss teilhaben ließen? Bis die Hunde kamen, diese erbärmlichen Köter, uns in den Rücken fielen und mit den Menschen gemeinsame Sache machten. Verraten von einem hündischen Judas für 30 Knochenstücke.

»Darf ich Sie an dieser Stelle kurz unterbrechen? Es mag meiner Unaufmerksamkeit zu schulden sein, aber fanden Sie den Goldenen Trüffel nicht weitaus weniger spannend als die allgemeine Geschichte des Klosters?«

»Signora, an diesem Kommentar kann man Ihre gebündelte Unerfahrenheit ablesen. Wäre Sie eine richtige Forscherin, wüssten Sie, warum ich den Goldenen Trüffel nun in das Zentrum meiner Aufmerksamkeit stelle. Aber unterbrechen Sie mich bitte nicht bei diesem komplexen Gedankengang und lassen Sie mich weiter fortfahren. Es kann nur lehrreich für Sie sein. Wo war ich? Ach ja, beim Pilz.«

Ich glaubte ja vielmehr, dass der Professore vom Abt eins auf den Deckel bekommen hatte, weil er noch keine Ergebnisse geliefert hatte, und das ironische Zucken in Eleonoras Mundwinkeln bestätigte mir, dass sie einmal mehr ähnlich dachte.

»Ein Tartufo ist ein Pilz«, fuhr Rizzone fort, »und ein Pilz ist ein Nahrungsmittel. Deshalb suche ich zuerst in Büchern, die in einem thematischen Bezug dazu stehen.« Er klopfte auf den Stapel vor sich, eine Staubwolke flog auf. »Also Pflanzenbücher und Kochbücher. Sehen Sie sich das ruhig an.«

Eleonora ging zu dem Stapel und nahm ein Werk in die Hand. »*Buoch von Guoter Speise* von 1352«, las sie vor. »Eine deutsche Handschrift aus Würzburg. Wenn ich die Wörter richtig entziffere, bedeutet eine *Spise von Birn* ein Rezept für Nachtisch.« Die Padrona schlug den Band *Le Viandier* auf. »Offensichtlich ein späterer Nachdruck des Werkes. Ein Klassiker der französischen Küche. Wenn auch etwas angegraut.«

»Genau gesagt ursprünglich Ende des 14. Jahrhunderts entstanden«, klang es von der Tür her. Tettamonti war hereingekommen und begrüßte die beiden mit einem Kopfnicken. »Autor war Guillaume Tirel, der Chefkoch des französischen Königs Karl des Fünften. Für seine Verdienste um die Kochkunst erhielt Tirel den Titel Geheimrat.«

»Wenn Sie sich so gut auskennen, dann kennen Sie sicher auch dieses Werk.« Rizzone zog ein Buch aus dem Stapel. »*De Honesta Voluptate – Von der anständigen Wollüstigkeit* aus dem 16. Jahrhundert, geschrieben von Bartolomeo Sacchi.« Er zwinkerte Eleorora zu. »Die Menschen früher wussten bereits um die körperlichen Genüsse, nicht war, Signore Tettamonti?«

Blut schoss dem Mönch ins Gesicht. »Das … das handelt doch nur vom … vom Essen.«

Eleonora tätschelte dem Padre den Rücken. »Lassen Sie sich von dem Professore nicht verschaukeln, Tettamonti. Er treibt nur seinen Spaß mit Ihnen.«

Die Berührung der Padrona schien den Mönch nervös zu machen, sein Gesicht färbte sich noch stärker. Ich glaubte sogar, ein leichtes Zittern an ihm wahrzunehmen. Unfähig, sich zu bewegen, war er entweder vor Schreck zur Säule erstarrt oder er genoss den Kontakt mit einer Frau. Mit meiner Padrona, genauer gesagt. Was sollte das? Tettamontis Ausdünstungen verhießen nichts Gutes, erneut witterte ich die brünftige Duftmarke. Endlich löste sich Tettamonti und machte sich an einem Bücherschrank zu schaffen, wobei er es vermied, Eleonora in die Augen zu blicken.

Der Mönch brachte weitere Bücher an den Tisch, sorgfältig darauf achtend, der Padrona nicht zu nahe zu kommen. »Hier habe ich einige Pflanzenbücher gefunden, Professore, vielleicht möchten Sie darin auch suchen.«

»*Tabernaemontanus* von Jacobus Theodorus, 1625«, las Rizzone den Titel. »Über Kräuter und deren Heilwirkung. Schöne Abbildungen der Pflanzen. Listet die Pflanzen mit ihren lateinischen Namen auf.« Er überflog den Inhalt. »Sieh an. Da gibt es sogar ein Benediktinerkraut, *Geum Rosaceae*. Hilft offenbar gegen alles Mögliche, Pestilenz, unfruchtbare Frauen, die Franzosenkrankheit und Mundgeruch. Wirklich ein Universalkraut, diese Benediktiner.« Rizzone legte den Band zur Seite. »Aha, hier ein Werk von Pietro Andrea Mattioli aus dem 16. Jahrhundert«, sagte er. »Ein Gelehrter, der in Perugia tätig war. Wenn ich mich recht entsinne, studierte er Philosophie und Medizin und widmete sich erst spät der Botanik. Mattioli arbeitete später in seinem Leben als Leibarzt für Kaiser Maximilian den Zweiten in Prag. Der Wissenschaftler untersuchte als Erster die aus Amerika importierte Tomate. Das bringt mich auf eine Idee …« Rizzone blätterte, überflog Seiten, blätterte weiter. »Hier haben wir es.« Er tippte auf eine Stelle. »Mattioli beschreibt eine *Mata Aurea*, eine Goldene Tomate. Genau, was ich vorhin gemeint habe: Gold steht für die Farbe gelb, denn der Botaniker meinte natürlich eine gelbe Tomate. Gibt es gelbe Trüffel, Signora?« Auffordernd sah er Eleonora an. Natürlich hatte ich viele Alba-Tartufi aus dem Piemont gefunden, bisweilen nahmen sie eine gelbliche Farbe an, kein leuchtendes Gelb, mehr ein blasses Braungelb. Andere Exemplare waren marmoriert, innen gar dunkel. Ganz egal, welche Farbe – jeder einzelne Alba-Trüffel schmeckte königlich.

»Na gut, sehen wir weiter.« Rizzone durchsuchte den Text. »Hier haben wir wieder eine Stelle, an der Sie zuhören sollten, Tettamonti.« Er lächelte. »Mattioli beschreibt die Wirkung einer Möhre. Wegen ihrer Form galt sie als, wie soll ich sagen, männliches Teil. Hier heißt es: *Die Möhren gesotten sind lieblich zu essen, dem Magen nützlich, treiben den Harn, bringen Lust zu Speis und zu den ehelichen Werken, und sie reizen die unkeuschen Gefühle.*« Der angehende Professor klappte den Band zu. »Wir sollten den Cellerar warnen, nicht zu häufig Möhrengemüse zu kochen, wer weiß, welches Unheil er damit anrichtet.« Er lachte wieder.

Tettamonti verzog das Gesicht. »Brauchen Sie noch etwas, Professore?«

Rizzone schüttelte den Kopf. »Ich werde mich wieder in meine Bücher vertiefen.«

Eleonora streckte sich und gähnte. Sie zwinkerte mir zu und formte unterm Tisch mit ihrer Hand eine Pistole, die sie auf Rizzone abfeuerte. »Übrigens, ist jemand von Ihnen beiden schon auf den Namen Lucrezia gestoßen? Ich habe den Namen beim Spaziergang auf einem Gedenkstein entdeckt.« Offenbar versuchte die Padrona verzweifelt, das Geschwafel des Professore zu stoppen. Das fand ich sehr löblich und freute mich, dass sich endlich wieder jemand meiner Herzensangelegenheit zuwandte.

»Lucrezia? Sie meinen sicher nicht die Borgia«, sagte Rizzone. »Haben Sie den Verdacht, dass diese Lucrezia für die Geschichte des Klosters wichtig war?«

»Das kann ich im Augenblick wirklich nicht beurteilen. Aber mich treibt die Frage um, was es zu bedeuten hat.«

»Möglicherweise kann ich Ihnen da weiterhelfen, Signora Gobetti«, sagte Tettamonti. »Ich glaube, ich weiß eine Stelle im Kloster, wo der Name Lucrezia vorkommt. Aber ich fürchte, Sie werden enttäuscht sein. Es sieht wie ein Scherz aus. Der Name steht unter der Abbildung eines Schweins.«

Warum Scherz? Was war denn so witzig an einem Schweinebild? Lachte etwa jemand, wenn er das Bild der Mona Lisa betrachtete? Dennoch war ich ganz Ohr, denn dies war seit Längerem endlich wieder einmal ein konkreter Hinweis.

Eleonora bat den Mönch, uns die Stelle zu zeigen. Erst zögerte er, willigte aber schließlich ein. Rizzone verabschiedete uns mit einem »Waidmannsheil bei der Schweinejagd« und beugte sich wieder über seine Bücher. Der Mönch führte uns zum Innenhof mit den Rosenrabatten, wo wir den Wandelgang umrundeten.

»Es ist ziemlich unscheinbar«, sagte Tettamonti. »Auf die Entfernung könnte man es für ein Lamm halten, man muss also schon sehr genau hinschauen. Auch mir ist es erst spät aufgefallen.« Wir hielten vor einer der Säulen. »Hier sind wir.«

Die Säulen wurden von einem Sims getragen, der den Wandelgang nach innen abgrenzte. Der Schaft der Säulen setzte auf einer quadratischen Basis auf, die Kapitelle waren mit Steinmetzarbeiten verziert. Geometrische Muster oder Blattsymbole dekorierten viele der Säulenköpfe. Nur an einigen Stellen, ohne erkennbare Systematik, zierten Darstellungen von Personen und Tieren die Säulen. Eine solche stand nun vor uns und zeigte eine in Stein gehauene Figur, die auf den ersten Blick in der Tat wie ein Lamm oder Schaf anmutete. Zudem war der Stein verwittert und die Oberfläche im Laufe der Zeit abgeschliffen. Die Schweinefigur war nicht in Gänze zu sehen und schien etwas im Maul zu halten.

»Von unten erkennt man nur wenig«, sagte Tettamonti. »Wir brauchen eine Leiter.«

»Warum Leiter? Das dauert viel zu lange, bis wir eine auftreiben«, antwortete Eleonora. »Ich klettere einfach auf die Balustrade.« Sie sah sich um und entdeckte mehrere Holzkisten, die in einer Ecke gestapelt waren.

»Sie … Sie wollen auf eine wackelige Kiste steigen?« Der Mönch blickte wenig begeistert. »Was ist, wenn Sie herunterfallen? Warten Sie, bis ich eine Leiter geholt habe.«

»Das geht auch so, keine Sorge. Wenn Sie mir bitte helfen würden.«

Ich … Ihnen helfen?«

»Ganz einfach. Sie stützen mich, wenn ich hochsteige und passen auf, dass ich das Gleichgewicht halte. Stark genug sind Sie doch, oder?«

Tettamonti stand der Mund offen. Er rührte sich nicht.

»Was ist? Sind Sie eingeschlafen?«

»Nun, ähh, ich … ich …«

»Na, dann probier ich's alleine.« Eleonora schwang sich auf die Balustrade und rückte sich die Kiste zurecht. Mit dem Fuß testete sie die Standfestigkeit. Die Kiste wackelte bedenklich. Ich hielt es ja für eine Schnapsidee, aber gegen den Willen meiner Padrona war kein Ankommen, das wusste ich.

»Warten Sie, warten Sie.« Der Mönch trat näher und wollte Eleonora stützen. Sein Habit rutschte hoch. Im letzten Augenblick zuckte er zurück wie vor einer heißen Herdplatte. »Mi scusi«, sagte er, und seine Hände hingen hilflos in der Luft. Er wusste offenbar nicht, wo er hinlangen sollte, und zitterte erneut am ganzen Körper. Eleonoras Füße schaukelten auf der Kiste, sie klammerte sich an die Säule. Da packte Tettamonti auf einmal reflexartig zu, griff an Eleonoras Oberschenkel und machte ein Gesicht, als habe er gerade verbotenes Terrain betreten, das Land der Lüste, das Reich der Sünde. Tettamonti schloss die Augen, presste die Lippen aufeinander, schien im Stillen ein Gebet zu memorieren. Sein Körper schüttete Ausdünstungen aus, die als Geruchsatome in meine Nase drangen.

War es denn so schlimm, eine Frau zu berühren? Er war ein Mönch. Er war ein Mann. Ich genoss jede Berührung meiner Cleopatra, jeden Kontakt mit ihren Borsten, die Süße, wenn ich an ihren Ohren knabberte, den Duft ihres Halses, die Weichheit ihrer Beine. Oh, Cleopatra. Was sie in diesem Moment wohl machte? Es ging nichts über ordentlich Speck an den Hüften, Magerkost, wie die Menschen sie bevorzugten, war uns Schweinen zuwider. In früheren Zeiten galten bei den Menschen die wandelnden weiblichen Gerippe, wie sie heute anzutreffen waren, als Fall für die Armenküche. Nichts, was Gerstenbrei mit Honig und Milch nicht wieder heilen konnte. Prall und drall war einmal das Schönheitsideal dieser Spezies, und wir waren das Vorbild, glorifiziert von Malern wie Rubens oder Botticelli. Aber das war einmal. Aus. Vorbei. Nur gut, dass wenigstens wir Schweine unsere Traditionen hochhielten.

Durch das hochgerutschte Habit des Mönchs waren seine blanken Fußknöchel direkt vor meiner Nase. Über beiden Seiten des Gelenks sah ich ein Bild. Ich trat näher, bis ich fast seinen Fuß berührte. Eine Tätowierung. Rosen. Das hatte ich doch schon einmal gesehen, das war die gleiche Tätowierung, die wir auch schon an Stephanus entdeckt und über die wir uns schon gründlich gewundert hatten. Umso spannender fand ich den Fund jetzt, da ich wusste, wie dominant das Rosenmotiv im ganzen Kloster war. Das konnte doch alles kein Zufall sein. Ich grunzte, um die Padrona darauf aufmerksam zu machen.

»Halt, nicht so fest! Sie zerquetschen mich ja.« Eleonora sah zu dem Mönch hinunter, sah mich und wie ich auf Tettamontis Knöchel wies. Ich glaubte, in ihren Augen ein Erkennen aufleuchten zu sehen. »Es reicht, wenn Sie mich leicht stützen, falls mein Stand instabil wird.«

Tettamonti hatte es offenbar nicht gehört oder nicht hören wollen. Seine Augen hielt er nach wie vor geschlossen, sein Griff war wie eine Zange. Erst als die Padrona ihr Bein schüttelte, schien er aus seinem Traum zu erwachen. »Was … was ist?« Erschrocken ließ er Eleonoras Schenkel los – wie ein Kind, das beim Griff in die Keksdose erwischt wird. Es folgte der Blick nach hinten, ob ihn jemand beobachtet hatte. Doch wir waren allein im Wandelgang. Tettamonti betrachtete seine Hände, als sehe er sie zum ersten Mal, als habe er etwas Fremdes und Unwirkliches vor sich, etwas, das sich selbstständig gemacht hatte und sich seinem Willen entzog. Er wollte sich die Hände an seinem Habit abwischen, widerstand jedoch dem Drang und ließ sie schließlich kraftlos fallen. Den Blick wagte er nicht zu heben – alles an ihm strahlte Verwirrung aus.

»Ich hab' das Tier direkt vor mir.« Eleonora betastete das Kapitell. »Eindeutig ein Schwein, die Schnauze ist wie ein Rüssel geformt. Die Oberfläche des Steins ist ziemlich glatt und die ursprüngliche Ziselierung kaum zu erkennen. Im Mund hängt etwas heraus, die Sau trägt einen Gegenstand, ich würde sagen, es ist … eine Rose!« Die Padrona schüttelte den Kopf. »Tatsächlich schon wieder ein Rosenzeichen. Im Maul eines Schweins. Darunter steht etwas geschrieben.« Eleonora betrachtete die Buchstaben. »Die Inschrift muss später hinzugefügt worden sein. Der Stil, die Anordnung der Buchstaben, die Ausführung der Gravur – alles spricht dafür. Das geht nicht mit der Qualität der Steinmetzarbeiten zusammen, es wirkt irgendwie primitiver, amateurhafter, als hätte sich ein weniger begabter Künstler daran versucht. Der Name unter dem Schwein ist Lucretia, tatsächlich. So heißt offenbar die Sau, der Name ist derselbe wie auf dem Grabstein.« Eleonora drehte den Hals, um auch noch den Rest lesen zu können. »Hier steht noch ein Satz: *Der Ort der sieben Rosen, wo alles anfing.* Incredibile!« Sie kletterte von ihrer Kiste. Tettamonti stand zwar bereit, wagte es aber nicht, ihr die Hand zu reichen.

Ich zermarterte mir mein Gehirn, wo ich die sieben Rosen schon einmal gesehen hatte. Oder spielte mir meine Erinnerung einen Streich, weil überall im Kloster Rosen zu finden waren?

»Das war ein sehr wertvoller Hinweis mit der Sau, Tettamonti«, lobte Eleonora den Mönch. »Früher war es durchaus üblich, Säulenköpfe mit Tierfiguren zu verzieren, mit Löwen, Greifen, Schlangen, Lämmern oder Schweinen. Ich kann mich an einen Professore aus meinem Studium erinnern, der einen kunsthistorisch ungewöhnlichen Kreuzgang in Deutschland vorgestellt hat, in einem Karmeliterkloster in Bamberg, dort schmückt ebenfalls eine Schweinefigur die Säulen. Nur die nachträglich eingeritzte Inschrift ist wahrlich ungewöhnlich.« Sie wandte sich an den Mönch. »Ich finde es schon auffällig, wie oft man in dieser Abbazia über Rosen stolpert. Ihr gepflegter Rosengarten, Rosenornamente, wohin man blickt, Bilder von den Blumen. Was verbindet dieses Kloster nur mit Rosen?«

»Rosen sind an sich ungewöhnlich«, sagte Tettamonti. »Rosen sind schöne, dekorative Blumen. Sie duften gut. Ihre Stacheln signalisieren, dass man mit ihnen vorsichtig umgehen muss. Ihre Blüten öffnen und schließen sich mit dem Ablauf des Tages, dem Ablauf der Natur. Sie verwelken, wie die Menschen, die Blätter fallen ab. Nur die Stacheln bleiben. Wie die Dornenkrone des Heilands am Kreuz.«

»Rosen würde ich eher im Franziskanerkloster in Assisi vermuten, wegen des Gleichnisses des heiligen Francesco.«

»Sie meinen die Geschichte mit dem Rosenstrauch.« Der Mönch hielt Eleonoras Blick stand. »Der heilige Franziskus, in armseligem Gewande, übernachtet in einem Benediktinerkloster. Die Gastgeber verweisen auf ihren Dornenbusch, dessen Ruten sie benutzen, um sich zu geißeln, um Buße zu tun und die Seele zu reinigen, und necken den Heiligen mit seinen ungewöhnlichen Ansichten. Da bricht Franziskus einen Zweig. Und siehe da, aus den Dornen sprießen Rosenknospen und beschämen die Mönche. Ähnlich klingt das biblische Gleichnis von dem Dornenbusch, in dem Moses der Herrgott erscheint.«

»Das erklärt immer noch nicht, warum gerade in diesem Kloster die Rosen so dominant sind.«

»Das sehe ich anders.« In der Stimme des Mönchs schwang Trotz mit. Das Thema schien ihm unangenehm zu sein. »Bei uns finden Sie viele religiöse Symbole, Signora. Rosen sind im Christentum weit verbreitet. Um an Ihre Diskussion in der Bibliothek mit Signore Rizzone anzuknüpfen – der Papst verleiht eine *Rosa aurea*, eine Goldene Rose, und das schon seit tausend Jahren. Das Ganze geht auf eine Weihezeremonie zurück. Der Papst ritt an Domenica delle Rose, am Rosensonntag, in einer feierlichen Prozession durch Rom, in der Hand eine mit Moschus und Balsam gefüllte goldene Rose, und segnete das Volk. Im Laufe der Jahrhunderte überreichte das Kirchenoberhaupt die Goldene Rose an Würdenträger und Politiker, zuerst an Männer, später auch an Frauen. Grund für die Auszeichnung konnte ein vorbildliches christliches Leben, Tapferkeit auf Kreuzzügen oder Treue gegenüber dem Vatikan sein. Die Bedeutung der Gabe ist vielfältig, das Rot der Blätter soll Blut und Leiden Christi darstellen, Gold steht für die Macht Gottes und die Befreiung aus der babylonischen Gefangenschaft. Die Blume ist unten schmal und oben weit, wie Christus auf Erden arm gewesen ist und die geistige Welt mit seinem Reichtum segnete. Jeder Gläubige soll deshalb irdische Güter geringschätzen, aber himmlische Güter hoch loben. Und da wäre noch der allen bekannte Rosenkranz, eine Perlenschnur, seit dem Mittelalter beliebt, zugleich eine Gebetsfolge. Das Ave Maria gilt als himmlische Rose und soll immer wieder aufgesagt werden. Der Legende nach flocht ein Gläubiger einen Rosenkranz um eine Marienstatue, da hatte er eine Vision, nach der Maria sich wünschte, gebetete Rosen in Form des Ave Maria zu hören. Die Beispiele zeigen, Signora, Rosen sind bei Katholiken beliebt. Wenn ich mich jetzt verabschieden darf, die Pflicht ruft.«

Ich war ein wenig verwundert über das Stegreifreferat des Mönchs. Das Thema hatte es ihm offensichtlich angetan. Er wusste erstaunlich viel über die Symbolik der Rose und musste Dutzende von Büchern verschlungen haben. Die Padrona schienen ähnliche Gedanken zu bewegen, denn nachdem Tettamonti gegangen war, sagte sie: »Mit der Blume haben wir bei unserem jungen Mönch ein empfindliches Thema berührt. Wir müssen untersuchen, wie die Rosen mit der Geschichte des Klosters zusammenhängen. Und wie genau der Zusammenhang zu den beiden Morden aussieht. Denn es gibt einen, da wette ich mein Leben.«

Den Zusammenhang gab es, nur wusste Eleonora noch nichts davon. Ich erinnerte mich an den einen von Stephanus' Briefen, den Caruso und ich im Taufbecken gefunden hatten. Auch Stephanus war an der Geschichte der Rosensymbolik sichtlich interessiert gewesen. Hatten sich Tettamonti und Stephanus gemeinsam ihr Wissen angeeignet? Hatte es vielleicht mit den religiösen Disputen zu tun, die die beiden miteinander führten? Oder würden wir vielleicht bei noch mehr Mönchen ein Rosensymbol eintätowiert finden, wenn wir danach suchten?

Auch Eleonora grübelte über die Rosen nach. »Ich würde zu gerne wissen, was es mit der Zahl Sieben bei den Rosen auf sich hat. Die Gravur ist ähnlich wie die Schrift und die Rosen auf dem Lucretia-Gedenkstein im Wald, sie klingt wie ein Hinweis auf einen realen Ort. Wie eine Botschaft aus der Vergangenheit.«

18

Maximus legte das Büschel ab. Ein Trockensträußchen, das nach Thymian, Majoran und Kardamom duftete. »Für dich, Tiffany.«

»Mhhmm, lecker. Dass du an mich denkst. Wie lieb.« Sie tauchte den Rüssel in die Kräuter.

»Ich rieche nichts«, sagte Caruso. »Ist doch nur verdorrtes Zeug. Frisches schmeckt viel intensiver.«

»Die Geste zählt.« Tiffany nahm den Strauß an sich. »Und getrocknete Gewürze halten länger.« Sie hielt mir das Bouquet unter die Nase. »Deine Meinung ist mir wichtig – was denkst du, Leonardo, steht mir das Parfum?«

Da hatte sie ein heikles Thema erwischt. Man konnte nur verlieren, wenn man einer Frau die Wahrheit über ihre Düfte erzählte. Ich fand, der natürliche Duft war bei Weitem der Beste, an Cleopatras natürlichem Odeur konnte ich mich nicht sattriechen. Obwohl ich nicht leugnen wollte – einige Tropfen Essenz, raffiniert platziert, steigerten die Reize durchaus. Aber das wollten weibliche Wesen nicht hören. Was sie in Wirklichkeit hören wollten, war ein Kompliment, verpackt in Kommentaren über ihr Parfum. »Es riecht wunderbar«, so meine lahme Antwort.

»Wenn du Bedarf hast, Leonardo, altes Leckermäulchen, ich hätte eine Ladung getrockneter Steinpilze zu bieten, garantiert erste Qualität. Volles Aroma. Passt zu allem. Oder als Nascherei zwischendurch.«

Steinpilze aß ich gern. Sie kamen zwar geschmacklich bei Weitem nicht an Trüffel heran, aber immerhin. »Was verlangst du denn dafür?«

»Normalerweise sind die Dinger unerschwinglich, weil wahnsinnig schwer zu finden. Die werden immer rarer. Ich konnte gerade noch eine Tranche auftreiben, und frag jetzt nicht, woher. Für dich, und nur für dich, weil du mein Freund bist, kriegst du den Scheffel zum Schnäppchenpreis von zwei Flaschen Rotwein.«

»Klingt fair. Ich überlege es mir.«

»Was war denn bei euch im Kloster los?« Maximus machte es sich auf dem Moos bequem. »Erst brennt es, und dann kommt auch noch die Polizei.«

Ich berichtete von den Ereignissen. »Derzeit dürfen die Bewohner das Anwesen nicht verlassen. So lange, bis der Commissario seine Ermittlungen abgeschlossen hat. Schweine sind natürlich von der Regel ausgenommen.«

»Komisch, ich habe erst heute den Hausmeister im Wald gesehen«, sagte Maximus.

»Du meinst Salvatore Lucca?«

»Ich weiß nicht, wie er heißt. Der Mann, der die Besorgungen macht und den Hof fegt.«

»Vielleicht hat ihm der Commissario erlaubt, Einkäufe zu machen«, meinte Tiffany.

»Mitten im Wald? Außerdem war er nicht alleine.«

Ich sah Maximus fragend an.

»Der Hausmeister, dieser Lucca, traf sich mit einem anderen Mann. Offenbar hatten beide sich verabredet, denn der andere wartete an der Stelle, wo der einzelne Felsbrocken aus der Erde ragt, gar nicht weit weg vom Lucretia-Denkmal. Der andere schien nicht aus der Gegend zu sein, er schimpfte über den mühsamen Aufstieg und sprach norditalienischen Dialekt.«

»Um was ging es zwischen den beiden?«

»Um ein Geschäft. Der Fremde fragte, ob Lucca die Lieferung dabeihabe. Der Hausmeister nahm seinen Rucksack ab und gab ihn dem Fremden. Der kontrollierte den Inhalt, nickte und machte sich wieder auf den Rückweg. Lucca ging zurück zum Kloster – ich bin ihm gefolgt – und betrat es über das Loch in der Mauer.«

Caruso verzog das Gesicht. »Konntest du wenigstens riechen, was in dem Rucksack war?«

»Nichts zum Essen jedenfalls. Der Fremde nahm die Gegenstände nicht heraus, sondern griff lediglich in den Rucksack. Keine Idee, um was es sich gehandelt hat.«

»Behalt die Gegend im Auge«, sagte ich zum Abschied. »Vielleicht kannst du noch nützliche Hinweise entdecken.«

»Genau, Indizien.« Caruso wurde munter. »Für die Mordfälle. Damit wir den Täter überführen, wie es ein richtiger Commissario macht.«

Der richtige Commissario hatte in unserer Abwesenheit dem Kloster einen erneuten Besuch abgestattet, begleitet von Polizisten. Napante hatte um einen Raum gebeten, in dem er seine Verhöre abhalten konnte. Der Abt hatte ihm den Versammlungsraum zugewiesen mit der Auflage, ihn bis zum Abend wieder zu räumen und die Gäste zu schonen. Zwei Beamte bewachten den Eingang. Als Habiatus und Aviano den Raum betraten, schmuggelten Caruso und ich uns zusammen mit ihnen hinein. Ein Polizist wollte uns verscheuchen, aber der Commissario winkte ab. »Gibt dem Verhör eine besondere Note«, sagte er. »Zwei Schweine als Zeugen. Eine Premiere. Der Höhepunkt meiner Laufbahn gewissermaßen, ha, ha.«

Carusos Blick war eine Mischung aus Mitleid und Verachtung. »Dieser … dieser Gockel muss erst noch beweisen, dass er zum Commissario taugt. Ich bin mir da ja nicht so sicher, wir beide, Leonardo, können das doch viel besser. Was weiß der denn schon, das wir nicht wissen?«

Napante residierte hinter einem Tisch, auf dem ein Notizblock und ein Diktiergerät standen. »Nun, Fra Habiatus, der Abt hat mich gebeten, bei unserem Gespräch dabei sein zu dürfen. Ich habe eingewilligt, weil seine Aussagen noch wichtig sein können. Wichtig für Sie, meine ich.«

Habiatus schaute den Commissario verwundert an. »Ich will gerne alles tun, um Ihre Fragen zu beantworten, mit Gottes Hilfe.«

»Mit Gottes Hilfe, sehr schön. Mir wäre aber lieber, Sie geben uns die gewünschten Informationen aus eigenem Antrieb.« Napante spielte mit seinem Bleistift, betrachtete die Spitze, als habe er gerade eine wissenschaftliche Entdeckung gemacht. »Nun denn.« Er legte den Bleistift zurück auf den Tisch. »Ich wiederhole nochmals die Frage von meinem letzten Besuch: Woher stammen die Blutspritzer auf Ihrer Kleidung?«

»Das hatte ich Ihnen doch bereits gesagt: Ich weiß es nicht.«

»So, so. Sie wissen es nicht. Oder Sie können sich nicht dran erinnern. Oder wollen sich nicht dran erinnern.« Der Commissario behielt einen Plauderton bei. »Das ist schade. Ich hatte mit Ihrer Kooperation gerechnet.«

Habiatus hob die Arme. »Was wollen Sie von mir? Ich bin nur ein armer Cellerar.«

Plötzlich brüllte Napante los. »Für wen halten Sie mich? Wollen Sie mich für dumm verkaufen? Spielen Sie nicht den Naiven, das zieht bei mir nicht. Nicht mit mir. Ich werde Ihnen jetzt mal etwas sagen: Wir haben Ihr Habit im Labor analysiert. Und wissen Sie, was das Ergebnis war? Wollen Sie es wissen?«

Der Mönch blieb bewegungslos auf seinem Stuhl sitzen.

»Hier kommt es: Das Blut auf Ihrer Kleidung stammt nicht von dem Toten. Jetzt denken Sie – warum also die Aufregung? Deshalb, weil wir etwas anderes gefunden haben, etwas Eindeutiges, etwas Belastendes: Textilfasern. Und jetzt raten Sie mal, von wem diese Fasern stammen.«

Habiatus starrte auf einen Punkt der Tischplatte und rührte sich nicht.

»Die Fasern sind vom Habit des Ermordeten. Sie mussten also direkten Kontakt mit Fra Gabriel gehabt haben. Kam es zu einem Streit? Kämpfte der Mönch verzweifelt um sein Leben? Geben Sie Ihrem Herzen einen Ruck und beichten Sie!«

Der Cellerar sah den Commissario an. »Was verstehen Sie schon von der Beichte? Was verstehen Sie von Religion und Glauben? Wann waren Sie zum letzten Mal in der Kirche beten?«

»Letzten Sonntag, wenn Sie es genau wissen wollen. Damit habe ich Ihre Frage beantwortet. Nun beantworten Sie bitte meine.«

»Ich habe es bereits gesagt, ich habe Gabriel nicht umgebracht, Gott sei mein Zeuge. Ich weiß nicht, was ich Ihnen sonst noch sagen soll.«

»Die Wahrheit, zum Beispiel. Einfach nur die Wahrheit. Die Textilfasern sind schließlich nicht durch den heiligen Geist auf die Kleider Ihres Mitbruders geflattert.«

»Spotten Sie nicht über den heiligen Geist, Sie Ignorant.« Habiatus' Ton wurde lauter. »Diese Fasern können sonst wie auf das

Habit geraten sein, vielleicht während wir die sterbliche Hülle ins Krankenzimmer getragen haben, was ich Ihnen bereits bei Ihrem letzten Besuch mitgeteilt habe.«

»Genau, das denke ich auch«, mischte sich der Abt ein, der in einer Ecke saß. »Mehrere Fratelli haben den Leichnam aus der Kirche hinausgetragen.«

Napante richtete den Blick auf Aviano. »Signore, bitte, stören Sie nicht die Vernehmung. Ich bitte Sie. Wollen Sie sich nicht lieber um Ihre Gäste kümmern?« Der Commissario wies in Richtung Tür.

»Was ...was ...« Der Mund des Abts klappte auf. Er stand auf und verließ den Raum, ohne sich nochmals umzudrehen.

»So, jetzt sind wir endlich ungestört.« Napante lächelte den Cellerar an. »Sie brauchen nun keine Rücksicht mehr auf Ihren Vorgesetzten nehmen und dürfen alles erzählen.«

»Mein Vorgesetzter ist Gott, und der weiß bereits alles. Er kann übrigens auch in Ihr dunkles Herz schauen.«

»Leider teilt uns der liebe Gott nicht mit, wer der Mörder ist. Deshalb sitze ich hier. Machen Sie es uns beiden doch leicht und sagen Sie mir einfach nur, warum Sie Gabriel ermordet haben.«

Plötzlich sprang Habiatus auf und beugte sich über den Tisch. »Ich bin kein Mörder! Ich habe Gabriel nicht umgebracht! Wagen Sie es nicht, mich zu beschuldigen, Sie ...« Er griff Napante am Kragen und zog ihn zu sich hinüber. Im gleichen Moment packten zwei Polizisten den Cellerar an den Armen, drückten ihn mit Gewalt auf den Stuhl zurück und fesselten die Arme mit Handschellen auf den Rücken. Die Beamten postierten sich links und rechts neben Habiatus.

»Nur die Ruhe, Signore.« Napantes Stimme klang kalt. »Wenn Sie sich nicht augenblicklich beherrschen, lasse ich Sie mitnehmen und ins Gefängnis werfen. Also reißen Sie sich zusammen!«

»Sie ... Sie können mir nicht drohen. Sie nicht!« Habiatus' Brust hob und senkte sich. »Ich habe Ihnen nichts mehr zu sagen.«

»Ihre Renitenz wir Ihnen schon noch vergehen.« Der Commissario machte den Polizisten ein Zeichen. »Wir verfrachten Sie bis auf Weiteres in unseren Polizeiwagen. Dort haben Sie genug Zeit, sich über Ihre Situation klar zu werden. Dann sehen wir weiter. Die Handschellen behalten Sie an, zu Ihrer eigenen Sicherheit.« Er winkte die Beamten mit Habiatus hinaus. »Ich muss heute noch mehrere Verhöre führen.«

»Das war ja heftig«, kommentierte Caruso. »Es hätte nicht viel gefehlt und der Mönch wäre dem Commissario an die Gurgel gesprungen.«

Habiatus' Zorn hatte mich überrascht. Zeigte sich darin ein unbeherrschtes Naturell oder schauspielerte er nur? Schließlich waren solche Fragen vom Commissario zu erwarten. Warum zeigte sich der Mönch nicht kooperativer, wenn er denn unschuldig war? Kamen die Textilfasern tatsächlich beim Hinaustragen der Leiche auf die Kleidung? Es konnte gut sein, dass sich Habiatus mit Gabriel in der Kirche verabredet und ihn im Affekt mit dem nächstbesten Gegenstand niedergestochen hatte. Leider gab es keinerlei Motiv seitens Habiatus, das diese Theorie untermauert hätte. Außerdem konnte man den Nagel vom Kruzifix nicht eben als den nächstbesten Gegenstand bezeichnen.

Der Commissario trat vor die Tür und rauchte eine Zigarette. »Wen haben wir als Nächsten?«

»Den Opernsänger«, antwortete einer der Polizisten.

»Gut, bitten Sie ihn in zehn Minuten herein. Aber seien Sie höflich. Bei einem so bekannten Namen.«

»Was wollen die von Battistini?«, fragte Caruso.

»Verhören. Das ist Routine.«

»Da bin ich gespannt. Er wird doch wohl keine Arie zum Besten geben.« Caruso zog die Nase nach oben. »Obwohl ich gerne ein Duett mit ihm singen würde.«

»Ihr beide?« Ich war verblüfft. »Ich dachte, du kannst ihn und seinen Gesang nicht ausstehen.«

»Stimmt genau. Aber ich denke mir, wenn wir beide gleichzeitig singen, merkt ihr endlich, wie schlecht seine Stimme tatsächlich klingt. Im direkten Vergleich, meine ich.«

»Ich hab dir doch schon gesagt, du singst viel schöner.«

»Nein, irgendwie glaub ich dir nicht. Deshalb will ich dich überzeugen. Danach könntest du selbst urteilen.«

»Du brauchst mir nichts zu beweisen. Wirklich.«

»Nur weil der große Herr glaubt, Puccini sei der beste Komponist, muss es noch lange nicht so sein. Ich würde ihm am liebsten eine Verdi-Arie entgegenschmettern, bis ihm die Ohren wackeln und er merkt, was richtige Musik ist.«

»Du bleibst schön still«, sagte ich. »Sonst wirft uns der Commissario noch aus dem Raum, und wir kriegen nichts mehr von den Verhören mit.«

Rinaldo Battistini trug eine Strickjacke und einen Filzhut, um den Hals hatte er einen weißen Schal gewickelt, dessen Enden dekorativ die Schulter herabhingen. »Prego, Signore«, sagte der Polizist. »Nach Ihnen.«

Napante kam dem Opernsänger entgegen. »Maestro, welch Ehre. Dass ich das erleben darf, Sie kennen zu lernen. Ich habe Sie einmal in Venedig als Chevalier Renato de Grieux in Puccinis *Manon Lescaut* gesehen. Ein unvergessliches Erlebnis, wenn auch schon etwas her. Bravissimo.«

Battistini summte eine Melodie und begann die ersten Zeilen zu singen:

Nein, nein, in keinem Kloster vertrauert Euer Leben.
Euer Stern wird neu erstrahlen, Euch neue Hoffnung geben.
Die Nacht kehrt heimlich wieder. Ihr wollt nicht unterliegen.
Wir wollen uns verschwören, Euer Schicksal zu besiegen …

Der Rest versank in einem Krächzen, und ein Hustenanfall bereitete dem Vortrag ein schnelles Ende.

»Allerliebst, Maestro, diese Melodie.« Der Commissario schob einen Stuhl zurecht. »Nehmen Sie doch Platz, Signore Battistini, prego. Machen Sie es sich bequem.«

Caruso verzog den Mund. »Grauenhaft. Er hat was mit seiner Stimme. Kann einem fast leid tun.«

Ganz unrecht hatte der Junior nicht. Irgendetwas funktionierte mit den Stimmbändern nicht, den Tönen fehlte das Klare und Reine.

»Das müsste ganz anders klingen«, sagte Caruso. Ich machte ihm ein Zeichen, still zu sein. Er beachtete es nicht. »… etwa so …« Noch ehe ich einschreiten konnte, fing er an, eine Arie zu grunzen, aus derselben Puccini-Oper, in seiner wunderbaren, unnachahmlichen Art: »*Bald liegt so weit, ach die Jugendzeit. Leucht uns mächtig, Licht der Lust!*«

Napante drehte sich zu uns herüber. »Was ist denn jetzt los? Dieses Schwein macht nur Lärm. Raus mit ihm!« Er winkte einen Polizisten her. »Bringen Sie das Tier nach draußen. Bitte nur im Notfall von der Waffe Gebrauch machen.« Der Commissario lachte über sein Scherzchen.

Der Beamte klopfte Caruso auf den Hintern. »Abmarsch!«

»Das ist ungerecht!« rief mir Caruso zu. »Ich werde diskriminiert. Jawohl, diskriminiert. Nur weil ich schöner singe als dieser Tenor.«

»Das hast du nun davon«, seufzte ich. »Ich habe dich gewarnt. Mach jetzt keinen Ärger und warte draußen.«

Unter Protestgrunzen ließ sich der Junior nach draußen eskortieren. Der Commissario wandte sich wieder Battistini zu. »Wünschen Sie ein Glas Wasser? Oder einen Kaffee?«

»Ein Wasser wäre angenehm, ohne Kohlensäure bitte«, antwortete der Sänger. »Mein Hals. Er macht mir Schwierigkeiten. Ich habe mich hier oben nämlich erkältet, müssen Sie wissen.«

Napante orderte die gewünschten Getränke. »Nochmals danke, Signore Battistini, dass Sie sich Zeit genommen haben. Schließlich sind Sie im Urlaub und haben anderes zu tun.«

»Signore Napante, ich helfe Ihnen gerne weiter. Ich weiß nur nicht genau, wie.«

»Wir haben einen Mord aufzuklären.« Der Commissario ließ die Worte wirken. »Hier im Kloster. Daher führen wir mit den Bewohnern Gespräche, was Sie nicht weiter beunruhigen muss. Das ist Routine, und wir sind für jeden Hinweis dankbar.«

»Aber ich war nicht in der Kirche, als das Unglück geschah. Deshalb tauge ich auch kaum als Zeuge.«

»Wo waren Sie denn zu der Zeit, wenn ich fragen darf?«

»Im Bett. Ich bin früh schlafen gegangen.«

»Allein?«

Battistini zog die Augenbrauen hoch. »Wie meinen Sie das, allein? Natürlich liege ich allein im Bett.«

»Verzeihen Sie, Maestro, aber soweit ich informiert bin, reist Ihre Frau mit Ihnen. Da liegt die Frage auf der Hand.«

»Wie gesagt, ich war an jenem Abend krank. Erkältet. Husten. Schnupfen. Mich hatte ein Wasserstrahl der Löschaktion erwischt.«

»Davon habe ich gehört«, sagte der Commissario. »Dennoch: Ihre Gattin war nicht bei Ihnen?«

»Dolores brachte mich nach oben auf mein Zimmer. Sie fragte, ob sie mir noch etwas bringen könne. Dann ging sie. Ich nahm Lutschtabletten gegen die Halsschmerzen – die habe ich als Sänger immer dabei –, zog mich aus und legte mich ins Bett.«

»Kam Ihre Frau später noch mal ins Zimmer?«

»Wir schlafen hier im Kloster in getrennten Räumen. Zu Hause auch. Meine Frau behauptet, ich schnarche, was nicht stimmt, aber wenn sie sonst kein Auge zutut … Außerdem übe ich für gewöhnlich vor dem Zubettgehen und am Morgen ein paar Lieder. Dolores hat sich früher immer beschwert, dass sie nicht schlafen kann. Deshalb zogen wir die Lösung mit zwei Schlafräumen vor.«

»So wissen Sie auch nicht, ob Ihre Frau direkt in ihr eigenes Zimmer gegangen ist, nachdem sie Sie verlassen hat.«

»Wie soll ich denn das wissen, beim Himmel?« Ungeduld legte sich über Battistinis Stimme. »Sie hat ihr Zimmer am Ende des Ganges. Ich bin ihr nicht nachgegangen, schließlich war ich heilfroh, im Bett zu liegen.«

Der Polizist brachte das Wasser und den Kaffee. Napante schenkte dem Sänger ein Glas ein und trank selbst einen Schluck Kaffee. Langsam setzte er die Tasse ab. »Wie sehr lieben Sie Ihre Frau, Signore Battistini?«

»Was soll die Frage?« Jetzt war der Ärger in seiner Stimme unüberhörbar. »Was ist das für eine seltsame und unverschämte Frage?«

»Nun, Ihre Gattin ist wesentlich jünger als Sie. Kompliment. Da kann es schon sein, dass Sie als der Erfahrenere sich um alles kümmern, um nicht zu sagen, dominant sind.«

Battistini starrte sein Gegenüber an. »Ich liebe Dolores. Selbstverständlich kümmere ich mich um sie. So wie sie sich um mich kümmert. Ist das bei Ihnen anders? Oder sind Sie nicht verheiratet?«

»Meine Frau und ich sind geschieden«, antwortete Napante. »Aber ich bin nicht hier, um meine Eheprobleme zu diskutieren. Wir reden über Ihr Verhältnis zu Ihrer Frau.«

»Meine Verhältnis zu meiner Frau geht Sie ebenso wenig an wie mich Ihre Eheprobleme. E basta!«

»Ich fürchte, es geht mich doch etwas an. Es gibt gewisse Vorgänge, über die wir sprechen müssen. Ich habe mir alte Zeitungsausschnitte aus dem Archiv kommen lassen. Die Berichte handeln von einem Auftritt in Rom. Sie haben einen Menschen niedergeschlagen, der sich Ihrer Frau genähert hatte, und ihm mit dem Tod gedroht.«

Battistini lehnte sich zurück. »Ach das meinen Sie. Albern. Sie hätten sich genauer informieren sollen. Das war nach einer Puccini-Aufführung. Meine Frau und ich verließen gerade die Oper, als sich ein Fotograf uns in den Weg stellte und Dolores belästigte. Da habe ich dem Mann eine gelangt und gesagt, er solle verschwinden, sonst passiert was.«

»Sie neigen also zu Unbeherrschtheit und Gewalttätigkeit.«

»Commissario, was genau wollen Sie von mir? Alte Geschichten ausgraben? Die Lektüre aus Ihrem Archiv diskutieren? Brauchen Sie ein Autogramm? Ich will Ihnen gerne ein signiertes Porträt schenken.« Der Sänger holte eine Autorgrammkarte aus der Tasche und legte sie auf den Tisch. »Bitte sehr. Soll ich eine Widmung schreiben?« Er machte Anstalten, einen Stift hervorzuholen.

Napante beachtete das Foto nicht. »Zurück zu Ihrem aufbrausenden Wesen. Ist es richtig, dass Sie in der Mordnacht einen heftigen Streit mit dem Mönch Gabriel hatten?«

»Was wollen Sie mir damit unterstellen?« Battistini beugte sich über den Tisch, bis sein Gesicht nahe an Napantes Gesicht war.

Der Commissario verzog keine Miene. »Maestro, Sie kennen doch Ihre Rolle. Sie sind Profi. Ich frage, Sie antworten. Also, hatten Sie nun eine Auseinandersetzung mit dem Mönch oder nicht?«

»Wir diskutierten beim Abendessen über den Küchenservice und sein Auftreten als Kellner. Streit würde ich das nicht nennen. Es ist mein Recht als Gast, Fehler zu benennen. Sie reklamieren sicher auch in einem Ristorante, wenn die Qualität lausig ist.«

»Mir wurde das anderes berichtet. Sie sollen den Mönch bedroht haben. Massiv bedroht. Und kurze Zeit später war er tot. Ermordet von einem Unbekannten. Welch Zufall. Wenn Sie etwas zu gestehen haben, dann tun Sie das doch bitte jetzt, Sie ersparen sich so manche Unannehmlichkeit.«

»Ich bin auf der Bühne zu dramatischen Gesten fähig. Das weiß ich, und das ist auch mein Beruf. Dafür lebe ich, dafür sterbe ich. Das mag ein wenig auf mein Privatleben abfärben. Aber den Padre habe ich nicht umgebracht, Dio mi è testimonio. Oder haben Sie einen richtigen Beweis und nicht nur windige Spekulationen? Wenn nicht, dann gehe ich jetzt wieder.« Battistini stand auf und nahm die Autogrammkarte wieder an sich. »Die ist nur für kultivierte Menschen gedacht.«

19

Der Gottesdienst ging zu Ende, und die Mönche strömten aus der Kirche. Schleierwolken dämpften das Sonnenlicht, als habe jemand einen schmutzigen Vorhang aufgespannt, und ein kühler Wind strich die Mauern entlang. Francesco Rizzone kam den Fratelli entgegengelaufen, sein Gesicht glühte und seine Stimme überschlug sich. »Der Abt. Wo ist der Abt? Ich brauche den Abt!«

Aviano verließ die Sakristei. »Nur die Ruhe, Professore. Was ist denn los? Warum so eilig?«

»Sie werden es nicht glauben.« Der Historiker holte Luft. »Ich habe den Goldenen Trüffel gefunden!«

Der Abt blieb wie angewurzelt stehen. »Sie haben was?«

»Ich habe den Goldenen Trüffel gefunden. Präziser gesagt, die Quelle, die das Rätsel auflöst. Wenn ich Sie in die Bibliothek bitten dürfte.«

Der Goldene Trüffel entdeckt? Ich war zugegebenermaßen überrascht. Offenbar konnte Rizzone nicht nur groß daherreden, sondern auch Ergebnisse liefern. Ein kleiner Stich fuhr in mein Herz, als ich an Eleonora dachte. Wie gerne hätte ich ihr den Triumph gegönnt und nicht diesem Oberlehrer aus Florenz! Ich war mehr als gespannt, was sich hinter diesem sagenhaften Tartufo wirklich verbarg. Sollte die Sage, die ich aus meiner Kindheit kannte, am Ende gar nicht stimmen?

In der Bibliothek hatten sich neben dem Abt und Rizzone auch Tettamonti und Eleonora um den Tisch versammelt. Die Padrona machte ein finsteres Gesicht und hielt die Hände vor der Brust verschränkt.

»Ich möchte vorab feststellen, dass einzig die gut sortierte Bibliothek des Klosters die raschen Ergebnisse ermöglichte. Kompliment.« Rizzone deutete auf die Bücher vor ihm. »Der Rest war Routine, gepaart mit Fleißarbeit und einem Riecher für die richtigen Quellen.« Der Historiker hielt inne, als erwarte er einen Applaus. Niemand regte sich, alle sahen ihn erwartungsvoll an. »Nun, ich gehe gern methodisch vor – und weniger nach intuitiven Eingebungen.« Er warf einen Seitenblick auf Eleonora. Die Padrona erwiderte den Blick nicht, sondern konzentrierte sich auf die Folianten. »Die erste Frage lautete: Wenn es um den Goldenen Trüffel geht, was ist das Entscheidende? Die Antwort: der Trüffel. Also ein Pilz. Ein Nahrungsmittel. Wie man weiß, galten Tartufi seit der Römerzeit als Delikatesse, ein Geschenk der Götter, ein Kraftspender für die Lenden.« Der Abt zog die Stirn kraus. »Aber das sind Legenden. Tatsache bleibt, dass die Menschen dem Trüffel seit jeher magische Fähigkeiten zugeschrieben haben, sie vermuteten sogar übernatürliche Kräfte am Werk, die die Knolle in der Erde verbargen und sie dem Menschen entzogen. Es mussten also Schweine her …«, Rizzone zwinkerte mir zu, eine völlig unangemessene kumpelhafte Geste, wie ich fand, »… die die Pilze für uns aus der Erde holten. Deshalb schien es mir vernünftig, in Büchern zu suchen, die mit Essen zu tun haben. In antiken Kochbüchern. Und dort bin ich jetzt fündig geworden.«

Rizzone klappte ein Buch auf, seine Zuschauer reckten die Hälse. Auf dem Deckblatt war ein Holzschnitt zu sehen, ein Wappen mit Schild und einem Schwan. Das Wappen selbst wurde von einem Fuchs und einem Affen gehalten. »Hier haben wir es.« Der Ton des Historikers passte zu einer Vorlesung vor Studenten. »*De re coquinaria – Über die Kochkunst*, das älteste erhaltene Kochbuch der westlichen Welt, wenn auch nur in einer Kopie aus dem Mittelalter.« Rizzone nahm den Band und reichte ihn dem Abt. Aviano blätterte darin, Tettamonti und Eleonora besahen sich kurz den Titel und gaben ihn zurück.

»Der Autor heißt Marcus Gavius Apicius und lebte im ersten Jahrhundert nach Christus in Rom, zur Zeit der Herrschaft von Kaiser Tiberius«, erzählte Rizzone. »Er war, nun ja, ein berühmter Feinschmecker, Genießer und Liebhaber von Luxus. Und ein berüchtigter Gast bei Orgien. Apicius hatte ein besonderes Faible für Flamingozungen mit süßsaurer Sauce, gegrillte Drosseln oder Gänseleber von Tieren, die mit Feigen gemästet worden waren. Gewöhnungsbedürftig ist sein Rezept für gefüllte Haselmäuse oder Muräne blau. Der römische Gourmet verstand auch, wie man aus schlechtem Honig guten machte, wie sich Weißwein aus Rotwein gewinnen ließ oder wie Maulbeeren lange frisch blieben. Sogar das erste Pizzarezept finden wir bei Apicius. Er endete tragisch. Er schluckte Gift, nachdem er hundert Millionen Sesterzen ausgegeben hatte und bemerkte, dass ihm nur noch zehn Millionen Sesterzen zum Essen und Trinken blieben.«

Rizzone schlug eine Seite auf, die er markiert hatte. »Hier ist es. Das Rezept. *Tuber aureus* – Goldener Trüffel.« Er machte eine Pause. »Ich übersetze aus dem Lateinischen: *Säubere die Pilze, koche sie und stecke sie, nachdem du Salz darauf gestreut hast, auf ein Stäbchen und grille sie kurz an. Gib grünes Öl in einen Topf, eingekochten Most, ein wenig Wein und grob gemahlenen Pfeffer und Honig. Es soll aufkochen. Wenn es aufgekocht ist, binde mit Safranmehl und stich in die Pilze hinein, damit sie die Sauce aufsaugen, und serviere sie.*« Rizzone blickte seine Zuhörer an. »Das ist die Lösung: Safran. Mit einer Mischung aus Safran und Mehl umhüllt, nimmt der Trüffel die typische Safranfarbe an und glänzt golden. Und schon haben wir unseren Goldenen Trüffel.« Der Historiker klappte das Buch zu. »Die Mönche hier im Kloster benutzten offensichtlich das Buch und haben die Tartufi der Gegend zu besonderen Gelegenheiten nach dem Rezept des Apicius zubereitet. Schließlich war Safran ein seltenes und kostbares Gewürz.«

Der Abt verschränkte die Arme. »Hmm, also ein Kochrezept? Ich bin etwas enttäuscht. Ich hatte mir mehr erwartet als Trüffel am Spieß im Safranmantel.«

»Hmm, ich bin noch etwas skeptisch. Wäre nicht auch eine andere Erklärung für den Goldenen Trüffel denkbar?« Tettamonti las den Text nochmals im Stillen. »Die Angaben jedenfalls sind eindeutig. Es würde schon hinkommen, in unserer Gegend gibt es viele Trüffel, wie unser Schwein bewiesen hat.« Er lächelte mir zu. »Deshalb könnten unsere Vorgänger durchaus ein Festmahl mit ausgefallenen Rezepten versüßt haben. Obwohl es natürlich das Ideal einfachen Mönchslebens verhöhnt.«

»Was meinen Sie, Signora?«, fragte Aviano.

Eleonora ging um den Tisch herum. Ich fragte mich, warum sie bisher so still geblieben war. Rizzone ging ihr sicher mächtig auf die Nerven, und nicht immer gelang es ihr, gleichgültig zu bleiben und die Besserwisserei des Kollegen zu ignorieren. Hatte sie einen Trumpf in der Hinterhand, hatte sie etwas entdeckt, von dem ich nichts wusste?

»Darf ich?« Sie schob sich zwischen Rizzone und Tettamonti und zog das Buch zu sich hin. Der Mönch schien durch die zufällige Berührung mit dem Pullover der Padrona zu erstarren. Irrte ich mich, oder sog Tettamonti die Luft ein, als wollte er den Duft Eleonoras aufnehmen? Es schien zumindest keinem außer mir aufzufallen.

Sie tippte auf eine Textstelle. »In dem Rezept ist zwar am Anfang von einem *Tuber aureus* die Rede. Aber später heißt das lateinische Wort *Fungus*. Und *Fungus* bedeutet nicht Trüffel, sondern Pilz. Ich glaube, es ist schlicht ein Rezept für Pilze, Steinpilze oder Maronen vielleicht, und nicht für Tartufi. Tuber aureus dient nur als überhöhender Begriff und ist nicht wörtlich zu nehmen, so wie wir Gerichte kennen mit Namen wie Falscher Hase, Birne im Schlafrock oder Armer Ritter. Alles Fantasiebegriffe für einfache Gerichte. Auf ähnliche Weise nutzen Unternehmen den Begriff Tartufo für Speiseeis oder Pralinen. Es klingt einfach besser, aber kein Mensch würde glauben, man schlecke einen echten Trüffel, wenn man ein Tartufo-Eis bestellt.«

»Ich bitte Sie, Kollegin, der Text ist eindeutig. Apicius schreibt von einem *Tuber aureus*. Und Tuber heißt nun mal Tartufo, wie Sie als Trüffeljägerin wohl wissen dürften. Ansonsten können wir gerne ein Latein-Wörterbuch zurate ziehen.«

»Aber danach steht nun einmal durchgehend Fungus und nicht Tuber. Das ist eine Tatsache, die Sie mit Ihren hervorragenden Lateinkenntnissen selbst überprüfen können.«

»Der Autor variiert in der Sprache. Ein Trüffel ist ein Pilz. Deshalb ist es nicht falsch, einen Trüffel als Pilz zu bezeichnen.«

»Apicius wollte den Lesern das Rezept schmackhaft machen. So zubereitet soll es schmecken wie echter Trüffel. Besser sogar. Außerdem passt es nicht zur Legende des Klosters. Ich habe noch nie von einer Legende gehört, die auf einem Kochrezept basiert.«

Die Padrona wandte sich an den Abt. »Deshalb bin ich der Meinung, dass es sich hierbei nicht um den Goldenen Trüffel handelt, von dem die Historie des Anwesens spricht. Es ist ein amüsanter Zufall, nichts weiter.«

»Zufall? Sie nennen meine Recherchen Zufall?« Rizzones Ton hatte seinen Schmelz verloren. »Liebe Kollegin, was bilden Sie sich ein? Sie sind wirklich eine schlechte Verliererin, Sie … Hobbyhistorikerin!«

Eleonora ließ sich nicht beirren. »Ich bleibe dabei: Das ist ein Rezept, nichts weiter. Verfolgen Sie ruhig Ihre – wie nannten Sie es – Suchstrategien in den Kochbüchern. Vermutlich muss deswegen bald die Geschichte Umbriens umgeschrieben werden. Unser Küchen-Professore Rizzone stellt neue Ideen für Trüffel-Pasta vor. Nach original römischem Rezept.«

»Sie wagen es, über meine Arbeit zu spotten? Ich präsentiere hier in Rekordzeit beachtliche Resultate, und nur, weil Sie nichts zustande bringen, wollen Sie mir ans Schienbein treten. Ich hätte mehr von Ihnen erwartet, verehrte Kollegin. Oder sollte ich sagen, Halbkollegin? Der Goldene Trüffel ist gefunden. Ob Sie nun damit einverstanden sind oder nicht!«

»Signora, Signore.« Der Abt hob die Hände. »Bitte keinen Streit! Bei unserer Jungfrau Maria, lassen Sie uns zivilisiert miteinander umgehen. Bitte.«

»Natürlich, Padre, ich will nicht unter meinem Niveau diskutieren.« Rizzone zog ein Pergament aus der Tasche. »Ich habe noch einen Beweis, dass ich mit meiner These richtigliege.« Triumph leuchtete in seinen Augen auf.

»Einen weiteren Beweis?« Tettamonti beugte sich vor.

»Dieses Papier habe ich in dem Kochbuch gefunden. Es lag zwischen den Seiten mit dem Trüffelrezept.« Rizzone hielt das Dokument wie eine Beute in die Höhe. »Wie jeder sieht, ist es handgeschrieben. Auf Italienisch. Also nicht von Apicius. Jemand anderes hat es verfasst.«

»Was steht darauf? Lesen Sie vor«, bat der Abt.

»Es sieht aus wie das Begleitschreiben für ein anderes Kloster, dem Anschreiben nach zu urteilen. Darin wird die Lieferung einer Kiste goldener Tartufi angekündigt. Wörtlich heißt es: *Frisch oder getrocknet und zerrieben, eine besondere Speis', die Lust und Leidenschaft erwecket. Seid fröhlich wie zum Tanze.*«

»Sie meinen, unser Kloster belieferte früher andere mit dem *Tuber aureus*?« Tettamonti ließ sich das Schreiben zeigen. »Ein richtiger Geschäftszweig?«

»Das geht aus dem Pergament nicht hervor. Könnte auch eine Gefälligkeit für eine andere Abtei gewesen sein. Jedenfalls belegt es, dass die Mönche die Trüffel wie Apicius bezeichneten.«

»Das überzeugt mich nicht.« Eleonora schüttelte den Kopf. »Vielleicht waren es ganz normale Tartufi. Die sollen bekanntlich anregende Wirkungen entfalten. Wenn es eine Art Lieferschein war, warum liegt er dann im Buch und wurde nicht der Ware beigelegt? Nein, nein, das ergibt für mich keinen Sinn. Wahrscheinlich bezog sich der Schreiber auf das Rezept, weil er es zufällig in dem Buch gelesen hatte.«

»Sie und Ihre Zufälle.« Rizzone funkelte die Padrona an. »Was Besseres fällt Ihnen nicht ein? Beweis ist Beweis.«

»Ich habe etwas viel Besseres gefunden«, sagte Eleonora. »Aber nicht nur eine Skurrilität in einem Kochbuch, sondern etwas, das für die Geschichte des Klosters von elementarer Bedeutung ist.« Sie warf einen Blick auf Rizzone. »Geben Sie mir bitte noch etwas Zeit, um die Unterlagen auszuwerten.«

»Was soll das?« Rizzone lehnte sich nach hinten. »Sie haben doch gar nichts in der Hand. Das ist ein klassischer Bluff.«

»Ich denke, wir sollten der Signora durchaus die Chance geben, ihre Ergebnisse zu präsentieren«, sagte der Abt. »Jetzt, wo die Dinge erfreulicherweise voranschreiten. Ihr Fund, Professore, mag ein Fingerzeig sein. Wir werden sehen. Viel Glück Ihnen beiden und Gottes Segen.« Aviano verließ die Bibliothek. Rizzone folgte ihm und zischte beim Hinausgehen Eleonora ins Ohr: »Das haben Sie ja toll hingekriegt. Fantastico!«

Was in Esus' Namen hatte Eleonora gefunden? Sie machte es aber sehr spannend. Ein wenig war ich beleidigt, weil sie mich nicht in ihr Geheimnis eingeweiht hatte. Andererseits musste ich zugeben, dass auch wir Schweine mittlerweile so einige Informationen hatten, von denen sie nichts wusste.

Die Padrona räumte mit Tettamonti die Bücher weg. »Immerhin erstaunlich, wie viel Wert die Mönche in früheren Zeiten aufs Schlemmen gelegt haben«, sagte sie. »Ich dachte, die Benediktinerregeln schreiben bescheidene Speisen vor und nicht Menüs von antiken Fressorgien.«

»Unsere Vorgänger wussten, wie man die Regeln geschickt aushebelte. Beispielsweise war und ist Fleisch verboten«, erklärte der Mönch. »In Regel Nummer 39, Punkt 11 heißt es: *Auf das Fleisch vierfüßiger Tiere sollen alle verzichten, außer die ganz schwachen Kranken*. Und was taten die klugen Brüder? Sie hielten sich Gänse, Hühner und Enten, denn weil diese nur zwei Beine hatten, zählten sie angeblich nicht unter das Fleischverbot. Bei jedem Wehwehchen meldeten sich die Mönche reihenweise beim Infirmarius, dem Krankenbruder. Denn wer krank war, dem stand Fleisch zu. Man glaubte früher, das beschleunige die Heilung. Und Gäste setzten die Essensregeln sowieso außer Kraft, denn Besucher musste man angemessen bewirten, das heißt üppig auftischen. Natürlich aßen die Mönche dieselben Speisen wie die Gäste. Deshalb waren Fremde in den Klöstern auch so willkommen.«

»Ganz schön einfallsreich.«

»Leider ist das heute noch das Gleiche. Die jahrtausendealten Regeln gelten wenn, dann nur noch in einer abgemilderten Form. Ein Zerrbild der klösterlichen Ideale von Armut und Bescheidenheit. *Denn das Reich Gottes ist nicht Essen und Trinken, sondern Gerechtigkeit und Friede und Freude in dem heiligen Geiste*, steht in der Bibel. Ein Mönch sollte in Stille den Weg zu Gott und zur Erlösung suchen, Buße tun und gute Werke, so wie es unser Heiland getan hat, der für uns am Kreuz gestorben ist und für uns gelitten hat. Aber schauen Sie, was in der heutigen Welt geschieht: Überall Unglauben, Ketzerlehren, Drogen und Gewalt. Und niemand, der dem entgegentritt.« Das Gesicht des Mönchs war rot angelaufen.

»Dann halten Sie wohl nichts von der Umwandlung der Abbazia in ein Gästehaus für Fremde?«

»Natürlich sollten Gäste willkommen sein. Gelegentlich. Jetzt degeneriert unser Kloster allerdings zu einem Hotelbetrieb mit angeschlossener Kirche. Einige meiner Mitbrüder denken ebenso wie ich«, sagte Tettamonti. »Andererseits verstehe ich den Abt und seine Versuche, das Kloster am Leben zu halten. Der Gehorsam ihm gegenüber, bei allen Meinungsverschiedenheiten, dient als Grundlage unserer brüderlichen Gemeinschaft. Das achte ich hoch.« Der Mönch zog ein Medaillon hervor, das er unter seinem Habit an einer Kette um den Hals trug, und küsste es.

»Ein hübsches Schmuckstück. Darf ich es mir mal anschauen?« Tettamonti wollte zurückweichen, aber Eleonora hatte sich das Medaillon bereits gegriffen. Das Gesicht des Mönches wechselte ins Dunkelrote, er wagte kaum zu atmen und senkte den Blick. Er hob an, etwas zu sagen, doch seine Stimme verebbte.

»Die Jungfrau Maria mit einem Dornenkranz.« Die Padrona betrachtete das Bild. »Hat Ähnlichkeiten mit der Statue in der Kirche. Nur die Wundmale sind ungewöhnlich.«

»Das … ähm … ist nicht die Mutter Gottes.« Tettamonti sprach zur Seite gewandt, wohl aus Angst, Eleonora in die Augen sehen zu müssen, die direkt vor ihm stand. Oder war es etwas anderes? Wieder glaubte ich, ein Zittern zu bemerken, als wollte er mit aller Macht seine Muskeln unter Kontrolle halten. Seine Ausdünstungen erinnerten mich diesmal an einen läufigen Hund. Fast schien es mir, als würde er im nächsten Augenblick versuchen, Eleonora zu umarmen und zu küssen. Ich blieb wachsam. Doch nichts passierte.

»Eine Heilige?« Die Padrona ließ das Medaillon wieder los.

Tettamonti verstaute die Kette wieder sorgfältig. »Es ist die heilige Rita von Cascia. Wie die Statue in der Kirche. Wie Sie vielleicht bemerkt haben, Signora, haben die Gesichtszüge der Heiligen Ähnlichkeit mit Ihnen.«

»Mit mir?« Eleonora lachte. »Ein solches Kompliment hat mir noch niemand gemacht.«

»Lachen Sie nicht über etwas so Ernstes. Ritas sterbliche Überreste sind aufgebahrt in der Basilica di Santa Rita in dem Ort Cascia bei Spoleto hier in Umbrien. Die Heilige gilt als Helferin in aussichtslosen Lagen. Meist wird sie mit einer Rose dargestellt und dem Wundmal Christi auf der Stirn, als Symbol ihrer Leiden.«

»Deshalb die vielen Rosensymbole im Kloster?«

»Das Symbol der heiligen Rita war die Rose, das stimmt. Aber sie ist bei uns nur eine Heilige unter vielen. Diese Abbazia verehrt den heiligen Antonius und ein Dutzend andere. Ich vermute, jeder Mitbruder hat seinen Lieblingsheiligen. Ich schwärme für Rita.«

Der Mönch zog nochmals das Medaillon hervor und küsste es. »Möge sie ewigen Frieden finden.«

»Warum haben Sie gerade die Heilige Rita ins Herz geschlossen?«

»Weil Sie eine Kämpfernatur war und konsequent ihre Mission vollendete, auch wenn es Opfer kostete.« Tettamonti erzählte die Geschichte. Danach wurde die Heilige im Jahr 1381 unter dem Namen Margherita Lotti in Roccaporena geboren. Sie wurde 76 Jahre alt. Ihre Eltern zwangen sie, mit 15 Jahren den wesentlich älteren Ferdinand Mancini zu heiraten, einen Raufbold, der sich mit zwielichtigen Gestalten umgab und in dunkle Geschäfte verwickelt war. Die Ehe mit dem gewalttätigen und jähzornigen Mann war eine Hölle, 18 Jahre lang ertrug Rita sie betend und demütig und gebar in der Zeit zwei Kinder. Der Mann wurde schließlich ermordet. Die beiden Söhne schworen Rache für ihren Vater, sie wollten ihrerseits den Mörder umbringen. In ihrer Not flehte Rita zu Gott, ihre Söhne zu sich in den Himmel zu holen, bevor sie ebenfalls zu Mördern würden. Kurz darauf starben beide an einer Seuche. Rita ging ins Kloster und verbrachte dort in einer Zelle ihr Leben mit Beten und Leiden, regelmäßig legte sie sich einen Bußgürtel aus Dornen an. Kurz vor ihrem Tod bat sie, man möge ihr eine Rose aus dem Garten bringen. Obwohl es Winter war und kalt, habe der Rosenstrauch geblüht – das erste Wunder der Heiligen.

»Nicht ganz so prominent wie Franz von Assisi, aber immerhin. Eine Volksheilige. Und eine Nonne«, sagte Eleonora. »Dennoch frage ich mich, was die Vielzahl an Rosensymbolen hier auf dem Anwesen zu bedeuten hat. Ob das überhaupt einen historischen Bezug hat. Ich hatte schon an die Rosenkreuzer-Bewegung gedacht. Obwohl mir das in Umbrien ein wenig abstrus vorkommt. Ich studiere gerade die Jahreschroniken des Klosters, aber derartige Hinweise sind mir dort noch nicht begegnet.«

»Wir haben Bücher von Andreae in der Bibliothek. Warten Sie, ob ich sie gleich finde.« Der Mönch suchte die Regale ab. »Da sind sie.« Er brachte drei Bände an den Tisch. »Die *Chymische Hochzeit* von 1616, die *Confessio Fraternitatis* und das Hauptwerk *Fama Fraternitatis – Allgemeine und General Reformation der ganzen weiten Welt, des löblichen Ordens des Rosenkreutzes.*«

Die Padrona blätterte die Seiten durch. »Hier hat jemand Stellen mit Bleistift markiert. Ist wohl eine Gewohnheit eines unbekannten Benutzers dieser Bibliothek.«

Mir kam der Gedanke, und an den Augen Eleonoras glaubte ich abzulesen, dass sie ähnliche Fragen beschäftigten, ob nicht Tettamonti selbst der Urheber der Notizen war. Als Büchernarr wollte er vielleicht seine Kommentare direkt neben dem Text zu Papier bringen. Was die Rosenbrüderschaft betraf – da war ich mehr als skeptisch, denn es deutete doch alles auf ein christliches Symbol hin. Aber in welchem Zusammenhang? Mit der Heiligen Rita?

Die Padrona seufzte. »Mir raucht der Kopf. Langsam kriege ich das Gefühl, je mehr Rosen ich sehe, desto mehr Theorien sprießen aus meinem Kopf. Machen wir Schluss für heute. Ich nehme mir einige Dokumentenmappen mit aufs Zimmer.«

Das Abendessen bestand aus Farretto-Suppe mit Dinkelschrot, Ciabatta-Brot, eingelegten Paprika und Artischocken. Zum Nachtisch gab es eine Ricottatorte Cassata pontecorvese mit Bitterschokolade. Der Rotwein aus Merlottrauben schmeckte säuerlich und unreif. Das Schrot war nicht lange genug eingeweicht, der Torte fehlte die Frische. Mit einem Wort, Habiatus kochte heute nicht in seiner gewohnten Qualität. Ob es damit zusammenhing, dass er vier Stunden in einem Polizeiauto hatte schmoren müssen, mit Handschellen gefesselt, um schließlich vom Commissario mit den Worten entlassen zu werden »Wir kommen wieder. Das nächste Mal sind wir nicht so nachsichtig«? Sollte ich nun für die Fehler Napantes büßen? Minderwertigen Wein trinken? Bauernsuppen schlürfen? Keiner wagte zu reklamieren, als der Cellerar mit finsterer Miene aus seiner Küche kam und frische Wasserkrüge auf den Tisch stellte. Meine Schüssel übersah er, obwohl ich nach diesem rauen Gesöff dringend einen Schluck Wasser nötig hatte.

Die Nachricht von der Entdeckung des Goldenen Trüffels hatte schnell die Runde gemacht. Besser gesagt, Rizzone hatte dafür gesorgt, dass jeder davon erfuhr, der ihm über den Weg lief. Am Tisch kam er kaum zum Essen, weil er seinen Nachbarn gestenreich erklärte, wie er dem Geheimnis auf die Spur gekommen war. Melissa Fini notierte sich Einzelheiten des Rezepts, »eine exquisite Idee für meine nächste Einladung«, wie sie sagte. Dominik Hellenbart schlug vor, ein Kochbuch für Manager zu produzieren, unter dem Titel »Goldener Trüffel – Orgien wie im alten Rom«, mit einer leicht bekleideten Sklavin auf der Vorderseite. »Tolle Idee, und wer ist die Sklavin?«, fragte Dolores Battistini, die neben Hellenbart saß.

»Ich wüsste schon jemanden.« Er zwinkerte ihr zu.

»Wo bekomme ich eine Tunika her?« Dolores kicherte. »Muss ich Sie dann mit ›Imperator‹ anreden?«

Ihr Gatte hatte sich entschuldigen lassen. Er müsse seine Stimme schonen, sein Hals plage ihn immer noch. Dolores brachte eine Schleimsuppe aufs Zimmer, nachdem sich Habiatus geweigert hatte, den Botendienst zu erledigen.

Am Tisch der Mönche herrschte Schweigen. Avianos Miene war versteinert und Tettamonti rührte lustlos in seiner Suppe. Lavello schien seine Umgebung gar nicht wahrzunehmen, er beschäftigte sich ausschließlich mit dem Teller vor sich. Überhaupt ließ er sich kaum mehr blicken, seitdem der Commissario in der Abbazia aufgetaucht war. Bedrückte ihn etwas?

Der Wein rumorte in meinem Schädel. Ich war normalerweise nicht empfindlich, vertrug eine Menge, nur dieser Billigfusel verfehlte meinen Geschmack. Was gäbe ich jetzt darum, zu Hause im Piemont auf meiner Couch zu liegen und einen Barolo zu genießen! Danach meine Freundin Cleopatra einzuladen, nochmals ein Fläschchen zu köpfen, unsere Nasen zu wetzen und uns in die Nacht treiben zu lassen. Doch nun sehnte ich mich nur noch nach meinem Bett und verließ den Speisesaal. Die Frischluft reinigte meinen Rüssel. Der Wandelgang lag im Dunkel, die Sterne waren unter einer Wolkendecke verborgen.

Als ich mein Zimmer erreicht hatte, spürte ich meine Kutsche mehr als dass ich sie sah. Auf meine abendlichen Gymnastikübungen verzichtete ich. Nur noch schlafen. Ich ließ mich ins Bett fallen – und schreckte auf.

»Guten Abend, mein Lieber.«

Tiffany. Neben mir lag Tiffany. »Ähh, guten Abend, schon etwas spät«, sagte ich. »Wie bist du denn reingekommen?«

»Durch die Tür.«

Meine Frage hatte wirklich dämlich geklungen. Es war Notwehr, um Zeit zu gewinnen. Die Gedanken rasten in meinem Kopf. Was sollte ich machen? Ich spürte ihren Atem, spürte den warmen Körper neben mir, verführerisch und anziehend. Tiffany hatte ein Parfum aufgelegt, eine raffinierte Mixtur, irgendwas mit Kiefernessenz, Rosenöl und Gänseblümchen. Unwillkürlich inhalierte ich den Duft, meine Sensoren gerieten in Aufruhr, das Blut pochte in den Adern, jede meiner Zellen schien elektrisiert. Der Alkohol verwandelte mein Hirn in Vanillepudding, oder war es der Duft?

»Schön, dass du da bist.« Mist. Wieder die falsche Antwort.

»Ich … äh …«

»Du hast doch gesagt, ich soll dich mal besuchen«, gurrte Tiffany, »und hier bin ich nun. Ich warte schon eine ganze Weile. Wäre beinahe eingeschlafen.«

»Warum hast du's nicht getan? Ich hätte dich schon geweckt.« Oder auch nicht. Ich wusste es nicht. Manchmal verfluchte ich diese Trinkerei. Wäre ich bloß beim Wasser geblieben!

Tiffany rückte näher. »Ich dachte, wo du immer allein bist … Das Leben besteht nicht nur aus Arbeit. Immer nur Trüffel suchen und Detektiv spielen. Wo bleibt da die Abwechslung? Wir können uns ausgiebig unterhalten. Niemand stört uns.«

»Ähh, worüber willst du denn reden?«

»Wir haben uns noch gar nicht richtig kennengelernt. Erzähl mir ein bisschen mehr von dir. Privates. Was machst du so im Piemont auf deinem Bauernhof? Wer sind deine Freunde – außer Caruso und dieser … dieser Eleonora?«

Ihr Geruch wehte zu mir herüber. Kiefernaroma. Lecker. Ihr Rüssel war nur Hufesbreite von meinem entfernt. Ameisen tanzten in meinem Kopf, und das Bett schien auf Wasser zu gleiten. Ich dachte an zu Hause, an Cleopatra. Wenn sie mich jetzt sehen würde … Schnell verscheuchte ich den Gedanken. Meine Cleopatra. Wir beide. Wie wir uns im Heu vergraben hatten, an jenem kalten Winterabend. Ihre süßen Ohren. Ihre weiche Flanke. Weit weg. So weit weg. Tiffany. Neben mir. Ihr Atem, der mich nervös machte. Mein Denken lähmte. Oder war es der Alkohol?

»Was ist mit dir?«

»Ich … ähh … denke nach. Was ich dir erzählen könnte … Es ist schon spät, weißt du.« Was war nur mit mir los? Wo blieb meine

Beredsamkeit? Ich stammelte wie ein zweitklassiger Schauspieler. Wozu überhaupt reden? Immer wollten Frauen nur reden. Sogar mitten in der Nacht. War die Nacht zum Reden da? Die Nacht gehörte den ... Esus hilf! Tiffany war ein liebes Ding. Ohne Zweifel. Sollte ich ... Cleopatra. Sie konnte jetzt, gerade jetzt nicht bei mir sein. Aber Tiffany ... Ich brauchte nur meinen Huf um sie legen, meinen Kopf an ihren schmiegen. Heiliger Antonius, hilf! Allmählich ahnte ich, wie sich der Eremit gefühlt haben musste, als die Versuchungen auf ihn einstürmten. Wie Dämonen. Das Versprechen von Lust und Liebe. Nur einen Hufbreit entfernt. Zwei Rüssel, die Berührung suchten. Das Paradies. Oder die Hölle.

»Ich habe Migräne.«

Tiffany richtete sich abrupt auf. »Du hast was? Migräne?«

»Das Abendessen. Der Wein. Du weißt schon.«

»Du magst mich nicht. Hast mich noch nie gemocht. Sag es ruhig, ich bin nicht empfindlich. Überhaupt nicht.« Ihre Worte waren mit Bitternis mariniert.

»Nein, das ist es nicht, Tiffany. Ich bin momentan nur ...«

»Ja, ja, der Herr Privatdetektiv will nichts mit mir zu tun haben. Hochwürden haben Besseres vor und möchten sich nicht mit einer einfachen Klostersau abgeben.«

»Aber Tiffany, das stimmt nicht. Ich ...«

Sie sprang von der Kutsche. »Du hättest wenigstens sagen können, dass du mich nicht magst. Ein Wort nur. Stattdessen lädst du mich zu dir ein. Wenn ich das gewusst hätte ... Das ist gemein. Ich schäme mich so. Das verzeihe ich dir nie.«

»Tiffany, bitte, hör mich an.« Mir wollte einfach kein vernünftiger Satz gelingen. Half mir denn keiner? Wo blieben die Heiligen, wenn man sie rief? So wollte ich Tiffany nicht gehen lassen.

»Hör auf! Genug. Jetzt weiß ich, woran ich bei dir bin. Wenigstens etwas. Gute Nacht!«

Die Tür schlug zu. Ich versuchte aufzustehen und ihr nachzulaufen, gab es aber gleich wieder auf. Mein Kopf sank ins Kissen. Säue! Das war mein letzter Gedanke.

20

Eleonora hatte angekündigt, sie wäre nun so weit und könne erste Forschungsergebnisse präsentieren. Der Abt hatte sie und Rizzone deshalb zum Frühstück an den Tisch der Mönche gebeten. Habiatus und Tettamonti waren dabei, das Geschirr abzuräumen. »Der Herr hat mir heute ein großes Arbeitspensum auferlegt. Deshalb muss ich mich bald ins Büro zurückziehen«, sagte Aviano. »Signora, Sie wollten uns über Ihre Recherchen informieren, über Ihre wissenschaftlichen Resultate zur Abbazia. Professore, es wäre schön, wenn auch Sie Ihren Zwischenstand referierten.«

Zum Frühstück gab es Kakao und Milchbrötchen mit Heidelbeermarmelade. Wollte Habiatus etwas feiern? Eine Versöhnung für seine bescheidenen Gaben, die er uns am Abend zuvor kredenzt hatte? Ich aß in guter Stimmung – die Neugierde auf Eleonoras Ergebnisse schürte meinen Hunger.

Rizzone öffnete seine Aktenmappe. »Möchten Sie anfangen, Signora Gobetti? Wir haben beide unseren eigenen Weg eingeschlagen, wie Sie wissen, Padre.«

»Bitte keinen Streit an diesem friedlichen Tag.« Der Abt nahm den letzten Schluck seines Kaffees und reichte Habiatus die Tasse zum Nachfüllen. »Signora, bitte, machen Sie uns die Freude.«

»Nun, ich habe einige ungewöhnliche Dokumente dabei«, sagte Eleonora. »Zum einen habe ich mittlerweile viele Wirtschaftsbücher und Jahreschroniken des Klosters eingesehen. Ebenso habe ich Dokumentenmappen mit Briefen und Urkunden durchforstet. Leider weisen die Bestände immer wieder Lücken auf. Ganze Jahrgänge fehlen. Der früheste Haushaltsband ist aus dem Jahr 1571, und darin enthalten ist eine Aufstellung des Vermögens der Benediktinerabtei. Der Begleittext sagt, dass es sich um die erste Bilanz des Klosters überhaupt handelt. Übrigens verfügte die Abbazia damals über beträchtliche Ländereien, die nach den anderen Abrechnungsbüchern in den folgenden Jahrzehnten deutlich zunahmen, meistens durch Schenkungen. Seltsam dabei ist, dass ich kein Wirtschaftsdokument, keine Abrechnung vor 1571 gefunden habe, obwohl das Anwesen sehr viel älter sein muss und die Sammlung der Bibliothek nahelegt, dass schon früher Bücherliebhaber hier arbeiteten.«

Der Abt runzelte die Stirn. »Was schließen Sie daraus, Signora?«

»Die Erklärung mag Sie überraschen: Das Kloster gehörte früher einer anderen Glaubensgemeinschaft. Erst später haben die Benediktiner es übernommen.«

Die Mönche hörten auf zu essen. Selbst am Gästetisch erstarben die Gespräche.

»Eine anderer Orden?« Der Abt sah ungläubig drein.

»Vielleicht kann die hochgeschätzte Kollegin mit einigen Details weiterhelfen«, sagte Rizzone. »Wilde Spekulationen helfen uns nicht im Geringsten.«

»Gerne.« Eleonora verbeugte sich spöttisch. »Tatsächlich ergibt meine Analyse der vorhandenen Schenkungsurkunden, dass das Kloster bereits vor diesem Datum über Kunstgegenstände, Vieh und Wald verfügte. Eine Schenkung aus dem 15. Jahrhundert kam sogar von den Medici aus Florenz, ungewöhnlich genug. Es ist in den Texten bereits von der Abbazia die Rede, aber nicht von Benedictini. Das bestätigt meine These: Das Anwesen war vorher von einer anderen Mönchsgemeinschaft bewohnt. Die Benediktiner haben die Abtei erst später übernommen, im 16. Jahrhundert, möglicherweise um das Datum herum, an dem die Wirtschaftspläne beginnen.«

»Wollen Sie damit sagen, die Geschichte unseres Klosters reicht gar nicht so weit zurück?« Der Abt schob seinen Teller beiseite.

»Nur was die Benediktiner betrifft«, sagte Eleonora. »Sie führten die Abbazia später zu neuer Blüte.«

»Ja, wenn ich daran denke, wie reich dieses Kloster einst war«, seufzte Aviano. »Felder und Wald, soweit das Auge reichte. Alles gehörte uns. Die Bauern zahlten Pacht, Arbeiter schlugen Holz für uns und betreuten das Vieh. Fürsten und Kaufleute bedachten uns mit Spenden, und der Ruhm der Abtei reichte weit über die Grenzen der Besitztümer hinaus. Und jetzt?« Der Abt schien mehr zu sich zu sprechen. »Jetzt müssen wir um jeden kleinen Geldbetrag kämpfen. Erbärmlich. Vom einstigen Reichtum sind nur noch ein paar Felder und etwas Wald geblieben. Keiner mag mehr hier oben in dem schwierigen Gelände arbeiten. Und wissen Sie, wie wenig Holz der Wald heute bringt? Davon kann ein Kloster nicht mehr leben. Von unserem Orden kann ich auch keine Hilfe erwarten – im Gegenteil. Gott sei's geklagt.« Der Padre lehnte sich zurück. »Ich will nicht jammern über meine Bürden. Sondern sie in Demut ertragen. Professore, wer bewohnte dieses Kloster denn nun vor uns?«

»Das müssen Sie die Signora fragen.« Rizzone hob die Arme in die Höhe. »Die liebe Kollegin ist uns die Beweise noch schuldig geblieben.«

Eleonora holte ein Pergament aus ihrer Tasche und breitete es auf dem Tisch aus. »Das ist ein alter Grundriss des Klosters. Einige Gebäude fehlen noch, die wurden erst später angebaut. Aber die Anlage ist gut zu erkennen.«

Der Abt und Eleonora beugten sich über die Karte. Tettamonti, Lavello und Habiatus kamen hinzu, selbst einige der Gäste erhoben sich. »Hier sehen wir den Flügel mit den Schlafräumen. An derselben Stelle wie heute auch. Die Kirche, der Kreuzgang und das Tor sind alle richtig eingezeichnet. Aber das hier ist der entscheidende Hinweis.« Sie kreiste den Grundriss eines Wohntraktes mit dem Finger ein. »Auf dieser Seite steht ein Gebäude, das heute nicht mehr existiert. Die Beschriftung sagt eindeutig, dass es sich dabei um ein Frauenhaus handelt.«

»Frauen?« Der Abt vergaß, seine Tasse abzusetzen.

»Frauen?«, riefen Habiatus und Tettamonti wie aus einem Mund.

»Frauen!«, echote Melissa Fini.

»Genau, Frauen«, sagte Eleonora. »Meine Recherchen belegen eindeutig: In dieser Abtei lebten früher Ordensfrauen. Allein oder – was wahrscheinlicher ist – zusammen mit Mönchen, mit Männern also. Wenn auch räumlich getrennt.«

»Mit Männern unter einem Dach?« Aviano hielt immer noch seine Tasse in der Luft.

»Männer und Frauen zusammen?« Tettamontis Augen standen sperrangelweit offen.

»Eine Kommune?«, fragte Melissa Fini.

»Schöne Zustände«, sagte Dolores Battistini. »Wie im alten Rom.«

»Ha, ha. Assurdo. Vollkommen lächerlich, was Sie da sagen, Signora.« Rizzones Stimme überschlug sich beinahe. »Von einem Grundriss auf ein Frauenkloster abzuleiten. Incredibile. Absolut amateurhaft.«

»Mein verehrter Kollege meldet Zweifel an, was verständlich ist für einen Wissenschaftler«, entgegnete die Padrona. »Deshalb habe ich ein paar zusätzliche Dokumente mitgebracht.« Sie holte mehrere gefaltete Pergamente aus der Tasche, an einigen baumelte ein Siegel. Die Zuschauer im Refektorium beobachteten jede ihrer Bewegungen. Keiner dachte mehr an Kaffee und Marmeladenbrötchen. Eleonora entfaltete ein Dokument. »Das hier ist ein Brief von Nannina de' Medici, der Schwester des berühmten Lorenzo de' Medici, genannt ›Il Magnifico‹, und Enkelin von Cosimo de' Medici, der die Dynastie groß gemacht hat. Erkennbar ist deutlich das Medici-Siegel.« Eleonora hielt den Brief in die Höhe. »In dem Schreiben verspricht Nannina eine weitere Spende für die Glaubensgruppe und mahnt die Ordensbrüder, den Streit mit den Frauen in der Gemeinschaft sofort zu stoppen. Wie dem Brief zu entnehmen ist, wollten offenbar die männlichen Mitglieder des Ordens die Frauen aus dem Kloster verbannen. Ein Machtkampf. Warum, ist unklar. Die interne Auseinandersetzung war eskaliert, deshalb hatten die Ordensschwestern Nannina angeschrieben und um Schlichtung gebeten.«

»Weshalb sollte sich gerade eine Medici für ein umbrisches Kloster einsetzen?« Rizzone wippte nervös mit seinen Schuhen. »Deren Machtzentrum lag doch in Florenz.«

»Eine zufriedenstellende Antwort habe ich leider noch nicht gefunden«, entgegnete Eleonora. »Aber Tatsache ist, dass Nannina regelmäßige Kontakte hierher hielt.«

»Mager, sehr mager, liebe Kollegin«, sagte Rizzone.

»Nun lassen Sie die Signora doch mal zu Ende berichten, per favore.« Habiatus schien ungehalten. »Fahren Sie fort, Signora.«

Eleonora öffnete ein weiteres Dokument. »Der Name Laetitia Serena auf Ihrem Klosterfriedhof hat mich stutzig gemacht. Wenn eine Frau dort begraben wurde, musste sie eine hohe Funktion im Kloster innehaben. Ich tippte auf eine Äbtissin. Und hier haben wir den Beweis, dass ich mit meiner Vermutung richtiglag.« Sie straffte das Papier. »Das ist ein Teil einer Jahreschronik vom Ende des 15. Jahrhunderts, zur Lebenszeit von Nannina. Darin wird lapidar ein Todesfall vermerkt: Laetitia Serena, Äbtissin, überraschend verstorben im Namen der Rose am 26. September. Die Notiz verzeichnet einen Eusebius Firmatus als neuen Abt der Gemeinschaft.« Eleonora hielt einen Moment inne. »Dieser Firmatus war der Mann, auf den sich Nannina in ihrem Brief bezog.«

»Na und?« Dolores Battistini zog die Augenbrauen hoch. »Was bedeutet das?«

»Ich vermute, dass die männlichen Mitglieder der Glaubensgemeinschaft gegen die weibliche Leitung, gegen die Äbtissin rebellierten. Als die Mönche mitbekamen, dass Laetitia eine de' Medici um Unterstützung gebeten hatte, griffen sie zur Selbsthilfe und brachten Laetitia Serena um.«

Schweigen breitete sich im Refektorium aus. Der Abt räusperte sich. »Auf was stützen Sie Ihre These?«

»Auf das hier.« Eleonara zog einen zweiten Brief mit einem Medici-Siegel hervor. »Das Schreiben ist ebenfalls von Nannina, wenige Wochen nach dem Tod der Ordensvorsteherin. Darin fordert die Medici unverblümt harte Konsequenzen für die Schuldigen. Späher hätten ihr zugetragen, ihre Freundin Laetitia Serena sei ermordet worden. Durch …«. die Padrona blickte in die Runde, »… durch einen Goldenen Trüffel.«

Ein Raunen ging durch den Saal.

Also war schon einmal jemand innerhalb dieser Mauern ermordet worden, womöglich mit einem legendären Pilz. Eine makabre Parallele, wie ich fand.

Eleonora hob die Hand, und die Ruhe kehrte wieder ein. »Dazu passt die Inschrift auf Serenas Grab: *Deine Seele durfte in der irdischen Welt keinen Frieden finden* – ein Hinweis auf den Streit und den gewaltsamen Tod. Nannina kündigte übrigens in dem Schreiben an, der Sache selbst auf den Grund gehen zu wollen und das

Kloster zu inspizieren. Jedoch finden sich bislang keine Hinweise, ob sie das wirklich getan hat oder ob es nur eine Drohung blieb.«

»Bravissimo, Kollegin.« Rizzone klatschte symbolisch in die Hände. »Erstaunliche Leistung. Überlassen Sie mir die Unterlagen, damit ich sie eigenhändig überprüfen kann?«

»Was immer Sie wünschen, Professore.«

Die Neuigkeit sorgte den ganzen Tag über für immer weiteren Gesprächsstoff. Ich war gleichzeitig verblüfft und stolz, wie viel meine Padrona im Alleingang herausgefunden hatte. Auch wenn sie die Frage bisher nicht beantworten konnte, um welche religiöse Gemeinschaft es sich genau handelte. »Darüber steht in den Unterlagen nichts. Ich habe aber bereits Verbindung mit einigen historischen Archiven aufgenommen und gebeten, mir Unterlagen aus jener Zeit herauszusuchen«, hatte sie darauf geantwortet. »Den einzigen Hinweis, den ich fand, war das Rosensymbol, mit dem sich die Gläubigen schmückten.«

Das Getuschel nahm weiter zu, als der Commissario später am Tag erneut die Abtei heimsuchte. Ich hielt im Kreuzgang nach ihm Ausschau, in der Hoffnung, einen Hinweis aufzuschnappen. Napante ging an mir vorbei, ohne mich zu beachten, und klopfte an die offene Bürotür des Abts. »Darf ich eintreten, Padre?«

»Gott zum Gruße. Treten Sie ein und nehmen Sie Platz. Was kann ich für Sie tun?« Aviano sah von seinen Akten hoch. Ich spazierte bis vor den Eingang und lugte um die Ecke.

»Ich hätte da noch einige Fragen«, sagte Napante. »Vielleicht können Sie mir weiterhelfen. Das würde das Verfahren enorm beschleunigen.«

»Ich tue, was in meinen bescheidenen Kräften steht. Je eher Sie mit Ihrer Arbeit hier fertig sind, umso besser. Einige Gäste haben sich bereits über die Störungen beschwert. Und die Fratelli werden von ihrer Tagesarbeit abgehalten. Auch muss ich sagen, Ihr voriges Gespräch mit mir machte glauben, ich würde auf der Anklagebank sitzen. Sind Sie mit Ihren Ermittlungen schon weiter?«

»Scusi für die Unannehmlichkeit, Signore Aviano. Ich habe mit allen Anwesenden Gespräche geführt, und ein deutliches Bild beginnt sich abzuzeichnen. Die meisten fallen als Verdächtige aus.

Warum das so ist, werde ich aus ermittlungstaktischen Gründen vorerst für mich behalten. Was fehlt, ist ein klares Motiv. Rinaldo Battistini hätte einen Grund durch seinen Streit mit Gabriel, impulsiv wie er ist, aber ob er deswegen einen Mord begehen würde … Dieser Dominik Hellenbart – seine Firma in Deutschland steckt in Schwierigkeiten. Soll kurz vor der Pleite stehen, haben meine telefonischen Recherchen ergeben. Aber ein Gewaltverbrechen? Salvatore Lucca kam einige Male mit dem Gesetz in Konflikt, aber nur Bagatellen wegen Steuersachen im Zusammenhang mit seinem Lokal in Palermo. Habiatus bleibt verdächtig, aber das Motiv fehlt. Oder wissen Sie mehr, Padre?«

»Ich? Was soll ich wissen. Für alle meine Mitbrüder lege ich die Hand ins Feuer. Ich kenne sie seit Jahren.«

»Kein Streit untereinander? Kein Hass? Bei Ihnen müssen tatsächlich lauter Engel wohnen.«

»Wir sind näher an Gott als normale Menschen. Deshalb achten wir die zehn Gebote ganz besonders. Aber auch wir sind Menschen. Und unter Menschen gibt es gelegentlich Streit. Wobei es nie etwas Ernstes ist. Der Heilige Benedikt hat gesagt, dass man alle Schwächen in unerschöpflicher Geduld ertragen muss. Entscheidend ist die Fähigkeit zu verzeihen.«

»Dieser Lavello.« Der Commissario las den Namen aus seinem Notizbuch. »Welche Kenntnisse haben Sie über sein Vorleben?«

»Er war eine verwirrte Seele, als er zu uns kam. Hat sich schnell eingelebt und seinen Platz in unserer Gemeinschaft gefunden. Seine Vergangenheit hat mich nie weiter interessiert. Wie übrigens die Vergangenheit der anderen Mönche ebenfalls nicht. Wer das Gelübde für das Kloster ablegt, wird ein neuer Mensch, tritt ein in eine andere Welt, streift Vergangenes ab. Die Benediktiner behandeln und beurteilen den Menschen nach seinen Taten der Gegenwart, nach der Fähigkeit zu Reue und Buße.«

»Ich frage deshalb, weil ein Mann von der Polizei gesucht wird, der vor zwei Jahren in einem Krankenhaus in Pisa als Krankenpfleger gearbeitet hat. Die Beschreibung könnte in etwa auf Ihren Bruder Lavello passen. Damals kam es zu ungeklärten Todesfällen in der Klinik. Der Krankenpfleger tauchte danach unter – sein richtiger Name konnte nicht ermittelt werden. Leider gibt es auch kein brauchbares Foto aus den Personalakten des Krankenhauses. Die Kollegen aus Pisa sind in dem Fall nicht weiter.«

»Sicher ein Irrtum. Es gibt viele junge Männer, auf die die Beschreibung vermutlich zutrifft. Lavello ist ein gutmütiger und hilfsbereiter Mensch. Erst vor einigen Tagen hat er vehement darauf bestanden, einem Landstreicher zu essen und trinken zu geben. Sie sehen, der Novize hat eine gute Seele. Wir werden ihn schon bald als vollwertiges Mitglied unserer Klostergemeinschaft aufnehmen.«

»Was hat es mit dem Landstreicher auf sich?«

»Ein Wanderer, der an unsere Tür klopfte.« Aviano erzählte von dem Vorfall.

»Hielt sich der Mann länger in der Gegend auf?« Der Commissario schrieb etwas auf.

»Ich weiß es nicht, Dottore. In unsere Gegend verirren sich sonst nur wenige Menschen.«

»Danke für Ihre Kooperation«, sagte Napante. »Wenn ich Ihr Telefon benutzen dürfte?«

Aviano stand auf. »Bedienen Sie sich. Ich muss ohnehin zu einem Gast.«

Der Abt ging zum Besucherflügel, hinauf in den ersten Stock. Der Teil des Klosters war ähnlich gebaut wie der Schlaftrakt der Mönche. Jedoch waren die Wände des Flurs frisch gestrichen, in einem Ockerton, nicht weiß wie bei den Mönchen. Gerahmte Landschaftsfotos verbreiteten Urlaubsstimmung, Gewürzsträußchen überdeckten den Geruch der Farbe, der immer noch schwach in der Luft hing. Sofas an den Wänden lockerten den Gang auf und luden zum Verweilen an, sodass ich sogar einen Moment versucht war, auf einer Couch Platz zu nehmen und ein Nickerchen zu halten. Die Türen der Gästezimmer, offenbar neu eingesetzt, hatten keine Nummern, sondern Heiligennamen. Der Abt stoppte vor dem Zimmer des Heiligen Eusebius und klopfte.

»Herein.« Ein Krächzen.

Der Duft von Malz-Hustenbonbons beherrschte den Raum, der Vorhang war zugezogen, und Dämmerlicht verwandelte die Gegenstände in Schemen. Ich sah Anzüge, die an Kleiderbügeln an der Schranktür hingen, eine offene Seitentür führte in ein Badezimmer. Mehrere Paar Schuhe standen unter dem Fenster, auf dem

Tisch lagen Zeitschriften und ein Morgenmantel. Auf dem Bett türmte sich eine Daunendecke wie ein Gletschergipfel und verbarg den Blick auf die darunterliegende Gestalt.

»Wer ist da?«

»Ich bin es, Abt Aviano, Sie haben nach mir verlangt, Signore.«

Ein Hustenanfall war die Antwort. »Kommen Sie näher, bitte. Aber nicht zu nah.« Aus dem Kissen leuchtete ein Kopf, die Nase war gerötet. Eigentlich war nur das Gesicht des Opernsängers zu sehen, denn er hatte eine Wollmütze auf und einen Schal um den Hals geschlungen. »Sehen Sie, was aus mir geworden ist. Ein armer Sünder. Ein Haufen Elend.« Battistini räusperte sich. »Mein Hals. Meine Stimme. Sie ist weg. Können Sie sich vorstellen, Padre, was es heißt, keine Stimme mehr zu haben? In meinem Beruf?«

»Zumindest können Sie noch reden. Das ist ein gutes Zeichen.«

»Aber Singen. Singen!« Battistini probierte einige Takte einer Puccini-Arie, das Ergebnis klang mehr nach Hundegebell. »Hören Sie es? Das ist alles, was von meiner Stimme übrig ist. Ich werde nie mehr auftreten können! Nie mehr auf der Bühne stehen. Ich bin ruiniert! Da kann ich mir eigentlich nur noch die Kugel geben.«

»Sie haben eine schlimme Erkältung. Das bekommen wir schon wieder weg, machen Sie sich keine Sorgen.«

»Seitdem ich von dem Wasser bespritzt wurde, ist es schlimmer geworden. Tag für Tag. Wenn es so weitergeht, müssen Sie mir bald die letzte Ölung geben. Das Leben ist nichts mehr wert für mich. Ohne Stimme.«

»Vertrauen Sie auf Gott. Geben Sie sich in seine Hände.« Der Abt wählte den Ton eines Seelsorgers. »Und beten Sie. Beten Sie, so oft Sie können. Das hilft. Dann wird es Ihnen bald wieder besser gehen. Sie werden es sehen.«

»Padre, muss ich sterben? Will Gott mich bestrafen? Ich habe viel gesündigt in meinem Leben, sicher. Aber habe ich diese Strafe verdient? Wird mir der Allmächtige meine Stimme für immer nehmen?« Der Rest der Worte erstarb in einem Wimmern.

»Wir werden das schon hinkriegen, mit Gottes Hilfe. Unser Kloster verfügt über einen exzellenten Kräutergarten. Ich bitte Bruder Lavello, Ihnen einen Tee zu brauen und eine Salbe anzurühren. Das hilft. Ich selbst schwöre auf Lavellos Kräutertees, wenn ich mich unwohl fühle.«

»Meinen Sie nicht, wir sollten einen Arzt rufen?«

»Probieren Sie die Kraft der Heilkräuter. Wenn sie nicht wirken, können wir immer noch Dottore Plisano hinzuziehen. Und jetzt ruhen Sie sich aus. Soll ich nach Ihrer Frau Gemahlin rufen?«

»Ach, lassen Sie, Padre.« Battistini drehte den Kopf zur Seite. »Meine Frau ist hier, um sich zu erholen und Spaß zu haben. Ich will Dolores nicht als Krankenschwester einspannen.«

»Wie Sie wünschen, Maestro. Gleich wird Ihnen Lavello einen kräftigen Trunk bringen. Vertrauen Sie seinen Anweisungen. Morgen sieht der Tag schon ganz anders aus.«

Von draußen war Motorenlärm zu hören. Der Abt verabschiedete sich und hastete zum Eingang, wo vor dem Tor drei Mannschaftswagen der Polizei stoppten. Der Commissario begrüßte den Einsatzleiter, einen schneidigen jungen Mann in militärisch wirkender Uniform.

»Lassen Sie Ihre Männer antreten«, sagte Napante. Zwei Dutzend Gestalten in Kampfausrüstung stellten sich vor ihrem Capo auf, Waffen und Sprechfunkgeräte am Gürtel, Helme auf dem Kopf, und einige trugen sogar Maschinenpistolen samt kugelsicherer Westen.

»Was wird denn das, um Himmels willen?« Der Abt schlug die Hände über dem Kopf zusammen. »Wollen Sie hier oben Krieg führen? Reicht es Ihnen nicht, wie Sie meine Gäste aufgeschreckt haben?«

»Signore Aviano, das ist jetzt nicht Ihr Job«, antwortete der Commissario. »Sie sind für die Angelegenheiten vom dem da oben zuständig.« Er deutete zum Himmel. »Wir kümmern uns um die Menschen auf der Erde und schützen die Guten vor dem Bösen. Wir bekämpfen die irdischen Teufel, wenn Sie so wollen.«

»Aber … aber … ginge es nicht eventuell ein klein wenig unauffälliger? Man könnte meinen, Sie wollen eine Festung stürmen.«

»Kann schon sein. Wenn mein Verdacht richtig ist, finden wir heute den Mörder von Bruder Gabriel. Das möchten Sie doch auch, oder? Damit Ruhe einkehrt in der Abbazia.« Hinter Napantes Sätzen schimmerte Ironie durch.

»Doch, schon … Aber …«

»Sehen Sie, und deshalb wollen wir loslegen. Jede Sekunde zählt. Ich habe eine Spezialeinheit hergebeten, die sich mit schwierigen Situationen auskennt.« Der Commissario ließ Aviano stehen und wandte sich an die Truppe. »Männer«, sagte er wie ein General vor der Schlacht. »Männer, ich zähle auf euch. Ihr befindet euch auf fremdem Terrain. Die Gefahr kann überall lauern. Seid auf der Hut. Macht ohne zu Zögern von der Schusswaffe Gebrauch, um euer Leben zu schützen. Wir haben es mit einem heimtückischen Gegner zu tun. Einem Mörder. Ich habe euren Commandante eingewiesen, er kennt den Plan und die Details. Viel Erfolg!«

Der Commissario lebte wohl gerade die militante Seite seiner Persönlichkeit aus, anders konnte ich mir die Aktion nicht erklären, die vollkommen fehl am Platz war. Ich hätte geschmunzelt, wäre da nicht Napantes ausdrückliche Aufforderung gewesen, von der Schusswaffe Gebrauch zu machen. Sollten Polizisten normalerweise nicht nur im absoluten Notfall zur Waffe greifen und nicht bei der erstbesten Gelegenheit? Langsam machte mir der Commissario Angst. Derweil zerstreuten sich die Polizisten und holten ihre Ausrüstung aus den Fahrzeugen. Die Bewegungen wirkten auf mich geschmeidig und routiniert, so als seien die Handgriffe tausendfach geübt. Ein Mann öffnete die Hecktüre des Begleitfahrzeugs. Und da traf es mich. Der Gestank. Das unverkennbare Jaulen. Hunde. Schäferhunde. Eklige, stinkende Viecher. Gleich vier Exemplare der Gattung *Canis lupus familiaris*. Unter ihrem Fell spannten sich die Muskeln beim Herausspringen, die Mäuler offen, die Zähne blitzten in der Sonne. Sie schienen hungrig zu sein, hechelten und versuchten, sich zu orientieren.

Es dauerte nur wenige Augenblicke, bis sie mich gewittert hatten. Sofort brachen sie in Gebell aus, fletschten die Zähne und machten sich bereit zum Angriff. Ich ging einen Schritt rückwärts, bis ich die schützende Mauer hinter mir fühlte, und antwortete meinerseits mit meinem tiefsten Grunzen, zeigte ihnen meine Hauer, diesen Tieren, die wohl noch nie richtige Eckzähne gesehen hatten. Vier gegen einen war nicht gerade das, was man fair nannte, aber ich sah es sportlich. Ein Schwein war Hunden grundsätzlich überlegen. Sie mochten schneller sein, wendiger und konnten höher hüpfen, wenn man ihnen einen Stock hinhielt, aber es fehlte einfach an Hirn, an Intelligenz. Und von Kultur keine Rede. Wahrscheinlich hielt man Schäferhunde deshalb in Kleingruppen, weil sie nur bis fünf zählen konnten. Wenn überhaupt. Welcher Hund konnte schon lesen und schreiben, ein Gedicht aufsagen oder gar eine Puccini-Arie singen?

Die Hundeführer registrierten die Situation und riefen »Sitz« und »Platz«. Die Tiere gehorchten und bekamen Leinen angelegt. Nur ein Exemplar schoss vor und kümmerte sich nicht um das Rufen seines Herrchens. Der Schäferhund bremste einen Meter vor mir und knurrte, die Augen blutunterlaufen. Mundgeruch wehte mich an. Das Vieh hatte vor Kurzem Dosenfleisch und Roggenkräcker gefressen. Fast tat er mir leid, sich von Abfällen und gepresstem Stroh ernähren zu müssen. Andererseits hieße es Perlen vor die Hunde werfen, sie mit Tartufi oder Schokolade zu füttern.

Plötzlich schnappte der Köter zu. Ich konnte gerade noch den Kopf wegdrehen und hörte das Mahlen seines Kiefers an meinem Ohr. Der Hund hüpfte zur Seite, wendete und setzte zu einer neuen Attacke an. Er täuschte einen Angriff links vor und versuchte von rechts zuzubeißen. Doch die Taktik war zu plump. Ich unterlief den Hund und rammte ihm meinen Kopf in die Brust, dass es ihn von den Beinen riss und er rückwärts rollte. Gegenwehr war er offensichtlich nicht gewohnt. Der Hund stand auf und schüttelte sich, offenkundig verunsichert. Er kam näher, rückte aber nicht mehr so dicht auf wie vorher, knurrte und lauerte auf eine Gelegenheit, eine Blöße von mir. Doch den Gefallen tat ich ihm nicht, sondern bewegte mich meinerseits auf ihn zu, den Kopf in Kampfhaltung vorgestreckt.

»Basta! Hörst du nicht, wenn man dir Befehle gibt?« Das Herrchen hatte den Schäferhund am Halsband gepackt und schlug ihn mit der Hundeleine. Das Tier winselte. Ich muss zugeben, dass mich der Anblick befriedigte. Ich bin kein Sadist, beileibe nicht, ich verabscheue Gewalt. Doch diese Schäferhunde verstanden einfach keine andere Sprache. *Du gehst zum Hunde? Vergiss die Peitsche nicht!* schrieb der Schweinephilosoph Vestalus in »Ecce Canis«. Ein wahres Wort. Triebgesteuerte Viecher reagierten eben nur auf einfache Reflexe – Fressen, Streicheln, Schmerz. Zudem waren Schäferhunde berühmt für ihre Lust am Dienen und ihren Glauben an Autoritäten. Dagegen waren Sklaven noch Freigeister.

Aus diesem Grund arbeitete die Polizei gern mit dieser Spezies, die eigentlich aus Deutschland stammt. Obwohl es genug heimische Arten gibt, den Volpino Italiano etwa, den italienischen Kleinspitz, im Prinzip nichts anderes als ein zu klein geratener Schäferhund mit Dauerwelle. Aber der deutsche Import sah zugegebenermaßen einfach martialischer aus. Dabei ist diese Spezies – wen wundert's – aus einer genetischen Deformation entstanden. Züchter kreuzten schlechte Gene mit noch schlechteren Genen, und heraus kamen Heimtücke und Charakterlosigkeit. Italienische Tiere, selbst Hunde, zelebrierten Lust und Leben, Dolce far niente, Genuss am Essen und Trinken. Der deutsche Schäferhund war das genaue Gegenteil: Lustfeindlich, mönchisch, sauertöpfisch.

Die Einsatztruppe hatte sich in vier Gruppen aufgeteilt, die von je einem Hundeführer begleitet wurden. Die Köter zogen und zerrten an den Leinen, hungrig auf die Jagd. Ich war vergessen. Zwei Polizisten pro Gruppe sicherten die Flanken, Kaugummi kauend, die Waffe im Anschlag. Eine Einheit ging in das Kloster, die zweite links um das Anwesen herum, die dritte wandte sich nach rechts. Der letzte Trupp nahm den direkten Weg in den Wald.

Dieser Abteilung schloss sich der Commissario an. »Nicht vergessen. Sofort Mitteilung machen, wenn ihr was gefunden habt«, rief er den anderen zu. In der Hand hielt er ein Sprechfunkgerät. Er hatte sich Baseballmütze und Sonnenbrille aufgesetzt, als ginge er zu einem Fußballspiel. Lediglich die Pistole in seiner Hand wirkte deplatziert. Der Abt hatte einen Rosenkranz herausgeholt und segnete die davoneilenden Männer. »Lieber Gott, lass es gut ausgehen«, hörte ich ihn sagen. Dann lief er dem Polizeitrupp hinterher, der den Klostergarten durchstreifte.

Eleonora und Caruso kamen mir entgegen. Tiffany fehlte. »Was ist denn hier los, Porcellino?«, fragte die Padrona. »Der Commissario macht wohl Ernst mit seiner Mörderjagd.«

Ich grunzte zur Bestätigung und berichtete dem Junior von dem Truppenaufmarsch und den Hunden. »Hast du Tiffany gesehen?«

Caruso schüttelte den Kopf. »Bin erst spät aufgestanden. Soll ich sie suchen gehen?« Sein Ton hatte etwas Lauerndes.

»Ach, ist schon in Ordnung.«

Wir spazierten mehrere Male um den Kreuzgang. Die Polizisten waren verschwunden, und es wurde gespenstisch still. Wir begegneten Hellenbart und Dolores Battistini, die etwas besprachen und beim Vorbeigehen freundlich grüßten.

»Wie wäre es, wenn wir in der Küche vorbeischauten, ob dort ein Kaffee für uns übrig ist?« Die Padrona blickte uns an. »Für euch natürlich Saft.« Mir wäre ein Schluck Wein, meinetwegen verdünnt mit Wasser, lieber gewesen. Das Refektorium war leer, und wir nahmen den Gang zur Küche. Ich betrachtete die Eichentür, die zum Vorratskeller führte. Sie war kunstvoll aus dicken Brettern gezimmert und wirkte massiver als die übrigen Türen des Klosters. Zierleisten schmückten den Türrahmen, eine geschnitzte Putte krönte den Querbalken. In der Mauer darüber saß ein Steinrelief in Form einer verwitterten und angegrauten Rosette. Ich sah genauer hin und konnte es kaum glauben: Die Rosette war zusammengesetzt aus sieben Rosen.

»Ist was?« Die Padrona war stehen geblieben und folgte meinem Blick.

»Was glotzt du so auf die Wand?« Caruso stieß mich an. »Wir wollten doch einen trinken gehen.«

»Sieben Rosen. Ungewöhnliches Muster«, sagte Eleonora. »Ob sich darauf die Inschrift der Schweinesäule bezieht? Der Ort der sieben Rosen, wo alles anfing«, zitierte sie. »Ist der Keller damit gemeint?«

»Es kann nicht schaden, wenn wir mal nachsehen«, meinte Caruso. »Leonardo, du kannst wegen deiner Angst vor Dunkelheit und Kellern hierbleiben und Wache schieben. Ruf mich, wenn jemand kommt.« Er drückte gegen die Tür. Sie rührte sich nicht. »Abgeschlossen«, sagte er.

»Ach«, sagte ich.

Nochmals warf sich Caruso gegen die Tür, die nun mit einem Schwung aufsprang und den Junior sein Gleichgewicht verlieren ließ. Quiekend purzelte er die Treppe hinunter.

»Schau an, ein neugieriges Schweinchen.« Habiatus kam die Kellertreppe hoch und trieb Caruso vor sich her. »Macht hier Lärm an der Tür.« Der Cellerar erblickte die Padrona und mich. »Da steht ja eine komplette Forscherdelegation.« Seine Miene verfinsterte sich. Er holte einen Schlüssel aus der Tasche und sperrte hinter sich ab. »Ich habe Ihnen bereits gesagt, Signora, da unten finden Sie nichts Brauchbares für Ihre Studien.«

»Wir … wir waren auf dem Weg in die Küche. Nachschauen, ob es Kaffee gibt.«

»Die Küche ist geschlossen.« Er wandte sich ab.

»Meine Hübschen, dieser Keller wird immer interessanter«, sagte Eleonora. »Wir sollten einen Weg finden, ihm einen Besuch abzustatten.«

Mir fiel auf, dass er nichts aus dem Keller hochgebracht hatte. Kein Fleisch, kein Mehl, rein gar nichts. Ich hielt meinen Rüssel an den Türspalt, aber außer Moder und Feuchtigkeit roch ich nichts. »Siehst du, das passiert vorlauten Schweinen«, tadelte ich Caruso. »Das nächste Mal starten wir unsere Aktionen gemeinsam.«

»Ja, aber das frühe Schwein findet den Trüffel. Wir können nicht immer warten, bis du dich entschieden hast. Außerdem wäre der Keller sowieso nichts für dich gewesen. Sei froh, dass ich die Drecksarbeit mache.«

»Drecksarbeit? Nennst du so deine Tollpatschigkeit neuerdings?«

»Ich tue wenigstens etwas, um die Ermittlungen voranzutreiben. Da bleibt die eine oder andere Sackgasse nicht aus. Du scheinst dich ja lieber mit anderen Dingen zu beschäftigen.«

»Was meinst du damit?«

»Nun, ähh, Dinge, die nichts mit der Suche nach dem Täter zu tun haben. Private Dinge, wenn du weißt, was ich meine.«

»Weiß ich nicht.«

»Nun tu nicht so begriffsstutzig. Heute Nacht, in deinem Zimmer. Aber mir kann das egal sein. Ist deine Sache. Allein deine Sache. Wenn Cleopatra das wüsste …«

»Worauf spielst du an?« Raus damit!«

»Na, du und Tiffany … Ich hab' sie aus deinem Zimmer kommen sehen. Aber mich geht das nichts an. Und ich halte meinen Mund, versprochen.«

»Jetzt hör mir zu, mein Kleiner.« Ich legte ein Höchstmaß an Autorität in meine Stimme. »Du liegst komplett falsch. Tiffany hatte mich nur besucht, um einige Dinge mit mir zu diskutieren. Danach ist sie wieder gegangen.«

»Dinge, soso. Mir ist das gleich. Tiffany wird schon wissen, was sie will. Sie ist ja volljährig.«

»Schluss jetzt! Red keinen solchen Unsinn! Wie sollst du jemals ein guter Detektiv werden, wenn du immerzu nur voreilige Schlüsse ziehst?«

Plötzlich hörten wir einen Schuss. Er kam vom Wald oberhalb des Klosters. Stille. Dann zwei Schüsse kurz hintereinander. Rufe, Schreien. Wieder Stille. Die Schüsse schienen das Kloster aus der Lethargie zu wecken, Gäste und Mönche strömten heraus in der Hoffnung, etwas zu erspähen. Vergeblich.

Nach einiger Zeit sahen wir einen Polizeitrupp im Anmarsch, mit dem Commissario vorneweg. In der Mitte marschierte eine Person, den Kopf gesenkt, die Hände auf den Rücken gefesselt, eskortiert von zwei Beamten. Aus der Entfernung roch ich Blut. Napante sprach in sein Funkgerät und kommandierte die anderen Einheiten zurück ins Kloster. Eine Gruppe hatte sich um die Ankömmlinge gebildet.

»Wir haben ihn«, sagte Napante. »Leider vollzog sich die Verhaftung nicht ohne Widerstand. Wir mussten Gewalt anwenden und brauchen Verbandszeug.«

Ich war mehr als überrascht, als ich den Verhafteten sah.

21

Die Polizisten packten den Mann an den Handschellen. »Rein mit dir, du Schweinehund! Und keine Faxen mehr.« Sie schleppten ihn ins Kloster. Napante wandte sich an die Umstehenden. »Keine Sorge. Ich habe alles unter Kontrolle. Der Täter ist geschnappt, der Fall so gut wie gelöst. Wir werden bald von hier abziehen. Dann sind Sie uns endgültig los und können in Ruhe Ihren Urlaub genießen oder was Sie sonst so vorhaben.« Der Commissario begleitete den Verhafteten. Nach und nach trafen die übrigen Suchtrupps ein, verstauten Ausrüstung und Waffen in den Fahrzeugen und beförderten die Schäferhunde zurück in ihre Käfige, ein beruhigender Anblick. Dann fuhr der Tross los, eine Staubwolke hinterlassend.

Ich konnte mich kaum beruhigen. Nicht wegen des Verhafteten, sondern weil ich wieder dieses Wort hörten musste: Schweinehund. Es war eine Beleidigung für alle unsere Artgenossen, in einem Atemzug, in einem Wort mit dieser widerlichen Spezies genannt zu werden. Nichts konnte gegensätzlicher sein als Schwein und Hund. Wie Feuer und Wasser, Essig und Öl. Hier wurde zusammengezwungen, was nicht zusammenpasste, was sich dennoch hartnäckig über die Jahrhunderte hielt. Der Mythos des Schweinehunds hatte mit uns Schweinen überhaupt nichts zu tun, sondern ging auf den griechischen Hund Cerberus zurück, der mit der Tapirfrau Medusa einen gemeinsamen Sohn zeugte, der dann in der Schule wegen seines Aussehens gehänselt und als Schweinehund tituliert wurde. Aus Wut darüber ließ Cerberus niemanden mehr in seine Höhle. Selbst die Menschen benutzten den Begriff als Schimpfwort, Sigmund Freud schrieb in seinem Manuskriptentwurf zur Traumdeutung vom »inneren Schweinehund«, der die

Seele der Menschen wie ein Virus befiel und sie davon abhielt, das Richtige zu tun. Erst auf Drängen seiner Frau Martha änderte er den Namen in »das Unbewusste«.

Das Verhör fand im Versammlungsraum der Mönche statt. Zuerst war ich an der Tür von einem Beamten abgewiesen worden, aber als er sich später zur Seite drehte, um eine Zigarette anzuzünden, schlüpfte ich hinein. Lavello hatte dem Mann einen Verband am Oberarm angelegt. Ein Streifschuss. »Signore Lavello, erkennen Sie diesen Mann?« Der Commissario deutete auf den Gefesselten.

»Das ist der Landstreicher, der vor einigen Tagen vor unserem Tor gestanden hat und von uns versorgt worden ist.«

»Padre Aviano, können Sie diesen Mann identifizieren?«

»Ja, das ist der Wanderer. Ich hatte erst Bedenken und wollte ihn weiterschicken. Aber dann ... Glauben Sie, Dottore, dass das der Mörder von Bruder Gabriel ist?« Aviano betrachtete den Mann wie ein Insekt, vor dem einem ekelt.

»Nur fürs Protokoll: Beide Mönche haben den Beschuldigten identifiziert«, diktierte Napante einem Beamten in den Notizblock. »Padre, ich bin mir sicher, dass wir den Richtigen haben. Ich lasse gerade von Ihrem Telefon aus einige Daten überprüfen. In Kürze kennen wir die Details.« Er zog einen Ausweis aus einer Zellophantüte. »Dieses Dokument trug der Beschuldigte in seiner Tasche. Danach heißt der Mann Jeremias Pantolino. Zuletzt wohnhaft in Siena.«

Der Mann trug noch dieselben Kleider wie vor Kurzem, einen zerschlissenen Anzug, Krawatte und Straßenschuhe. Das Haar stand wirr ab, der Bart war von Blut verkrustet. Ein strenger Geruch ging von ihm aus, Erde und Scharfgarbe. Bewegungslos saß er auf dem Stuhl, den Blick auf die gegenüberliegende Wand gerichtet, die Augen drückten Resignation aus und Trotz.

»Pantolino, das ist doch Ihr Name, oder?« Der Commissario hielt ihm den Ausweis vor die Nase. »Dem Foto nach schon. Leugnen Sie nicht, wir erfahren es doch.«

»Wenn Sie schon alles wissen, warum fragen Sie dann?« Der Mann studierte die Wand.

»Sie befinden sich in einer äußerst schlechten Situation, um schlau daherzureden. Verstehen Sie das, Sie Klugscheißer? Wir sind hier nicht im Debattierclub.«

»Was Sie nicht sagen.«

»Ich glaube, Sie kapieren den Ernst Ihrer Lage nicht ganz. Dann will ich es Ihnen erklären. Sie stehen unter dem Verdacht, Fra Gabriel erstochen zu haben. Capisce?«

»Albern. Ich habe niemanden ermordet, und schon gar keinen Mönch. Ich bin katholisch, wissen Sie, da achtet man die Mönche und bringt sie nicht um. Vor allem, nachdem mich das Kloster so gut bewirtet und beschenkt hat. Sie brauchen wohl dringend einen Erfolg für Ihre Karriere, Commissario?«

»Ich will Gerechtigkeit für einen toten Mönch. Wenn Sie unschuldig sind, warum sind Sie dann geflohen, als wir Sie oben im Wald aufspürten? Warum haben Sie bei Ihrer Verhaftung Widerstand geleistet?«

Pantolino betrachtete den Knopf seiner Jacke. »Ich war einfach erschrocken, als ich eine Horde bewaffneter Menschen anrücken sah, die aussahen wie eine paramilitärische Einheit. Niemand will zufällig auf der Jagd von Fremden erschossen werden. Deshalb habe ich versucht, mich in Sicherheit zu bringen. Aber Ihre Kollegen haben gleich losgeballert, als sei ich ein Karnickel.«

Für einen Moment verspürte ich Mitleid mit dem Mann. Es erinnerte mich an meine Mutter Penelope, die von einem Jäger erschossen wurde. Ob Versehen oder absichtlicher Mord, konnte nie aufgeklärt werden. Auch der Täter blieb anonym. Jedes Mal zog sich mein Herz zusammen, wenn ich daran dachte.

»Sie hätten nur Ihre Hände erheben und sich auf den Boden legen müssen. Menschen mit reinem Gewissen haben keine Angst vor der Polizei.« Napante fixierte sein Gegenüber.

»In den Zeitungen steht oft das Gegenteil.«

»Der Abt hat mir berichtet, Sie hatten bei Ihrer Ankunft in der Abbazia Streit mit Gabriel. Konnten Sie es nicht ertragen, dass der Mann Sie zurechtgewiesen hat? Haben Sie ihn deshalb erstochen? Oder hat er Sie bloß zufällig beim Stehlen in der Kirche ertappt?«

»Nichts, was Sie sagen, entspricht den Tatsachen.«

»Sie bestreiten also, nochmals ins Kloster zurückgekommen zu sein?«

»Ich wandere gern umher. Das ist nicht verboten. Dagegen gibt es kein Gesetz. In der Abbazia war ich seitdem nicht mehr.«

Der Commissario ließ sich zwei Plastiktüten reichen und stellte sie auf den Tisch. »Kommen Ihnen diese Tüten bekannt vor, Signore Pantolino? Schon mal gesehen?«

»Sehen aus wie normale Einkaufstüten. Was ist damit?«

»Darin sind verschiedene persönliche Gegenstände, Kleidungsstücke, Besteck, Dosen. Die haben wir in einem verfallenen Gebäude gleich oberhalb der Abtei entdeckt. Der Platz diente Ihnen offenbar als Küche und Schlafstelle. Sie haben dort, wie soll ich sagen, gewohnt. Das sind Ihre Sachen.«

»Kann schon sein, dass ich dort mal übernachtet habe. Ich bin in der Gegend fremd. Deshalb kenne ich die Plätze nicht so genau. Und bevor Sie die Tüten untersuchen, ja, das gehört mir. Ich habe die Sachen zurückgelassen.«

»Lügen Sie nicht!« Napantes Stimme hallte im Raum. »Sie haben sich die ganze Zeit dort aufgehalten. Waren nie weg, sondern haben sich in der Nähe des Klosters versteckt und die Bewohner beobachtet, haben gewartet, auf eine günstige Gelegenheit gelauert, auf Ihre Chance auf Diebstahl, auf Rache, auf Mord.«

»Ich kann nur wiederholen, ich habe niemanden umgebracht. Ich bin nur ein armer Wanderer. Ohne Geld und Heimat. Mehr nicht.«

Ein Beamter kam herein und reichte Napante zwei beschriebene Bögen Papier. »Kommt von der Zentrale.«

Der Commissario las sich die Zeilen durch und blickte immer wieder zum Verhafteten. »Sehr aufschlussreich. Ihre Akte in Kurzform. Aus der Datenbank der Polizei. Lassen Sie mich die wichtigsten Punkte aufzählen, Signore Jeremias Pantolino.« Er fuhr mit dem Finger über die Zeilen. »Geschieden, zwei Kinder. Erlernter Beruf: Buchhalter. In die Versicherungsbranche gewechselt. Als Vertreter. Nach zwölf Jahren entlassen. Keinen neuen Job gefunden. Alimente, Schulden. Seit zwei Jahren ohne festen Wohnsitz. Hat Sie Ihre Frau hinausgeworfen und sich einen Jüngeren genommen, einen, der mehr Mumm hat?«

Pantolino blieb still.

»Aha, jetzt gelangen wir zum spannenden Teil.« Napante sah

hoch. »Zwei Verurteilungen wegen Diebstahl. Kleinere Delikte, Bewährungsstrafen. Aber das hier«, er tippte auf das Papier, »das hier ist bemerkenswert. Sie waren in eine Wirtshausschlägerei verwickelt und haben Ihrem Gegner eins mit der Flasche über den Kopf gezogen, der daraufhin eine ganze Woche im Koma lag. Das Verfahren wurde eingestellt, weil die Zeugen sich widersprachen und Sie erfolgreich auf Notwehr plädierten.«

»Er hat meine Tochter als Schlampe bezeichnet, der Bastard, der betrunkene.« Pantolino sprach erregt. »Wollte ein Messer ziehen. Ich musste mich verteidigen, um nicht abgestochen zu werden.«

»Schöne Geschichte. Zu schön, um wahr zu sein.« Der Commissario beugte sich vor. »In Wirklichkeit sind Sie ein Dieb, ein gewalttätiger Mensch, einer, der wegen einer Nichtigkeit bereit ist, andere Menschen zu töten. Egal, ob Zechkumpan oder Mönch.«

»Ich habe ihn nicht umgebracht!« Der Mann zerrte an seinen Handschellen. »Sie wollen mir was unterjubeln. Ich bin seitdem nie mehr mit dem Gesetz in Konflikt geraten.«

Aviano räusperte sich. »Verzeihen Sie, Dottore, ich will Ihr Verhör nicht stören, aber könnte es nicht sein, dass der Mann sich tatsächlich gebessert hat? Dass er als Christ zur Einsicht gelangt ist? Wir sollten zuerst das Gute in den Menschen sehen, predigt Jesus. Gott vergibt reuigen Sündern, und jeder sollte eine zweite Chance bekommen. «

»Wofür? Um erneut zu stehlen oder zu morden?« Napante winkte einem Kollegen und flüsterte ihm etwas ins Ohr. Der Beamte brachte zwei Zellophantüten. Der Commissario hob eine hoch. »Das ist Unterwäsche, wie Mönche sie tragen. Ich habe mich hier im Kloster schlaugemacht. Stimmt das, Signore Aviano?«

Der Abt nahm die Tüte in die Hand. »Tatsächlich, Teile aus unserer Kleiderkammer. Wo haben Sie die her?«

»Dreimal dürfen Sie raten, Padre. Aber das ist noch längst nicht alles von Ihrem reuigen Sünder. Sehen Sie sich das an.« Der Commissario hob eine Tüte mit einem Küchenmesser hoch. »Die Fingerabdrücke lassen wir im Labor untersuchen. Aber ich bin mir jetzt schon sicher, von wem sie stammen. Nicht wahr, Pantolino?«

Der Angesprochene senkte den Blick.

»Signore Aviano, ist das ein Messer aus Ihrer Küche?« Napante ließ den Abt einen genauen Blick auf das Messer werfen. »Ich erkenne die Form des Griffes wieder. Und die rechteckigen Nieten im Olivenholz. Das ist ein Messer aus unserer Küche. Kein Zweifel.«

»Bitte notieren Sie: Der Abt hat die Beweisstücke identifiziert«, sagte Napante zu seinem Protokollanten. »Wir haben sie bei den Sachen des Beschuldigten gefunden. Sie sehen, Padre, der Mann hat wieder gestohlen. Wer weiß, was er mit dem Messer noch vorhatte. Wir haben unseren Mörder.«

Der Abt bekreuzigte sich und Pantolino sackte in sich zusammen. »Bitte, Dottore, ich war es nicht. Ich habe niemanden umgebracht. Sie begehen einen Fehler, ich habe diesen Gabriel nicht getötet.« Die Stimme verwandelte sich in ein Winseln. »Bitte, lassen Sie mich wieder gehen.«

»Den Gefallen kann ich Ihnen nicht tun«, sagte Napante. Er machte den Polizisten ein Zeichen. »Abführen!« Die Beamten brachten den Mann hinaus.

»Ich glaube, das war's.« Der Commissario steckte die Unterlagen ein. »Wir warten die Laborergebnisse ab, aber die Beweislage ist so schon erdrückend. Der Fall ist gelöst. Wir verlassen Sie jetzt, Signore Aviano. Vielleicht brauchen wir Sie später noch einmal kurz für den Papierkram.« Er schüttelte dem Abt zum Abschied die Hände. »Übrigens wurde der Leichnam Ihres Mitbruders von der Gerichtsmedizin freigegeben. Sie können den Sarg abholen lassen.«

Die Nachricht von der Verhaftung sprach sich schnell herum. Es war, als würde ein Schatten über dem Kloster verschwinden und frische Luft durch die Gänge ziehen. Die Glocken läuteten außer der Reihe, Mienen hellten sich auf und die Gespräche wandten sich wieder anderen Themen zu. Ein spontaner Dankgottesdienst war gut besucht, trotz der angekündigten Predigt des Abts zum Thema Fegefeuer und ewige Verdammnis. Habiatus spendierte Kaffee, Kuchen und einen Vino Santo, der dem Staub auf der Flasche nach zu urteilen viele Jahre in einem Winkel des Kellers gelagert worden war. Eleonora ging an den Tisch der Mönche. »Scusi, wenn ich Ihr Mahl störe. Aber ich habe Neuigkeiten über Nannina und das Kloster. Wichtige Neuigkeiten.«

Ich spitzte die Ohren und verließ meinen Platz, um besser zu hören. War das schon wieder eine von Eleonoras Überraschungen? Eigentlich war doch ich bekannt für schnelle und gute Rechercheergebnisse. Aber meine Neugier siegte über meine Eitelkeit, denn es konnte ja sein, dass Eleonora auch Neues über Lucrezia wusste …

»Bitte, Signora, machen Sie uns die Freude.« Der Abt setzte seine Tasse ab. Eleonora öffnete ihre Tasche und breitete den Inhalt auf dem Tisch aus. Auf den Gesichtern der Mönche und Gäste zeichnete sich ebenfalls Neugier ab.

»Ich habe heute die Kopien mehrerer Dokumente und Prozessunterlagen erhalten, den Kollegen an der Universität sei Dank«, berichtete die Padrona. »Danach hielt sich Nannina mehrere Wochen in der Abtei auf. Ich nehme an, um die Hintergründe des Mordes an Laetitia Serena aufzuklären. Die Äbtissin war eine Cousine dritten Grades von Nannina. Während ihres Aufenthalts im Kloster vertrieb man sich die Zeit mit der Trüffelsuche – genau wie ich mit meinen beiden Begleitern.« Eleonora deutete auf Caruso und mich. »Bei einem Tartufi-Essen im Kloster versuchte schließlich jemand, Nannina zu vergiften. Offenbar spielte eine Sau als Lebensretterin eine wichtige Rolle. Das Tier hat das Giftgericht verspeist.«

»Eine Sau?« Der Abt tippte auf die Dokumente. »Woher stammt die Mordthese?«

»Die peinlichen Verhöre der Obrigkeit auf Nanninas Betreiben hin brachten die Wahrheit hervor. Die Verhörprotokolle habe ich hier.« Eleonora zeigte die Papiere. »Es war, wie ich bereits vermutet hatte. Die männlichen Mitglieder des Ordens wollten verhindern, dass wieder eine Frau an die Macht kam. Sie hatten Angst, dass die Medici die Hintergründe aufdeckte. Jedoch konnte eine Verwicklung einzelner Angehöriger der Mönche in den Mordanschlag selbst unter der Folter nicht bewiesen werden. Ein Mann wurde zur Abschreckung gehängt. Aus Dank für ihre Rettung stiftete die Medici dem Kloster wertvolle Stücke – als Erinnerung an die treue Sau.«

Ein Bild aus der Vergangenheit tauchte unwillkürlich vor mir auf. Ich konnte mir nach Eleonoras Schilderung vorstellen, wie der Vorfall damals abgelaufen sein musste: Lucrezias feiner Rüssel hatte die Gefahr durch den vergifteten Pilz rechtzeitig bemerkt, so wie ich das Nikotin auf den Tartufi gerochen hatte. Sie stürzte zum Tisch und aß ihrer Herrin die Trüffel vor der Nase weg. Die Dosis wirkte schnell, und meine Vorfahrin konnte nicht mehr gerettet werden.

»Sie überraschen uns immer wieder, Signora, ich bin beeindruckt«, sagte der Abt. »Machen Sie nur weiter so.«

Die Padrona bat den Abt, das Telefon benutzen zu dürfen. »Bedienen Sie sich nur, Signora, Sie wissen, wo der Apparat steht.« Aviano wischte sich einen Krümel aus dem Mundwinkel.

Der Schreibtisch des Abts war mit Papieren übersät. Eleonora setzte sich auf den Stuhl. »Wir sollten Enrico anrufen«, sagte sie zu mir. »Ihm die Neuigkeit berichten.« Ich hörte Schuldbewusstsein aus ihrer Stimme, konnte mir aber denken, warum sie ihren Freund so selten anrief: Sie wollte den Mordfall alleine lösen, und scheute die Hilfe eines Profis – da griff sie lieber zu Schwindeleien.

Nach dreimaligen Freizeichen hob jemand ab. »Pronto?« Enricos Stimme.

»Ich bin's, Liebling.« Eleonoras Ton war eine Spur zu süß. »Schön, deine Stimme zu hören. Du fehlst mir, mein Lieber.«

»Eleonora! Endlich meldest du dich!« Enrico klang ungehalten. »Ich habe mehrmals versucht, bei euch anzurufen, aber es geht niemand ans Telefon. Was ist denn nur los bei euch? Ist der Strom ausgefallen?«

»Liebling, ich hätte mich schon gemeldet, aber hier ging es drunter und drüber. Da bin ich einfach irgendwie nicht dazu gekommen.«

»Was kann denn so wichtig sein, dass du einen Anruf nach Hause vergisst?«

»Ein Mord.«

»Was?« Enricos Stimmte dröhnte durch den Lautsprecher, als habe jemand ein Radio zu laut aufgedreht. »Ein zweiter Mord?«

»Ähh, ja.«

»Willst du damit sagen, im Kloster ist noch ein Verbrechen geschehen?«

»Exakt.« Eleonora berichtete von den Vorfällen. »Aber du kannst beruhigt sein, jetzt ist alles ausgestanden.«

»Was meinst du damit?«

»Na, der Mörder wurde gefasst. Dein Kollege Napante aus Perugia hat einen Landstreicher verhaftet. Der Spuk ist vorbei.«

»Warum hast du mir das nicht eher gesagt? Ein Wort von dir, und ich wäre gekommen. Eigentlich bin ich jetzt ein wenig sauer.«

»Ich weiß, ich weiß. Meine Schuld, caro mio. Ich wollte dich nicht unnötig beunruhigen. Dein früherer Beruf hätte dich wieder gepackt, und du hast doch schon mit dem Bauernhof genug am Hals. Ich werde alles wiedergutmachen, wenn ich heimkomme. Versprochen. Wie läuft's denn zu Hause?«

»Ich habe gerade Besuch von einer Frau. Sie steht ganz ohne Kleider vor mir und sieht saugut aus.«

»Was?«

Einige Sekunden blieb das Telefon still. Dann ein Glucksen, das in ein Lachen überging. »Die Trüffelsau von den Nachbarn ist da. Die Freundin deines Porcellino.«

Cleopatra. Mein Herz hüpfte und ich gab einen Freudengrunzer von mir.

»Ich glaube, mein Porcellino möchte mit seiner Freundin sprechen«, sagte die Padrona. »Halt ihr mal die Sprechmuschel ans Maul.«

Es dauerte eine Weile, dann hörte ich eine Stimme. »Hallo, Leonardo, bist du es?« Meine Cleopatra. Wie gerne hätte ich sie bei mir gehabt. Ihren Körper spüren. Ihren Atem riechen. Die Nasen reiben. Nur wir beide … Eleonora legte den Hörer auf den Boden.

»Hallo, Cleopatra, ich freu mich, dich zu hören. Du fehlst mir. Was machst du denn die ganze Zeit?«

»Mon chéri, ich hoffe, es geht dir gut. Und Caruso auch. Ich langweile mich ein wenig, offen gesagt. Streune durch die Gegend. Enrico hält immer eine Leckerei für mich bereit, und ich hab schon mal auf deinem Sofa gelegen und deinen Duft geschnuppert. Du bist mir doch nicht böse?«

»Nein, mach dir's nur bequem.« Obwohl es mir einen kleinen Stich gab, wenn ich an meine Barolo-Vorräte dachte. Jetzt einen Schluck aus einer Flasche vom exzellenten 96er Jahrgang. Die Tropfen in der Abtei kamen einfach nicht an die Barolo aus dem Piemont heran.

»Habe schon mitbekommen, dass du wieder Detektiv spielst«, sagte Cleopatra. »Pass nur auf dich auf.«

»Die Jagd scheint vorbei zu sein, wie du gehört hast. Ich hoffe, wir fahren bald heim.«

»Was treibt ihr denn den ganzen Tag lang? Muss doch langweilig sein, keine anderen Schweine außer euch im Kloster.«

»Och, nicht ganz. Wir haben ein Wildschwein namens Maximus im Wald kennengelernt. Netter Bursche.«

»Schön, dass ihr einen Freund habt. Und sonst?«

»In der Abtei lebt noch eine Sau, Tiffany heißt sie. Caruso ist ganz begeistert von ihr.«

»Der Junior entdeckt wohl neue Hobbys. Und wie findest du sie?«

»Bella mia, für mich gibt es nur dich und sonst niemanden.«

»Das habe ich nicht gefragt.« In Cleopatras Worte mischte sich Misstrauen.

»Ich wollte nur sagen, dass sie eine Sau ist wie viele andere«, erklärte ich. »Wir verkehren auf rein freundschaftlicher Basis.« Langsam sorgte ich mich, ob ich wirklich den richtigen Ton traf.

»Du verkehrst mit ihr?« Meine Freundin klang streng. »Was meinst du denn damit?«

»Nun, ähh, wir gehen spazieren und unterhalten uns.« Irgendwie hatte ich das Gefühl, das Gespräch nahm die falsche Richtung. »Was sollen wir denn sonst tun?«

»Ich weiß nicht.«

Eine Pause. »Liebe Cleopatra, ich kann es gar nicht erwarten, dich wiederzusehen. Ciao bella, bis bald. Ich muss den Hörer abgeben.«

Was stimmte. Eleonora tauschte noch einige Abschiedsworte mit Fabris und legte auf. Eine Weile dachte sie nach. »Ich hoffe, Enrico verzeiht mir meine Schwindelei«, sagte sie. »Ehrlich gesagt, glaube ich nämlich nicht, dass der Landstreicher der Mörder ist.«

Ich teilte das Unbehagen der Padrona. Auch ich fand die angeblichen Beweise des Commissario fadenscheinig. Es wirkte alles zu glatt, zu einfach. Theoretisch hätte Pantolino heimlich zurückkehren und in die Kirche gehen können. Vielleicht, um zu stehlen, wobei er unter Umständen von Gabriel überrascht worden war. Aber würde der Mann deswegen gleich einen Mönch umbringen? Rache als Motiv hielt ich für arg weit hergeholt. Obdachlose wie der Mann mussten viele Demütigungen schlucken. Warum sollte er gerade bei einem Mönch ausrasten?

Vor allem aber erklärte sich mit der Theorie des Commissario der erste Mord an Stephanus nicht. Nun gut, dass es sich bei dem Ableben des Mönchs um einen Mord mit Nikotin handelte, wussten bislang nur die Padrona und ich. Der Commissario hatte zwar sicher von dem Vorfall gehört, aber er ermittelte nicht in diese Richtung. Das konnte ich verstehen, denn ohne unser Hintergrundwissen einen Zusammenhang zwischen beiden Todesfällen zu sehen, fiel schwer. Nein, der Mörder – oder die Mörderin, auch das war denkbar – musste jemand aus dem Kloster sein. Alles andere ergab einfach keinen Sinn. Und diese Person wusste sich meisterlich zu tarnen und alle Spuren zu verwischen. Unsere einzige Chance, den Täter zu schnappen, war, ihn weiter in Sicherheit zu wiegen. Er musste sich jetzt sorglos fühlen, nachdem ein Verdächtiger verhaftet worden war. Vielleicht beging er nun endlich einen Fehler, der uns auf seine Spur brachte.

»Nutzen wir die Gelegenheit, wenn wir schon einmal allein im Büro des Abtes sind«, sagte Eleonora. »Vielleicht finden wir ja den Schlüssel zum Vorratskeller. Habiatus meinte, Aviano besitze auch einen. Wo könnte er bloß stecken?«

Sie kramte zwischen den Papieren. »Ganz schöne Unordnung.« Es fanden sich Mahnungen von Lebensmittellieferanten über nicht bezahlte Rechnungen, eine Aufstellung der Pachteinnahmen, bescheidene Summen, Schreiben von anderen Klöstern. Eleonora zog mehrere Blätter hervor, die durch eine Büroklammer zusammengeheftet waren. »Sieh an, ein Brief aus Rom, von der Confœderatio Benedictina Ordinis Sancti Benedetti in Sant' Anselmo, der obersten Leitung der Benediktiner.« Sie breitete das Papier vor sich aus und studierte es. »Nun hör dir das an. Da schreibt ein Bruder Kyrill vom Büro des Abtprimas an den hochverehrten Abt Aviano:

Lieber Bruder,
danke für Deine Glückwünsche und Deinen Segen. Wir haben Deinen Antrag mehrere Monate geprüft und uns dabei von Gottes weisem Ratschlag leiten lassen. Du wirst mit uns einig gehen, dass wir alles tun, um Deinen Wünschen und Plänen gerecht zu werden. Zugleich bitten wir um Nachsicht, wenn wir auch die Interessen des gesamten Ordens im Auge behalten müssen.
Wie Du weißt, schrumpft die Zahl der Novizen seit Jahren besorgniserregend. Den Klöstern fehlt dringend benötigter Nachwuchs. Wir müssen deshalb unsere Kräfte bündeln, um unseren Auftrag weiterhin erfüllen zu können. In der Praxis hat das Konsequenzen, die für den einen oft schmerzlich sein mögen. Wir verteilen unsere bewährten Mitbrüder auf Klöster, die eine vielversprechende Zukunftsprognose haben und deren Fortbestand für die nächsten Jahrhunderte gesichert erscheint.
Unsere Quellen sprudeln nicht mehr wie früher, trotz unserer Gebete, und die bescheidenen finanziellen Mittel verteilen wir daher auf Mission und Seelsorge. Hab Verständnis, verehrter Bruder, wenn das für manch einen Enttäuschungen birgt.
Da deine Revitalisierungsarbeit in der Abtei bis zum Herbst absehbar keine Früchte tragen wird, freue ich mich, dir hiermit Folgendes mitteilen zu dürfen: Wir haben für Dich in Sant' Anselmo ein Zimmer bereitgestellt, wo Du viele nette Mitbrüder kennenlernen wirst, die dort ebenfalls ihren Lebensabend verbringen. Wir erwarten Dich zum nächsten Weihnachtsfest hier bei uns in Rom.
Gottes Segen und viele liebe Grüße.

Eleonora legte den Brief wieder auf den Schreibtisch. »Aviano soll in ein Altersheim? Schon zum Jahresende? Was wird dann aus seinem Projekt mit der Abbazia?«

Ich wusste es auch nicht. Das Schreiben ließ offen, ob es sich um ein Angebot handelte oder eine Anweisung. Nur eines war klar: Der Abt stand mehr unter Druck als bekannt, was mir jetzt schlagartig erklärte, weshalb er in seiner Abtei so oft mehr als Hotelier denn als Abt auftrat.

»Was glaubst du, Porcellino, wo der Abt den Schlüssel für den Vorratskeller aufbewahrt?« Eleonora drehte sich um. »Probieren wir zuerst den Schrank.« Sie untersuchte den Inhalt. Ich postierte mich vor der Tür, um ungebetene Besucher abzuwehren. Ganz wohl war mir nicht bei der Aktion, jetzt am helllichten Tag, denn draußen liefen Leute umher.

»Hier drin ist nichts«, sagte die Padrona. »Nur Akten und Grappaflaschen.« Sie öffnete Schachteln auf dem Schreibtisch und kramte unter den Papieren. In der obersten Schublade befanden sich nur Büromaterial und noch mehr Briefe.

»Schade, dass wir nicht mehr Zeit haben«, sagte Eleonora. »Die anderen Schreiben wären sicher nicht minder aufschlussreich.«

Die nächsten Schubladen förderten ebenfalls nichts Brauchbares zutage. »Was ist denn das?« Eleonora war bei der Untersten angelangt und zog einen altertümlichen Schlüssel hervor. Ich betrachtete ihn aus der Nähe. Ein handgeschmiedetes Stück, das durchaus zur Kellertür passen konnte. »Na bitte«, sagte Eleonora.

»Was meinen Sie mit ›na bitte‹?« Die Stimme hinter mir gehörte dem Abt. Wir hatten nicht gehört, wie er das Zimmer betreten hatte. In derselben Sekunde ärgerte ich mich, meinen Wachposten verlassen zu haben. Eleonora war hochgefahren. »Sie haben mich aber erschreckt, Padre.« Den Schlüssel hielt sie noch in der Hand, aber so, dass der Schreibtisch ihn vor dem Abt verdeckte.

»Suchen Sie etwas?« Avianos Ton klang weniger freundlich als sonst. »Ich dachte, Sie sitzen längst wieder hinter Ihren Büchern. Ihr Kollege Professore Rizzone ist da konsequenter.«

»Mir war mein Zettel mit den Telefonnummern hinuntergefallen.« Ich bewunderte Eleonoras Schlagfertigkeit. Die Padrona sah Aviano direkt in die Augen. »Was den geschätzten Kollegen betrifft, so habe ich zum Thema Goldener Trüffel eine andere Meinung. Aber das wissen Sie ja. Ansonsten ist auch der fleißige Professore mit den Studien zur Geschichte der Abbazia nicht viel weiter, wie ich vermute. Jedenfalls habe ich von ihm lange keine neuen Jubelmeldungen gehört.«

Ich grunzte und wandte mich zur Tür, wobei ich im Vorbeigehen absichtlich die Kutte des Abtes steifte. Aviano drehte sich zu mir um, und die Padrona nutzte mein Ablenkungsmanöver, um sich nach unten zu beugen, ein Stück Papier zu nehmen, gleichzeitig den Schlüssel wieder in die Schublade fallen zu lassen und diese mit den Füßen zuzuschieben. »Da haben wir ihn ja.« Sie faltete den Zettel und steckte ihn in ihre Tasche.

Der Abt ging um den Schreibtisch herum. »Wenn Sie Ihre Telefonate erledigt haben, würde ich gerne weiterarbeiten. Ich glaube, Sie möchten auch wieder zu Ihren Büchern.«

»Oh, natürlich, Verzeihung. Vielen Dank nochmals. Und einen schönen Tag.« Eleonora verließ das Büro. Draußen blies sie hörbar die Luft aus und sagte leise: »Das war knapp. Ich hoffe, er hat keinen Verdacht geschöpft.«

22

Ich wälzte mich in meiner Kutsche und wusste nicht, ob meine Schlaflosigkeit von Carusos aufreizend monotonem Rüsseln im Nachbarzimmer herrührte, ob es am Vollmond lag oder an den Gedanken, die durch mein Hirn wirbelten. Die Vorstellung beunruhigte mich, dass jetzt irgendwo in der Abbazia ein Mörder ruhte, sich im Stillen seiner Taten brüstend, vielleicht neue Pläne schmiedend, wissend, dass die Welt einen anderen für den Täter hielt. Und wer ahnte schon, ob die Abtei nicht sogar zwei Mörder beherbergte. Ich konnte nichts dafür, aber das unbestimmte Gefühl, dass die Verbrechen mit diesem alten Gemäuer zusammenhingen, mit einem Geheimnis, das wir bislang nicht aufgedeckt hatten, wurde immer stärker. Zu gerne hätte ich in die Köpfe der Menschen geblickt, die ihre wahren Absichten stets für sich behielten. Dieser Dominik Hellenbart beispielsweise pflegte bereits früher Kontakte zum Kloster, was der Brief an den getöteten Bruder Stephanus bewies. Auch die dubiosen Geschäfte Salvatore Luccas warfen Fragen auf. Caruso hatte ihn observiert und herausgefunden, dass er sich noch zweimal mit einem Mann im Wald getroffen hatte, heimlich und jedes Mal mit Übergabe einer verpackten Ware. Der Abt war damit beschäftigt, seine wirklichen Probleme zu verbergen. Und wusste ich, was die übrigen Mönche im Innersten antrieb?

Auch fehlte mir mein Zuhause, meine gewohnte Couch, meine Barolos. Cleopatra. Unser kurzes Telefongespräch hatte meine Sehnsucht geweckt. Ich glaubte, immer noch den Duft des Klees zu spüren von jenem Herbsttag, als wir in der Wiese lagen, erschöpft und träge, glücklich und zufrieden. Der Wald um uns herum, die Vögel, selbst das Blau des Himmels, alles gehörte nur uns, alles war allein zu dem Zweck auf der Erde, uns ein Schauspiel zu bieten … Was hätte ich darum gegeben, Cleopatra in diesem Moment neben mir liegen zu haben.

Es half nichts, ich musste aufstehen. Wie spät mochte es sein? Einige Schritte im Freien würden vielleicht die Müdigkeit zurückbringen.

Die Nacht war kühl. Der Mond ließ die Gebäude hervortreten und leuchtete mir den Weg durch den Kräutergarten. Ruhe überzog die Abtei wie Kuchenglasur, die Fenster waren wie schwarze Schokoladetafeln, der Boden überzogen mit Marzipanschimmer. Über dem Kreuzgang hing schwach der Geruch von Fleischbrühe – eine Reminiszenz an das Abendessen. Die Eingangstür zum Gästetrakt stand halb offen. Ich steckte meinen Rüssel hinein und sog die Luft ein. Nichts Ungewöhnliches. Eigentlich bot sich nun die Chance, das obere Stockwerk in Ruhe zu inspizieren, ohne von Menschen gestört zu werden. Ich dachte an mein Bett. Es konnte warten.

Die Treppen nahm ich ohne Hast, sorgfältig Huf vor Huf setzend, um keinen Lärm zu machen. Der Gang lag verloren und einsam da, der Geruch von Zitronen-Scheuermittel reizte meine Geschmackssensoren. Ich lauschte an der ersten Tür. Atemzüge, tief und gleichmäßig. Aus dem Zimmer von Rinaldo Battistini tönte leises Schnarchen. Ich wollte ihn gerade um seinen Schlaf beneiden, als mich ein Geräusch aufschreckte. Es kam vom Ende des Gangs, aus einem Zimmer. Ich pirschte mich heran und presste mein Ohr an die Tür. Drinnen zwei Stimmen. Ich musste mich anstrengen, um etwas zu verstehen.

»Magst du mich?«, flüsterte jemand. Eine Frau.

»Du fühlst dich gut an«, sagte eine männliche Stimme. Es dauerte einige Sekunden, bis ich die Stimmen mit Menschen in Zusammenhang gebracht hatte. Dolores Battistini. Und Dominik Hellenbart. Was machten die beiden mitten in der Nacht? Verdächtig.

»Wenn mein Mann das wüsste, er würde uns umbringen«, sagte Dolores. »Auf der Stelle.«

»Dein Gatte liegt im Bett und schläft. Er ist krank.«

»Rinaldo kann so abweisend sein. Manchmal glaube ich, ich kenne ihn gar nicht. Er ist mehr mit seiner Oper verheiratet als mit mir. Ich weiß nicht einmal, zu wem er ein erotischeres Verhältnis pflegt.«

»Meinst du, dein Mann könnte einen Berater gebrauchen? Einen, der ihn vermarktet und sich um sein Image kümmert?«, fragte Hellenbart. »Wenn er mich engagieren würde, könnten wir beide uns häufiger sehen.«

»Dazu ist Rinaldo viel zu misstrauisch und eifersüchtig. Er würde schnell merken, was gespielt wird.«

»Oder ich bringe ein Werbebuch über ihn heraus. Mit Originalsignaturen. Das ist besser als Autogrammkarten. Könnest du ein gutes Wort für mich einlegen?«

»Bist du wahnsinnig? Er würde sofort den Braten riechen. Kratz mich lieber da hinten.« Einige Sekunden hörte ich nichts. »Ahh, gut. Sanfter, bitte. Mehr. Noch mehr. Etwas tiefer. Noch tiefer. Ja, da, genau da. Oh, das machst du perfekt, mein Imperator. Oh, ja! Mehr!«

Ich verstand die Welt nicht mehr. Was sollte das Theater um einen solch banalen Akt wie Kratzen? Wir Schweine rieben uns einfach an einer Baumrinde. Oder wälzten uns kurz auf dem Boden. Eine Sache von Sekunden, für die wir niemanden brauchten, und schon gar keinen Partner. Die beiden da drin beschäftigten sich nun schon mehrere Minuten mit den Flöhen. Sollten sie sich doch mit Schlamm einreiben, ein altes Hausmittel unserer Spezies, und schon wäre das Ungeziefer erledigt. Auch das Fell glänzt wieder wie neu.

»Caesar muss jetzt streng mit dir sein.« Hellenbarts Stimme vibrierte. »Meine Sklavin war nicht brav, denn sie hat die Wünsche ihres Herrn nicht erfüllt. Bist du bereit, die Strafe zu empfangen?«

»Gnade, Imperator.« Dolores gluckste. »Ich erwarte deine Strafe. Deine harte Strafe.«

Ich hörte ein Klatschen, wie wenn jemand auf nackte Haut schlug. Wurde Dolores Gewalt angetan? Der Impuls durchzuckte mich, der Frau helfen zu müssen. War sie verletzt, brauchte sie erste Hilfe? Ich konnte sie retten. Ich allein. Ich spähte durch das Schlüsselloch. Ohne schlechtes Gewissen, wie ich einräume. Menschen machen das nicht, ich weiß. Jedenfalls gibt es niemand zu. Aber war ich ein Mensch? Als Schwein war es geradezu meine Pflicht, Schaden von dieser Spezies abzuwenden, die sich oft genug nicht selbst helfen konnte und deren Gewalttätigkeit legendär war, wie ein Blick in die Geschichte zeigte.

Was ich sah, schockierte mich. Schockierte mich so sehr, dass ich zu atmen vergaß. Ich schüttelte den Kopf, kniff die Augen zusammen, öffnete sie wieder, und sah nochmals durch das Schlüsselloch. Ich merkte, wie das Blut durch meine Adern pulste. Dominik Hellenbart saß auf dem Bett. Unbekleidet, mit schweißnass glänzender Haut, um die Brust ein paar wenige Borsten, das Haar zerrauft. Quer über seinem Schoß lag die ebenfalls nackte Dolores Battistini, ihr Kopf war zur Tür gedreht. Meine Kenntnisse der menschlichen Anatomie reduzierten sich auf Eleonora, die ich ein einziges Mal zufällig in ihrem Schlafzimmer überrascht hatte, zu Hause im Piemont. Auch wenn Eleonora als schöne Frau galt, so hatten nackte Menschen für mich etwas Unnatürliches, ich fand den Anblick beinahe abstoßend. Lag es daran, dass das Fell fehlte? Dass der Geruch nur mit Parfum zu ertragen war? Dass die Haut blass war wie unreifer Käse? Der Spezies war das alles offensichtlich peinlich, sonst würde sie selbst Babys nicht sofort in Stoffe hüllen, sogar beim Baden und beim Schlafen. Nur in der Kunst erfüllten sich die Menschen ihre Träume – barbusige Götter, muskulöse Sportler, unbekleidete Engel, selbst hier im Kloster, alles nackt. Aber in Stein gemeißelt oder in Öl auf Leinwand sah es auch besser aus als in natura. Die Abstraktion als der überlegene Entwurf des Paradieses. Dort, wo angeblich alle Menschen wieder so herumliefen, wie sie geboren waren.

»Noch sechs, noch fünf, noch vier …« Hellenbart ließ die Hand auf Dolores Hinterteil sausen. Ihr Gesäß war nicht so wohlgeformt wie das der Schweine, es ähnelte eher zwei Honigmelonen, war fest und straff und mündete in ihre Beine. Viel zu zierlich, viel zu wenig Speck unter der Haut. Und, wie gesagt, die Borsten fehlten.

Jeder Schlag gab ein Geräusch. Die Frau wand sich, klammerte sich an die Bettkante und stöhnte. Wenn es ihr solche Schmerzen bereitete, warum lächelte Dolores dann? Ich war verwirrt. Konnte man das noch unter normales Balzverhalten fassen?

»… noch drei, noch zwei, noch einer …«

Hellenbart drückte seine Lippen auf ihr Hinterteil, und ich hörte Schmatzen und Saugen. »Hast du jetzt genug?«

»Noch lange nicht.« Statt sich loszureißen und davonzulaufen, drehte sich Dolores herum und warf sich auf Hellenbart, wobei sie ihm den Hals abdrückte. Meine Verwirrung stieg. Die beiden verbissen sich in einer Art Ringkampf, verhakten Beine, pressten Leiber aneinander, gaben Gurrlaute von sich. Wie sollte da jemand die Menschen verstehen? Gerade schickte sich Dolores an, ihren Gegner mit einem Griff …

»Was macht der Herr Privatdetektiv denn da?«

Ich fuhr hoch und stieß mir dabei den Kopf an der Türklinke. Im Zimmer herrschte plötzlich Stille. Dann Getuschel.

Hinter mir stand Tiffany, ihre Augen funkelten in der Dunkelheit.

»Du hast mich ganz schön erschreckt«, flüsterte ich. »Was machst du denn hier? Ich hab dich gar nicht bemerkt.«

»Offensichtlich warst du mit anderen Sachen beschäftigt, wie ich sehe.« Ihre Worte waren wie Pfeile.

»Kannst du nicht leiser sprechen? Hier schlafen Leute.«

»Ich rede so laut, wie es mir passt.« Tiffany hob die Stimme. »Ich kann auch singen, wenn du willst.« Sie intonierte die ersten Takte aus Puccinis Oper »Madama Butterfly«. Das hatte sie wahrscheinlich Battistini abgelauscht.

»Psst. Bitte nicht. Sonst haben wir gleich richtig Ärger am Hals.« Ich ging, nein, ich rannte den Flur entlang.

Tiffany folgte mir. »Jetzt davonlaufen, du Feigling. Immerhin weiß ich nun, was du in der Nacht so treibst. Warum du immer so müde bist. Du solltest dich schämen! Und mir gaukelst du vor, du würdest Ermittlungen durchführen. Schöne Ermittlungen sind das!«

Im Klosterhof brauchte ich einige Zeit, bis ich wieder zu Luft kam. »Ich führe wirklich Ermittlungen durch. Ein Spezialeinsatz.«

Tiffany baute sich vor mir auf. »Gar nichts tust du. Beobachtest im Dunkeln heimlich Menschen durch Schlüssellöcher. Menschen! Das verschafft dir wohl eine besondere Befriedigung, du Spanner. Ich finde es abartig.«

»Tiffany, das siehst du falsch. Wenn du noch wegen neulich beleidigt bist …«

»Das habe ich längst vergessen. Dahergelaufene Eber können

so viel Unsinn schwätzen, wie sie wollen. Mich berührt das nicht mehr. Mich nicht.« Sie machte kehrt und ging davon, ohne sich noch einmal umzusehen.

Am nächsten Morgen erwachte ich mit Kopfschmerzen. Selbst das Rhabarbertörtchen zum Frühstück vermochte meine Laune nicht zu heben. Tiffany und Caruso hatten sich bisher nicht im Refektorium blicken lassen, und ich lauschte Dominik Hellenbart und Melissa Fini, die sich über Antiquitäten und Marktpreise unterhielten. Der Werbemanager hatte Kopien aus Katalogen internationaler Auktionshäuser dabei, die Fotos mittelalterlicher Sakralkunst zeigten. Im Flüsterton las Hellenbart die Beschreibungen vor. Von Zeit zu Zeit wanderte sein Blick zum anderen Tisch, an dem der Opernsänger und seine Frau saßen. Dolores unterhielt sich mit ihrem Mann und drehte kein einziges Mal den Blick zu ihrem nächtlichen Besucher. Rinaldo Battistinis Stimme klang wieder normal, dank Lavellos Kümmel-Fenchel-Kräutertee, einer Mischung, die der Sänger aus einer großen Tasse trank. Habiatus räumte die Tische eilig ab, denn heute sollte feierlich von Bruder Gabriel Abschied genommen werden.

Der Sarg des Ermordeten, geschmückt mit einer Rose, stand vor dem Altar, an der Stelle, wo bereits Stephanus aufgebahrt worden war. Der Gesang der Mönche hallte von den Kirchenwänden wider, Kerzen flankierten die Andachtsstätte, und Weihrauch aromatisierte die Luft. Die Klostergäste schienen vollzählig versammelt, Salvatore Lucca saß mit seiner Frau in der Nähe des Eingangs, daneben Melissa Fini. Der Opernsänger und seine Frau hatten eine Bank ganz vorne gewählt, Rinaldo Battistini summte die Melodien, probierte einige Strophen mitzusingen. Beim Singen klang seine Stimme noch immer rau und gepresst, was Caruso veranlasste, ihn erneut einen »hoffnungslosen Fall« zu nennen. Dominik Hellenbart hatte sich schräg hinter Dolores platziert und blies ihr beim Beten ständig ins Ohr. Ich stand am Seitenaltar vor dem Gemälde des heiligen Antonius mit der betenden Frau, neben mir Eleonora, die sich mehr für das Bild als den Gottesdienst zu interessieren schien. »Schönes Bild«, flüsterte sie mir zu. »Aus der Renaissancezeit vermutlich. Ich wüsste zu gerne, wer es gemalt hat. Vielleicht frage ich mal einen der Mönche, die dürften es ja wissen.« Mir gefiel mehr die Sau auf dem Bild, die den Betrachter direkt ansah. Je länger ich hinblickte, desto intensiver schienen sich die Augen des Schweins mir zuzuwenden. Verwirrt konzentrierte ich mich auf die Andacht.

Der Abt bestieg die Kanzel, erinnerte in seiner Predigt an die guten Taten des Bruders Gabriel, an sein Glück, schon jetzt das Paradies schauen zu dürfen, an seine Bescheidenheit und vorbildlichen Lebensstil nach den Idealen der frühen Mönchsgemeinschaften. Aviano erzählte Anekdoten davon, wie er Gabriel als neues Mitglied von einem Kloster aus Orvieto aufnahm, nachdem er schon Bruder Stephanus aus demselben Kloster begrüßt hatte, und wie sich Gabriel als Helfer in Haus und Garten bewährte und sich eifrig mit Büchern weiterbildete. »Wie schmerzlich war es für uns alle, ihn aus unserer Mitte gerissen zu sehen. Ein junges Leben, ausgelöscht«, sagte der Abt. »Aber die Gerechtigkeit Gottes waltet und führt den Täter seiner Strafe zu. Möge die verlorene Seele zur Ruhe kommen.« Mit einem Vaterunser schloss die Andacht.

Draußen wartete bereits ein Pferdegespann. Die Mönche trugen den Sarg auf ihren Schultern und schoben ihn an einem Spalier aus Gästen vorbei auf die Kutsche. Aviano sprach einen Segen, begleitet vom hellen Ton der Totenglocke.

Mir ging etwas im Kopf umher. Ein Gedanke. Eine Erinnerung. Noch war alles vage, verborgen hinter einem Vorhang, man ahnte die Konturen, ohne auf die Details schließen zu können. Was war es bloß, das meine Gehirnzellen in Aktion gesetzt hatte? Ein Bild? Ein Geruch?

»Folgen wir dem Trauerzug?« Caruso stupste mich an. »Die anderen gehen auch alle mit.«

»Ich … ich weiß nicht.« Meine Gedanken waren woanders. Ich registrierte weder das Vogelgezwitscher noch die Menschen um mich herum, sondern zermarterte mir das Gehirn.

Heller Ton. Das war es. »Dein heller Klang wärmt meine Seele zur richtigen Zeit.« Die Inschrift auf Lucrezias Gedenkstein. Die Glocke. Sollte sich die Gravur auf eine Glocke beziehen? Da half nur eine Methode.

»Wir gehen auf den Turm«, sagte ich zu Caruso. »Sobald die Menschen verschwunden sind.«

Wir warteten am Eingang, bis das Gespann mit dem Sarg im Wald verschwunden war. Gerade wollten wir durch die Tür schlüpfen, als wir Eleonora hinter uns hörten. »Was treibt ihr da?«

Ich grunzte freundlich, und wir taten, als würden wir faulenzen, was die Padrona zu beruhigen schien und sie weitergehen ließ. Das Innere des Campanile lag im Halbdunkel. In der Mitte baumelten die Glockenseile, an den Seiten zog sich eine schmale Holztreppe nach oben. Eine weitere Tür versperrte den Zugang zur Treppe. Der Riegel war zurückgezogen und die Tür ließ sich ohne Probleme öffnen.

»Was willst du denn in dieser muffigen Bude?« Der Junior inhalierte die Luft. »Wir sollten lieber die Menschen auf dem Friedhof beobachten, vielleicht verhält sich jemand verdächtig.«

»Das bringt nichts. Niemand wird plötzlich ans Grab treten und rufen ›Ich war's‹. Da vergeuden wir nur unsere Zeit.«

»Und hier vergeuden wir etwa keine Zeit?« Carusos Ton zeugte von Renitenz.

»Das weiß ich nicht, und das wird sich leider erst herausstellen, wenn wir oben nachgeforscht haben. Ich will mir die Glocken genauer ansehen.«

»Die Glocken? Bis ganz oben müssen wir rauf? Nur so zum Spaß?«

»Ein guter Detektiv meutert nicht, sondern macht sich an die Arbeit«, sagte ich. »Das nennt man positives Denken.« Mir war selber nicht ganz wohl. Ich sah die Treppen vor mir, Dutzende, Hunderte, möglicherweise Tausende. Jede einzelne Stufe musste ich mich hochwuchten, Schritt für Schritt, Stufe für Stufe, bei meinem Körpergewicht die reinste Plackerei. Es sollte Menschen geben, die das freiwillig machten. Angeblich, um Speck zu verlieren. Wo der doch gerade das Erstrebenswerte ist. Essen, Trinken, Ausruhen, das sind die Tugenden für einen perfekten Körper. Barockmaler wie Peter Paul Rubens verewigten dieses Schönheitsideal, etwa mit dem Gemälde »Liebesgarten«. Es nahm die üppigen Formen meiner Großtante Bacchantina zum Vorbild, die auch anderen Malern Modell stand und über die Grenzen Hollands hinaus berühmt war.

Das Holz knarrte unter unseren Hufen, Staub wirbelte auf. Je höher wir kletterten, desto stärker versuchte ich mich auf die Außenmauer zu konzentrieren, um nicht nach unten blicken zu müssen. In den Abgrund. Hielt das Geländer? Was, wenn ich auf eine morsche Holzstufe trat und durchbrach? Ich rief mir Bilder von Wiesen im Piemont, von unserem Bauernhof bei Alba und von Cleopatra ins Gedächtnis, um die negativen Gedanken zu verbannen. Ob der Schweineheilige Antonius jetzt über mich wachte? Lieber vertraute ich da doch auf Esus, bloß kein Risiko eingehen.

»Keinen Schritt weiter.« Caruso lehnte sich gegen die Wand. »Pause.«

Wir füllten Luft in unsere Lungen und warteten, bis sich der Puls normalisiert hatte. »Wehe, wenn wir nichts finden«, sagte der Junior. »Dann streike ich.«

»Willst du aus Protest oben bleiben wie ein Eremit? Die Aussicht soll grandios sein. Die Luft auch. Weiter geht's.«

Es fiel mir schwer, den Unbekümmerten zu spielen. Außer einer vagen Vermutung hatte ich wenig zu bieten. Je höher wir kamen, desto schwerer wurden unsere Schritte. Mit einem letzten Satz erklommen wir die oberste Plattform und ließen uns auf den Boden fallen. Durch die Ritzen der Holzbohlen erkannte ich unter mir, weit, weit weg, den Eingang des Campanile. Auf Querbalken über uns hingen zwei Glocken, in der Mitte befand sich ein Bronzeungetüm, leicht versetzt davon ein kleineres Exemplar. Von den Glockenjochen hingen zwei Seile in die Tiefe bis ins Erdgeschoss, von wo aus die Mönche die Glocken bedienten. Das Sonnenlicht flutete durch die beiden Rundbögen an jeder Seite des Turms und erhellte den Raum. Wir sahen über das Tal und die gegenüberliegenden Berge, beobachteten die Bussarde, die über dem Wald kreisten, etwa an der Stelle, wo der Friedhof sein musste. Der Grundriss der Abbazia breitete sich vor uns aus, der Wohnflügel der Mönche und der Gästetrakt, das Gewächshaus und das Besucherhäuschen, in dem ich mein Zimmer hatte. Diese Höhen behagten mir nicht. Ich war schließlich keine Bergziege. Fester Boden unter den Füßen, Wald, Wiesen, Natur, das war meine Heimat. Aber manchmal mussten wir Privatdetektive der höheren Aufgabe wegen Opfer bringen.

Ich richtete mich auf und versuchte, den besten Blickwinkel auf die kleine Glocke zu finden. Die Totenglocke.

»Was suchen wir hier eigentlich? Es wäre prima, wenn du mich in deine Pläne einweihen würdest«, maulte Caruso. Ich erzählte ihm von meiner Idee. »Hmm. Und wo sind die Beweise?«

»Die suchen wir gerade.«

Eine dunkelbraune, fast schwarze Patina überzog das Metall der Glocke. Zwei Kreuze schmückten die Seiten, darunter befand sich ein Dekorationsband mit einer Inschrift. Genaueres konnte ich von meinem Standort aus nicht entziffern.

»Wir müssen näher ran«, sagte ich. »Die Glocke untersuchen. Sonst wäre unser Aufstieg umsonst gewesen.«

»Und wie stellst du dir das vor? Soll ich mich an dem Seil zur Glocke hinüberschwingen wie Tarzan?«

Ich sah mich um. Um mich herum befanden sich massive Balken, das Dachgestühl gab den Blick auf die Ziegel frei. Eine Leiter führte zu einer Dachluke. Unsere einzige Chance. »Versuchen wir, ob wir die Leiter aushängen können. Die gäbe eine gute Brücke ab.«

Caruso verzog das Gesicht. »Eine bessere Idee hast du nicht?«

»Du als Junior-Detektiv hast sicher bessere Vorschläge. Bitte sehr, ich lasse dir den Vortritt.«

»Nun, ähh, wir brechen die Aktion einfach ab.«

»Abgelehnt.«

»Dann … dann … holen wir eben die Leiter.«

An den oberen Holmen der Leiter griffen zwei Eisenbügel über einen Querbalken und stabilisierten die Konstruktion. »Erst anheben und anschließend seitlich ablegen«, kommandierte ich. »Du links, ich rechts.«

Wir benutzten unsere Rüssel als Hebel. Die Leiter hob sich, die Sicherheitsbügel klinkten aus. Dann ging alles ganz schnell. Die Leiter geriet ins Schwanken, bekam Übergewicht, wir konnten nicht mehr dagegenhalten und mit einem Krachen segelte sie zu Boden. Ich schrie »Weg!«, wir hechteten zur Seite, gerade noch rechtzeitig, bevor das Holz wie ein Fallbeil auf den Planken aufschlug. Der Lärm war markerschütternd. Durch die Staubwolke versuchte ich zu erkennen, ob Caruso verletzt war. Ein Husten wies mir die Richtung.

»Du und deine grandiosen Ideen«, krächzte der Junior. »Nie mehr werde ich …« Der Rest der Worte versank in einem erneuten Hustenanfall.

»Wenigstens haben wir jetzt die Leiter.« Ich war froh, wir beide hatten alles ohne Blessuren überstanden. Einige Minuten lagen wir regungslos, lauschend, ob jemand unser Malheur bemerkt hatte. Doch alles blieb ruhig.

»Jetzt steht uns der schwierigere Teil bevor«, sagte ich.

»Oh, dann war das also nur zur Aufwärmung gedacht?«

»Ja, leider. Wir müssen die Leiter so hinstellen, dass ihr Ende genau zur Glocke zeigt. Wir nutzen sie als Arbeitsbühne. Wie die Maurer auf einer Baustelle.«

Das Manövrieren auf der schmalen Plattform stellte sich als schwieriger heraus als gedacht. Wir drehten und wendeten die Leiter, probierten verschiedene Hebel. Trotzdem brauchten wir mehrere Anläufe, bis wir ein Ende zwischen den Balken eingekeilt hatten. Das andere Ende ragte über die Brüstung hinaus und reichte bis kurz vor die Glocke.

»Alles vorbereitet«, sagte ich.

»Gut. Und jetzt?« Caruso begutachtete unsere Konstruktion.

»Jetzt halte ich die Leiter fest, du kletterst rauf und liest, was auf der Glocke steht.«

»Was? Du bist wohl nicht ganz bei Trost?« Der Junior verzog den Mund. »Ich soll da rauf? Und wenn ich abstürze …«

Ich schlug einen beruhigenden Ton an. »Du bist geübt. Ein Privatdetektiv kennt keine Angst, wie du weißt.«

»Warum gehst du dann nicht selbst?«

»Weil ich nicht schwindelfrei bin und viel schwerer als du. Deshalb setze ich mich auf das Ende der Leiter und sorge dafür, dass sie nicht wackelt. Du bringst nicht das nötige Gewicht mit.«

»Jetzt willst du mir auch noch die Schuld geben, dass ich ein Jugendlicher bin. Mieser Trick. Mit mir nicht.« Caruso reckte den Rüssel vor. »Der Anführer muss Vorbild sein und vorangehen. Das war schon immer so. Auch bei Privatdetektiven. Also los.«

»Wir brauchen dein Geschick. Du bist eindeutig der bessere Kletterer. Denk daran, mit welchen Taten Neruda berühmt wurde. Der war kaum älter als du.« Neruda war das erste Lebewesen, das den Mount Everest bestiegen hatte. Ohne Seil und Sauerstoffflasche. Er lebte als nepalesisches Hausschwein Anfang des zwanzigsten Jahrhunderts in der Khumbu-Region bei den Sherpas. Weil er probieren wollte, ob sich ein Schneemann auf dem Gipfel einfacher bauen ließ als im Tal, machte er sich eines Morgens auf den Weg. Reste des Schneemanns sind angeblich noch heute auf dem Gipfel zu finden.

Das Beispiel stimmte den Junior teilweise um. Meine Geheimwaffe jedoch war das Versprechen, er dürfe das erste Mal Wein probieren, wenn er seinen Auftrag erfüllte.

»Versprochen?« Caruso leckte sich über die Lippen.

»Versprochen!«

»Aber einen richtig guten Tropfen.«

»Den besten, den Habiatus herausrückt.«

»Und Tiffany laden wir auch ein.«

Ich zögerte. »Hmm. Ich glaube nicht, dass dein Vorschlag auf Begeisterung stößt. Die Dame verhält sich in letzter Zeit etwas … etwas … seltsam.«

»Überlass das mir. Du sorgst nur für den Wein.«

»Meinetwegen. Jetzt aber los!«

Caruso sang leise *»O komme, Sieggekrönter, empfange deinen Lohn, der Sieg hat dir gelächelt, auch Liebe lacht dir schon«*, eine Strophe aus Verdis Oper »Aida«, und schwang sich auf die Leiter.

»Nicht nach unten sehen«, rief ich ihm nach.

»Schon gut, schon gut. Ich bin doch nicht lebensmüde.« Er setzte den Huf nach vorne, prüfte den Stand und zog die anderen Füße nach. »Geht besser, als ich dachte.« Nach einer Weile hatte er die Glocke erreicht und richtete sich auf. »Und jetzt?«

»Einfach schildern, was du siehst.«

»Kreuze. Darunter sechs Kugeln. Und einen Text.«

»Lies vor.«

»In memoriam Lucretia. Meine Lebensretterin. Die Glocke läute ihr im Paradies. Nannina de' Medici.« Caruso drehte sich zu mir. »Das ist alles.«

»Dann komm zurück.«

Das war's! Der definitive Beweis dafür, dass Eleonora mit ihren Forschungen richtiglag. Meine großartige Ahnin Lucrezia hatte ihr

Leben gelassen, um Nannina zu retten. Und Nannina hatte ihr zu Ehren die Glocken samt Widmung gestiftet – der Abtei, in der Lucrezia vergiftet worden war.

Der Junior versuchte auf der Leiter zu wenden. Sein Körper stand quer, als er mit einem Huf ausrutschte. »Vorsicht!«, rief ich. Zu spät. Das Bein sackte durch, Caruso fiel auf die Kante. Die Leiter begann zu schwingen, ich drückte mit den Hufen dagegen, es half nichts. Durch das verzweifelte Bemühen des Juniors, wieder aufzustehen, schaukelte die Leiter noch mehr. Caruso blickte nach unten. »Du lieber Himmel!« Er klammerte sich an den Holmen fest und bewegte sich nicht mehr. Zumindest stoppten dadurch die Schwingungen. »Ich rühr mich hier nicht weg.« Der Junior hing wie festgewachsen auf der Leiter.

»Los, komm schon. Neuer Versuch. Je länger du wartest, desto schwerer wird es für dich.«

»Ich ... ich kann nicht, Leonardo.«

Ich stieg auf die Leiter und ging ihm entgegen. »Sind doch nur zwei, drei Schritte und du bist über der Brüstung.«

»Es geht nicht.«

»Bemüh dich! Denk dran, was Tiffany sagen würde, wenn sie dich so sehen würde. Oder soll ich sie zur Hilfe holen?«

»Bloß nicht!« Caruso fasste sich ein Herz und tippelte die Schritte bis zur Plattform. Wie ein Toter ließ er sich auf den Boden fallen. »Nie wieder!« Sein Atem ging stoßweise.

Wir hörten, wie jemand die Treppe heraufkam. Egal. Wir hatten sowieso keine Fluchtmöglichkeit.

»Habe ich mir doch gedacht, dass ich euch beide hier finde.« Eleonoras Kopf tauchte auf. »Solchen Lärm schaffen nur meine Trüffelschweine. Was habt ihr euch dabei gedacht?« Sie besah sich unsere Leiterkonstruktion, beugte sich über das Geländer, um die Schrift auf der Glocke zu entziffern.

»Bravo! Das dürfte selbst den ewigen Nörgler Rizzone überzeugen.« Sie blickte uns an. »Habt Dank, ihr lieben Schweine.«

Ich fühlte mich zwar geschmeichelt, aber so richtig stolz war ich auf unseren Fund nicht. Denn eigentlich hatten wir nur das bestätigt, was Eleonora bereits herausgefunden hatte. Die Suche musste also weitergehen.

23

Im Kreuzgang begegneten wir Tiffany. Sie sah mich, bremste kurz und schien zu überlegen, ob sie umkehren sollte, entschied sich aber dafür weiterzugehen.

»Hallo, Caruso, schön dich zu sehen.« Sie nickte dem Junior zu.

»Ich habe dich schon gesucht«, sagte ich.

Tiffany ignorierte mich und wandte sich an Caruso: »Wie geht's dir? Wo willst du hin?«

Der Junior erzählte von unserem Abenteuer auf dem Campanile. »Das ist für gewisse Herrschaften typisch«, meinte Tiffany. Noch immer würdigte sie mich keines Blickes.

Ich baute mich vor ihr auf. »Nun hab dich nicht so. Wenn ich etwas falsch gemacht haben sollte, entschuldige ich mich hiermit.«

Tiffany sah an mir vorbei. »Caruso, könntest du bitte einem gewissen Herrn erklären, dass ich ihm nichts mitzuteilen habe? Ganz und gar nichts.«

»Wir beide werden am besten mal alleine plaudern, Tiffany«, sagte der Junior. »Ich besuche dich in deiner Herberge.«

»Tu das. Aber nur wir beide. Ohne irgendwelche anderen Schweine.« Sie rümpfte die Nase und ging weiter.

»Signora Gobetti, scusi, einen Moment bitte.« Francesco Rizzone winkte uns vom Gästetrakt zu. »Würden Sie mich in die Bibliothek begleiten? Ich will Ihnen etwas zeigen.«

Er schien die Niederlage, die ihm die Padrona mit ihren Resultaten zugefügt hatte, gut verdaut zu haben. Jedenfalls ließ er sich nichts anmerken. Oder akzeptierte er mittlerweile die Kompetenz Eleonoras? Inzwischen stapelten sich die Bücher auf dem Tisch, und Rizzone schob einen Teil zur Seite. »Ich weiß nicht, wie ich anfangen soll«, sagte er. »es geht um den verstorbenen Bruder.«

»Um Gabriel?« Eleonora setzte sich.

»Nein, um diesen Stephanus.« Der Professore druckste herum. »Ich habe von den Umständen seines Ablebens gehört. Der Mönch soll nach dem Verzehr von Nudeln und Ihrer frisch gesammelten Tartufi gestorben sein. Es war eine natürliche Todesursache, erzählte der Abt. Wobei ich heraushörte, dass Sie an eine andere These glauben.«

»Mich erstaunt, dass Sie der Todesfall interessiert. Die Sache ist abgeschlossen und der Mann liegt längst unter der Erde. Was hat das mit Ihren historischen Studien zu tun?«

»Schauen Sie, Signora, genau das ist der Punkt. Nachdem Sie mir Ihre Unterlagen freundlicherweise überlassen hatten – eine tolle Leistung im Übrigen, mein Respekt –, habe ich weiter nach Belegen für Ihre These gesucht. Ich bin auf einige alte Dokumente gestoßen, die eine erstaunliche Parallelität der beiden Fälle aufzeigen.«

Eleonora hob die Augenbrauen. »Meinen Sie die Todesfälle oder die Trüffel?«

»Ähh, gewissermaßen beides. Das verwirrt mich offen gestanden ein wenig. Es kann ein Zufall sein. Aber die Ähnlichkeiten sind schon frappierend. Ich habe zwar schon mit einigen Leuten gesprochen, aber meine Erkenntnisse noch nicht offenbart. Schließlich will ich meinen Ruf als Historiker nicht beschädigen. Deshalb wäre es mir lieb, wenn wir vorher die Sache unter uns diskutieren könnten. Ich würde gerne Ihre professionelle Meinung hören.«

»Verstehe. Freut mich, dass Ihnen an meinem Rat gelegen ist. Was steht in Ihren Dokumenten?«

Rizzone holte mehrere vergilbte Briefe, Kladden und Pergamente aus seiner Tasche. »Hier ist ein weiteres Schreiben aus Florenz aus dem 15. Jahrhundert. Absender sind die Medici aus Florenz. Sie kündigen die Ankunft eines Familienmitgliedes samt Begleitung an und bitten um wohlgefällige Aufnahme und Schutz im Kloster.« Rizzone blätterte eine Kladde auf. »Das deckt sich mit den Aufzeichnungen des Klosters aus jener Zeit. Ein anonymer Schreiber notiert, man habe einen Tross von 14 Personen beherbergt, samt Vieh und Pferden.«

»Etwa Nannina de' Medici?« Eleonoras Neugier war erwacht.

»Genau. Wie Sie bereits vermutet hatten.«

Die Padrona erzählte von der Totenglocke auf dem Turm und dem Gedenkstein im Wald.

»Es war bei reichen Leuten üblich, Kirchen und Klöstern etwas zu stiften, um was fürs eigene Seelenheil zu tun. Oder sich zu bedanken. Denken Sie nur an den Pilgerbrunnen der Basilika Santa Maria degli Angeli bei Assisi. Ein Geschenk der Medici für die Franziskaner.« Rizzone glättete das Blatt vor sich. »In der Tat reiste Nannina de' Medici an. Sie hieß eigentlich Lucrezia mit Vornamen, wurde aber immer nur Nannina gerufen. Prominenter und überraschender Besuch für das Kloster.«

»Lässt sich meine Pilzmord-These erhärten?«

»Ich habe einen Beleg gefunden. Danach blieb Nannina mehrere Wochen und reiste dann wieder zurück nach Florenz. Und da kommen die Tartufi ins Spiel.« Rizzone nahm ein weiteres Dokument. »Während der Anwesenheit von Nannina verbucht das Kloster als Zugang zu den Nahrungsvorräten mehrere Kilo Pilze und Tartufi. Das legt den Schluss nahe, dass die Dame ein Trüffelschwein dabeihatte und dem Kloster die Leckereien spendierte. So wie Ihre Begleiter, Signora.« Er deutete auf Caruso und mich.

»Und wie ist nun der Zusammenhang mit den Todesfällen?«

»Sie lagen richtig. Eine Notiz berichtet von einem Todesfall nach einem Trüffelessen. Über die näheren Ursachen, ob Unglück oder Mord, finden sich keine Unterlagen in der Bibliothek. Es ist nur vermerkt, dass eine Lucretia verstorben sein soll. Sehen Sie, das irritiert mich. Lucrezia de' Medici kann damit nicht gemeint sein. Die kehrte kurz danach gesund und wohlbehalten nach Hause zurück zu ihrem Ehemann. Vielleicht ist es die Lucretia auf dem Gedenkstein. Aber das war ja nur ein Schwein, wie Sie berichtet haben, Signora. Und ein Schwein wäre den Klosterschreibern kaum einer Erwähnung wert gewesen.«

Dieser Rizzone hatte wirklich keine Ahnung. Typischer Hochmut der menschlichen Spezies. Natürlich handelte es sich um meine Vorfahrin Lucrezia. Sie hatte sich geopfert. Möge sie im Ewigen Bauch ihren Frieden finden.

»Wie weit sind Ihre anderen Forschungen gediehen?« Eleonora lehnte sich zurück.

»Ihre These mit dem Frauenkloster verfestigt sich ebenfalls«, sagte Rizzone. »Alles deutet darauf hin, dass dieser Orden die Rose als sein Symbol wählte. Dabei ist mir etwas Merkwürdiges, Beunruhigendes aufgefallen, im Zusammenhang mit einem Antwortschreiben des Klosters Ognissanti in Florenz.«

»Etwas Beunruhigendes? Was meinen Sie damit?«

»Ich will mich momentan noch zurückhalten und niemanden zu Unrecht beschuldigen. Aber ich habe den Abt um ein Gespräch gebeten. Ich möchte zuerst mit ihm reden.«

Eleonora stand auf. »Sie informieren mich, wenn Sie neue Hinweise finden? Das wäre nett, Signore Rizzone. Ich halte sie ebenfalls über meine Recherchen auf dem Laufenden. Arrivederci.«

Gerade, als ich mich von der Bibliothek auf den Weg machen wollte, um ein kleines Mittagsschläfchen zu halten, kam Caruso angelaufen, völlig außer Atem. »Salvatore Lucca, er ... er geht wieder auf seine Tour. Wir müssen ihm hinterher!« Also folgte ich dem Junior in den Garten. Wir bemerkten eine Gestalt, die gerade durch das Loch in der Mauer verschwand.

»Ihm nach«, sagte ich. »Wollen wir doch mal sehen, wohin der Hausmeister diesmal marschiert.«

Die Sonne spannte einen Vorhang aus Licht über den Wald, alles leuchtete und blühte über dem schwarz-grünen Teppich des Bodens. Der Geruch frischen Grases vermischte sich im Rüssel mit den Aromen der Kräuter, Insekten umschwirrten uns, ein Fuchs kreuzte unseren Weg, flüchtete aber, als er uns sah. Lucca schlug einen weiten Bogen um das Anwesen, und er ging schnell, als sei er die Route gewohnt. Beim Feldweg oberhalb der Abtei zögerte er kurz, dann überquerte er den Weg und verschwand in den Büschen. Wir hatten keine Mühe, ihm zu folgen.

Auf dem Plateau betrat Lucca eines der verfallenen Häuser, in dem auch der Landstreicher gewohnt hatte. Wir wollten uns schon anpirschen, als wir das Knacken eines Zweigs hörten. Aus dem Unterholz trat eine Frau. Melissa Fini. Sie sah sich kurz nach rechts und links um und ging ebenfalls in das Haus. Eine Weile warteten wir, Stimmen waren zu hören, dann suchten wir uns einen Platz hinter der Ruine. Durch die Ritzen sahen wir, wie die Frau gestikulierte.

»Sie haben versprochen, sich an die Abmachungen zu halten, Signore Lucca«, sagte sie. »Ich dachte, auf das Wort eines Sizilianers sei Verlass.«

»Signora, was vereinbart ist, gilt. Es kränkt mich, wenn Sie an meiner Ehre zweifeln.« Der Hausmeister pochte auf seine Brust. »In unserer Familie pflegen wir die Traditionen. Lo giuro!«

»Warum habe ich dann einen anderen Eindruck? Warum funktioniert nichts? Können Sie mir das erklären, Signore Lucca?«

»Nun, wie Sie wissen, die Umstände haben sich geändert. Unser Geschäft beruhte auf anderen Voraussetzungen.«

»Mit Schwierigkeiten war zu rechnen. Diese Entschuldigung lasse ich nicht gelten.« Fini lief in dem Raum auf und ab. »Glauben Sie, es macht mir Spaß, ein Treffen außer der Reihe zu arrangieren? Sie können sich vorstellen, was passiert, wenn bekannt wird, dass wir beide uns kennen.«

»Jetzt übertreiben Sie nicht, bis jetzt ist alles gut gegangen. Niemand schöpft Verdacht. Sie brauchen sich keine grauen Haare wachsen zu lassen.«

»Besser zu vorsichtig als zu naiv. Ich dulde keine Fehler. Das könnte schlimm ausgehen.«

Caruso machte mir ein Zeichen, dass sein Bein einschlief. Er hob es an, schüttelte es und versuchte, seinen Stand zu verändern. Ich verdrehte die Augen. Musste das gerade jetzt sein?

»Gemach, gemach. Wir müssen einfach nur unseren Plan ein klein wenig abändern. Sie werden sehen, es läuft ohne Probleme.« Lucca blieb gelassen.

»Tatsache bleibt, Signore Lucca, Ihre, wie soll ich sagen, Ihre Dienstleistung ist unvollkommen. Ein Teil des Vertrages ist noch nicht erfüllt. Ich rechne damit, dass …«

Caruso, dieser ungeschickte Jüngling, veränderte seinen Stand nochmals und trat dabei versehentlich auf einen Stein, der deutlich hörbar an der Außenmauer des Hauses landete. Wir hielten die Luft an.

»Da war etwas. Ein Geräusch. Von draußen.« Melissa Fini hob den Arm. »Jemand ist hinterm Haus. Und Sie sagten, hier sei es sicher!«

»Das haben wir gleich.« Lucca griff sich einen Spaten mit abgebrochenem Schaft, der neben anderem Müll in der Ecke des Hauses lag, und lief hinaus.

»Renn weg. In den Wald. Sofort!« Ich gab Caruso einen Schubs. Er brauchte einen Wimpernschlag, bis er die Gefahr erkannte, und machte einen Satz nach vorn. In dem Moment kam Lucca um die Ecke gebogen und sah den Junior.

»Nur ein Schwein«, rief er seiner Begleiterin zu. »Das Trüffelschwein dieser Gobetti. Dem werde ich jetzt eine Lektion erteilen. Uns so zu erschrecken.« Er schwang den rostigen Spaten wie ein Beil und stürmte auf Caruso los.

Der Junior sprintete einen Abhang hoch, rutschte jedoch auf dem Kiesboden weg, verlor das Gleichgewicht und rollte mit einem Quieken wieder abwärts. Direkt auf Lucca zu.

»Das ist dein Ende, Drecksvieh!« Der Hausmeister holte zum Schlag aus. Ich stieß einen Warngrunzer aus und lief auf Lucca zu. Er zeigte sich kurz von meiner Anwesenheit irritiert, ließ daraufhin von Caruso ab, nahm den Schaft in beide Hände und erwartete meinen Angriff. »Da ist ja der Opa. Ob einer oder zwei – ist auch schon egal.« Häme polsterte Luccas Worte. Opa. Meine Wut nahm ungeahnte Ausmaße an. Als ich in Reichweite seiner Waffe kam, duckte ich mich und machte einen Ausfallschritt seitwärts. Keine Sekunde zu früh. Der Spaten sauste auf mich zu, und ich warf mich auf den Boden. Die Kante des Metalls streifte meinen Hals und schlug eine Kerbe in meine Flanke, die wie ein Stromstoß war. Ich roch Blut. Lucca holte ein weiteres Mal aus, diesmal nahm er sich Zeit, denn ich lag wie ein Opferlamm auf der Erde. Ein Aufschrei. Der Hausmeister ließ den Spaten fallen und fasste sich an die Wade. Caruso hatte von hinten zugebissen. Doch Lucca fing sich schneller als gedacht und suchte nach dem Spaten im Gras. Ich rappelte mich auf und rief: »Nichts wie weg hier!« Wir liefen los. Der Hausmeister hielt den Spaten bereits wieder in der Hand und rannte hinter uns her, sizilianische Flüche ausstoßend.

Wir stießen durchs Gebüsch, Caruso vorneweg, ich wegen meiner Wunde ein wenig langsamer. Lucca blieb dicht hinter uns. Wir wateten durch Heidelbeersträucher. Der Hausmeister rückte auf. Wir versuchten Haken zu schlagen. Hinter mir spürte ich Luccas Atem. Er ließ sich nicht abschütteln, gleich würde er mich eingeholt haben. Ich blickte mich kurz um, Lucca war nur noch einen Schritt hinter mir und holte erneut mit dem Spaten aus. Das war's. Mein Bein brannte, Blut floss aus der Wunde, und ich spürte, wie ich langsamer wurde. Kein schöner Ort zum Sterben. Ob ich ein kirchliches Begräbnis erhalten würde, einen Gedenkstein wie meine Vorfahrin Lucrezia? Eigentlich hatte ich noch keine Lust, die Freuden des Paradieses kennenzulernen.

Plötzlich ein Grunzen, ein Geräusch, als würde eine Dampfwalze durch den Wald rasen. Aus den Augenwinkeln sah ich, wie der Hausmeister erstarrte und vergaß, seine Waffe zu bewegen. Das Grunzen gehörte zu Maximus. Ein Sprung nach vorne, Lucca hob schützend die Arme vor sich, Maximus rammte ihn in den Bauch, der Mann segelte rückwärts, und der Spaten entglitt seinen Händen. Maximus setzte nach und versetzte Lucca einen Stoß in dessen Hinterteil, der ihn rollen ließ wie einen Fußball. Der Hausmeister kämpfte sich hoch und flüchtete hinkend in Richtung Kloster. Maximus drehte ab und kam zu uns zurück. Tiffany stand neben Caruso, ich hatte sie vorher gar nicht bemerkt.

»Danke, Maximus«, sagte ich. »Das war Rettung in letzter Sekunde.«

»Gern geschehen«, antwortete Maximus. »Freunden helfe ich doch gerne. Vor allem einem solch erfolgreichen Trüffelsucher wie dir. Wenn du wieder mal auf Suche gehst …«

»… dann denke ich natürlich an dich.« Ich setzte mich hin und besah meine Wunde. »Ich blute«, sagte ich zu Tiffany.

»Selber schuld.« Ihr Ton war keine Spur freundlich. »Wenn ich sehe, was du so treibst …«

»Wir wollten …«

»Sei still! Kein Wort mehr. Das kommt davon, wenn man heimlich durch Löcher in den Wänden Menschen beobachtet. Am hellichten Tag! Fang bloß nicht wieder mit deiner Detektivnummer an. Kriegst du denn nie genug? Dein Verhalten ist abnorm. Du gehörst in Behandlung, du Spanner!« Ihr Rüssel bebte. »Noch schlimmer finde ich, dass du zu deinen … deinen Exzessen auch noch den armen Caruso mitnimmst. Du solltest dich schämen. Die Abreibung hast du mehr als verdient!«

Der Heimweg kam mir vor wie eine einzige Kreuzigungsstation, und ich war froh, mich wieder in den sicheren Mauern der Abtei zu wissen. Salvatore Lucca war nirgends zu sehen, Melissa Fini auch nicht. Eleonora kam mir entgegen und bemerkte gleich meine Wunde. »Du bist ja verletzt, Porcellino. Was hast du nur wieder angestellt! Da müssen wir sofort etwas unternehmen.« Sie begleitete mich in mein Zimmer, hieß mich warten und verschwand. Ich stieg in mein Kutschenbett, drehte meinen Körper, bis ich eine Stelle fand, die es mir erlaubte, ohne Schmerzen liegen zu können. Ich war schon halb eingedöst, als Eleonora mit Tüchern und einer Dose zurückkehrte. »Bruder Lavello hat mir für dich eine Spezialcreme gemixt«, sagte sie. »Die soll Wunder wirken.«

Ich hielt inne. Sollte ich mir tatsächlich von diesem Giftmischer eine Salbe auf die Wunde schmieren lassen? Wie lange dauerte es, bis ich den Verstand verlor und mein Leben aushauchte? Sollte ich das nächste Mordopfer werden?

Aber Eleonora duldete keinen Widerstand und setzte ihre Arbeit fort. »Jetzt wollen wir uns die Verletzung anschauen.« Sie wischte das getrocknete Blut weg. Für den Moment vergaß ich meinen Schmerz und spürte nur ihre Hand auf meinen Borsten, ihre streichenden, vorsichtigen Bewegungen, ihr Tasten auf meiner Haut. Es prickelte. Es wärmte. Noch nie war ich von einem Menschen auf diese Weise berührt worden, noch nie hatte jemand solchen Anteil an meinem Leiden genommen. Diese Tiffany! Auch noch schadenfroh, wenn ein Kämpfer verwundet vom Schlachtfeld zog. Einzig die Padrona zeigte Verständnis für meinen Schmerz, konnte sich in mich und meine Gefühle hineinversetzen. So weit war es schon gekommen, dass mich nur noch die Menschen verstanden. Sie kümmerten sich um mich, um meine Gesundheit. Eleonora. Wie gut, dass ich sie hatte.

Sie öffnete die Dose. Ich roch Kamille, Arnika und Ringelblume. Und ich atmete den Duft der Padrona, Wildrose und Bachblüten, Aprikose und Himbeere. Viel besser als alle Cremes dieser Welt. Sachte rieb sie die Arznei auf meine Wunde. Ich entspannte mich, legte meinen Kopf leicht auf ihre Schenkel, schloss die Augen, konzentrierte mich auf die Aromen, auf die heilenden Hände, auf das Vibrieren der Haut. So konnte es ewig bleiben. War dies das Paradies, von dem die Menschen sprachen? Der Garten Eden? Eleonora, die mir den Apfel reichte? Egal, dieser Moment gehörte mir. Ein Moment des Schmerzes und des Leids, durch Zauberhände verwandelt in einen Moment der Süße, der Übergang in einen anderen Bewusstseinszustand, der Urquell des Lebens.

»Das müsste reichen.« Eleonora verschraubte die Dose. »Die Wunde ist nicht tief. Morgen wirst du kaum mehr etwas davon spüren. Gute Besserung, mein Porcellino.« Sie stand auf und strich mir über den Kopf. Ich wünschte mir, diesen Augenblick einfrieren zu können, und wagte nicht, die Augen zu öffnen, denn ich wollte das Bild erhalten, wollte die Wirklichkeit, meine Wirklichkeit, hinauszögern wie einen Schluck Barolo, den man möglichst lange im Mund behielt. Mochte diese Stunde, dieser Tag vergehen, die Erinnerung blieb. Eine Hoffnung. Ein Trost.

Die Padrona deckte mich zum Abschied zu, ihr Atem traf meinen Rüssel, für einen Moment atmeten wir im Gleichklang. Der Lohn des Kriegers. Ich war mit der Welt zufrieden.

24

»Verzeihen Sie, Abt Aviano.« Eleonora passte den Klostervorsteher vor dem Refektorium ab. Es duftete nach Kohlrabiauflauf und gebackenem Rohmilchkäse. Das Abendessen wartete und mein Magen knurrte. Verletzte mussten regelmäßig etwas zu sich nehmen. »Wenn Sie gestatten, ich habe noch eine Frage zu Ihrer wundervollen Predigt bei der Beerdigung von Bruder Gabriel.«

»Sie fanden meine bescheidenen Worte inspirierend? Wie schön. Der Heilige Geist hat mich geleitet. Was kann ich für Sie tun?«

»Sie erzählten, Bruder Stephanus und Bruder Gabriel seien aus Orvieto gekommen. Aus dem gleichen Kloster?«

Genau die richtige Frage. Wer konnte besser die Beziehungen zwischen den Mönchen aufklären als das Oberhaupt des Klosters? Ich hätte diese Frage schon viel früher gestellt, aber besser spät als nie.

»Ja, ja. Ich erinnere mich genau. Beiden gefiel es dort nicht mehr. Warum, weiß ich nicht. Der Abt jedenfalls schrieb einen wohlwollenden Begleitbrief.«

»Wie mir der Cellerar berichtete, arbeitete er ursprünglich auch in einem Kloster in Orvieto. Ich frage mich, ob sich die drei nicht zufällig von dort her kannten.«

»Sicher, Sie haben recht. Habiatus war der erste Abtrünnige, wenn ich so sagen darf. Die beiden anderen Brüder, Gott hab sie selig, kamen später nach.«

»Dann waren die drei ein unzertrennliches Trio?«

Der Abt überlegte. »Jeder ging seiner eigenen Wege. Wenn ich's genau betrachte, war das Verhältnis zwischen Habiatus und den anderen beiden eher distanziert, um nicht zu sagen schlecht.«

»Gab es dafür einen besonderen Grund?«

»Es muss von der Zeit in Orvieto herrühren. Sie wissen, wie das ist – wenn man auf engem Raum zusammenlebt, bleiben Reibereien nicht ganz aus. Nichts Ernstes. Ich habe meine Herde immer zusammengehalten.«

Ein Rufen unterbrach das Gespräch. »Padre, Padre.« Tettamonti kam angelaufen, wedelte mit den Armen, sein Gesicht glühte. »Padre, schnell, kommen Sie.« Er zerrte den Abt an den Ärmeln.

»Warum die Eile, Bruder? Zeit zum Abendessen«, sagte Aviano.

Tettamonti sah Eleonora an, zögerte. »Ich … ich … in der Bibliothek. Es … ist … etwas … passiert. Etwas Schreckliches. Bitte … kommen Sie. Sofort.«

Aviano ließ sich von der Nervosität Tettamontis anstecken und lief mit ihm im Schnellschritt zur Bibliothek. Eleonora, Caruso und ich folgten. Die Tür war nur angelehnt. Der Abt schob sie auf und blieb abrupt stehen. Am Tisch saß eine Person, der Oberkörper lag auf der Platte, der Kopf war seitlich gedreht. Auf den ersten Blick sah es aus, als wäre jemand vom Schlaf übermannt worden. Eine Lache hatte sich unter dem Kopf gebildet. Ich roch es sofort: Blut. Der Abt rannte zum Tisch. »Jesus Christus!« Er sah in das blutverschmierte Gesicht. Francesco Rizzone. Aviano fasste an die Halsschlagader.

»Tot«, sagte er.

Der Abt machte das Kreuzzeichen. Stille. Niemand rührte sich. Schließlich begann Tettamonti, ein Gebet zu sprechen. Am Hinterkopf des Toten klaffte eine Wunde, das Haar war verklebt. Jemand hatte Rizzone den Schädel eingeschlagen. Auf dem Tisch neben ihm lag ein dicker Foliant mit Holzdeckeln, ein Buch über Teufel aus dem Mittelalter, mehrere Kilo schwer. Die Kante war rotbraun gefärbt. Offensichtlich die Mordwaffe. Ich ging näher an den Leichnam heran. Der Haltung des Körpers nach zu urteilen, schien er von dem Schlag überrascht worden zu sein. Der Täter hatte von hinten den tödlichen Hieb auf den Kopf ausgeführt. Das bedeutete, Rizzone musste die Person gekannt haben, sonst hätte er ihr nicht ahnungslos den Rücken zugedreht. Jemand aus dem Kloster. Die Tür war nie abgesperrt, die Bibliothek stand für alle offen, Gäste wie Mönche benutzten sie regelmäßig. Es wäre eine Sache von Minuten gewesen, ein paar Worte mit dem Mann zu wechseln, sich einen Band zu schnappen und im passenden Moment zuzuschlagen.

Ich schlüpfte unter den Tisch. Am Tischbein lehnte eine Aktentasche, und aus der linken Hosentasche des Ermordeten ragte ein Stück Papier heraus. Ein Pergament.

»Wir müssen Dottore Plisano benachrichtigen«, sagte der Abt. »Und diesen Commissario.«

»Das ist unumgänglich, Padre.« Eleonora betrachtete den Leichnam. »Sieht nach einem Gewaltverbrechen aus.«

Das Wort Gewaltverbrechen ließ den Abt erschauern. »Welche Sünden hat dieses Kloster begangen, dass Gott uns solche Strafen auferlegt? Das ist ein Ort des Friedens und nicht der Gewalt. Der Allmächtige erbarme sich unser!«

»*Wie viel ärgere Strafe wird der verdienen, der den Sohn Gottes mit Füßen tritt und das Blut des Testaments unrein achtet*, heißt es in der Bibel.« Tettamonti bekreuzigte sich. »Was machen wir mit dem Leichnam des armen Professore?«

»Alles lassen, wie es ist, sonst tobt der Commissario wieder. Ich werde sofort telefonieren.« Aviano lief aus dem Raum.

Eleonora wandte sich an Tettamonti. »Wann haben Sie den Toten gefunden?«

»Das muss so gegen achtzehn Uhr gewesen sein. Ich wollte vor dem Abendessen noch mal in die Bibliothek, ein Buch zurückbringen. Da sah ich den Professore. So, wie er jetzt … daliegt. Ich bin zu ihm gelaufen, habe geschaut, ob ich ihm helfen kann, aber … Ich habe dann sofort den Abt alarmiert. Den Rest kennen Sie.«

»Wann haben Sie meinen Kollegen das letzte Mal gesehen?«

»Am Nachmittag. Er las in einigen Bücher über den Teufel, den Antichristen. Ich habe ihm bei der Suche nach zwei Werken geholfen, habe mir selber was zum Lesen geholt und bin wieder auf mein Zimmer gegangen.«

»Wussten Sie, woran er arbeitete? Er sprach mir gegenüber von einigen Ungereimtheiten, einem Verdacht, den er dem Abt melden wollte.«

»Mit mir redete er nicht über solche Themen. Den Bänden nach zu urteilen, die er verlangte, beschäftigte er sich mit frühchristlichen Sekten.«

Ich beschnüffelte das Pergament in Rizzones Hosentasche. Warum hatte er es eingesteckt? Schnell fasste ich einen Entschluss und zog das Papier heraus, darauf achtend, dass mich niemand sah. Ich legte meinen Fund auf den Boden und setzte mich drauf. Menschen würden mein Verhalten wohl Unterschlagung von Beweismitteln nennen. Ich scherte mich nicht darum.

Wie Vestalus sagte, *die Wahrheit ist ein Korn, das erst aus der Schale befreit werden muss.*

»Wenn ... wenn Sie keine Fragen mehr haben, Signora, dann ziehe ich mich zurück.« Tettamonti verneigte sich. »Verzeihen Sie, aber ich muss jetzt allein sein. Die Ereignisse ...«

Kaum war der Mönch verschwunden, holte Eleonora die Aktentasche unter dem Tisch hervor. »Wir müssen uns beeilen«, sagte sie. »Bald wird es hier vor Leuten nur so wimmeln.« Sie breitete den Inhalt auf dem Boden aus: ein Mäppchen mit Bleistiften und Kugelschreibern, eine Packung Kaugummi, ein Notizbuch. Flüchtig blätterte die Padrona die Seiten durch. »Lauter Stichworte zu seinen Forschungen. Zitate, Quellenverweise. Lektüre, die er besorgen wollte. Die Dokumente über Nannina und Serena, die ich ihm gegeben habe, fehlen.« Bei einer Seite blieb Eleonora hängen. »Hier hat er etwas eingekreist. *Ognissanti – Abbazia – Zusammenhang*? Nur die drei Wörter. Darunter steht *mit Prof. M. in Perugia telefonieren*. Vielleicht ist er auf einen weiteren Hinweis zur Frühgeschichte des Klosters gestoßen und wollte jemanden um seine Meinung fragen.«

Ich kroch unter dem Tisch hervor und zeigte mein Pergament.

»Was hast du denn erbeutet?« Sie breitete das Dokument aus. »Etwas von dem Verstorbenen?« Es war der Grundriss des Klosters. Der Plan, den Eleonora entdeckt hatte. »Der Mörder muss das übersehen haben«, sagte die Padrona. Sie studierte die Vorlage. »Da, der Frauentrakt. Und hier, beim Refektorium«, ihre Finger fuhren die Umrisse ab. »Das ist seltsam. Es sind unterirdische Gewölbe und Gänge eingezeichnet. Beim ersten Mal ist mir das gar nicht aufgefallen. Wo ist der Eingang? Wenn mich nicht alles täuscht, befinden sich die Gewölbe genau im Vorratskeller. Ein Grund mehr, dem Keller jetzt endlich einmal einen Besuch abzustatten.« Eleonora faltete den Plan zusammen und steckte ihn unter ihren Pullover. Es beruhigte mich, dass manche Menschen die Unterschlagung von Beweismitteln ebenfalls nicht so eng sahen.

»Gehen wir«, sagte die Padrona. »Für den Toten können wir nichts mehr tun. Außer seinen Mörder finden.«

Dottore Plisano und Commissario Napante samt Einsatztrupp kamen gleichzeitig im Kloster an. Das Abendessen war längst beendet, die Gäste hatten geplaudert und getrunken wie immer, die Mönche hingegen schweigend an ihrem Tisch gesessen. Der Abt und Tettamonti fehlten, Salvatore Lucca ebenfalls. Niemand schien zu ahnen, was erst vor Kurzem in der Bibliothek vorgefallen war.

Innerhalb von Minuten verwandelte sich das Anwesen in einen Bienenstock. Der Commissario postierte zwei Wachen vor dem Tor, erneut durfte niemand die Abtei verlassen. Weitere Beamte patrouillierten in der Umgebung, und Scheinwerfer erhellten den Innenhof.

»Was meinen Sie, Dottore? Wie lautet Ihre Diagnose?« Napante beobachtete Plisano bei der Arbeit. Der Arzt untersuchte die Kopfwunde, kippte den Körper vorsichtig nach hinten, besah sich Mund und Augen. »Der Exitus ist sofort durch die Kopfwunden eingetreten. Ein Schlag mit einem scharfen Gegenstand. Vermutlich war bereits der erste Hieb tödlich. Insgesamt wohl drei bis vier Hiebe.«

»Könnte das die Tatwaffe sein?« Der Commissario hatte sich Gummihandschuhe übergezogen und hob das Buch hoch. »Die Kante des Einbands sieht aus wie mit Blut getränkt.«

»Von den Verletzungen her würde es passen«, sagte Plisano. »Wenn man ein solches Buch auf den Schädel bekommt, ist es wie ein Schlag mit einem Vorschlaghammer.«

»Wann trat der Tod ein?«

»Etwa gegen 17 Uhr, würde ich sagen. Die Kollegen von der Gerichtsmedizin werden Ihnen einen genauen Zeitpunkt liefern. Wenn Sie mich nicht mehr brauchen, Commissario, fahre ich jetzt heim. Sie wissen, wo Sie mich erreichen können.« Beim Hinausgehen nickte der Dottore dem Abt zu. »Mein Beileid, Hochwürden.«

Der Commissario nahm einen Papierstreifen aus dem Buch, den ich vorher nicht bemerkte hatte. Eine Art Markierung für die

Seiten. »Auf das Lesezeichen hat jemand eine Zahlenreihe notiert. Sieht aus wie eine Telefonnummer.« Er hielt den Zettel gegen das Licht. »Mit Bleistift geschrieben.«

Wir bemühten uns, die Zeichen zu entziffern. Sie ergaben keinen Sinn:

7.14.2.5.19.19.9 = 2.5.5.11.23.5.2.20.2

»Sollen sich meine Kollegen damit herumschlagen«, meinte Napante. »Ich habe jetzt keine Zeit für solche Scherze. Wer weiß, ob das überhaupt mit dem Fall zu tun hat.« Er tastete die Kleider des Toten ab. Er fand eine Geldbörse, kontrollierte den Inhalt und packte die Börse in eine Klarsichttüte. Die Innentaschen des Jacketts bargen zwei Schreibstifte und eine Brille. »Es scheint nichts zu fehlen, Geld, Führerschein, sogar die Armbanduhr hat das Opfer noch um«, sagte der Commissario. »Das schließt einen Raubmord aus. Was ist in der Aktentasche?« Ein Kollege reichte ihm die Tasche. Der Commissario sah die Papiere durch. »Lesestoff fürs Büro«, sagte er. »Wir werden später das Zimmer des Ermordeten untersuchen.« Er wandte sich an die Umherstehenden. »Wer hat das Opfer zuletzt gesehen?«

Tettamonti wiederholte seinen Bericht. Der Abt ergänzte, den Professore beim Mittagstisch noch angetroffen zu haben. Habiatus glaubte, Rizzone auf dem Weg zur Bibliothek gegen 15 Uhr begegnet zu sein. »Die exakte Zeit weiß ich nicht, ich trage keine Uhr.«

»Wie schaffen Sie es, die Mahlzeiten pünktlich auf den Tisch zu bringen?« Der Commissario hob die Augenbrauen.

»Unser Tag ist durch Gebete und Gottesdienste strukturiert. Da bekommt man ein Gefühl für Zeit. Außerdem machen wir uns nicht zum Knecht der Uhr.«

Napante ging zur Tür und winkte einem Beamten. »Sie können den Leichnam jetzt mitnehmen. Ab in die Gerichtsmedizin.« Zu den anderen sagte er: »Hat jemand eine Idee, was das Motiv für den Mord sein könnte? Hatte Rizzone Feinde? Weibergeschichten? Hass, Eifersucht?«

Eleonora hüstelte. »Eine Frage, Signore. Sie haben doch bereits den Landstreicher verhaftet. Heißt das, Ihre Theorie war falsch und der Mann ist unschuldig? Schließlich kann er kaum der Täter sein. Sie haben ihn doch ins Gefängnis verfrachtet.«

Der Commissario erbleichte. »Meine Höflichkeit verbietet es mir, verehrte Signora Gobetti, deutlicher zu sagen, was ich denke. Sie sollten sich nur um Dinge kümmern, von denen Sie wirklich etwas verstehen. Kriminalistik gehört jedenfalls nicht dazu. Glauben Sie mir, ich weiß genau, was ich tue. Ich habe jahrzehntelange Erfahrung mit Mordfällen. Da geht nicht alles gleich so schlüssig, wie Laien es sich wünschen. Die Wirklichkeit ist komplizierter, lassen Sie sich das gesagt sein, Signora.«

»Was ist denn nun mit Ihrem ersten Verdächtigen?« Habiatus Tonfall war gönnerhaft.

»Gerade Sie sollten nicht den Oberschlauen spielen.« Der Commissario sprang auf. »Sie sind noch lange nicht von meiner Liste der Verdächtigen gestrichen. Und Sie auch nicht, Signora. Aber dieses Mal, nur dieses eine Mal, will ich Ihnen Einblick in die Arbeitsweise der Polizei geben. Der des Mordes an Fra Gabriel beschuldigte Mann sitzt in Untersuchungshaft. Und wird dort auch sitzen bleiben. Er hat bisher hartnäckig geleugnet, aber irgendwann bricht er zusammen. Dafür sind die Indizien zu erdrückend. Der Mord an dem Professore steht auf den ersten Blick in keinem Zusammenhang mit dem anderen Verbrechen. Aber der Eindruck kann täuschen, vielleicht war der Täter ein Fremder, ein Komplize des Landstreichers. Beide könnten das erste Verbrechen gemeinsam begangen haben, und nun wollte der Mörder Spuren verwischen.« Napante hob die Hand. »Bevor Sie etwas einwenden – es ist eine Hypothese, ich weiß. Die Alternative lautet, der zweite Täter mordete aus anderen Motiven. Dann müssen wir unter den Bewohnern der Abbazia suchen.«

Natürlich mussten wir unter den Klosterbewohnern suchen, das war sonnenklar. Aber solange der Commissario nicht verstand, dass schon Stephanus' Tod kein natürlicher gewesen war, würde er die Zusammenhänge auch nicht kapieren. Wieder einmal lag es also an uns, den Mörder zu finden, auf Polizisten war einfach kein Verlass.

»Wie lange soll das dauern? Wir können die Gäste doch nicht einsperren.« Verzweiflung lag in der Stimme des Abtes.

»Das ist auch nicht nötig. Das Kloster ist so abgelegen, da kann niemand abhauen. Meine Kollegen passen auf, dass sich keines Ihrer Schäfchen verläuft.«

»Wollen Sie alle Personen nochmals verhören?«

»Wir tun nur unsere Pflicht, Signore Aviano. Ich erwarte mir weitere Hinweise von den Laborergebnissen. Aber wir sprechen mit allen Bewohnern. Wenn ich gleich mit Ihnen anfangen dürfte, Signora Gobetti?« Der Commissario winkte Eleonora zu sich. »Wie ich gehört habe, waren Sie und der Verstorbene gewissermaßen Kollegen.«

Die Padrona setzte sich. »Francesco Rizzone lehrte an der Universität. Ich habe Geschichte studiert, danach aber nicht in meinem Beruf gearbeitet.«

»Würden Sie sagen, der Professore war beschlagener in seinem Fach als Sie?«

»Er wusste viel über Kirchengeschichte. Das war sein Spezialgebiet.«

Napante beugte sich vor. »Ich meine, war Rizzone Ihnen überlegen? Geistig und fachlich?«

»Was wollen Sie damit sagen, Commissario?«

»Wie mir zugetragen wurde, gelang es dem Professore und nicht Ihnen, das Rätsel des mysteriösen Goldenen Trüffels zu lösen. Hat Sie das gewurmt?«

»Ich vertrat und vertrete eine andere Meinung. Die entsprechenden Belege dafür habe ich gefunden.« Eleonora klang ungehalten. »Was hat das mit dem Mord zu tun?«

»Es ergäbe doch ein schönes Motiv: Ehrgeizige Historikerin will sich beweisen, ist süchtig nach Anerkennung und Ruhm, da kommt der Profi von der Universität und weiß alles besser. Die Pläne der Frau fallen in sich zusammen. Sie ist wütend. Wütend auf den Mann, der ihre Karriere zerstört hat, noch bevor sie begonnen hat. Die Sicherungen brennen ihr durch. Im Affekt tötet sie den Nebenbuhler. Na, wie finden sie meine Theorie, Signora?«

»Schwachsinn!«

»Sagen Sie das nicht. Falls ich dafür Indizien finde …«

»Dann dürfen Sie mich jederzeit verhaften.« Eleonora stand auf und ging zur Tür. »Bis dahin tue ich weiter meine Arbeit. Buona notte!«

»Wir schauen noch schnell im Büro des Abts vorbei«, sagte die Padrona, kaum dass sie die Tür geschlossen hatte »Ich muss dringend einige Telefonate erledigen.« Ich blieb neben ihr sitzen, während sie mit Enrico Fabris redete. Das Gespräch war kurz, aber heftig. Eleonora berichtete ihm die neuen Entwicklungen, was am anderen Ende der Leitung einen Schwall an Flüchen hervorrief. Sie solle die Finger von der Sache lassen und sofort heimkommen. »Ich habe die Sache im Griff«, antwortete sie. »Und der Commissario ist ein tüchtiger Mann.« Sie verdrehte die Augen. »Ciao, mein Lieber. Ich habe noch zu tun, ich melde mich ein anderes Mal wieder.« Sie legte auf. »Noch eine Minute und Enrico wäre durchs Telefon gesprungen«, sagte Eleonora. Ich konnte ihr nicht widersprechen. Fabris musste sich veralbert vorkommen. Sie rief ihre Freundin vom Fremdenverkehrsbüro in Perugia an und bat um Hilfe. Die Freundin nannte einen Namen und gab ihr eine Telefonnummer. Die Padrona wählte die Nummer und verabredete sich mit dem Mann, der ans Telefon ging, für den nächsten Tag. »Und mein Trüffelschwein nehme ich mit«, beendete sie das Gespräch.

Wir hatten das Tal hinter uns gelassen und fuhren durch Felder und Ortschaften, bis wir die Schnellstraße erreichten. Es hatte eine längere Diskussion mit dem Commissario gegeben, bis Eleonora die Erlaubnis erhalten hatte, das Anwesen zu verlassen. »Glauben Sie, ich würde mit einem Schwein flüchten?«, fragte die Padrona. Das überzeugte. Sie nahm die SS 75, bog ab in die Via Pallota und fuhr über die Via 20 Settembre bis ins Zentrum der Altstadt von Perugia. Mehrmals verfuhr sich die Padrona, fluchte, hielt an, studierte ihren Stadtplan, fragte Passanten – und verfuhr sich nochmals. Mir kam es wie eine kleine Ewigkeit vor, bis wir endlich die Piazza Fortebraccio erreichten und der Palazzo Gallenga vor uns auftauchte, der Sitz der Università per Stranieri di Perugia. Vor dem Eingang winkte uns ein älterer Mann. Eleonora fuhr an den Straßenrand und kurbelte das Fenster herunter. »Professore Magnani?«

Der Mann nickte. »Bitte, steigen Sie ein.«

Magnani wirkte mit Halbglatze, Bäuchlein und Schnurrbart eher wie ein Rentner, der Tauben im Park fütterte. Seine Stimme klang angenehm, und bedächtig wog der Mann jedes Wort ab. »Das ist also der Tartufo-Jäger.« Er deutete auf mich. »Verstehe, dass Sie das prachtvolle Tier nicht allein lassen wollen. Ich denke, wir fahren zu mir nach Hause. Hier in der Stadt wäre es mit dem Schwein schwierig, ein passendes Café zu finden.« Aus dem Gespräch entnahm ich, dass Magnani ein ehemaliger Professor aus Rom war, ein Spezialist für die Geschichte Umbriens, der Perugia als seinen Alterssitz gewählt hatte. Eleonora berichtete von Rizzones Notiz und dem Initial *Prof. M.* sowie ihrer Vermutung, ihr Kollege habe Kontakt zu einem Experten aufnehmen wollen. Ihre Studienfreundin im Tourismusbüro habe ihr schnell helfen können, wer mit M. gemeint sein könnte. Schließlich sei Magnani eine Berühmtheit in der Stadt.

»Sie schmeicheln mir, Signora. Aber das ist zu viel der Ehre«, sagte der Professore. »Es stimmt, ich bekam kürzlich einen Anruf von einem Herrn namens Rizzone, der an der Universität von Florenz arbeitet. Er wollte etwas über die Frühgeschichte einer Abbazia wissen. Ich sagte, da müsse ich mich erst selber schlaumachen und er solle nochmals anrufen. Ich habe aber nichts mehr von ihm gehört.«

»Leider hatte er einen Unfall«, sagte Eleonora. »Wir haben zusammen in der Abtei gearbeitet.«

»Das tut mir leid.« Magnani wies auf eine Seitenstraße. »Wenn Sie jetzt rechts abbiegen und die zweite Querstraße links nehmen, sind wir schon fast bei mir.«

Der Professore bewohnte ein kleines Haus am Stadtrand im Norden, mit Garten, umgeben von Büschen und Bäumen. »Mögen Sie Tee?« Eleonora nickte. »Einen Moment Geduld. Und was trinkt Ihr Begleiter?« Einen Schluck Barolo, hätte ich ihm am liebsten zugerufen. Stattdessen bekam ich eine Schüssel Wasser vorgesetzt, wenigstens mit Apfelsaft verfeinert. Das Arbeitszimmer war vollgestopft mit Büchern und Sammlerstücken. Der Mann hatte eine Leidenschaft für Eulen. Eulen als Briefbeschwerer, Eulen als Buchstützen, Eulen als Aschenbecher. Bronzeeulen, Holzeulen, Steineulen. Es hätte mich nicht gewundert, wenn plötzlich eine echte Eule herumgeflattert wäre.

Die Padrona berichtete von dem Grab in der Krypta, von dem Lucrezia-Gedenkstein, der Glocke, den Medici-Briefen und dem

Anschlag auf die Äbtissin und Nannina. »Kann gut sein, dass Nannina de' Medici das Kloster bewohnt hat. Ich bin kein Fachmann für den Clan, ich weiß aber, dass Nannina mit Bernardo Ruccellai verheiratet war, einem Jugendfreund von Nanninas Bruder Lorenzo aus Florenz. Die Ehe war ein Zweckbündnis, von Liebe keine Spur. Nannina traf das Los vieler Frauen zu jener Zeit – sie musste allein zu Hause sitzen und die brave Gattin spielen. Vielleicht wollte sie sich in religiösen Fragen engagieren, um eine Gelegenheit zu finden, ihrem goldenen Käfig zu entkommen. Sie starb in Florenz und wurde in einer Capella der Familie beerdigt.« Der Professore ging zum Bücherregal und zog mit einem Griff einen Bildband heraus. Er schlug eine Seite auf. »Das sind zeitgenössische Malereien. So hat die Dame ausgesehen.«

Auf den Bildern von Nannina de' Medici sah dem Betrachter eine junge Frau entgegen, mit strengem Gesicht, die Nase langgezogen, gekleidet in Samtgewand und Schleier, wie es für die Zeit typisch war. An den Porträts fiel der ernste, melancholische Blick auf, als wünschte sich die Frau weg in ein anderes Leben. Ein Gemälde von Sandro Botticelli mit dem Titel »Madonna del Magnificat« zeigte Nannina mit langem Haar als eine der fünf Engel. Ihr Gesicht, die Haartracht machten mich stutzig, irgendwie kam es mir bekannt vor. Ich kramte in meinem Gedächtnis, konnte das Bild aber nicht zuordnen. »Nanninas Bruder Lorenzo förderte Botticelli. Als Dank verewigte er die Familienangehörigen in seinen Gemälden«, sagte Magnani.

Eleonora gab einen Löffel Honig in ihren Tee und rührte um. »Ich würde Ihnen gerne etwas Gebäck servieren, aber meine Haushälterin hat nichts in der Küche hinterlassen«, sagte der Professore. »Eine angebrochene Schachtel Kekse habe ich entdeckt, aber die biete ich Ihnen lieber nicht an. Für die Dinger braucht man einen Hammer zum Essen.«

»Danke, nicht nötig.« Die Padrona nahm einen Schluck. »Das andere Problem ist die Frühzeit, die Entstehungsgeschichte der Abtei. Die Bücherbestände der Bibliothek, die Gebäude, alles deutet auf 13., 14. Jahrhundert hin. Aber die offiziellen Aufzeichnungen der Benediktiner beginnen erst um das Jahr 1571.«

Magnani strich sich über den Schnurrbart. »Sie sagten 1571?

Ich habe einen Verdacht. Warten Sie.« Wieder kramte der Mann in seinen Büchern. Ich bewunderte, wie zielsicher er in dem Wirrwarr das richtige Exemplar fand. Er holte einen Aktenordner. »Ich habe über den Prozess wissenschaftlich gearbeitet. Er verursachte damals große Aufregung.« Magnani vertiefte sich in seine Aufzeichnungen. Eleonora nahm einen Schluck Tee. »Hier haben wir es.« Er tippte auf das Papier. »Wusste ich doch, dass mich meine grauen Zellen nicht im Stich lassen. Also, genau zu diesem Datum löste Papst Pius V. den christlichen Orden der Humiliaten auf. Anlass war ein Mordanschlag gewesen, den vier Mönche auf Carlo Borromeo verübten, den Kardinal und Erzbischof von Mailand. Der Mann arbeitete als Inquisitor und jagte Ketzer. Das Mordkomplott schlug fehl, die vier Geistlichen wurden verhaftet. Die Gerichtsprotokolle zeigten, dass zwei Fratelli aus Ihrer Abtei stammten, beides Mitglieder der Humiliaten. Für ihre Tat mussten sie sterben. Der gesamte Orden büßte schließlich mit dem Ende seiner Existenz, und andere Glaubensgemeinschaften wie die Benediktiner übernahmen das Vermögen.«

»Demnach war die Abbazia früher im Besitz der Humiliaten?«

»Genau. Ihr Kloster war eine Sektenburg. Präziser gesagt, das Heim einer strengen Religionsgemeinschaft. Ein Mordversuch hat ihre Existenz ausgelöscht.«

Eleonora holte einen Notizblock heraus und notierte sich etwas. »Die Humiliaten waren doch ein mittelalterlicher Bettelorden«, sagte sie. »Das lateinische Wort *humilis* bedeutet demütig. Warum wurden Mitglieder plötzlich gewalttätig?«

»Sie dürfen nicht vergessen, die Gläubigen wurden eine Zeit lang als Ketzer verfolgt und mit dem Kirchenbann belegt. Ursprünglich war es eine Laienbewegung, ausgehend von Mailand. Der Gründer hieß Johannes von Meda, ein Adeliger. Die Humiliaten lebten einfach und wählten bewusst die Armut nach dem Vorbild Christi und der Urgemeinden. Ihr Symbol war die Rose. Männer und Frauen arbeiteten gemeinsam unter einem Dach, heiraten war ihnen erlaubt. Die Mitglieder taten sich als Handwerker hervor, missionierten und verkündeten das Wort Gottes gemäß dem Ideal der Bibel. Das wurde den Humiliaten zum Verhängnis, die Predigt war nämlich nur geweihten Priestern vorbehalten. Erst später nahm der Papst die Geächteten wieder in den Schoß der Kirche auf und gab ihnen den Status eines Ordens – bis zu jenem schicksalhaften Datum.«

»Und wie kam die Bewegung nach Umbrien?«

»Vom Piemont und der Lombardei aus gewann sie viele Anhänger, die die Botschaft weitertrugen und neue Klöster gründeten, in Florenz beispielsweise Ognissanti. Florenz diente als Brückenkopf nach Umbrien, zu Ihrer Abbazia in den Bergen.«

»Ihre Auskünfte waren mehr als hilfreich, Professore, sie ahnen gar nicht, welch großen Dienst Sie uns erwiesen haben«, sagte Eleonora und stand auf. »Wir machen uns dann besser wieder auf den Heimweg und stehlen nicht noch mehr Ihrer Zeit.«

Magnani begleitete uns zur Tür. »Ich werde ein wenig in den Archiven graben. Wenn ich noch mehr finde, melde ich mich. Übrigens, ich weiß nicht, ob es mit der Abtei zu tun hat, aber ein befreundeter Antiquitätenhändler zeigte mir jüngst einen Folianten, der ihm zum Kauf angeboten wurde. Ein seltenes Werk, frisch am Markt. Die Quelle nannte er nicht, aber ich sollte den Band begutachten. Es hatte einen Einbandschmuck, wie er oft in Klöstern üblich war. Könnte der Band aus der Abtei stammen? Mein Freund deutete an, dass er mehrere Bücher erwerben wollte.«

»Ich glaube nicht, dass sich Abt Aviano von seinen Büchern trennen will«, meinte Eleonora. »Aber ich kann mich irren.«

Im Auto sagte sie zu mir: »Schon komisch, wie im Kloster ständig Bände verschwinden. Ob da tatsächlich ein Zusammenhang besteht?« Ihre Vermutung war berechtigt, und wir hatten dem bislang viel zu wenig Aufmerksamkeit gewidmet. Aber es ging eben nicht alles gleichzeitig im Leben. Ob Aviano in seiner Verzweiflung, das Kloster zu retten, heimlich Bücher aus den Tiefen der Bibliothek für teures Geld an Liebhaber verkaufte?

25

Eleonora trug einen Eimer Rotwein und zwei große Schüsseln in mein Zimmer. »So, hier die versprochene Sonderration für meine Helden. Der Cellerar hat es spendiert. Lasst es euch schmecken.« Schon war sie wieder verschwunden. Eine nette Geste, uns das Abendessen ans Bett zu bringen. Der Wein stammte aus der Gegend von Montefalco, ein trockener Sagrantino, duftend nach Brombeeren und Zimt. Eine Schüssel enthielt Pasta Strappate, Nudeln mit Fenchel, Artischocken und grünen Bohnen, geschwenkt in Safransoße. Die andere Schüssel barg in Milch eingeweichten Rocciata di Assisi, einen Früchtestrudel mit Backpflaumen, Rosinen und Haselnüssen.

Das Fest konnte beginnen. Ich rief Caruso zu mir. Schade, dass wir keine Kerzen und Stoffservietten hatten. Da musste das Kloster noch dazulernen.

»Was ist mit dem Wein?«, fragte der Junior.

»Was meinst du damit? Den trinke ich natürlich.«

»Natürlich, du Egoist. Ich will auch einige Schlückchen probieren. Ich bin jetzt alt genug.«

»Warten wir lieber noch ein wenig. Bis du größer bist. Vielleicht lasse ich mich überreden und du darfst heute Weinschorle kosten.«

»Die kannst du selber trinken!« Caruso schnaubte. »Du hast es mir versprochen, und jetzt gönnst mir nicht einmal ein paar Schlucke. Alles willst du für dich allein. Ich habe dich schon durchschaut!«

»Sei nicht albern. Nun gut, ich genehmige dir ein wenig. Aber sei vorsichtig! Du hast noch nie Alkohol getrunken, du weißt nicht, was er anrichten kann.«

»Aha. Aber du weißt es.« Der Junior rümpfte die Nase und inspizierte ausgiebig unser Mahl. »Feiern nur wir beide?«

»Das Essen ist für uns gedacht. Wer sollte sonst noch dabei sein?«

»Tiffany natürlich. Wir können doch nicht ohne sie anfangen. Das wäre unfair.«

»Sie war im Campanile nicht dabei. Außerdem weißt du ja selbst, dass sie momentan allergisch auf mich reagiert. Da ist nichts zu machen.«

»Stimmt nicht.« Caruso sah mich an wie einen Verschwörer. »Ich habe mit ihr geredet.«

Mir blieb der Mund offen. »Du hast was? Hinter meinem Rücken? Einfach so?« Lieber Himmel, was hatte der Junior nur wieder angerichtet? Ich stellte mir vor, wie Tiffany über Carusos diplomatische Gehversuche lachte.

»Reg dich nicht auf an diesem schönen Abend. Sei froh, dass ich es angeschoben habe. Alles wird sich wieder einrenken.«

»Einrenken?«

»Ja, Tiffany ist nicht mehr sauer auf dich. Keine Spur. Ich habe ihr erklärt, dass du kein Spanner bist, sondern nur deine Arbeit als Detektiv gemacht hast. Hab bei Esus darauf geschworen. Da war sie einigermaßen beruhigt, und sie ist dir nicht mehr böse.«

»Meinst du?«

»Na klar, du wirst schon sehen. Ich lade sie in deinem Namen ein und gehe sie jetzt holen.«

»Meinst du wirklich?«

»Vertrau mir.«

Nach einigen Minuten kam der Junior mit Tiffany zurück. Sie blieb an der Tür stehen. »Darf ich reinkommen?« Mehr gehaucht als gesprochen.

Ich nickte. »Tut mir leid, Tiffany, das Missverständnis.«

»Ist schon vergessen. Caruso hat es mir erklärt. Ich will es mal glauben. Was gibt's denn zum Essen?« Sie hatte ein Duftwasser aufgelegt, eine Melange aus Eichenmoos und Iriswurzel, dezent und doch raffiniert. Ein Geruch, den man zuerst gar nicht wahrnahm, der sich erst nach und nach in die Nase schlich.

Wir einigten uns darauf, als Aperitif zuerst einen Schluck vom Rotwein zu probieren. Caruso tauchte den Rüssel in den Eimer und schlürfte kräftig, bis ich ihn zurückzog. »Probieren, habe ich gesagt. Nicht gurgeln, sondern genießen. Das ist das Erste, was du lernen musst.«

»Meinst du so?« Noch ehe ich reagieren konnte, verschwand der Kopf wieder im Eimer. »Mmh, schmeckt gut.« Caruso ließ den Wein auf seiner Zunge rollen, als wollte er jedes Geschmacksatom einzeln kosten.

»Nach was schmeckt er?« Tiffany und ich nahmen einen Schluck.

»Irgendwie … süffig«, antwortete der Junior. »Um mir ein endgültiges Urteil zu bilden, werde ich allerdings nochmals probieren müssen.«

Ich spürte Beerenaromen, einen milden Anklang von Holz und Erde, der Abgang war anhaltend und tief. Ein exzellenter Tropfen. Üppig und stark. Wir genehmigten uns eine weitere Runde und machten uns über das Essen her. Die Pasta harmonierte wunderbar mit dem Safran und der Sahne, der Wein rundete die Würze der Gemüse ab. Wir plauderten über unsere Abenteuer, über die Kochkünste von Habiatus und den letzten Spaziergang im Wald. Caruso schilderte seine Kletterpartie auf dem Glockenturm und malte in allen Einzelheiten die heldenhafte Aktion unter Einsatz seines Lebens aus. »Wie ich nach unten gesehen habe, dachte ich, nun ist es vorbei.« Tiffany und ich lobten seinen Einsatz gebührend und tranken auf sein Wohl. Das Dessert schließlich entpuppte sich als ausbalancierte Mischung aus fest und weich, fruchtig und süß. Der Wein rahmte den Nachtisch perfekt, wie wir fanden.

»Ein … unheimlich … leckeres … Tröpfchen, lecker, lecker.« Caruso hatte Mühe, die Worte zu formen. »Wir … müssen bald wieder eine … Weinprobe veranstalten.«

Tiffany leckte die Schüssel mit dem Früchtestrudel aus und spülte mit Sagrantino nach. »Das … das war wirklich komisch, wie du durch das Schlüsselloch geguckt hast.« Sie kam zu mir herüber, wobei ihre Beine beim Gehen leicht einknickten und ihr Körper wie ein Schiff auf See schwankte. »Ich dachte wirklich, du …« Sie ließ sich neben mich plumpsen. »Tschuldigung, dass ich gedacht habe … hihi.«

Ich spürte den Wein auf meiner Zunge, ich spürte ihn im Hals, im Magen, im Kopf. Durch einen Schleier sah ich Tiffanys Kopf direkt neben mir. Ich konnte ihre weichen Borsten spüren und ihr Parfum riechen, den raffinierten Irisduft. »Ich wollte dich nicht beleidigen«, hörte ich meine Stimme sagen. »Mmhh, dein Irisaroma, wie es duftet.« Ich ließ mich zurückfallen, genoss das Summen von Tiffanys Worten in meinem Ohr, achtete nur auf den Klang und vergaß den Inhalt. Die Welt verschmolz in diesem Augenblick zu einem Konzentrat von Sinneseindrücken, Rinnsalen, die zu einem reißenden Strom anschwollen, mich wegspülten, davontrugen in eine samtene Wohligkeit.

»Habt ihr für mich auch noch ein Plätzchen?« Caruso drängte sich mit rotweingeschwängertem Atem neben Tiffany. Der Eimer war leer, wir lagen da, redeten, hingen unseren Gedanken nach und schauten auf die Decke. Ich wusste nicht, wie viel Zeit vergangen war, ob Minuten oder Stunden – ich wusste nur, dass mein Zustand ein unstabiles Gleichgewicht war, bereit, jeden Augenblick zu kippen.

»Zeit fürs Bett«, sagte Tiffany. Die Silben kitzelten mein Ohr. »Ich ziehe mich jetzt zurück in meine dunkle Kammer.« Sie stand auf, schwankend. »Wenn du mich besuchen willst – du weißt, wo du mich findest.«

Ich wollte meine Augen nicht öffnen. Mein Kopf drehte sich, meine Zunge klebte am Gaumen. War es Nacht, war es Tag? Was war passiert? Eine Melodie drang an mein Ohr, begleitet von Mirabellenduft. Jemand sagte etwas. Ein Mensch. Eleonora.

»Raus mit dir, mein Porcellino! So lange schläfst du doch sonst nicht. Wir haben heute noch was vor.« Sie schüttelte mich. Ich spürte ihre Hand auf meiner Haut, Aromen von Pfirsich und Aprikosen. Ich überlegte, ob ich mich weiter schlafend stellen und die Sonderbehandlung genießen sollte. Ich entschied mich aber doch dafür, die Augen zu öffnen. Die Padrona stand vor mir, die Arme in die Hüfte gestemmt. »Los jetzt, es ist gerade günstig. Alle sind im Gottesdienst. Wir haben keine Zeit zu verlieren.« Notgedrungen stand ich auf, versuchte eine Dehnübung, hörte aber unter Eleonoras skeptischem Blick schnell wieder auf. Nicht einmal einen Schluck Wasser gönnte sie mir, die Sklaventreiberin!

Die Sonne brannte, ich blinzelte ins Licht, und meine Augen

schmerzten. Die Padrona ging zielstrebig zum Büro des Abts, und ich trabte wohl oder übel hinterher. »Du bleibst vor der Tür und hältst Wache, aber diesmal besser aufpassen«, mahnte sie, als wir angekommen waren. »Es dauert nur einen Augenblick.« Nach einer Minute kam sie zurück, in der Hand den Schlüssel zum Vorratskeller. Ich bewunderte einmal mehr die Kaltblütigkeit der Padrona, die eines Schweins würdig war.

Vor der Kellertür hielt Eleonora inne. »Wir müssen uns beeilen. Die Kirche ist gleich aus. Nicht auszudenken, wenn uns jemand sehen würde.« Viel schlimmer als das Risiko der Entdeckung empfand ich momentan den Zwang, schon wieder in einen dunklen Keller steigen zu müssen. Ich fühlte, wie mein Hals trocken wurde und mein Herzschlag sich beschleunigte. Schweiß brach mir auf der Stirn aus. Unser erster Ausflug in die alte Krypta hatte mir bereits gereicht. Aber ich wollte endlich die ganze Wahrheit ans Tageslicht bringen. Und wenn ich dafür in die Dunkelheit steigen musste! Sie sah sich nochmals um, sperrte die Tür auf und betätigte den Lichtschalter. Es blieb dunkel. Sie probierte es wieder, doch das Licht wollte nicht angehen. »Die Glühbirne muss kaputt sein«, sagte Eleonora und holte ihre Taschenlampe heraus. »Lassen wir uns überraschen, was uns da unten erwartet.« Die Tür fiel hinter uns ins Schloss.

Die Stufen waren aus Ziegeln gemauert, die Kanten abgeschlagen, die Wände feucht und eng. Wir erreichten einen Gang, von dem zwei Räume abgingen. Bis auf den Lichtkegel der Taschenlampe herrschte völlige Finsternis – kein Licht, kein Geräusch drang von oben zu uns herunter. Der Raum zur Rechten war ein Vorratslager für Lebensmittel. Von Stahlhaken hingen Rinderhälften herab, Mortadella-Würste und Salami. Auf einem Hackblock lag ein Fleischerbeil, an dessen Klinge noch Blut klebte. An der Wand Holzregale und ein offener Schrank, in dem getrocknete Kräuterbündel gestapelt waren – ich roch Thymian, Salbei und Rosmarin. In den Regalen reihten sich Gläser mit eingelegtem Gemüse und Obst, mehrere Kanister Olivenöl und ganze Käsestücke. Es gab Dosen mit Gänseschmalz, Säcke voller Pasta, Mehl, Zucker, Salz im Überfluss. Am Boden standen Kisten mit Kartoffeln, Zitronen und Äpfeln. »Macht Hunger«, sagte die Padrona.

Mir war eher flau im Magen.

Den zweiten Raum dominierten mit Weinflaschen gefüllte, gemauerte Nischen. Die meisten Flaschen hatten keine Etiketten, und ich fragte mich, wie Habiatus wissen konnte, zu welcher er greifen musste. Glasballons standen auf einem Tresen, ich öffnete einen der Zapfschläuche: Grappa aus Merlot-Trauben. In einer Ecke lagerten Krüge mit Essig und Apfelsaftflaschen, eine Zinkwanne stand herum. Es raschelte. Eleonora holte den Plan des Klosters hervor, den wir dem toten Rizzone abgenommen hatten, und breitete ihn auf dem Boden aus. »Da stimmt etwas nicht«, sagte sie. Der Lichtkegel erfasste das Pergament. »Auf dem Grundriss sind die beiden Räume eingezeichnet, siehst du? Aber hier …«, sie deutete auf den Plan, »… dahinter befindet sich ein weiterer Raum. Ich sehe bloß keinen Eingang. Ob er bereits früher zugemauert worden ist?«

Wir kehrten zurück in den Raum mit den Lebensmitteln. »Wenn ich die Zeichnung richtig deute, müsste von dieser Stelle ein zweiter, größerer Raum abgehen.« Sie ging zu den Regalen und befühlte die Mauer dahinter. »Fühlt sich massiv an.« An mehreren Stellen wiederholte die Padrona den Test. »Wir müssen wohl woanders suchen.« Ich beschnüffelte den Schrank mit den Kräutern. Nichts Auffälliges. Da fiel mir auf, dass die Beine des Möbels in der Luft schwebten. Wie war das möglich? Ich schob meine Nase in die Ritze zwischen Rückwand und Mauer. Bildete ich es mir nur ein oder spürte ich einen Lufthauch? Ich versuchte meinen Huf hinter das Holz zu schieben und als Hebel zu benutzen und stemmte mich mit aller Kraft dagegen. Plötzlich tat es einen Knacks. Der Schrank bewegte sich und gab einen Spalt frei. Dahinter befand sich jedoch kein Ziegelwerk, sondern ein schwarzes Loch. Ein Durchgang.

Eleonora leuchtete mir. »Mein Porcellino, du bist die beste Spürnase.« Die Padrona schob den Schrank zur Seite. Er war genau genommen ein Teil einer Tür, fest mit dem Holz verschraubt. Perfekt getarnt und dennoch ohne Mühe zu öffnen, sofern man den Mechanismus kannte. Wer wusste alles von diesem Versteck? Wir gingen hinein. Es roch nach Weihrauch und nach Wachs. Der Strahl der Taschenlampe beleuchtete, was vor uns lag: Wir befanden uns in einer alten Kapelle. An der Stirnseite befand sich ein Altar mit Kerzen, einer Heiligenfigur und einem Bild. Davor lag ein Gebetskissen. An der Wand hingen ein Überwurf aus grobem Sackleinen und zwei geflochtene Metallketten mit Stacheln. Bußgürtel. Eine Grabplatte war in der Wand eingelassen, der Sandstein war durchzogen von Haarrissen und die Schrift über die Jahrhunderte unleserlich geworden. Eine Bank aus rohem Holz und ein mannshoher Kerzenständer komplettierten die Einrichtung. Das Ganze wirkte wie die Gebetshöhle eines Einsiedlers.

Ein Geräusch unterbrach meine Gedanken. Auch Eleonora hielt inne. Wir lauschten. Lebten auch hier unten Ratten? Es blieb still. Die Nerven spielten mir wohl einen Streich. Wir betrachteten den Altar genauer. Die Figur stellte die Heilige Rita von Cascia dar, unverkennbar mit den Wundmalen und den Rosen. Das kleinformatige Gemälde im Silberrahmen zeigte einen Mann in Gebetshaltung und Mönchsgewand, darunter die Worte »Johannus de Meda«.

»Der Gründer der Humiliaten«, sagte Eleonora. »Auf einem Geheimaltar des Klosters. Das bedeutet, dass es innerhalb der Abtei Anhänger dieses Ordens gibt. Vermutlich feiern sie hier unten ihre Riten. Ganz wie die ersten Christen, die sich oft in Höhlen und Katakomben verstecken mussten und dort ihre Gottesdienste abhielten, weil sie verfolgt wurden.« Die Padrona ließ das Licht wandern. »Wir haben genug gesehen. Wenn auch ungewöhnlich, so ist das doch ein religiöser Ort, den fromme Menschen benutzen, die an die Prinzipien der Demut und des Urchristentums glauben, die …«

Ein Geräusch ließ uns hochfahren. Es kam von der Treppe. Es klang nach einer Horde Ratten. »Hallo, ist da jemand?«, rief Eleonora. Wir lauschten. Nichts. Selbst von oben, vom Kloster her waren keinerlei Töne zu hören. »Ich glaube, wir machen uns lieber wieder auf den Rückweg. Ich könnte frische Luft gebrauchen.«

Wir ließen einen letzten Blick durch den Gebetsraum schweifen und liefen zurück zur Geheimtür. Gerade als die Padrona die Tür einen Spalt aufschieben wollte, hörten wir ein erneutes Geräusch. Direkt vor uns. Die Tür flog zu. Eleonora versuchte instinktiv, den Arm dagegenzustemmen, wobei die Türkante ihren

Unterarm traf. Sie schrie auf, ließ die Taschenlampe fallen und torkelte zurück. Der Lichtkegel rollte in den Vorraum. Das war das Letzte, was wir sahen, bevor die Tür endgültig zuschnappte. Wir hörten, wie jemand den Schrank mit einem Gegenstand verkeilte. Ich warf mich mit aller Kraft gegen die Tür, wieder und wieder. Sie gab keinen Zentimeter nach.

Eleonora hämmerte gegen das Holz. »Hallo, Sie da. Sie haben uns eingesperrt. Das ist ein schlechter Scherz. Bitte lassen Sie uns wieder raus!« Die unbekannte Person auf der anderen Seite antwortete nicht. Wir hörten lediglich Schritte. Und neue Geräusche. Unwillkürlich musste ich an eine Gruft decken, wir lebendig begraben, im Dunkeln eingemauert. Ich stellte mir vor, wie uns langsam die Luft ausging, und spürte bereits das Kratzen in meinem Hals. Spätere Generationen würden unsere Skelette hier unten finden, so wie wir vor Kurzem die Skelette der Frau und des Schweins gefunden hatten. Vielleicht endeten unsere Gebeine ja als Touristenattraktion, als ein Gruselkabinett, wie die Grabstätten der frühen Christen in Rom, deren Knochen in Nischen tief in der Erde zur Besichtigung freigegeben waren. Wenn wenigstens die verdammte Dunkelheit nicht wäre! Ich merkte, wie ich wieder zu schwitzen begann.

Ein neuer Duft breitete sich aus, scharf, aber angenehm. »Riechst du das«, flüsterte die Padrona. Merlot-Grappa. Er floss durch die Türritze. Wir hörten ein schwaches Glucksen von der anderen Seite. Jemand schüttete offenbar den Ballon mit dem Schnaps aus. »Hallo, bitte hören Sie!« Eleonora klopfte wieder gegen die Tür. »Bitte, machen Sie auf. Das ist sicher ein großes Missverständnis Wir können das aufklären.« Die Schritte im Nebenraum entfernten sich. Wir hörten, wie jemand die Treppe hochstieg. Dann erneut Stille.

Oder nicht ganz. Ein Knistern drang zu uns durch. Sekunden später ortete meine Nase die Ursache: Rauch. Es brannte. Der Unbekannte hatte im Vorratsraum Feuer gelegt. Durch die Türritze drang der Rauch zu uns durch und beizte meine Geschmackspapillen.

»O Gott, der Mistkerl will, dass wir bei lebendigem Leib verbrennen. Oder ersticken!« Eleonora drückte gegen die Tür. Ich schob mit meiner Schulter dagegen. Wir atmeten Rauch, und die Tür bewegte sich immer noch kein Stück. »Wenn wir bloß Licht hätten«, sagte die Padrona. »Im Dunkeln sind wir völlig hilflos.« Mit einem Grunzen pflichtete ich ihr bei. Die Finsternis, das Gefühl des Eingesperrtseins, war schlimmer als ein Albtraum. »Die Kerzen!« In Eleonoras Stimme blühte Hoffnung. »Am Altar stehen Kerzen. Suchen wir, ob dort auch Streichhölzer zu finden sind.« Wir schoben uns Schritt für Schritt vor, die Padrona hielt sich an mir fest, und ich schmiegte mich an sie, ihr Wohlgeruch überdeckt von Rauch. Sie tastete die Altarplatte ab. »Die Kerzen habe ich.« Ich hörte, wie ihre Hände weitersuchten. »Die Figur – da ist nichts. Das Bild … Moment … juchee!«

Ein Streichholz flammte auf. Ich sah Eleonoras Gesicht, das mir im stimmungsvollen Schein des Streichholzes wie eine Erscheinung vorkam. Ein Bildnis, in heiliges Licht getaucht. Und wir waren noch am Leben. Die Padrona zündete die beiden Kerzen an, woraufhin die Kapelle wieder ihre gewohnte Form annahm. Nur der Rauch, der kontinuierlich durch die Türritzen floss, wirkte wie ein Eindringling, ein böser Flaschengeist, bereit, uns zu verschlingen. Wurde es in dem Raum wärmer, oder bildete ich mir das nur ein? Schweißtropfen rannen unter meinem Fell entlang. Die Padrona versuchte, mit dem Stoff die Türspalte abzudecken, doch vergebens. Ich dachte an Caruso, wie er im Labor von den Flammen gefangen war. Jetzt drohte mir ein viel schlimmeres Schicksal.

»Wir müssen hier raus«, sagte Eleonora. »Viel Zeit bleibt uns nicht mehr. Denn bis jemand oben das Feuer bemerkt, das kann dauern.« Sie zog den Klosterplan hervor. »Schauen wir, was der Grundriss sagt.« Sie deutete auf ein Viereck. »Der Vorratsraum. Der Raum daneben, da sind wir jetzt. Ansonsten ist kein weiterer Raum neben uns eingezeichnet. Nichts. Nur Mauern. Stopp! Warte mal. Hier sind zwei parallele Linien zu sehen, die von der Kapelle weggehen.« Die feinen Striche wiesen in Richtung Kirche, hörten aber unvermittelt auf. War es nur eine Zierlinie ohne Bedeutung? »Es könnte eine Wasserleitung sein. Ein Gang. Oder ein alter Belüftungsschacht. Bloß wo beginnt er? Einen Versuch ist es wert.« Die Padrona klopfte die Wand hinter dem Altar ab. Es klang nach mindestens einem Meter dickem Mauerwerk. Hektisch und hustend arbeitete sich Eleonora die Wand entlang. Fehlanzeige. Wir steckten in unserem Sarkophag fest. Ich sah mir die andere Seite des Altars an, beschnüffelte die Grabplatte. Durch die Risse glaubte ich einen anderen Geruch zu registrieren, aber der Rauch, der sich mittlerweile im ganzen Raum ausgebreitet hatte, machte eine genaue Analyse unmöglich.

»Hast du was entdeckt?« Die Padrona kniete neben mir nieder, klopfte auf die Platte. »Der einzige Hohlraum in der Mauer. Ob mit den Linien Gräber gemeint waren? Egal, das ist unsere letzte Chance, wenn wir nicht verbrennen wollen.«

Sie sah sich nach einem Werkzeug um. Ihr Gesicht war gerötet, ihre Augen tränten. Der große Kerzenständer. Sie ergriff das schmiedeeiserne Gerät und drehte es, bis der Kerzendorn nach vorne schaute. Mit Schwung stieß die Padrona den Ständer wie einen Rammbock gegen den Stein. Splitter flogen umher, und ein kleines Loch wurde sichtbar. »Noch mal!« Eleonora hustete, holte Luft und schwang das Eisen gegen die Platte. Ein Krachen, die Grabplatte zersprang, Staub wirbelte auf und Steinbrocken fielen zu Boden. Gemeinsam rissen wir die Reste aus der Mauer. Die Padrona hielt eine Kerze in die freigelegte Nische, aus der uns ein Totenkopf angrinste. Würden wir bald auch so aussehen?

»Wir müssen probieren, ob die Rückwand nachgibt«, sagte Eleonora. »Pack mit an!« Mit den Händen klaubte sie die Knochen aus dem Grab. Das gefiel mir ganz und gar nicht. Doch was half's. Ich nahm ein größeres Stück – war es ein Oberschenkelknochen? – und legte es neben dem Altar ab. Der Mief von Jahrhunderten juckte in meinem Rüssel. Ich unterdrückte den Niesreiz, dachte an den Duft einer Blumenwiese, an reife Birnen. Wenn ich hier je wieder herauskam, wollte ich jede einzelne Birne essen, als wäre es meine letzte, das schwörte ich beim Sankt Antonius. Wo war dieser Heilige, wenn man ihn brauchte? Das bewies einmal mehr, dass auf den Menschenglauben kein Verlass war. Esus hilf!

Die Nische war etwa zwei Meter tief. Eleonora schob den Kerzenständer vor, holte kurz aus und stieß zu. Nichts. Sie kroch mit dem Oberkörper hinein, setzte erneut an und bearbeitete die Mauer mit systematischen Schlägen. Die Temperatur in der Kapelle war merklich angestiegen, der Kerzenschein drang kaum mehr durch den Dunst. Ein Freudenschrei. »Ich hab's geschafft. Ich bin durch. Dahinter ist ein Luftraum.« Eleonora tauchte aus der Nische auf. »Jetzt bist du dran. Du musst das Loch vergrößern, bis wir durchschlüpfen können.« Ich kämpfte mich bis zur Bruchstelle durch und versuchte, nicht an die verstaubten Skelettreste unter mir zu denken. Mit Schnauze, Schädel und Hufen drückte ich die Ziegel weg, einen nach den anderen. Tatsächlich ging von der Grabkammer ein Schacht ab, gerade groß genug, dass wir uns hintereinanderkriechend durchzwängen konnten. Wohin führte der Gang? Wenn es eine Sackgasse war, würden wir feststecken. Denn ein Umdrehen war in dieser Enge undenkbar. Ich verließ die Nische wieder.

»Fertig?« Eleonora hielt eine Kerze in der Hand. »Dann los! Ich gehe zuerst.« Die Padrona verschwand in dem dunklen Loch – nur das Flackern des Kerzenlichts zeugte noch von ihrer Anwesenheit. Dunkelheit hatte mich in der Kapelle empfangen, und noch finstere Dunkelheit erwartete mich nun in dem Schacht. Es blieb nur der Weg nach vorn, denn als Räucherschinken wollte ich nicht enden. Das konnte nun wirklich nicht das Schicksal sein, das Esus und der Heilige Antonius mir zugedacht hatten. Ich musste mich beeilen, um den Anschluss an Eleonora nicht zu verlieren. Sie rutschte auf Knien den Felsboden entlang, was ein wenig aussah wie Schweinegang – nur die Kerze in ihrer Hand irritierte.

»Aua! Blöder Stein!«

Im nächsten Moment war das Licht aus, denn die Padrona hatte die Kerze fallen gelassen. Ich betete, dass sie die Streichhölzer eingesteckt hatte, aber mein Beten wurde mit Eleonoras Fluchen beantwortet. Wir steckten im Dunkeln fest. In einem engen Loch, umgeben von massivem Fels. Hinter uns wartete das Fegefeuer und vor uns die Hölle. Tolle Aussichten. »Es hilft nichts, mein Porcellino, wir müssen im Dunkeln vorwärtsrobben.« Eleonoras Worte klangen seltsam verfremdet. Sie war alles, was mir im Moment blieb, ich musste ihr vertrauen, ihr blind folgen. Ich grunzte als Antwort. Es sollte wie ein Anfeuerungsruf klingen, heraus kam aber nur eine Zitterstimme. Ich kroch, bis mein Rüssel an ihre Schuhe stieß, und versuchte, bei jedem Schritt den Kontakt zu halten. Der Gang machte mehrere Windungen, wurde weiter und enger, stellenweise tropfte Wasser aus dem Fels.

Ich weiß nicht, wie viele Hundert Kilometer wir in dem Schacht zurücklegten, ohne dass sich die Dunkelheit auflöste. Wie viele Stunden wir blaue Flecken sammelten von Felsvorsprüngen und Steinen. Ich hielt meine Augen geschlossen und vertraute allein meinem Rüssel, ließ mich von dem Duft Eleonoras ziehen. Ich wusste, es war so ziemlich der schlechteste Moment in meinem Leben, daran zu denken, aber trotzdem – ihre Aromen setzten sich automatisch in meiner Nase fest, lösten Assoziationen aus von Birnenkompott und Mirabellengelee. Selbst in dieser stickigen Luft, trotz des Rauchs, der sich in Kleidern und Borsten festgesetzt hatte, überlagerte der Geruch der Padrona alles. Ich fühlte, wie ihre Waden unter dem Hosenstoff arbeiteten, und obwohl sie schwitzte, schlugen die Ausdünstungen ihrer Haut einen harmonischen Akkord an. Nicht im Geringsten unangenehm, virtuos sogar. Die Erste Geige eines Streichorchesters. Es war der einzige Trost, der mir blieb: Wenn wir in diesem Maulwurfsgang sterben sollten, würde der Duft der Padrona das Letzte sein, was ich wahrnahm. Ein schöner Abgang. Ein wunderbares Andenken für den Ewigen Bauch.

»Da vorne ist etwas.« Eleonoras Stimme war wie mit Schmirgelpapier bearbeitet. Ich öffnete die Augen. Tatsächlich – in der Ferne schien die Dunkelheit abzunehmen. Wie Verdurstende zur Quelle, so stolperten wir vorwärts, getrieben von der Hoffnung, doch noch in diesem Leben das Tageslicht zu erblicken. Ein Lichtfleck. Nein, nicht wirklich Licht, es war mehr die Abwesenheit völliger Nacht. Dämmerung. Sie kam von oben, wo über uns ein Gitter eingelassen war. Der Schacht weitete sich. Eleonora drehte sich zu mir um. »Erkennst du, wo wir sind?«

Wir befanden uns genau unter der Klosterkirche. Es war das Gitter, das Caruso und ich beim Beichtstuhl entdeckt hatten. Wir waren keine Kilometer gekrochen, sondern wahrscheinlich weniger als hundert Meter. Das Licht durch die Kirchenfenster erhellte die nähere Umgebung. »Hallo, ist da jemand? Kann uns jemand hören?«, rief Eleonora. Undeutlich drangen Geräusche von draußen zu uns, aufgeregte Stimmen. Vermutlich waren die Mönche mit den Löscharbeiten beschäftigt. Ob heute überhaupt noch eine Messe stattfinden würde?

»Wir können wie die Tiere im Käfig warten, bis uns jemand befreit, oder es selbst versuchen«, stellte die Padrona fest. Sie rüttelte an dem Gitter. Vergebens, denn das Eisen war durch mehrere Haken am Boden gesichert. Eleonora zog ihren Gürtel aus und benutzte die Schnalle, um die Haken zu lockern. Nach einiger Zeit ließ sich der Erste bewegen, ich packte ihn mit meinen Zähnen wie einen Zahnstocher und zog ihn heraus. Bei den restlichen Haken verfuhren wir genauso. Wir waren einfach ein gutes Team. Mit der Schulter stemmte ich mich gegen das Gitter und drückte, bis das Eisen nachgab und das Gitter sich zur Seite schieben ließ. Ich kletterte aus dem Schacht, Eleonora schob mich von unten.

Wir blieben auf dem Steinboden der Kirche liegen und inhalierten die kühle Luft als sei es Rosenduft. Überlebt. Eleonoras Gesicht war verrußt, das Haar wirr, die Ärmel der Bluse waren aufgerissen. Mein Fell roch nach Rauch, Dreck und Erde. Nach einer Pause erhoben wir uns wieder, und ich rückte das Gitter an die gewohnte Stelle. Die Padrona ging zum Altar von Sankt Antonius, zündete eine Kerze an, sprach ein Gebet. Im Stillen dankte ich Esus. Und sicherheitshalber auch dem heiligen Antonius auf dem Bild. Die Frau, die vor ihm kniete, das Gesicht …

»Was ist, Porcellino, was siehst du?« Eleonora beobachtete mich. »Studierst du das Gemälde? Komm, ich brauche jetzt Sonnenlicht.« Ihre Stimme krächzte. »Und Wasser.«

Eine Menschenmenge stand vor der Kellertreppe. Salvatore Lucca bediente einen Wasserschlauch und füllte die Eimer. Die Mönche liefen hektisch mit den Eimern in den Keller, um die Münder hatten sie Tücher gebunden. Es stieg kaum noch Rauch von der Kellertreppe hoch, der Brand schien unter Kontrolle zu sein.

Unser plötzliches Auftauchen unterbrach die Löscharbeiten für einen Augenblick. Alle starrten uns an, als wir auf die Menge zuwankten. Eleonora riss Lucca den Schlauch aus der Hand, spritzte sich damit in den Mund, über die Haare, über die Kleidung und lachte. Das Haar klebte an ihren Wangen, und ihre Brüste zeichneten sich unter der nassen Bluse ab, was sie nicht zu stören schien. Tettamonti hatte seinen Eimer fallen lassen, sein Blick heftete sich auf ihre Bluse. Er brachte kein Wort heraus. Eleonora spritzte derweil mich ab und lachte nun aus vollem Hals.

»Signora, was genau … was …« Der Abt suchte nach Worten.

»Sie ist durchgedreht«, sagte Lavello.

»Vom Teufel besessen«, erwiderte Tettamonti und machte das Kreuzzeichen.

»Eine Hexe«, flüsterte Habiatus.

Eleonora hörte nicht auf zu lachen und uns abwechselnd mit dem kühlen Nass zu beglücken. Ich ließ das Wasser in mein Maul rinnen. Wunderbar. Köstlich. Wasser schmeckte mir auf einmal besser als Wein – dass ich das noch erleben durfte.

26

Caruso lauschte meinem Bericht von unserem Kellerausflug. Eleonora hatte sich auf ihr Zimmer zurückgezogen, ohne die Bewohner der Abtei darüber zu informieren, was ihr widerfahren war. Ein Mensch nur kannte die Wahrheit.

»Wer?«, fragte der Junior.

»Der Mörder«, antwortete ich. »Vielleicht ahnte er, dass wir ihm auf der Spur waren, und wollte uns aus dem Weg räumen.«

»Was hast du jetzt vor?«

»Wir gehen in die Kirche. Beten.«

Verdutzt schaute mich Caruso an. Trotz seiner Fragen schwieg ich, bis wir das Kirchenportal erreicht hatten. Ein Kontrollblick, und wir waren im Innern verschwunden. Das Gitter befand sich an seinem gewohnten Platz am Boden. Ich steuerte den Altar von Sankt Antonius an.

»Was willst du denn von dem?« Der Junior betrachtete das Bild. »Das ist doch ein Menschen-Heiliger.«

»Wer weiß, vielleicht hat er Eleonora und mir das Leben gerettet. Aber deswegen sind wir nicht hier. Das Gemälde. Was siehst du auf dem Gemälde?«

»Einen bärtigen alten Mann, eine Frau, die vor ihm kniet, und ein Schwein. Was soll damit sein?«

Ich stellte mich direkt vor den Altar. Die Gesichtszüge – es war kein Zweifel möglich. Das war dieselbe Frau wie auf dem Botticelli-Bild, das uns Professor Magnani gezeigt hatte. »Das ist Nannina de' Medici. Künstlerisch in eine religiöse Szene eingefügt. Ich frage mich, ob das Gemälde ebenfalls von Botticelli stammt.«

»Und wenn schon«, sagte der Junior. »Das bringt uns bei unseren Recherchen nicht voran.«

»Du irrst dich, Sherlock Holmes. Wir haben gerade ein wichtiges Puzzleteil entdeckt.«

»Wieso?« Caruso starrte auf das Bild, als könnte es ihm die Antwort liefern.

»Aus mehreren Gründen. Die Darstellung der Nannina hat den typischen Malstil wie andere Gemälde Botticellis. Vor allem die unkonventionelle Darstellung der Haarlocken hat der Künstler quasi eins zu eins von anderen Bildern übernommen. Genau wie auf den Abbildungen des Kunstbandes, den Eleonora und ich beim Professor in Perugia durchgeblättert haben. Wenn dem so sein sollte, dass das Bild aus der Hand des Meisters oder zumindest aus seiner Werkstatt stammt, müsste das wie die Glocke ein Geschenk der Medici sein. Denn einen echten Botticelli hätte sich das Kloster niemals leisten können.«

»Und die anderen Figuren auf dem Bild?« Der Junior klang aufgeregt. »Wenn diese Frau die Darstellung einer echten Person ist, dann muss die Sau …«

»… meine Vorfahrin Lucrezia sein, ganz genau. Es lag für den Künstler nahe, beim Portrait zugleich Nanninas liebste Vertraute zu zeigen. Wir stehen vor meiner Ururgroßmutter. So hat sie ausgesehen, Botticelli hat sie unsterblich gemacht.«

Andacht ergriff uns. Es war ein seltener Moment, wenn einen unvermittelt die Vergangenheit grüßte. Lucrezia blickte mich aus dem Bild direkt an, zumindest erschien es mir so, wohl ein Maltrick des Künstlers. Bisher war Lucrezia für mich immer etwas Unwirkliches gewesen, der Name einer fernen Verwandten, im Nebel der Jahrhunderte vergessen. Jetzt durfte ich sie aus der Vergessenheit befreien. Mein Versprechen einlösen, was sie mit einem Blinzeln erwiderte. Nein, das war nur eine optische Täuschung, oder? Was war dein Geheimnis, Lucrezia?

»Das ist aber großzügig von den Medici, der Abbazia so wertvolles Zeug zu stiften. Auch wenn es nur der Hausmaler der Familie war«, meinte Caruso. »Aber ich als Detektiv muss sagen: Der letzte Beweis fehlt.«

»Du zweifelst an meinen Schlussfolgerungen?«

»Ähh, ein Beleg würde mich restlos überzeugen. Warum sehen wir nicht nach?«

Ich runzelte die Stirn. »Was willst du nachsehen?«

»Das Gemälde, meine ich. Wenn es ein Geschenk ist, muss irgendwo eine Widmung zu finden sein. Genauso wie auf der Glocke. Wir untersuchen kurz das Bild und verschaffen uns Gewissheit. Ermittlungsarbeit eben. Routine.«

»Aha. Na meinetwegen. Kann jedenfalls nichts schaden. Schon eine Idee, wie wir mal eben so an das Bild kommen? Willst du auf den Altar fliegen?«

»Wir brauchen eine Steighilfe.« Caruso sah sich um. »Nicht so eine Leiternummer, wie du sie mir auf dem Campanile zugemutet hast. Nehmen wir doch einfach Stühle.« Er holte drei Stühle, die für Gäste reserviert waren, und stellte sie nebeneinander am Altar auf. »Das sind unsere Treppen. Ein wenig Anlauf wirst du schon brauchen, Leonardo. Bei deinem Gewicht.«

Der Plan erwies sich in der Wirklichkeit als schwer durchführbar. Caruso benötigte vier Versuche, bis er es auf den Altar geschafft hatte. Mit seinem Hinterteil wischte er aus Versehen die Kerzenständer von der Platte. Ich wollte nach acht Versuchen bereits aufgeben, bis es mir beim neunten Mal gelang, den Altar zu erklimmen. Es war furchtbar eng, und wir konnten uns kaum bewegen, denn immer drohte die Gefahr, dass wir uns gegenseitig hinunterschubsten.

»Das Bild wird an Haken hängen«, sagte ich. »Wir müssen es anheben.« Ich stand nun Lucrezia genau gegenüber, Rüssel an Rüssel gewissermaßen, doch aus ihren Augen konnte ich nicht lesen, was sie von unserer Aktion hielt. Wir packten den Rahmen links und rechts, lösten das Gemälde von der Wand und setzten es auf der Altarplatte ab.

Doch wie umdrehen? Unsere Diskussion führte zu dem Ergebnis, dass ich als der Größere zurück auf die Stühle musste, um Platz zu schaffen. Mit einem Hauruckmanöver gelang es uns schließlich, die Rückseite sichtbar zu machen. Spinnweben lösten sich von der Wand.

Ein Keilrahmen gab der Leinwand Halt, Querleisten stabilisierten die Konstruktion. Auf dem Holz war ein Brandzeichen zu sehen: das Wappen der Medici mit den sechs Kugeln. Daneben eine Inschrift: *Schenkung eines Botticelli-Bildes anlässlich der Überfüh-*

rung der gesalbten Gebeine in die Abbazia Humiliati – testamentarisch verfügt von Nannina de' Medici. Also hatte Nannina das Bild tatsächlich höchstpersönlich dem Kloster vermacht und vermutlich auch den Bau des Seitenaltars zur Ehren des heiligen Antonius finanziert, ein später Dank an ihre verstorbene Freundin Lucrezia, meine Urgroßmutter.

»Bist du jetzt zufrieden mit deinem Beweis?« Ich versuchte einen strengen Blick. »Ist das genug oder sollen wir weitersuchen?«

»Du hattest recht, ich sehe es ein. Lass uns den Altar wieder in Ordnung bringen.«

Wir begannen die Prozedur in umgekehrter Reihenfolge. Zumindest versuchten wir es. Beim Anheben des Bildes überschätzte der Junior seine Kraft, er wollte nachfassen und veränderte seine Position. Eine Sekunde Unaufmerksamkeit und der Rahmen rutschte seitlich ab, das Gemälde hing nun schräg in der Luft. Ich wollte gerade eine Schimpfkanonade abfeuern, als mir eine Unregelmäßigkeit an der Wand auffiel, genau an der Stelle, wo das Bild vorher gehangen hatte. Die Mauer schien ein Stück vorzustehen. Von der Nähe betrachtet sah es aus wie eine in der Wand eingelassene Doppeltür, etwa ein Schweinebein hoch und breit, mit Farbe übertüncht. Ich klopfte dagegen. Es klang hohl. Caruso drängte sich neben mich. »Was ist das? Ein zugemauertes Fenster?«

»Das werden wir gleich sehen. Die Tür ist aus Holz.« Ich klopfte nochmals dagegen. Putz bröckelte.

»Spar dir die Mühe.« Caruso donnerte seinen Huf gegen das Holz. Ein Türflügel sprang auf. »So macht man das.«

»Bist du wahnsinnig? Gewalt ist der falsche Weg.« Vorsichtig öffnete ich beide Türflügel. »Du vernichtest noch wichtige Beweismittel.«

Die Konstruktion war ein alter Tabernakel, ein Schränkchen, in dem für gewöhnlich die Hostie und die Gerätschaften für das Abendmahl aufbewahrt wurden. Im Inneren stand eine Art Vase, bedeckt von einer Staubschicht. »Toll, ein vergessener Schatz. Man erkennt ja gar nichts.« Caruso holte Luft und blies in den Schrank. Mein Warnschrei ging in einer Staubwolke unter.

Als wir wieder sehen konnten, standen wir da wie angewurzelt: Der Kelch vor uns war aus reinem Gold.

»Der Heilige Gral.« Ehrfurcht lag in Carusos Stimme. »Wir Schweine haben ihn gefunden.«

»Unsinn. Wir sind hier nicht bei den Tempelrittern. Das ist ein ganz normaler Abendmahlkelch, wenn auch ein sehr alter. Heb ihn mal raus. Aber Vorsicht!«

Ein goldener Deckel verschloss das Gefäß. Ich nahm ihn vorsichtig ab, Caruso drehte den Kopf weg und warnte vor eventuellen Spinnennestern. Eine Masse, schwarz und bröselig, bedeckte den Boden. Der Geruch war über die Jahrhunderte verflogen. Es sah aus wie … getrocknete Pilze. Ich wagte nicht, davon zu probieren. Tartufi waren es jedenfalls nicht, die hätte ich sofort erkannt. Auch nach tausend Jahren.

Caruso berührte das Metall. »Könnte es nicht doch der Heilige Gral sein?« Mein Blick brachte ihn zum Schweigen. Auf der Außenseite war ein Bild eingraviert. Und eine Schrift. Ich entzifferte die Buchstaben – mein Herz stockte, die Hufe zitterten.

»Kelch des Goldenen Trüffels«, las ich vor. *»Nannina et Lucretia.«*

»Meinst du, das schwarze Zeug sind die Goldenen Trüffel?« Der Junior steckte seinen Rüssel in das Gefäß, zog ihn aber gleich wieder zurück. »Das soll die Lösung des Rätsels sein? Richtige Trüffel sehen aber anders aus.«

Jetzt hatten wir endlich den Hinweis auf die Existenz des sagenhaften Tartufo erhalten und waren doch nicht viel schlauer als vorher. Das Bild auf dem Kelch zeigte eine Hütte, eine Art Mönchsklause im Wald. Auf einer Lichtung davor wuchsen Blumen. Oder waren es Pilze? Diente das Bild nur der Dekoration oder verbarg sich dahinter eine tiefere Bedeutung?

Ein Gedankenblitz durchzuckte mich. »Der Schweinestall«, rief ich. Caruso sah mich an, als hätte ich zu viel getrunken.

»Das Graffiti an der Wand des Stalls«, sagte ich. »Es ist tatsächlich von Lucrezia. Erinnerst du dich: *Am Bach, an der Klause. Ein Mal ist Heilung, drei Mal ist Glück, fünf Mal ist Tod.* Meine Vorfahrin wollte der Nachwelt einen Hinweis geben, wo der Goldene Trüffel zu finden ist. Wir sollten Tiffany oder Maximus fragen. Vielleicht haben die eine Idee«, sagte ich. »Lass uns aufräumen und verschwinden. Den Kelch nehmen wir mit.« Eleonora würde ich unsere Funde später zeigen, dafür war jetzt keine Zeit.

Wir fanden Tiffany vor dem Gewächshaus. Caruso sprang vor und begrüßte sie mit Nasewetzen. Eine solch vertraute Geste war ich von ihm bisher nicht gewohnt. Tiffany schob ihren Kopf an den meinen, knabberte an meinem Ohrläppchen und hauchte: »Die Nacht wird mir unvergesslich bleiben.« Meine Verwirrung war perfekt. Was meinte sie? Das Essen? Das Trinken? Meine Kutsche? Ich traute mich nicht zu fragen aus Sorge, etwas Falsches von mir zu geben und dadurch erneut ihren Zorn auf mich zu ziehen.

»Wir haben schön gefeiert«, sagte ich.

»Nicht nur das«, antwortete sie.

Ich wechselte schnell das Thema und zeigte ihr unser Fundstück. Während ich von dem Tabernakel berichtete, studierte sie die Gravur. »Ich bin mir nicht sicher«, sagte sie. »Maximus hat mir mal von einem verfallenen Gebäude im Wald erzählt, von dem nur mehr die Grundmauern stehen, in einer Senke, ziemlich versteckt. Ich kann dir ungefähr den Weg beschreiben, den genauen Standort kenne ich allerdings auch nicht. Ob der Ort mit dem Bild auf dem Kelch identisch ist, musst du selbst herausfinden.«

Ich beschloss, sofort aufzubrechen. Caruso protestierte, weil er nicht mitdurfte. Erst nach einer hitzigen Diskussion und dem Hinweis, einer müsse schließlich im Kloster auf Posten bleiben, gab er nach. »Aber nur, wenn du sofort nach deiner Rückkehr alles erzählst.« Tiffany verabschiedete sich mit Nasewetzen und einem geflüsterten »Pass auf dich auf, mein Lieber«.

Der erste Teil des Wegs führte in Richtung des Lucrezia-Grabmals. Der Wind meldete sich als leises Rauschen, Wolken bauschten sich zu Watteballen auf, und erfrischende Kühle senkte sich in den Wald. Bei dem Obelisken rastete ich und rief mir das Aussehen meiner Ururgroßmutter ins Gedächtnis, wie ich es vom Gemälde in Erinnerung hatte. Der Weg ging steiler bergan, ich rutschte mehrmals ab, die Bäume standen immer enger, und obwohl ich mich an die Wegbeschreibung Tiffanys hielt, merkte ich, dass in dieser Gegend niemals eine Einsiedlerklause zu finden sein würde. Mit einem Wort: Ich wusste nicht, wohin.

Ein Weg war nicht erkennbar. Stattdessen Büsche, umgestürzte Baumstämme, ein weiterer Hang. Ich probierte auf gut Glück das Waldstück zu meiner Rechten, kehrte aber bald wieder um, weil das Dickicht immer undurchdringlicher wurde. Die linke Seite sah besser aus, ich ging einfach drauflos, ließ mich mehr treiben als dass ich tatsächlich einen Punkt im Gelände ansteuerte. Die Zeit verrann, ohne dass ich das Gefühl hatte, meinem Ziel näher zu sein. Ich stolperte über ein ausgetrocknetes Bachbett, in dem in der Mitte nur noch ein Rinnsal floss, sackte mit einem Huf in der Erde ein, befreite mich wieder und wollte schon weitergehen. Da stockte ich. Hatte Lucrezia nicht einen Bach erwähnt? Wasser war das Lebenselixier für alle Lebewesen. Kurz entschlossen folgte ich dem Bachbett, darauf achtend, meine Hufe sauber zu halten. Der Bach mündete in eine Senke, der Boden wurde flacher und die Bäume lichteten sich.

Da sah ich es. Vor mir tat sich eine Lichtung auf, an deren Ende Mauerreste in die Luft ragten. Das Bildnis auf dem Kelch – ich hatte mein Ziel erreicht. Es war eindeutig die richtige Stelle. Dem Grundriss der Ruine nach zu urteilen – ein Zimmer mit einer Nebenkammer –, konnte hier tatsächlich ein Mönch gewohnt haben. Auf jeden Fall war es verdammt einsam hier oben. Ich merkte, wie mich die Bergkraxelei angestrengt hatte, mein Bauch meldete sich. Hunger. Durst. Die Beine brannten.

Das Ungewöhnlichste an diesem Ort war jedoch die Natur um mich herum. In der Senke war es deutlich kühler als im Wald, und ich spürte beim Atmen die Feuchtigkeit in der Luft und das Nachgeben des weichen Bodens unter meinen Hufen. Die Gerüche stiegen von der Erde intensiver und kräftiger auf, als ich es von anderen Wäldern kannte. Selbst die Gräser leuchteten in einem beinahe falschen Grün und konnten eigentlich in dieser Höhenlage gar nicht existieren. Duftmarkierungen von Tieren dagegen fehlten, selbst Vögel konnte ich nirgends ausmachen. Am Boden wuchsen kleine, mickrige Pilze einer Sorte, die ich noch nie gesehen hatte: nadeldünne Stängel und münzgroße Kappen, seltsam verfärbt.

Genau genommen sprossen die Dinger überall aus der Erde, die ganze Senke war übersät mit den Funghi. Sollten von hier die getrockneten Reste stammen, die wir in dem Kelch gefunden hatten? Vom Aussehen her konnte es passen. Jedoch hatten diese Winzlinge nicht das Geringste mit Trüffeln zu tun, so viel war sicher. Ich brauchte eine Pause. Ein Nickerchen. Eine Mulde knapp unterhalb der Mauern gab eine passable Schlafgelegenheit ab, nicht zu vergleichen mit meinem Sofa, aber immerhin. Mein Magen knurrte. Ob die Pilze essbar waren? Ich kostete einen, er schmeckte würzig und bestätigte mein Urteil: Vom Geschmack eines Tartufo war er genauso weit entfernt wie der Nordpol vom Südpol. Aber den Hunger vertrieben die Pilze.

Ich schlug mir den Bauch voll und machte es mir bequem. Wohltuende Müdigkeit kroch durch meine Glieder. Ich schloss die Augen. Ausruhen. Schlafen. Wenigstens ein halbes Stündchen.

Das Einschlafen wollte mir nicht gelingen. Im Gegenteil – ich fühlte mich plötzlich wach, erfrischt, ein Gefühl, als könnte ich sofort losrennen und Trüffel ausbuddeln. Ich spürte, wie mein Herz Blut in die Adern pumpte, spürte, wie das Blut meine Beine, meine Schultern und Hüften durchdrang, wie es jede einzelne Faser meines Körpers umspülte und schließlich meinen Kopf erreichte. Mein Gehirn kam mir vor wie unter einer Käseglocke – die Außenwelt auf Distanz, die Gedanken nach innen gerichtet, jede Zelle elektrisch aufgeladen. Gleichzeitig entspannten sich meine Glieder, jede Bewegung führte ich in Zeitlupe aus. Was war das angenehm! Wohlig wie ein warmes Bad, intensiv wie ein Schluck Barolo. Nein, wenn ich ehrlich sein sollte – es war viel besser als Barolo, ein nie gekannter Zustand, Trance und Glück, das Tor zum Ewigen Bauch.

Ich sah meine Umgebung mit neuen Augen. Die Kräuter und Gräser, ein Wuschelteppich in Grün, ein See der Götter, durch eine Laune des Schicksals an die Oberfläche gelangt. Die Ruine erschien mir wie eine geheime Bühne der Tiere, die sich hier des Nachts trafen, um Theater zu spielen. Kommt alle herbei, ich feiere mit! Überhaupt die Gerüche – mein Rüssel konnte sich gar nicht sattriechen an den Aromen des Waldes, den feinen Essenzen, die der Wind von irgendwoher wehte. Konnte ein gewöhnlicher Tannenzweig solch intensive Düfte absondern? Durfte Moos so unverblümt meine Sinne reizen? Ich inhalierte und atmete nur aus, um noch stärker einzuatmen, diese Luft, die eine Droge von perfektem Eau de nature war. Mehr, mehr, mehr! Die Farben der Pflanzen schienen sich unaufhörlich zu wandeln, das Braun eines Stamms wurde zu Beige, das Blau des Himmels war ein Kaleidoskop aus Violett, Lila und

Türkis. Blüten glänzten in Gold und Orange, Blätter leuchteten wie schwarze Oliven mit rosa flimmernden Rändern.

Und mit einem Mal stellte sich die Erkenntnis ein, dass diese magischen Pilze, diese Freudenspender, die Goldenen Trüffel waren. Es konnte gar nicht anders sein. Ich wusste zwar nicht, woher mich dieses Wissen ereilt hatte, ob vielleicht die Pilze selbst es aus meinem tiefsten Inneren herausholten, aber für mich gab es keinen Zweifel. Goldene Trüffel – der Name ehrte die Funghi. Eine Trüffel-Krone, zugleich eine Referenz an die Vorbilder. Und doch ganz anders. Ein Tartufo paradiso. Ein goldenes Erlebnis.

Auf einmal breitete sich in mir etwas mit einer Macht aus, die ich nicht für möglich gehalten hätte: Amore. Ein Gefühl der Liebe. Reiner Liebe, weltumspannender Liebe. Sie nahm von mir Besitz mit der Gewalt von zehn Ebern, zerrte mich in den Strom der Erinnerungen, wühlte mein Inneres auf wie eine Zabaione. Wie liebte ich euch alle! Cleopatra, meine Freundin, die daheim im Piemont auf mich wartete, ihr Rüssel, ihre Flanken – anbetungswürdig. Tiffany, die ich verletzt hatte, wenn auch unabsichtlich, würde sie mir verzeihen? Und was, wenn Eleonora von den Pilzen, diesen Liebeselixieren, probierte? Ich nahm mir vor, ihr welche zu geben. Vielleicht sah sie dann unser Verhältnis anders, Mensch und Schwein, wer sagte denn, das passe nicht zusammen? Esus und Jesus, Antonius und Vestalus. Zwei Lebewesen, ein Gedanke …

Und dann übermannte mich die Müdigkeit.

Wie lange ich geschlafen hatte, wusste ich nicht. Ich lag noch immer in der Senke. Mein Kopf brummte schlimmer als nach einer Barolo-Nacht, der Magen wollte sich nach außen stülpen, mein Körper fuhr Karussell und ich fand den Stoppknopf nicht. Ein goldener Nebel lag über der Mönchsklause, er lichtete sich, als ich meine Augenlider aufbekam. Ich versuchte, meine Gedanken zu ordnen, die letzten Stunden zu rekonstruieren. Genau, die Pilze. War das ein starkes Zeug! Vorsichtig stand ich auf, aber meine Beine gehorchten mir nicht. Dann blieb ich eben liegen, zum Essen war ja genug da. Leonardo, der Einsiedler. Der Wächter der Goldenen Trüffel. Neuer Anlauf. Ich schüttelte mich, atmete tief durch, probierte einige Schritte.

Jeden Meter des Rückwegs ging es ein wenig besser. Zwischendurch lehnte ich mich an Bäume, bis das Schwindelgefühl nachließ. Langsam arbeitete mein Kopf wieder, und nun verstand ich auch Lucrezias Graffiti: *Ein Mal ist Heilung, drei Mal ist Glück, fünf Mal ist Tod.* Es war eine Warnung. Eine Anleitung für die richtige Dosierung dieser Pilze. Auf einmal fügten sich die Puzzleteile der drei Morde zusammen, meine Schlussfolgerungen ergaben plötzlich Sinn, die Indizien erschienen in einem anderen Licht. Ein Verdacht keimte. Konnte das wirklich so sein …? Ich drehte und wendete die Fakten, analysierte die Hinweise, wog die Alternativen ab. Ein Name tauchte vor meinem Auge auf. Eine Vermutung nur, gepaart mit einem unguten Gefühl. Man musste den Täter herausfordern … Aber dazu brauchte ich Eleonora. Und so fasste ich einen Plan.

Eigentlich hatte ich erwartet, im Kloster von Caruso und Tiffany empfangen zu werden, die sicher bereits vor Neugierde platzten. Sie waren nirgends zu sehen. Erst in meinem Zimmer wurde ich fündig. Die beiden hockten am Boden und beugten sich über ein Papier. Tiffany begrüßte mich mit Nasewetzen, Caruso beließ es bei einem »Du warst aber lang weg«. Ich gab einen Bericht, ließ jedoch die Stelle mit meinem Selbstversuch aus, erklärte lediglich, einige Exemplare gekostet zu haben.

»Das sind also die Goldenen Trüffel – aromatische Pilze«, sagte Tiffany. »Sie müssen selten sein, sonst wäre niemand auf diese Bezeichnung gekommen.«

»Und ich dachte schon, es wäre vielleicht doch der Heilige Gral«, meinte Caruso.

Ich deutete auf das Papier. »Was macht ihr denn hier – Kreuzworträtsel?« Die krakelige Schrift zeigte, dass die beiden die Ziffern selbst aufgemalt hatten.

»So etwas Ähnliches«, antwortete Tiffany. »Wir versuchen, die Zahlenkombination zu lösen, die der Commissario in dem Buch gefunden hat.«

Ich las die Ziffernfolge: 7.14.2.5.19.19.9 = 2.5.5.11.23.5.2.20.2

»Wahrscheinlich zwei Telefonnummern«, sagte ich. »Oder Seitenzahlen eines Buches.«

»Dafür sind es zu viele Zahlen«, entgegnete Caruso. »Außerdem sind sie unterschiedlich lang, und manche wiederholen sich. Damit scheidet die Idee mit dem Buch aus.«

»Wer schreibt schon Telefonnummern in dieser Form auf.« Tiffany streckte sich. »Wir probieren, ob es eine Art Code ist.«

»Ein Code?« Ich zog die Augenbrauen hoch. »Zu welchem Zweck?«

»Na, um etwas zu verbergen, was nicht jeder gleich verstehen soll, warum sonst?« Carusos Ton verriet Gereiztheit. »Hilf uns lieber beim Knacken, du großer Detektiv.«

»Nur die Ruhe. Lasst mal sehen. Also, wenn ich die Zahlenreihen ganz simpel addiere …« Ich rechnete. »… dann komme ich in beiden Fällen auf das Ergebnis 75!« Ich konnte meinen Triumph nicht verfehlen.

»Na und? Was hilft uns das weiter?« Der Junior zeigte sich wenig beeindruckt. Einige Minuten brütete jeder über den Ziffern.

»Wenn es verschlüsselt sein sollte, dann stehen die Zahlen für etwas anderes«, sagte ich schließlich, weil mir nichts Besseres einfiel.

»Genau! Das ist es – Buchstaben.« Tiffany war die Begeisterung anzumerken. »Jede Ziffer bedeutet einen bestimmten Buchstaben. Eigentlich logisch. Probieren wir es mit dem Alphabet. Jede Zahl gibt die Position des Buchstabens im Alphabet an. A ist gleich eins, Z ist gleich 26.«

Ich ließ mich von ihrer Idee anstecken. Wir probierten herum, Worte ergaben sich, und doch passte nichts wirklich zusammen.

»Vielleicht sollten wir bedenken, dass es auch ein altes lateinisches Alphabet gibt«, überlegte ich. »Das hat nur 23< Buchstaben. Die Buchstaben J, U und W fehlen dort.« Wir versuchten es erneut, und am Ende stand folgendes Ergebnis:

Gobetti = Beelzebub

»Soll das heißen, deine Eleonora ist der Teufel?« Tiffanys Worte hingen im Raum. Mir war unwohl. Jemand musste das Buch über die Teufel studiert haben und aufgrund der Namenskombination zu dem Schluss gekommen sein, die Padrona sei der Antichrist.

Was Unsinn war, denn der Name war angeheiratet, Gobetti hieß eigentlich ihr verstorbener Ehemann Paolo. Ich musste unbedingt Eleonora unseren Fund zeigen. Diese kranke Logik verhieß nichts Gutes. Außerdem stand mir noch ein hartes Stück Arbeit bevor, der Padrona begreiflich zu machen, was ich so alles herausgefunden hatte. Ich musste sie unter einem Vorwand in die Kirche führen, ihr das Bild und den Tabernakel zeigen und unser Fundstück, den Kelch. Hoffentlich begriff sie auch diesmal so schnell wie wir Schweine.

27

Pfützen bildeten sich im Rosengarten, an mehreren Stellen im Kreuzgang tropfte es von der Decke. Die Sicht reichte kaum bis zu den Außenmauern des Klosters. Es hatte geregnet. Vom Tal war Nebel heraufgezogen, der Dunst schluckte den Wald, als hätte jemand in einem Landschaftsgemälde den Hintergrund weggewischt und nur noch die Gebäude stehen lassen. Eine übermächtige Stille umgab die Abbazia, kein Vogel war zu hören, kein Wind fuhr durch die Äste der Bäume, die Natur lag da wie ausgestorben. Selbst der Himmel existierte nur als Ahnung jenseits der Graufläche. Die wenigen Außenlampen der Abtei vermochten kaum genügend Licht zu spenden, um die Wege zu beleuchten.

Eleonora hatte mir von ihrem Plan erzählt. Hatte erklärt, nur mit meiner Hilfe sei es zu schaffen. Ein wagemutiges Vorhaben. Gefährlich. Außerdem war ich mir nicht sicher, ob es funktionieren würde. Aber es war unsere beste Chance und deckte sich vor allem praktischerweise mit der Eingebung, die mir im Pilzrausch gekommen war. Der Tabernakel und die Goldenen Trüffel konnten nun erst einmal warten, jetzt wo wir dem Mörder so dicht auf den Fersen waren wie nie zuvor.

Wir begannen damit, dass die Padrona am Mittagstisch jedem erzählte, sie habe in der Bibliothek sichere Hinweise auf den Mörder gefunden, die Aufdeckung des Namens sei nur eine Frage von Tagen, einige Recherchen noch zur Sicherheit, dann werde sie die Polizei benachrichtigen. Dabei redete sie absichtlich so laut, dass jeder im Refektorium es hören musste.

Wir warteten bis nach dem Abendessen, das Geschirr war abgeräumt, die Gäste hatten sich in ihre Zimmer verzogen wie der Polizist, der von Commissario Napante als Wache zurückgelassen worden war. Aus der Küche drang Lärm. Eleonora und ich gingen hinein und sahen den Cellerar an einem Hackbrett Fleischstücke zerteilen.

»Guten Abend, Fra Habiatus, stören wir Sie?«

»Signora Gobetti, Sie sehen doch, dass ich zu tun habe.« Der Mönch wirkte schlecht gelaunt. »Muss für morgen das Mittagessen vorbereiten.«

»Dürfte ich Sie um einen Verdauungsschnaps bitten, mir liegen die Gnocchi ein wenig im Magen.«

»Ist Ihnen mein Essen nicht bekommen?«

»Es war sehr gut, nur zu viel für mich.«

»Wonach wäre Ihnen denn? Einem Kräuterlikör?«

»Ein Merlot-Grappa wäre toll. Der soll bei Ihnen besonders fein schmecken.«

Habiatus hieb das Beil auf das Holz, dass es vibrierte. »Was haben Sie gesagt?« Ein seltsamer Ton lag in seinen Worten.

»Nun, wie ich gehört habe, keltern Sie eigenen Grappa.«

»Sie ... Sie wissen genau, dass der Schnaps beim Feuer im Keller verbrannt ist. Was soll diese Anspielung?« Der Cellerar spuckte die Sätze heraus.

»Ich weiß nicht, was Sie haben.« Eleonora setzte sich. »Sie als Kellermeister müssen doch den Überblick haben.«

»Meinen Sie, ich habe Sie und ihr Tier ...«, Habiatus zeigte auf mich, »... nicht gesehen, wie Sie im Keller herumgeschnüffelt haben? Ich war nicht im Gottesdienst, sondern hatte in der Küche zu tun. Mich können Sie nicht täuschen. Woher hatten Sie den Schlüssel?«

»Sie haben uns beobachtet? Und dann Feuer gelegt?« Eleonoras Stimme zitterte.

»Sie sind verrückt!« Der Mönch ballte die Fäuste, sein Gesicht rötete sich. »Ein verrücktes, neugieriges Weibsbild!«

»Sie haben in dem Keller nicht nur Lebensmittel gelagert«, sagte Eleonora. »Sie betreiben dort eine geheime Kapelle, beten seltsame Heilige an. Geben Sie es wenigstens zu!«

»Das sind keine seltsamen Heiligen, beim Himmel nicht!« Habiatus glühte. »Sie haben keine Ahnung von Religion! Nur gotteslästerliche Fragen stellen, das können Sie.«

»Humiliaten sind aber nicht gerade ein Zweig der Benediktiner, oder täusche ich mich da?«

»Was wissen Sie schon von christlichen Orden. Der wahre Glaube, das ist es, was zählt.«

»Gehörten Fra Stephanus und Fra Gabriel auch der Humiliaten-Sekte an? Sie kannten beide doch bestens.« Eleonora ließ den Mönch nicht aus den Augen.

»Wie kommen Sie darauf? Nur weil wir unter einem Dach wohnen und beten, müssen wir nicht auch gleich alle Geheimnisse teilen.«

Die Padrona verschränkte die Arme vor der Brust. »Ich meine auch nicht diese Abtei, sondern das Kloster in Orvieto, von woher Sie beide kannten. Und hassten, wie ich vermute. Nach dem, was sie Ihnen angetan haben.«

Gedankenverloren spielte Habiatus mit dem Beil. Eine Weile fiel kein Wort. »Die beiden haben mich gequält. Ich war noch jung, ein halbes Kind. Sie machten sich einen Spaß daraus, mich zu demütigen. Für jedes noch so kleine Vergehen schlugen sie mich mit einem Riemen. Sie sorgten dafür, dass ich Strafen in Bußzimmern absitzen musste für Taten, die ich nie begangen hatte. Als ich mich beim Abt beschwerte, glaubte er mir nicht. Sondern Stephanus und Gabriel, die mich als notorischen Lügner hinstellten. Danach ließen mich die beiden den Verrat spüren. Die Narben trage ich heute noch. Wollen Sie sie sehen?«

»Deshalb wechselten Sie hierher. Es muss für Sie ein Schock sondergleichen gewesen sein, als die beiden später ebenfalls in der Abtei aufkreuzten.«

»Die ersten Wochen war ich wie gelähmt. Als es drohte, wieder von Neuem zu beginnen, vertraute ich mich Abt Aviano an. Der regelte alles. Seitdem ist Ruhe.«

»Aber in Ihnen brodelte es weiter. Die beiden Peiniger, direkt vor Ihrer Nase. Tag für Tag. Ihre Fratelli.«

»Ich habe mit Gott Zwiesprache gehalten und ihnen verziehen. Aber ich ging ihnen weiterhin aus dem Weg, wo ich nur konnte.«

Eleonora lehnte sich zurück. »Irgendwann beschlossen Sie schließlich doch, es den beiden heimzuzahlen und sich zu rächen. Sie zu bestrafen.«

Habiatus packte das Beil und kam auf die Padrona zu. Ich spannte meine Muskeln, bereit zum Sprung. »Ich habe die beiden nicht umgebracht!«, schrie er, das Gesicht rot vor Zorn. »Ich bin kein Mörder! Gott sei mein Zeuge.« Der Cellerar schwang sein Beil.

Von der Tür hörten wir ein Geräusch. Tettamonti war hereingekommen. Er lief zu Habiatus, fiel ihm in die Arme und hielt ihn umklammert. »Halt ein, Bruder! Ich beschwöre dich.« Für einige Sekunden sah es so aus, als würde ein Ringkampf ausbrechen. Dann ließ der Cellerar das Beil sinken und legte es auf den Hackstock. »Verzeihen Sie, Signora Gobetti, ich habe mich gehen lassen. Es tut mir leid.« Er ging mit gesenktem Kopf hinaus. Tettamonti begleitete ihn zur Tür. »Ruh dich aus. Du bist überanstrengt. Ich rede mit der Signora.«

Der Mönch schloss die Tür und drehte den Schlüssel um. »Fra Habiatus hat ein hitziges Gemüt. Aber er ist ein gutmütiger Kerl.« Tettamonti ging zur Tür, die ins Refektorium führte, sperrte sie ebenfalls ab und stellte einen Stuhl davor. »Wir müssen wirklich ungestört miteinander plaudern.«

»Ich habe mich schon gefragt, wann Sie auftauchen würden«, sagte Eleonora. »Wo Sie doch überall sind, wo etwas Schlimmes passiert.«

»Sie meinen die beiden Fratelli? Die werden sicher schon in der Hölle schmoren, bei Gott. Genauso wie dieser Rizzone.«

»Weil Sie sie auf dem Gewissen haben.« Eleonora zwang sich zur Ruhe. »Sie sind der Mörder von Stephanus, Gabriel und Rizzone!«

»Na, na, so schlimme Worte aus Ihrem Munde, Signora?« Tettamonti blieb stehen. »Wie heißt es doch im Johannes-Evangelium: *Man macht uns schlecht mit bösen Worten und begnügt sich nicht damit.* Von Ihnen erwarte ich nichts anderes, Sie spucken nur Galle.«

Wut und Abscheu überfluteten mich. Wie lange hatte ich mich von seinem freundlichen Wesen blenden lassen! Vor mir stand ein eiskalter Mörder.

»Ich dachte, ich sehe Ihrer Heiligen ähnlich«, sagte Eleonora.

»Das war mein größter Fehler.« Der Mönch holte sein Amulett heraus und küsste es. »Aber es ist typisch für den Beelzebub, er zeigt sich den Menschen in vielerlei Gestalt, versteckt sich hinter einer Fratze von Freundlichkeit. Ich habe Sie durchschaut, Signora Gobetti. Sie sind vom Teufel besessen. Nein, Sie sind der Teufel!«

»Ihr Fehler war, den Zettel mit dem Zahlenrätsel in dem Buch zu vergessen. Nur ein Täter mit Lateinkenntnissen würde das alte Alphabet benutzen – ein Mönch. Und Ihr Wissen aus den Büchern um Alchemie und Gifte. Vor allem aber Ihre Tätowierung am Fuß – die Rose. Ein Zeichen dafür, dass Sie den Humiliaten angehören.«

»Ihr Familienname hat mir die Augen geöffnet, Signora Gobetti, und ich danke dem Folianten über den Antichristen, der mir Ihre Verbindung zu ihm zeigte. Frauen bringen Unglück. Schon damals, als meine Brüder im Geiste die Äbtissin Laetitia Serena umbrachten, ein gerechtes Werk. Ich hätte mir schon eher an den Vorgängern ein Beispiel nehmen sollen.«

Eleonora registrierte jede Bewegung ihres Gegenübers. Ich blieb bis zum Äußersten gespannt, bereit, jederzeit einzugreifen. »Deshalb haben Sie mich beobachtet, und als Sie uns in den Keller gehen sahen, sind Sie uns gefolgt. Sie wussten, wenn ich Ihren geheimen Gebetsraum entdeckte, würde es den Verdacht auf Sie lenken.«

»Sie waren schon immer zu neugierig, Signora, schon vom ersten Tag an. Schnüffelten in Dingen herum, die Sie nichts angingen. Stellten Fragen, die ungehörig waren. *Ihre falschen Zungen sind mörderische Pfeile, mit ihrem Munde reden sie freundlich gegen den Nächsten, aber im Herzen lauern sie auf ihn*, steht in der Heiligen Schrift zu lesen. Signora, Sie wurden langsam zu einer Gefahr für unsere Mission. Das Fegefeuer wäre die richtige Lektion für Ihre verdorbene Seele gewesen. Aber ich habe unterschätzt, wie ein Teufel mit Feuer umzugehen weiß. Ein Beleg mehr dafür, dass Sie Satan dienen. Und Ihr Schwein auch.«

Das hatte mir noch niemand gesagt – ich und etwas mit dem Teufel zu tun haben! Dieser heimtückische Mörder wagte es, andere der Teufelei zu bezichtigen, verbarg dabei aber seinen eigenen teuflischen Plan hinter einer Mönchskutte, gab sich naiv und ahnungslos. Ein perfektes Schauspiel, auf das das Kloster hereingefallen war.

»Ihre Mission?« Eleonora verrückte ihren Stuhl. »Was hat dieses erbärmliche Humiliaten-Ritual und Ihre erotische Anbetung der Heiligen Rita damit zu tun?«

»Wagen Sie es nicht, meinen Glauben und die Heilige zu beleidigen!« Tettamonti bebte vor Wut. »Die Humiliaten waren die einzige Glaubensgemeinschaft, die konsequent den Weg der Bibel gegangen sind. Einfaches Leben wie Jesus und seine Jünger, Vertrauen in Gott, Askese und Demut. Das Urchristentum stand im Mittelpunkt, so wie es der Herr gewollt hatte. Die Heilige Rita predigte und lebte die Ideale unter dem Zeichen der Rose – hier in dieser Abtei.«

»Rita wohnte zeitlebens in dem Augustinerkloster in Cascia, wie jeder weiß.«

»Wieder ein Irrtum! Ich habe die Dokumente in der Bibliothek gefunden. Die Heilige verbrachte etwa zwei Jahre hier bei den Humiliaten, inspirierte sie mit ihrem Vorbild in Glaubensfragen. Erst später ging sie nach Cascia. Rita ist eine der unseren.«

Eleonora richtete sich auf. »Ich vermute, Abt Aviano weiß nichts von Ihrem einseitigen religiösen Eifer.«

»Der? Pahh! Der alte Narr hat die Prinzipien des Mönchstums verraten. Will aus einer Stätte der Frömmigkeit einen Freizeitpark machen, ein Hotel mit Ungläubigen. Ein Babylon. Es ist eine Behausung der Teufel geworden, ein Gefängnis aller unreinen Geister, ein Gefängnis aller unreinen Vögel und ein Gefängnis aller unreinen und verhassten Tiere. *Vom Wein ihrer Hurerei haben alle Völker getrunken, und die Kaufleute auf Erden sind reich geworden von ihrer großen Üppigkeit*, heißt es in der Johannes-Offenbarung. Und warum tut der Abt das? Weil er Angst hat, in ein Altersheim abgeschoben zu werden, wenn sich die Abbazia nicht wieder selbst wirtschaftlich trägt. Als ob das wichtig wäre. Die frühen Mönche kamen mit einem Stück Brot und einem Schluck Wasser aus und waren doch glücklicher als die meisten Menschen heute. Das genaue Gegenteil zum Hotelbetrieb ist richtig: Zurück zum einfachen Leben, zur Bescheidenheit, zum Vertrauen auf Gott, das würde die Abtei retten, und nur das. Es war und ist unsere Mission, das Kloster nach den Grundsätzen der Humiliaten in ein Vorbild zu verwandeln.«

»Mit uns meinen Sie Fra Stephanus. Er wollte aussteigen, was sein Schicksal besiegelte.«

Tettamonti spazierte wie zufällig zu der Arbeitsplatte, auf der die Küchengeräte lagen. »Er war wie ein Bruder für mich. Wir schworen uns ewige Treue, schworen, niemandem etwas von unserem Plan zu verraten. Stephanus fiel jedoch vom Glauben ab, hatte Sorge, es könnte schiefgehen. Was habe ich mit ihm diskutiert und auf ihn eingeredet. Umsonst. Er wollte sich dem Abt anvertrauen. Ich musste handeln. Sie glauben nicht, wie sehr mir das Herz blutete.«

»Es war ein perfider Mord.«

»Das sehen Sie so. Es war Notwehr. Unsere heilige Mission geriet in Gefahr. Für große Ziele muss man Opfer bringen. Die Bibel definiert die Aufgabe eindeutig: *Welcher Baum keine guten Früchte bringt, wird abgehauen und ins Feuer geworfen.*«

»Zuerst versuchten Sie ein Attentat mit der Steinfigur. Von Lavellos Zimmer aus.«

»Der Gedanke kam mir, als ich Stephanus sah, wie er sich dem Gebäude näherte. Ich musste improvisieren, nahm den nächstbesten Gegenstand als Hebel, die Gelegenheit war günstig, Fra Lavello war nicht in seinem Zimmer. Leider funktionierte es nicht.«

»Dafür mit dem Gift umso besser.«

»Mir gefiel die Parallele, dass in der Geschichte des Klosters bereits einmal versucht wurde, Gegner der Humiliaten mit vergifteten Trüffeln zu beseitigen. Damals ging es schief. Ich wollte es besser machen. Der Plan war perfekt. Jeder diagnostizierte einen natürlichen Tod. Nur Sie stellten Fragen. Mir war klar, Stephanus würde mit dem Abt reden, sobald er sich wieder erholt hatte. Es blieb also nicht viel Zeit. Ich besorgte mir etwas Pflanzengift aus dem Gewächshaus und wartete auf meine Chance. Das Trüffelessen war ideal. Beim Hinausgehen kurz die Flüssigkeit über Stephanus' Teller schütten, der betörende Duft der Tartufi überdeckte alles – und schon war es geschehen.«

»Nur übersahen Sie, dass Stephanus' Rosentätowierung uns auf Ihre Spur führen würde.«

Und die zerdrückte Rose im Sarg, fügte ich im Stillen hinzu.

»Sie elende Schnüfflerin!«

»Wussten Fra Habiatus und Fra Gabriel von Ihren konspirativen Kellertreffen?«

»Ich habe dem Cellerar erzählt, wir bräuchten einen stillen Andachtsraum zum Meditieren, und er möge den anderen nichts davon erzählen. Das hat er akzeptiert. Den eigenen Schlüssel hatten wir uns natürlich längst besorgt. Fra Gabriel ahnte von unserer Mission.«

»Sie haben ihn eiskalt ins Jenseits befördert.«

»Gott hat ihn gerichtet. Er beging die Sünde, Stephanus' Briefe zu stehlen und mich erpressen zu wollen. In den Unterlagen fand er nämlich mehrere Schreiben von mir, in denen ich Details unseres Projekts diskutierte und meinen Mitbruder ermahnte. Gabriel glaubte, mich mit seinem Wissen unter Druck setzen zu können. Ich vereinbarte eine Aussprache mit ihm, wir verabredeten uns in der Kirche. Er zeigte mir die Briefe. Der ahnungslose Dummkopf. Das Leiden Christi sollte er selbst am eigenen Leib erfahren – mit dem Kreuzesnagel. Sie hätten seinen Gesichtsausdruck sehen sollen, als ich ihn umarmte und ihm den Nagel ins Herz stieß. Er sollte dem Jenseits in einer Büßerhaltung entgegentreten. Darum arrangierte ich seinen Körper am Boden.«

»Wie raffiniert von Ihnen, danach im Krankenzimmer Ihre Fratelli mit einer scheinbar harmlosen Frage zu animieren, die Mordwaffe aus dem Körper des Toten zu ziehen und zu reinigen.«

»Fast wäre es schiefgegangen. Ich befürchtete, dass Blutspritzer auf meinem Skapulier zu finden sein könnten. Der arglose Umgang mit der Leiche verschaffte mir ein ideales Alibi für die Blutspuren.«

Eleonora stand auf. »Und Francesco Rizzone? Ist er Ihnen auf die Schliche gekommen?«

»Er entwickelte zu viel Ehrgeiz, nachdem er mit Ihnen den Kürzeren gezogen hatte. Wollte alles, wirklich alles erforschen. Eigene Resultate auftischen. Dabei stieß er auf Dokumente zu dem Florentiner Kloster Ognissanti, das ursprünglich bei der Gründung der Humiliaten-Siedlung half. Stephanus und ich hatten bei den Urkunden einige Kommentare an den Rand geschrieben. Der schlaue Professore witterte sofort einen Zusammenhang mit mir und der Abtei und stellte mir in der Bibliothek merkwürdige Fragen zu Stephanus, Gabriel und meinem Verhältnis zu ihnen. Er plante, alles in einen Bericht an den Abt zu schreiben. Als Rizzone mich in der Bibliothek ganz direkt auf die Todesfälle ansprach, wusste ich, dass der Ketzer unsere Sache verraten wollte. Ich hatte gerade die versteckten Kennzeichen von Teufeln in einem historischen Werk studiert. Welche Ironie. Als er mir den Rücken zudrehte, leitete mich die Hand der Heiligen Rita. Ein Teufel, der durch ein Teufelsbuch stirbt. Ein passender Tod für einen Bücherwurm.«

Eleonora bewegte sich langsam um den Tisch. »All diese Morde nur wegen einer verschrobenen Sektenidee. Verrückt. *Du sollst nicht töten,* lautet das fünfte Gebot. Wollen Sie sich als Christ im Ernst über die religiösen Gesetze stellen?«

Tettamonti griff ein Geschirrtuch und faltete es gemächlich. »Sie tun mir leid, Signora, wenn Sie nur die zehn Gebote kennen. Erbärmlich. Die katholische Kirche hat schon immer in ihrer Geschichte Ungläubige und Ketzer der höheren Aufgabe willen gerichtet. Denken Sie nur an die Hexenverfolgungen, an die Kreuzzüge und die Kriege des Vatikans gegen die Lutheraner. Hunderttausende mussten sterben, um den Glauben rein zu halten. Was zählen da drei verdorbene Seelen? Der Zweck heiligt die Mittel. Es ist Gottes Wille und Auftrag. So heißt es in der Bibel: *Wenn der Herr Jesus sich offenbaren wird vom Himmel herab samt den Engeln und mit Feuerflammen, um Rache zu geben über die, so Gott nicht erkennen, und über die, die nicht gehorsam sind dem Evangelium unsers Herrn Jesu Christi, sie werden Pein leiden und das ewige Verderben vom Angesichte des Herrn.*«

»Sie biegen sich die Wahrheit hin, wie es Ihnen passt.« Eleonora versuchte, die Tischplatte zwischen sich und den Mönch zu bekommen. »Niemand hat das Recht, anderen Menschen das Leben zu nehmen. Sie sind krank. Stellen Sie sich. Lassen Sie sich vom Gefängnispsychiater auf Ihren Geisteszustand hin untersuchen.«

»Jesus wurde wegen seiner Ideen von den Zeitgenossen auch als verrückt erklärt. Das hinderte ihn nicht, seine Mission zu Ende zu bringen.«

»Sie werden den Rest Ihres Lebens hinter Gittern verbringen. In einer engen Zelle. Nie mehr Ihr Kloster sehen.«

Tettamonti lachte. Es klang dumpf und hohl. »Das Gefängnis ist für mich keine Strafe. Im Gegenteil – dort habe ich endlich die Ruhe, die christlichen Schriften zu studieren. Ohne mich um andere Arbeiten kümmern zu müssen – und das Essen bekomme ich obendrein serviert. Ich tausche nur meine Zelle hier oben auf dem Berg gegen eine andere Zelle im Tal. Wo ist da der Unterschied? Gott sei gedankt, dass er das italienische Strafvollzugssystem geschaffen hat.«

»Hören Sie auf. Noch ist Zeit.«

»Signora, Sie glauben doch nicht wirklich, dass Sie diesen Raum lebend verlassen werden.« Ich spannte meine Muskeln an und beobachtete den Mönch. Tettamonti wickelte das Tuch um den Griff des Hackbeils. »Da hat doch mein lieber Mitbruder Habiatus seine Fingerabdrücke auf dem Arbeitsgerät hinterlassen.« Der Mönch umgriff das Beil und hob es auf. »Wie nachlässig. Um ihn werde ich mich später kümmern. Oder der Commissario wird das für mich erledigen. Er hat Habiatus sowieso ganz oben auf seiner Liste der Verdächtigen. Wenn Napante jetzt noch Fingerabdrücke auf der Mordwaffe findet …« Tettamonti bewegte sich auf die Padrona zu. »Nun ist der Moment gekommen, da sich Ihre Bestimmung erfüllen wird – als Satans Braut im ewigen Feuer.«

Eleonora packte eine Tasse und warf sie auf den Mönch. Er duckte sich erstaunlich behände und machte einen Satz zum Tisch. Die Padrona lief zur gegenüberliegenden Seite des Tischs und schleuderte einen Teller in Richtung Tettamonti. Er lachte. »Versuchen Sie nur, sich zu wehren. Ihrem Schicksal können Sie nicht ausweichen. Gott ist auf meiner Seite. *Deine Hand wird siegen wider alle deine Widersacher*, so die Worte des Herrn, *dass alle deine Feinde ausgerottet werden.*« Mit einer schnellen Bewegung wischte er mit dem Beil über den Tisch. Eleonora gelang gerade noch ein Schritt zur Seite. Tettamonti rannte um den Tisch, die Padrona lief ebenfalls und hielt den Abstand zu ihrem Verfolger konstant, suchte immer wieder Gegenstände als Wurfgeschosse.

Plötzlich machte der Mönch einen Satz auf den Tisch und sprang über die Platte. Eleonora wich zurück. Sie stand mit dem Rücken zum Herd, in Reichweite des Beils. Sie griff in ihre Tasche. Dann ging alles ganz schnell. Tettamonti holte aus, und Eleonora schüttete dem Angreifer den Inhalt der Dose ins Gesicht. Pfeffer. Der Mönch schrie auf, das Beil verfehlte sein Ziel. Er rieb sich die Augen, hielt die Waffe aber nach wie vor mit der anderen Hand umklammert. Eleonora versetzte ihm einen Tritt. Ich machte mich bereit zum Sprung.

»Genug jetzt!« Der Mönch spie Hass, seine Augen tränten. Er fasste Eleonora an der Gurgel. Holte aus. Ich schoss hervor und grub meine Hauer in seinen Schenkel. Ich spürte etwas Metallisches zwischen meinen Zähnen – der Bußgürtel. So mussten sich wohl Zahnspangen anfühlen. Ich klappte meine Kiefer zu. Tettamonti knickte ein, und das Beil fiel ihm aus den Händen. Mit schmerzverzerrtem Gesicht griff er sich an den Schenkel, blickte hoch und sah gerade noch, wie Eleonora eine Omelettpfanne schwang. Mit einem dumpfen Geräusch landete die Pfanne an der Schläfe des Mannes. Tettamonti fiel vornüber und blieb bewegungslos liegen. Ich setzte mich auf ihn und atmete durch. Aus der Wunde, die der Bußgürtel gerissen hatte, rann Blut.

»Schnell raus hier!« Die Padrona rannte zur Tür. Ich folgte ihr. »Wir müssen sofort die Polizei alarmieren.« In ihrer Nervosität gelang es ihr nicht gleich, den Schlüssel umzudrehen. Er hakte. Hinter uns ein Geräusch. Wir fuhren herum. Tettamonti hatte sich aufgerichtet, in der Hand hielt er das Beil, und er hinkte auf uns zu. »Zur Hölle mit euch. Ihr könnt mich nicht aufhalten!« Es kam mir vor wie eine kleine Ewigkeit, wahrscheinlich verging nicht einmal eine Sekunde, bis die Tür aufschwang. Eleonora stürmte hinaus. Ein Zischen hinter mir. Instinktiv warf ich mich zur Seite und spürte gerade noch, wie die Klinge meine Flanke streifte und die Borsten rasierte. Sofort machte ich kehrt, um den Angreifer zu stellen. Aber Tettamonti war schon an mir vorbei ins Freie gehumpelt. Er nahm eine andere Richtung als die Padrona, und nach wenigen Metern verschluckte ihn der Nebel.

Ich lauschte im Kreuzgang. Die Schritte des Mönchs entfernten sich rasch. Plötzlich Stille. Wartete Tettamonti jetzt im Verborgenen nur auf die nächste Gelegenheit zur Rache? Er kannte das Anwesen besser als jeder andere. Wollte er Eleonora auflauern? Das musste ich verhindern. Ich brauchte Caruso. Wir mussten Tettamonti fassen, denn er würde sehr bald wieder morden, und er hatte mit Sicherheit sowohl den Cellerar als auch Eleonora auf seiner Todesliste.

Der Junior lag in seinem Zimmer. Ich stieß ihn in die Seite und berichtete knapp, was geschehen war. »Auf der einen Seite des Klosters suche ich. Du nimmst die andere. Keine Alleingänge, der Mann ist gefährlich. Ruf, wenn du etwas Verdächtiges bemerkst. Los!«

Eine unangenehme Kühle strich um die Mauern, die Gebäude wirkten bei dem Wetter wie impressionistische Gemälde, ein Spiel von Schemen und Schatten. Ich lief zum Schlaftrakt der Mönche, den Weg, den auch Tettamonti eingeschlagen hatte. Der erste Stock lag da wie ausgestorben. Vorsichtig schlich ich mich zu Tettamontis Zimmer, horchte, ob ich einen Laut vernahm. Nichts. Im dem Raum war niemand. Ich sah im Konvent und im Büro des Abts nach, tastete mich vor bis zum Gewächshaus. Fehlanzeige.

»Psst, Leonardo.« Carusos Stimme hinter einer Säule. Ich stieß fast mit ihm zusammen, als ich ihn bemerkte. »Ich glaube, ich habe etwas gehört«, sagte der Junior. »In der Kirche.« Wir betraten leise die Sakristei und schoben unsere Köpfe durch die Tür in den Kirchenraum. Wir hielten den Atem an und warteten. Stille. Caruso robbte vor bis zum Chorgestühl und lugte über die Sitze. Plötzlich deutete er aufgeregt ins Innere der Kirche. Auf Hufspitzen folgte ich nach.

Da sahen wir ihn. Tettamonti kniete in der Nische vor der Figur der heiligen Rita und schien zu beten. Eine Gesichtshälfte war geschwollen, das Haar wirr. Caruso schob sich weiter nach vorne und stieß dabei gegen einen Stuhl. Der Kopf des Mönches schoss nach oben, seine Augen suchten den Raum ab. Tettamontis Blick erfasste mich. Ich blickte direkt in seine vor Hass geradezu funkelnden Augen. Dieser Mann hatte drei Menschen auf dem Gewissen, hatte harmlose Trüffel als Mordwerkzeug benutzt. Was konnte abscheulicher sein? Wir mussten ihn aufhalten. Jetzt. Ich stürmte voran. Im Kerzenlicht blitzte auf einmal die Klinge des Beils auf. Ich stürmte trotzdem weiter.

»Ihr verdammten Viecher!« Tettamonti schleuderte mir das Beil entgegen. Es flog an mir vorbei und blieb in den Füßen der Christusfigur stecken. Ich beachtete es nicht und rannte weiter, direkt auf den Mönch zu. Sein Erstaunen wandelte sich in Furcht, und nach einem kurzen Moment des Zögerns drehte er sich um und humpelte zum Portal. Noch ehe ich ihn erreichen konnte, hatte er sich durch das Tor gezwängt und war verschwunden.

»Sofort hinterher!«, rief ich und rannte ebenfalls nach draußen. Vom Gästeflügel war Lärm zu hören, Türen schlugen zu, Rufe, die Befehle des Polizisten. Eleonora hatte Hilfe geholt. Die ungleichmäßigen Schritte des Mönchs hallten in meiner Nähe, sie bewegten sich auf den Campanile zu. Sollte ich auf die Verstärkung warten? Nein, dafür war keine Zeit. Tettamonti tauchte vor meinem Gesichtsfeld auf, er blickte sich um, verwünschte mich, eilte in den Turm, und ich folgte ihm auf den Fersen.

Ich brauchte eine Weile, bis ich mich an das Dunkel gewöhnt hatte. Tettamonti stand hinter der Tür des Treppenaufgangs und schob den Riegel vor. »Ein Schwein wird meine Mission nicht aufhalten, ein Schwein nicht!« Ein irres Lachen. »Ich werde meine Botschaft der Welt verkünden, alle sollen es hören.« Der Mönch stieg die Treppe hoch. Ich rüttelte an der Tür, vergebens. Sie war aus rohen Brettern gezimmert. Ich riskierte einen Versuch, nahm Anlauf und rammte meine Schulter gegen das Holz. Es barst, ich spürte einen Splitter in meiner Haut, die Tür flog auf.

Die nächsten Minuten wurden zu einer Tortur. Nicht wegen meiner Wunde, sondern wegen der Stufen. Und der Dunkelheit. Lauerte der Mönch in einer Kurve auf mich? Hatte er sich eine neue Waffe besorgt? Wo blieben die anderen? Ich durfte nicht daran denken, nicht an die Holztreppe unter mir. Schritt für Schritt, Stufe für Stufe, Huf vor Huf. Weiter, einfach nur weiter. Von oben wurde es heller. Der Nebel war augefrissen, Mondlicht strömte durch die Fenster. Ich hatte schon fast das Plateau erreicht, als die Totenglocke zu läuten begann. Lucrezias Glocke. Erst einmal. Dann ungleichmäßig, als würde ein Betrunkener daran ziehen. Das Läuten wurde lauter. Ich nahm die letzten Stufen, hielt kurz vor der Plattform inne, jederzeit mit einer Attacke aus dem Hinterhalt rechnend.

Was ich sah, ließ mich zurückschrecken.

Ich blickte direkt in die Augen des Mönchs. Sie bewegten sich hin und her. Besser gesagt, der ganze Körper. Nur war kein Leben mehr in den Augen zu finden. Tettamonti war tot. Er hing am Glockenseil, der Kopf war seltsam verdreht und Blut rann aus dem Hals. Der Mönch hatte sich offenbar seinen Dornen-Bußgürtel um den Hals geschwungen und mit dem Seil verknüpft, hatte die Leiter als Bühne benutzt, die Caruso und ich zurückgelassen hatten. Dann hatte er sich fallen lassen.

Das Ende eines Mörders. Der sich selbst die Totenglocke läutete. Ein Mann, der wegen seines Glaubens drei Menschen umgebracht hatte. Dessen Fanatismus keine Grenzen kannte, der in seiner Verblendung glaubte, sich den Weg mit allen Mitteln ebnen zu dürfen – und dem selbst sein eigener Tod als kein zu großes Opfer erschien. Lucrezias heller Glockenton besang sein Ende. Ich setzte mich, betrachtete den Leichnam, der vor mir baumelte und versuchte, mir den Menschen vorzustellen, den ich die vergangenen Wochen kennen gelernt hatte. Es wollte mir nicht gelingen. Diese Gewalt, dieser Hass, diese Mordlust – es blieb der menschlichen Spezies vorbehalten. Ich sah auf den Toten und sah durch ihn hindurch, dachte an die, die ich liebte und an meine Heimat im Piemont. Ich hörte, wie Leute die Treppe hoch gelaufen kamen, wie sie sich auf dem Plateau neben mich drängten, und beachtete es nicht. Ich wollte nur noch weg.

28

Die Sonne begrüßte den neuen Tag. Ich fühlte mich erfrischt wie lange nicht mehr. Wie spät war es eigentlich? Hatte ich das Frühstück verpasst? Genüsslich räkelte ich mich in meinem Bett. Die gestrigen Ereignisse kamen mir vor wie ein Spuk. Commissario Napante war spätnachts mit einer Spezialeinheit angerückt und hatte den Turm umstellt. Als Ergebnis gab er offiziell bekannt, der Mönch sei tot, und ließ ihn in die Gerichtsmedizin abtransportieren. Eleonora machte ihre Aussage und erntete zuerst nur Stirnerunzeln. Tettamonti, der nette Padre, ein Mörder?

»Endlich bist du wach, mein Held.« Tiffany kam herein. »Wie ich gehört habe, hast du hervorragende Detektivarbeit geleistet. Gratulation.«

Ich blinzelte. »Danke dir. Es war eine Gemeinschaftsleistung. Ich bin froh, noch am Leben zu sein. Dieser Schlächter.«

»Du bist verletzt? Zeig mal her.« Tiffany klang erschrocken. Sie kletterte auf die Kutsche, setzte sich neben mich und tastete meinen Körper ab. »Tut es irgendwo weh?«

Das konnte ich momentan nicht gerade behaupten. Eher im Gegenteil. Tiffany massierte meinen Nacken. »Du bist ja ganz verspannt.« Sie untersuchte die Stelle, wo das Beil mich gestreift hatte. »Sieht aus wie rasiert. Du hast Glück gehabt, hätte schlimm ausgehen können.« Vorsichtig fuhr sie mit dem Huf über die Wunde. »Ich bin froh, dass du mir erhalten geblieben bist.«

»Das kann ich mir vorstellen, Madame.«

Die Stimme. Ich fühlte einen elektrischen Schlag durch meinen Körper rasen. Cleopatra. Verwirrt hob ich den Kopf. Es war Cleopatra, meine Freundin. Eindeutig. Warum war sie nicht zu Hause? Was machte sie hier in Umbrien?

»Hallo Schatz. Ich … ich bin überrascht, dich zu … zu sehen.«

»Das kann ich mir vorstellen, mon cher.« Cleopatra sprühte Gift. »Caruso hat mir gesagt, wo ich dich finde. Er hat mir aber nicht gesagt, dass ich dich mit einer anderen im Bett antreffen würde.«

»Aber … aber … Cleopatra. Du täuscht dich. Ich …«

»Noch habe ich Augen im Kopf. Und was ich sehe, ist eindeutig. Dass du dich nicht schämst, mich so zu hintergehen!«

Tiffany richtete sich auf. »Wer ist diese Sau?«

Ich hüstelte. »Darf ich vorstellen: Meine Freundin Cleopatra aus dem Piemont.« Und zu Cleopatra sagte ich: »Das ist Tiffany, sie lebt hier im Kloster.«

»Eine Schweinenonne, ach wie süß!« Die Worte meiner Liebsten klangen kälter als Eisblöcke. »Und sie hat dir gerade die Beichte abgenommen, oder?«

In diesem Moment kam Caruso herein und sah uns drei der Reihe nach an. »Was ist denn hier los?« Ich bedachte ihn mit einem bösen Blick.

»Du setzt dich in die Ecke und bist still!«, donnerte Cleopatra.

»Lassen Sie den Kleinen in Ruhe«, antwortete Tiffany. »Was wagen Sie sich so aufzuplustern? Und du Leonardo, du hast mir nie von einer anderen Sau erzählt.«

»Genau, nie!«, sagte Cleopatra.

»Nun, ich … ähh … ich ...«

Tiffany sprang vom Bett. »Eines will ich Ihnen sagen, meine Gute. Wenn Sie glauben, Leonardo gehöre Ihnen und verschmachte sich nach Ihnen, dann täuschen Sie sich. Nur zu Ihrer Information: Wir beide, Leonardo und ich, hatten erst vor Kurzem eine wunderbare Nacht miteinander. Es war himmlisch!«

»Stimmt das, Leonardo?« Cleopatras Augen schleuderten Blitze. »Hast du …«

»Cleopatra, es war nicht, wie es klingt. Wir hatten eine kleine Feier. Zu viel Wein. Und dann … Ich … ich kann mich nicht erinnern.«

»Traurig, dass es so endet«, sagte meine Freundin. »Von dir hätte ich das am wenigsten erwartet. Ich bin zutiefst enttäuscht von dir. Au revoir!« Sie wandte sich zum Gehen.

»Ich war's.« Die Stimme von Caruso kam aus der Ecke.

Cleopatra stoppte. »Was warst du?«

»Leonardo ist unschuldig.« Der Junior sah schuldbewusst aus. »Ich war's. Ich bin in jener Nacht zu Tiffany gegangen.«

»Du hast was getan?« Ich setzte mich auf.

Tiffany ging zu Caruso. »Was meinst du damit? Spuck's aus!«

Der Junior druckste herum. »Also, ich bin in jener Nacht bei Tiffany gewesen, in ihrem Zimmer. Genauer gesagt, in ihrem Bett.«

Einige Sekunden herrschte Stille in dem Zimmer und wir drei starrten uns an.

»Jetzt erzähl mal genau, was vorgefallen ist«, sagte Cleopatra.

»Wir aßen und tranken – hmm, der Wein schmeckte lecker – und lagen herum. Da flüsterte Tiffany, ich solle sie später bei sich besuchen oder so ähnlich. Nachdem Leonardo eingeschlafen war, ging ich zu ihr, obwohl ich fast den Weg nicht gefunden hätte, so stockfinster war es. In der Dunkelheit tastete ich mich auf Tiffanys Lager. Wir sprachen kein Wort. Ach, Tiffany, es war so schön! Ich hätte nie geglaubt, dass so was so schön sein könnte. Vergibst du mir?«

»Und du lügst auch nicht, um Leonardo zu retten?« Cleopatras Ton war milde.

»Nein, ich schwör's.«

»Du ... du ... hast mit mir in jener Nacht ...?« Tiffany klappte der Kiefer herunter. »Und ich dachte, Leonardo ...« Ohne ein weiteres Wort zu sagen, rannte sie aus dem Zimmer.

»Cleopatra, du siehst, es ist nichts passiert«, sagte ich. »Verzeihst du mir jetzt, mein Liebling?«

»Das muss ich mir erst überlegen.« Sie machte auf der Stelle kehrt und verschwand. Caruso folgte ihr.

Ich zog die Decke über den Kopf und wünschte, ich könnte auf eine Rückspultaste drücken und diesen Tag noch mal von vorne beginnen. Aber ich musste raus, es galt noch einiges zu erledigen.

Eleonora traf ich im Kreuzgang, Arm im Arm mit Enrico Fabris. Er kam auf mich zu, beugte sich zu mir herunter und tätschelte meinen Rücken. »Na, das ist eine Überraschung, uns hier zu sehen, was? Ich hoffe, die Idee, deine Freundin mitzubringen, war ganz in deinem Sinne.« Aus der Unterhaltung der beiden hörte ich heraus, dass Enrico nach dem letzten Telefonat mit der Padrona große Angst gehabt hatte, sie könne in Gefahr sein. Deshalb hatte er Cleopatra ins Auto gepackt und war nach Umbrien gefahren, um selbst nach dem Rechten zu sehen.

»Aber ihr seid zu spät gekommen.« Eleonora lachte. »Die Morde sind längst aufgeklärt.«

»Ich werde gleich mit dem Commissario sprechen«, sagte Enrico. »Von Kollege zu Kollege. Er kann mir sicher die neuesten Ermittlungsergebnisse mitteilen.«

Es dauerte noch eine Viertelstunde, bis sich Enrico tatsächlich von der Padrona lösen konnte und nach Napante suchte. Endlich. Wie erwartet, bereitete es mir größere Mühe, die Padrona zu einem Spaziergang in den Wald zu animieren. »Was ist denn? Muss das jetzt sein, wo Enrico gerade erst angekommen ist?« Ich blieb hartnäckig.

So marschierten wir an Lucrezias Denkmal vorbei bis zu der Senke mit der Ruine der Mönchsklause. »Darauf also wolltest du hinweisen«, rief Eleonora. »Das Bild auf dem Kelch, das du mir gezeigt hast, aus dem Tabernakel.« Ich machte sie auf die Pilze aufmerksam, dachte an das Graffiti Lucrezias. Die Padrona nahm einen in die Hand. »Das sollen die Goldenen Trüffel sein? Ich hatte sie mir ganz anders vorgestellt.«

Eigentlich hatte ich die Hoffnung, sie würde sofort einige probieren. Schließlich musste ich unbedingt wissen, wie sie bei Eleonora wirkten. Die Liebestrüffel. Vielleicht sah sie mich danach mit anderen Augen. Entdeckte neue Empfindungen für mich in den Tiefen ihrer Seele. Nun gut, ich war ein Schwein. Aber war das ein Hindernis, war das falsch? Zumindest auf geistiger Ebene? Mensch und Schwein waren verschieden, natürlich. Und doch, manchmal verspürte ich diese Vibrationen, diesen Gleichklang ... Ein Mensch, der so duftete wie die Padrona, der musste dafür einfach Verständnis haben.

»Kann man die essen?« Eleonora roch daran. Ich nahm zwei kleine Pilze in den Mund und schluckte sie zum Beweis vor ihren Augen. »Wenn du Schleckermaul sie in Ordnung findest, dann müssen sie wirklich delikat sein«, sagte die Padrona. Aber anstatt selber welche zu kosten, sammelte sie lediglich ein paar ein und steckte sie in ihre Tasche. »Lass uns zurückgehen.« Meinetwegen. Dann sollte Eleonora die Goldenen Trüffel eben zu Hause im Piemont essen. Ein exklusives Menü in der Küche. Kombiniert mit Barolo. Nur wir beide …

Im Klosterhof hatte sich eine Menschentraube gebildet. Besucher und Mönche standen beieinander und tuschelten. Ein Trupp Polizisten hatte den Gästetrakt abgeriegelt. Der Commissario kam heraus, hinter ihm ein Beamter, der einen Stapel Bücher trug. Als er die Zuschauer sah, streckte er seinen Rücken durch und hob die Hand. »Verehrte Anwesende, ich habe gute Nachrichten für Sie.« Napantes Pose erinnerte an einen Bühnenschauspieler. Battistini verdrehte im Hintergrund die Augen, Dolores kicherte. »Wie Sie vielleicht wissen, gab es heute Nacht einen weiteren Todesfall. Nach dem jetzigen Stand der Ermittlungen darf ich sagen, es war ein Selbsttötungsdelikt. Der Betroffene, Fra Tettamonti, wird dringend verdächtigt, Fra Gabriel und Francesco Rizzone ermordet zu haben. Wir haben belastendes Material sichergestellt. Das werden wir in Ruhe auswerten, aber nach dem ersten Augenschein scheint die Sache bereits klar zu sein. Ich erkläre den Fall als gelöst.«

Der Commissario sah sich um, als erwarte er Beifall. Als sich niemand rührte, fuhr er fort: »Zugleich darf ich Ihnen mitteilen, dass wir aufgrund des Hinweises von Signora Gobetti eine weitere Hausdurchsuchung, respektive Zimmerdurchsuchung vorgenommen haben. Als Ergebnis haben wir diese antiquarischen Bände beschlagnahmt, die Sie hier sehen.« Napante deutete auf den Kollegen hinter ihm. »Sie stammen eindeutig aus der Klosterbibliothek, wie mir Abt Aviano freundlicherweise bestätigt hat. Aufgrund dessen haben wir soeben zwei Verdächtige verhaftet. Eine Person hat bereits gestanden.«

Die Tür ging auf, zwei Polizisten eskortieren die beiden Verdächtigen nach draußen. Salvatore Lucca und Melissa Fini. Beide trugen Handschellen und hielten den Kopf gesenkt, ohne zur Seite zu blicken. Ich unterdrückte den Impuls, Lucca seine Spatenattacke heimzuzahlen. Er war schon genug gestraft. Die Beamten verstauten die beiden in einem der Polizeiwagen, Napante verabschiedete sich, und die Kolonne brauste davon. Irgendwie schienen alle erleichtert. Es war endlich vorbei.

Zur Feier des Abschlusses der Polizeiarbeit und der erfolgreichen Aufklärung des Rätsels um den Goldenen Trüffel hatte der Abt alle zu einem Galadiner am selben Abend eingeladen. Und alle waren gekommen, bis auf Orchidea Lucca, die angeblich bereits am Nachmittag ihre Stelle gekündigt und zur ihrer Mutter nach Sizilien abgereist war. Hellenbart hatte bei der Nachricht überrascht und traurig zugleich gewirkt. Sein Angebot, die Frau für einen Werbekatalog abzulichten, sei ernst gemeint gewesen, erzählte er Eleonora. »Haut einfach ab«, seufzte er. »So kann man sich bei Frauen täuschen.« Er senkte seine Stimme. »Ich muss Ihnen etwas beichten, Signora, aber verraten Sie es niemanden.« Er erzählte, dass er das Kloster schon früher kannte und mehrere Briefe an Stephanus geschrieben hatte, um Geschäftschancen auszuloten. »Daraus wurde leider nichts. Sie können sich vorstellen, wie erschrocken ich war nach seinem Tod. Ich hatte Angst, die Schreiben könnten einen falschen Verdacht auf mich lenken. Aber die Briefe blieben verschwunden. Gott sei Dank ist alles vorbei.«

Nach einer Stunde intensiven Bemühens hatte ich Cleopatra so weit bringen können, mit mir zusammen zu dem Essen zu gehen und meine Absolution wohlwollend zu prüfen. Immerhin. Tiffany und Caruso hatten sich offenbar ausgesprochen, jedenfalls erschienen beide gemeinsam auf dem Fest, und der Junior unterhielt seine Begleiterin mit der Schilderung, wie er den Heiligen Gral gefunden hatte. Die Tische waren mit weißen Tüchern dekoriert, darauf standen Vasen mit Rosen, Kerzen brannten. Habiatus hatte sich nicht lumpen lassen und kredenzte aus dem Weinkeller, der den Brand wie durch ein Wunder unbeschädigt überstanden hatte, einen Torgiano Rosso und einen würzigen weißen Grechetto aus Todi.

Zum Auftakt gab es Blumenkohl-Crostini, Dinkelkuchen und eine Zuppa di pesce. Rinaldo Battistini trug einen Smoking, seine Frau Dolores ein schwarzes Kleid und eine Goldkette um den Hals. In ihren Ohrlöchern funkelte je ein Rubin. Neben ihr saß Dominik Hellenbart, die Hände züchtig auf dem Tisch. Die Mönche am Quertisch waren gekleidet wie immer, lediglich frisch rasiert. Enrico Fabris hatte seinen Arm bei Eleonora eingehakt und berichtete ihr von seinem Gespräch mit dem Commissario. »Dieser Hellenbart ist nicht ohne«, sagte Enrico. »Eigentlich pleite, aber immer eine Idee für neue Geschäfte. Napante hat bei der Durchsuchung von Tettamontis Zimmer im Schrank einen doppelten Boden entdeckt. Darin fanden sich historische Dokumente und Stephanus' Briefe, die Gabriel entwendet und Tettamonti sich zurückgeholt hatte. Es war auch ein Schreiben Hellenbarts an den Mönch dabei, in dem er anbot, Kunstgegenstände gegen Provision an betuchte Kunden zu vermitteln.«

Die Padrona legte die Gabel beiseite. »Wird denn Napante den Mord an Stephanus neu aufrollen?«

»Wohl kaum. Der Mörder ist tot. Alles andere bedeutet nur Aktenarbeit und wenig Lorbeeren, nichts, wonach sich unser Commissario sehnt.«

»Und sein Verdacht gegen Fra Lavello wegen dessen dunkler Vergangenheit?«

»War ein Schlag ins Wasser. Lavello hat nichts mit anderen Verbrechen zu tun, wie die Ermittlungen des Commissario ergeben haben.«

»Was geschieht nun mit Jeremias Pantolino, dem Landstreicher?«

»Napante wird ihn wohl freilassen müssen.« Enrico trank einen Schluck. »Der Abt wird wegen des Messerdiebstahls keine Anzeige erheben. Er überlegt sogar, ob er Pantolino als neuen Hausmeister anstellen soll, jetzt, wo die Luccas weg sind.«

Nach einem Zwischengang aus Rucola-Salat mit gebackenem Ziegenkäse und eingelegten Auberginenscheiben stand der Abt auf und klopfte gegen sein Glas. Ruhe trat ein. Hellenbart faltete ergeben die Hände, als erwarte er eine von Avianos berüchtigten Predigten. »Liebe Gäste, liebe Fratelli, herzlich willkommen an diesem wunderschönen Abend«, begann der Abt. »Nach einigen dunklen Tagen scheint nun wieder die Sonne über dem Kloster. Wir haben das Geheimnis der Goldenen Trüffel gelöst, dank unserer hervorragenden Historikerin Elonora Gobetti.« Beifall setzte ein, die Padrona blickte verlegen auf ihren Teller. Ich fand, ein kurzes Lob für uns Schweine wäre jetzt angebracht gewesen, schließlich hatten wir die meiste Arbeit geleistet. Aber das war mal wieder typisch. »Nicht zu vergessen den heiligen Antonius, der diese Abbazia schützt.«

Wieder Beifall. »Sie werden sich sicher gefragt haben, was nun das Besondere an den Goldenen Trüffeln ist. Signora Gobetti war so liebenswürdig und hat diese seltenen Pilze gesammelt. Als Höhepunkt dieses Abends hat unser Bruder Habiatus ein exquisites Risotto gezaubert, das Risotto di Tartufi d'Oro. Eine Weltpremiere, wenn ich so sagen darf. Lassen wir uns nun von diesem Gaumenschmaus verwöhnen. »Auf Ihr Wohl!« Applaus brandete auf, alle erhoben die Gläser und tranken.

Mir blieb der Mund offen. »Was ist?«, fragte Cleopatra neben mir. »Ähh, nichts, ich glaube, ich habe mir den Magen verdorben. Ich werde nur einen Happen vom Risotto probieren.« Hatte der Koch tatsächlich alle Pilze in das Essen gerührt? Es sah so aus, den Portionen auf den Tellern nach zu urteilen. Ich brauchte jetzt einen Schluck Wein. Oder mehr.

Das Risotto erntete allgemeines Lob, Habiatus kam extra aus der Küche und verneigte sich. Das Aroma der Pilze harmoniere bestens mit der Soße und dem Wein, hieß es, die Funghi hätten Biss und eine perfekte Balance von Würze und Süße im Mund. Battistini schnalzte mit der Zunge und orderte einen Nachschlag, Hellenbart wischte die Reste mit Brot auf. Selbst Eleonora aß ihren Teller leer. Tiffany leckte sich übers Maul, Caruso hielt sich mehr an den Wein.

Plötzlich sprang Lavello auf, stieg auf den Tisch und hob die Arme gegen die Decke. »Gott ist allmächtig. Ich spüre seine Kraft in mir«, rief er. »Oh, seine Sonnenstrahlen leuchten mir direkt ins Herz. Mir wird so warm!«, jubelte er mit verklärtem Gesicht. Er entledigte sich seines Skapuliers, schwang es umher wie ein Lasso und warf es unter Anfeuerungsrufen der Gäste in die Menge. »Ausziehn! Ausziehn!« Dolores Battistini klatschte vor Begeisterung in die Hände. Hellenbart sah zu ihr hinüber, Feuer glänzte in seinen Augen. Mich beschlich der Eindruck, dass die beiden ihre Leibesübungen in der Zwischenzeit fortgesetzt hatten und gar nicht daran dachten, ihr Geheimnis enden zu lassen. Abt Aviano wollte seinen Mitbruder herunterheben, rutschte dabei aus und fiel auf den Boden. Dort blieb er liegen, lachte ununterbrochen und sagte etwas von »Der Wille des Herrn ist wunderbar«, immer noch lachend.

Eleonora schien vor ihrem Teller eingeschlafen zu sein, Enrico nahm Messer und Gabel und trommelte damit auf die Tischplatte als sei er der Schlagzeuger einer Rockband. Rinaldo Battistini warf sich eine Tischdecke über den Kopf, was ihm das Aussehen eines Ku-Klux-Klan-Mitglieds verlieh, und trat in die Mitte des Refektoriums. Er stimmte ein Lied an, aus Puccinis Einakter »Gianni Schicchi«:

Alles, was er an Gulden mocht' sparen und haschen –
es endet in der Betbrüder Taschen!
Uns allen keinen Pfifferling zu geben,
damit die Mönch' im Überflusse leben!
Mir geht mein ganzes Lebensglück in Scherben
damit die Herren Mönche tüchtig erben!

Die Gäste johlten, der Abt lachte weiterhin. Caruso stammelte »Der Gesang ... schon ... besser ... als ... beim letzten Mal.« Battistini schien selbst überrascht von seinem Vortrag. »Ich kann wieder singen!« Er faltete die Hände und sank in die Knie. »Meine Stimme. Sie ist wieder da! Ein Wunder. Ihr alle habt es gehört. Ich habe meine Stimme wieder!« Und so sang er eine Arie aus »Madama Butterfly«. Dominik Hellenbart kam in die Mitte und führte im Takt des Lieds eine Art Eingeborenentanz auf, immer im Kreis um den Opernsänger laufend und zwei Teller wie Rasseln schwingend. Cleopatra knabberte an meinem Ohr und flüsterte »Ich habe dir verziehen, mon cher. Ich komme dich heute besuchen.« Tiffany und Caruso waren verschwunden.

Eleonora war wieder aufgewacht und sah mit müden Augen in die Runde. Lavello kam zu ihr. »Eine Heilige. Jesus Maria, diese Vision, die Heilige Rita ist mir erschienen. Darf ich Sie küssen?« Ohne eine Reaktion abzuwarten, drückte er der Padrona seine Lippen auf den Mund, dass ich schon befürchtete, sie würde ersticken. »Sie sind eine Heilige!«

Cleopatra war neben mir eingenickt, ihr Kopf lehnte an meinem. Ich sog ihren Duft ein, dachte an die Heimat und wagte mich nicht zu rühren.

29

Laternen erhellten den Raum, Kerzen brannten, die Mönche leuchteten mit Taschenlampen. Das Gebet des Abts hallte von den Wänden wider, Staub und muffige Luft reizten meine Nase. Mein Puls ging schneller als sonst, was nicht an Cleopatra lag, sondern an dem schummrigen Keller tief unten in der Erde. Die alte Krypta des Klosters. Die Bodenplatte war entfernt, der Sargdeckel geöffnet. Eleonora stand mit gefalteten Händen am Kopfende und betrachtete die beiden Skelette. Ein Mensch und ein Schwein. Aviano machte das Kreuzzeichen zum Abschluss. »Nun ist also auch dieses Rätsel gelöst«, sagte er. »Möge die Seele in Frieden ruhen. Das Schweineskelett werden wir natürlich umbetten. Schon morgen.« Er wandte sich an uns. »Auch wenn es für einen Geistlichen ungewöhnlich ist, so möchte ich doch an dieser Stelle und im Namen unseres heiligen Antonius ein ausdrückliches Lob an unsere vierbeinigen Freunde aussprechen. Ohne sie wäre der Fall wohl kaum zu einem guten Ende gekommen.«

Ich grunzte zufrieden. Wurde auch Zeit, dass unsere Leistungen von dieser Spezies endlich mal richtig gewürdigt wurden. Das war schon lange überfällig – auch im Namen von Lucrezia.

»Wie sieht denn die Lösung aus?«, flüsterte Cleopatra neben mir. Ich referierte die Fakten. Dokumentenfunde in Tettamontis Schrank und ein Anruf von Professore Magnani hatten die fehlenden Mosaiksteine geliefert.

»Den nächsten Hinweis brachten die Schriften, die Tettamonti gehortet hatte. Darunter ein Brief und eine Schenkungsurkunde von Nannina. Sie stiftete die Glocke und den Altar samt Goldkelch und Bild. Und jetzt kommt's: Nannina ordnete testamentarisch an, nach ihrem Tod umgebettet und hier in dem Kloster ohne Aufsehen beerdigt zu werden – mit dem Wunsch, ihre Lebensretterin möge für ewig neben ihr ruhen. In dem Sarg liegen die sterblichen Überreste von Nannina de' Medici und Lucrezia.«

Cleopatra zog die Augenbrauen hoch. »Wenn Nannina hier begraben ist, wer liegt dann in ihrem Sarg in Florenz? Und was hat das mit dem Lucrezia-Denkmal im Wald zu tun?«

»Dort war das ursprüngliche Grab meiner Vorfahrin. Wie aus den Dokumenten hervorgeht, war ihr das Kloster zu Dank verpflichtet, denn sie fand als Erste den Platz mit den Goldenen Trüffeln, was der Abtei in den Jahren danach großen Reichtum bescherte. Unklar bleibt, ob die Humiliaten versuchten, Nannina mit einer Überdosis der Pilze zu ermorden. Einiges spricht dafür. Die Mönche lieferten die getrockneten Pilze überall hin und ließen sich die einmalige Rarität teuer bezahlen. Erst mit der Übernahme des Anwesens durch die Benediktiner geriet die Einnahmequelle in Vergessenheit.«

Ich betrachtete still die beiden Skelette und versuchte mir anhand der Knochen meine Ururgroßmutter vorzustellen, die ihr Leben geopfert hatte für einen Menschen. Aus Freundschaft und aus Liebe. Das Bild Lucrezias auf dem Gemälde kam mir in den Sinn. Was bisher für mich nur eine ferne Erzählung meiner Mutter gewesen war, bekam nun auf einmal Bedeutung und Gewicht. Die Vergangenheit war an mich herangeschlichen und hatte mich überrumpelt, hatte längst Vergessenes wieder lebendig gemacht. Leb wohl, Großmutter! Ich werde immer das Andenken an dich bewahren. Du wirst mir fehlen. Ich hatte mein Versprechen eingelöst.

Als wir wieder an der frischen Luft waren, kam Eleonora zu mir und tätschelte meinen Rücken. »Du hast uns was Schönes eingebrockt mit deinen Zaubertrüffeln.« Sie lachte. »Schade, dass ich das Meiste verschlafen habe.«

Das Frühstück heute Morgen war stiller als eine Bußandacht gewesen, keiner wagte von seinem Teller hochzublicken aus Scham, wieder an die Peinlichkeiten des Vorabends erinnert zu werden. Erst als der Abt aufgestanden war und eine kleine Predigt gehalten hatte über die Fehlbarkeit der Menschen und die Kraft von Gottes Pflanzen, löste sich die Spannung. Die Gäste ließen den Abend mit

Anekdoten und Geschichten nochmals aufleben, und schon bald nahm das Gekicher und Gelächter überhand.

Enrico Fabris gesellte sich zu Eleonora. »Ich habe gerade mit dem Abt gesprochen. Er will den Goldenen Pilz als künftiges Geschäft für das Kloster ausbauen, statt des Hotelbetriebs.«

»Was stellt er sich da vor?«

»Hellenbart hat schon eine Werbekampagne entworfen, provisorisch natürlich. Wie Fra Lavello sagt, sei alles nur eine Frage der Verdünnung. In geringer Konzentration, als Saft oder Pulver, sei der Pilz ein angenehmer Wirkstoff für Wohlbefinden und Gesundheit. Garantiert biologisch natürlich. Und mit dem Klostersiegel müsste es sich an Großstädter und Menschen, die das Echte suchen, glänzend verkaufen. Einen ersten Kunden haben sie bereits: Rinaldo Battistini will ein Kilo des Wundermittels, um seine Stimme in Form zu halten. Er hat sich sogar bereit erklärt, als Prominenter künftig für das Produkt zu werben, gegen Naturalhonorar, versteht sich. Aviano glaubt nun, zumindest einen Aufschub bei der Schließung der Abbazia bewirken zu können. Hellenbart hat sogar vorgeschlagen, das Altarbild als unentdeckten Botticelli in das Touristenmarketing einzubauen, aber der Abt ist noch skeptisch.«

Eleonora sah uns beide an. »Na, fahren wir wieder heim? Unsere Arbeit ist erledigt.«

Ich grunzte mein Einverständnis. Vorausgesetzt, wir fanden Caruso rechtzeitig. Er war seit gestern Abend mit Tiffany verschwunden. Cleopatra behauptete, Geräusche aus dem Zimmer des Juniors vernommen zu haben. Ich freute mich schon auf mein Sofa im Piemont, auf meine Barolo-Vorräte und auf mein Zusammensein mit Cleopatra. Endlich allein. Nur wir beide.

Heimlich hatte ich mir bereits einen Vorrat getrockneter Pilze für zu Hause beiseitegelegt. Man konnte ja nie wissen …

Danksagung

Doris Harlander unterstützte mich unermüdlich und half mir über die Phasen hinweg, in denen die Arbeit an dem Manuskript nur langsam voranging. Lieben Dank dafür. Ebenso half Thomas Montasser mit guten Ratschlägen und Ideen, immer war er mit einem Tipp zur Stelle.

Meike Frese besorgte umsichtig das Lektorat und führte alles zu einem glücklichen Ende. Und Dank an Doris Janhsen, die das Projekt mit geschickter Hand leitete und betreute.

Lago di Trasimeno
Perugia
Assisi
Marsciano
Orvieto